T0279712

A todos los actores del reparto
y a cada miembro del equipo

Esta es una obra de ficción. Los nombres, personajes, lugares y acontecimientos son producto de la imaginación del autor o se utilizan de forma ficticia. Cualquier parecido con personas reales, vivas o muertas, o acontecimientos o lugares reales es pura coincidencia.

Título original: *The Making of Another Major Motion Picture Masterpiece*

Primera edición: junio de 2023

Av. Marquès de l'Argentera 17, pral.
08003 Barcelona
actualidad@rocaeditorial.com
www.rocalibros.com

Impreso por EGEDSA
Printed in Spain – Impreso en España

ISBN: 978-84-19743-00-8
Depósito legal: B. 10261-2023

Otra gran obra maestra del cine

Tom Hanks

Ilustraciones de cómic a cargo de R. Sikoryak

Traducción de
Librada Piñero

Rocaeditorial

Otra gran obra maestra del cine

Sabréis así de acciones carnales y sangrientas
y que van contra natura,
de irreflexivos juicios, de homicidios casuales,
....
y en esta conclusión,
propósitos errados...

Horacio, a los reunidos

Apresurémonos a oírlo,
y llamad a la audiencia a los más nobles.

Fortinbrás, inmediatamente después

Hamlet, acto 5, escena II*

* Shakespeare, William, *Hamlet*. Penguin Clásicos. 2015. Traducción de Tomás Segovia. *(N. de la T.)*.

Índice

1

El trasfondo

Hace poco más de cinco años, recibí en mi buzón de voz un mensaje de una tal Al Mac-Teer —que yo entendí como «Almick Tear»— desde un número con el prefijo 310. Aquella sensata mujer me pedía que le devolviera la llamada en relación con unas memorias que yo había escrito, tituladas *Escalera hacia el cielo,* sobre mis años de camarero en un pequeño club subterráneo en el que se tocaba música en directo en la década de 1980. En aquella época también era algo así como un periodista independiente en Pittsburgh (Pensilvania) y alrededores. Y escribía críticas de cine. Ahora enseño Escritura Creativa, Literatura y Cinematografía en el Mount Chisolm College of Arts, en las colinas de Montana. El viaje hasta Bozeman es un precioso aunque duro paseo en coche. Recibo muy pocas llamadas desde Los Ángeles, California.

—Mi jefe ha leído sus memorias —explicó Mac-Teer—. Dice que escribe usted como él piensa.

—Su jefe es genial —contesté, y le pregunté—: ¿Quién es su jefe?

Cuando me dijo que trabajaba para Bill Johnson, que la había pillado conduciendo de su casa de Santa Mónica a la oficina del edificio de Capitol Records en Hollywood, donde tenía una reunión con él, grité:

—¿Trabaja para Bi-Bi-Bi-Bill JOHNSON? ¿El director de cine? Demuéstrelo.

Al cabo de unos días estaba al teléfono con el mismísimo Bi-Bi-Bi-Bill Johnson hablando de su trabajo, uno de los temas sobre los que enseño. Cuando le dije que había visto toda su filmografía, me acusó de mentir. Tras oírme recitar numerosos puntos destacados de sus películas, me dijo que me callara, que ya era suficiente. En aquel momento estaba dándole vueltas a un guion sobre la música de transición de los años sesenta a los setenta, cuando las bandas pasaron de los trajes a juego y las canciones de tres minutos para la radio AM a las *jam sessions* que ocupaban una cara de LP y a la Jimi Hendrix Experience. Las historias de mi libro estaban llenas de detalles muy personales. Aunque mi época era veinte años posterior a aquello a lo que él le estaba dando vueltas —nuestro club contrataba a grupos de jazz poco conocidos y a bandas de versiones de Depeche Mode—, lo que ocurre en los locales de música en directo es atemporal, universal. Las peleas, las drogas, el amor serio, el sexo divertido, el amor divertido, el sexo serio, las risas y los gritos, quién entra y quién no... Toda aquella escena desenfrenada de procedimientos hablados e intuitivos eran los comportamientos humanos en los que quería centrarse. Me ofreció dinero por mi libro: los derechos no exclusivos de mi historia, lo que significaba que yo podría vender los derechos exclusivos en caso de que apareciera alguna oferta..., cosa poco probable. Aun así, hice más dinero vendiéndole los derechos de mi libro que vendiendo los ejemplares físicos.

Bill se fue a filmar *Misiles de bolsillo*, pero se mantuvo en contacto conmigo por medio de llamadas y de muchas cartas escritas a máquina... Misivas de temas errantes, sus Temas del Momento: «La inevitabilidad de la guerra», «¿Es el jazz como las matemáticas?», «Yogures helados de sabores ¿con qué aderezos?». Yo le respondía a estilográfica —¿cartas con máquina de escribir?, ¿en serio?— porque en cuestión de idiosincrasia puedo estar a la altura de cualquiera.

Recibí una carta suya de una sola página en la que únicamente había esto escrito a máquina:

¿Qué películas odias tanto que te vas de la sala? ¿Por qué?

BILL

Le respondí de inmediato.

No odio ninguna película. Las películas cuestan demasiado de hacer como para justificar el odio, incluso cuando son fiascos. Si una película no es genial, simplemente espero pacientemente en mi butaca. Pronto terminará. Salirse de una película es un pecado.

Supongo que el Servicio Postal de Estados Unidos necesitó dos días para entregar mi respuesta y que tardó otro día más en llegar a ojos de Bill, porque al cabo de tres días me llamó Al Mac-Teer. Su jefe quería que le fuera a visitar, enseguida, y que le viera hacer una película. Se acercaban las vacaciones de mediados de trimestre, nunca había estado en Atlanta y un director de cine me invitaba a ver cómo hacía una película. Enseño Cinematografía, pero nunca había visto cómo se hacía una. Volé a Salt Lake City para coger un vuelo de enlace.

—Dijiste algo que siempre he pensado —me soltó Bill cuando llegué al plató de *Misiles de bolsillo*, en algún lugar del interminable suburbio que es el área metropolitana de Atlanta—. Claro que hay películas que no funcionan. Algunas fracasan en el intento. Pero cualquiera que diga que odia una película está tratando una experiencia humana voluntariamente compartida como un mal vuelo de madrugada desde el aeropuerto de Los Ángeles. La salida se retrasa horas, hay unas turbulencias que asustan incluso a los auxiliares de vuelo, el tipo de delante vomita, no pueden servir comida y se acaba la bebida, te sientan al lado de dos bebés con cólicos y aterrizas demasiado tarde para la reunión que tenías en la ciudad. Eso se puede odiar. Pero odiar una película no tiene ningún sentido. ¿Dirías que odias la fiesta del séptimo cumpleaños de la sobrina de tu novia o un partido de béisbol que duró once entradas y acabó 1-0? ¿Odias la tarta y ver más béisbol por el mismo precio? El odio debería reservarse para el fascismo y para el brócoli al vapor que se ha enfriado. Lo peor que una persona, especialmente los que «vamos por Fountain»,* debería decir sobre la película de otro es: «Bueno,

* «Fountain» se refiere a Fountain Avenue, en Hollywood. Una vez le pidieron a Bette Davis un consejo para los actores que querían triunfar en Hollywood y ella respondió: «Que vayan por Fountain», en lugar de Sunset Boulevard, Santa Monica Boulevard o Franklin Avenue.

no era para mí, pero la verdad es que me pareció bastante buena». Echa pestes de una película, pero nunca digas que la odias. Cualquiera que use esa palabra cerca de mí está acabado. Finiquitado. En fin, yo escribí y dirigí *Albatros;* puede que esté algo sensible sobre el tema.

Me quedé diez días en el plató de *Misiles de bolsillo* y en verano fui a Hollywood para el tedioso proceso de posproducción de la película. Hacer películas es complicado, desquiciante, extremadamente técnico a veces, efímero y sutil otras, lento como la melaza el miércoles pero con un plazo de entrega imposible el viernes. Imagínense un avión a reacción, cuyos fondos han sido retenidos por el Congreso, que ha sido diseñado por poetas, remachado por músicos, supervisado por ejecutivos recién salidos de la escuela de negocios y que ha de ser pilotado por aspirantes con déficit de atención. ¿Qué posibilidades hay de que ese avión consiga volar? Pues así es la realización de una película, al menos tal como yo lo vi desde mi posición.

No estuve en los exteriores de la mayoría del rodaje de *Un sótano lleno de sonido,** que es en lo que se convirtió después parte de mi librito. Mi fracaso. Bill me pagó algo de dinero al empezar a rodarse la película y algo más cuando se estrenó; el tipo es generoso. Vi la primera proyección pública en el Festival de Cine de Telluride, donde se refirió a ella como «nuestra película». En enero alquilé un esmoquin y me senté en una mesa del fondo en la entrega de los Globos de Oro (celebrada en el hotel Beverly Hilton de Merv Griffin, la definición misma de una fiesta de Hollywood). Cuando mis colegas me preguntaron por mi fin de semana en Fantasilandia, les conté que no había vuelto a mi hotel hasta las cinco de la madrugada, muy achispado, y que me habían dejado allí Al Mac-Teer y nada menos que Willa Sax, alias Cassandra Rampart, en su Cadillac Escalade con chófer. No había otra forma de resumir la experiencia en unos términos que ellos pudie-

* Un gran éxito sorpresa de los días anteriores al covid. Buenos números en todo el mundo, pese a no tener espectadores en China. Aquellas nominaciones y el reconocimiento de la Academia de las Artes y las Ciencias Cinematográficas (AMPAS) fueron un bálsamo para el ego. Ni un solo premio, pero aun así…

ran entender. ¿Que si me había acostado con Willa? ¡Ni hablar! Se lo demostré enseñándoles la foto que publicó ella en Facebook: allí estaba yo con Al Mac-Teer, muertos de la risa con una de las mujeres más bellas del mundo y con su malhumorado guardaespaldas.

El covid-19 había dividido nuestro país con su política de Mascarilla sí/Mascarilla no y convirtió mi trabajo en clases *online*. Luego llegó la dialéctica de Vacuna sí/Vacuna no. Cuando Al Mac-Teer me llamó para invitarme a unirme a ella, a Bill y a su alegre grupo para asistir a la realización completa de su próxima película, pensé que un rodaje no era ni legal ni posible. Pero su jefe tenía «la impresión» de que iba a tener «luz verde» y el film iba a rodarse bajo los «protocolos del gremio», de modo que me invitaron a «unirme al equipo» desde que empezó a haber flujo de caja hasta el doblaje final.

—Tendrás una credencial —me explicó—. Serás miembro del equipo y se te evaluará dos veces por semana. No te pagaremos nada pero comerás gratis, y la habitación de hotel gratuita será bastante agradable. —Y añadió con intensidad—: Serías muy tonto si lo rechazaras.

Le pregunté a Bill Johnson por qué iba a permitir que un intruso como yo presenciara lo que a menudo es tratado de forma similar a un proyecto de alto secreto, con credenciales, luces rojas parpadeantes y carteles que advierten de que ESTO ES UN PLATÓ CERRADO. NO SE PERMITEN VISITAS SIN LA APROBACIÓN DEL JEFE DE PRODUCCIÓN.

Bill se rio.

—Eso es solo para intimidar a los civiles.

Una noche, en exteriores, después de un día de rodaje largo y duro, aunque no más que la media, mientras comíamos yogur helado de YouGo FroYo, Bill me dijo:

—Los periodistas, al menos los vagos, siempre intentan explicar cómo se hacen las películas, como si hubiera una fórmula secreta patentada, o procedimientos que se puedan enumerar como el plan de vuelo de un viaje de ida y vuelta a la luna. «¿Cómo se inventó a la chica del vestido marrón de lunares que sabía silbar tan fuerte? ¿Cuándo se le ocurrió esa imagen final indeleble de los mirlos en la antena de televisión, y de dónde sacó los mirlos amaestrados? —preguntan—. ¿Por qué ha tenido éxito esta película cuando tal otra fracasó? ¿Por qué ha hecho *Majaras a gogó* en lugar de *Moochie se va de la lengua*?». Es entonces cuando miro el reloj y digo: «¡Vaya por Dios! Llego tarde a la reunión de Marketing», y me voy corriendo de la entrevista. Esa gente mira la aurora boreal como si la hubiera diseñado alguien. Si vieran cómo nosotros, los huérfanos del cine, hacemos nuestro trabajo, se aburrirían como tontos y se llevarían una gran decepción.

Yo no me aburrí nunca. ¿Y decepción? ¿Entre bastidores de la realización de una película? «¡Bobada!».*

Siempre se puede tener una buena conversación en un plató de cine, en la Oficina de Producción y durante el proceso de posproducción, porque la mayor parte del tiempo de creación de una película se pasa esperando. La pregunta «¿Cómo empezaste en esto?» da pie a horas de historias muy personales, inverosímiles, cada una de ellas digna de un libro.

Cuando le comenté esto a Al, surgió el tema de escribir un libro para explicar la realización de películas a través del tiempo que yo había pasado en la de aquella. Ya que iba a ser testimonio de gran parte del proceso de creación, las fricciones, la tensión superficial y la diversión desenfrenada del proyecto, ¿y si escribía sobre todo ello y, bueno, publicaba un libro? ¿Haría la idea enfurecer a su jefe? ¿Me echaría a patadas del plató?

—Ay, vaquero —dijo Al—. ¿Tú por qué crees que estás aquí?

Espero haberme quitado de la narración; escribir sobre la realización de una película como *Knightshade: El torno de Firefall* en primera persona sería egoísta, como cubrir la batalla de Okinawa centrándose en el reportero («Me preocupaba que la arena, manchada con la sangre de los marines muertos, entrara en mi máquina de escribir…»). Debo mucho a todos los que hablaron conmigo durante los numerosos meses que trabajaron mientras yo observaba. Compartieron no solo lo que hacen sino también quiénes son. Si aparecen sus nombres —algunos no aparecen— significa que han visto lo que he escrito y, o bien han aprobado estas páginas, o bien

* Yago a Rodrigo en *Otelo*, de Shakespeare, acto 1, escena 3. (Traducción de Jaime Clark. Medina y Navarro, editores).

han dado el visto bueno a los cambios que he introducido a petición suya. Recurrí a muchos de ellos una y otra vez para aclarar lo que creía haber visto, lo que me habían contado sobre sus idas y venidas por Fountain Avenue.*

Las películas son eternas. Los personajes de los libros, también. Mezclar ambos en esta obra puede que sea una tontería, un esfuerzo inútil en la búsqueda del oro de los tontos. No odien el producto final. Piensen en él como «bastante bueno».

JOE SHAW

MCCA
Mount Chisholm, Montana

* Hubo dos grupos del equipo que pidieron que no se les mencionara jamás en este libro: los suplentes que esperan llegar a ser actores y no ser encasillados como suplentes; y los asistentes personales, los que atienden al escalón superior de los actores clave. Su anonimato era sacrosanto, ya que si sus nombres y descripciones de trabajo se hicieran públicos, sus vidas se convertirían en un infierno. Permítaseme decir, sin embargo, que fui testigo de lo duro y lo mucho que trabajan todos ellos, así como de la cantidad de tonterías de las que se ocupan con extrema pericia. Se les quiere.

Los hechos que se relatan a continuación
están basados en una historia real.

Los personajes y los acontecimientos
han sido alterados con fines dramáticos.

Otra franquicia

—¿Qué tendría de malo otra franquicia? —preguntó Fred Schiller, alias el Instigador, de la Agencia Fred Schiller. Había volado una vez más a Albuquerque para cenar con su distinguido cliente Bill Johnson. Como de costumbre, estaban en Los Poblanos, uno de los mejores restaurantes de la ciudad.

Era julio de 2017 y Bill estaba a punto de empezar el rodaje de *Un sótano lleno de sonido*, para la que también había escrito el guion. Como era tradición entre ellos, cliente y agente se reunieron para hablar de lo que vendría tras haber acabado la película; la mirada profunda al futuro de ambos que mantenía sus carreras en marcha y avanzando. No se habló de la película que estaba a punto de rodarse, solo de las opciones para futuras empresas.

—Las franquicias son matadoras —dijo Bill, que sabía bien de qué hablaba.

Las presiones para que *El horizonte del Edén* igualara la calidad y el éxito popular de *El límite del Edén* y luego de *La oscuridad del Edén*, todas ellas «escritas y dirigidas» por el mismo director, habían sido como aferrarse a un cargo político. Al llegar al último día de rodaje de *El horizonte*, Bill había adelgazado once kilos, había dejado de afeitarse por las mañanas para ahorrar tiempo, bebía tres chupitos de ZzzQuil cada noche para dormir y había sobrevivido a las dos últimas semanas de rodaje a base de cafés expresos triples. Bill Johnson, que una vez escribió en su Smith-Corona Sterling de 1939 la frase HACER PELÍCULAS ES MÁS DIVERTIDO QUE DIVERTIRSE, no se había divertido en absoluto acabando aquel último capítulo de *Edén*, que le llevó casi dos años de su vida.

A lo largo de sus treinta años de carrera cinematográfica, Bill se había mantenido, para envidia de muchos, firme en la columna de la victoria, a excepción de un par de artistas regulares y el único desastre rotundo.* Ahora Bill desarrollaba su propio material, rechazaba grandes obras que habrían llenado sus arcas, y con su diez por ciento también hacía más feliz al Instigador. *Un sótano lleno de sonido* había sido relativamente placentera de escribir y un fastidio de preproducir, y el rodaje podía ir de cualquier manera.

Pero como *Misiles de bolsillo* había recuperado a Bill del desastre que había sido *Albatros,* al Instigador le parecía que el cineasta estaba en la cima de su carrera y quería que así continuara siendo.

—Las franquicias se convierten en amos crueles y yo no quiero trabajar para un amo cruel —dijo Bill—. No me gusta ser el amo cruel, salvo en las reuniones con Marketing.

—El público tiene muchas opciones de entretenimiento —dijo Fred, inclinado sobre unos medallones de ternera alimentada con pasto y unos tupinambos—. Necesita una razón para cambiar su dinero por una entrada de cine. Bill Johnson es una razón. Una franquicia de superhéroes es una moneda de cambio, como lo fueron las películas del Oeste en los años cincuenta y sesenta y las películas de acción en los ochenta. Los fans de la Comic-Con van a verlo «todo».

—Aunque solo sea para odiarlo. Pregunta si no a Lazlo Shiviski.** —Bill se recostó en la silla—. Me gustan los antihéroes, los imperfectos y atormentados.

—Marvel te daría el próximo Thor.

—Diles que muy amables pero Thor, gracias.

—DC te daría lo que fuera.

—Batman, los X-Men, Spider-Boy, El Gigante Verde, Lady patada en el culo... ¿No ves una saturación?

* *Albatros,* de título muy acertado.

** Lazlo Shiviski fue vituperado por sus fans por su *Cuadrante: el buscador,* cuarta entrega de la saga *Cuadrante.* Bill pensaba que la película era seria y especial, pero alguna cosa cabreó a aquellos fans y le dieron una paliza de muerte a Shiviski y a la película. Lazlo había estado en la temporada de premios con *Luna* y *Sweet* el mismo año que Bill por *Tierra estéril,* pero ambos perdieron ante Lisa Pauline Tate, que debía llevarse el premio por su fabulosa *La escapada.*

—Dynamo vaciará un camión lleno de dinero en la puerta de tu casa si dices que sí a una de sus películas de Ultra.

—Superhéroes salvando la galaxia y gatitos atrapados en los árboles. Pues vaya... —Bill apuró su refresco de cola Blue Sky en vaso alto lleno de hielo, sin pajita—. No estoy en contra del género, solo de sus tópicos. Señores del mal de otras galaxias que hablan nuestra lengua, chicos y chicas estupendos que quieren besarse pero nunca lo hacen, ciudades enteras destruidas en las que nunca vemos los cadáveres. —Hizo un gesto al camarero y señaló su vaso para pedir otro Blue Sky—. Además, Pat me ha pedido que haga una película de chico conoce a chica.* Una película «para ella».

—¿Qué tiene de malo esa idea?

—Una historia de chica conoce a chico depende de dos cosas. De la chica, del chico y de por qué se necesitan el uno al otro. Tres cosas.

—El mundo espera otra película de Bill Johnson —dijo el Instigador.

—Se llamará *Un sótano lleno de sonido* y debería estar en los cines dentro de doce meses, más o menos.

—El futuro no es el año que viene. Es dentro de tres años.

—Lo pensaré. —Ese había sido siempre el proceso que seguía Bill. Tropezaba por accidente con un material de referencia, lo que provocaba una idea, que luego él convertiría en otra gran obra maestra del cine.

* La doctora Patrice Johnson, el amor de Bill.

2

El material de referencia

1947

BOB FALLS

La mañana del 7 de julio, el sol, un disco completo en un cielo vacío, sin nubes, empezaba a abrasar Lone Butte, California —población oficial 5417 habitantes—, una ciudad rural del Valle Norte no lejos de la capital, Sacramento, a menos de un día por carretera de la ciudad de Oakland y a algo más de la Babilonia que era San Francisco. En pleno verano, con temperaturas que siempre rondaban los 40 grados, aquel lugar se parecía más en ritmo y carácter a las ciudades pequeñas de Kansas, Nebraska u Ohio, en Iowa o Indiana. Pocos de los naturales de Lone Butte elegían vivir en ella; muchos se iban y nunca regresaban. Es cierto que la ciudad era el centro administrativo del condado, pero lo era por defecto, debido a su ubicación en el río Big Iron Bend, que había sido la principal ruta comercial durante la fiebre del oro. En 1947, en Lone Butte ni siquiera había estación de tren.*

Como la mayoría de los chicos de su edad, Robby Andersen, que celebraría su quinto cumpleaños el 11 de septiembre, recibía cada mañana, sobre todo las de otro caluroso día de verano, veinticuatro horas de vida jugosa y despreocupada. Empezaría a ir a la guardería después del Día del Trabajo, pero ya sabía el abecedario y su padre le había explicado las diferen-

* Los trenes paraban en la cercana Welles, California, pero solo en un apeadero. La estación más cercana estaba en Chico, a casi una hora en coche.

cias entre mayúsculas y minúsculas. Así que seguramente escribiría «vivir» con V mayúscula.

Sabía que lo primero que tenía que hacer cada mañana era hacerse la cama justo después de ir al baño. Luego se quitaba el pijama, se ponía la ropa de jugar y bajaba. Su padre ya se había ido a la tienda cuando su madre le preparaba el desayuno, por lo general una tostada, leche y fruta, a menudo ciruelas recogidas de los árboles del jardín trasero. Robby quería probar el café, averiguar por qué los adultos lo bebían a todas horas, pero le decían que era demasiado pequeño. Sus tareas matutinas consistían en dejar los platos de su desayuno sobre la encimera, ver si había que vaciar el cubo de la basura, barrer bien el suelo del porche cubierto y los escalones de la parte de atrás que conducían a la entrada de gravilla y, un poco más allá, a aquellos cuatro ciruelos. Cuando terminaba sus tareas, sacaba las ceras, los lápices de colores, los libros para colorear, los cuadernos de dibujo y las libretas de papel continuo y, tumbado sobre la alfombra trenzada del salón, se perdía dibujando lo que se le pasaba por la cabeza.

Todo el que veía los dibujos de Robby, que ya a su edad eran obras de arte, percibía una habilidad natural, un instinto para la dimensión, el espacio y el movimiento. En ellos también había desenfreno, alegría. El niño dibujaba para divertirse.

La mayoría de los días, a las diez de la mañana, guardaba sus dibujos y enseres en un cajón del mueble de la tele —el *chifforobe*— y salía de casa por el porche cubierto; había aprendido a evitar que la puerta, que se cerraba con un resorte, diera un portazo a sus espaldas. Más allá de los ciruelos había un seto bajo con un huequecito más abierto que Robby usaba para cruzar al jardín trasero de la familia Burns, que también tenía cuatro ciruelos; el límite de la propiedad había dividido lo que en su día había sido un pequeño huerto. Su hija, Jill Burns, tenía ya seis años y era la mejor amiga que Robby Andersen había tenido en su vida. Jugaban juntos casi todos los días, sin que ninguno de los dos viera molestia u impedimento en el pie ligeramente zambo de Jill. A la hora del almuerzo, Jill iba a comer a casa de Robby en una rutina previamente acordada por los padres de ambos. Después se entretenían hasta el tentempié de las tres, cuando podían encender la radio y escuchar los programas para niños. A las cuatro Jill se escabullía por el hueco del seto y regresaba a su casa.

Y

La madre de Robby, Lulu Andersen, había convenido esta rutina con la señora Burns y le encantaba el arreglo, ya que le permitía un pequeño respiro en su largo día de trabajo y más trabajo. Sus mañanas eran tranquilas, a diferencia de las de muchas de sus amigas, mujeres jóvenes (todavía) que tenían hijos, maridos que trabajaban y el régimen incesante que suponían las tareas del hogar y la crianza de los hijos. Trabajo, trabajo y más trabajo. Algunas de aquellas mujeres criaban a monstruos, a pequeños vándalos, así que Lulu daba gracias a Dios y al método del calendario por Robby, que hacía sus tareas y se entretenía con lápices de colores, y también por la pequeña Nora, que había sido un bebé con cólicos pero que al cabo de dos días cumplía un año. Parecía que Nora podía convertirse en una versión femenina de su feliz y apacible hermano mayor. ¿Quién en Lone Butte tenía dos hijos que molestaran tan poco?

A Lucille Mavis Falls la llamaron Lulu desde el principio, después de que su padre viera por primera vez a su hija y gritara «¡Qué joyita* de niña!» desde el otro lado del ventanal de la maternidad. Más de veinte años después, el 18 de enero de 1942, Lulu Falls se convirtió en Lulu Andersen, pocas semanas después de que los japoneses bombardearan Pearl Harbor y la Segunda Guerra Mundial atrapara finalmente y sin compasión a Estados Unidos. En California cortaban la luz por la noche a todas las casas en previsión del siguiente ataque aéreo, incluidas las de Lone Butte, por si caían bombas enemigas sobre las ciudades rurales del Valle Norte de California.

El marido de Lulu, Ernie Andersen, había sido uno de la media docena de novios que había tenido en el instituto, pese a ir al San Felipe Neri (ella era una yanqui presbiteriana que iba al Union High). Él trabajaba en la gasolinera Flying A que había en el cruce de Main y Grant Street y, con el tiempo, Lulu se ofreció voluntaria para conducir el Chevrolet familiar para que Ernie le llenara el depósito y le revisara el aceite. Una cosa llevó a la otra y, como dijo la propia Lulu: «Eso fue todo». Ernie era el chico más divertido de los de su

* En inglés, *lulu* significa «joya». *(N. de la T.).*

edad de Lone Butte, aunque a veces era serio como su época. Y, ay, qué ojos tenía…

Cuando la Alemania nazi invadió Polonia y se declaró la guerra, habló en serio de ir a Canadá para aprender a pilotar aviones en el ala canadiense de la Real Fuerza Aérea, pero su padre le disuadió porque «ya había muchos chicos canadienses para hacer eso». Sabía que cuando fuera necesario Estados Unidos entraría en la guerra y «empezaría a hacer lo que le correspondiera». Sin embargo, impaciente por formar parte de la historia que aparecía en los noticiarios en blanco y negro proyectados en el cine Estatal, en junio de 1941 Ernie se alistó en las Fuerzas Aéreas del Ejército de Estados Unidos para pilotar aviones estadounidenses. Quiso el destino, o Dios, o san Felipe Neri, que fuera daltónico, lo cual le impidió entrar en la escuela de vuelo. Sin embargo, Ernie tenía facilidad para todo lo mecánico, de modo que su alistamiento ayudó a que los aviones de la fuerza aérea estadounidense estuvieran listos para la guerra que se avecinaba. Lo enviaron a un aeródromo de Texas, un lugar al que denominó Campamento Desesperación en sus muchas, muchísimas cartas a Lulu.

Pearl Harbor fue atacado el 7 de diciembre de 1941. La noche del 10 de enero de 1942, a las 23:17 horas, el California Limited se detuvo en un apeadero cerca de Welles para tomar pasajeros con destino a Los Ángeles. Lulu era uno de ellos y viajó toda la noche y gran parte del día siguiente, ya que el Limited hizo muchas paradas. En Union Station, en Los Ángeles, estuvo a punto de perder su plaza en el autocar Texas Special. Después de lo que parecieron un millón de kilómetros y dos noches de medio dormir con el cuerpo hecho un ocho, hizo transbordo a un Katy Special para medio millón de kilómetros más. Luego, un autobús frío y con corrientes de aire la dejó justo en la puerta principal del Campamento Desesperación, donde Ernie la esperaba con un ramo de lo que él creía que eran acianos. No lo eran, pero a Lulu no le importó.

Durante once noches, la cama de una habitación de hotel de un dólar la noche hizo posible que Lulu y Ernie, cuando este tenía permiso, tuvieran el mejor sexo de sus vidas, puesto que ya no iban a tientas en el asiento trasero de un coche, encima de una manta en el bosquecillo Gum Tree o de noche en el parque público Little Iron Bend River. Se deseaban con la pasión desbordante que brota del corazón de los jóvenes cuando, separados por el tiempo, la distancia y la convulsión global, dejan de ser jóvenes. Ernie tenía sus obligaciones durante el día, pero por la noche Lulu y él bebían cervezas heladas y bailaban al son de una banda estridente en un auténtico *honky-tonk* tejano. Disfrutaban de comida mexicana barata y más cerveza helada. En su cuarta noche de pasión, estando tumbados desnudos sobre las sábanas mojadas de sudor, envueltos en la oscuridad de la habitación de hotel, y cuando a él le faltaba solo una hora para tener que regresar a la base, hablaron de casarse, se pusieron de acuerdo y decidieron hacerlo. «Y eso fue todo». La boda se celebró en la capilla de la base con un capellán del ejército y testigos que Ernie conocía pero Lulu no. Fuera, una tormenta de granizo lanzaba sobre Texas piedras del tamaño de huesos de melocotón.

Ernie había empezado a fumar Lucky Strikes y Lulu había hecho lo propio, cosa que le proporcionó algo que hacer durante el viaje de vuelta desde el Campamento Desesperación hasta Lone Butte como esposa de un miembro de las Fuerzas Armadas. Cuando Ernie fue enviado a la base aérea B-17 de Long Island, Nueva York, tramaron un plan para que Lulu fuera a la costa este, pero por aquel entonces los viajes en tren se limitaban a los civiles, especialmente a las mujeres embarazadas que sufrían náuseas matutinas durante semanas. Ernie y otros miembros del Cuerpo del Aire volaron a Inglaterra en los nuevos B-17 sin armas ni asientos, pasando por Groenlandia y luego por Irlanda. Como pasajeros, iban simplemente sobre el fuselaje desnudo del pesado bombardero, despresurizado y sin calefacción. Ernie jamás pasó tanto frío como en aquel vuelo que duró días, a pesar de la ropa de vellón y las numerosas mantas de lana. Nunca dijo haber visto Groenlandia, aunque su avión tuvo que pasar dos días en tierra allí a causa de las tormentas heladas, el viento y un cielo cargado de nubes.

Al acabar la guerra, su hijo Robby tenía dos años y valía doce puntos de desmovilización, según el Departamento de Guerra, así que Ernie fue licenciado antes que los militares sin hijos. Necesitó una semana entera para atravesar los Estados Unidos de posguerra, de regreso a Lone Butte y al mejor sexo de su vida civil.

ϒ

El Cuatro de Julio de 1947 ya había pasado. Ernie había desfilado una vez más en la carroza de la flota del Cuerpo del Aire con su bombardero bimotor de cartón piedra, con su viejo uniforme aún holgado en la cintura, el pecho y los muslos, y no apretándole como a muchos otros veteranos del desfile. Lulu y los niños le saludaron desde la acera de delante de Clark's, el *drugstore*, que tenía el escaparate decorado con las mismas banderas de cuarenta y ocho estrellas que colgaban por todo Estados Unidos. La celebración de los 171 años de independencia había durado todo el día, a 38 grados de temperatura. El desfile, la barbacoa de la Cámara de Comercio Júnior con el Festival de la Tarta, el concierto de la banda, luego las horas esperando a que oscureciera y el espectáculo de fuegos artificiales... Tanto acto acabó con los adultos que no bebían agotados, con los que sí bebían borrachos, y con los críos sobreexcitados, y Lulu sencillamente estalló. Que la bebé vomitara los macarrones y el puré de remolacha no ayudó. Robby cayó a las aguas poco profundas del parque público Little Iron Bend River, como el año anterior. Tres días después, Lulu Falls Andersen continuaba reventada.

Aquella mañana, Ernie había salido de casa corriendo torpemente hacia la tienda. Robby estaba dibujando, Nora estaba en la trona rompiendo galletitas saladas y comiéndose los trozos. Los platos del desayuno estaban lavados y secándose al aire en el escurridor de madera que había junto al fregadero. Las puertas y ventanas con mosquitera estaban abiertas y los grandes árboles, sicomoros de noventa años, daban sombra al césped de delante de la casa, con la física haciendo que el aire fresco, suave y perfumado entrara en la casa.*

Lulu cogió una taza y un platito de diseño Blue Willow y se sirvió otro generoso chorro de café Maxwell House de la cafetera de filtro Pyrex.

—Ven con mamá —le dijo al café, y añadió tres cucharadas

* Aún faltaban años para que el aire acondicionado llegara a casa de los Andersen, y al mundo. Ernie acabó instalando en el tejado un aparato de aire lavado que enviaba una columna de aire refrigerado hacia abajo, justo en medio del pasillo principal, aunque eso no ocurrió hasta 1954.

de leche condensada. Con la ayuda de Elsie la Vaca, Lulu hizo que la bebida se tornara beige, y la cucharadita de azúcar hizo que mereciera la pena vivir. Ernie tomaba el café solo y fuerte: había sobrevivido gracias a él durante la guerra y atribuía a su «cafelito» la derrota de las fuerzas del Eje. En una hora, aquella cosa era capaz de derretir una taza de porcelana y corroer la cuchara.

—Robby —gritó Lulu—. Trae el periódico, ¿quieres? —El niño estaba siempre tan absorto coloreando que ella tenía que llamarle un par de veces—. Robby..., el periódico, por favor.

—¡Sí! —gritó él—. ¡Casi se me olvida!

«Tiene la voz como el órgano de una iglesia», se dijo Lulu, y bebió un sorbo del Maxwell House número dos. Ahhhhhh.

Oyó abrirse la puerta principal, luego cerrarse, y entonces apareció Robby en la cocina desplegando el periódico.

—¿Puedo quedarme con las tiras cómicas otra vez, mamá?

En el último año había pasado de «mami» a «mamá», un paso de bebé a niño que a Lulu le había desgarrado el corazón.

—Claro que sí.

Las tiras cómicas estaban en la contraportada interior de la sección 3, y con ellas en la mano, Robby regresó a sus lápices de colores y a sus libretas en el salón, donde copiaba y coloreaba a *Blondie*, *Barney Google* y *Dick Tracy*, sin preocuparse de las palabras de los globos de diálogo que aún no sabía leer.

El *Lone Butte Herald* era el periódico de la mañana, publicado e impreso allí mismo, en la ciudad, en el antiguo edificio del Merchants Bank. Lulu prefería el *Valley Daily Press* por sus artículos nacionales, pero este llegaba por la tarde desde Redding, al norte, y a aquellas horas no tenía tiempo de sentarse a leer el periódico. La bebé terminaba la siesta, había que arreglar la casa y empezar a preparar la cena.*

* Aunque perezosamente, Ernie leía el *Daily Press* de la primera a la última página, ya que estaba al final de su jornada laboral: de regreso a casa de la tienda, en calcetines, con las botas de trabajo con puntera de acero desatadas en el suelo, junto al sillón La-Z-Boy, saboreando dos latas seguidas de cerveza Hamm's, reflexionando sobre el estado del mundo libre. Terminaba el periódico justo cuando Robby había puesto los tenedores, los cuchillos, las servilletas y las cucharas, en el momento en que Lulu ponía la comida sobre la mesa. La televisión no llegaría a la casa hasta nueve años más tarde, para cuando una tercera hija de los Andersen, Stella, de seis años, parlanchina y mandona, querría cambiar de canal.

Aquel día Lulu tenía el *Herald* para ella sola y pudo hojearlo de atrás hacia delante: desde la sección 3, sin historietas (consejos, listados radiofónicos, el crucigrama), pasando por la sección 2 (noticias locales y necrológicas), hasta llegar a la portada, empezando por los editoriales y las cartas al director de la página 6. Había ido al instituto Union con el coeditor del *Herald,* Tommy Werther (Tommy «Werth-less»* cuando estaba en segundo), que había combatido en la guerra desde un escritorio en el astillero naval de Vallejo. Su editorial de aquella mañana lamentaba el comportamiento de los veteranos ociosos que, en tiempos de oportunidades brindadas por la Declaración de Derechos de los Veteranos de Guerra, no estudiaban, no trabajaban, no asumían las responsabilidades de un buen ciudadano, sino que optaban por una vida de gamberrismo y anarquía. Lulu perdió el interés en la columna a los dos párrafos y medio.

Las páginas 5, 4, 3 y 2 eran en su mayoría anuncios en negrita de ¡LAS REBAJAS DE VERANO! ¡OFERTAS! ¡HAY QUE ACABAR LOS COLCHONES! Junto a ellos estaban las historias de menor importancia y las que venían de la página 1. Cuando por fin pasó de la sección A, página 2, a los titulares principales del periódico, Lulu se encontró mirando una fotografía granulada a dos columnas de una agencia de noticias en la que aparecía su hermano, Bob Falls.

En el pie de foto no se le identificaba, pero Lulu conocía a su hermanito: su nariz ancha, el diente torcido que le sobresalía al sonreír, la forma de signo de interrogación que tenía la parte posterior de su cabeza… Lulu había visto aquellos rasgos la mayor parte de su vida y toda la de él. La foto había sido tomada de noche y el duro contraste del flash había captado a Bob Falls en una pose desafiante, recostado sobre el gran sillín de una moto aparcada, vistiendo tejanos con la vuelta girada y una camiseta blanca, con las botas sobre el manillar. Tenía una botella de cerveza en cada mano. A su alrededor, en el bordillo y en la cuneta, había esparcidas más botellas y latas, soldados muertos vacíos.

* Juego de palabras entre Werther y Werth-less, de pronunciación parecida a «*worthless*», inútil, sin valor. *(N. de la T.).*

BANDA SIN LEY SE APODERA DE LA CIUDAD, era el titular. El pie de foto: «Un matón borracho. Un fin de semana de delincuencia. Foto de AP».

Bob se había convertido en un tipo corpulento. Parecía más viejo de lo que su ausencia de una década debería haberle hecho parecer. Tenía los ojos medio cerrados de sueño, papada e iba sin afeitar.

El artículo ocupaba seis párrafos en la página 1 y continuaba en la página 4 junto al anuncio de Electrodomésticos Patterson que ofrecía el pago de productos en mensualidades. Antes Lulu se había saltado el artículo, pero había sopesado el anuncio.* Ahora leyó todo sobre los «disturbios» de dos días provocados cuando «bandas de forajidos» en motocicletas habían llegado a la pequeña ciudad de Hobartha, California, causando un día y una noche de «caos». Hobartha estaba 449 kilómetros al sur por la autopista 99, y después 95 kilómetros hacia el interior.

Lulu leyó y releyó el artículo, hojeando entre las páginas separadas del periódico, buscando «Bob Falls» impreso, pero no se citaba el nombre de ninguno de los forajidos. Lulu leyó sobre peleas a puñetazos, escaparates rotos, fiestas salvajes de borrachos y carreras de coches por la calle principal de Hobartha con retronar de motores a las cuatro de la madrugada. Había citas —historias de terror— del jefe de policía, de un barbero, de la dueña de una tienda de ropa, del encargado de una gasolinera y de muchos ciudadanos aterrorizados. La ley solo se restableció con la llegada de una patrulla de carreteras que empezó a hacer detenciones; antes del amanecer algunos miembros de la banda huyeron de la ciudad haciendo rugir sus motores.

¿Había huido también el único hermano de Lucille Falls Andersen? ¿O estaba detenido en la cárcel de Hobartha? En una milésima, Lulu vio a Bob Falls en una celda, entre rejas, en un banco duro y vacío, con una taza de metal llena de sopa entre las manos. (¿Por qué la taza de metal? ¿Por qué la sopa?).

Lulu cogió el periódico y fue hacia el teléfono, que estaba en el recibidor. Se sentó a la mesita y marcó FIreside 6-344 para hablar con Emmy Kaye Silvers Powell. E-K y Lulu se conocían

* Lulu y Ernie habían hablado de dar una entrada para una nevera Norge nueva y trasladar la vieja Hastings al porche para los restos.

desde que eran niñas, cuando los Silvers se mudaron al lado de la antigua casa de los Falls en Webster Road en 1928. E-K y sus hermanos gemelos, Larry y Wallace, mayores que ella, habían sido una constante para Lulu y Bob, por mucho que el señor y la señora Falls nunca llegaran a acostumbrarse a vivir al lado de judíos. Los Silvers nunca llevaban la religión más allá de una cena especial en una noche llamada Pascua Judía (Lulu y Bob eran invitados regulares a la fiesta del Séder), y ponían árbol de Navidad (sin imágenes de Jesús en el pesebre). Aun así, los padres de Lulu ofrecían a E-K y a su familia poco más que cortesía vecinal, una frialdad que se descongeló cuando Larry murió en Guadalcanal y, meses después, el B-24 Liberator de Wallace se vaporizó en una niebla de metal y carne en algún lugar sobre la Holanda ocupada por los nazis. Para rematar aquel período infame, el padre de Lulu, Robert Falls sénior, sufrió un derrame cerebral al que pronto siguió un ataque al corazón que resultó mortal. La naturaleza frágil de su madre la llevó a doblarse como una mesa plegable y pasar el resto de sus días asustada y confundida, esperando a que su marido entrara por la puerta en cualquier momento. La neumonía que contrajo a finales de 1943 acabó con su vida en veintiséis días. Pero, como es común en el mundo, también ocurrieron cosas buenas y piadosas: Claude Brainard compró la Imprenta Falls por una buena cantidad, Ernie sirvió en la guerra sin llegar a estar en peligro, el pequeño Robby pasó sus enfermedades infantiles sin problema. Pero el hermano pequeño de Lulu era un marine que se encontraba en algún lugar del Pacífico y ella estaba sola con un niño en Lone Butte. Si el café solo derrotó al Eje, los Lucky Strikes y la amistad entre E-K y Lulu salvaron dos vidas en el frente interno.

Pocas personas de la ciudad tenían más de un teléfono en casa, y ese teléfono solía estar cerca de la puerta principal, así que, por lo general, una llamada sonaba varias veces antes de que alguien pudiera atenderla. Pero E-K se esforzaba por descolgar el auricular rápido para que no se despertara George, su marido, que trabajaba en el turno de noche de la fábrica de bombillas Westinghouse. Tenía por costumbre llegar a casa al amanecer y ponerse a leer, y se quedaba dormido en el sofá del salón, no muy lejos del teléfono.

—¿Diga? —susurró E-K.

—¿Has visto el periódico de esta mañana? —preguntó Lulu, también susurrando al auricular de baquelita, aunque ella no corriera el riesgo de despertar a nadie.

—No, Lu. Nosotros compramos el *Daily Press*. George hace la sopa de letras antes de ir a la fábrica.

—Mecachis… Entonces no lo has visto.

—¿Ver qué?

—La portada del *Herald* —susurró Lulu—. Sale la foto de Bob.

—¿Qué Bob?

—Mi hermano.

Aquella noticia no soportaba un susurro.

—¿Tu hermano? ¿Se puede saber por qué demonios?

—Ay, E-K. —La voz de Lulu quedó atrapada en lo hondo de su pecho—. Es horrible…

—Espera, niña —dijo Emmy Kaye—. Voy a casa de los vecinos. Los Saperstein compran el *Herald*. Voy a echar un vistazo y te llamo enseguida.

Lulu colgó y buscó en el listín la Western Union, que había cambiado de número desde que se había trasladado a una oficina en el vestíbulo del nuevo hotel Golden Eagle. Simon Kowall contestó al segundo tono con su saludo característico: «¿WES… tern Union?».

Simon había aprendido código Morse haciendo de señalero en el ejército. A su regreso a Lone Butte, entró en la oficina de la Western Union, todavía de uniforme, para pedir trabajo y le contrataron en el acto. A petición de Lulu, estuvo encantado de transmitir al Departamento de Policía de Hobartha el mensaje: SI ROBERT FALLS DETENIDO, POR FAVOR, CONTACTEN LULU LONE BUTTE.

—Son treinta centavos, Lucille. Ya me lo pagarás la próxima vez que vengas por el centro —dijo.

Lulu no se dio cuenta de que su hijo se había levantado de la alfombra y estaba de pie entre el vestíbulo y el salón.

—¿Qué significa eso, mamá? Detenido.

Sonó el teléfono. ¡RIIINNGG! Antes de descolgar, Lulu consiguió sonreír a su buen chico.

—Seguro que Jill te está esperando aquí al lado. ¿Por qué no vas a jugar con ella?

—Todavía no son las diez.

—Casi lo son. —¡RIIINNGG!—. Ve y diviértete.

Robby se fue como una brisa.

RIIING… E-K ya no susurraba.

—Mi cielo, es Bob, como que estoy aquí de pie. Tengo el periódico en la mano. ¿Acaso ahora es un bandido o algo por el estilo?

—No tengo ni idea. —Lulu se sentó en la silla del teléfono, con su mesita, y cogió distraídamente el lápiz que había junto al bloc de notas—. He enviado un telegrama.

—¿A quién?

—A la policía de allí. —Por costumbre, Lulu empezó a escribir largas filas de X en cursiva que acabarían llenando la página; un garabateo preocupado a lápiz—. Tal vez Bob necesite una fianza.

—Espera, Lu. Preparo un plato frío para cuando George se despierte y voy a verte. Tú y yo vamos a fumar. —E-K fumaba. Y mucho. Viceroys.

Lulu tuvo un repentino deseo de llenar sus pulmones de Lucky Strike. El invierno anterior, Ernie había dejado el tabaco tras un episodio largo y violento de estreptococos, así que Lulu lo había dejado también. Pero tenía escondido un paquete en el costurero. Lo sacaría cuando llegara E-K.

Fue a su dormitorio. Ya había quitado las sábanas de la cama. Su marido sudaba durmiendo, tanto que siempre empapaba el pijama y había que cambiar la ropa de cama cada mañana. En su mitad del armario, en lo alto de la estantería, empujó los jerséis de invierno doblados y los bolsos de viaje llenos de cosas que nunca se tiraban, hasta encontrar la vieja sombrerera donde guardaba sus cartas. Las de Ernie —docenas y docenas de páginas largas, elegantemente redactadas, llenas de intrincados detalles sobre las cargas que suponían sus deberes, del anhelo de que «todo esto» terminara— se remontaban al Campamento Desesperación y estaban cuidadosamente atadas con un cordel. Las cartas de sus viejas amigas, sus compañeras que se habían casado y mudado o que acababan de mudarse, estaban en pilas de tamaño desigual sostenidas con gomas cada vez menos elásticas. Como recuerdo de su juventud, Lulu conservaba cartas tipo de los estudios MGM, en Hollywood, en respuesta a las que ella les había enviado con la esperanza de que llegaran a ojos de Franchot Tone, para recordarse lo tonta que había sido al pensar que una estrella de cine abriría las cartas de una chica de Lone Butte y le respondería.

En los cinco años transcurridos desde que se había alistado, Robert Falls había escrito a casa de Lulu ocho veces; aquellas cartas envejecían ahora de pie contra el lateral de la sombrerera, separadas de las demás por un clip oxidado; seis eran de su época en el ejército, dos estaban escritas después del Día de la Victoria sobre Japón.*

Se sentó en la cama y separó los evangelios de guerra de Bob Falls. La primera, de mayo de 1942, la había enviado desde la base naval de San Diego y estaba garabateada con tinta borrosa en papel del Cuerpo de Marines de Estados Unidos.

> Lulu:
>
> Tuve un accidente de camión y estoy destrozado. Iba en la parte de atrás, así que recibí menos golpes que otros compañeros, uno de los cuales casi muere. Una docena de nosotros estamos en la enfermería. No tengo huesos rotos más allá de una muñeca que parece alambre de espino en las radiografías. Sostener el bolígrafo duele como un demonio. También tengo un agujero en el intestino, así que estoy a dieta líquida por un tiempo. Puedo caminar, siempre y cuando me lo tome con calma. El Cuerpo de Marines de Estados Unidos dice que voy a estar en cama por un tiempo, pero todavía soy de su propiedad. Supongo que el Tío Sam aún me quiere. Aquí hay un tipo que tiene, no es broma, paperas. Está agonizando. También sigue siendo un marine. Espero que Ernie esté bien. Debería haberme unido al Cuerpo del Aire como él. Te casaste con un hacha.
>
> Te quiero mucho,
> BOB

De niño, Bob Falls no era tímido. Simplemente estaba ocupado escuchando. Se quedaba en la mesa hasta que terminaban las conversaciones. Cuando había que lavar los platos, ayudaba a su madre y a Lulu y escuchaba su charla mientras lavaban,

* Victoria en Japón, 15 de agosto de 1945. La victoria en Europa fue el 8 de mayo de 1945.

secaban y guardaban. No leía más libros que los que le marcaban sus estudios. Cuando iba al cine, opinaba poco sobre la película, más allá de «bastante buena» o «más bien buena». Dejaba que los demás hablaran sobre las heroicidades de la Pimpinela Escarlata o sobre la voz quebradiza de Bette Davis. Asentía cortésmente cuando Lulu calificaba *Rebelión a bordo* de obra maestra.

Cuando su padre convirtió la imprenta Falls en una empresa solvente, Bob tenía solo nueve años, pero aprendió el funcionamiento de la maquinaria y cómo imprimir un número determinado de folletos, invitaciones, boletines de la Iglesia. Para cuando cumplió doce años iba a la tienda casi todos los días después del colegio y todos los sábados, por lo que era justo que su padre le pagara un sueldo de dos dólares a la semana, que se convirtieron en cuatro y después en cinco; rara vez se los gastaba y guardaba los billetes verdes primero en una vieja caja de puros, y luego en otras dos. Durante sus años de instituto en el Union, Bob solo tuvo una novia, Elaine Gamellgaard, una joven segura de sí misma que desde la segunda semana de la clase de latín de primero no dejó a Bob opción alguna en la relación. Elaine lo organizó todo para que Bob vaciara sus cajas de puros a cambio del viejo Ford de su hermano. («¿Esa chatarra?», le había advertido Lulu). Antes de tener el carnet de conducir ya había puesto en marcha aquel manojo de tornillos con fugas de aceite. Circulaba un chiste por ahí, que Bob estaba seguro de haber oído pero sobre el que no había comentado nada, según el cual era bueno que los *japos** hubieran bombardeado Pearl Harbor; de lo contrario, Elaine Gamellgaard se habría convertido en la señora de Robert Falls al día siguiente de la ceremonia de graduación y en madre para Navidad, si no para Halloween.

El caso es que Bob no asistió a la graduación del instituto con Elaine Gamellgaard ni con nadie. Cumplió dieciocho años el 1 de febrero, se alistó en los Marines al día siguiente de soplar las velas, le dio a Elaine un beso rápido sin hacerle ninguna promesa y

* Un apunte sobre el uso de este insulto racial para definir al enemigo. Durante los años de guerra, el uso de *japo* era tan común que los periódicos utilizaban este insulto en los titulares. En una lengua vernácula de ignorancia, comodidad y prejuicios eran habituales otros insultos raciales cuyo uso en estas páginas pretende comunicar que las cosas han cambiado desde entonces y que todos hemos aprendido. En aquella época a los alemanes se les llamaba nazis. No chucrut o Lugers, por ejemplo.

se fue al campamento de reclutas después de Pascua. La despechada señorita Gamellgaard se recuperó con aplomo y aquel septiembre enganchó a Vernon Cederborg y se mudó a Pocatello, Idaho. La afección cardíaca de Vernon lo inhabilitaba para prestar servicio, pero dio clases de hidráulica a los maquinistas de la Marina y, acabada la guerra, tuvo su propia fontanería y cinco hijas.

Mientras el soldado del Cuerpo de Marines de Estados Unidos Robert A. Falls, #O-457229, estaba convaleciente con perforación intestinal y fractura de muñeca, su clase de los marines acabó el campamento de reclutas, el adiestramiento en armas y se embarcó para enfrentarse a las fuerzas japonesas en Guadalcanal, lugar del que nadie había oído hablar hasta entonces.* Las heridas de Bob tardaron semanas en curarse antes de que le devolvieran al campamento para completar su adiestramiento, le asignaran el lanzallamas M2-2 como herramienta de guerra y le entrenaran en su uso y tácticas hasta que, finalmente, él y otros marines fueron embarcados y enviados a navegar hacia el horizonte occidental, hacia un lugar no revelado donde no era más que otro «puto nuevo» a la espera de su oportunidad de matar al enemigo, como el resto.

Mientras duró la guerra, cada semana Lulu enviaba a su hermano menor una carta, una tarjeta, un paquete…, algo, a una oficina de correos de San Francisco. Desde allí, de algún modo, su correo llegaba hasta Bob. Ernie estaba en Inglaterra, pero Lulu no tenía ni idea de dónde se hallaba su hermano, más allá de que se encontraba en algún lugar de la División de Operaciones del Pacífico.

Seis de las cartas de la correspondencia de vuelta de Bob viajaron vía Correo de la Victoria, y cada breve nota era un milagro de la imaginación, la tecnología y la logística. Desde algún lugar del Pacífico, Bob Falls y los demás soldados cogían bolígrafos del ejército y una hoja de libreta también del ejército y escribían cartas a casa. Todos sabían que no debían poner ni dónde estaban ni adónde se dirigían, ni siquiera el nombre de sus oficiales, porque los censores CENSURARÍAN esa información tan cru-

* En algunos mapas aparecía como Guadalcan-nar.

cial y secreta. Bob Falls se unió al Cuerpo de Marines para luchar en la guerra, pero otros chicos sirvieron a su país leyendo su Correo de la Victoria para tachar palabras como «Nueva Caledonia», «USS Wardell» y «teniente coronel Sydney Planke». A Bob no le importaba que la única hoja de un Correo de la Victoria no contuviera demasiado texto. Era cierto que su letra cursiva inclinada era grande y ocupaba mucho espacio en la página, pero escribía todo lo que tenía que decir; bueno, todo lo que estaba permitido.

Las cartas originales del Correo de la Victoria se fotografiaban, luego se reducían a un tamaño inferior al de una uña y se empalmaban en largas bobinas de microfilm en las que se incluía el mayor número posible de ellas. Después aquellas cartas microscópicas, tantas como un millón, eran transportadas en avión por el Pacífico y cuando llegaban a Estados Unidos eran procesadas y ampliadas a la mitad de su tamaño original.* El característico Correo de la Victoria, con la dirección de padres, esposas, novias o de Lulu Andersen alineada con la ventana transparente del sobre, hacía que recibir carta fuera todo un acontecimiento. La enorme letra de Bob facilitaba la lectura; las caligrafías pequeñas hacían que algunos Correos de la Victoria resultaran un galimatías indescifrable.

Lulu extendió las cartas de Bob ante ella, sobre el colchón desnudo. Sacarlas de los sobres le llevó más tiempo que leerlas.

26-12-42

Lu, hermana:

He estado en un lugar por un tiempo, ahora estoy aquí. No puedo decir dónde es «aquí». Bien podría estar en Marte. Vemos películas fuera. Todo este tiempo y el único *japo* que he visto es Charlie Chan. Los demás compañeros vieron muchos antes de que llegara yo. ¿Sabes que en la Marina hay helados? Ahora me lo dicen. Estoy bien pero podría ser que los *japos* quisieran cambiar eso. Ja, ja. Feliz Año Nuevo.
Bob

* Imaginen tener que entregar cartas de tamaño completo, el gasto en material, aviones, combustible y personal. Quien tuvo la idea del Correo de la Victoria era un genio.

17 de mayo del 43

Lu, hermana:

Feliz cumpleaños. No puedo creer que tenga un sobrino que se llame como yo. Apuesto a que a Ernie le revienta. Hay días en que haría lo que fuera por estar volando en uno de sus aviones. **CENSURADO CENSURADO CENSURADO CENSURADO**. Aquí las noches son hermosas. No hay *japos* pero sí muchas estrellas. Los chicos dicen que la guerra no terminará hasta Golden Gate en el 48. Otros dicen que no acabará hasta el 51. Para entonces, o seré demasiado viejo, o general. Ja, ja. Bob

Diciembre de 1943

Lu, hermana:

Puede que los periódicos hablen de nuestra unidad y de la resistencia que oponen los *japos*. No pienses ni por un minuto que me han vencido. Ahora mismo estamos aquí sentados, con cigarrillos y Coca-Cola gratis. Vino a actuar una banda solo de chicas. La mitad de los chicos le pidieron a la saxofonista que se casara con ellos. Yo espero a una que toque el trombón. Ja, ja. Bob

4 de agosto del 44

Lu, hermana:

He recibido las fotos. El pequeño Bob parece un vaquero duro. ¿Cuándo has empezado a fumar? A veces eso es todo cuanto hacemos por aquí. Los *japos* nos tuvieron ocupados durante un tiempo pero ahora hemos regresado y dormimos mucho. **CENSURADO CENSURADO CENSURADO CENSURADO**. Echo de menos conducir. Sueño con mi Ford. Debo de estar enamorado. Ja, ja. Bob

Diciembre de 1944

Lu, hermana:

Espero que pases una Navidad y un Año Nuevo geniales. Estoy de vuelta en un lugar que no puedo decir pero es tan bueno como cualquier otro. Un compañero ha hecho pan de maíz con un kit de cocina y a nosotros nos ha sabido a pastel. No sé qué más decir. Bob

2 de octubre de 1945

Lulu:

Al final he conseguido llegar a Japón.* ¿Cómo ha podido esta gente dar tantos problemas? ¿Por qué han perseverado tanto tiempo? Hay muchos niños pequeños y muchas ancianas. Nos encargamos de la mayoría de sus hombres. ¿Día de la Victoria sobre Japón? Lo creeré cuando esté en casa. Bob

Un día de 1946, Bob Falls bajó por la pasarela del USS Tressent con otros cientos de marines. Al pisar de nuevo suelo estadounidense, no tardaron en retirarle el uniforme que había llevado durante media década. Se guardó para sí mismo las fechas exactas de aquellos acontecimientos que habían alterado su vida. Gastó gran parte de la paga por combate que había acumulado en la compra de una motocicleta Indian de cuatro cilindros en línea de 1941. Otros excombatientes hicieron lo mismo con otras marcas de motocicletas, modelos de antes de la guerra o excedentes de guerra. Muchos de ellos empezaron a recorrer el sur de California, por aquel entonces más allá, y a vivir bastante como lo habían hecho durante la guerra, como nómadas, a la espera de una razón para trasladarse al siguiente campamento, a la siguiente ciudad, a la siguiente pelea.

Lulu no sabía dónde había ido su hermano hasta que recibió su carta más reciente. Ya no la enviaba vía Correo de la Victoria, sino que venía doblada en un sobre marrón con un tipi impreso en la solapa. El matasellos era de Albuquerque, Nuevo México. Su gran caligrafía estaba escrita en tinta verde oscura.

Navidad de 1946

Lulu, hermana:

Espero que tú, Ernie y el pequeño Bob paséis una blanca Navidad. Estoy en Albuquerque, Nuevo México. Vinimos por la Ruta 66. ¿Sabes el chiste que hacen sobre este lugar? No es nuevo y no es México.

* Tras la rendición japonesa, la unidad de Marines de Bob fue destinada a Nagasaki, sobre la que se había tirado una bomba atómica el 9 de agosto de 1945.

Tengo atado un trabajo en Texas. Pon esto en la hucha de cerdito del pequeño Bob. Y feliz Año Nuevo, también. El gran Bob

Adjuntos había dos billetes de un dólar.

Su aparición en la portada del *Herald* de aquella mañana era la primera noticia que había tenido de su hermano pequeño desde aquellos dólares que habían llegado para Navidad en un sobre con un tipi impreso. El mes de julio anterior, Lulu había enviado a la única dirección que tenía de él, la oficina de correos del ejército, noticia del nacimiento de Nora: una tarjeta de natalicio rosa y una pequeña fotografía cuadrada de madre e hija. Bob jamás las vio.

—Yujuuu.

E-K entró en la cocina y puso una cafetera nueva mientras Lulu cogía a la niña de la cuna que había en el rinconcito destinado a una máquina de coser. Salieron al porche de delante, a la sombra del sicomoro, y se sentaron a la vieja mesa con sillas nuevas.

—Trae aquí esa bolsita de madalenas —dijo E-K, y cogió a Nora en brazos. Llevaba el primero de muchos Lucky Strike en los labios. Lulu lo encendió e inhaló como lo había hecho durante la guerra, cuando fumar había pasado de gesto afectado a remedio necesario: durante aquellos tres años de noches oscuras, había fumado para aliviar el estrés, el miedo y la ansiedad.

—¿Qué le pasó a Bob? —preguntó E-K pasando los dedos por entre los adorables rizos de Nora—. Hay soldados que volvieron y no son capaces de tener un trabajo, de dormir por la noche. Algunos están en psiquiátricos. Lo leí en el *Saturday Evening Post*.

—Bob no era soldado. Era marine. —Lulu sirvió más café, añadiendo su dosis de azúcar y leche evaporada—. Tal vez padezca neurosis de guerra…

—Lo que pasa es que es un misterioso. Cuando éramos pequeños tenía los ojos abiertos pero la boca cerrada, como si guardara un secreto de todos nosotros. ¿Te contó que tenía una moto?

—Viste todo lo que me escribió. —Lulu había compartido

con ella las ocho cartas de Bob—. No sabía nada. Si no se ponen en contacto conmigo él o la policía de allí abajo…, seguiré sin tener más que preguntas.

Las damas habían acabado casi todo el paquete de Lucky Strike cuando Robby y Jill Burns entraron de jugar en la casa de al lado.

—Santo cielo. ¡Si es la hora de comer! —Lulu apagó lo que quedaba de su cigarrillo encendido con la esperanza de que Robby no la hubiera visto fumar.

Ernie volvió a casa de la tienda justo pasadas las cuatro de la tarde y encontró el *Daily Press* esperándole en su sillón La-Z-Boy. El periódico de la tarde publicaba un artículo sobre la banda de moteros que había acabado con la tranquilidad de Hobartha, pero no incluía ninguna foto de Bob Falls ni de ningún otro matón. Para cuando Robby y Jill regresaron al minihuerto a jugar, Ernie se había quitado las botas y estaba en el La-Z-Boy con Nora en su regazo, haciéndole cosquillas y diciendo tonterías como: «¿Quién es esta cosita? ¿A quién tengo sentada encima?». Nora se reía, enamorada. Cuando Lulu le llevó la primera lata abierta de cerveza Hamm's, también le llevó la portada del *Herald* de la mañana.

—¿Ves aquí algo que te resulte familiar? —preguntó.

Ernie estaba confuso. No llevaba ni media hora en casa y su mujer ya estaba jugando a las preguntas. Pero entonces vio lo que Lulu quería que viera.

—¡Dios! —Nora volvió a carcajearse ante la cara divertida que puso su padre.

Mientras Lulu servía la comida en la mesa y llamaba a Robby para que hiciera su tarea habitual de poner los cubiertos, Ernie leyó lo que había ocurrido en Hobartha, los disturbios y los altercados con la patrulla de carreteras. Durante la cena, los padres no comentaron el tema y estuvieron en silencio, y Robby lo notó. Cuando acabaron de cenar, su madre se quedó sentada a la mesa más tiempo de lo normal, con los platos sucios todavía allí. Su padre preguntó por E-K y su marido y dijo que ningún hombre debería tener que trabajar toda la noche para mantener a una familia y que bajo ningún concepto aceptaría un cheque de la fábrica de bombillas Westinghouse. Robby estaba sentado escuchando tanto la cháchara de sus padres como las pausas en silencio de lo que no hablaban, hasta que su madre soltó un suspiro y empezó a recoger los platos. No hizo falta decirle a Robby que hiciera lo propio con los tenedores, los cuchillos y las cucharas.

—Al menos no ha salido su nombre en el periódico —dijo Ernie en voz baja mientras sacaba a Nora de la trona y se la volvía a poner en el regazo—. Puede que la ciudad no se entere nunca.

El primer cumpleaños de Nora fue el 9 de julio, así que todos los amigos de la familia, que también tenían hijos, fueron a ver cómo la niña la liaba con su única vela y un gran pastel de limón con cobertura blanca. Lulu seguía esperando noticias de su hermano, pero ni sonó el teléfono ni llegó ningún telegrama de Simon Kowall, de la Western Union.

Tras otra semana sin respuesta, E-K y Lulu se reunieron varias veces en casa de una y otra, fumaron demasiado y acabaron hablando de otros muchos temas de aquel verano de 1947. Había otro negro jugando al béisbol. Las Naciones Unidas se trasladaban de San Francisco a Nueva York. Una joven mexicana se había ahogado en el río Little Iron Bend. Phyllis Metcalf se había teñido el pelo de rubio oxigenado e iba por toda la ciudad presumiendo de nuevo *look*. Harold Pye hijo se había roto una pierna jugando al fútbol en el instituto Union y nunca volvería a ser el mismo: una historia tomada tan en serio como cuando su hermano, Henry Pye, perdió el pie derecho por congelación durante la Batalla de las Ardenas. Ambos chavales habían tenido un futuro deportivo tan prometedor que sus fotos acompañaron a sus trágicas historias en las portadas de ambos periódicos.

Entonces Bob Falls se presentó en Lone Butte.

El pequeño Robby estaba jugando en el porche antes de la hora de comer. Llevaba una toalla de rayas azules anudada al cuello; se la había atado él mismo, intentando emular a Superman, pero estaba frustrado porque la toalla no ondeaba al viento como debía hacerlo una supercapa. Robby corría en círculos intentando volar con el mismo estilo dinámico que el propio Hombre de Acero, pero no había suerte.

Estaba jugando solo porque era martes. Todos los martes Jill Burns tenía una cita con el médico, una sesión de ejercicios para el pie. No le gustaba nada ir porque las sesiones eran dolorosas, pero había gente agradable, adultos que hacían el mismo tipo de clases, veteranos de guerra a los que les faltaban las piernas y que tenían muñones por brazos. Aquellos hombres bromeaban y decían cosas divertidas que hacían reír a Jill incluso cuando no entendía los chistes. Todos los martes trataban a la niñita como a uno más, como a una compañera, y la saludaban diciendo: «¡Aquí está la general Jill!». En la clínica nadie murmuraba nunca que fuera una «pobre lisiada», aunque en Lone Butte fueran muchos los adultos que sí lo hacían.

La madre de Robby estaba dentro de casa, en la sala de estar, moviendo adelante y atrás un nuevo tipo de aspiradora de alfombras que había comprado en Electrodomésticos Patterson. Tenía la radio sintonizada en el *Musical de media mañana* de la KHSL y cantaba éxitos populares de obras de Broadway. Superman se atrevió a saltar al césped desde el último escalón del porche y por fin su capa ondeó como deseaba, aunque demasiado, lo que provocó que cayera de golpe y se le enrollara a la cabeza. No es manera de aterrizar en la escena de un crimen para un héroe.

Fue entonces cuando una Indian cuatro cilindros en línea pasó por delante de la casa con el motor llenando el ambiente de un ronco pog-pog, pog-pog. El motorista, que buscaba una casa en la que no había estado nunca, vio el número, el 114 de Elm Street, y a Robby volando en el porche. Aminoró la marcha, hizo un amplio giro en U en la esquina y fue en punto muerto hasta detenerse entre los dos sicomoros que daban sombra.

Bob Falls llevaba unos pesados vaqueros de trabajo, unas botas desgastadas, una cazadora de cuero corta como la que Robby le había visto a su padre en las fotografías de cuando estaba en Inglaterra durante la guerra, con hombres de pie y arrodillados delante de sus bombarderos como si fueran un equipo de béisbol. Algunos de aquellos hombres llevaban gafas oscuras, pero el motorista lucía unas gafas protectoras con correas y una gorra de visera corta. Se quitó ambas cosas y se pasó los dedos por el pelo, que necesitaba peine y también jabón.

—Hola, Superman —dijo Bob Falls—. ¿Pasabas por aquí?

—En verdad no soy Superman —explicó Robby Andersen—. Solo lo hago ver.

—Ah —dijo Bob, levantándose del asiento de cuero de la moto—. Supongo que Superman es más alto. Entonces debes de ser Robby.

—Mi verdadero nombre es Robert. —La diferencia era importante para algunos adultos—. Robby es un apodo.

—A mí me llamaron Bobby durante mucho tiempo, pero no Robby —dijo Bob mientras apoyaba la moto en la pata de cabra, se bajaba la cremallera de la cazadora y se la quitaba. La acomodó sobre el manillar—. Vi una o dos fotos tuyas que me envió tu madre. Soy tu tío.

Robby sabía que su madre tenía un hermano que había estado en la guerra. Había visto fotos suyas. Pero aquel motorista de tejanos con el dobladillo girado y camiseta blanca era un extraño para él.

—¿Eres el hermano de mi madre?

—Sip. —Bob sacó un Chesterfield y lo encendió con un mechero que llevaba en una pequeña cartuchera en la cadera. Con el humo entre los dedos de una mano, se levantó, estiró los brazos y los hombros hacia las copas de los árboles y soltó un arrrrtuhhhh. Luego dio una buena calada al cigarrillo—. ¿No cumples cinco años dentro de muy poco? —preguntó, exhalando el humo con las palabras.

—Sip. —En ese momento, Robby decidió que «sip» iba a ser una palabra que utilizaría mucho.

—¡BOB!

Lulu salió de casa a la carrera por la puerta mosquitera, que se abrió de par en par y dio un portazo tras ella. Había oído una voz de hombre durante una pausa del *Musical de media mañana*, así que había salido a investigar. Su hijo nunca la había visto llorar, pero eso era lo que estaba haciendo mientras corría a los brazos del motorista, aferrándose a él con fuerza, como si necesitara que la aguantaran para no caerse.

El resto del día trajo más acontecimientos nunca antes presenciados por Robby. Su padre llegó pronto de la tienda, detuvo el Packard en seco en la entrada de gravilla y entró corriendo por el porche gritando:

—¿Dónde está? —La puerta se cerró de un portazo tras él.

Estrechó la mano del tío Bob con firmeza, agitándola con fuerza durante un buen rato. Los dos hombres se dieron palmadas en la espalda mientras hablaban al mismo tiempo. Luego los tres adultos se sentaron a la mesa de madera del patio, en el minihuerto de ciruelos, y bebieron latas de cerveza Hamm's. La madre de Robby bebiendo una Hamm's antes de cenar… ¡Vaya día!

Cuando el chico de los periódicos tiró el *Daily Press* en el porche de delante, Robby corrió a cogerlo para su padre, pero el periódico se quedó doblado, sin leer, mientras papá y el tío Bob seguían hablando y bebiendo Hamm's. Para entonces mamá estaba en la cocina, con Nora sobre la cadera, preparando una cena a base de mazorcas de maíz y hamburguesas. Robby sacó los colores y los blocs al huerto, se sentó a la mesa y se puso a dibujar de memoria una moto mientras escuchaba hablar a los mayores.

—Bueno, a unos cuantos nos metieron unos días en el calabozo —dijo tío Bob—. Se nos pasó la trompa, pagamos una multa y dijimos: «Vaya, lo sentimos». Los periódicos la liaron más que nosotros.

—Es que les disteis un susto de muerte; armasteis un follón de la hostia —dijo papá. Robby se preguntó si debía decirle a mamá que papá había dicho una palabrota.

—Alguien rompió uno o dos escaparates. No fui yo. Y uno de los vecinos soltó un par de puñetazos y la cosa no acabó bien.

—Pero, a ver, ¿cómo acabaste en una banda como esa?

—No somos una banda —se rio el tío Bob—. Solo rompemos algunas normas de vez en cuando. De todos modos, la mayoría de los exmarines son buenos chicos.

Robby fue adentro a por sus colores y los afiló con el sacapuntas de manivela que su padre había atornillado a la pared del porche a menos de un metro de altura para que no tuviera que subirse a una silla para alcanzarlo. Lo había puesto especialmente para él. Volvió al minihuerto a hacer dibujos y escuchar más de la charla de los mayores: palabras como «sentar la cabeza», «caballos de vapor», «Nagasaki», «soldado Bill», «huelga ferroviaria». Ambos hombres abrieron más cervezas y, cuando mamá dijo «¡hora del papeo!» riendo, se llevaron las Hamm's a la mesa.

El tío Bob hablaba y reía mientras comía. Se tragó su hamburguesa con salsa Heinz 57 extra y siguió bebiendo cerveza. Se sentó de lado en su silla del extremo de la mesa, frente a Ernie, repitiendo anécdotas de su infancia en Lone Butte y haciendo preguntas sobre gente de la que Robby no había oído hablar nunca. Cuando Lulu insistió en que su hermano cogiera a Nora un rato en su regazo, este lo hizo, pero no se le veía cómodo. La niña le hacía sentirse inseguro con cada uno de sus movimientos.

—No la vas a romper, Bob —dijo Lulu—. Piensa en ella como en un cachorro.

Al oír eso, Bob rascó a su sobrina detrás de las orejas. Nora, sobre el regazo de un hombre al que no había visto ni olido nunca, tenía una expresión hermética y expectante.

—¿Puedo darle una galleta?

Podía, y lo hizo. Nora se la quedó en la mano.

La charla giró hacia cómo estaba llevando Ernie las cosas en la tienda, y enseguida ofreció a Bob un trabajo, ya que allí siempre necesitaban buenos hombres. Bob lo rechazó de lleno. No necesitaba dinero y no era un hombre de tienda; el trabajo de Texas le había enseñado que no se llevaba bien con los jefes. Bromeó diciendo que prefería pegarle a un poli antes que a un reloj. Lulu preparó café para acompañar el postre de sandía espolvoreada con sal, así que Bob se tomó una taza mientras fumaba Chesterfields. Dejó que su sobrino sujetara su Zippo, que tenía grabado el globo terráqueo y el ancla del Cuerpo de Marines de Estados Unidos, junto con una palabra que Robby no sabía leer.* Al chico le gustaba el ruido que hacía el encendedor al abrirse y cerrarse. Nadie se levantó de la mesa durante lo que a Robby le pareció un rato larguísimo, tan largo que dejó los cubiertos sobre la mesa y se fue al salón a tumbarse de nuevo en la alfombra a dibujar. Los hombres continuaron charlando y el tío Bob siguió fumando, echando la cabeza atrás al sacar el humo para que no se le metiera en los ojos a la niña.

Bien entrada la noche, Bob dijo en voz baja:

—Mírala, está fuera de combate. —Señalaba con la barbilla a Nora, que se había quedado dormida con la mejilla apoyada en el pecho de su tío y la boca ligeramente abierta, dejando una

* Tarawa.

pequeña mancha de humedad en su camiseta blanca de manga corta sin botones—. La he aburrido hasta dormirla.

Ernie rio entre dientes. Lulu cogió con cuidado a su hija dormida y llamó al pequeño Robby para que fuera a bañarse. Los hombres se ofrecieron voluntarios para ocuparse de la cocina y empezaron a retirar los platos.

Después del baño y antes de la hora de dormir, el tío Bob enseñó a Robby a convertir el sofá del salón en un catre con sábanas y una manta. El tío Bob estaba muy risueño: cogió a Robby en brazos como si fuera una tabla y lo hizo «volar» por el salón; a punto estuvieron de tirar una lámpara y de tropezar con el sillón de lectura de Ernie antes de acabar de meter follón con algo llamado aterrizaje en tres puntos. Cuando Robby subió a dormir, se sentó a escondidas en el último escalón y se puso a escuchar hablar a los mayores en el salón. Cuando Lulu se acostó a las 22:30 encontró a su hijo durmiendo allí y lo llevó con cuidado a su habitación. Los hombres se quedaron levantados hasta casi la una de la mañana, cuando Ernie dio por terminada la noche.

A las 7:02 según la radio, Robby esperaba que su tío estuviera despierto —los adultos siempre madrugaban—, pero el gigantón del gran Bob continuaba durmiendo en el sofá. Encima de la mesita había tres latas de cerveza Hamm's vacías y abolladas.

Normalmente, Ernie habría estado de camino a la tienda, pero la llegada repentina y por sorpresa de su cuñado había convertido su rutina matutina en un caos. Todavía estaba sentado a la mesa de la cocina ante la cuarta taza de café solo, casi sin haber tocado los huevos fritos, mientras le decía a Lulu: «… los nuestros tenían el cielo casi para ellos solos cuando aterrizó en Saipán…». Cuando Robby entró en la cocina, su madre sacudió la cabeza mirando a su padre y dejaron de hablar.

—El tío Bob sigue dormido —dijo Robby—. ¿Va a vivir con nosotros?

—Vaya, hombre —dijo Ernie, y se levantó apurando el café—. No hagamos ruido para que tu tío pueda dormir la mona, ¿vale?

Le revolvió el pelo a su hijo, salió por la puerta trasera y arrancó el Packard. Para cuando Ernie hubo sacado el coche marcha atrás por el camino de grava y se dirigió a la tienda, Lulu ya había puesto una tostada fría y un vasito de leche delante de Robby.

Con su tío dormido en el salón, Robby sacó sus colores sin hacer ruido y se puso a dibujar a la mesa de la cocina. Su madre estaba fregando los platos despacio, con cuidado de no hacer ruido. A las diez en punto, Robby cruzó el seto para ir a jugar con Jill a la casa de al lado. Se pusieron a llenar cubos de agua en un grifo del jardín y a lanzarla por ahí como si estuvieran apagando fuegos. Les encantaba estar mojados y fresquitos una calurosa mañana de agosto.

Cuando por fin entraron a comer, allí estaba el tío Bob sentado a la mesa del desayuno, vestido con uno de los albornoces de Ernie, recién salido de la ducha, con una taza Blue Willow llena de café, un Chesterfield encendido entre los dedos y el *Herald* abierto ante él sobre la mesa.

Al levantar la vista y ver a alguien nuevo, preguntó:

—¿Y tú quién eres?

—Vivo en la casa de al lado —dijo la niña.

—Eso responde a otra pregunta —replicó Bob Falls.

—Se llama Jill —dijo Robby.

Los ojos de Bob no pudieron evitar fijarse en el pie deforme de la niña, aunque no se detuvieron en él.

—Bueno, Jill que vive en la casa de al lado, ¿puedes disculpar mi aspecto un momento mientras me acabo el cafelito? Iré a vestirme en cuanto tenga la cabeza lo bastante calmada como para poder saborearlo.

—Mi padre también bebe café —dijo Jill—. Él lo llama cafecito.

Lulu, con Nora sobre la cadera, estaba preparando un sándwich de mantequilla y mermelada para cada niño.

—¿Os apetece comer delante de la radio?

—¿Podemos? —A Robby nunca le dejaban comer en ningún lugar que no fuera la mesa de la cocina o la del comedor.

Su amiga y él comieron en el salón poniendo servilletas a modo de manteles sobre la alfombra mientras escuchaban un concurso en la KHSL. La madre de Robby les hizo limonada y les dio trocitos cuadrados de tarta de café que comieron con los dedos. A Nora la pusieron boca abajo sobre su mantita, cerca de ellos, y le dieron un par de cucharas de madera para jugar y los tres niños se entretuvieron unos con otros durante casi una hora.

Cuando Bob por fin hubo saboreado lo bastante su café y pasó por el salón para ir a cambiarse de ropa, en la radio daban un programa en el que unas mujeres hablaban de las tareas del hogar. Lulu estaba tendiendo la ropa recién lavada de Bob para que se secara en el patio de atrás, y Robby y Jill se pusieron a dibujar y colorear. Jill estaba contenta dibujando personas de palo y casas cuyas paredes, puertas y ventanas eran rectángulos y cuyo tejado era un triángulo. Lo pintaba todo con ceras de colores vivos, aunque no combinaban entre sí.

Comparados con sus dibujos, los de Robby eran de profesional: páginas y más páginas con la radio de pulsera de Dick Tracy, aviones volando por el cielo junto a..., sí, Superman, y camiones de bomberos apagando llamas en un edificio alto.

El tío Bob se detuvo un momento junto a ellos con las manos en los bolsillos del albornoz de Ernie.

—Chicos, tenéis lo que yo llamo talento —dijo. Después hizo un gesto con la cabeza en dirección a las llamas del enorme fuego de Robby y añadió—: Parecen de verdad. —Y se fue al baño a vestirse.

Cuando pusieron a Nora a dormir la siesta, Jill se fue a su casa por el seto trasero. Robby cogió entonces las tiras cómicas del periódico de la mañana y se pasó dos programas de radio sentado con tío Bob enseñándole a recrear tiras cómicas famosas con sus propias manos. Bob seguía bebiendo café-cafelito-cafecito recién hecho, fumando Chesterfields, mirando caras dibujadas con ceras y escenas dibujadas a lápiz. Lulu dejó un cenicero sobre la mesa baja de delante del sofá para que Bob lo usara en lugar del platillo Blue Willow de la taza de café. Después se sentó en la butaca de lectura, la que tenía el respaldo y los reposabrazos festoneados, que se utilizaba poco. Los tres hablaron de dibujos, viñetas y del precio de los cómics en los quioscos.

—¿Te acuerdas de Lowell Strueller? —preguntó Lulu. Lowell había ido al instituto con Bob, un curso por delante de él. Se había alistado en la Marina el lunes después del ataque a Pearl Harbor—. Lleva el quiosco que hay en Clark's, el *drugstore*.

—Ah, ¿sí? —dijo Bob—. Siempre soñó a lo grande. —En la

radio sonó un anuncio de jabón de lavavajillas Palmolive—. ¿A qué hora vuelve Ernie?

—Uy, todavía faltan un par de horas —respondió Lulu mientras recogía su taza de café vacía y la taza y el platillo lleno de ceniza de su hermano.

—Creo que dejaré de molestarte un rato. Robby, ¿quieres dar un paseo en moto?

—¿En tu moto? —Al instante, Robby se imaginó encima de la moto, agarrado al manillar con un viento de sesenta kilómetros por hora en la cara—. ¡Claro!

Lulu estaba atónita.

—¡Bob! ¡No!

—No iré a más de veinte por hora. Solo será una vuelta por la ciudad.

—¡De ninguna manera!

—Venga, va... —dijo Bob, levantándose—. Será más seguro que cuando montábamos en los canalones.

De niños, en los días de lluvia, Lulu, Bob y todos los que eran lo bastante valientes e imprudentes bajaban sobre los canalones resbaladizos por la pendiente de Webster Road, la mayoría sentados y algunos de pie, como si patinaran sobre hielo. Hubo muchas caídas, magulladuras y huesos de la risa tocados, pero nadie se rompió nada nunca.

—¡He dicho que de ninguna manera!

El tío Bob miró a su sobrino.

—Chico, tu madre dice que «de ninguna manera». ¿Qué le vamos a hacer?

Robby tenía los brazos demasiado cortos para alcanzar el manillar, así que, sentado delante de su tío Bob sobre el amplio asiento de cuero, colocó las manos sobre el depósito de gasolina para mantener el equilibrio. Fiel a su palabra, y para decepción del niño, tío Bob no fue nada rápido, aunque sí que revolucionó el ruidoso motor para que el niño pudiera oírlo rugir y sentir el ritmo vibrante de los pistones, la cadena y el piñón de la gran máquina. Girar deslizándose en equilibrio era como dar un paseo en la feria del condado.

—Vamos a ver la ciudad —dijo Bob al oído de su sobrino.

Pasearon por Lone Butte y pasaron por la tienda de comestibles de Wentley, por la escuela de Robby, por la biblioteca pública, por las iglesias de San Felipe Neri, de San Pablo y de la Asamblea de Dios. Mientras cruzaban el puente de caballetes sobre el río Big Iron Bend, Bob dijo:

—¡Yo saltaba desde aquí arriba, directo al agua!

Robby no se imaginaba siendo lo bastante valiente como para saltar de un puente tan alto a un río tan frío.

—¿Cuántos años tenías cuando lo hacías? —gritó Robby al viento.

—Más o menos los que tú. ¡Me hacía sentir como Superman! —Y añadió—: ¡No le digas a tu madre que he dicho eso!

Evitaron el ayuntamiento y el juzgado del condado, con la comisaría de policía colindante a la plaza principal. Al pasar por el cine Estatal, un palacio del cine digno de ese nombre, el tío Bob aminoró la marcha para contemplar la enorme marquesina y la impresionante fachada.

—Esto es nuevo —comentó.

—Hubo un gran incendio, así que construyeron un cine nuevo —explicó Robby. El cine Estatal ya tenía más de un año. Había inaugurado con una película que al pequeño Robby no le estaba permitido ver.*

—Un incendio, ¿eh? —El cine Estatal original había sido construido en 1908—. Tu madre y yo vimos muchas pelis en él. *Lo que el viento se llevó. Rebelión a bordo.*

Aquel día de agosto ponían una de Van Johnson, *La hora del olvido*, un episodio de dibujos animados del Pato Lucas, un documental sobre las bellezas naturales de Canadá y un noticiario. No era exagerado decir que en Lone Butte todo el mundo iba al cine una vez a la semana y veía todas las películas que se proyectaban en su opulenta sala. Cuando la televisión llegó a la ciudad, la venta de entradas del sábado noche se resintió a causa de Sid Caesar.

La temperatura en Main Street había alcanzado casi los 39 grados, así que la mayoría de la gente estaba en los interiores y había tan poco tráfico como un domingo. Bob giró a la derecha y dejó Pierce Street para entrar en el extremo norte de Main,

* *La dalia azul*, con Alan Ladd.

donde el Chicken Shack Dinner House todavía estaba a oscuras, a la espera de abrir a las cinco de la tarde. El eje central de Lone Butte se extendía ante ellos, con algo más de seis kilómetros de un extremo al otro. Tres años más tarde instalarían un semáforo en Buchannan con Main, pero entonces había una señal de *stop*, que Bob ignoró por ir tan despacio.

—Acabamos de saltárnoslo —dijo al oído de su sobrino.

Pasaron el hotel Golden Eagle a un lado de la calle y la Asociación de Productores de Almendras al otro. Luego la estación de autobuses frente a los grandes almacenes Burton. Dejaron atrás la tienda de Electrodomésticos Patterson y el concesionario Butte. En la manzana después de Madison estaban la zapatería Red Hen, la ferretería Ordt, la tienda de música de Lone Butte y una tienda de ropa elegante para señoras. Al otro lado de la calle estaban la gasolinera Flying A, la antigua oficina de la Western Union, ahora vacía, y una «taberna», el Shed.

Llamar taberna al Shed era un poco exagerado; era un bar. Un letrero de neón con una copa de martini colgaba perpendicular al tráfico de la calle; en las ventanas, demasiado estrechas y altas como para ver el interior, había coloridos anuncios luminosos de cervezas Hamm's y Blue Label. La amplia puerta de madera del Shed estaba abierta y dejaba entrever los límites oscuros, en sombra, del bar.

Sobre la acera, delante del local, había cuatro motocicletas apoyadas en sus respectivas patas de cabra. Robby sabía que no eran motos de policía. Aquellas máquinas eran mucho más parecidas a la del tío Bob, cada una de ellas con un manillar diferente, varias partes cromadas y el tanque de gasolina de diferente color. Uno era todavía del verde oliva que había sobrado de la guerra.

Bob reconoció todas y cada una de las máquinas a medida que pasaban. Aquellas motos pertenecían a un médico veterano de la Marina, Kirkland, y a tres exmarines, Hal, Doggit y Butch. Todos ellos habían estado en Hobartha cuando se lio la tangana. Butch y Kirkland habían estado en la cárcel de Hobartha con Bob.

Tío Bob se desvió bruscamente hacia la acera de delante de Clark's, apagó el motor en línea de la Indian Four y bajó a Robby al suelo. El repentino silencio resonó en los oídos del muchacho. Puesto que su tío le había prometido una Coca-Cola y el cómic que quisiera, Robby entró corriendo en la tienda, pero

Bob no le siguió; se quedó mirando las cuatro motos que había inclinadas delante del Shed. Solo tras un largo instante fue tras su sobrino al interior.

—¿Eres Bob Falls? —Desde su puesto en un taburete junto a la caja registradora, Lowell Strueller ató cabos al instante—. Porque sin duda te pareces a Bob Falls.

El gerente del quiosco de Clark's salió de detrás del mostrador para estrechar la mano a Bob y darle un apretón en el hombro con tanta familiaridad que el pequeño Robby pensó que en su día debían de haber sido amigos íntimos.

—He oído que llevas la tienda —dijo Bob—. ¿Conoces a mi sobrino?

—Pues claro que sí —dijo Lowell, que se acuclilló junto a Robby para estrecharle la manita—. ¿Cómo estás, campeón? ¿Están bien tu madre y tu padre? —Robby asintió mientras Lowell se levantaba de un salto y se volvía hacia Bob—. ¿Dónde diablos has estado, Bob? Me alegro de verte.

Lowell Strueller tenía veinticinco años, uno más que Bob Falls. Antes de la guerra, ninguno de los dos chicos se había alejado mucho de Lone Butte. Desde sus últimos días en el instituto Union, Lowell había ido a San Francisco y luego había cruzado el océano Pacífico. A bordo de un destructor de las fuerzas especiales había presenciado, desde la distancia, los bombardeos y las posteriores invasiones de algunas de las islas controladas por los japoneses, unos puntitos diminutos en los grandes mapas. En los últimos meses de guerra, un bombardero kamikaze había elegido su barco para destruirlo. El piloto japonés se había estrellado en medio del barco, justo por encima de la línea de flotación, y había explotado con tal fuerza que había abierto un boquete de estribor a babor. Fue un milagro que Lowell no muriera como los diecisiete marineros que habían quedado incinerados por la explosión del kamikaze. Fue un milagro que el barco no se partiera en dos y desapareciera con todos sus tripulantes. Fue un milagro que los trozos de acero afilados e incandescentes del mamparo del barco, no más grandes que una chincheta, impactaran en los glúteos y muslos de Lowell y no en su columna, su corazón o sus ojos; no lo alcanzaron los trozos de metralla, grandes como herraduras. Lowell era el típico tío que hablaba a menudo de su buena suerte, de cómo había engañado a la muerte. Perfeccionó su historia de supervivencia mientras hacía autostop desde la base naval de San Diego de regreso a Lone Butte en enero de 1946, repitiendo su milagrosa historia a cada conductor que se detenía para llevarle.

Bob Falls también había visto la línea del horizonte del océano Pacífico y algunas de las islas que eran puntitos en el mapa. Las había que parecían el paraíso, incluso con toda la lluvia que caía. Otras eran parajes infernales bordeados de coral con selvas atávicas de vivos tonos verdes que tapaban el azul del cielo y del mar, con manchas rojas de sangre fresca, manchas negras de sangre expuesta a la intemperie durante demasiado tiempo y el olor a cordita gastada mezclado con el hedor a bilis, a despojos y a carne humana en descomposición. Aquellos puntitos que veían en el horizonte se agrandaban a medida que él y los demás marines se iban acercando, hasta que su lancha de desembarco de madera encallaba y vadeaban hasta la orilla tan rápido como les permitía el peso del equipo y el armamento, espoleados por sus instintos y sus miedos. Tarawa en noviembre de 1943, Saipán en junio de 1944, y luego, más tarde el mismo año, Tinian. Bob no desembarcó en Okinawa hasta que otros marines se hubieron encargado de las primeras semanas de lucha de la invasión. En Okinawa había muchos soldados japoneses luchando a finales de la primavera de 1945, pero para cuando la Fuerza de Reserva Flotante de Bob llegó a tierra, las probabilidades de morir en combate estaban más a su favor que en su contra.

El pequeño Robby no oyó mucho de lo que decían los hombres. Se sintió atraído por los cómics expuestos, estantes llenos de ellos. Las coloridas portadas mostraban superhéroes, mujeres preocupadas que miraban por encima del hombro y patos parlantes. Estaban alineados, listos para la venta, algunos por solo cinco centavos, por diez los más gruesos y mejor impresos. Había vaqueros y ladrones, una pandilla de adolescentes risueños apiñados en un cacharro, aviones de combate que iban a toda velocidad y un soldado bobalicón con el uniforme desaliñado que bailaba con una fregona.

La portada de un cómic de guerra era la imagen de un marine con casco saliendo del agua en una playa bordeada de palmeras entre explosiones glamurosas. A lo lejos se veían barcos y se acercaban lanchas de desembarco cargadas de hombres. El marine apretaba los dientes con determinación, con un fusil en una mano fuerte mientras movía la otra hacia otros marines que salían por entre las olas detrás de él. Robby todavía no sabía leer las palabras impresas en negrita.*

El niño cogió el cómic de la estantería y lo abrió por la primera página. Había palabras pulcramente impresas en recuadros, junto con un dibujito de la cabeza y la cara de un marine, un hombre toscamente afeitado que parecía estar contando la historia de una batalla. Había marines agazapados en agujeros disparando ametralladoras y fusiles. Una figura pequeña, estirada como un lanzador de béisbol a punto de soltar la bola, estaba arrojando una granada. Al fondo había un marine con un gran aparato a la espalda que parecía el equipo de soldadura que había en el taller del padre de Robby. Una manguera unía los tanques montados del marine a un arma diferente a todas las demás. El marine estaba inclinado hacia delante mientras una línea de llamas rojas, naranjas y amarillas salía del arma formando un arco cada vez más amplio y convertía una palmera en un infierno de llamas.

—Eh, mira. —El tío Bob estaba sobre el hombro de Robby. Señaló al marine, el que disparaba el chorro de fuego—. Ese soy yo.

Con la mayor parte de cincuenta centavos, Bob dejó que su sobrino escogiera los cómics que quisiera. Lowell Strueller le cobró *El hombre enmascarado, Little Dot, Historias del rancho de la triple Q, El profesor MacQuack* y *HÉROES BAJO EL FUEGO*. Bob y el pequeño Robby se sentaron en un par de taburetes en el mostrador de la cafetería. A aquella hora eran dos de los tres clientes que había; en el otro extremo del mostrador, un anciano leía un libro y tomaba un tazón de sopa de almejas. A Robby aún no le llegaban los pies al suelo, pero los balanceaba ociosamente mientras extendía los cómics ante sí. Lowell le puso delante la bebida más asombrosa que jamás le habían dejado tomar: una Coca-Cola con sirope de vainilla que era tan dulce y espesa como un flan líquido. ¿Le permitiría su madre alguna vez tomar aquello cuando fuera a Clark's con ella?

—¿Café, Bob? —preguntó Lowell. Mientras le servían la

* «¡Venga, idiotas! ¡Tenemos trabajo que hacer!».

taza, Bob Falls cogió *HÉROES BAJO EL FUEGO,* observó la portada y lo abrió por la primera página.

Los dibujos no mostraban explícitamente a ninguno de los marines muertos en combate, acribillados a balazos, volados en pedazos o mutilados al atravesarlos trocitos de plomo —en los cómics infantiles no estaba permitido semejante horror gráfico—; sin embargo, Bob lo vio todo igualmente. Oyó la furia y el caos de la batalla en la selva. Olió el combustible líquido del lanzallamas, igual que olió los árboles y la carne humana ardiendo. Se le empezó a acelerar el corazón y notó que un hilo de sudor le mojaba la espalda de la camisa. Antes de llegar a la última página dejó de leer. No vio el final de la batalla, la conclusión de *HÉROES BAJO EL FUEGO.* Se limitó a cerrar el cómic y se lo devolvió a su sobrino.

Cerró los ojos un momento, después encendió un cigarrillo y aspiró el humo con fuerza y rapidez. Miró hacia fuera por el escaparate de Clark's y vio su Indian cuatro cilindros en línea apoyada sobre la pata de cabra en Main Street, un trozo de cielo sobre los edificios de enfrente. Empezaba a anochecer, el día estaba pasando de la luz de mediodía a los tonos ámbar más oscuros de la tarde. Durante unos segundos había estado muy muy lejos, olvidando incluso que el pequeño Robby estaba en el taburete de al lado.

«¿Qué coño estoy haciendo aquí, en el puto Lone Butte y en el puto Clark's?».

Se volvió hacia su sobrino.

—¿Estás bien con tus deberes, Robby?

—¿Deberes? —Robby no sabía qué quería decir eso. Vio que su tío se levantaba del mostrador e iba hacia la puerta del *drugstore*.

—¿Me vigilas al campeón un momento, Lowell?

—Está la mar de bien aquí conmigo —dijo Lowell—. ¿Verdad que sí, hombrecito?

Robby asintió mientras con la pajita en la boca bebía cola con sabor a helado.

—Gracias. —Bob salió del Clark's, pasó junto a su moto aparcada y fue en dirección al Shed hasta perderse de vista.

Y

Robby Andersen recordaría para siempre determinados momentos de aquella larga tarde de agosto en la que su tío Bob lo dejó sentado en el mostrador de Clark's. Hojeó muchas veces todos los cómics que tenía delante, observando los dibujos y coloreando, deteniéndose en los anuncios dirigidos a los lectores infantiles, en las divertidas caras del Profesor MacQuack y sus alumnos de la escuela del estanque, en los caballos y animales del Rancho de la Triple Q, y en la sencillez de los dibujos de *Little Dot*. Se preguntaba cuánto tardaría en aprender a leer en el parvulario. Quizás entonces entendería *El hombre enmascarado*.

Pasó la mayor parte del tiempo repasando las viñetas de *HÉROES BAJO EL FUEGO*, asombrado por las representaciones de hechos reales, casi como las fotografías de las revistas. Quería dibujar con la misma fidelidad, con la misma autenticidad: los tanques y los *jeeps* rugiendo, los troncos de las palmeras astilladas, los fogonazos de las ametralladoras y el movimiento de las bayonetas al clavarse, los cascos y los ojos de los marines en combate, las estrechas aberturas de los pequeños fuertes donde se escondía el enemigo japonés.

Si bien, debido a su edad, no sabía leer, era capaz de entender la historia como si fuera una película muda antigua: los marines lucharon valientemente desde la playa y se adentraron en la selva. Fueron bombardeados. Muchos murieron y resultaron heridos. Los soldados japoneses disparaban ametralladoras desde un fuerte de cemento y los estadounidenses quedaron atrapados en agujeros y detrás de troncos caídos. Los estadounidenses lanzaron pequeñas bombas a las aberturas del fuerte de cemento, pero los soldados japoneses seguían disparando, ilesos. El marine que llevaba los tanques de soldadura a la espalda, el que disparaba fuego —«Ese soy yo», había dicho el tío Bob—, se arrastró por la arena y la selva. Estuvieron a punto de alcanzarle una y otra vez hasta que estuvo más cerca del fuerte de cemento que cualquiera de sus compañeros. Una viñeta del libro mostraba al marine, el tío de Robby, agachado con el tanque a la espalda y una chispa encendida en su arma especial. Clic-clic-clic hizo la chispa. La siguiente viñeta mostraba al tío Bob apretando los dientes con un cigarrillo apagado entre ellos. En la siguiente, que ocupaba media página del cómic, el tío Bob había salido de su escondite y disparaba un enorme chorro de llamas naranjas, amarillas y rojo carmesí, un cometa que salpicaba y quemaba la estrecha abertura del búnker enemigo. El dibujo parecía tan real que Robby notó el calor de las llamas.

El niño de casi cinco años perdió la noción del tiempo el rato que estuvo sentado en el mostrador del dispensador de refrescos. La moto del tío Bob seguía aparcada fuera. Los clientes iban y venían. Una camarera llamada Marie se hizo cargo del mostrador justo antes de las cinco de la tarde, que era cuando Lowell Strueller acababa su turno. Lowell había salido a la acera varias veces y había mirado arriba y abajo de Main Street, con la esperanza de ver a Bob de regreso para recoger a su sobrino. Tras una conversación en voz baja con Marie, Lowell le dijo a Robby que no se moviera, que volvía enseguida, que creía saber dónde había ido su tío.

Lowell no era bebedor. Solo había estado una vez en el Shed para tomarse la cerveza gratis que prometían el día después de regresar del ejército. De eso hacía casi dos años.

Las motos en fila delante del Shed eran parecidas a la de Bob Falls, en la que había llegado con el niño de los Andersen en su regazo. Del interior del bar llegaba la música de la gramola y sonido de conversaciones. Al adentrarse en la oscuridad del local, sus ojos necesitaron algo de tiempo para adaptarse de la luz del sol a la sombra de la cervecería. Hubo un momento en que no veía nada.

—¿Bob Falls? ¿Estás aquí? —Lowell pudo distinguir algunas siluetas en la barra y otras en la mesa de billar.

—¿Quién lo pregunta? —dijo una voz desconocida y desafiante.

—Busco a Bob Falls —dijo Lowell—. ¿Ha entrado aquí?

Para entonces Lowell ya distinguía a los cuatro hombres vestidos con ropa de trabajo desgastada y pesadas botas de cuero; los motoristas eran los únicos clientes del Shed. Dos estaban jugando a Bola 8 y rodeaban la mesa de billar blandiendo en alto los tacos como si fueran armas. Los otros dos estaban en la barra, uno sentado y el otro de pie. Y el camarero, frente a ellos, con los brazos cruzados, apoyado en los estantes llenos de hileras de botellas de licor.

—Sí, Lowell, estoy aquí. —Lo encontró sentado en un taburete en un rincón oscuro, junto a la mesa de billar. A su lado había un vaso alto de cerveza de barril, medio vacío, sobre una mesa alta a juego. Bob también tenía un taco en la mano, apoyado en el suelo, a modo de bastón. Tres jugadores en la mesa de billar significaba que la partida no era a Bola 8, sino a Cutthroat—. ¿Qué puedo hacer por ti?

—¿Vas a volver a por tu chico? —preguntó Lowell.

La voz desafiante graznó.

—¿Tu chico? ¿Has sido papi todo este tiempo? —Los hombres de las botas pesadas soltaron unas risotadas. El tabernero se rio a carcajadas.

Bob también se rio. Terminó la mitad que le quedaba de su pilsner antes de decirle a Lowell:

—Prepárale otro refresco, ¿quieres, jefe? Voy dentro de un rato.

Los cuatro hombres y el camarero empezaron a cantar el estribillo mal interpretado de «In the Sweet By-and-By». Lowell los oyó reír mientras salía al sol menguante de Main Street.

En lugar de atiborrar a Robby con más refrescos de sabores, Marie le había dado al chico un vaso de leche con cacao, cosa que a Robby le pareció bien aunque, la verdad, lo que él quería era estar en casa, no en el *drugstore*. Quería que su tío fuera a buscarlo, lo sentara de nuevo en la gran montura de su rugiente motocicleta y lo llevara otra vez por las calles de Lone Butte, tal vez pasando por la vieja casa en ruinas que se decía que era un orfanato encantado (no era ni una cosa ni otra) y por la obra donde los tráileres habían estado llevando enormes vigas de acero.

Cuando Lowell entró por la puerta, pasó de largo del mostrador y fue directo a la parte de atrás de la tienda, tras la farmacia, al teléfono. Marcó el 0-121 de Commonwealth para hablar con la comisaría que había al lado del juzgado del condado. Informó de que había malos elementos bebiendo en el Shed y añadió que, con lo que había pasado al sur del condado, tal vez podría ir alguien y, bueno, sugerirles que sería buena idea que se fueran de la ciudad. Cuando le pidieron más detalles, Lowell mencionó las motos. Eso pareció ser cuanto necesitaba oír el policía que atendió la llamada.

—Uno de ellos es Bob Falls —le dijo Lowell al policía—. Es de aquí.

Lowell colgó el teléfono, satisfecho de haberse comportado como un buen ciudadano, y salió de detrás de la farmacia.

—Robby, ¿sabes dónde vives? —preguntó al niño.

—Ajá. —Robby se terminó lo que le quedaba de leche con la cañita—. Elm Street, 114.

—Voy a llevarte a casa.

—¿Qué ha pasado con el tío? —preguntó Marie.

Lowell puso los ojos en blanco y sacudió la cabeza, como diciendo: «Delante del crío no».

—Vamos, campeón —le dijo a Robby.

—Gracias, señorita Marie —se despidió Robby, y se bajó del taburete.

—No hay de qué. No olvides tu lectura. —Colocó uno sobre otro los cinco cómics y se los dio al educado chaval de los Andersen.

Lowell le llevó a la parte de atrás de la tienda y pasaron por el almacén lleno de cajas y estantes de mercancías y por un armario donde había las fregonas y los cubos de limpieza. Aparcado frente a la pesada puerta de metal donde se leía ENTREGAS estaba el Chrysler de Lowell, de antes de la guerra.

Robby se sentó y se inclinó hacia delante en lo que Lowell llamó el asiento del acompañante. Escuchó sin más comentario que «sí» y «ajá» un flujo constante de preguntas de Lowell sobre si le gustaba el béisbol y si deseaba volver a la escuela.

Ernie estaba en casa, en calcetines, leyendo el *Daily Press* en su La-Z-Boy, cuando Lowell apareció con Robby en la puerta principal y le explicó el cómo y el porqué de lo que había deparado la tarde. Ernie dio las gracias a Lowell por llevar a Robby a casa, pero todo aquello no le gustó nada en absoluto.

Al poco sonó el teléfono. Era E-K, que preguntaba por Lulu. Se había corrido la voz rápidamente sobre un incidente en el Shed: habían pedido a unos matones que abandonaran la ciudad cuanto antes. Uno de ellos, que dijo que era de la ciudad y que había vuelto para visitar a su familia, golpeó a uno de los «putos cabrones con placa». Los cinco rufianes, de los cuales uno había aparcado su moto delante de Clark's, fueron escoltados hasta los límites de la ciudad, al norte. Se hicieron llamadas oficiales a los departamentos de policía de la ruta hasta Redding para que vigilaran por si aparecía una banda de motoristas buscando problemas.

Durante el resto de su vida, Robby recordaría a Lulu llorando al teléfono y la cara que ponía mientras terminaba de preparar la cena de chuletas de cerdo, boniatos, ensalada de macarrones y pastel de albaricoque, un festín que había preparado para compartirlo con su hermano pequeño. Recordaría el ceño fruncido de su padre mientras cenaban.

—Se enterará toda la ciudad —no paraba de decir Ernie durante la cena.

Antes de su baño, Robby vio que su madre cogía las sábanas dobladas, la manta y la almohada, que formaban el catre del tío Bob en el sofá, y las puso en el cesto para lavarlas por la mañana.

Robby empezó a aprender a leer aquel otoño. Comenzó el parvulario justo después del Día del Trabajo. Su manual no oficial era la historia de su tío Bob en *HÉROES BAJO EL FUEGO*. Al principio no podía descifrar todas las palabras, pero con el tiempo (en segundo curso) ya se las sabía todas, y se sabía la saga completa «Yo era el del lanzallamas». Guardaba el cómic, así como todos los otros que empezó a comprar. Primero los almacenaba en las estanterías de su habitación, más tarde en baúles baratos, y al final en cajas de cartón, tantas que las trasladó a la estrecha buhardilla del 114 de Elm Street, compartiendo espacio con el baúl del Cuerpo del Aire que su padre conservaba de la guerra. Hubo una tormenta tan fuerte que el río se desbordó y cerraron las escuelas, se hicieron goteras en el tejado y entró agua en el desván, y gran parte de ella fue absorbida por los cómics de papel que estaban dentro de las cajas de cartón. El propio Robby tiró las cajas dañadas por el agua y su contenido sin ningún remordimiento. Al fin y al cabo, solo eran cómics baratos.*

Durante el resto de su juventud, y bastante después, Robby dibujó. Era el estudiante más dotado de todas las clases de arte del instituto Adams Junior, y después del Union. Presentaba obras en la feria del condado y ganaba el primer premio cada

* Conservada en perfecto estado, la colección valdría entre treinta y cincuenta mil dólares en el mercado actual.

verano. En 1957 su pintura en acuarela de niños saltando del puente de caballetes al río Big Iron Bend fue elegida la obra oficial de Lone Butte en la feria estatal de Sacramento, por la que ganó el Premio del Gobernador. Los dos periódicos locales pusieron la foto de Robby en primera plana y durante unas cuantas semanas fue famoso en la ciudad como EL JOVEN ES UN CÉLEBRE ARTISTA DE LONE BUTTE.

Tras la visita del tío Bob, unos sentimientos extraños empezaron a colorear los días de verano que le quedaban al pequeño Robby. Era como si tuviera unos ojos nuevos que se percataban de detalles mundanos que no había visto nunca antes. Con solo cinco años, se dio cuenta de que el sol descendía más pronto, haciendo que la luz que se filtraba por entre los sicomoros de delante se volviera más suave, más cálida, si es que esa era la palabra; menos blanca, más anaranjada-amarillenta, un color llamado ámbar. Se dio cuenta de que los ciruelos del minihuerto de atrás estaban perdiendo sus frutos y flores, de que sus ramas se iban convirtiendo en palos desnudos a cada semana que pasaba. Captaba las largas y silenciosas miradas de su madre por la ventana de la cocina y la costumbre de la pequeña Nora de cantarse a sí misma sin que nadie se lo pidiera.

Siguió con su trabajo artístico, ahora no tanto por diversión, sino porque, bueno, necesitaba atrapar la idea que tenía en la cabeza: dibujar bien, para que las formas, las figuras y los colores contaran una historia que él todavía tenía que aprender.

Esperó que su tío regresara a Lone Butte, primero para su cumpleaños, en septiembre, después para la reunión de inicio de curso, para el cumpleaños de su padre el 26 de octubre, y para la cena de Acción de Gracias. Pero Bob Falls nunca se presentó.

En este número: YO ERA EL DEL LANZALLAMAS · MI MEDIA HORA DE TERROR · ESTABA SOLO EN EL TURNO DE NOCHE

¡NIÑOS! ¡VENDED EL NOTICIARIO SEMANAL!
¡El periódico para chicos y chicas como TÚ! Todas las noticias importantes DE TODO EL MUNDO. Deportes, cultura, entretenimiento. ¡Una página entera de JUEGOS ESPECIALES en cada número!
ESCRÍBENOS PARA SABER CÓMO puedes recoger suscripciones y repartir *EL NOTICIARIO SEMANAL* en tu barrio y ciudad para poder ganar estos valiosos premios:
EL NOTICIARIO SEMANAL
EL NOTICIARIO SEMANAL
Muñecas
Coches, aviones y trenes de juguete
Juego de té
kit para hacerte tu propia radio
Kit para trabajar el cuero
Bici de niño
Bici de niña
Máquina de coser portátil
Baúl lleno de soldados de juguete
Juego de lápiz y bolígrafo
Colección del ejército: camiones, *jeeps*, tanques, cañones
Colección de las fuerzas aéreas: cazas, bombarderos, misiles
Colección de la Marina: buques de guerra, destructores, submarinos
Telescopio
Equipo de enfermera: estetoscopio de juguete, aguja hipodérmica, lupa
Microscopio
Máquina de escribir pequeña
Equipo de pirograbado
Equipo de química
Kit de magia
Acuario
Ajedrez/Damas
Armónica
Banjo
Guitarra
«¡Clases de piano!»
Acordeón pequeño
Agujas de hacer punto
Tocadiscos pequeño
Joyas de disfraces
¡Y MUCHAS COSAS MÁS!
Envía ahora nuestra solicitud GRATUITA:
EL NOTICIARIO SEMANAL
114 Elm Street, Omaha, Nebraska
Nombre ....
Dirección................................
Ciudad................................
Estado ....

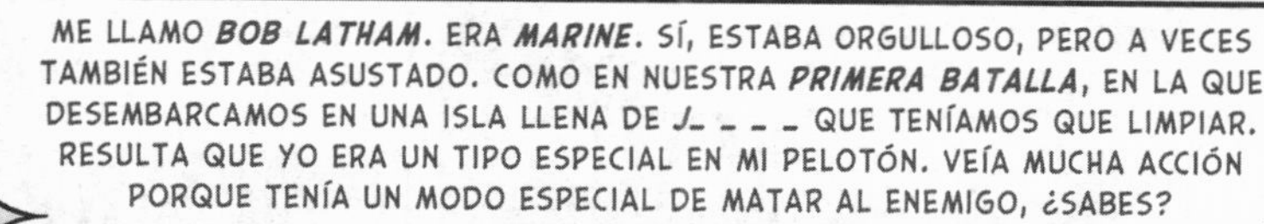
ME LLAMO BOB LATHAM. ERA MARINE. SÍ, ESTABA ORGULLOSO, PERO A VECES TAMBIÉN ESTABA ASUSTADO. COMO EN NUESTRA PRIMERA BATALLA, EN LA QUE DESEMBARCAMOS EN UNA ISLA LLENA DE J_ _ _ _ QUE TENÍAMOS QUE LIMPIAR. RESULTA QUE YO ERA UN TIPO ESPECIAL EN MI PELOTÓN. VEÍA MUCHA ACCIÓN PORQUE TENÍA UN MODO ESPECIAL DE MATAR AL ENEMIGO, ¿SABES?
¡ERA EL DEL LANZALLAMAS!

NINGUNO HABÍAMOS DORMIDO PORQUE SABÍAMOS LO QUE NOS ESPERABA...

NO PUDIERON EVITAR QUE TOMÁRAMOS LA PLAYA...

LA PRIMERA LÍNEA ESTABA JUSTO DETRÁS DE LOS ÁRBOLES...

ESTABA NERVIOSO E INCENDIÉ PARTE DE LA JUNGLA PARA QUE LOS MALOS SUPIERAN QUE ESTABA ALLÍ...

¡LATHAM! ¡HAZ UN AGUJERO Y PREPÁRATE! ¡TE VAMOS A NECESITAR PRONTO!

ESPERÉ DETRÁS DE UN TRONCO MIENTRAS LA BATALLA SE RECRUDECÍA...

SOLO PODÍA DARLE GOLPECITOS A MI DETONADOR...
CLIC-
CLIC-
CLIC...

CUANDO EMPEZARON A LLEGAR HERIDOS SUPE QUE EL PELOTÓN TENÍA PROBLEMAS...

ESTABA HASTA ARRIBA DE COMBUSTIBLE ESPERANDO LA SEÑAL PARA AVANZAR CUANDO OÍ LA **ORDEN**...

EL PELOTÓN HABÍA LLEGADO HASTA UN **BÚNKER ENEMIGO**...

EL ENEMIGO ESTABA A SALVO TRAS UNA **PARED DE CEMENTO** Y PODÍA DISPARARNOS A VOLUNTAD...

¡RA-TA-TA-TÁ! ¡RA-TA-TA-TÁ!

EL BÚNKER ESTABA A UNOS **30 METROS** PERO YO PODÍA CUBRIR ESA DISTANCIA.

ME ACERQUÉ LO BASTANTE PARA OÍRLES **GRITAR** Y **RECARGAR** SUS MGS.
¡MORID, MARINES!
BANZAI!

EN LA **INSTRUCCIÓN** HABÍA APRENDIDO DIFERENTES MODOS DE DISPARAR EL LANZALLAMAS...
UNA **BOLA DE LLAMAS GRANDE** PUEDE CEGAR AL ENEMIGO Y OBLIGARLO A RETROCEDER.
¡GROOOOAR!

UN **CHORRO** DE **FUEGO LÍQUIDO** PUEDE UTILIZARSE PARA CONSEGUIR UN MÁXIMO DE EFICACIA EN UN OBJETIVO CONCRETO: TAN SENCILLO COMO CONTAR HASTA **10**.

ESCONDIDO COMO ESTABA, PODÍA **SORPRENDER** AL ENEMIGO, AUNQUE SOLO FUERA AL PRINCIPIO.
VÁLVULA DEL LANZA-LLAMAS

¡**AHORA**, LATHAM! ¡SUELTA TU **CHORRO DE FUEGO**!

CLIC-
CLIC-
CLIC...
¡FUAAAAAAAA!
¡AAAHH!
それはどこから
来ましたか?*
*¿DE DÓNDE
HA SALIDO ESO?
(JAPONÉS)
NO NECESITÉ MÁS TIEMPO...
CONTROLES
LISTOS PARA
DISPARAR
SOLTÉ MI FUEGO Y LOS ENVIÉ
A TODOS AL INFIERNO...
1... 2... 3... 4...
5... 6...
7... 8...
9... 10...

AQUELLOS #@%&S HABÍAN **MUERTO** POR SU EMPERADOR...

LAS SIGUIENTES SEMANAS ME LLAMARON **MUCHAS** VECES...

EL ENEMIGO ESTABA ESCONDIDO **POR TODA** LA ISLA.

PERO YO LO ENCONTRABA CON MIS **LLAMAS...**

ESE ERA MI TRABAJO. YO ERA EL DEL **LANZALLAMAS...**

EL SOLDADO ROBERT LATHAM, DEL CUERPO DE MARINES, RECIBIÓ LA **ESTRELLA DE BRONCE** AL VALOR.
Y AHORA, NUESTRA PRÓXIMA HISTORIA DE... **HÉROES BAJO EL FUEGO...**

1971

TREV-VORR

Robby Andersen podía afirmar con razón haber asistido al espectáculo cultural de terror que había sido el concierto de rock gratuito celebrado en el circuito de Altamont, pero sin escuchar a Santana, a los Flying Burrito Brothers, o a los cabezas de cartel, los Rolling Stones, entre otros. Él y otros miles de fans tenían la esperanza de formar parte del próximo Woodstock, otro día con su noche llenos de paz, amor y música. Lo que Robby y su coche lleno de amigos colocados experimentaron en realidad fueron kilómetros y kilómetros de coches parados, un día entero caminando y horas y horas de penurias, exasperación y de orinar en público. Cuando finalmente lograron llegar a ver el escenario, lo único que había era una tensión creciente en el ambiente. Y ellos estaban hambrientos. Así que volvieron caminando al Fiat de Robby y de camino a casa pararon a comer en un Denny's de Castro Valley. Sí, se perdieron a Crosby, Stills, Nash & Young, pero también evitaron las palizas y las muertes, sobre las que leyeron en los periódicos a la mañana siguiente. Esas son las cosas que pasan cuando contratan a una banda de moteros como seguridad de un evento.*

Lo que fuera que hubiera en el aire, en el agua o en las drogas en San Francisco había desaparecido para enero de 1971. El llamado Verano del Amor había sido volatilizado por muchos muchos males sociales, principalmente la guerra de Vietnam, una nación aproximadamente del tamaño de California que estaba al otro lado del Pacífico. Cada vez más, de un

* Tres años y medio antes, Robby había tenido la suerte de asistir a la última actuación pública de los Beatles al acercarse a la taquilla y comprar un asiento en un Candlestick Park medio lleno.

modo incesante, las noticias del día hablaban de disturbios, de protestas (y de contraprotestas tipo AMA A ESTADOS UNIDOS O MÁRCHATE), de que se lanzaban piedras más a menudo que flores, de acabar con los cerdos y reservarse el derecho a negar el servicio a cualquiera, de aún más muertos en Vietnam y de nuevos cadáveres: cuatro universitarios tiroteados en Ohio. Una de las pocas cosas positivas que se podían decir sobre el comienzo de la nueva década era que al menos no había habido más asesinatos. 1970 fueron 365 días de volatilidad, ira y división; había familias que no se habían sentado a la misma mesa para la cena de Acción de Gracias ni habían abierto los regalos de Navidad en la misma casa desde que Nixon había llegado a la Casa Blanca.

No era el caso de los Andersen que quedaban. En ambas vacaciones, Nora volaba desde Los Ángeles a Oakland, adonde Robby la iba a recoger en el Fiat, y juntos hacían el trayecto hasta Lone Butte, riendo todo el camino, cruzando puentes y enfrentando el tráfico para estar con su madre y su hermana pequeña, Stella, en Franzel Meadows, la nueva urbanización de casas adosadas baratas pero ordenadas. Robby echaba de menos la casa que tenían antes en la ciudad, todos lo hacían, pero con papá muerto desde hacía diez años y con mamá que ya no era la Lulu que había sido, la casa del 114 de Elm Street era un desperdicio de espacio y daba mucho trabajo. Todo esto eran muestras del purgatorio en que se había convertido Lone Butte: la fábrica de bombillas Westinghouse se había quedado con un solo turno de trabajo y en la ciudad únicamente había un lugar donde comprar zapatos. El *drugstore* Clark's servía un menú restringido al desayuno y el almuerzo. La gente iba a Chico a hacer las compras de Navidad. El cine Estatal proyectaba «películas para adultos» los viernes por la noche, algunas en un primitivo 3D que requería unas gafas de cartón con una lente roja y otra azul. Los trenes ya no paraban en Welles, pero la interestatal, a veintisiete kilómetros al oeste, tenía dos gasolineras y un grupo de nuevos locales de comida rápida: McDonald's, Arctic Circle, Kreme Palace y Lord Butley's Fish & Chips Shoppe. Lone Butte ya no era tanto una ciudad natal para dos de los hijos de los Andersen como una flecha en una señal de salida.

Robby se había mudado hacía tiempo al Área de la Bahía, a tres horas y media en Fiat.

Había estudiado arte en el Instituto de las Artes de California, el CalArts, y enseñaba dibujo, pintura y cerámica en las escuelas públicas de Berkeley y en el Departamento de Parques de Oakland. Trabajaba como autónomo para productoras y compañías teatrales, había vivido con una mujer en el Haight de San Francisco y con otra en el Noe Valley durante los años de diversión, se había fumado toda la hierba del mundo en los partidos de béisbol de los Giants y los Oakland A's. El béisbol y estar colocado iban de maravilla. Cualquier cosa iba de maravilla cuando Robby estaba colocado. Cuando sus colegas pasaron a otras drogas más duras —alucinógenos, narcóticos y estimulantes adictivos—, Robby se preguntó por qué. ¡Si la hierba era genial!

Tenía planeado hacer el servicio militar antes de que dispararan a Kennedy —John Fitzgerald, no Robert Francis—, pero la Guardia Costera no lo consideró apto debido a una enfermedad cardíaca congénita que ni siquiera sabía que tenía. A principios de 1971, el reclutamiento y Vietnam no eran una preocupación, y a los veintiocho años había conseguido el empleo más perfecto del mundo tras pintar la nevera de una chica con la que salía en San Mateo. Había cogido su Kenmore blanca y la había recreado, en lo que a electrodomésticos se refiere, como un televisor que reproducía *El Mago de Oz*, con los monos voladores saliendo de la pantalla y RÍNDETE, DOROTHY escrito en el cielo, que era la puerta del congelador. Su ingenio fue un éxito, y a partir de ahí un compañero artista llamado Zelko le dijo que debería ir a dibujar para Kool Katz Komix.

La sede de la Katz era una antigua tienda de aspiradoras en Oakland, en la avenida Telegraph, y el lugar era un gran cuelgue. Las Panteras Negras utilizaban las máquinas de mimeografiar y las impresoras *offset* de forma gratuita. Seguidores famosos se dejaban caer por unas horas, incluido un receptor grandullón de los Oakland Raiders, músicos de bandas como Loading Zone y Traffic, y el millonario que creó un canal de televisión UHF en San José para poder poner la película de monstruos del fin de semana. Robby adoptó un seudónimo, TREV-VORR, para dedicarse por completo al dibujo a lápiz, bolígrafo y tinta.* Cualquiera que estuviera buscando a uno de los dos estaba de mala suerte, ya que el personal sabía que siempre tenía que decir que Robby Andersen estaría fuera el resto del día y que TREV-VORR no había aparecido, lo que fuera necesario. Muchos de los Kool Katz evitaban a alguien en sus vidas, ciertas circunstancias desafortunadas, hechos incómodos de sus pasados o amenazas para su futuro. Aquello estaba lleno de bichos raros que deambulaban por Telegraph todo el tiempo, algunos muy graciosos, muchos muy políticos y discutidores, otros muy puestos o muy colocados, en función de la droga que eligieran, otros narcos y policías infiltrados que resultaban cómicamente ineptos a la hora de pasar desapercibidos. Había un interruptor en la pared que encendía una bombilla azul sobre la puerta principal cuando la policía hacía acto de presencia, por lo que cualquiera que tuviera material o que simplemente quisiera evitar a la pasma estaba debidamente advertido. Ningún buen policía se dio cuenta de ello. Nunca detuvieron a ninguno de los Kool Katz, al menos no en el local.

Casi todo el mundo en la oficina estaba colocado o tenía la intención de estarlo. La música de la KSAN-FM sonaba todo el día mientras el personal y las visitas reían, comían y fumaban. Robby/TREV-VORR se sentaba a su mesa inclinada y dibujaba. Otros escribían el komix con muñecos de palitos y descripciones de las viñetas, que Robby convertía en historias gráficas cortas con bolígrafo, tinta y su puta genialidad. De los títulos, algunos eran populares, todos subversivos, y otros apenas se distinguían de la pornografía. TREV-VORR los dibujaba, y Kool Katz pagaba con cheques que se convertían en dinero contante y sonante.

Muchas de las mujeres que se dejaban caer por la oficina se quedaban por TREV-VORR, seducidas por su apariencia tranquila, sus ojos profundos y aquellas manos claras capaces

* TREV-VORR tenía su origen en el nombre de un pequeño terrier blanco propiedad del dueño de la sede de Kool Katz. Al pobre lo atropelló un coche en Telegraph y la tienda se puso de luto.

de hacer que un lápiz sobre un papel se convirtiera en algo tan pequeño como el ojo de una hormiga o tan inmenso como todo el cosmos.

—Eres el único artista de verdad que he conocido —le dijo una chica que se llamaba Beth, que se había criado en Hayward y había llegado a segundo curso en el CalArts antes de descubrir la marihuana.

Beth hizo de TREV-VORR su alma gemela, de su felicidad la obra de su vida, se dedicó a complacerlo en todo. Arregló un apartamento en las colinas cuyo porche trasero tenía vistas a los tres puentes que cruzaban la bahía.* Durante casi cinco meses, Beth no se había sentido nunca tan completa, tan enamorada de un lugar, de un espíritu, como lo estaba del hombre llamado TREV-VORR. Entonces, un fin de semana cambió su nombre por el de Pandora y se mudó al bosque, cerca del río Russian, con un tipo que hacía su propio LSD. Robby perdió a Pandora, pero se quedó con su caja: el apartamento, el porche trasero, la vista de los tres puentes.

Un día laborable de enero, Robby iba fumándose un porro mientras conducía hacia el trabajo, con las ventanillas de su Fiat algo bajadas para que no hubiera exceso de humo. Al llegar, aparcó en una plaza vacía de Telegraph sin molestarse en cerrar las puertas. Sin radio ni nada de valor en el coche, no había ningún motivo para allanarlo; no había nada que birlar en aquel cochecito cuadrado. Si robaban el coche, Robby reclamaría al seguro y sentiría lástima por el idiota que había robado un Fiat con casi ciento treinta mil kilómetros.

Pasaban de las tres de la tarde y la bombilla azul de encima de la puerta de entrada estaba apagada cuando Robby encontró una gruesa carta sobre su mesa de dibujo dirigida tanto a su yo real como a su personaje de Katz.

Robby Andersen
A/A El Gran Trev-vorr
1447 Telegraph Ave
Oakland, Calif.

* El San Mateo, el San Francisco-Oakland y, con el cielo despejado, el Golden Gate.

ϒ

«El Gran Trev-vorr» era como Stella Andersen se burlaba de su hermano mayor con su elegante seudónimo. En el matasellos, sobre tres sellos de primera clase de seis centavos, se leía Lone Butte. Una sola página con letra de Stella explicaba una segunda carta adjunta: un sobre cerrado y sin abrir.

Robby:

Mira lo que ha llegado a la antigua casa. La oficina de correos sabía que debía traerla a nuestra casa. El hermano de mamá, Bob, os ha escrito a ella y a ti inesperadamente. Le he leído la carta a mamá, pero no estoy segura de que la entendiera. Por un momento pensó que le estaba leyendo una carta tuya. El tipo ha pasado por mucho y está, más o menos, disculpándose con ella.

¿Llegué a conocer a nuestro tío Bob cuando era bebé? ¿Vino al funeral de papá?

El mes que viene llevaré a mamá a la ciudad para poder salir de Lona Butano. ¿Podrás quedar con nosotras para comer y hacer la sobremesa? ¿Tal vez en Chinatown? Solo si mamá se siente lo bastante bien como para hacer el viaje. Nora dice que intentará coger un vuelo para venir a pasar el día. SIN PRESIÓN.

Te quiero,
Stella a la luz de las estrellas

La carta del tío Bob había sido enviada desde Río Rancho, Nuevo México, usando doce centavos en sellos. En el remite había un adhesivo pequeño y estrecho, como los de los catálogos de gangas que se envían por correo, *Sr. & Sra. R. Falls,* y una bandera de Estados Unidos pequeñita. El sobre, de tamaño mediano, tenía la dirección escrita a máquina en una etiqueta adhesiva:

ROBBY ANDERSEN
ELM STREET, 114
LONE BUTTE, CALIFORNIA
POR FAVOR, REENVÍENLA SI ES NECESARIO

Robby/TREV-VORR sopesó el grosor de la carta en la mano mientras en su cerebro brillaba una imagen de su tío Bob. Estar colocado ayudó: su padre y su tío Bob sentados en el patio trasero de la antigua casa de Elm, bajo los ciruelos, bebiendo cervezas directamente de la lata, latas que el pequeño Robby les abría con un abridor de botellas. Su padre, ridículamente en forma y joven, estaba apoyado en los codos y tenía los ojos clavados en su cuñado. Bob Falls, con vaqueros, botas y una camiseta blanca, se balanceaba hacia atrás en su silla, fumando un cigarrillo, un dios errante que había venido de visita desde el Valhalla. En su mesa de dibujo, la mente de Robby se centró en los detalles de aquellas botas: las de su padre, con puntera de acero para el taller; las de su tío, con correas y hebillas para montar en moto; y los suntuosos ciruelos alzándose hacia el cielo despejado, y las latas de cerveza sostenidas por puños fuertes. TREV-VORR cogió un lápiz de mina blanda y dibujó las siluetas gemelas de los dos hombres riendo, encendiendo cigarrillos con un mechero Zippo.

Tras recrear la apariencia y la actitud de su tío en cinco páginas de bocetos, Robby se acordó de la carta y la abrió con un cortaplumas que tenía sobre la mesa para afilar los lápices de dibujo.

Las páginas dobladas habían sido mecanografiadas en una vieja máquina manual: las palabras estaban grabadas en el papel con sumo cuidado y con lo que debía de ser una cinta nueva y un propósito riguroso. La fuente presentaba irregularidades que se repetían: las T mayúsculas estaban ligeramente inclinadas, todas las S estaban un pelín por debajo de la línea y las M eran cajas rectangulares de tinta negra. Todas las páginas tenían interlineado sencillo y estaban abarrotadas desde el borde izquierdo hasta el derecho. La carta pesaba.

Navidad de 1970

Querido Robby:

Te debo esta carta desde hace mucho tiempo…

En 1959, Bob Falls estaba solo.

Años antes algunos de los chicos se habían alistado de nuevo para ir a Corea, para ser marines una vez más, para volver a cruzar el océano Pacífico navegando y matar a otros asiáticos. En el verano de 1950, Bob consideró volver a la guerra, aunque solo fuera para ayudar a entrenar a los marines que harían la matanza. La paga sería estable y algo mejor que la que había tenido como civil. Entonces a Kirkland lo apuñalaron de gravedad en una pelea en Eugene y no salió del hospital hasta que un especialista de pulmón lo operó cuatro veces. Doggit se enamoró de una chica en Susanville y no quería irse. A Bob aquello no le gustaba para nada: la mujer estaba casada con un compañero de las fuerzas aéreas, un tipo que estaba en Corea. Pero Doggit estaba enamorado, así que Bob, Butch y Hal lo dejaron allí y se fueron en las motos a Reno, la pequeña ciudad más grande llena de gente de paso, es decir, de muchos hombres y de un montón de mujeres esperando a que pasaran las seis semanas que establecía la ley de residencia para poder cumplir los requisitos y tener un divorcio fácil. Nadie lo hubiera dicho, pero, en la cafetería del hotel y casino Mapes, Hal conoció a una camarera a la que le quedaba un mes para convertirse en exmujer, y se quedó a hacerle compañía hasta que su divorcio fue oficial, y después.

Bob aceptó un trabajo de lavaplatos para ganar algo de dinero y luego él y Butch se fueron en moto hacia el sur. Paraban donde les daba la gana. En el 53 se encontraron con otros tipos como ellos, fueron en moto durante un tiempo, pasaron unos días estupendos, se metieron en problemas aquí y allá y siguieron adelante. En el 54 Bob tuvo un lío con la ley que lo apartó de la carretera: seis meses en un campo de trabajo talando cortafuegos en el Bosque Nacional Angeles Crest; el estado le pagó veinte centavos por hora, así que salió con cerca de doscientos cincuenta dólares.

En el 56 hubo una gran bronca en Needles: por aquella época algunas de las bandas organizadas reclamaban sus derechos, así que no era raro leer titulares como GUERRAS TERRITORIALES ENTRE BANDAS RIVALES DE MOTEROS. Cuando aquellos juegos de poder pasaron de ser peleas de huesos rotos a tiroteos letales, Bob no quiso saber nada de ellos y se marchó volando. Menos mal, porque dos policías de tráfico fueron asesinados a tiros por un idiota que iba en una Harley-Davidson en Baker, y desde entonces cualquiera que fuera en moto era un posible sospechoso.

En 1958, Bob Falls ya llevaba tiempo viajando solo y bebiendo más de lo que le convenía: cerveza durante todo el día y lo que fuera por la noche, a menudo simplemente más cerveza. Por todo el sur de California, las celdas de los borrachos fueron su dormitorio de fin de semana. Pasó tres meses en una cárcel del condado por agresión con agravante de bajo grado; no solo le dio un puñetazo a un *sheriff*, ¡sino que también le partió la mandíbula al chaval!* Ah, en Indio destrozó la moto en un accidente y se rompió la cadera. Así que en 1959 Bob Falls caminaba más despacio que nunca y montaba una Harley-Davidson Panhead de un modelo antiguo de la policía que había conseguido barata en una subasta porque tenía problemas en la horquilla delantera.

En Flagstaff, Arizona, la cerveza era igual de fría, suave y satisfactoria que en cualquier otro lugar, así que se quedó más tiempo del que había imaginado, hasta la segunda semana de agosto. Sabía de trabajo en Gallup, algo relacionado con una empresa de tejados: ingresar dinero de forma regular no sería una mala cosa, y siempre le había gustado Nuevo México, así que decidió ir en esa dirección. Pero, como si la fuerza de la gravedad lo retuviera allí, nunca llegó a salir de los límites de Flagstaff. Estiró su saco de dormir en un campo detrás de un edificio de la Iglesia Adventista del Séptimo Día y se aseguró de no estar cerca cuando acudían a rezar. En un lugar llamado Fireside se juntó con unos tipos, en su mayoría veteranos también, que tenían trabajos fijos y que le pagaban el goteo constante de jarras de Black Label, Hamm's o Falstaff, así que el dinero que Bob llevaba en los vaqueros, cada vez menos (y el fajo que guardaba en la bota), rara vez se tocaba. Pero una noche unos polis entraron en el Fireside porque un taxista se quejó de que uno de los clientes no le había pagado. Bob Falls, que hacía tiempo que se había convertido en un experto en evitar a los putos cabrones con placa, encontró el modo de salir del local sin que se dieran cuenta. Durmió una última noche como invitado invisible de los fieles del Séptimo Día, y ahora

* Aquel *sheriff* solo tenía veintitrés años.

estaba a solo unas tazas de café de terminar una comida y finalmente montar hacia el este por la 66, con la esperanza de llegar a Gallup parando solo a poner gasolina, a mear, a tomar una cerveza y a pasar la noche bajo las estrellas.

La cafetería era un lugar moderno, con reservados de vinilo rojo, cada uno con una gramola pequeña del tamaño de un tarro de galletas. En medio del ajetreo del desayuno, Bob estaba sentado solo en el mostrador, con el tipo de expresión que hacía que los demás clientes dejaran un asiento vacío a lado y lado de él. Su camarera era lo bastante mayor como para ser su madre: una mujer que hacía su trabajo, que servía a aquel motero de ojos enrojecidos con la esperanza de que, tal vez, dejara una propina del tamaño de una moneda de diez centavos. Si le servía suficiente café, quizá dejaría de oler a cerveza.

Pidió un gran desayuno de bistec, tres huevos fritos, patatas fritas y cuatro rebanadas de pan blanco tostado para mojar en las yemas. También quería algo dulce, y prefirió un gofre a una pila de tortitas; rellenó los cuadraditos con una buena ración de mantequilla y un poco de sirope. Se bebió dos vasos grandes de zumo de naranja concentrado y no dejó que se le vaciara la taza de café. Comía despacio, escuchando las selecciones de la gramola en unos altavoces diminutos e invisibles: «Running Bear», de Johnny Preston, sonó dos veces. Recorrió con la mirada a los clientes de los reservados: las familias con los niños pequeños y las suegras, los vendedores de escuadras Johnny Square o propietarios de negocios, un trío de rancheros que comían con el sombrero puesto. Bob reflexionó sobre la vida de aquella gente y, por un instante, envidió la regularidad de sus días, su rutina, las expectativas que, al final de un día cualquiera, podían considerarse cumplidas. Todos ellos tenían orden en sus vidas. Estructura.

Cuando Bob hubo acabado el desayuno y los platos estuvieron vacíos, la camarera lo retiró todo menos la taza de café. Bob se encendió un Chesterfield de su menguante reserva con su Zippo del globo terráqueo y el ancla del Cuerpo de Marines de Estados Unidos. Mientras bebía más café, que no necesitaba ni disfrutó especialmente, se entretuvo y fumó.

Esperó a haber digerido el desayuno, fue al baño y se puso en camino sin nada por delante aparte del largo viaje en solitario hacia el este por la 66.

Vio a una familia en un reservado: tres niños, una abuelita, un padre alicaído con una esposa que se parecía un poco a Ingrid Bergman. Antes de hincar el diente a la comida, todos inclinaron la cabeza y juntaron las manos en perfectas posturas de oración mientras el padre decía algo por debajo del ruido y el parloteo del restaurante. Incluso los críos pequeños dijeron «amén» al final de la bendición. Ingrid Bergman cortó las tortitas para los niños y todos empezaron a comer.

—Amén —se dijo Bob, preparado para seguir su camino. Dejó una propina de cincuenta centavos, recordando a las muchas camareras con las que se había acostado y que vivían más de las propinas que del sueldo.

En la caja descubrió que le quedaban veinticuatro dólares y calderilla. Y que se había quedado sin cigarrillos.

Puso veinticinco centavos en la máquina expendedora de tabaco que había a la entrada del restaurante, tiró del pomo y cogió un paquete de Chesterfield de la bandeja inferior de la máquina. Cuando se levantó, a la altura de los ojos, vio un tablón de anuncios lleno de tarjetas de visita, avisos de objetos perdidos, postales con expresiones divertidas, mensajes personales y ofertas de venta. Había un aviso de un CACHORRO PERDIDO que llevaba un mes allí. O ya habían encontrado al chucho, o vivía en una granja paradisíaca en las montañas. A su lado había colgado un folleto recién publicado que preguntaba: ¿SABES QUE DIOS TE AMA? ¿TE GUSTARÍA SABER QUÉ PLANES TIENE PARA TU VIDA? ¡LEE ESTO Y ENTÉRATE DE LAS BUENAS NOTICIAS!

Encima del folleto bíblico había una tarjetita clavada con una chincheta.

Se busca lavaplatos.
Buen sueldo.
Llamar a ***ANGEL*** Mesa 2-1414.

Bob había sido lavaplatos en el Mapes de Reno y en otros lugares desde entonces. No le importaba el calor, trabajar con agua ni el hecho de que los únicos que hablaran con los lavaplatos fueran los otros lavaplatos.

Todos los demás les dicen lo que hay que hacer y después los dejan en paz. A Bob le gustaba que le dejaran tranquilo, ser ignorado junto a los negros y los mexicanos que siempre lavaban platos. Las comidas eran gratis, así que el sueldo de pescador de perlas de Bob era para cerveza, gasolina, una habitación en algún sitio y las mujeres que necesitaban estar con un tipo como él por un tiempo. Lavar platos podía llenarle los bolsillos de dinero a un hombre, y dejar el trabajo y a las mujeres era tan fácil como irse cuando quisiera. Bob pensó en el trabajo de techador que le esperaba en Gallup, donde estaría trabajando al aire libre, remachando clavos, levantando tejas o pizarra y limpiando alquitrán. Había algo en su cabeza que le decía que un trabajo de interior podía estar bien por un tiempo.

Las llamadas telefónicas costaban cinco centavos en la cabina, cuya puerta se caía y se encendía una luz cuando la cerrabas para tener intimidad. Una plaquita metálica de una mesa servía para apoyarse y tomar notas. Bob deslizó una moneda de cinco centavos cabeza de indio en la ranura, la oyó caer y el teléfono hizo cling, cling. La línea sonó repetidamente, tanto rato que Bob a punto estuvo de recoger su moneda del cajetín de devolución y largarse hacia los tejados de Gallup.

—¿Sí? —contestó una mujer que tenía un ligero acento, como mexicano, o de las tribus indígenas.

—¿Todavía buscan lavaplatos? —preguntó Bob.

—¿Cómo? —preguntó la señora—. Abrimos a las cuatro.

—Tengo delante una nota que dice que necesitan un lavaplatos.

—Ah. —La mujer del teléfono no dijo nada más.

—¿Lo necesitan? —A Bob le pareció oír que la mujer tomaba un trago de algo, un sorbo—. ¿Puedo hablar con Angel?

—Necesito un lavaplatos, sí. ¿Puedes empezar hoy?

—Puedo empezar ahora.

—No abrimos hasta las cuatro. Vente a las tres. Pago un dólar la hora, pero también hay propinas.

—¿Comidas incluidas?

—Sí. Pero las bebidas no. La Pepsi te la pagas tú. Nos vemos a las tres. No antes.

—A las tres. Vale. Pero ¿dónde voy?

—Vienes aquí.

—¿Dónde es aquí?

—¿No sabes dónde estamos?

—Solo sé vuestro número de teléfono por esta tarjeta. Mesa 2-1414.

—¿Eres un vagabundo? Si eres un vagabundo, olvídalo.

—¿Un vagabundo?

—¿Estás de paso? Olvídalo. Vete.

—Un momento —dijo Bob, sin saber por qué no había soltado ya el teléfono y montado en su Panhead, cinco centavos más ligero—. ¿Puedo hablar con Angel?

—Soy yo —dijo la mujer, Angel.

Bob Falls quería dejar las cosas claras sobre sí mismo a la persona que tenía al teléfono, a quien no conocía de nada.

—No soy un vagabundo. Soy lavaplatos. Es bastante sencillo.

—No contrato vagabundos.

—No soy un vagabundo.

—¿Y entonces qué eres?

—Angel, soy un profesional del lavado de platos, ollas, cacerolas, sartenes y cuencos.

—También tienes que fregar el suelo a la hora de cerrar. O te quedas un mes o no hace falta que vengas.

—De acuerdo.

El motivo por el que Bob Falls aceptó el trabajo en aquel momento siempre sería un misterio para él. El caso es que sintió que su equilibrio se asentaba, que su compromiso de permanecer un mes entero en un lugar, Flagstaff, era el movimiento más instintivo que había hecho en mucho mucho tiempo.

—Un mes. Un dólar por hora —le repitió Angel—. Ven a las tres al Dough Bun Guy.

—¿Dónde es eso?

—En la 66, enfrente del hombre gigante que sostiene un gran neumático —explicó Angel, y colgó.

Bob pasó unas horas buscando un lugar donde vivir: un pequeño motel sin piscina, un lugar que ninguna familia que pasara por allí sopesaría, porque si tenías críos necesitabas una piscina. Quince dólares a la semana dejaban a Bob muy muy corto de pasta, con solo dos billetes de un dólar y algo de calderilla, pero a veces la precaución se la llevaba el viento. Se dio una ducha caliente y lavó algo de ropa en el lavabo del baño. Se puso los pantalones más limpios que tenía y se limpió las botas con una toalla húmeda.

A las 14:30 tomó la Ruta 66 hasta encontrar fácilmente un hombre gigante que sostenía un neumático gigante —Paul Bunyan agitando un Re-Cap—, pero ni de coña vio ningún puesto de dónuts, ni una panadería, ni un puesto de perritos calientes llamado Dough Bun Guy. Había un restaurante enfrente del Gigante de los Neumáticos, con un cartel que parecía escrito en japonés. Eh, un momento… DUPON GAI —CHOP SUEY CHOW MEIN. *Dough Bun Guy.*[*] Bob se rio de sí mismo, de cómo le engaña a uno el oído. Iba a lavar platos en un local de comida china. Bien.

Aparcó la moto a la sombra del gigante y cruzó la carretera dando saltitos cuando el tráfico le dio tregua. No quería llegar rugiendo al Dupon Gai —CHOP SUEY CHOW MEIN como uno de esos matones de banda que tan a menudo la gente pensaba que era. A las tres de la tarde según sus cálculos (no llevaba reloj) llamó a la ventana del restaurante tras hacer zarandear la puerta cerrada. La luz de la tarde se reflejaba en los grandes ventanales, así que lo único que veía era a sí mismo levantando la mano para protegerse los ojos. Entonces distinguió la silueta de una persona que cruzaba el local y oyó que se abría una puerta interior y unas llaves que giraban en la cerradura de la puerta que él acababa de intentar abrir.

Cuando la puerta se abrió, se encontró cara a cara con una mujer china que lo miraba de arriba abajo como si le estuvieran vendiendo un caballo de diez dólares.

—¿Eres el lavaplatos?

Ese era el acento, pensó Bob. No era mexicano ni navajo. Era chino.

—Sí. Vengo a ver a Angel.

La mujer le dejó entrar en su restaurante.

* El tipo de los bollos. *(N. de la T.).*

El lugar estaba decorado con mucho rojo y dorado. Había tres calendarios chinos en las paredes con coloridas representaciones de paisajes marinos, montañas y dragones junto con los meses del año. En una de las paredes había dos imágenes grandes, una del puente Golden Gate y la otra de una calle de Chinatown: GRANT STREET, decía el cartel indicador.

Un anciano chino vestido de cocinero estaba sentado en un reservado fumándose un Camel sin filtro entre sorbos de té que bebía de una tacita muy pequeña sin asa. Había dos ayudantes de camarero con chaqueta roja que no eran ni chinos ni chavales. Uno sin duda era mexicano, el otro de alguna tribu del sudoeste; ambos estaban apilando platos y cuencos.

—¿Soy el único blanco que trabaja aquí? —preguntó Bob.

Angel se detuvo con un giro de tacón.

—Joder, tío. Te necesito tanto como un agujero en la cabeza. —Dicho lo cual regresó hacia la puerta principal y la empujó—. Fuera. Largo. —Se hizo a un lado para dejar pasar a Bob, para que saliera.

—Pero necesitas un lavaplatos —dijo Bob.

—No a ti. Largo.

—Eh, venga ya. —Bob notó la súplica en su voz, lo que era nuevo para él—. No quería decir nada. —Y de verdad que era cierto.

—El puesto está cubierto. —Angel lanzó miradas a los mexicanos, como si estuviera a punto de llamarlos en cualquier momento para que echaran a aquel vagabundo. Tenían pinta de haberlo hecho antes.

—Lo siento. —Bob notó un rubor de vergüenza. Se estaba disculpando pero no estaba seguro de por qué. Aquella mujer, Angel, le hacía sentir como si estuviera en la cola equivocada, o como si no hubiera rellenado los formularios correctamente.

Angel estaba de pie en la puerta y miraba a Bob de arriba abajo otra vez. Ladeó la cabeza al ver sus botas de motorista, que él acababa de limpiar con un trapo húmedo.

—¿Vas a hacer el trabajo o a causarme problemas? Ya tengo bastantes problemas.

—No seré un problema. Los resolveré. —Bob notó que sonreía, algo que era nuevo para él.

Angel parecía no estar tan segura.

—Aquí no se bebe. Después de cerrar, no me importa. Pero aquí no.

Angel dejó que la puerta de entrada se cerrara y pasó junto a Bob en dirección a la puerta de la cocina que había a la izquierda de la gran imagen de Grant Street, Chinatown. El anciano cocinero vio pasar a Bob y bebió un sorbo de té. Los ayudantes de camarero ahora estaban separando los tenedores de las cucharas.

La cocina era muy pequeña: en ella estaban el horno y los fogones, anchos, sartenes redondas colgando de ganchos, una pica honda de acero inoxidable y una mesa para cortar. La cocina de un restaurante. La zona de lavado estaba detrás de un desagüe conectado a un fregadero de dos senos.

—¿Cómo te llamas?

—Bob Falls. ¿Eres Angel Dough-Bun Guy?

—Dupon Gai es Grant Street en San Francisco. Yo soy Angel Lum. El de ahí fuera es mi padre. Llámalo señor Lum. Eddie y Luis trabajan en las mesas. Te mostrarán cómo mantener los puestos abastecidos. Platos y servicios limpios. Sheila y Maria son las camareras. Más vale que aparezcan pronto. Comparten las propinas con los chicos y contigo. Unos cuantos dólares para cada uno en las buenas noches. Comeremos antes de abrir. —Angel Lum se detuvo antes de salir de la cocina—. Aquí será mejor que aprendas una cosa rápido, Bob Falls: sí que eres el único blanco que trabaja aquí. Eddie no es un jefe. Luis no es un sudaca. Usa una palabra que no sea «Sheila» y ya veremos lo que pasa. De Maria es mejor que te mantengas alejado hasta que ella decida sobre ti; no es que se lleve muy bien con los angloamericanos. Yo soy la jefa. Soy dura. Soy justa. Pero si nos llamas a mí o a mi padre cualquier cosa que no sea Angel o señor Lum, te cortaré tu polla blanca y la tiraré a la Ruta 66. —Dicho eso, Angel salió de la cocina y la puerta se quedó oscilando tras ella.

«Dios», se dijo Bob, sin referirse al Señor ni a ningún plan para su vida.

Cuando estaba en el Mapes, uno de los cocineros de minutas que había empezado como lavaplatos, un negro llamado Lucky

Bill Johnson,* le explicó a Bob que lo importante en la profesión de lavar platos era que el agua estuviera tan caliente como pudiera soportar. El agua hirviendo hacía el trabajo más fácil porque había que frotar menos, pero más duro porque había que aguantarla, y algunos no podían. En el Mapes tenían máquinas por las que pasar los platos, unas Hobarts de calidad comercial, pero las cacerolas y sartenes se hacían a mano con estropajos de acero inoxidable. Hacía falta un agua tan caliente como Vulcano, y hacía gran parte del trabajo. Bob descubrió que podía soportar el calor.

El Dupon Gai no tenía ninguna Hobart, así que Bob lavaba con agua caliente de verdad todos los platos, cuencos, cubiertos y utensilios de cocina de Angel Lum. Tenía un fregadero lleno de agua jabonosa y humeante, y el otro de agua clara y caliente como un manantial de azufre. Hacía rotar una carga constante de platos, fuentes y cuencos del escurridor a los puestos de delante, para Eddie y Luis. Para los cubiertos tenía un barreño de metal con un agua igual de despiadadamente caliente y profesional, y dejaba todos los tenedores, cuchillos y cucharas, así como los curiosos cucharones de porcelana para la sopa, en remojo en un agua casi hirviendo antes de meter el barreño al fregadero del jabón, donde se ocupaba de ellos individualmente con una bayeta áspera, uno por uno.

Había momentos lentos en los que no había ni una sola cosa sucia esperando en la zona de lavado de Bob. Algunos tipos siempre guardaban unos cuantos platos usados y los cogían cuando el jefe pasaba por la cocina para que pareciera que estaban ocupados y trabajando. Pero Bob era de la misma escuela que Lucky Bill Johnson: cuando todo esté limpio, vete a fumar.

El señor Lum casi no hablaba inglés: había nacido en China y hablaba cantonés. El hombre era un cocinero de la hostia, a pesar de que la idea de Bob de la comida china era *chop suey*. El señor Lum hacía unas cosas con el pollo que Bob llegó a anhelar y con el cerdo le daba mil patadas a unas chuletas básicas e incluso a las costillas. El *chop suey* no estaba permitido en la comida del personal de las tres de la tarde; ni siquiera era una comida china de verdad, evidentemente. Bob no lo sabía.

* Nada que ver con el cineasta.

El *lo mein* (los fideos) venía con salsas variadas. La verdad era que el señor Lum hacía mejor comida para las camareras, los ayudantes de camarero y el lavaplatos que la que pedían los clientes blancos.

Otra cosa que Bob aprendió en el Dupon Gai: él siempre echaba kétchup a su arroz, así que el del Dupon Gai tenía que llevar kétchup, hasta que Angel no pudo soportarlo más y le sugirió a Bob que probara el arroz con lo que había en las botellitas de cristal de las mesas.

—No me gusta el zumo de escarabajo. —Bob había probado la salsa de soja en Nagasaki, después de la guerra; sabía a trementina.

Angel se inclinó hacia atrás en su silla a la mesa para lanzarle una mala mirada y luego le dijo algo a su padre en cantonés. A Bob no le gustó eso.

—Es salsa de soja, Bob —dijo Angel—. No seas tan *ban cat.*[*] Seguramente te pusiste demasiada. Los americanos siempre hacen eso. Y esto es salsa de soja china.

—¿Es diferente?

—Pues claro —respondió Angel cogiendo la botellita y dejando que un chorrito rápido del líquido negro coloreara un cuenco de arroz blanco—. Cómete esto. El kétchup en el arroz es una locura.

—Me gusta el kétchup —dijo Bob. Pero cuando probó el arroz con el zumo de escarabajo chino, la salinidad y el sabor le parecieron bien—. Está bastante bueno —admitió—. ¿En qué se diferencia de la salsa que tomé en Japón?

En lugar de contestarle, Angel se rio a carcajadas por primera vez desde que Bob había aceptado el trabajo. Se lo tradujo a su padre al cantonés. El señor Lum también se rio. Bob no tenía ni idea de por qué.

El jueves por la noche era extraoficialmente la Noche de los Chinos en el Dupon Gai, y la pequeña comunidad asiática de Flagstaff, junto con los lugareños que sabían reconocer la comida auténtica cuando la probaban, iban a cenar al restaurante para hablar en voz alta con Angel y reír aún más fuerte entre ellos. Bob no tenía ni idea de que hubiera chinos en

* Gilipollas. Cantonés.

Flagstaff, Arizona, pero el local estaba lleno, con clientes que pedían platos elaborados especialmente por el señor Lum, comida que no estaba en la carta. Los jueves por la noche Bob lavaba más palillos que tenedores.

Una Noche de los Chinos, justo antes de abrir, el señor Lum estaba en la cocina agitando un cuchillo y hablando a Bob en cantonés, señalando media docena de pollos enteros que había sobre la tabla de cortar. Bob se secó las manos y cogió el cuchillo que el señor Lum le ofrecía por el mango. Con otro cuchillo, el señor Lum cogió un pollo e hizo una demostración de cómo quería que lo cortara Bob. El cuchillo de Bob estaba tan afilado como el cuchillo Ka-Bar que tenía en el ejército, y siguió al viejo corte a corte. En cuestión de minutos todos los pollos estaban descuartizados, o deshuesados o hechos dados, listos para cualquier plato que el señor Lum tuviera en mente. El viejo parecía satisfecho y así se lo hizo saber a Bob al salir a la sala y regresar con una botella de Pepsi-Cola de la nevera para cada uno. El siguiente jueves por la noche, el señor Lum enseñó a Bob a cortar verduras con un enorme cuchillo de carnicero. Tenía un truco que, una vez aprendido, hacía que se pudiera picar a la velocidad del rayo. Después de aquello, incluso en las noches que no eran jueves, el señor Lum tenía a Bob picando, deshuesando o cortando algo.

Un miércoles Angel entró en la cocina, vio a Bob delante de la tabla de cortar troceando carne de cerdo y se rio a carcajadas.

—Mírate, Bob —dijo meneando la cabeza—. Mírate.

De las camareras, Sheila era la simpática, tal vez porque tenía un montón de hijos y el trabajo en el Dupon Gai era un respiro para ella. A Maria nunca llegó a gustarle Bob, pero no le robaba su parte de las propinas. Después de cerrar, Eddie y Luis salían con Bob e iban a tomar cervezas a un lugar que abría hasta tarde para los trabajadores de las cocinas de todo Flagstaff, el Buena Vista, que atraía a la única gente realmente diversa con la que Bob había bebido en su vida. Sus amigos moteros habían sido todos blancos. Los marines habían sido todos blancos. Solo en los trabajos en grandes cocinas y en la cárcel había comido, trabajado, dormido, repartido cartas y, ocasionalmente, peleado a puñetazos con gente de otro color.

Bob iba a beber al Buena Vista cada noche después del trabajo. Regresaba a su habitación de motel sobre las tres de la mañana con un paquete de seis Falstaff frías y se las iba bebiendo mientras se calentaban en ausencia de una nevera. Había muchas mañanas en las que Bob saludaba al amanecer con una cerveza caliente.

Llegaba al Dupon Gai a las tres de la tarde, aparcaba la moto en la parte de atrás y se preparaba un café. Para la hora de abrir, todos los puestos estaban abastecidos, el señor Lum tenía ollas y woks limpios, Angel había vuelto a comprobarlo todo, desde las botellitas de salsa de soja hasta el bote de las galletas de la fortuna, y Bob había sudado la mayor parte de la cerveza que había bebido la noche anterior.

—Bebes demasiada cerveza —le dijo Angel Lum un viernes noche especialmente ajetreado. Había entrado en la cocina para canturrear en cantonés algo a su padre, que no parecía complacido con lo que fuera que le hubiera dicho—. Desde aquí te huelo.

—¿Estoy despedido? —preguntó Bob, que no se encontraba de muy buen humor.

—No. Pero apestas.

Angel pagaba a Bob en efectivo los domingos por la noche, cuando cerraban temprano, antes de las diez, después de que las familias, vestidas de domingo por la noche, hubieran leído sus galletas de la fortuna y se hubieran ido a casa. En efectivo significaba nada de impuestos, ni de cheques, ni de bancos.

En octubre, sus finanzas estaban mejor que nunca. Bob estaba realmente forrado. Había empezado a salir con una mujer a la que había conocido en el Buena Vista que se hacía llamar Kitty-Bee. Esta estaba un poco loca, el tipo de chica que se sentía atraída por los moteros. Ella, como Bob, disfrutaba de su parte de Falstaff frías. Se acostaba con él con una necesidad imperiosa y placentera, y luego dormía, fuera de combate, hasta después de que él se fuera a trabajar. Kitty-Bee tenía un marido al que evitaba, ya fuera un ex o el verdadero, en Fort Worth, Texas, así que se escondía en Flagstaff. Bob nunca le preguntó si tenía hijos o no, pero parecía de las que sí.

Nadie en Flagstaff comía *chop suey* los lunes, así que era el día libre. Bob y Kitty-Bee se iban en moto por aquel rincón del territorio de Arizona. A ella le encantaba la velocidad y la sensación que le producía agarrarse a un hombre, y a veces le cantaba a Bob canciones de Patsy Cline al oído yendo a ochenta kilómetros por hora.

Un martes, cuando Bob llegó, no se sentía especialmente bien: el día antes había compartido con Kitty-Bee más cervezas que de costumbre. El personal estaba comiendo a una mesa con una Susan perezosa en el centro. Bob estaba entretenido con su café, sin decir mucho, cuando Angel se sentó a su lado con una tetera y dos de aquellas tacitas diminutas. El señor Lum se sentó enfrente, mirando a su hija y al lavaplatos.

—Te he visto con una señora, Bob —dijo Angel mientras se servía un té.

—¿Cuándo?

—Ayer. Iba agarrada a ti en la parte trasera de tu moto. Te pité pero no miraste. Aunque ella sí lo hizo.

—¿Dónde?

—Al otro lado de la ciudad. Te pité.

—No te oí.

—Ella sí. ¿Quién es?

—Se llama Charlotte. Es la bibliotecaria jefe en la biblioteca principal de la ciudad. Y la hija del gobernador.

Angel soltó una carcajada y le dijo algo en cantonés a su padre, quien también se rio, a su manera, y le dijo algo que la hizo reír de nuevo.

—¿Qué ha dicho Pop-Pop? —Bob llevaba una semana llamando al señor Lum «Pop-Pop».

—No lo entenderías —dijo Angel dando sorbitos a su té—. ¿Le gusta la cerveza tanto como a ti?

—No. Su padre está en contra de la bebida, así que me la bebo yo por ella.

—¿Por qué bebes tanta cerveza, Bob?

—¿Por qué vendes *chop suey* en Flagstaff?

—Mi padre leyó sobre la presa Hoover, así que vinimos a verla. Y el Gran Cañón, también. Mi madre y mis hermanas dijeron: «Vale, visto», y se volvieron a San Francisco. Chinatown es un lugar pequeño. Nos gustó lo grande que es el cielo aquí. Flagstaff y el desierto son buenos para nuestros huesos. Toma, prueba esto. —Angel sirvió un poco de té en una de las tacitas. En lugar de molestarse en discutir con ella, Bob sorbió aquella cosa. Estaba amarga. Con un poco de azúcar, podría estar bien.

—¿De dónde eres, Bob? ¿Dónde te criaste como lo hiciste?

—¿Conoces Lone Butte? —preguntó Bob, y se encendió un Chesterfield. Angel no fumaba, pero Bob ofreció a Pop-Pop un cigarrillo y fuego.

—¿Dónde está eso?

—Tira una piedra desde Frisco varios cientos de kilómetros y le darás a mi ciudad natal.

—¿Está en California?

—Sí. Valle arriba, lejos.

—¿Conoces la ciudad? ¿San Francisco?

—He estado un par de veces para ver a unos amigos y evitar a otros no tan amigos.

—¿No pasaste por la ciudad en la guerra?

—No. Vine y me fui por San Diego.

—En la guerra, cuando llegaban los barcos y bajaban los marineros, mis hermanas y yo íbamos a los muelles a verlos con aquellos pantalones de trece botones y la parte delantera bien apretada. ¡Todos tenían erecciones! —Angel se rio al recordarlo y se tapó la boca—. ¡Estaban empalmados! Aquellos chicos estaban tan *faat haau*.*

—Fui marine. —A Bob le daba un poco de vergüenza escuchar a Angel usar aquel lenguaje delante de Pop-Pop.

—Mi hermano estuvo en la Marina. Era sobrecargo, pero más tarde lo hicieron señalero. Lo mataron. —Angel concluyó así la historia de su hermano en la Marina. Dio un sorbo a su té. También rellenó la taza de Bob. Era menos amargo. El azúcar lo habría estropeado.

El señor Lum dijo algo en cantonés; Angel no respondió nada. Después preguntó:

—¿Cuándo vas a darme un paseo en tu moto, Bob?

—¿En serio? ¿Quieres que te lleve?

—¿Por qué no? Me agarraré a ti —dijo Angel, levantándose y recogiendo la tetera, las tazas y los cuencos—. Montar en tu moto parece divertido.

* Cantonés para «cachondo» o «libidinoso».

—Eres mi jefa. Di cuándo —repuso Bob Falls.
—El lunes. El próximo día libre —respondió Angel Lum.

Navidad de 1970

Querido Robby:

Te debo esta carta desde hace mucho tiempo.

Sé que tu padre murió y debería haberte escrito entonces. También a tu madre. A tus hermanas nunca las conocí mucho, pero vosotros dos deberíais haber tenido noticias mías hace tiempo. Eras un niño pequeño cuando te vi por última vez y ahora estoy seguro de que eres todo un hombre. Si estás casado, espero que sea con una chica estupenda. Si no, espero que conozcas a muchas chicas estupendas. Ja, ja.

Llevo más de diez años casado. Mi esposa es de San Francisco y se crio en Chinatown. La conocí en un restaurante que tenía en Arizona. Me enseñó unas cuantas cosas y ahora tenemos un restaurante en Albuquerque llamado el Dragón de Oro. Ganamos bastante dinero. Es uno de los mejores restaurantes de Albuquerque y uno de los pocos lugares donde comer buena comida china. Ella dirige el local. Yo trabajo en la cocina. Así que, sí, me casé con la jefa.

La última vez que te vi fue poco después de la guerra y yo era un desastre. Entonces bebía, cosa que se me daba muy bien y que hice durante mucho tiempo. No he vuelto a beber desde el 17 de mayo de 1962. Voy a reuniones una vez a la semana con otros tíos como yo. Muchos de nosotros estábamos destrozados por la guerra, pero no habíamos sido siempre así. Nos criamos como chavales normales pero nos cambiaron, hicieron bloques de madera mal torneados. Pero eso no es excusa para que no hayas sabido de mí. Tú eras un niño pequeño y se suponía que yo era un adulto, aunque no sabía cómo serlo, ni cómo ser tío, ni cómo permanecer en un sitio o mantenerme alejado de los problemas. Mientras tú crecías, yo me metía en un montón de líos y aprietos. Angel dijo que, cuando me conoció, el único lugar donde no vio problemas fue en mis botas limpias. Angel es mi mujer, lo que la convierte en tu tía política. Nunca le hablé de ti hasta que nos casamos.

No recuerdo mucho de la última vez que te vi en Lone Butte. Creo que tú y yo fuimos a dar una vuelta en moto por la ciudad y nos tomamos unos batidos en Clark's, el *drugstore*. Tu hermana era un bebé y la hacía saltar en mi rodilla y tú coloreabas y dibujabas mucho y me enseñabas algunos de tus dibujos. Recuerdo que tu madre me dijo que debía dejar de vagar por ahí y elegir un lugar donde quedarme; si no en mi ciudad, en algún sitio. Pero eso no iba a suceder.

Espero que no hayas tenido que ir a Vietnam; así de poco he mantenido el contacto con la familia. No sé si te han reclutado o no. No veo las noticias por Vietnam. Sé lo que pasa en una guerra. Aunque ganemos en Vietnam, no vale la pena cómo moldea a un hombre. Algunos de los tipos con los que me reúno dicen que no soy un patriota por decir eso, pero así son ellos y Vietnam no es Pearl Harbor. Si te reclutaron, espero que estuvieras a cargo de proyectar películas en la base en lugar de luchar en la selva. Pienso en ti como un niño pequeño y la idea de que estés en Vietnam es sencillamente horrible. Un día vi tan solo un poco de las noticias donde aparecía una unidad de marines incendiando una aldea. Cuando yo era marine quemé muchas aldeas. Ver aquello en la tele me arruinó el sueño durante una semana. Si alguna vez he querido volver a la bebida, fue entonces. Angel, mi mujer, me preguntó por qué me había consternado tanto, pero no pude explicárselo; solo decirle que me recordaba a demasiadas cosas que había visto como marine y demasiadas cosas que había hecho.

Sigo teniendo pesadillas, como la mayoría de los chicos, pero sé de dónde vienen esos sueños. Son fantasmas que van y vienen y que se quedarán conmigo el resto de mi vida. Pero no quiero que pienses que soy un viejo arruinado. No lo soy. Ahora soy el tipo más afortunado del mundo. No tengo hijos, pero Angel tiene como un millón de sobrinas y sobrinos, y uno de sus hermanos se mudó a Albuquerque, así que los vemos mucho. Si lo recuerdas, cuando fui a Lone Butte tenía una moto, y todavía la tengo. Me encanta conducir con mi mujer agarrada a la espalda. Me gusta mi trabajo y me he convertido en un cocinero bastante bueno, y me encantaría que vinieras a nuestra casa algún día. Si lo haces, el Dragón de Oro es muy fácil de encontrar. Está en Central Avenue, justo en la Ruta 66 a su paso por el centro de la ciudad, y todo el mundo lo conoce. Te daremos de comer bien.

Pero quiero que sepas que lamento haberos abandonado a ti y a los demás. He cometido muchos errores en mi vida, pero ninguno tan grande como no estar cerca de ti mucho más de lo que lo estuve. No puedo compensar ese tiempo perdido con ninguna magia ni con una explicación que te interese escuchar. No hay excusa que explique por qué desaparecí, solo el hecho de que lo hice. No tengo planes de ir a Lone Butte o presentarme en tu puerta, así que no te preocupes de que un viejo raro llegue buscándote. Espero que de algún modo puedas entender que sé lo que hice y lo que no. Que puedas aceptar el misterio de que ambos podamos acabar donde sea que estemos y seguir adelante con las cosas.

Ven a vernos un día, si quieres.

Sigue siendo tu tío,
Bob

Robby/TREV-VORR recordó una noticia que había visto en la tele, un reportaje sobre una compañía de marines que patrullaba en la selva vietnamita. Estaba colocado cuando lo había visto y estaba colocado ahora, pero recordaba las imágenes crudas y granuladas: una aldea en blanco y negro con cabañas de paja y corrales, y los marines, que parecían gigantes entre los primitivos vietnamitas. Los enormes y pesados estadounidenses, con sus cascos y sus armas, y aquel tipo con la mochila de la radio hablando por un auricular…, eran solo chavales que intentaban parecer duros, que fumaban para esconder el aburrimiento, la miseria y el terror apenas disimulado en sus ojos y en su postura. Robby, de veintinueve años, era mayor que todos ellos, incluso que el oficial de la Marina que ladraba y daba órdenes. Todos parecían agotados. Uno de los marines acercó su Zippo al alero colgante de una choza para prender fuego a las hojas. Otros marines hicieron lo propio con sus Zippos. Les habían ordenado quemar las chozas de la aldea.

Los Zippos no podían hacer el trabajo lo bastante rápido, así que un marine, un tipo con una unidad lanzallamas a la espalda, roció con una ola de fuego gelatinoso todo el tejado de paja de una choza, y luego de otra. De la boca de su arma goteaban bolas de fuego que quemaban en el suelo, autocombustibles, chisporroteantes. La despreocupación del acto hacía que el del lanzallamas pareciera un niño reacio a hacer una tarea de sábado por la mañana, como rastrillar los recortes de césped que había dejado la cortadora mientras sus amigos coqueteaban con las chicas en la piscina municipal. En cuestión de segundos, los marines habían provocado un motín de fuego. Estaban rodeados de humo negro, dentro de una nube de productos químicos ardientes, mientras las mujeres, los ancianos y los niños vietnamitas lloraban y gritaban. El rendimiento industrial del lanzallamas, aquel tanque de napalm presurizado, convirtió aquella aldea empapada de lluvia en el infierno en la Tierra.

Bob Falls, el tío Bob, había sido el del lanzallamas en su guerra, cuando solo tenía diecinueve años. Robby recordaba el «Ese soy yo» que el tío Bob había dicho al ver un cómic de la Segunda Guerra Mundial, una historieta sobre unos marines atrapados que eran salvados por uno de los suyos, su operador de lanzallamas. Robby recordaba el cómic porque el tío Bob se lo había comprado y Robby había hecho dibujos de lo que imaginaba que su tío había hecho con su lanzallamas, un arma mucho más molona y glamurosa que el ra-ta-tá de una ametralladora o el ka-boom de un bazuca. El rugido del lanzallamas portátil M2-2 del tío Bob lo convirtió en un superhéroe sombríamente resuelto en una lucha por la justicia. El tío Bob nunca había sido un adolescente con casco aburrido y aterrorizado al que le habían encargado destruir una granja escupiendo bolas de llamas gelatinosas. Bob Falls había sido el marine que había salvado el día.

TREV-VORR empezó a dibujar la historia justo en aquel momento, una epopeya que veía en su cabeza, dividida en tres partes claras. Hizo un esbozo de unas cuantas páginas, las tiró, volvió a empezar, luego se tomó su tiempo para reflexionar y dar forma a las imágenes. Cuando había esbozado suficientes páginas de la historia completa, se las enseñó a un miembro del equipo, un tipo llamado Barbour, y le preguntó qué le parecían.

—No lo sé, tío —dijo Barbour, rascándose la barba. Barbour era algo así como el guionista principal de algunos títulos. Se había inventado el personaje de S'poo, una imitación del Dr. Spock de *Star Trek* que tenía penes en lugar de orejas puntiagudas. S'poo era un éxito de ventas, uno de los más populares Kool Katz Komix—. Intenta hacerlo más divertido.

A la mañana siguiente Robby había completado cada viñeta del siguiente cómic alternativo de TREV-VORR, *La leyenda de Firefall.*[*]

—¿Por qué homenajeas a asesinos de bebés? —preguntó Sky, una de las mujeres de la oficina, que dejó de hablarle a partir de entonces.

Todos los de allí leyeron lo que había hecho TREV-VORR, y prevaleció la opinión de que *La leyenda de Firefall* no era lo bastante divertido, ni lo bastante provocador, ni exponía lo bastante la inmoralidad de la guerra, tenía muy poco que ver con Vietnam, ¡y las viñetas finales eran despreciables! ¡No era un Kool Katz Komix! Lo que debía hacer era venderlo a alguien consolidado, como a un título tradicional tipo Superman o Linterna Verde y cobrar el cheque. O mejor aún: tirar aquella mierda a la basura. Quemarlo.

—Como si Estados Unidos necesitara esto —dijo Avery, uno de los diseñadores.

—No sé —volvió a decir Barbour.

—¿Cómo se te ha ocurrido una mierda tan cruel? —preguntó Zelko. TREV-VORR no sabía si aquello era un cumplido o una crítica.

La única fan declarada de *La leyenda de Firefall* era Annie Peeke, que entintaba la tipografía para muchos de los artistas. Su hermano había sido reclutado en 1968, en uno de los refuerzos de tropas tras la Ofensiva del Tet, y murió en febrero de 1969. Annie dijo que el cómic habría hecho reír a su hermano.

* *Firefall* podría traducirse como «chorro de fuego». *(N. de la T.).*

Y, sin embargo, Kool Katz imprimió *La leyenda de Firefall* de TREV-VORR y aquello se vendió. Llegaron pedidos por correo de todo Estados Unidos, una oleada de ellos en un par de semanas. Había quien devolvía a la editorial su ejemplar hecho trizas, o con esvásticas dibujadas en rotulador rojo en cada página. TREV-VORR empezó a recibir cartas de odio de fans que no podían asimilar que el creador de *Panzón el poli* y de *La familia basura* un buen día empezara a vender como churros un homenaje a G.I. Joe. Un fan escribió: «¡¿Por qué no te pones en plan Gomer Pyle?!». Llegaron algunas cartas haciendo la misma pregunta que Zelko, aunque con muchas más palabras: «¿Cómo se te ha ocurrido una mierda tan cruel?».

KOOL KATZ KOMIX

KOOL KATZ KOMIX & TREV-VORR

50 CENTAVOS

SOLO PARA ADULTOS

LA LEYENDA DE FIREFALL

CORONEL CULOTRUENO

CAPITÁN

CONDECORADO

A LO LARGO DE LA HISTORIA DE LOS ESTADOS UNIDOS, MUCHOS HAN SIDO LOS CHICOS QUE HAN SIDO MODELADOS POR LA DIVERSIÓN Y LA EMOCIÓN DE... ***¡LA GUERRA!*** EN NUESTRO ***LA LEYENDA DE FIREFALL*** DE K.K.KOMIX PODRÁS LEERLO TODO SOBRE EL TEMA.

* CORDÓN DETONANTE: CABLE PARA DETONAR EXPLOSIVOS.
** ZA: ZONA DE ATERRIZAJE PARA HELICÓPTEROS. ¡BUF! ¡IMAGINA QUE LO HAS DE DESCIFRAR TÚ SOLO!

¡TANGO FOXTROT HOTEL MIKE! UNIDAD BRAVO X-RAY ¡SOLICITO EVACUACIÓN DE 1-6-3! ¡ZA CALIENTE! REPITO: ¡ZA CALIENTE!

RECIBIDO, BRAVO X-RAY... ENVIAMOS LOS HUEY.

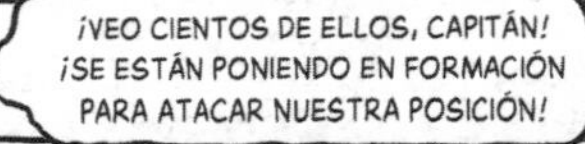

¡FUUUSH!
¡EH, SE HAN QUEDADO SIN ARTILLERÍA!
¡UN LANZALLAMAS LOS ESTÁ COCIENDO DESDE ATRÁS!
¡A LOS HELICÓPTEROS, CHICOS!
¡ESOS C%*#&@¬S SE ESTÁN COCIENDO! ¿A QUIÉN TENEMOS AHÍ ABAJO?
¡A NINGÚN CONOCIDO, SEÑOR!
¡AHHH!
¡AHHHHHHHH!
¡NO PUEDO CREER QUE LO HAYAMOS CONSEGUIDO!
PERO... ¿QUIÉN COÑO ES ESE?
SALUDOS, LECTOR. SOY EL TENIENTE CORONEL ED «LA HOSTIA» CULOTRUENO. LO QUE ACABAS DE VER PASÓ DE VERDAD EN VIETNAM.
NADIE SABE DE DÓNDE SALIÓ ESE OPERADOR DE LANZALLAMAS, PERO EN LOS CUERPOS SECRETOS LE HEMOS PUESTO UN NOMBRE: ¡FIREFALL!
ELEGIMOS ESE APODO PORQUE, BUENO, SUENA DE COÑA, Y SARGENTO PORRA CALIENTE O MAYOR QUEMACULOS YA ESTABAN PILLADOS.
AHORA PUEDO DECIR QUE NO ERA LA PRIMERA VEZ QUE FIREFALL APARECÍA Y SALVABA LA VIDA DE LAS TROPAS AMERICANAS CUANDO ESTABAN ATRAPADAS POR EL ENEMIGO... POR LOS ASESINOS ASIÁTICOS.
¿POR QUÉ LO PUEDO DECIR AHORA? ¡PORQUE ESTOY AL CARGO AQUÍ!
PUEDE QUE MUCHOS DE VOSOTROS NO RECORDÉIS LA ACCIÓN POLICIAL QUE FUE LA GUERRA DE COREA...

DONDE HACÍA TANTO FRÍO QUE LA GASOLINA SE CONGELABA EN LOS JEEPS Y CAMIONES. LAS RUEDAS NO SE MOVÍAN. LAS ARMAS NO DISPARABAN. EN EL PEOR MOMENTO POSIBLE...
¡LOS CHICOMS* VIENEN HACIA AQUÍ, CAPITÁN!
¡EN PIE, SEÑORES! PARECE QUE NOS TENEMOS QUE MARCHAR DE ESTE LUGAR.
* CHICOMS: CHINOS COMUNISTAS.

¡NOS ACABAN DE CORTAR EL PASO! ¡ESTAMOS RODEADOS!
¡SI NO PODÉIS CAVAR UN HOYO, BUSCAD UNA ROCA PARA ESCONDERNOS DETRÁS! ¡NO VAMOS A RENDIRNOS ANTE NINGÚN CHICOM!

¡SE ACERCA EL ENEMIGO!

SI PUDIÉRAMOS DESPEJAR ESA CARRETERA...

¡GROARR! ¡GROARR!

¿CÓMO? ¡UNO DE NUESTROS AVIONES SABRE HA LANZADO UNA BOMBA INCENDIARIA?
¡NO, SEÑOR! ¡MIRE!

¡¿?!

¡EL PASO ESTÁ DESPEJADO!
¡MOVÁMONOS, SEÑORES!

¡ALGUIEN HA QUEMADO A TODOS ESOS CHICOMS! ¡ES UN MILAGRO, SEÑOR!
¡MIRE, SEÑOR! ¡EL ENEMIGO ESTÁ SIENDO ATACADO DESDE DETRÁS DE NUESTRAS LÍNEAS!
¡LES ESTÁN FRIENDO EL ARROZ!
UN SOLDADO TENÍA UNA CÁMARA E HIZO UNA FOTO.
SÍ, ES VERDAD. LAS PRUEBAS FOTOGRÁFICAS MOSTRARON QUE, CUANDO NUESTROS CHICOS ESTABAN ATRAPADOS POR LOS AMARILLOS, EL MISTERIOSO FIREFALL APARECIÓ PARA PERMITIR QUE ESCAPARAN Y SOBREVIVIERAN.
¿DE DÓNDE SALIÓ AQUEL HÉROE? ¿Y CÓMO? GRACIAS A NUESTRA INTELIGENCIA EN DETALLE: INFANTERÍA OFICIAL EN TERRENO CON ARTILLERÍA --I.D.I.O.T.A.--, CREEMOS SABERLO...
¡AY, LA GUERRA! YA SABES, ESO DE LO QUE MAMÁ Y PAPÁ HABLAN A TODAS HORAS. ¡LA GUERRA MUNDIAL DE LA PAZ!
CREEMOS QUE FIREFALL ERA EL CABO LATHAM ROBERT FALLSGOOD, UN MARINE OPERADOR DE LANZALLAMAS QUE DESAPARECIÓ EN ACTO DE SERVICIO EN LA BATALLA DEL ATOLÓN DRADO, A FINALES DE LA GUERRA.
HABÍA SERVIDO CON DISTINCIÓN EN LA EXTINCIÓN DE SOLDADOS J%#*S EN LAS BATALLAS DE
PICA-CULO
TIRA-LA-TOGA
KUKU-BONGO
Y VILLA-BUQUÉ.
PERO FUE EN EL ATOLÓN DRADO DONDE DESAPARECIÓ.
¿VES ESA RENDIJA AHÍ ARRIBA?
SÍ, SEÑOR.

EL ENEMIGO ESTÁ DENTRO Y NO PODEMOS RODEARLO. ¿ALGUNA IDEA, FALLSGOOD?
¿Y SI ME ACERCO A HURTADILLAS Y LOS FRÍO?
¡ESE ES MI CHICO!
JUSTO AL LADO DE LA RENDIJA, FALLSGOOD LANZÓ SUS LLAMAS Y ESO FUE TODO.
¡¿¡!?!
FIREFALL HIZO USO DE SU ARMA CON MANO FIRME EN NADA MENOS QUE UNA DOCENA DE ESCARAMUZAS MÁS.
CON EL ATOLÓN AL FIN SEGURO, EL PELOTÓN REGRESABA A LA PLAYA PARA COMER UN PLATO CALIENTE Y UN DÓNUT DE MERMELADA...
¡ESPERO QUE ESAS ENFERMERAS DE LA CRUZ ROJA ENTIENDAN POR QUÉ HUELO ASÍ!
CUANDO UN MALDITO FRANCOTIRADOR ENEMIGO SALIÓ REPTANDO DE UN AGUJERO.
PARA HONRAR A MI EMPERADOR Y A MI AMOR QUE ESTÁ EN CASA, EN NAGASAKI, DEBO LUCHAR HASTA LA MUERTE CONTRA LOS PERROS AMERICANOS. SI NO, QUEDARÉ COMO UN TONTO...

EN EL PUNTO DE MIRA SE LE PUSO FIREFALL, SUS TANQUES, SUS MANGUERAS...
¡PUM!
LA BALA DEL FRANCOTIRADOR IMPACTÓ EN EL LUGAR MÁS VULNERABLE DEL LANZALLAMAS PORTÁTIL M2-2.
¡PING!
PERO ¿QUÉ...?
PSHSHSHSH... FLICK...
¡KABOOM!
Y ASÍ FUE COMO, EN EL MOMENTO DE LA VICTORIA, EL CABO FALLSGOOD DESAPARECIÓ EN LA NADA.
¿O ACASO ESTABA...?
UN AVIÓN EN EL CIELO... 9 DE AGOSTO DE 1945
EN UNA CASA DE PAPEL DE ARROZ, UNA CHICA JAPONESA SOSTIENE LA FOTO DE SU AMADO SOLDADO...
ESPERO QUE ITO SOBREVIVIERA EN EL ATOLÓN DRADO. LE ECHO TANTO DE MENOS...
¡OH! ¿QUÉ ES ESA LUZ TAN BRILLANTE?

ESTE CÓMIC TE LLEGA GRACIAS A LA BUENA GENTE DE **SIN-PUCHEROS**.

PARA VIVIR MEJOR CON QUÍMICOS QUE ABRASAN LA PIEL.

3

El infierno del desarrollo

2020

Bill Johnson

¡¡RING!! ¡RING! Ring… r-ing… r'i…

Sonó el temporizador de la cocina. Habían pasado veinticinco minutos.

Bill Johnson disponía de los cinco minutos siguientes para sí mismo, así que se apartó de la mesa de mecanografía, un mueble especial, algo más bajo que un escritorio o una mesa de comedor y, por lo tanto, de una altura más funcional para teclear cómodamente en una antigua máquina de escribir que funcionaba a la perfección. La máquina la había comprado hacía décadas; la mesa, unos años después. Salió de casa para disfrutar de la amplia bóveda celeste, del aire fresco de la mañana del desierto de Nuevo México; aún no eran las 7:00. Al otro lado de la calle, en el campo de golf, cuatro personas estaban jugando una ronda temprana. Los reconoció —todo el mundo conocía a todo el mundo en la ciudad universitaria de Socorro, Nuevo México—, les lanzó un silbido y los saludó con la mano. El cuarteto le devolvió el saludo.

Bill Johnson no es vendedor de seguros ni vicepresidente de una empresa de telemarketing. Tampoco es Bill Johnson, el concejal de la ciudad, el gerente del Applebee's, ni el mejor alumno de la promoción de 2019 del instituto Skyline. No es BJ, el informático de la cuarta planta, y nadie se libra de las consecuencias de llamarle BJ. No es el ortodoncista de la East

Valley Wellness Corporation, ni el padre de familia de la puerta de al lado que, como buen mormón, tiene el garaje lleno de latas de conserva, agua embotellada, sopas en polvo y cajas de Sprite. Lo más probable es que todos esos Bill Johnson sean buenas personas que viven dentro de los acogedores confines de su convencional nombre estadounidense.

Este Bill Johnson, el que tiene la antigua máquina de escribir Smith-Corona Sterling en una mesa a juego, es el Bill Johnson que escribe y dirige películas. Algunos lo han calificado de genio. Quienes le conocen bien estarían de acuerdo en que la palabra «raro» debería ir antes que «genio». En aquel momento, Bill Johnson el cineasta estaba entre proyectos, creativamente a la deriva.

Enfrente de la casa, Bill vio al gato naranja atigrado que pertenecía a los Pinedo, que vivían un par de casas más allá. Era sorprendente que el gato continuara vivo, que hubiera sobrevivido al calor, a los halcones, a los coyotes y a los perros salvajes que vagaban por el pueblo. Bill no tenía mascotas pero ver a aquel gato naranja pasear por el borde de la valla le transmitía calma, le confirmaba que la última variante de covid no estaba matando a todas las criaturas de Dios.

—Toma, gatito —le dijo Bill, chasqueando suavemente los dedos. El gato no le prestó atención. Así que, en lugar de acariciar al gato atigrado, Bill e s t i r ó las manos y los brazos hacia arriba, desde los hombros, imaginando que se le alargaba el cuello, como si fuera una jirafa de goma. Respiró hondo, miró el reloj para confirmar que habían pasado cinco minutos y volvió a entrar en casa.

Tras prepararse otro expreso doble con la presión perfecta, y con una pizca de cacao, se sentó de nuevo a la mesa de mecanografía, ante su Sterling...

Si encontrara un material de base, un personaje o dos que estuvieran en crisis, y luego seguir con eso. Joder... Si hacer películas no fuera divertidísimo, sería feliz golpeando esas bolitas blancas llamadas pelotas de golf. Pero si jugara demasiado a eso me parecería una condena. Cuando me pongo a trabajar, escucho Chimes of Freedom, de Dylan, y sé

Al releer lo que había escrito, se dio cuenta de que había pasado veinticinco minutos quejándose sobre el papel; su flujo de conciencia era el de un gallina. ¿A quién le importaban sus problemas?

Así acabó el día en la Smith-Corona. Bill sacó la página del carro de la máquina de escribir y la echó dentro del cajón de su mesa, junto con las demás misivas cronometradas que había tecleado al comienzo de sus días. Cuando el cajón se llenaba hasta los topes, metía sus cavilaciones en un cofre de madera que tenía en una estantería del garaje, donde años de mecanografía reposaban listos para sus archivos o para la chimenea.

Se dirigió al armario de la entrada, cogió sus palos de golf y salió de casa. Fue caminando hasta el campo y se puso a golpear una bolita blanca antes de que empezara a hacer demasiado calor.

El antiguo hábito de trabajo de Bill era sentarse a su mesa de mecanografía y escribir, escribir y escribir como si fuera Jack Kerouac puesto de dexedrina. Se pasaba horas seguidas ante el teclado, hasta que se le ocurría una historia de ensueño o tiraba la máquina de escribir por la ventana, de la frustración. Con demasiada frecuencia sus divagaciones perdían la noción del tiempo y la lógica, lo que resultaba en páginas y páginas de tonterías en verso blanco. También había días en los que se pasaba horas sentado frente a la máquina de escribir sin nada que mostrar, con la mente en blanco, la imaginación congelada, una página sin palabras en el carro de la máquina de escribir en un estado de éxtasis cósmico. Pero su autoprescrita disciplina le obligaba a permanecer ante la máquina de escribir pasara... lo... que... pasara... A escribir cualquier cosa. HACER PELÍCULAS ES DIVERTIDÍSIMO. La guía telefónica, el juramento de fidelidad, letras de Springsteen: Spanish Johnny drove in from the underworld last night with bruised arms and broken rhythm and a beat-up old Buick but dressed just like dynamite...

De esta labor tan hostil, de alguna manera, surgieron sus guiones.

Pero ya no era el mismo joven insensato de antes. Desde el «quédate en casa» de la pandemia, su cerebro, normalmente lleno de entusiasmo, no había transmitido nada de valor temático que su teclado QWERTY pudiera plasmar sobre papel cebolla. Ni encabezados de escena ni cortes. En los veinticinco minutos cronometrados, los veinticinco minutos de bloqueo, no se le ocurría ni un diálogo, ni páginas de guion, ni tema, ni historia. En tanto que persona que en los últimos tiempos escribía un diario, Bill evitaba la niebla y el cansancio de estar frente a la máquina de escribir sí o sí. ¿En tanto que guionista? Era malísimo. Así que cruzaba la calle con su bolsa de golf y se iba al campo a darle a la bola, a mejorar su juego corto, su chip y su *putt*, en tres o cuatro hoyos, entre los cuatro jugadores oficiales que llevaban la cuenta.

No siempre le había dado a las Spalding, de hecho no había empezado hasta que conoció a la doctora Pat Johnson (sin parentesco) y se mudó a Socorro. Se había instalado en Albuquerque hacía unos años, tras rodar una película* en escenarios naturales y enamorarse del calor seco, el paisaje infinito y la historia tribal de quince mil años de antigüedad. Al trasladarse a Socorro había abandonado su casa de la ladera con vistas a la ciudad, pero regresaba siempre que le entraban ganas de comer en los mejores restaurantes, de visitar a sus amigos poetas/artistas/fontaneros/operarios de retroexcavadora, de sentarse en las salas de los deportes de los casinos tribales (para ver a la gente, no los deportes) y de rebuscar en los mercadillos y anticuarios que salpicaban la Central Avenue, la histórica Ruta 66.

Tiempo atrás, Bill había jurado que nunca volvería a hacer un regalo que no hubiera sido de alguien antes y que, por lo tanto, fuera altruista desde el punto de vista medioambiental. Cuantas más cosas antiguas comprara y regalara, menos vertederos harían mella en la Tierra. Eso hacía que los regalos de Bill Johnson fueran especiales, a menudo singulares, y a veces fuera de lo común. No todo el mundo creía que una radio AM de cuarenta y siete años en buen estado fuera un regalo considerado.

Husmeaba en busca de viejas jarras de zarzaparrilla, electrodomésticos como cafeteras eléctricas que aún funcionaran y un minicasete dictáfono Ricoh en perfecto estado, discos de

* *Imperion*. 2002. Recaudó 637 millones de dólares en todo el mundo. Y *Albatros*, un desastre. Ambas ahora en *streaming* en Visonbox.

vinilo en estados diversos, ejemplares antiguos de literatura barata, revistas de época como *Mad* y *Hot Rod Cartoons* e incluso cómics de antaño. Las revistas antiguas eran regalos decentes para cualquier ocasión. Bill tenía dos cajas de banquero llenas de auténticos tesoros.*

Un vasto mercadillo en la calle principal de Albuquerque era Roots 66, propiedad de Frank y Diedre McHale, que es donde Bill encontró su primer equipo de golf. Los palos de segunda mano son un elemento básico de los mercadillos y las tiendas de chatarra; Roots 66 tenía contenedores llenos de ellos y también bolsas viejas para transportarlos. Bill se decidió por unos Ping que habían sido caros cuando eran nuevos pero que en aquel momento costaban 50 dólares el juego.

—¿Has jugado al golf alguna vez en tu vida? —preguntó Frank McHale.

—No, pero lo he visto por televisión.

—Estos palos no son de tu talla.

—Los palos tienen tallas, ¿eh?

—Como los pantalones. Eres demasiado alto para estos. Ven conmigo.

Bill siguió a Frank por el mercadillo, vieron diferentes juegos de palos, bolsas y equipos en varios puestos y midieron la largura de los palos con su cuerpo larguirucho. Frank jugaba al golf, así que enseñó a Bill el agarre y la postura adecuados allí mismo, en los pasillos de Roots 66, teniendo cuidado de no golpear ninguna vitrina con el *backswing*. Había un juego de palos Wilson que era casi perfecto para Bill.

—Cada vez que vengo aquí es la misma historia —dijo Bill mientras Frank hacía el recuento de los artículos y anotaba sus referencias para el vendedor—. Nunca tenéis nada nuevo.

Bill se marchó de Roots 66 con los palos de su medida metidos en una bolsa de cuero sintético de un naranja horripilante y con una bolsa con cremallera de algo más de tres litros y medio llena de pelotas usadas. Tendría que comprarse sus pro-

* El Instigador le había estado enviando material de los estudios que hacían películas de superhéroes, con la esperanza de que a Bill se le ocurriera un título, una supersaga. Cómics y novelas gráficas, antiguos y nuevos. A Bill le interesaban solo hasta cierto punto. A la caja de banquero que iban.

pios *tees*, tomar una clase o dos, y cuando estuviera listo para subir de nivel con un juego de palos hechos a medida, por encargo, Frank le pondría en contacto con el profesional que conocía en el Sandia Resort & Casino. A menos que un día se volviera completamente loco, no había forma humana de que Bill Johnson fuera a pagar por unos palos de golf hechos a medida. Es curioso, pues, que estuviera tan emocionado cuando la doctora Pat Johnson le hizo ese mismo regalo en su primera Navidad juntos como Johnson & Johnson.

Bill solo había tenido un agente: el Instigador, también conocido como Fred Schiller, de la Agencia Fred Schiller.

Hace mucho tiempo, Fred estaba sentado en su pequeño y cutre despacho, representando a solo tres clientes, dos de los cuales buscaban trabajo y el tercero escribía en el equipo de una comedia de situación que duró treinta y nueve episodios en la ABC. El agente apenas formaba parte del mundo del espectáculo. Un mediodía en su oficina de Wilshire, cerca de La Brea, no tenía llamadas que contestar ni que hacer, así que buscó en la bandeja de correo marcado como NO SOLICITADO, donde había un sobre de papel manila bastante gordo, y se lo llevó a la cafetería del vestíbulo. Con una Coca-Cola sobre la mesa, abrió el sobre y encontró un guion escrito a máquina por un tipo llamado Bill Johnson. Fred Schiller acababa de sacar el boleto ganador en la rifa de un desayuno de tortitas.

El guion era demasiado largo, pero era una lectura apasionante y entretenida.* Fred pasó el resto de la tarde y los dos días siguientes marcando una y otra vez el número de teléfono que aparecía en la portada del guion, con la esperanza de encontrar a aquel tal Bill Johnson, pero sin obtener respuesta. Bill tenía un trabajo nocturno, así que bajaba el volumen del teléfono mientras dormía de día, sin darse cuenta de que, ay, el contestador automático llevaba desenchufado desde la última vez que había aspirado la casa. Cuando al fin ambos hablaron por primera vez, la primera frase de Fred fue:

* Titulado *Persigue la calma*. ¡179 páginas!

—¿Es usted Bill Johnson, el guionista? Soy Fred Schiller, de la Agencia Fred Schiller.

—Bueno, hola, Fred Schiller —dijo Bill, recién salido de la ducha, en pelotas—. Sí, soy yo. Bill Johnson.

—He leído lo que nos envió. —Fred hizo una pausa—. No hay manera de fingir talento en un guion.

—No estoy tan seguro, pero vale —dijo Bill.

—Quiero ser su agente. No tiene agente, ¿verdad?

—No, no tengo. Puede ser mi agente si lo desea.

—Estupendo. Hoy es un día de suerte para los dos. Pero voy a ser sincero con usted. Nadie comprará *Persigue la calma.*

—Pues entonces estoy confundido. ¿Por qué es usted mi agente? ¿Por qué es un día de suerte para mí y para usted?

—Ha escrito demasiadas escenas, demasiados personajes, demasiadas páginas, pero no hay suficiente conflicto. Su estructura es ilógica y lo que debería ocurrir en la página treinta está en la cuarenta y dos.

—Eso es a propósito —dijo Bill—. Quiero romper las normas.

—No puede romper las normas hasta que las siga. El primer borrador de su próximo guion seguirá las normas. El segundo borrador, también. El tercer proyecto será fabuloso, e instigaré para que suscite gran interés. ¿Le parece bien?

—Fred —dijo Bill, ahora ya bien seco de pies a cabeza—. Instigue.

Bill tuvo que escribir siete borradores de su siguiente guion, *Los taquígrafos también pueden ser héroes,* antes de que Fred Schiller llegara a la instigación prometida, siete borradores hasta que el acontecimiento de la página 30 ocurrió en la página 30.

Ninguno de los grandes estudios estaba interesado en el guion de Bill Johnson. Más de un ejecutivo de desarrollo llamó a su trabajo «mecanografiado». Pocos de ellos realmente cogieron las llamadas telefónicas de Fred Schiller, mucho menos leyeron el guion. Sin embargo, Schiller demostró ser fiel a su palabra.

Primero, cortejó a un tipo que se había hecho rico fabricando perchas de alambre, un millonario que quería entrar en el negocio del cine. La forma más rápida de hacerlo, le aconsejó Fred, era comprar los derechos de un buen material, y resultaba que Fred tenía una copia del séptimo borrador de un guion de Bill Johnson. Perchas de Alambre compró los derechos en el acto.*

En segundo lugar, Fred convenció al magnate de las perchas de que la siguiente forma infalible de entrar en la industria del cine era producir películas. Así que, ¿adivinan quién puso su propio dinero?

En tercer lugar, estaba el tema de la dirección: el guion de Bill Johnson era audaz pero el presupuesto iba a ser bajísimo. Pocos directores con algo de trayectoria querían atarse a un presupuesto limitado, así que ninguno se unió al proyecto.

Un joven Clyde van Atta, que acababa de salir del curso de producción de dos años en el American Film Institute (AFI), elaboró un calendario para rodar la película en solo diecisiete días. Clyde tenía un amigo del AFI que acababa de terminar el curso de cinematografía, un cámara llamado Stanley Arthur Ming, que rodó rápido, sobre la marcha.

El Instigador puso el guion en manos de Maria Cross, que estaba a punto de convertirse en Mágica Maria Cross, una actriz que identificaba un papel protagonista fabuloso nada más leerlo. Se lanzó sobre aquel séptimo borrador, pero tenía un conflicto: había firmado para una película de gran presupuesto que iba a rodarse en Canadá. Aquellos diecisiete días de rodaje tendrían que ser lo antes posible.

Con tan poco tiempo y sin director, el Instigador sugirió al señor Perchas de Alambre que tal vez el mismo Bill podría ser el director.

—Si tengo un novato, le pago sueldo de novato —dijo el productor.

—No le pagues nada —dijo el Instigador. Si Bill no cobraba nada y cambiaba su sueldo por un porcentaje de los beneficios, ¿no saldrían ganando todos?

Todos salieron ganando.

Aquella primera película, rebautizada como *La mecanógrafa*, fue buenísima, un taquillazo, e hizo que el fabricante de perchas de alambre ganara una pequeña fortuna (que desapa-

* Por 5000 dólares. Mucho dinero para cualquier escritor primerizo. Mucho dinero para cualquiera.

reció en su siguiente y última aventura en el negocio del cine). Bill ganó el primer dinero de verdad de su vida, entró en el sindicato de directores de Estados Unidos* y el destino manifiesto lo llevó hacia el oeste por Fountain Avenue.

Bill escribió y dirigió otra película (*¿Charlie qué?*), luego otra (*Los jefes Nova*) y otra más (la primera de su trilogía *Edén*). A pesar de los intentos de las principales agencias de arrebatárselo con malas artes, Fred Schiller continuó siendo el Instigador de Bill. La alianza era la envidia de toda la ciudad.

El Instigador manejaba la carrera de Bill al mismo tiempo que lo llevaba de la mano por los cambios en su vida personal: el primer matrimonio (un puto desastre), el divorcio (sin hijos, así que sin manutención, pero con más de la mitad de su dinero), los días intermedios de juergas desenfrenadas arruinadas por el abuso de sustancias, una infracción por conducir bajo los efectos del alcohol que consiguió tapar, y el segundo matrimonio con una mujer con dos hijos —a Bill le gustaban aquellos niños—, que fue precioso hasta que dejó de serlo. El segundo divorcio le costó aún más dinero. Habría estado en territorio de *jet* privado de no haber sido por la falta de acuerdo prematrimonial. Bill huyó de la costa (y de sus mujeres y sustancias) hacia la tierra árida y fascinante que es Nuevo México. Todavía podía permitirse su piso de tres dormitorios en el Wilshire Corridor, pero evitaba Los Ángeles a menos que estuviera trabajando en un proyecto. Una vez al mes, el Instigador cogía un avión comercial a Albuquerque para mantener una reunión con su cliente que duraba toda la tarde y bien entrada la cena, en la que planeaban la continuación de la carrera de Bill Johnson.

Desde la oficina de Optional Enterprises en Hollywood, el servicio de correos de Estados Unidos y FedEx abastecían a Bill de una amplia muestra de cómics, novelas gráficas y sinopsis de ciencia ficción y fantasía que circulaban por ahí, cuya lectura llevaba menos tiempo que la de los guiones y las muestras de escritura. Bill leía lo bastante de cada uno de ellos como para discernir qué era qué, pero nunca se sumergía en ninguno en concreto, salvo en un título de Dynamo, menos

* The Directors Guild of America (DGA).

conocido y de ventas reducidas, llamado *Los agentes del cambio*, sobre un grupo de tipos raros muy conflictivos, todos Ultras, todos almas atormentadas. El Grajo asustaba a todos con su mirada. El Príncipe del Invierno era gélido. Piedra de Rayo no sabía comunicar sus sentimientos. Bill marcó a los machos como segundones, pero las mujeres —Osa Mayor, que no era capaz de sonreír nunca, e Eve Knight, alias Knightshade,* que no podía dormir— eran geniales. Aunque no sabía qué hacer con ellas.

Tras la temporada de premios, que Bill soportó sin ganar nada,** explotó el covid-19. El mundo del espectáculo como había sido hasta entonces desapareció durante mucho tiempo. Estados Unidos y el mundo recibieron múltiples reveses, al igual que la muy pequeña ciudad universitaria de Socorro, Nuevo México, donde Bill vivía ahora debido a su acuerdo con la doctora Johnson. Si están pensando que, con el nuevo coronavirus campando, tener un médico en casa era una bendición, se equivocan de tipo de médico.

Bill Johnson vio por primera vez a la doctora Patrice Johnson (sin parentesco) en un vuelo matutino de Albuquerque a Los Ángeles: él tenía reuniones en Optional Enterprises; ella iba a asistir a un simposio en UCLA. No se conocían de antes, pero era imposible que no se vieran: el vuelo iba solo medio lleno. Bill era un tipo larguirucho con porte seguro de sí mismo y vestimenta de película del Oeste mejor que la de un conductor de carretilla elevadora, más parecida a la de un peón de rancho; llevaba unos vaqueros desgastados, unas botas no demasiado elegantes y un cinturón sin turquesas en la hebilla. Y era alto. Patrice se parecía a la icónica estrella de cine francesa Catherine Deneuve con unas modestas trenzas, algo más alta, y pasaba mucho tiempo bajo el sol de Nuevo México. Nunca salía con hombres que no fueran larguiruchos, más al-

* *Knightshade* podría traducirse como «Guerrera de la sombra». *(N. de la T.)*.

** Guionista y director de *Un sótano lleno de sonido*, que también perdió por mejor mezcla de sonido, mejor montaje de efectos de sonido, mejor vestuario, mejor dirección artística y mejor canción. Cero patatero en todo.

tos que ella. A Bill le gustaban las mujeres con trenzas y el cuello bronceado.

En el aeropuerto, ambos cogieron un Uber en la acera, pero no se dijeron nada, y a ambos los llevaron en coche a Los Ángeles ciudad (o «Ángulos», como la llamaba Bill) para atender sus citas. Dos días después, en el vuelo nocturno de regreso a Albuquerque, Bill estaba sentado en su plaza cuando una despistada Patrice casi cerró la escotilla del avión y entró arrastrando su equipaje de mano y buscando su sitio, que resultó estar en el pasillo, a un asiento de distancia de Bill, quien tenía ventanilla. Patrice aún llevaba una credencial con imán en la solapa en la que se leía DR. PATRICK JOHNSON, NMIMT, y le estaba costando un poco subir la maleta al compartimento superior.

—Me ofrecería a ayudarte, doctora —dijo Bill—, pero no estoy seguro de cuál es el protocolo.

—Estoy bien —dijo Patrice, y se dejó caer en el asiento de pasillo. Se acomodó, se quitó los zapatos y se abrochó el cinturón de seguridad—. Eh. Te vi en el avión hace dos días.

—Yo también te vi —replicó Bill. Luego señaló la credencial—. Tengo un hermano que se llama Patrick Johnson, pero no es médico.

—Ya... —dijo Patrice—. Alguien no revisó las credenciales.

—Bill Johnson —dijo él, y le ofreció la mano, que ella estrechó.

—Patrice —dijo mientras se quitaba el imán de la credencial y se la guardaba en el bolsillo.

—¿Te dedicas a la medicina? —preguntó él.

—Ciencias de la Tierra.

—Entonces... si el piloto pregunta si hay un médico a bordo...

—Esperemos que haya uno —replicó Patrice.

—¿Qué demonios es el NIM-IMT de tu credencial, Patrick-quiero-decir-Patrice?

—Instituto de Minería y Tecnología de Nuevo México. Doy clases.

—¿De qué? ¿De minería, de tecnología, o de ambas?

—Doy clases de todo lo que es importante saber. E investigo. Tú no serás por casualidad el director Bill Johnson, ¿verdad?

¡Gonngg!

Ese fue el sonido que Bill Johnson oyó dentro de su cabeza.

—¿Por qué demonios del mundo habrías de decir eso?

—Resulta que te llamas igual que el director de cine. Vuelas a Hollywood de ida y vuelta. He oído en alguna parte que Bill Johnson el director vive en Santa Fe. Me he tirado a la piscina. Si no eres ese Bill Johnson, no pasa nada.

—Eres la primera persona que me hace esa pregunta en un avión —dijo Bill—. No vivo en Santa Fe, esa ciudad es demasiado lenta para mí. Prefiero Albuquerque. Y sí, soy ese Bill Johnson.

—¿En serio? —Si hubiera estado dentro de la cabeza de Patrice, Bill habría oído un sonido muy parecido a su propio ¡gonngg!—. He visto algunas de tus películas.

—Eso espero.

—Las alquilo en el Redbox que hay en la puerta de Walmart. Hice una maratón de tus pelis esas de *Edén* cuando tuve amigdalitis.

—Las alquilas. En un Redbox. ¿Por cuánto, un dólar la noche?

—Tres dólares. La trilogía. Debiste de divertirte rodando esas películas.

—¿Divertirme? Rodar esas películas casi me mata. ¿Qué tipo de investigación haces?

—Si no tienes formación en Ciencias de la Tierra, mis artículos te parecerán sánscrito.

—¿Cuántos artículos has escrito?

—No los suficientes. Estoy en el mundo académico, así que es publicar o morir.

—Hostia, igual que en lo mío.

Cuando el avión hubo despegado, Patrice le invitó a una cerveza del carrito de bebidas. Ella tomó un vino tinto en un vaso de plástico. Charlaron desde el despegue hasta el aterrizaje en el aeropuerto de Albuquerque, una hora y media que pareció mucho menos, y fueron juntos en el autobús lanzadera hasta el aparcamiento del aeropuerto, sentados el uno al lado del otro, sin ninguna prisa por que su conversación acabara pese a lo tarde que era y lo oscura que estaba la noche. El autobús los dejó en la parada del aparcamiento: ella con su maleta de ruedas; él con su bandolera de cuero desgastado.

Bill no era tonto. Sabía que si no pedía algo más de tiempo con aquella mujer, bien podría escabullirse en el regolito; y tal vez no volviera a oír aquel ¡gonngg! Pedirle su número era propio de un universitario. Preguntarle si quería tomar una copa con él en la ciudad estaba en la línea de un sórdido empresario. Bill no tenía intención de redefinir su vida, que era de singularidad, desapego, de no tener que satisfacer necesidades ni dar explicaciones, de andar por ahí, escribiendo historias y guiones, luego ir a hacer películas a lugares como Malta u Orange, California, y ganar un buen dinero por su trabajo. Podía ir a la deriva o no, a su elección. No estaba buscando una compañera para todo aquello. La doctora Patrice Johnson era una mujer fascinante que volaba rocas para ayudar al medioambiente y cultivar mejores alimentos. No le había hecho ninguna pregunta sobre películas más allá del título de la que había rodado en Albuquerque.* No sabía nada de sus nominaciones ni de los premios del público porque el mundo del espectáculo era algo que alquilaba en un Redbox cuando estaba enferma. Ciencias de la Tierra era una clase que Bill no había hecho nunca, pero ambos habían hablado sin parar durante las últimas dos horas, algo que no ocurría a menudo con una alta bebedora de agua como la doctora Johnson. Eh, y aquel ¡gonngg!

—Bueno…, ¿cómo te localizo? —Bill se lo preguntó como si le estuviera pidiendo la hora.

Patrice no era tonta. No necesitaba a un hombre en su vida. La última vez que se había jugado el pellejo por un hombre (casado) el caos la había marcado con una letra escarlata. No tenía nada en contra de hablar de nuevo con el interesante y larguirucho Bill Johnson, que llevaba unas botas no demasiado elegantes. De no haber estado sentado en el asiento de ventanilla, el vuelo de regreso a casa habría sido un rápido vaso de vino de aerolínea y una cabezada. Con él, la hora y media de vuelo se le había hecho demasiado corta. Si respondía con un mínimo rastro de posibilidad, sería un acuerdo

* *Imperion,* le contó él. *Albatros* la omitió.

de facto para que aquel tipo fuera a verla alguna vez. ¡Maldita sea! ¡Gonngg!

Patrice sacó el móvil, abrió la aplicación de fotos y bajó por las imágenes de carbonatos ígneos hasta encontrar una instantánea de ella apoyada en la puerta de su remolque Jayco de un eje. La foto la había hecho un estudiante cuando estaba en el campo tomando muestras de yeso para registrar los niveles de humedad. Llevaba unos vaqueros cortados, botas de montaña y una sudadera con cremallera del NMIMT y una cerveza en la mano tras un largo y caluroso día de investigación. Patrice Johnson sabía que aquellos vaqueros le hacían unas piernas muy bonitas.

—Vivo justo al lado del campus, en el centro de Socorro. Gira a la izquierda varias veces hasta que estés en el extremo sur del campo de golf. No tiene pérdida. —Le mostró la foto de la Jayco—. Mi casa es la única que tiene una Jayco en la entrada. De día trabajo, pero puedo venir en un santiamén.

Bill le había visto las piernas. Sus instrucciones sonaban bastante intuitivas.

—¿Y si la Jayco no está en la entrada?

—Entonces estoy en el campo.

—Y no sabré cuál es tu casa.

—Pues vuelve cuando sea obvio.

¡Gonngg! Maldita sea.

Mientras conducía ladera arriba hacia su casa, a las tantas, con las vistas épicas de Albuquerque por la noche, Bill estaba entretenido. Su vida real personal estaba imitando a su vida profesional; los encuentros bonitos ocurren cuando por casualidad te sientan al lado de alguien en un avión y a ese alguien le han cambiado el género en una credencial.

Mientras conducía por la oscura autopista, de vuelta a Socorro, más despierta que nunca tras un vuelo tardío a Albuquerque, Patrice pensó lo práctico que sería que, si se casaba con aquel Bill Johnson, no tendría que cambiarse el nombre.

La ciudad de Socorro, Nuevo México, está a unos 125 kilómetros de Albuquerque, al sur por la 25. Bill nunca había estado allí; su mapa de Google le dijo que disfrutara de las vistas del Refugio Nacional de Vida Silvestre Sevilleta y que redujera la velocidad en torno a las ciudades de Polvadera, Lemitar y Escondida. Entró en los límites de la ciudad en poco más de una hora debido a los caballos de fuerza de su Dodge Charger de color rojo bólido, la navegación de crucero fijada en ciento veinte y la emoción trepidante de ver a la doctora Patrice Johnson en su casa. Bill recorrió la principal arteria comercial de la ciudad, California Street, para evaluar el terreno, localizar el Walmart y el Redbox roñoso y explorar un café local por si aquella expedición en solitario se iba a pique. Necesitaría un impulso para regresar rápido a Albuquerque. Por lo que sabía, Patrice Johnson bien podía denunciarle a la policía, como si fuera un acosador perturbado.

Tras ver Socorro de cabo a rabo, siguió las señales hacia el Instituto de Minería y Tecnología de Nuevo México, que era fácil de encontrar sin ningún tipo de guía. El campus estaba en medio de la ciudad y en medio de él había un campo de golf, verde y cuidado, rodeado por el desierto de Nuevo México. Después de unos cuantos giros dejando las calles del campo de golf a la izquierda, vio la Jayco en una entrada. El barrio era agradable, sin duda albergaba a parte de la impresionante plantilla de profesores de ciencias: su cacareado profesorado, todos catedráticos de rocas y tecnología.

El timbre de la puerta sonó y nadie respondió. La doctora Johnson no estaba en casa, así que…

Bill volvió a su Dodge a buscar un viejo folleto promocional de *El horizonte del Edén* en el que aparecía su nombre, y que había traído precisamente para aquello. Cuando la doctora Johnson llegara a casa, si aquellas eran realmente su casa y su Jayco, y no, pongamos, parte de una elaborada evasión de un idiota a quien había conocido en un avión y que le había tirado los tejos durante una hora y media, encontraría aquello trabado en la puerta principal.

Horizonte del Edén
Bill Johnson

Eso fue todo. Ninguna nota.

Para perder tiempo, Bill condujo de vuelta a California Street y encontró una excelente comida de Nuevo México (tomó chiles verdes) y recargas constantes de Arnold Palmers, a pesar de que era algo temprano para almorzar. Se quedó en el local mientras los lugareños entraban a comer, transcribiendo notas grabadas de su dictáfono Ricoh, garabateando pensamientos en un cuaderno, reflexionando sobre ideas para su próxima película.*

Poco después de las 14:30, Bill regresó a la casa de la Jayco y descubrió que la doctora Johnson conducía un coche muy poco afortunado: una Ford Bronco blanca como la de O. J. Simpson. Su folleto ya no estaba trabado en la puerta, así que Patrice debía de estar en casa, se dijo Bill. Si aquella era su casa.

Después de llamar al timbre, oyó pasos, se abrió la puerta y era ella. Se había deshecho las trenzas y llevaba el pelo cepillado, con volumen, por debajo de los hombros tocados por el sol, sujeto por un pañuelo azul anudado en la parte superior.

—Me has encontrado —dijo la doctora Johnson.

Cómo se mantuvieron en pie durante aquel primer beso es un misterio: fue la bomba.

Unas horas después, ella llevaba una bata azul cielo muy transparente y nada más. Él se había vuelto a poner los pantalones. Estaban los dos descalzos, en la cocina. Ella le enseñó a preparar el mejor café del mundo en su ECM Synchronika de fabricación alemana. Si, por ejemplo, él tenía que levantarse por las mañanas antes que ella, debía moler el café, llenar el agua, ajustar todos los indicadores, palancas y tubos: aquello no era una cafetera de un solo paso. A la tercera mañana Bill ya dominaba el proceso y preparaba un expreso doble perfecto para ella, que tomaba con media cucharadita de cacao. Le gustaba la malta con chocolate.**

Nunca se molestaron en casarse. Lo estaban, por supuesto: Bill y Pat Johnson... La gente asumía que eran marido y mujer. Bill vendió su casa en Albuquerque. La vida que llevaban

* Estaba preparando una historia con el título provisional *En un vertedero*, que afortunadamente se cambió a *Tierra estéril*.

** Cuando Patrice se crio en Gallup, para llegar a tiempo al autobús escolar, sus padres ponían pequeñas cantidades de café instantáneo en su leche con cacao matutina. Cada año que pasaba le ponían un poquito más. En el primer ciclo de secundaria ya añadía cacao a su café matutino.

en Socorro era tranquila pero repleta. Tenía películas en la cabeza sobre las que reflexionar y escribir. Al otro lado de la calle podía ir a jugar al golf, en ocasiones dos veces en un día, por la mañana temprano antes del calor o a última hora de la tarde, con el sol bajo en el oeste. Pat daba clases e investigaba y volvía a casa para comer y practicar sexo.

Cuando Pat iba al campo, enganchaba la Jayco a su OJ-móvil y se iba durante días. Cuando Bill rodaba una película, se iba durante los largos rodajes, pero las separaciones hacían más bien que mal a su unión. Si había cobertura en el campo o en el set de rodaje, se pasaban el día hablando por teléfono. Se escribían textos crípticos y largos correos electrónicos que iban y venían por el éter wifi. Se intercambiaban fotos a todas horas. Bill iba escribiendo una carta que tenía a medias en la Sterling, que ocupaba hojas y hojas cuando el sentimiento le agitaba, y luego la enviaba a través del servicio postal a la DRA. P. JOHNSON, REMOLQUE JAYCO EN LA ENTRADA, SOCORRO, NM. Nunca dejó de llegarle ninguna carta. Si Bill estaba haciendo posproducción en Los Ángeles, Pat volaba hasta allí y él volaba de regreso. Y después de cada separación, las expresiones sincrónicas de afecto eran tan magníficas como los expresos de la Synchronika.

Una mañana, la doctora Johnson se dispuso a inspeccionar los sedimentos que había dejado al descubierto una inundación repentina en un arroyo cercano a Pie Town. Bill la despidió con un desastroso amasijo de burrito de chile verde, que se comió directamente de la sartén. Trabajó veinticinco minutos en su Sterling, nada más que notas al azar:

> CHOCK-TICK, CHOCK-TICK, CHOCK-TICK, CHOCK-TICK…
> **Optional Enterprises**
> **Edificio Capitol Records, 1750, Vine Hollywood**
> **Bill Johnson**
> ¿El rodaje ideal?
> Tan divertido como el de USLDS. (¿Por qué una película es un agradable crucero y otras son peleas de lucha libre?).
> Nada de lluvia. Nada de acostarme más tarde de la 1. Bueno, de las 2.

Reparto pequeño.
Localización pequeña (EE. UU.).
Cálido, sin pantalones largos.
Franquicia.
Superhéroe.
Nada de espacio. Nada de viajes en el tiempo. Nada de tirano malvado.
Nada de capas.
Nada de nombres tontos. Nombres reales.
Bueno, tal vez nombres en clave.
DC. Marvel. Dynamo??
¿Inventar uno? (Mucho trabajo...).

Después del ¡¡DING!! ¡DING! Ding… d-ing d'i… cogió su magnífico juego de Pings hechos a medida para ir a hacer unos hoyos golpeando las Spalding. Como siempre, metió en un bolsillo de aquella misma bolsa de golf naranja y fea su dictáfono Ricoh.

En un par 4 falló todos los golpes y le costó nueve hacer hoyo: de haber llevado la cuenta, se habría rendido en ese momento. Con el sol subiendo, se detuvo a beber agua a la sombra de un banco cubierto, se le ocurrió algo, cogió su dictáfono y pulsó GRABAR.

—Una película con muchos exteriores diurnos. Rodaje práctico. En escenarios naturales. Vistas amplias. Cielo amplio. Cualquier interior tiene ventanas grandes que muestran el mundo exterior.

PARAR

GRABAR

—La mayor parte de la historia transcurre en el exterior. Sol brillante. Días calurosos.

PARAR

GRABAR

—Tal vez esa Ultra, la que no podía dormir, tiene esas visiones.

PARAR

GRABAR

—Preguntar en la oficina por el nombre de ese personaje de Dynamo. ¿Guerra qué?

PARAR

GRABAR

—Capítulo totalmente nuevo de una saga ya establecida. Todo nuevo y mejorado. Sí…

PARAR

GRABAR

(Hay un hueco vacío en la cinta en el que Bill se queda pensando).

PARAR

Bill colocó su Titleist 4 sobre un *tee*, dio unos cuantos *swings* para practicar y luego se posicionó para enfrentar la bola. Con un *backswing* espasmódico y las caderas abiertas, ¡le dio un golpe potente! La bola se movió en espiral pero no se desvió del borde de la calle. Bill volvió a meter su *driver* en la bolsa naranja y le vino otra idea a la cabeza.

GRABAR

—Chica necesita chico que necesite chica. Pero se odian.

PARAR

Bueno, ya era suficiente de golf, que la mañana se estaba volviendo calurosa. Bill metió la Ricoh en la bolsa, cogió su Titleist 4 de la calle y cruzó el campo, cruzó la calle y se metió en casa.

Cogió el teléfono y marcó el número de Al Mac-Teer en Los Ángeles.

—¿Sí? —contestó ella al momento. Sonaba como si estuviera en el coche, de camino a la oficina en el edificio de Capitol Records, con el manos libres.

—Hay una superchica en Dynamo. Una Ultra. ¿Cómo se llama?

—¿Te refieres a uno de los agentes del cambio?

—No lo sé. Eve algo. La chica que no puede dormir.

—Ah. Eve Knight. Es la que no acaban de solucionar en Dynamo. Llevan tiempo intentándolo.

—Vale. Gracias. —Colgó sin decir nada más. Ambos lo hicieron.

Se puso con los tubos y las válvulas de la Synchronika de los Johnsons para conseguir otra taza de estimulante y luego troceó una manzana y la dejó en un tazón. Había un ejemplar de *Los agentes del cambio* de Dynamo sobre su mesa de trabajo, en algún lugar, bajo algunas de las otras ofertas que Al le había enviado desde la oficina. Hojeó los gráficos llenos de acción una vez más mientras comía y bebía. No le entusiasmaba Eve Knight tal y como la retrataban en aquellas páginas. Había olvidado que en los orígenes de Knightshade como Ultra era una astronauta que era atacada por una especie de rayo espacial mientras exploraba la Luna. En los cómics, el hecho de que nunca durmiera se interpretaba como algo bueno, al igual que sus nuevas capacidades: el poder de la levitación, las visiones y el sentido del oído ultrafino.

—Joder... —dijo Bill a nadie—. Eso lo hace cualquiera.

CHOCK-TICK CHOCK-TICK CHOCK-TICK

Este personaje de Eve Knightshade...

¿Cuál es su estado mental/espiritual? Como el de todo el mundo: CONFUSO.

¿Qué le falta? SEGURIDAD. SENTIDO. SERENIDAD.

¿Qué busca? Lo que todo el mundo busca: AMOR. DESCANSO. SEGURIDAD.

¿De qué huye? De lo que todo el mundo huye: SOLEDAD. ¡RESPONSABILIDAD!

¿Qué es lo que más necesita? UN SUEÑO REPARADOR.

Si ella puede encontrar esas cosas, NOSOTROS TAMBIÉN.

Así pues...

SE PIERDE-Luna/astronauta/atacada por un rayo...

Visitantes de otras galaxias o reinos de fantasía...

Amigo...

Los otros ULTRAS y AGENTES DEL CAMBIO. Guardar para más adelante si funciona la franquicia; ¿como FLASHBACKS para su historia de origen?

La historia de Eve

#Nació ASÍ. De bebé, sus padres no conseguían que se durmiera: se quedaba en la cuna despierta, pero sonriente y feliz, así que mamá y papá no se asustaron ante ese poder. Era una niña tranquila. Lo más cerca que estaba de dormirse era cuando se le ponían los ojos en blanco durante unos segundos: ahí es cuando tenía visiones.

Parientes algo más lejanos: ¿un abuelo cerca?

De niña era veloz. En las barras de mono de los parques tiene la fuerza y la agilidad de un gorila de espalda plateada.

Sus visiones son sus poderes de empatía. No son fantasías ni recuerdos. Tiene la capacidad de oír a la gente con problemas, sentir su dolor a kilómetros de distancia. Puede leer la mente, como cuando su madre está buscando hojas de laurel en la cocina. Eve es una niña que gatea, aún no sabe leer, desconoce lo que es una hoja de laurel y, aun así, solo notando la necesidad de su madre, Eve le encuentra el tarro donde pone «Hojas de laurel».

Hay otras como ella. En algún lugar.

No es una superheroína a tiempo completo, ni su identidad es secreta, es una rescatadora que está de guardia para cuando se la necesite. No es más que una mujer joven con esta carga única y pesada.

¿Abuelo en silla de ruedas?

Es capaz de notar la presencia del MAL. Lo cual es aterrador...

Revelación cinematográfica de sus «poderes»: el hormigueo empático la lleva a pasar a la acción con su velocidad/fuerza: salva a alguien en terrible peligro (¿de ser secuestrado?). La horroriza el MAL...

Llamar la atención podría llevar a que la descubrieran, ostracismo: se esconde. Mamá y papá la mantienen A SALVO. ¿Son Ultras? ¿Fueron Ultras?

#Cuando llega el AMOR, empieza como una pelea.

#Lleva trenzas.

Ambientación

¡¡**DING**!! ¡DING! Ding... d-ing... d'i...

—Ahí está la chica —dijo Bill a su máquina de escribir—. Ahora necesito al chico.

Bill se levantó de la mesa de mecanografía y se estiró. Se preparó otro expreso. Tenía cinco minutos para alejarse de la marea de ideas que ahora fluían y corrían dentro de su cabeza. Era el comandante de un clíper en alta mar, con viento fuerte a favor, a toda vela, impulsado hacia delante por una longitud ilimitada. Sabía lo que escribiría después.

La ciudad es su refugio, su «Edén». En ella está a salvo... ¿O no?

Pero para eso faltaban cinco minutos. Tenía cinco minutos.

Si el temporizador de cocina era una joya para lo que costaba, aquella caja de cómics y revistas muy viejos era un despilfarro de cinco dólares. Había pagado por muchas páginas dispersas que se habían soltado. Bill había hojeado algunas de ellas aunque solo fuera por la nostalgia de los anuncios de juguetes comprados por correo y la oportunidad de ganar premios vendiendo «*El Noticiario Semanal*, el periódico familiar de Estados Unidos». Ya había tirado buena parte de lo que había en la caja, las cosas incompletas, las páginas dañadas por el agua y las que tenían las esquinas dobladas o desgarradas. Había hecho parte del camino desde el lado delantero de la caja hasta el lado trasero, pero había abandonado hacía varias semanas. Para pasar aquella pausa inducida por el temporizador, cogió la caja de su estantería de trabajo y rebuscó entre lo que quedaba, dispuesto a tirar el resto a la basura.

Había más páginas sueltas, una portada arrancada de un cómic de *Casper, el fantasma bueno*, una reedición de *Archie and Jughead* y, doblado por la mitad a lo largo, media docena de páginas muy viejas todavía unidas por una grapa oxidada.

Aquel cómic no tenía portada, así que Bill no sabía el título ni la editorial. El papel estaba quebradizo por el paso del tiempo. Las ilustraciones y las viñetas eran uniformemente simples, así que no pertenecía a cualquier época moderna de los cómics, sino a una historia de la Segunda Guerra Mundial de soldados luchando contra los japoneses en una isla sin nombre con un narrador: su rostro aparecía en la esquina superior izquierda de la mayoría de las viñetas. Aquella cara parecía atormentada. Y agotada.

«Ninguno de nosotros había dormido, sabiendo lo que nos esperaba...».

Las lanchas de desembarco surcaban las olas.

«No pudieron evitar que tomáramos la playa...».

Los soldados morían a diestro y siniestro, rodeados de explosiones.

El narrador estaba agachado en una trinchera en la playa. No era un soldado normal y corriente con una ametralladora o un bazuka. Este soldado llevaba un equipo de mangueras y tanques a la espalda. A su alrededor se estaba librando una batalla. Los soldados disparaban y recibían impactos.

«Iba cargado a tope. Estaba esperando la señal para avanzar cuando oí la orden…».

«¡NECESITAMOS UN LANZALLAMAS AQUÍ ARRIBA, YA!».

El narrador era ese lanzallamas. Sus ojos registraron las órdenes, se levantó, luchando contra el miedo, el agotamiento y el peso de su arma. Una chispa de llama se encendió en la boquilla del lanzallamas.

Las páginas restantes eran tremendamente emocionantes y muy adultas, la verdad. No había las expresiones de sorpresa y entusiasmo de los superhéroes ni el «Ahora estáis en mis manos» de los villanos estándar. En lugar de eso, había el horror del combate cuerpo a cuerpo, de la violencia, el rugido del lanzallamas repartiendo una muerte espantosa e inhumana, y el espíritu endurecido y pesado del narrador al que le ordenan:

«¡Ahora, Latham! ¡Suelta tu chorro de fuego!».

Bill deseó tener las páginas que faltaban de aquel cómic en particular. Vaya.

Hojeó el resto de las revistas de la caja de cinco dólares. Una vieja *Mad* tenía a Alfred E. Neuman en la portada con un traje espacial. Bill la apartó para leerla más tarde. Debajo de ella había otro cómic roído por las ratas, al que no le faltaban páginas pero que tenía la portada rota que en su día se había vendido de segunda mano a veinticinco centavos. Cuando era preadolescente, Bill había visto lo que llamaban tiras cómicas alternativas. La mayoría eran divertidas; otras eran inmaduramente subversivas; otras eran puro arte. Aquella salía de Kool Katz Komix.

La leyenda de Firefall. En la portada aparecían estas palabras: «A lo largo de la historia de los Estados Unidos, muchos chicos se han ido formando con el entretenimiento y la emoción de... ¡la guerra!».

La idea de los chavales tomando forma... como bloques de pino... en un torno... como a Bill le habían enseñado en Carpintería 1 en el instituto.

A los cinco minutos, Bill volvió a entrar, cogió el diccionario que solía tener a mano y empezó a buscar entre las palabras que empezaban por T, después por To, y finalmente encontró «Torno». Después se sentó de nuevo a su mesa de mecanografía, ante la Sterling, metió un folio en el carro y puso el cronómetro a veinticinco minutos.

CHOCK-TICK CHOCK-TICK CHOCK-TICK
«Torno: Máquina que sirve para labrar o dar forma a un objeto con una herramienta afilada».
FUNDIDO...

Escribía con furiosa pasión hasta que oyó...

¡¡**DING**!! ¡DING! Ding... d-ing... d'i...

Bill se levantó y fue hacia la puerta principal, salió a la entrada y se quedó de pie en el lugar donde solía estar la Jayco. Levantó la vista hacia el cielo azul claro. Había algunas nubes altas que se desplazaban hacia el este. Caminó de un lado a otro y luego en círculo. El gato naranja de los Pinedo se acercó desde el lateral de la casa, sin salirse de la delgada franja de sombra que proporcionaban los muros.

—Mira qué gatito —dijo Bill al gato, que no respondió.

Bill volvió a entrar. Buscó el móvil y marcó el número de Al en el marcado rápido.

—¿Sí? —Estaba en la oficina.

—Tengo algo —dijo Bill.

—Vaya. ¿Qué es?

—Eso de Knightshade Ultra, ¿qué va a hacer Dynamo con ello?

—Recibido.

La llamada terminó sin más comentarios.

Al Mac-Teer

Esperó a que la llamada completara sus luchas wifi, sabedora de que si le saltaba el buzón de voz, él estaría en medio de aquel desértico campo de golf del otro lado de la calle, tostándose bajo el sol de media mañana. ¿Cómo mantenían verdes los *greens*?

Al había esperado a que empezara el horario laboral del mundo del espectáculo, pero solo por educación. Cualquiera que trabajara de verdad en Fountain Avenue llevaba levantado desde las 6:15 o las 5:15, algunos desde las 4:15, aunque solo fuera para saludar a su profesor de pilates. A las 9:02 hizo la primera de las dos llamadas relacionadas con el asunto que Bill Johnson había puesto en su ficha mental y dejó mensajes a diferentes ayudantes. Ambas llamadas fueron devueltas, enseguida. Había enviado un solo mensaje de texto sobre el asunto, que le habían respondido aún más rápido. A las 10:17, hora de Bill Johnson, Al le dio su respuesta.

—¿Sí? —No le llegó ningún traqueteo de palos a través del teléfono, así que no estaba dándole a sus Wilson.

—Dynamo se lo vendió a Hawkeye —dijo Al.

—Recibido. —Bill colgó.

Ocho palabras en tres segundos, un intercambio que sellaría sus destinos gemelos para los siguientes veinte meses.

Bill Johnson, su Benévolo Jefe Supremo, le había cambiado la vida tanto como ella ahora le hacía posible a él la suya. Años antes, Bill le había sugerido, con razón, que renunciara a su nombre de pila, Allicia —pronunciado «Al-i-SII-a»—, y usara Al, más conciso y masculino. De entrada, todo el mundo supuso que era un hombre, y pronto demostró ser tan competente, tan proactiva y tan fantástica que a partir de entonces ya siempre le devolvían las llamadas, enseguida. Conseguir que a uno le devuelvan las llamadas enseguida es el estándar por que se mide el poder en Fountain Avenue. A un buen número de ejecutivos/agentes/abogados les había caído un buen rapapolvo y les habían relegado a las plazas de aparcamiento de la esquina más oscura del garaje por pensar que el nombre de Al Mac-Teer en una lista de llamadas podía esperar. Aquellos lo bastante tontos como para hacer una devolución de llamada al final del día, al revisar la broza del móvil, cuando el 99,2 por ciento de las llamadas iban directamente al buzón de voz o eran contestadas por los becarios que trabajaban hasta tarde, no duraban mucho.

—Soy Al —decía ella cuando cogía una llamada entre las 18:12 y las 19:29.

—Ah, hola, señora Mac-Teer —decía algún oficinista júnior sorprendido—. Tengo a INTRODUCIR EL NOMBRE DEL IMBÉCIL AQUÍ devolviéndole la llamada.

—¿Durante la revisión de la broza del móvil? ¿En serio? Ponme con INTRODUCIR EL NOMBRE DEL IMBÉCIL AQUÍ. —Lo que pasaba después era que INTRODUCIR EL NOMBRE DEL IMBÉCIL AQUÍ aprendía una dura lección y no volvía a acumular basura en el teléfono hasta el final del día.

Ella y su jefe nunca decían «Hola», ni siquiera «Soy yo», al contestar llamadas del otro. Los saludos eran una pérdida de tiempo. El tono y el tempo de la palabra «sí» determinaban todo lo que Al o su jefe necesitaban. Los cumplidos —¿Qué tal? ¿Qué pasa? ¿Dónde estás? ¿Estaba bien aquel restaurante? ¿Has tenido a la familia en casa el fin de semana?— se guardaban para las relaciones personales y las inversiones empresariales, para colaboraciones beneficiosas para ascender en la cadena trófica del espectáculo. En el caso de los más jóvenes, era para echar un polvo. Si tenías amigos —o, más exactamente, tiempo para las amistades—, una charla telefónica no podía ser más que cumplidos. Sin embargo, Al y Bill no podían andar jugando con el tiempo.

—¿Sí? —había dicho Bill.

—Dynamo se lo vendió a Hawkeye.

Si no estás en el negocio del espectáculo, esas palabras son incomprensibles, como un mensaje cifrado del espacio exterior en tiempos de guerra: «¿Sí?»... «Delta Boxeador Calzador Montaña de Zarzaparrilla»... «Recibido».

¿Qué demonios?

Pero si eres un miembro de la Academia, un afiliado de uno de los gremios o sindicatos, un ayudante/socio, un recadero, un guionista, un artesano, un programador de efectos especiales, un artista de *storyboard*, un creador de contenidos que acaba de empezar o un veterano jubilado que reside en la meca del cine, en Woodland Hills, tras décadas de carrera profesional, esas ocho palabras crípticas tienen el peso y el valor de información de alto nivel.

«Dynamo se lo vendió a Hawkeye».

Vamos a desglosarlo.

«Dynamo» es Dynamo, un estudio de cine, creadores de la Dynamo Nation de películas interconectadas; el mundo de los *Héroes Ultra* y la franquicia de *Los agentes del cambio*.

Hawkeye es un servicio de *streaming* que, o bien tiene un gran éxito, o bien es papel mojado que no da dinero. Por 7,99 dólares al mes, los suscriptores pueden ver su selección de ciertas películas y programas, sin anuncios. «Ve lo que quieras, cuando quieras, con Hawkeye». El servicio compite directamente con, bueno, solo un puñado de otras plataformas de *streaming* como Apple TV+, Netflix, Amazon, Hulu, Disney+, HBO Max, Peacock, VisionBox, EnterWorks, Bee, KosMos, el WinCast de Oprah Winfrey y, desde Canadá, MUCH. Se dice que todos estos modelos de suscripción tienen montones de dinero, pero que se lo están gastando de forma muy restringida.

«Vendió» significa que una propiedad, una posible película que había estado en desarrollo en Dynamo, era ahora una adquisición de Hawkeye.

«Lo», la propiedad, era Knightshade, un personaje de una película con una historia de desarrollo problemática. Muchos guionistas y equipos de guionistas habían intentado escribir guiones para Knightshade. A todos se les había pagado mucho dinero por desarrollar el personaje de Eve Knight y una película para ella, pero ninguno de los intentos había salido bien; ninguno de ellos tenía ese toque mágico que había de sacar la película del infierno del desarrollo y meterla en el flash de la

Luz Verde. *Knightshade* había estado tres años en la pizarra de Dynamo pero ahora, como tantos otros proyectos que había en Fountain Avenue, la película se había convertido en víctima de las circunstancias del covid-19 y del exceso de taquillazos caros. *Knightshade* ya había costado un montón de dinero en desarrollo, pero todavía no era un mástil, ni el capítulo inicial de una saga Ultra de tres películas, ni una nueva entrega de la saga Ultra *Los agentes del cambio.** En lugar de gastar pasta gansa para hacer y comercializar *Knightshade* en el mercado de alto riesgo/mala suerte del juego de azar que es la proyección cinematográfica, Dynamo Nation aceptó el precio que ofrecía Hawkeye. Si la película llegaba a hacerse, *Knightshade* no se proyectaría en los cines locales; no habría aquello de «busca aparcamiento, paga la entrada, compra palomitas, refrescos y chuches, y siéntate en un cine al lado de varios cientos de espectadores más». No. *Knightshade* se emitiría por *streaming* en los hogares de los suscriptores, quienes podrían ver la película en ropa interior repantingados en algo tan cómodo como un puf XXL.

El yogur helado era el motivo por el que Allicia Mac-Teer trabajaba para Bill Johnson. En 2006, llevaba una chapa con su nombre y estaba trabajando en la recepción del Garden Suites Inn del aeropuerto de Richmond, Virginia. El aeropuerto estaba a casi una hora de distancia del hotel pero había un servicio de lanzadera disponible bajo demanda; esto era antes de la llegada de opciones de transporte como Uber, Lyft o PONY. Por aquel entonces los móviles eran meros teléfonos, con mensajes de texto primitivos que solo la generación X utilizaba con facilidad y precisión. Todavía no llevaban cámaras incorporadas (salvo en Asia), ni disponían de navegadores web, y no había IMDB a la carta porque nadie sabía todavía lo suficiente como para buscar en la web por IMDB.

* *Los agentes del cambio* habían empezado como el supertrío de Ultras: el Rinoceronte, el León Marino y la Osa Mayor. Desde aquella primera película de éxito habían ido y venido otros Ultras. Constelación y el Grajo fueron recibidos como dignos ADC, pero mejor no preguntar por Multihombre o el Heraldo.

Bill Johnson era el huésped de la suite 4114, con vistas al mismo jardín que las demás suites, y parecía un tipo muy ocupado y distraído. Allicia no tenía ni idea de que estaba en Virginia para empezar una larga preproducción de tres meses de una película llamada *No preguntes (no oirás mentiras)*. No sabía que era el responsable de las películas *La mecanógrafa*, *¿Charlie qué?* y *El límite del Edén*. Allicia no tenía ni idea de que aquel Bill Johnson había ganado el Premio del Público en Cannes por *Los nova bosses*; Bill Johnson no era más que otro hombre ocupado que necesitaba un corte de pelo y, si quería un futuro de éxito en la zona de Richmond, una ropa republicana más bonita. Tenía a otras personas que hablaban por él. Y no le habría hecho ningún daño sonreír un poco más.

Allicia Mac-Teer estaba entrenada para sonreír y se le daba bien. Se había apuntado al Programa de Diversidad en la Gestión del Garden Suites porque de ningún modo iba a continuar poniéndose el uniforme de Chick-&-Tender, aunque a ella, y a la mayoría de los estadounidenses, les encantara Chick-&-Tender. Tras casi siete meses en la ventanilla del autoservicio, lo dejó, se apuntó al programa y ascendió a un puesto en recepción, vestida con la elegante túnica verde del Garden Suites, falda, blusa, tacones y pañuelo de cuello. Para algunas de las mentes inferiores del hotel, era la «nueva chica negra», por oposición a las «otras chicas negras». Se obligaba a ser indispensable y se ofrecía voluntaria para sustituir a cualquiera, en cualquier momento y por cualquier razón. En aquel Garden Suites Inn, Allicia Mac-Teer era la respuesta a las preguntas: «¿Quién puede resolver este problema?» y «¿Quién será la jefa de Recepción si se queda tres años más por aquí?».

Encargada de los registros del turno de noche, estaba instruida, formada y empeñada en velar por el confort, la calidad y el disfrute de todos los Huéspedes (con H mayúscula) del Garden Suites. Su aparente facilidad para llevar a cabo esas cosas provenía de un curso que había hecho durante sus cinco semestres en el colegio universitario —Negocios 147— Gestión del tiempo: el sistema DALA.

DALA: Deja que se Asiente, Luego Actúa.

Para liberarse del agobio de los recordatorios escritos,

aprendió a imaginar cinco tarjetas mentales, una para cada dedo de la mano, cada una con una sola tarea, pero nunca más de cinco tarjetas. Cinco eran fáciles de recordar y visualizar. En cuanto terminaba una tarea, la tarjeta se arrugaba mentalmente, desaparecía y ya solo quedaban cuatro. Cuando surgían tareas nuevas, les asignaba una nueva tarjeta, pero con el sistema DALA nunca había más de cinco tareas en la mano o en la cabeza. Si al final de la jornada quedaba alguna tarjeta por hacer, se anotaba en un cuaderno en el que ponía MAÑANA, para completarla al día siguiente.

DALA: Deja que se Asiente, Luego Actúa.

Si oía a un huésped decepcionado porque no había cereales Special K en el Puesto de la mañana del vestíbulo, Allicia se aseguraba de que a la mañana siguiente hubiera disponibles unas cuantas unidades individuales del producto de Kellogg's, así como de otras opciones de Grape-Nuts, All-Bran y variantes de arroz, trigo y maíz. Si un aficionado a los deportes quería ver un partido de fútbol inglés en el televisor de la sala del Garden, Allicia comprobaba que el canal en cuestión estuviera programado en el menú de opciones de vídeo del Garden Suites. Cuando el Aston Villa se enfrentó al Manchester City en la Premier League, se pudo ver en el canal 556.

Bill Johnson volvió al Garden Suites pasadas las nueve de la noche. Su séquito, los otros que estaban en la misma planta que él —la señora Candace Mills, el señor Clyde van Atta y, en un piso inferior, en un estudio Executive, el señor John Madrid—, parecían haber pasado un largo día dando vueltas por Richmond en una furgoneta incómoda, la Ford que acababa de dejarlos en la puerta.* Cada uno llevaba algún tipo de mochila o de bandolera. El señor Van Atta hablaba por su móvil con tapa StarTac; la señorita Mills, que llevaba un bolso grande y una bolsa con agujas de tejer que sobresalían de una madeja, hablaba por su Nokia; el señor Madrid parecía no tener un amigo en el mundo. Cuando todos entraron en el ascensor, Bill Johnson dijo a nadie en particular:

* De hecho, habían estado buscando localizaciones y espacios de producción en Chickahominy Shores, Colonial Williamsburg, Mechanicsville y Bon Air. Había sido un día muy largo.

—Mataría por un yogur helado con virutas de arcoíris. —Luego se cerró la puerta.

Allicia lo oyó: un huésped tenía una necesidad, un deseo de yogur helado. Dejó que se Asentara, Después Actuó.

El Puesto de noche del vestíbulo, que había sustituido al Puesto de mediodía, que a su vez había sustituido al Puesto de mañana, proporcionaba a los huéspedes una selección de bebidas, aperitivos y resopones ligeros, pero no yogur helado. La tienda de yogur helado más cercana estaba en el mini centro comercial Four-Square, junto a la rampa de acceso a la 64, se llamaba Ye Olde Ice-Cream Shoppe y, por lo que sabía Allicia, tenía una máquina que escupía dos sabores de yogur helado, chocolate, vainilla, un remolino de ambos, y ofrecía un surtido de aderezos que incluía las virutas de arcoíris. A veces, después del trabajo, iba a tomar un sorbete de frambuesa y sabía cómo se llamaba la chica que estaría trabajando a aquella hora: T'naiah.

Al cabo de tres minutos tenía a T'naiah al teléfono con la promesa de diez dólares a quien entregara medias pintas de vainilla, chocolate y una mezcla de ambos yogures helados con una taza de virutas de arcoíris al lado antes de que volvieran a su estado original de sustancia viscosa a temperatura ambiente. La propia T'naiah entregó el yogur helado, que se mantenía frío dentro de un recipiente de poliestireno para llevar, con las virutas de caramelo de colores en un recipiente distinto. También incluyó cucharas de plástico y servilletas de papel con el logotipo florido de Ye Olde Ice-Cream Shoppe. T'naiah no le cobró el postre a Allicia, ya que se podía permitir un margen para «derrames y pérdidas durante el mantenimiento», pero sí se embolsó los diez dólares, que luego se cargaron a la cuenta de Bill Johnson en la habitación 4114.

—Duke —Allicia llamó al mozo del vestíbulo, el tipo que mantenía limpio el vestíbulo, movía los coches cuando era necesario, conducía la furgoneta lanzadera al aeropuerto y sentía algo por Allicia.

—¿Ajá?

—Súbele esto al señor Johnson, de la 4114. —Allicia le entregó la bolsa de productos de Ye Olde Ice-Cream Shoppe. Duke la cogió y fue por las escaleras para hacer ejercicio.

Allicia cogió el teléfono de la recepción y marcó 7-4114.

—¿Sí? —Bill Johnson respondió al teléfono inalámbrico de la mesilla de noche.

—Buenas noches, señor Johnson. Soy Allicia, de recepción. Espero que esté teniendo una velada agradable —dijo de memoria.

—Ninguna queja.

—Me he tomado la libertad de enviarle un refrigerio a su habitación, espero que no sea demasiado tarde. Duke debería llegar con él en cualquier momento.

—Justo ahora acabo de oír que llaman. ¿Es el tal Duke?

—Seguro que sí. Disfrute de su velada, señor Johnson. —Colgar el teléfono lo más rápido posible al hablar con un huésped no se enseñaba en el Programa de Diversidad en la Gestión, pero era como Allicia hacía las cosas. «La presteza es eficacia», dice el sistema DALA. Allicia estaba escribiendo a mano una nota para Bill Johnson en papel del Garden Suites Inn —la dirección de Ye Olde Ice-Cream Shoppe, por si en el futuro la necesitaba— cuando sonó el teléfono de recepción: llamaban de la habitación 4114.

—Sí, señor Johnson, ¿en qué puedo ayudarle? —contestó Allicia.

—¿Eres vidente? —preguntó Bill Johnson.

—No, señor Johnson. Me criaron como baptista.

—¿Cómo es que me has mandado este yogur helado?

—Le oí decir que tenía antojo.

—Ah, ¿sí? No recuerdo haberlo dicho. Solo recuerdo haberlo pensado.

—Estaba entrando en el ascensor con el señor Van Atta, el señor Madrid y la señorita Mills.

—¿Y las virutas? ¿Me oíste decir virutas de arcoíris?

—Sí, seguro. Espero que le parezcan bien.

—Las virutas de arcoíris me parecen genial. —Bill Johnson se rio—. ¿Cómo te llamas?

—Allicia.

—Muy bien, Alice. Punto para ti. Voy a disfrutar de una cantidad considerable de este producto lácteo frío y de las pepitas de caramelo como si estuviera en el corredor de la muerte, y mañana me reuniré con el Creador con una sonrisa en la cara.

—Bueno, espero que no. Le apreciamos como huésped.

—Definitivamente te sabes el guion. Para la próxima, mi preferida es la vainilla sola. Buenas noches.

Bill Johnson colgó. Allicia escribió mentalmente «Vainilla» en una tarjeta y luego imaginó que la hacía trizas y la desechaba.

Al día siguiente, resultó que Allicia trabajaba turno y medio porque sustituía a Sheila Potts, que tenía una operación de boca. A mediodía encontró un sobre cerrado esperándola. En su interior había una nota garabateada en un punto de libro largo y rígido, un folleto promocional, de Optional Enterprises con DACE MILLS impreso en la parte inferior.

Alice:

Tú y tu postre con aderezos. ¿Puedes llamarme al móvil? Cuando te vaya bien.

DACE

«Dace» era la señora Candace Mills: suite 4111. Había un número con el prefijo 310. Allicia marcó desde su puesto en el mostrador, le saltó el buzón de voz y dejó este mensaje: «Señorita Mills, soy Allicia, del Garden Suites Inn. Me ha dejado un mensaje pidiéndome que la llamara. Volveré a probar más tarde o puede ponerse en contacto conmigo cuando le vaya bien. Muchas gracias».

Pasaron cinco horas antes de que el número 310 apareciera en el teléfono de la recepción.

—Soy Allicia, señorita Mills. ¿En qué puedo servirle?

—Podrías ocuparte de que en este estado hubiera una cobertura de móvil decente —dijo la señorita Mills.

—Ah, sí —repuso Allicia con el tono más profesional—. Tenemos algunas zonas algo irregulares.

—Todavía estoy de reconocimiento, pero si consigo acabar, ¿puedo hablar contigo esta noche cuando vuelva al Dulce Jardín de Alá?*

—Desde luego, si lo prefiere así.

* En inglés, «Sweet Garden of Allah», refiriéndose con un juego de palabras al nombre original del hotel, Garden Suits Inn. *(N. de la T.)*.

—Lo que yo prefiera no tiene nada que ver con... ¿Me oyes? ¿Me oyes? ¿Me oyes? Mier...

Dace Mills se sentó en un taburete a una de las mesas altas del Puesto de noche mientras le hincaba el diente a una tarrina mediana de helado de menta con pepitas de chocolate de Ye Olde Shoppe. Su bolsa de calceta estaba en el taburete de enfrente junto con su bolso de cuero. Minutos antes ella, Bill Johnson, Clyde van Atta y el impopular John Madrid habían entrado en el vestíbulo con aspecto de haber pasado el día en un velero demasiado pequeño en un mar demasiado agitado, azotados por el viento y con un exceso de sol. Habían parado en Ye Olde Ice Cream Shoppe y los hombres se habían metido en el ascensor con su resopón camino de sus suites. Al pasar por recepción, Bill Johnson saludó a Allicia con su tarrina de vainilla y virutas arcoíris, con una cucharada en la boca.

Cuando Allicia tuvo un momento libre, se dirigió al Puesto de noche y preparó una infusión caliente en un recipiente de ¡BEBIDA CALIENTE! del Garden Suites utilizando una bolsita del dispensador de plexiglás.

—¿Le iría bien charlar ahora, señorita Mills? —preguntó.

—*¿Puéeh hen ar he?* —Dace tenía la boca llena de crema verde, así que repitió la pregunta—: ¿Puedes sentarte?

—Sí —contestó Allicia—. Pero tenemos una llegada dentro de un rato y da mala impresión si he de levantarme para registrarlos.

—*Máa ibagen.* —Dace se metió en la boca otra cucharada de menta con pepitas de chocolate y repitió—: Mala imagen.

—¿En qué puedo servirle, señorita Mills?

—Dace. Diminutivo de Candace. —Metió la cuchara en el helado que quedaba, dejó la tarrina encima de la delgada mesa de madera y la apartó lejos de ella—. Si esto es una ración mediana, deberían llamarla «come hasta que no puedas más».

Allicia sonrió y dio un sorbo a su infusión caliente.

—Allicia, solo llevo unas setenta y dos horas en este hotel y ya me has hecho la vida más fácil.

—Me alegra oír eso —contestó Allicia, y no mentía.

—A veces mi jefe puede llegar a ser un pequeño déspota

muy exigente. No es raro que me caiga en la falda una petición de yogur helado a las diez de la noche, justo cuando estoy en la ducha tras un largo día.

—Me alegró poder ser útil, de verdad.

—Una vez, en el sur de Francia, en la Costa Azul, habíamos estado de fiesta la noche anterior con champán, *moules-frites*, botellas de vino y... ¿He mencionado el champán?

—Suena divertido.

—Uy, Alice, no tienes ni idea. ¡Volví a la habitación con un francés! ¡Nuestro chófer! Se llamaba Guy. Aquella noche me lie la manta a la cabeza. —Ella no lo sabía, pero sus manos habían encontrado la tarrina de helado y se estaba metiendo otra cucharada en la boca, dejando que se derritiera lentamente, luego masticando algunas pepitas de chocolate—. En fin, Guy y yo nos estábamos conociendo de un modo..., ufff, cuando suena el teléfono y era mi jefe diciendo: «Búscame un sitio donde elegir unas navajas». Eran las cuatro de la mañana. ¿Y sabes qué le dije, después de recuperar el aliento? Porque, claro, a Guy y a mí nos pilló..., ufff.

—Me lo imagino —dijo Allicia. Le estaba cayendo bien la tal Dace Mills.

—Le dije: «Claro, jefe. ¿Cuándo quiere ir?». Me dijo que después de desayunar. Al cabo de seis horas lo tenía en una cuchillería francesa abriendo navajas Buck y probando los filos. Escogió seis navajas automáticas. Para regalos de Navidad, dijo. Me pidió que me encargara de la factura, los papeles del IVA y de envolverlas para regalo y enviarlas a Estados Unidos. —Dace cogió un poco más de helado—. ¿Qué te parece la historia?

Allicia no sabía qué pensar de la saga de los cuchillos franceses. Echó un ojo a la entrada por si aparecían los recién llegados.

—¿Qué pasó después? —preguntó—. Con Guy.

Dace se rio mientras tragaba.

—Uy, me ocupé de él. Durante un buen rato. Y no volví a verlo nunca más, lo cual fue perfecto. ¿Quién necesita un francés en su vida? Suficiente, ya —dijo, apartando la tarrina de helado por segunda vez—. Así pues...

Allicia cambió a modo dirección ejecutiva del Garden Suites, con sus tarjetas mentales a punto.

—Digamos que necesito navajas, enseguida. ¿Qué hago?

—¿Esta noche?

—Mañana a primera hora.

Deja que se Asiente, Luego Actúa.

—Almacén de caza y pesca para campistas. En el centro comercial de Rebel Square. No está en el centro comercial propiamente dicho, sino en la esquina. Si me da un par de indicaciones sobre lo que busca, podría hacer que trajeran muestras de navajas y se ahorraría el viaje. Pongamos… ¿una docena o así?

—Guau. —Dace Mills se recostó en su taburete alto y, con un ojo cerrado, evaluó a Allicia del Garden Suites Inn—. De verdad. Lo digo en serio. Guau.

—¿Está buscando navajas, cuchillos de una pieza o navajas suizas?

—Alice como-te-llames… —dijo Dace.

—Mac-Teer. *Allicia* Mac-Teer.

—Ally Mac-T… —Dace ladeó la cabeza y miró a Allicia a los ojos—. ¿Te gusta trabajar en la hostelería?

—Mucho. La empresa ofrece buenas oportunidades de ascenso. Podría pasar a otros Garden Suites de Florida, incluso de las Bahamas. Están abriendo hoteles en Europa. En Fráncfort. Le da de patadas a mi trayectoria profesional anterior. —Al recordar el uniforme de Chick-&-Tender, un escalofrío le recorrió la túnica verde del Garden Suites—. Bueno, tengo que volver al mostrador. Me ha gustado hablar con usted, Dace.

Dace se levantó de su sitio en la mesa alta e hizo ademán de coger su tarrina de helado de menta derretido, pero Allicia la cogió por ella: la tarrina y la taza vacía fueron a parar a la papelera de RECICLAJE. Dace cogió el bolso y la bolsa de tejer y caminó con Allicia hacia la recepción.

—Sabes que nos iremos lo antes posible, ¿verdad? —preguntó Dace.

—Espero que cuando vuelvan a Richmond se queden con nosotros, ha sido un placer servirles.

—Ah, no, no nos vamos de Richmond. Estaremos en Richmond meses. —Dace no se dirigía a los ascensores—. Y quiero que trabajes para mí.

Allicia lo oyó. Dejó que se Asentara, pero Luego no pudo Actuar… en absoluto.

—¿Perdón?

—La gente como tú vale su peso en lingotes de oro incrustado de gemas: Tú. Resuelves. Problemas. De forma limpia y rápida. Con presteza. Sin pausas, sin evasivas del tipo «Te pongo en contacto con no sé quién que no soy yo». De las virutas de arcoíris a la navaja suiza en un abrir y cerrar de ojos. Eres la hostia.

Allicia esbozó una sonrisa y negó con la cabeza, como si no estuviera dispuesta a creerse nada más de lo que saliera de la boca de Dace Mills de la suite 4111. Aquella mujer se estaba pasando. Toda aquella cháchara podía ser el preludio de «¿Y si nos tomamos una copa y hablamos de tu futuro? Tengo algo de whisky en mi habitación». Se topaba con aquella triste retahíla de trolas una y otra vez, y le helaba la sangre. Cualquier hombre que intentara eso con Allicia se convertía en un claro depredador, en un enemigo. Y cualquier mujer, también.

—¿Qué te parece?

—Señorita Mills. No pretendo ser grosera, pero ¿que qué me parece el qué? —Allicia quería decir: «Deja de darme la lata, que tengo que volver al trabajo».

—¿No sabes a qué nos dedicamos?

La señorita Mills y los que estaban con ella habían reservado bajo el nombre de Optional Enterprises. Lo que hiciera Optional Enterprises no era asunto de Allicia. ¿Fabricaban latas de aluminio? ¿Eran una inmobiliaria? ¿Buscaban pequeñas heladerías para hacer franquicias?

—No —respondió Allicia.

—Hacemos películas —le explicó Dace.

Deja que se Asiente, Luego Actúa…

A la mañana siguiente, en el restaurante Waffle Time, a distancia de un paseo corto y húmedo desde el Garden Suites Inn, se produjo una reunión entre Allicia Mac-Teer y Dace Mills.

—Creo que he sudado más de dos kilos —dijo Dace, y apuró el vaso de zumo de naranja que Allicia había pedido y que le estaba esperando; no recién exprimido, pero muy frío y muy naranja—. Dios, qué humedad… Estoy empapada. Debería haberme traído una muda.

Allicia, que había llegado pronto, estaba en la mesa de dos tableros con asientos fijos. Se había tomado el zumo, el café estaba al caer, y lo siguiente sería el desayuno del menú estándar. Y ella era todo oídos, proactivamente. Ante la posible oleada de información que estaba por llegar, un límite de cinco tarjetas mentales no sería suficiente, de modo que había preparado un cuaderno de notas nuevo y un bolígrafo del Garden Suites.

A Allicia nunca en la vida le habían ofrecido trabajo. Los trabajos los había conseguido tras presentar una solicitud. Su sueldo siempre había sido «Pagamos esto», nunca tanto dinero como ella esperaba, apenas lo que necesitaba. Pero ¿aquella reunión con aquella tal Dace? ¿En Waffle Time? Aquello era un guiño inesperado del destino, algo como de cuento. No, de película.

«¿Hacer una película? —Las palabras resonaban en la cabeza de Allicia desde la noche anterior—. ¿Aquí en Richmond? ¿Eso ocurre? ¿Las películas no se hacen en Hollywood o en Túnez? En el mar o en Hawái, por supuesto, pero no aquí; en Nueva York y lugares que se parecen a Nueva York. Richmond no se parece a Nueva York. ¿Y qué trabajo podría hacer yo en la realización de una película? Yo no sé nada de…».

—Guarda la libreta y el boli —dijo Dace mientras una camarera uniformada, identificada como JUNELLE, iba a servirles el café. Dace añadió dos minirraciones individuales de crema de leche y, de mala gana, un sobre de sacarina. Dio un sorbo al café e hizo una mueca—. Bueno. Esto está malísimo. Pero es cafeína, así que… —Dio otro sorbo.

—He pedido gofres con huevos, beicon y requesón —dijo Allicia—. La comida aquí es bastante básica.

—Desayunar gofres es como empezar el día comiendo pastel de cumpleaños —dijo Dace.

—Cuando era pequeña, el Waffle Time era para los domingos después de la iglesia —explicó Allicia—. En la época del instituto, llegábamos tarde y nos quedábamos hasta que hacíamos demasiado ruido y nos pedían que nos marcháramos.

—Háblame del colegio —dijo Candace—. Por cierto, esta es la parte de charla de mi reunión contigo. No es un examen. Cuando llegue la comida, entraremos en faena. ¿Hacías novillos? ¿Faltabas a clase y eso?

Allicia hizo una pausa de una milésima de segundo, sopesando cómo hablar de su época escolar. Quinto curso, cuando solo tenía diez años, fue una película de terror. Crecía en Baltimore cuando los chicos mayores del barrio le enseñaron a inhalar humo y la hicieron colocarse. Luego le hicieron cosas horribles a aquella niñita y la dejaron vagando por las calles a kilómetros de su casa. La hospitalizaron. Estaba muy malherida. Estaba asustadísima y muy confusa. Hablaron con ella una serie de mujeres policías, agentes del Servicio de Protección de Menores y médicos. Luego su hermano fue detenido por dar una paliza a uno de los depredadores y herir gravemente a otro; miembros lejanos de su familia estaban implicados. Encontraron drogas y armas y, ay, el mundo se vino abajo. Allicia no fue al colegio el resto del curso y vivió en un hogar de acogida hasta que sus tíos fueron a buscarla y se la llevaron a su casa de Richmond, donde no conocía a nadie más que a sus dos primos, Darrell y Micha. Repitió quinto curso en silencio. Solo hablaba en casa. Los domingos, en la iglesia, se pasaba el rato callada. La enviaron a una escuela especial y pasó muchas horas con una mujer llamada doctora Faith —ese era su nombre de pila—, a la que le encantaba leer libros y hablar de las historias que pasaban en ellos. Allicia estuvo mucho tiempo sin hablar con la doctora Faith. Iban a una cocina y se preparaban una pizza en silencio. A Allicia le gustaba hacer aquellas pizzas, seguir las instrucciones al pie de la letra. Tenía trece años cuando su tío murió de diabetes. Darrell se fue al Cuerpo de Marines. Micha se mudó a Florida y dejó a Allicia en el instituto, viviendo sola con su tía, a menudo atormentada por las pesadillas más horribles que una chica podría tener. Había chicos en el instituto (y algunos hombres en el vecindario) que demostraban ser claros depredadores. Su primer trabajo fue para Sirvientas de América limpiando casas, pero lo dejó porque un marido no se iba cuando ella se presentaba a hacer su trabajo. El tipo la seguía por toda la casa, le hacía demasiadas preguntas personales y le propuso que se tomara una copa con él cuando terminara de limpiar los baños. Solicitó trabajo en Burger Circus (no había vacantes) y en Chick-&-Tender (empezó a media jornada), fue al colegio universitario y cuidó de su tía hasta que esta se mudó a Florida para estar con Micha. Allicia evitó tener novios (ninguno la hacía sentir segura) y de vez en cuando se visitaba con la doctora Faith. Los estudios y el trabajo llenaban su vida; en ambos mundos estaba tranquila.

—Fui una niña callada en el colegio. —Así fue como Allicia le explicó todo eso a Dace.

—Yo fui al instituto como una gallina va al gallinero. Era un edificio y se suponía que yo debía estar en él —dijo Dace. Entonces llegó la comida—. Casi que han sido demasiado rápidos.

—Que lo disfruten —dijo Junelle, como si todo el mundo lo hiciera en el Waffle Time.

—Mira esta mezcla de masa, mantequilla y sirope de medio centímetro de espesor. Glucosa en sangre, prepárate. Te prometo una cosa, Alice: este es mi último desayuno de gofres en el estado de Virginia.

Tras meterse una tira de tocino doblada en la boca, Dace empezó un monólogo que duró casi una hora, según el reloj del Waffle Time que había colgado encima del mostrador. No había razón para tomar notas, explicó a Allicia, porque no habría lista de tareas, ni orden del día, ni cosas que hacer y que no hacer. Lo que Allicia escuchó de Dace se parecía más a un sermón sobre la vida que a una entrevista de trabajo, un parloteo filosófico lleno de reflexiones y preguntas retóricas sobre la naturaleza humana. Candace habló de jugadores de béisbol en el campo y de astrónomos reflexionando sobre el cosmos de formas que, de algún modo, tenían algo que ver con la realización de películas. Habló de musas y de horarios de aerolíneas, de los misterios de la creación y de los accidentes del genio. Mencionó el estado de equilibrio, el mal de ojo, la inconsciencia y el pararse a pensar. Contó historias sobre llamas que se apagan, sobre caer en desgracia y sobre la soberbia del talento medio. Dijo que las películas siempre empezaban a rodarse los miércoles para que todo el mundo tuviera tres días para demostrar su valía. A los incompetentes se los despedía el viernes por la noche y se los reemplazaba el lunes. Dijo que por mucho que gastaras en construir un puente, nunca eras dueño del río. Que Jacques Cousteau contribuyó a inventar el submarinismo.

Dace tenía una cualidad que a Allicia le recordaba a la doctora Faith. Le gustaba escucharla.

—Veo la confusión en tus ojos, Alice —dijo Dace—. No te concentres demasiado en nada de esto.

Compartió la anécdota de la vez, en una película, que se pasó un día entero aprendiendo a tejer, una habilidad que, según ella, la había mantenido cuerda en aquel trabajo tan loco al que se dedicaba. Una actriz de reparto contratada como Day Player se pasó horas y horas metida en una triple* porque su papel aún estaba fuera de cámara. Dace había llamado a la delgada puerta de su caravana para suavizar cualquier posible problema derivado de que su Hora de llamada** fuera demasiado temprana. La actriz, septuagenaria, estaba la mar de conforme y no podría haber sido más adorable, allí sentada en aquel calabozo limpio y espartano que olía a antiséptico. Estaba tejiendo una bufanda de hilo azul marino.

—¿Puedo ofrecerle algo? —le había preguntado Dace.

—Un té helado estaría genial —había dicho la señora.

—¡Tiene razón! —Dace pidió por radio dos tés con hielo para la Actriz Número 37. Al cabo de unos minutos, apareció el primer ayudante de Dirección con latas de té helado con sabor a melocotón y tazas de café llenas de hielo. Dace se sentó en la escalera del remolque de tres habitaciones con la puerta abierta, compartiendo su bebida con la Número 37, hablando de cualquier cosa del mundo salvo del hecho de que aquella mujer se había pasado el día allí pero aún no había trabajado ni un poquito.

—Uy, me pagan por esperar, cielo. Yo actúo gratis —dijo la mujer.***

—¿Qué está haciendo? —preguntó Dace acerca de su labor de punto, cosa que llevó a una descripción de la bufanda

* Un remolque con tres camerinos separados.

** La hora a la que todo el mundo debe presentarse a trabajar. El inicio oficial del día, tanto en lo referente a tiempo como a paga.

*** Este es un viejo adagio que se utiliza en los sets de rodaje, atribuido a personajes como Orson Welles, Jason Robards, Olivia de Havilland y Julie *Catwoman* Newmar.

que estaba tejiendo para una nieta de Boston y un tratado sobre las cualidades terapéuticas y calmantes de hacer ropa a mano, de tener siempre algo que hacer, de estar ocupado con algo más que el trabajo. A Dace nunca jamás se le había ocurrido que fuera posible tener una actividad adicional a su demencial carga de trabajo. No había tiempo para hacer más; su día no daba para tanto. ¿Cómo podían unos ovillos y unas agujas de tejer contribuir a mejorar su día? Pero vaya si la vieja Número 37 rezumaba la esencia misma de la serenidad, caramba.

La Actriz Número 37 se llamaba Sage Kingsolver. Había sido actriz en activo desde que le habían dado una línea en *El Álamo,* dirigida nada menos que por John Wayne en 1960. Durante los tres días siguientes, Sage enseñó a Dace a tejer, por lo que Dace se aseguró de que la actriz estuviera en la Orden de rodaje toda la semana. Sage ganó más dinero del esperado por sus tres líneas en dos escenas cortas y no se vio envuelta en la película hasta las 21:58 del viernes por la noche, cuando le regaló a Dace unas agujas, hilo y una bolsa donde llevarlo todo. Dace pasó el fin de semana tejiendo su primera bufanda a mano. La película era *¿Charlie qué?* Sage Kingsolver falleció mientras dormía hace cuatro años y su foto apareció en el homenaje *In Memoriam* de los Premios del Sindicato de Actores.

—Aprendes mientras caminas por Fountain Avenue —le explicó Dace a Allicia—. Como dicen en la Marina canadiense: «No hay ninguna vida como esta». —Su gofre había desaparecido; se lo había ido comiendo mientras iba explicando sus historias, en las pausas de sus anécdotas—. Me lo he comido entero. Pronostico que de aquí a una media hora estaré durmiendo como un bebé. Así que… —Dace se limpió la boca y terminó su taza de cafeína—. Ally Baba. ¿Qué opinas de todo lo que acabo de decir?

Allicia había estado pendiente de cada palabra. Instintivamente, sabía que lo que saliera de su boca no podía ser ni frívolo ni vacilante. Dace y ella no eran dos chicas que habían quedado para cotillear, dos nuevas amigas que habían descubierto que tenían más en común que sus ovarios. Ante los gofres, Dace había esparcido flores sobre las aguas de lo que en realidad era una línea de trabajo turbulenta: un empleo estresante realizado por seres humanos vulnerables, todos embarcaciones agrietadas, todos repletos de inseguridades, todos con carreras de mucha presión con continuos momentos decisivos. Allicia se preguntaba por qué todo el mundo de la industria cinematográfica no tejía para mantener la cordura. Se tomó un momento, no para inventar una respuesta equitativa que solo sonara inteligente, sino para enmarcar su vocabulario, para captar la Gestalt de todo lo que había oído decir a Dace.

Dace tenía la mirada clavada en la suya, la cabeza ladeada, esperando expectante la respuesta de Allicia, una que fuera perfecta o una que pudiera significar que la mujer no solo acababa de sobrecargar su sistema digestivo sino que había perdido el tiempo, cosa que era mil veces peor.

—Dame uno o dos puntos importantes —le ordenó.

Allicia se tomó un par de segundos más para pensar. Boom.

—Hacer películas es resolver más problemas de los que ocasionas. —Allicia vio que Dace levantaba la ceja derecha, llena de esperanza. Pum—. No es para nenazas.

Dace asintió.

—Muy muy bien dicho. Sí, señora.

Allicia avisó al Garden Suites Inn con una semana de antelación, durante la cual instruyó a su sustituta, T'naiah, quien cumplía los requisitos para el Programa de Diversidad en la Gestión. Envió notas a todos sus superiores y a la oficina central agradeciéndoles la confianza que habían depositado en ella y todo lo que había aprendido trabajando para Garden Suites Inn Corporation of America.

Un lunes por la mañana, Allicia fue presentada a Clyde van Atta, quien, como primer ayudante de Dirección de la película, era el igual de Dace, su cohorte y coconspirador. El cargo oficial de Dace era productora.

—Crees que tienes lo que hace falta para este trabajo, ¿verdad? —le preguntó Clyde con una sonrisa de bajo presupuesto—. Ahora mismo en Los Ángeles hay gente durmiendo en su coche con la esperanza de conseguir lo que te acaban de dar a ti. Lo sabes, ¿verdad?

Allicia se quedó de piedra, en silencio, y Dace la rescató gritando:

—¡Deja en paz a esa mujer y súbete a la furgoneta, Clyde!

Antes de salir a hacer un reconocimiento, Dace entregó a Allicia un teléfono móvil Nokia con un par de números guardados, el de Dace Mills y el de Clyde van Atta. Con el tiempo, su auricular contendría veintiocho números de marcación rápida, cada uno de ellos escrito también en el cuaderno de notas que Allicia llevaba en su sempiterna bandolera.

—Ha llegado la hora de ponerse a ello, Alice. ¡Boom! ¡Pum! —dijo Dace, y subió al minibús, dejando que Allicia se pusiera a ello.

El problema inmediato que le cayó a Allicia fue sacar a Dace, Bill Johnson y Clyde van Atta del antro que era el Garden Suites Inn.*

El título de la película que estaban haciendo era *No preguntes (no oirás mentiras)*. Tampoco es que el nombre le importara a Allicia lo más mínimo. La película podría haberse llamado *Los monos son malas mascotas* o *Los duendes de Tumble Town*. No leyó el guion, ni siquiera tuvo en sus manos una copia de él hasta semanas más tarde, momento en el que ya disponía de folletos promocionales con OPTIONAL ENTERPRISES impreso en la parte superior y su nombre en la inferior (ALLICE MCTEER), su propia mesa delante del despacho de Dace Mills y la tarea de hacer el café tal y como le gustaba a Dace. La Oficina de Producción estaba en un callejón sin salida de Mechanicsville llamado Ten Pin Alley,** en lo que antes había sido la sede y planta de producción de una empresa de bolos. Allicia Mac-Teer (no «Allice McTeer», por el amor de Dios) había ayudado a asegurar el lugar y equiparlo con muebles de oficina, suministros, líneas telefónicas, bolígrafos, papel y rotuladores de colores, impresoras, alargadores y protectores de

* ¿Y John Madrid? Regresó a Los Ángeles, a sus obligaciones como ejecutivo de estudio asignado a la película. Era cierto que no caía bien, porque… era el ejecutivo de estudio asignado a la película. Cada vez que aparecía de nuevo para ejercer sus funciones de ejecutivo de estudio, se alojaba en el Garden Suites Inn.

** Callejón de los Bolos. *(N. de la T.)*.

sobretensión, pizarras de corcho y chinchetas, pizarras blancas con rotuladores y borradores, sobres de todas las medidas, grapadoras y grapas, mesas y sillas plegables, cafeteras de filtro, cafeteras exprés, café y suministros para los cafés, un frigorífico y un microondas, cucharas, cuchillos, tenedores, platos y tazas desechables, una tabla de cortar y un cuchillo de sierra, listas públicas del hospital, las comisarías, la clínica dental, la tienda de comestibles, la farmacia, el veterinario, el cine, la tienda de *delicatessen* y el taller mecánico más cercanos, así como el número de la Línea de Prevención de Suicidios.

Su primer día de trabajo, que coincidió con el inicio oficial de la preproducción de la película, tuvo a Allicia hablando con agentes inmobiliarios, gestores de pisos y propietarios ausentes para programar visitas a lugares para alquilar. Tenía que encontrar y dar la aprobación a las viviendas que alojarían a algunos de los jefes de departamento que llegaban de todo Estados Unidos para hacer la película. Allicia encontró un piso reformado para Bill Johnson, un lugar que iría mejorando durante los meses de preproducción, rodaje y posproducción, ya que en coche estaba cerca de la Oficina de Producción, pero Dace le echó un vistazo y lo reclamó para ella.

—¡Este antro me está llamando! —dijo Dace, lanzando su bolsa de tejer sobre un sofá demasiado relleno y con estampado de cachemira—. Mete al jefe en la fábrica de cigarros.

Se refería al *loft* remodelado que en su día había sido un almacén de tabaco. En 1979 el dueño había instalado un sistema estéreo integrado de última generación y tenía todo un testero lleno de vinilos antiguos catalogados. A Bill Johnson le encantó el lugar y presumía de que, en sus ratos libres de *No preguntes (no oirás mentiras)*, no encendía la tele ni una sola vez, sino que ponía discos y escuchaba algunos que no sabía ni que existieran, como «¡Aprende el chachachá en casa con Sal Diego!».

A Allicia le sorprendía que algunos departamentos ya estuvieran en marcha y funcionaran bien mucho antes de que la contrataran a ella. Los de localización, por ejemplo, llevaban un mes en Richmond. Transportes había contratado a camioneros locales. En rápido orden, los demás departamentos se hicieron con despachos y cubículos en Ten Pin Alley:

ayudantes de ayudantes de Dirección, Casting, Cámara, Sonido, Dirección artística, Efectos especiales, Construcción, Viajes, Contabilidad. Cuando el alojamiento estuvo en marcha, dirigido por una tal Mary Beech, Allicia dejó de estar inmersa en la búsqueda de espacios habitables, eso pasó a ser territorio de MB. Allicia ganó una fan incondicional en MB al conseguir un buen precio para el equipo en el Garden Suites Inn con una sola llamada. Fue una gran victoria para *NP(NOM)*: se ahorró dinero y se quitó un problema de encima de la mesa de MB. Tras arrugar una sola tarjeta mental, Allicia se convirtió en la favorita, nada menos que las veinticuatro horas del día los siete días de la semana.

Durante los once meses siguientes, Allicia resolvió enigmas, alivió presiones, limó asperezas e hizo que los problemas se desvanecieran como chubascos pasajeros. Se aseguraba de que hubiera agua embotellada en abundancia, fría si hacía falta o a temperatura ambiente si se prefería. Hacía reservas de todo tipo: restaurantes, excursiones en helicóptero, entradas de cine. Como buena virginiana, escuchaba las quejas y resolvía los recelos de los lugareños que se quejaban de que «ese equipo de cine» estaba causando demasiadas molestias. Con veinte dólares de su bolsillo, sobornó a un chico para que dejara de hacer ruido con su cortacésped durante una mañana de rodaje, y por la tarde le compró un helado de hielo. Dace la llamaba veinte veces al día con preguntas y pedidos: ¿en cuánto tiempo puedo tener instalado un aire acondicionado de ventana? ¿Sabes conducir con cambio manual? A Sal Diego (Bill Johnson) no le encantó la pizza de anoche; el borde era demasiado grueso y sabía demasiado a tomate. Busca un sitio de estilo napolitano. Las obligaciones de Allicia no eran muy diferentes de las que había tenido cuando vestía la túnica verde del Garden Suites, pero eran constantes, incesantes y tenían que hacerse de inmediato; solucionar problemas era como demostrar ecuaciones: navajas x yogur helado + virutas de arcoíris elevado a la 3.ª potencia. Había ventajas en cuanto al estilo de vida, como llevar siempre zapatos cómodos y que Transportes le alquilara un Jeep nuevo para sustituir aquella tartana que conducía, un Tercel feísimo, lo que significaba que podía dejar de presentar registros de la gasolina y el kilometraje. Cuando estaba trabajando fuera de la Oficina de Producción de Ten Pin Alley, un camionero se llevaba el Jeep para lavarlo y llenarle el depósito.

Desde aquel primer lunes de su primera semana de preproducción, Allicia empezó a entender las exigencias que una película planteaba a su equipo, empezando por los reconocimientos. Los reconocimientos eran agotadores viajes de un día, en una camioneta con todas las plazas ocupadas por los diferentes departamentos, a un sitio en el que, al llegar, salían todos como de un coche de payasos, hablando todos a la vez, se separaban en direcciones diferentes, señalando con el dedo los perímetros, los edificios, los árboles, la tienda de licores de enfrente, el tendido eléctrico en el horizonte, hasta que, una vez inspeccionado y juzgado el lugar, volvían a meterse todos en la furgoneta, cogían todos el móvil inmediatamente y se ponían a hablar en voz alta para que se les oyera por encima de los demás mientras el camionero iba hasta el siguiente lugar que había que reconocer. Algunos días visitaban hasta doce lugares, con un almuerzo de cincuenta minutos consistente en comida china, barbacoa o filetes de pollo fritos, en restaurantes que Allicia tenía que organizar. Cuando por fin acababa un reconocimiento y regresaban a Ten Pin Alley, los departamentos, sin más pausa que una visita al aseo o a la sala del café, volvían manos a la obra para poner en práctica todo lo que se había averiguado y decidido en las últimas diez horas y 204 kilómetros. Era en los días de reconocimiento cuando Allicia tenía una ligerísima añoranza de su antiguo trabajo en recepción con aire acondicionado y con su túnica verde del Garden Suites.

Esto cambió cuando, semanas después de empezar el trabajo, un viernes por la noche, tarde, en el piso de Dace, las dos mujeres estaban bebiendo margaritas con los zapatos quitados y repasando el programa del fin de semana: habría un paripé con la Oficina Cinematográfica de Virginia, exposiciones con los Departamentos de Efectos Especiales y Peluquería/Maquillaje, una reunión de Seguridad, y aquella noche, para quien estuviera interesado, una proyección de *Milagro en Milán*, de De Sica, precursora del clásico *Ladrón de bicicletas*, a sugerencia de Bill Johnson. El domingo habría un partido de fútbol en pantalla grande en uno de los hoteles del equipo. (Adivinen cuál. Allicia le pidió a T'naiah que preparara las alitas de pollo con salsa búfalo). Mientras volvía a apretar el botón de MEZCLAR de su batidora de vaso, Dace le preguntó a Allicia qué pensaba del guion de *No preguntes (no oirás mentiras)*.

—No sé —respondió Allicia.

—No es la respuesta que buscaba, Alley-Bueyes libres —dijo Dace mientras servía más granizado alcohólico en los vasos y los llenaba hasta el borde—. Fuera de nuestro santuario interior, le dices a cualquiera que pregunte que nuestro guion es fabuloso, sorprendente, que está lleno de maravillas y ooohs y aaahs. Pero entre nosotros, sobre todo con una copa de por medio, dices la verdad. ¿Este guion es soso? ¿Malo? ¿Normal? ¿Lo programarán? ¿Ya se ha hecho antes? O... —Dace bebió un trago de su margarita tan rápido que se le congeló el cerebro y empezó a darse golpecitos en la frente—. ¿Crees que estamos haciendo otra gran obra maestra del cine?

—Echa la lengua hacia el fondo de la garganta para calentar el conducto sinusal —le sugirió Allicia.

Dace intentó hacerlo.

—Gggg, gggg... —dijo—. Eh, parece que ha funcionado. Así que... venga, sácalo. El guion. ¿Aprobado o suspendido?

—Ni idea. —Allicia dio un sorbo a su segundo margarita.

—¿Por qué eres tan reacia a dar tu opinión sobre nuestro guion?

—No lo he leído.

—¿Por qué demonios no?

—¿Se me permite hacerlo?

—¡Estás en la película!

—Nadie me ha dado una copia. Las que he visto tienen un número asignado. He echado un vistazo a algunas páginas, en la furgoneta de los reconocimientos y alrededor de la Oficina de Producción. Cada página tiene el nombre del miembro del equipo impreso a través del texto. A mí me parece un documento supersecreto.

—Oh, cáspita. Eso es por si algún inútil pierde el guion o un espía lo roba. O por si una copia se cuela en la Asociación de Prensa Extranjera de Hollywood antes de que les entreguemos oficialmente una versión editada.

Dace dejó su margarita medio vacío sobre la mesita de café (sin duda se tomaría un tercero) y se dirigió a lo que era un segundo dormitorio pero había sido acondicionado como despacho. Allicia oyó encenderse la impresora del ordenador y al cabo de unos segundos empezó a oírse el ruido de las páginas escupidas en la bandeja.

Dace regresó a la sala de estar tras pasar por la isla de la cocina y coger lo que quedaba del elixir verde.

—Tendrás una copia dentro de un par de minutos. Lo leerás esta noche, lo comentaremos a primera hora y mataremos el tema —dijo, llenando primero el margarita de Allicia y luego el suyo. En la jarra aún quedaba algo más de un dedo de bebida, así que Dace se la llevó a los labios y se la bebió a morro. *Finito*: los margaritas.

Cuando tuvo que volver a golpearse la frente, Allicia le recordó que echara la lengua hacia el fondo de la garganta.

Una vez que aprendes el formato y la nomenclatura de un guion, leerlo es como ver una película extranjera con subtítulos: te olvidas de la traducción y entiendes la película tal y como está escrita en las páginas. El guion de *No preguntes (no oirás mentiras)* era como la película en la pantalla pero con diferencias suficientes como para hacerlo más interesante. Esto se debe a que Bill Johnson escribía sus guiones como plantillas en bruto, directrices para escenas que empezaban en su cabeza y se iban detallando físicamente a lo largo de meses de reuniones de producción y charlas con los jefes de departamento, y permitían improvisaciones El Mismo Día,* cosa que se captaba con la cámara y se modificaba en el montaje. Los grandes momentos, como el choque de tres semirremolques, estaban en el guion: si no está en la página, no está en el escenario. Pero Bill añadía elementos nuevos a la película todo el tiempo, sobre la marcha, por caprichos que se le ocurrían la noche antes del rodaje o en el coche de camino al plató. Y si un actor tenía una idea que valiera la pena y que hacía que la escena volara algo más alto, podía llegar a la Impresión Cerrada.

El guion que Allicia leyó —de una sentada pese a estar grogui por tanto tequila y triple sec— no decía nada de que

* El Mismo Día: durante el rodaje de la escena en cuestión.

AGENTE DEL TESORO ABBOTT THORPE (interpretado por Ross McCoy) aprendiera él solo a bailar el chachachá en su mísero apartamento escuchando un viejo LP de 33 RPM. Cuando el presidente de Estados Unidos llama a Thorpe a medianoche, la aguja del disco se levanta del tocadiscos y Thorpe atiende la llamada a medio chachá. Bill añadió lo del chachá El Mismo Día, lanzándole la idea a McCoy aquella misma mañana ante un café y unas magdalenas en la caravana de Maquillaje y Peluquería. McCoy tenía mucho sueño cuando Bill entró a contarle la idea y le costó imaginarse de qué le hablaba el director. Pero después le compró la idea.*

—Esto es lo que pienso del guion —dijo Allicia. Ella y Dace estaban en la sala del café. Dace estaba cortando lo que fuera que le hubieran vendido como un *bagel* en Richmond, Virginia. Allicia estaba espumando un poco de crema de leche con la primitiva máquina de capuchinos Viva!

—Aquí no, Boquita Indiscreta —le dijo Dace—. En mi despacho, con la puerta cerrada.

A aquellas alturas de la preproducción, el personal empezaba a trabajar temprano los sábados.

El despacho de Dace daba al aparcamiento de Ten Pin Alley. Su ventana estaba parcialmente tapada por tres tristes palmeras necesitadas de cuidados.

—Y bien, ¿qué te parece? —le preguntó Dace mientras Allicia cerraba la puerta detrás de ella—. Nuestros nombres van a aparecer en esa mierda.

Allicia se sentó.

—Bueno, la historia es lo que se supone que ha de ser una película. Desgarradora. Emocionante.

—¿Un *thriller* tenso que te mantiene al borde del asiento? —Dace sorbió la cafeína que le había preparado Allicia.

—Si tú lo dices. Política, espionaje y agentes del Tesoro luchando contra los malos. No sabía que los agentes del Tesoro

* Por aquel entonces, Ross McCoy estaba en el ascenso de su rebote en Fountain Avenue. Allicia lo encontraba, sí, guapísimo, pero también un cerdo. Se acercó a Allicia decidido a tirársela. A ella eso no le gustó nada, cosa que solo hizo que Ross la deseara más. En el mundo de hoy en día, lo acusarían de acoso sexual. Lo mismo habría pasado a tres miembros del equipo que sometieron a Al a comentarios y contactos incómodos.

tuvieran esa misión, pero me lo creí. Me sorprendió que KANE no fuera el topo. Si lo hubiera sido, yo habría pensado: «Vaya, qué obvio», pero al final no lo es y eso me gustó. Sin embargo, la escena de sexo con la AGENTE ZED es ridícula.

—Se supone que es sexi.

—Es ridícula. ¿Hacer el amor en un establo abandonado durante una tormenta eléctrica? ¿Con la ropa mojada? ¿Con arañas, astillas y heno empapado? ¿Quién hace eso?

—En las películas, todo el mundo, a todas horas. —Dace dio un lametazo a un chorreón de manteca de cacahuete con tropezones supergrandes que goteaba del *bagel* a su dedo—. Y puede que Ginny Pope-Eisler sea la AGENTE ZED.* El estudio la querrá desnuda haciendo como que practica sexo sobre heno empapado. El equipo también lo querrá. Su doble de cuerpo se ganará unos dólares.

—Me encanta que Abbott Thorpe salve el mundo pero nadie lo sabe y nadie lo sabrá nunca, y él vuelve a su mísero apartamento y a su trabajo para el Gobierno sin nada más que el número de teléfono de la agente Zed para demostrarlo. Eso ilumina el tema.

—¿El tema? ¿Tienes opinión sobre el tema? A ver.

—Los protectores de nuestra libertad son soldados desconocidos: hombres y mujeres que no se hacen ricos, famosos o célebres. Es un comentario triste sobre nuestros tiempos modernos.

Dace se recostó contra el rígido refuerzo lumbar de la silla alquilada de su escritorio alquilado. Con el tiempo, aquella cosa la iba a dejar lisiada.

—¿De verdad que has sacado eso del guion?

—Bueno, no lo dice con tantas palabras, pero he leído entre líneas.

—Bill Johnson te va a adorar cuando sepa tu nombre. Pero tú y yo no estamos aquí para recrearnos en la diferencia entre texto y subtexto. Estamos en Producción. Tratamos con problemas. Como, por ejemplo, las matemáticas básicas. A dos páginas al día, ¿cuánto durará nuestro rodaje?

* No se pudo cerrar el trato con Ginny Pope-Eisler. Maria Cross interpretó a la AGENTE ZED, como saben, una elección de casting que enfureció a Ginny en cuanto se enteró.

Allicia pensó un segundo antes de recordar que el guion que había leído tenía 127 páginas.

—Sesenta y tres días y medio.

—Ay... —Dace había vuelto a reclinarse en el refuerzo lumbar de su silla—. Esta cosa hace daño.

—Aparta —le dijo Allicia. Cuando Dace se puso en pie, Allicia hizo girar la silla y buscó el botón de tensión en el centro del respaldo.

—Un rodaje de sesenta y tres días nos sitúa por encima del presupuesto en 1,2 millones de dólares, y eso mete a nuestro jefe en un lío —dijo Dace.

—Prueba ahora —dijo Allicia, alejándose mientras Dace se sentaba de nuevo en la silla.

—¡Esto es mil veces mejor! —Ahora la silla era tan cómoda como un asiento de primera clase de British Airways.

—¿Quieres que la suba más?

—No hace falta. —Dace dio otro mordisco a su *bagel* y otro sorbo a su café—. Así que... —dijo, masticando— tenemos presupuesto para cincuenta y cinco días de rodaje. Si acabamos de rodar el día cincuenta y dos, nuestro jefe será un maestro. Le harán un desfile por Fountain Avenue y podrá hacer lo que le dé la gana durante los próximos cinco años o las próximas tres películas, lo que venga primero. A menos, claro está, que la peli fracase. Entonces, nuestro jefe será una tostada quemada y recibirá miradas compasivas de la gente que lo evitará. Pero pongamos que *Pregunta tonterías (jabón en los ojos)* recauda setecientos cincuenta millones de dólares y es aclamada como un referente en la historia del cine: Bill podría haber tardado noventa y nueve días más dos semanas de regrabar para acabar la película y a nadie le importaría lo más mínimo. Seguiría teniendo su desfile.

—Así que... —Allicia se había acostumbrado a dejar las frases en el aire—. Si una película se rueda a razón de dos páginas al día, entonces las matemáticas no salen, ¿no?

—Lo de que se ruedan dos páginas al día es una trola. Hay días en que conseguir rodar una octava parte de una página es un milagro: el actor tiene la gripe, el equipo no se aguanta, la cámara se cae. Por mucho que lo intentes, no funcionará. ¿Vamos atrasados? Puede que sí. Al día siguiente, un diálogo pesado de siete páginas caminando y hablando al mismo tiempo se acaba antes del almuerzo, y la tarde se pasa nada más que con insertos de segunda unidad y viajes en coche. ¿Vamos adelantados? Puede que sí. Por eso este trabajo no es para nenazas. —Dace dio un sorbo a su café—. ¿Qué me dices de las escenas nocturnas? ¿De la lluvia?

—Preludios atmosféricos de las escenas de sexo obligatorias, supongo.

—Cierto. Pero ¿para rodar? Una pesadilla infernal. Tardarán una semana. Hora de llamada: seis menos cuarto de la tarde. El lunes trabajamos hasta que sale el sol el martes por la mañana. Doce horas después volvemos al tajo, con el horario interno cambiado. Para el miércoles todo el mundo está destrozado. Cuando amanece el sábado son calamidades sonámbulas. ¿Y si añadimos lluvia? En las películas, las gotas de lluvia falsas tienen que ser gordas como garbanzos. Has de hacer entrar los camiones de agua, las mangueras y los pájaros de la lluvia. Una grúa que levante treinta metros la tubería del aspersor, con agarres que sujeten las cuerdas de guía como si estuvieran estabilizando un zepelín. Añade humedad y frío hasta la extenuación. Vístete adecuadamente e intenta no pillar la gripe, si puedes.

—¿Estaré allí?

—Ay, pequeña Alice, no te librarás de los rodajes nocturnos.

El móvil de Dace pitó.

—Eh, Yogi. —Yogi era Yorgos Kakanis, el becario del Sindicato de Directores de Estados Unidos, que iba vestido como si viviera en el coche—. Vale. Ya voy. —Cerró el teléfono y se levantó de su ahora cómoda silla de oficina alquilada—. Los de la Oficina Cinematográfica están aquí. Voy a mostrarte con orgullo como una contratación local, así que no digas «joder».

La última semana de preproducción, con el comienzo del rodaje a seis días vista, Allicia se encontró sentada detrás de Dace a la gran mesa cuadrada para la tan esperada Primera lectura completa de guion. La sala estaba llena hasta los topes; pusieron más sillas plegables y hubo quien se quedó de pie para no perderse detalle. Allicia se enteró de que la Primera lectura completa era un gran acontecimiento. John Madrid y otros ejecutivos del estudio volaron hasta allí para reclamar la propiedad de la película. Estaban presentes todos los departamentos. Llevaron a todos los miembros del reparto que pudieron, incluso algunos que no trabajaron en semanas. Ross McCoy y Maria Cross añadieron gruñidos y gemidos a la Escena de sexo en el establo abandonado. Todo el mundo se rio. Algunos se excitaron. La gente que había hecho películas antes sabía que la fecha de la Primera lectura completa marcaba el punto de no retorno en el calendario. Menos para quienes eran despedidos, claro está.

Allicia se sintió arrastrada por el momento, sin aliento: estaba a punto de suceder algo nuevo para ella y se encontraba en la sala como testigo y participante. Iba a contribuir a hacer una película. Sintió un cosquilleo por el cuerpo. Perdió un poco el equilibrio fisiológico y espiritual, y notó que parte de ella se elevaba más y más y salía de su cuerpo, en una versión espectral de sí misma que estaba suspendida en la habitación, allí, en la Oficina de Producción de Ten Pin Alley. Se veía a sí misma, veía a todo el mundo, sentados por debajo de ella alrededor del recuadro de mesas, bajo luces fluorescentes, mientras Bill Johnson leía sus propias instrucciones, mientras los actores pasaban su texto con distintos grados de seguridad y compromiso. Cuando el espíritu de Allicia oyó que Bill Johnson decía: «Fundido a negro. Créditos finales», a la Allicia Mac-Teer corpórea se le empañaron los ojos y empezó a aplaudir. Se sentía a salvo.

Estuvo del todo agotada aquel fin de semana y el lunes y el martes antes de que la película empezara de verdad. El miércoles por la mañana llegó al Campamento base situado en un aparcamiento cincuenta y dos minutos antes de la hora de convocatoria del equipo a las 7. Dace llegó a las 6:33. Ambas estuvieron en el set de rodaje para la primera toma de la película, a las 9:26 de la mañana, la primera claqueta, rodando la escena 42, toma 1, oyendo a Bill Johnson gritar: «¡Acción!». Ross McCoy como AGENTE ABBOTT THORPE salía corriendo de un callejón, cruzaba una calle y seguía por otro callejón. La primera toma de cualquier película debía ser siempre muy poco exigente. ¿Por qué? Porque lo decía Dace. Allicia tenía asumido, como todas las personas de a pie, que la primera toma del rodaje de una película era la primera toma de la película en sí, que la película se hacía en el orden de las escenas. Día 1, escena 1. Tiene sentido, ¿no? Pero hacer una película no tiene tanto sentido. A menudo el orden a la hora de rodar las escenas tiene que ver con las localizaciones o con los horarios de los actores o con todo tipo de razones prácticas o económicas.

El rodaje era un borrón de tiempo vibrante, ferviente y agobiado con momentos de agotamiento, pánico, llanto y confusión compensados por grandes carcajadas. Había cosas emocionantes que presenciar (¿quieres saber cómo filmaron el choque de varios camiones? ¡Cogieron varios camiones y los estrellaron!), actividades en grupo (un torneo de Texas Hold 'Em en la granja alquilada de Ross McCoy, donde Allicia perdió los sesenta dólares que había apostado y Ross demostró por primera vez su comportamiento de cerdo), y una pelea casi durante el rodaje entre un miembro de jardinería y uno de los contratados locales con menos experiencia del Departamento de Maquinistas. Allicia presenció con asombro cómo Clyde van Atta mostraba con orgullo su Técnica de Control en Plató, que calmó a todo el mundo hasta el punto de que se dieron la mano. Aquel viernes no despidieron a nadie. Allicia comparó la realización de *NP (NOM)* con lo que debe de ser el entrenamiento básico del Cuerpo de Marines.

Años después, los recuerdos de aquellas semanas seguían muy adentro de ella, creando sensaciones táctiles y emociones reverenciadas que zumbaban como una corriente eléctrica. Como encargada de organizar la comida y la bebida para el visionado al final del día de los copiones —el material rodado el día anterior—, Allicia podía, si quería, quedarse a mirar. ¡Y vaya si lo hacía! Al ver todo aquel material en bruto —las posiciones de la cámara, los movimientos de la plataforma rodante, los primeros planos y los planos por encima de los hombros—, el rodaje de una película empezaba a cobrar sentido.

El día 52 de los 60 días de rodaje, Allicia estaba sentada con Dace en su Mustang alquilado; la mujer necesitaba un coche americano potente, así que Transportes le consiguió uno. Toda la Unidad estaba esperando a que pasara una tormenta y se despejara el cielo. Estaban en el set de rodaje, a dos kilómetros y medio del Campamento base. Las escenas eran la 86, la 86a y la 87, «Thorpe falla la entrega», y en lugar de sentarse en la tienda del Video Village, con el suelo embarrado, Allicia cogió un café del catering y se sentó de copiloto. La lluvia constante golpeaba el techo del Mustang como un martillo de tapicero.

—Y bien… —Dace agitó su taza hacia el parabrisas, el set de rodaje, la Unidad y la lluvia—. ¿Qué opinas de esto? Del trabajo. Del jaleo del cine. —Dace miró a Allicia—. ¿Qué has aprendido, Dorothy? —Dio un vistazo a su reloj justo cuando el segundero estaba a punto de llegar al número doce—. Te doy diez minutos. Y… ¡Ya!

Allicia recopiló sus pensamientos y trató de organizar sus tarjetas mentales, pero se dio por vencida. Era incapaz de condensar todo lo que había vivido en una sola mano.

—Hacer una película, creo, implica presiones que machacarían a los más débiles. Hay tantos momentos despiadados… —habló ininterrumpidamente durante nueve minutos, treinta y seis segundos, sin pausas del tipo «mmm», «¿sabes?» o «por el estilo». La mujer pronunció un monólogo, como un informe de situación de la CIA: «El caos creativo y sus efectos en la interacción humana, las prácticas empresariales y el impacto en el entorno local durante la operación *No preguntes (no oirás mentiras)*». Lo único que faltaba eran viñetas y un puntero láser.

—Bien dicho —fue cuanto respondió Dace—. Así que…

La lluvia estaba amainando; los golpes de martillo sobre el Ford se habían vuelto más suaves. Al cabo de unos minutos el equipo volvería al trabajo en la escena 86a.

—Comprenderás que no hay razón para que te mudes a Los Ángeles.

A Allicia nunca se le había pasado por la cabeza mudarse a Los Ángeles. Cuando *NP (NOM)* estuviera terminada, daría las gracias a Dace por la confianza que había depositado en ella, por la oportunidad de formar parte de algo tan grande y emocionante, por todo lo que había visto y aprendido. Se aseguraría de decirle lo mismo a Bill Johnson, que en aquel momento la llamaba Alice Mac-T-Bird, a Clyde van Atta y a todos los jefes de departamento. Ocho días más de rodaje y la película terminaría; el rodaje habría concluido. Ella dejaría de formar parte del flujo de caja, lo que significaría que perdería su trabajo. Tenía intención de buscar un puesto en la Oficina Cinematográfica de Virginia.

—Para que nos devuelvan los impuestos en Virginia, mantendremos una oficina de posproducción abierta. —Dace bajó la ventanilla del conductor y dio unos golpecitos para sacar las gotas de café frío de su taza—. Allí serás mi apoderada. Llevarás esta película hasta que cerremos. Entonces tendrás un tiempo para poder sentarte y hojear revistas de moda. Ten citas activamente, pero no te quedes embarazada. Tengo la sensación de que hay un noventa y cinco por ciento de probabilidades de que Sal Diego tenga su próxima obra en su máquina de escribir antes de que esta sea criticada por *Variety* y aplaudida por *The Hollywood Reporter*. En ese momento, mira al cielo del oeste, Alice. Lanzaré una bengala.

Allicia estaba confusa.

—Estoy confusa —dijo—. ¿Una bengala?

—Te necesitaré. —Mientras volvía a subir la ventanilla, Dace dijo—: Ahora estás en el negocio del cine.

«¡Ay, Dace! ¿Por qué no nos vemos esta noche en El Cholo para tomar unos margaritas?».

Al pensaba en Dace todos los días, esperando, deseando que cada llamada entrante fuera ella diciéndole que la necesitaba. Durante los años en que el covid-19 provocó el caos sin sentido, meditó en lo que Dace debía de haber hecho con los cierres, clausuras y cancelaciones que habían detenido el tráfico en Fountain Avenue y cerrado las salas de cine. Los servicios de *streaming* como Hawkeye y sus competidores se habían convertido en los que decidían qué películas se financiaban, cuáles se veían y cómo las veía el público. Ver películas en casa resultaba no ser tan malo.

—Al-bania —habría dicho Dace—. Es la muerte del vodevil en mayúsculas. —Había aprendido a discernir qué era qué en Fountain Avenue.

ϒ

Años antes, Candace «Candy» Mills había trabajado para su padre viudo en Suministros de Oficina Mills en su ciudad natal, Orange, California. Tras la era de las máquinas de sumar de mil teclas y después de las calculadoras de escritorio de diez teclas, Amos Mills vendía fotocopiadoras e impresoras, y ofrecía servicio de mantenimiento, por todo el condado de Orange. Gracias al chorro de ingresos que generaban solo los cartuchos de tóner, la tienda nunca estaba ociosa ni arruinada. Las impresoras y las fotocopiadoras se atascaban y paraban continuamente y, cuando lo hacían, allí estaba Suministros de Oficina Mills. Su padre también se dedicaba a restaurar máquinas de escribir antiguas. En la trastienda había máquinas de escribir antiguas en diversos estados de deterioro, y en los estantes había Royals, Underwoods, Remingtons, Hermes, Olivettis, todas en buen estado. De vez en cuando vendían alguna.

Un día, Amos Mills estaba fuera haciendo una visita, así que su hija se encontraba al cargo de la tienda, cuando un Ranchero destartalado —uno de esos vehículos mitad coche mitad camioneta que lleva todo tipo de herramientas en la parte trasera— estacionó en la plaza con parquímetro de delante de la tienda. El conductor, un tipo larguirucho y delgado que vestía ropa de trabajo desgastada y sucia de serrín y masilla seca, entró por la puerta preguntando por las máquinas de escribir que había en el escaparate y en las estanterías. ¿Estaban a la venta?

—Para quien las necesite —respondió Candy Mills.

—¿Hay alguna mejor que otra? —preguntó el tipo.

—Déjeme verle las manos —dijo Candy. El tipo las levantó. Eran las manos nudosas y despellejadas de un hombre que trabajaba con martillos, rasquetas y espátulas para ganarse la vida—. Separe los dedos. —Así lo hizo él. Tenía los dedos largos, como los de un pianista capaz de cubrir una octava entera sin esfuerzo—. Tiene los dedos largos, así que…

—Así que necesito una máquina de escribir grande.

—No necesita una máquina de escribir para nada. —Los ordenadores y los procesadores de texto cada vez eran más baratos—. Nadie necesita una, salvo quizá para escribir las direcciones en los sobres.

—Estoy buscando una musa mecánica. Una herramienta que me inspire.

Candy miró por el escaparate el Ranchero aparcado, la surtida colección de herramientas, lonas, materiales varios que aquel tipo llevaba en el coche.

—¿Va a meterla ahí atrás con la lijadora eléctrica y la sierra de sable?

—No. La envolveré en lino fino y la trataré con delicadeza. Dependiendo de cuánto me cueste. —Agitó la mano de dedos largos en dirección a la pared de máquinas de escribir—. ¿Por cuánto me saldría una de estas?

—Uy, son todas joyas. Objetos de coleccionista. Antigüedades. Tanto como sesenta dólares.

El hombre se rio.

—Llevo tiempo ahorrando para comprarme una vieja máquina de escribir nueva.

Se acercó a las estanterías y leyó las marcas de algunas de las máquinas, ninguna fabricada antes de 1961.

—¿Invierto en una Voss? ¿En una Adler? ¿En esta preciosidad, la Hermes Rocket?

—¿Con esas manazas que tiene? Esa Rocket le hará llorar. Vamos a hacer una cosa… —Candy salió de detrás del mostrador con una silla de escritorio con ruedas. La empujó hasta una mesa baja sobre la que había una impresora HP, que cogió y colocó encima de otra impresora HP que había cerca—. Aquí tiene papel. Coja esa Remington silenciosa. Siéntese aquí y escriba en ella. Pruébela. Puede ir cambiando de máquina hasta que encuentre una que vaya con usted. ¿Cómo se llama? ¿Y quiere una taza de un café horripilante?

—Bill Johnson. Y sí. ¿Cómo debo llamarte?

—Candy. Diminutivo de Candace.

—No, no lo es. Sigue teniendo dos sílabas.

El café de Suministros de Oficina Mills era Yuban de lata y goteaba de un aparato tan viejo y tan maltrecho que la pegatina se había desteñido y solo se veía M STER COFF. Bill Johnson lo tomaba con dos terrones de azúcar y más nata no láctea de la que era buena para una persona. Una a una, fue tecleando en todas las máquinas de escribir que funcionaban, y el tipo sabía escribir, no una o dos líneas de «La cigüeña tocaba el saxofón», sino párrafos enteros, probando los tabuladores y los márgenes. No le hacía falta que le dijeran que una L minúscula era el número 1 (l) ausente o que en las máquinas que no tenían tecla de exclamación para hacer uno había que apretar el punto, luego retroceder, mantener pulsada la tecla MAYÚSCULAS y apretar el 8.

Candy le explicó parte de lo que había aprendido de su padre. Las Hermes eran máquinas suizas. Las Olympia se fabricaban en Alemania Occidental. Las Tower eran Smith-Coronas vendidas por los grandes almacenes Sears. El tipo estaba fascinado con cada detalle, como que las Olympia tenían una tecla adicional para la diéresis alemana y que les faltaba la tecla $. Tras volver a algunas de las máquinas en el proceso de eliminación, hubo una ganadora: la Smith-Corona Sterling negra. Era la que iba mejor, tenía los márgenes fáciles de ajustar y una barra espaciadora que nunca saltaba. La Sterling también tenía el timbre más fuerte.

—He de tener ese timbre fuerte —dijo—. Para atravesar mi concentración feroz como un láser.

—¿Otro café? —preguntó Candy. Aquel sería su tercer *Mis er Coff*. Llevaba casi dos horas en la tienda.

—Mi cuerpo dice no, pero mi adicción dice: «Trae para acá».

Durante otra media hora, los dos hablaron en un flirteo mutuo. Ella estaba en la tienda para ayudar a papá, le contó. Era de allí, de modo que había trabajado tanto en Disneyland como operadora de atracciones como en Knott's Berry Farm como taquillera, ambos buenos trabajos con buen horario y un sueldo decente, pero los disfraces le parecían humillantes y no siempre era capaz de fingir el buen humor que se le exigía.

Él se había trasladado a California desde Cleveland, Ohio, por dos motivos, le contó: que el clima carecía de la tristeza del invierno y que quería entrar en el Negocio del Espectáculo. De hecho, había encontrado trabajo en Hollywood casi inmediatamente, empapelando, y había conocido a un tipo que conocía a otro tipo que le había ayudado a conseguir un trabajo en un puesto básico en una Swing Gang.* Eso había sido hacía tres

* La Swing Gang trabaja por la noche preparando un plató o una localización para el rodaje del día siguiente. Este pequeño ejército de carpinteros, pintores, empapeladores, decoradores y electricistas está siempre agotado.

años y aún llevaba todas las herramientas en el coche/camioneta. Por eso estaba en Orange: iban a rodar una película allí durante unas cuantas semanas, utilizando fachadas reales de tiendas y del antiguo cine, que ahora era una iglesia pentecostal, y localizaciones y platós.

—Lo he oído. Una película en mi ciudad. —La idea que Candy Mills tenía de un cineasta era alguien con menos serrín en el pelo—. ¿Por qué Orange?

—Se parece un poco a Erie, Pensilvania.

Candy nunca había vivido en ningún otro lugar que no fuera Orange.

—No lo sabía.

Aquel cliente hacía más que preparar decorados.

—Tengo una cabeza inquieta —dijo.

También era escritor, uno que no paraba de escribir febrilmente guiones que no vendía que se encontraban con el silencio de toda la industria, tantos que su vieja máquina de escribir Brother de 1972 se había deteriorado. Milagrosamente había conseguido un agente tras enviarle un guion que había escrito. Pero tener quien te represente no es lo mismo que tener trabajo. Por la noche bailaba entre pintura y masilla pero de día, alimentado por un café tan malo como el que de Suplementos de Oficina Mills, había escrito un guion con el título provisional de *Los taquígrafos también pueden ser héroes*, una película de época sobre una joven secretaria en la Nueva York de 1939, el mismo año de fabricación de la Sterling, cuando había espías nazis por ahí sueltos. Esperaba mecanografiar su primer borrador completo en una máquina de escribir antigua que funcionara, como lo haría el personaje del título.

—¿Quiere decir que va a escribir con esto de verdad? —Candy estaba sorprendida. Después de todo, Suministros de Oficina Mills vendía impresoras láser. Nadie usaba la máquina de escribir, a excepción de las escritoras de misterio viejecitas de las series de televisión que también resolvían crímenes—. ¡Qué valiente! Compre papel cebolla para poder borrar fácilmente. Y necesitará esto.

Le dio un par de cintas de color negro y rojo más, una cosa que parecía un lápiz y que era un borrador afilable que en un extremo tenía un minipincel de cerdas rígidas para mantener las teclas y la tripa de la Smith-Corona libre de porquería, un cuentagotas grande de lubricante para máquinas de coser y la tarjeta de Suministros de Oficina Mills con CANDY MILLS, EXPERTA escrito a bolígrafo.

—Llame si tiene cualquier problema. No lo hará, porque mi padre trabaja bien. Pero si necesita más café horripilante, aquí estará.

La semana siguiente se pasó por la tienda para tomar otro café horripilante y charlar con Candy Mills, a la que llamaba por el monosílabo Dace, y que le devolvió la charla. La llevó a visitar la localización del rodaje para que viera no solo lo que hacía de noche con la Swing Gang —habían hecho que toda la calle pareciera Erie, Pensilvania, en 1964—, sino también cómo se rodaba una escena. Se podría pensar que el hecho de que te lleven a ver rodar una película es algo agradable, pero lo único que Candy, no Dace, vio fue un montón de coches antiguos y un autobús que daba vueltas. El equipo al completo tenía cara de que no les hubieran dejado comer. Había una cámara en el brazo articulado de una grúa, pero ¿qué tenía eso de especial? Un tipo estaba dándole órdenes a gritos a una señora, que después gritaba las mismas órdenes a través de un megáfono.

Dace Mills y Bill Johnson salieron durante un tiempo, es decir, se acostaron bastantes veces y se hicieron reír mutuamente, sobre todo cuando iban colocados. Él le dejó leer algunas páginas de *Los taquígrafos también pueden ser héroes* cuando estuvo satisfecho del resultado, y ahí fue donde ella aprendió términos de guion como el encabezado de escena INT. OFICINA-DÍA, que indicaba a todos los implicados que la escena tenía lugar en un interior, en un entorno de oficina y durante el día, y el Acontecimiento de la página 30, que cerraba el primer acto con algo de expectativas sobre lo que estaba por venir. Dejaron de acostarse juntos tras una larga conversación en la que dijeron que ninguno de los dos se veía «allí a largo plazo». Después fueron a cenar comida china barata a un local de Huntington Beach. Siguieron siendo amigos. De vez en cuando hacían cosas como ir a Disneyland (gracias a los contactos de ella) y asistir a fiestas en North Hollywood (gracias a los de él).

Cuando Bill Johnson cambió el escenario de *Los taquígrafos también pueden ser héroes* de Manhattan en 1939 a una ciudad anónima en mil novecientos cincuenta y tantos (ahora con agentes comunistas) el presupuesto se redujo mucho mucho, tanto que pudo dirigir (sin cobrar). Al rodar en algunas de las localizaciones de la misma ciudad de Orange, con algunos de los mismos coches de época, con Maria Cross en el papel principal, y terminar de rodar el día 17 de un rodaje de diecisiete días, Bill Johnson se convirtió en un verdadero director de cine. Y como el set principal de INT. OFICINA necesitaba varios escritorios, cada uno de ellos con un máquina de escribir antigua, ¡Suministros de Oficina Mills se los proporcionó sin coste alguno!* Dace Mills solucionó los problemas de Bill y le mantuvo a base de Yuban durante el mes de preproducción y los diecisiete días de rodaje. Él no le pagó un centavo pero hizo algo mucho mejor, le dio un título, AYUDANTE DE PRODUCCIÓN: DACE MILLS, puesto en una tarjeta de género neutro durante los créditos finales de la película, que había sido rebautizada como *La mecanógrafa*.

El cáncer que hizo enviudar a Amos Mills estaba en el gen BRCA que muchas mujeres llevaban silenciosamente; un trocito de ADN torcido que la madre había transmitido a su hija, su única hija. Y vaya si se llevó la vida de Dace Mills con la misma furia implacable, arrasando su cuerpo como un tren nocturno a cámara lenta.

En tanto que productora única de Bill Johnson desde *Los nova bosses*, Dace se había asegurado de que Allicia Mac-Teer permaneciera en su mesa después de *NP (NOM)*. La siguiente producción, *La oscuridad del Edén*, provocó que Allicia se trasladara de su Richmond natal a Baton Rouge, Luisiana. Tras los meses de preproducción y rodaje, como les ocurre incluso a los mejores humanos, Al trasladó su vida a la quimera de postal que es Los Ángeles. La posproducción de *La oscuridad del Edén* se hizo en el estudio Radford, cerca de Ventura y Laurel Canyon: también conocido como el Valle. Mary Beech, de Alo-

* ¡Amos Mills estaba atónito! ¿Alquiler gratuito? Bill Johnson aplacó a papá con un pequeño papel en la película como cliente en la cola del cine que decía: «¿Por qué hay retraso? ¡Me estoy perdiendo el noticiario!». Papá lo hizo todo en una sola toma.

jamiento, le encontró una casita de alquiler en Hollywood Hills, del lado del Valle, con un vecino que se parecía a Cat Stevens (no lo era) y unas vistas nocturnas impresionantes. Opcional Enterprises tenía la mitad de un piso en el edificio circular Capitol Records de Hollywood, y Al tenía un despacho en él, una habitacioncita con un escritorio, un teléfono y una pizarra de corcho que estaba junto al despacho de Dace, una habitación grande y curva con una foto en la puerta de Frank Sinatra en su época más emocionante. Cuando el guion de Bill Johnson para *Imperion* fue liberado del Infierno del desarrollo y le dieron luz verde, Al fue ascendida a aparecer en los créditos finales como ayudante de Producción. Para mucha gente de Fountain Avenue, eso significaba que era seria. Su teléfono empezó a sonar cada vez más a menudo con llamadas de lameculos traficantes de influencias que buscaban un momento de su tiempo, solo unas palabras con ella sobre «algo que podría significar mucho para ella, ¡y quizá también para Bill Johnson!». A Al no le importaba mucho el aire de desesperación, la búsqueda de significado nunca satisfecha que gobernaba los actos de tantos habitantes de H'Wood. Ella veía a aquella gente como problemas de fuerza mayor que había que ignorar o quitarse de encima.* Al era lo bastante lista como para escribir notas a quienes habían hecho un buen trabajo, una buena película o prestado un servicio que le hacía la vida algo menos complicada a Dace Mills, a Bill Johnson o a ella misma. Aquellas notas que escribía en folletos de Optional Enterprises, con AL MAC-TEER estampado en la parte inferior, no estaban mecanografiadas sino escritas a mano.

* Ignorar a aquellos tontos era sencillo. Al aprendió a decirles que se largaran al oír a Dace hacer eso mismo en una llamada: «Oye, pedazo de imbécil, estás muy cerca de pensar que puedes joderme. ¿Te vienes arriba en una conferencia telefónica y exiges un recorte de dos millones de dólares en el presupuesto cuando estamos hablando de la garantía de cumplimiento de contrato? Voy a decirte lo que vamos a hacer. Optional Enterprises ya no os necesita ni a ti ni a tus servicios. Estás despedido. Cállate... Cállate... Cállate. No, no nos estabas aconsejando a partir de tu experiencia, nos estabas humillando por teléfono con la puta garantía de cumplimiento de contrato, ganándote el favor de los abogados bajo el pretexto de proteger la imagen de mi jefe. Estás fuera. Fuera. Despedirte nos ahorra cerca de medio millón de dólares, además de no tener que molestarnos por ti de nuevo. *Au revoir*, que tengas un buen día... ¿Sí? Ah, ¿no? Me importa una mierda».

Con *Imperion* en posproducción, Dace se mudó por fin con su novio Andy, el abogado de bienes raíces con el que llevaba tres años, el tipo que le había estado pidiendo la mano en matrimonio desde que se había divorciado de su esposa tres años y medio antes. Andy vivía en una casa en la parte baja del Valle. Tenía un hijo con necesidades especiales que requería cuidados las veinticuatro horas del día, así que había convertido el antiguo establo en una vivienda para los ángeles que cuidaban de Andy Jr. Con su compromiso con aquella relación y su traslado de su pisito en una de las Helena Streets de Brentwood a Van Nuys (¡¿quién hace eso?!), tenía sentido que Dace apareciera con menos frecuencia por Optional Enterprises en Capitol. El rodaje de *Imperion* se había hecho en Albuquerque, Nuevo México, y había durado sesenta y cinco días. De regreso a casa, Dace tenía como paisaje un patio del tamaño de un campo de fútbol, un hombre que necesitaba un jersey de punto y un niño especial que aportaba una perspectiva digna a las preocupaciones mundanas del Carnaval de Cartón. Y tenía a Al Mac-Teer para ocuparse de todo.

Muchas cosas sucedían mientras *Imperion* encaraba la recta final. *El horizonte del Edén* estaba en desarrollo. *Albatros* no era más que un guion presentado que había aterrizado en el inquieto cerebro de Bill Johnson. Un día, a media mañana, Al estaba en Optional Enterprises al teléfono hablando con el estudio sobre la lista de invitados a la proyección de *Imperion* para creadores de tendencias (con una nueva partitura temporal)* cuando oyó a Dace entrar en el gran despacho de al lado. No pasaba absolutamente nada malo, ni se notaba ninguna vibración anticipatoria en el aire. Cuando Al hubo acabado la llamada, colgó y cruzó por el despacho de Dace de camino a lo que ella llamaba el avituallamiento, siguiendo por el vestíbulo excepcionalmente curvado.

—¿Quieres café o algo? —le preguntó a Dace.

—Una infusión —dijo Dace desde la silla de su escritorio curvo que hacía juego con el arco de las paredes. Al rememorar

* Una partitura temporal es música, cualquier música, encajada en la película hasta que se compone la partitura final. Las partituras temporales suelen ser pistas musicales de películas anteriores.

aquel día, Al se preguntó cómo no se había dado cuenta de que Dace no llevaba su bolsa de tejer. O de que había pedido una infusión. Con las bebidas en tazas a juego (del Rat Pack, una de Sammy Davis Jr. sonriendo y otra de Dean Martin), Al oyó que Dace le preguntaba:

—Oye, ¿sabes guardar un secreto?

Si Al hubiera dado un sorbo a su café, lo habría escupido por toda la madera clara del escritorio en forma de media luna de Dace.

—Pregúntame si sé decir mentiras, anda. Digo mentiras todos los días, a todo el mundo menos a ti y a Sal Diego. —Al se sentó en la silla Design Within Reach enfrente de su maestra, su guía, su *sensei*—. Básicamente me dedico a guardar secretos.

—Me voy, nena. —Dace dio un sorbo a su infusión de almendras. Entonces… se hizo el silencio.

«Me voy, nena». Con esas palabras, el eje del mundo se movió, las luces se hicieron más tenues y la cabeza de Al se sacudió hacia la izquierda, aunque sus ojos permanecieron fijos en el sitio.

Al había notado la pérdida de peso, por supuesto, los efectos de lo que tenía que ser la medicación. Y estaba la pérdida de energía en su actitud; Al también había notado eso. Del mismo modo que con la ausencia de Dace en la oficina, nunca se preguntaba nada ni se esperaba ninguna explicación. Dace había estado yendo y viniendo/llamando o no llamando desde Albuquerque. Si hubiera querido que Al supiera algo, lo habría dicho, directamente.

«Me voy, nena». Al no necesitaba preguntar qué significaban aquellas tres palabras. Comprendía su intención simple pero cargada de lastre. «Me voy, nena» era la forma de Dace de decir «Te dejo».

Ambas mujeres lloraron, Dace menos que su protegida. Al estiró el brazo por encima de la mesa y cogió la mano de Dace en señal de amistad, de honor, de solidaridad.

Dace murió antes de que *Imperion* llegara a los cines, una salida groseramente rápida, la arrogancia de la medicina derrotada por la fisiología del cáncer.

No muchas personas sabían el poco tiempo que le quedaba a Dace: Andy, Al, Bill Johnson y Clyde van Atta. El cuarteto quedó paralizado por el pronóstico, emocionalmente doblado por la carga. Sin embargo, durante los siguientes meses nunca insultaron a Dace haciéndole perder el tiempo con preguntas como «¿Cómo te sientes?», «¿Qué puedo hacer por ti?», «¿Cómo han salido los análisis de sangre hoy?». Cuando dejó de ir a Optional Enterprises, ni Al ni Bill Johnson fueron a visitarla. Dace hablaba con ellos por la BlackBerry varias veces al día, y preferían el ingenio de sus audios, correos electrónicos y mensajes a la cruel visión de su cuerpo cada vez más delgado.

La última vez que Al, Bill Johnson y Dace estuvieron en el mismo lugar fue en el estudio de mezclas para un resumen final de los rollos 5 y 6 de *Imperion*. Dace entró por sus propios medios —un camionero la había recogido y la llevaría a casa—, caminando con un bastón, tan delgada que parecía flotar en la luz suave y tenue de la sala. Después de que pasaran el último tercio de lo que era la película entera, dijo:

—Bueno, Bill Johnson. Has sabido hacer esta película.

Los tres se quedaron hablando casi otra hora, la mayor parte del tiempo riendo a carcajadas. Luego el camionero la llevó de vuelta a su casa del Valle, y a las costas de Elysium. Hubo un funeral, pero Al era incapaz de recordar nada de él.

4

La preproducción

Lone Butte

Dado que Dynamo no había conseguido integrar a Knightshade en la franquicia *Los agentes del cambio*, la empresa casi extendió un cheque a Bill Johnson el día que este intentó persuadirlos. Los ejecutivos de Hawkeye se felicitaron por conseguir al estimado cineasta para lo que era su primera franquicia de gran presupuesto. Mientras Bill Johnson continuaba escribiendo su guion, el Departamento de Asuntos Comerciales de Hawkeye perseguía los derechos del personaje del lanzallamas y Dynamo buscaba otro lugar que no fuera Atlanta para el rodaje.

Baton Rouge acudió en masa a ver la película, alardeando de la comida cajún, presumiendo de todo lo que habían preparado para demostrar que era el mejor lugar para rodar la película. Nuevo México, Virginia y Ohio (si el presupuesto era pequeño) ofrecieron sus estados como exteriores baratos. Salida de la nada, Dresde, antigua ciudad de la Alemania Oriental, también presentó un paquete para el estudio y el *streamer*. A las afueras de la ciudad había un estudio de cine inactivo con un parque de atracciones anexo, KinoWorld! La atracción turística había sido financiada y construida con la emoción de los años posteriores a la reunificación y había atraído a multitudes por la montaña rusa, el Twist-o-Whirl y la sección Cowboy-Land completa con un Abrevadero Envenenado: *WASSER VERBOTEN!* En KinoWorld! había estudios de sonido, construidos para atraer producción, con financiación, si se utilizaba la ciudad propiamente dicha, para al menos una localización. Los estudios de KinoWorld! estaban vacíos, disponibles, y eran baratos.

Bill Johnson no vio la necesidad de indagar sobre ninguno de los candidatos. Había rodado un *Edén* en Baton Rouge. La humedad del verano le sacaba de quicio y la flora de Luisiana era siempre una selva, un paisaje verde y primitivo que iba en contra de lo que tenía en mente para su película. Tampoco indagó sobre Dresde, ya que no necesitaba varios estudios de sonido, tan solo una sala grande para el croma. Bill Johnson no consideró ninguna otra localización para su película después de recorrer las calles de la pequeña Lone Butte y enterarse de que era posible conseguir una rebaja fiscal en California.

Todo el mundo había acertado con Lone Butte. Johnny el Español, el de la Comisión Cinematográfica de California y el ya no tan imbécil del estudio, era un tipo organizado. En su día expulsado del plató de *El horizonte del Edén* tras demasiadas discusiones sobre el hecho de rodar más de doce horas seguidas (y luego acaparador de demasiado mérito cuando la película recaudó 1200 millones de dólares en todo el mundo), Johnny el Español abandonó el consejo ejecutivo, convencido de que podría dirigir su propia productora. Fue un movimiento nefasto. Había aterrizado a salvo en la Comisión Cinematográfica de California y estaba encantado de volver a tener noticias de Optional Enterprises. Al Mac-Teer había hecho el trabajo de su vida con la preindagación, los prearreglos, el prearado y la preplantación de todas las semillas de producción mucho antes de que Bill condujera hasta allí para ver el pueblo con sus propios ojos. Yogi había estudiado Lone Butte por su cuenta: había conducido hasta allí para evaluar las complejidades y los alrededores de la pequeña ciudad sin llevar ni siquiera un guion o un calendario. Su informe a Bill Johnson fue:

—Es Kansas, Nebraska y Misuri, todo en uno. —Descargó fotos de archivo de pequeñas ciudades de diecisiete estados diferentes, así como de Lone Butte, y desafió a Bill Johnson a identificar la de California. Bill fue incapaz—. Está a seis horas en coche de Sherman Oaks.

—Muy bien —anunció Bill en la oficina, sentado con Al y Yogi—. Vamos a hacer una escapada a Lone Butte. Haced señales de humo al equipo.

Al oír eso, Al avisó a Yoko Honda, la genial directora de Arte, y a Stanley Arthur Ming, el director de Fotografía que pintaba con la luz, también conocido como SAM, de que el juego estaba en marcha y de que no aceptaran ningún trabajo antes de hablar con Bill.

Entonces llegó un golpe de suerte y una tonelada de jerga legal. Hacía mucho tiempo, una editorial llamada Diamond Club se expandió para convertirse en Dynamic Group y luego hizo otro dispendio para comprar, entre otros títulos, todos los creados por Kool Katz Komix, incluido *La leyenda de Firefall.* Pasó una década. Con las exitosas adaptaciones a la pantalla de *La chica de E.X.C.E.S.S.* y el dúo heroico de CENTINELA y CAOS en la película del mismo nombre, hubo un montón de secuelas. La Dynamo Nation creó el mundo Ultra, y el título del guion de Bill Johnson se convirtió en *Knightshade: El torno de Firefall*; la película se rodaría en Lone Butte, California, a menos de una hora en coche de Sacramento. Se podía llegar en Uber, Lyft o PONY.

Una conductora de PONY, Ynez Gonzalez-Cruz, nacida, criada y todavía hija de Sacramento, acababa de dejar uno de sus trabajos, con lo que se había quedado con dos empleos en lugar de los tres que había ido teniendo durante los últimos cinco años, desde que pospuso sus estudios en el colegio universitario Iron Bend River. Ya no era la limpiadora del turno de noche del Garden Suites Inn del aeropuerto, trabajo que no echaría de menos, si bien la gente de allí era maravillosa, especialmente el equipo de mujeres vietnamitas que integraban la mayor parte del departamento y que controlaban cuántos huéspedes dejaban pruebas de sexo desenfrenado en las camas, los baños y la moqueta de las habitaciones. Los miércoles por la mañana, Ynez llevaba la contabilidad del Servicio de Lavandería Delta, que gestionaba una lavandería de autoservicio en Woodland y otras en Lodi, Fresno y Hobartha. Había empezado como empleada ayudando a cargar las lavadoras y secadoras. El negocio era de uno de sus muchos tíos. Las matemáticas que requería el trabajo eran muy sencillas, así que para mediodía solía haber acabado la contabilidad. En un momento de su vida, había tenido cuatro trabajos a la semana, incluido uno a media jornada en el Uni-Mart de Fair Oaks. Pensaba volver al colegio universitario cuando pudiera, para acabar por fin sus créditos transferibles, una vez que el colegio abriera de nuevo después de todas las clases a distancia, pero hasta entonces se había convertido en una sierva de la economía colaborativa convirtiéndose en conductora de PONY.

¿Y por qué tantos trabajos? Para que Ynez pudiera por fin tener una habitación propia. Un apartamento. La mujer no había vivido nunca sin tener encima a su familia, a parientes y a extraños necesitados, todos hacinados en la casa de habitaciones diminutas del sur de Sacramento, como demasiados gatos en una caja. Cada trabajo que aceptaba la acercaba unos pocos dólares a la independencia que anhelaba, con la que soñaba. Su plan era ahorrar y mudarse, aunque siguiera yendo a casa para cenar con la familia un par de veces a la semana.

Si hubiera conducido para Uber, Lyft o la nueva SoloCar, tal vez el destino hubiera sido muy distinto, ya que las normas de esas empresas no eran tan libres como las de PONY. Los conductores de PONY disponían de un margen de maniobra que incluía las necesidades y la naturaleza humanas en la fórmula de transporte conductor/pasajero/recogida/destino. Ynez tenía pasajeros fijos que podían enviarle mensajes de texto o seleccionarla a ella y solo a ella para un trayecto. Y, si lo deseaba, Ynez, o cualquier conductor de PONY, podía esperar, con una tarifa reducida, a que un pasajero acabara una tarea, como un recado de compras o una limpieza dental, y convertir el viaje en un trayecto de ida y vuelta o en uno con varias paradas. Si Ynez hubiera sido una empleada más agresiva —una PONY EXPRESS, como esperaba la empresa—, podría haber trabajado a destajo, llevando a cada cliente a un destino y luego continuando con el siguiente mensaje/solicitud, haciendo tantos viajes en su turno como le fuera posible de acuerdo con las condiciones del tráfico, el consumo de gasolina y el covid-19. Pero Ynez había elegido vivir de otro modo. Era lo bastante orgullosa como para que nunca la vieran al volante de uno de aquellos ridículos minitaxis biplaza que llevaban pintado SOLOCAR SOLOCAR SOLOCAR. Le gustaba demasiado su Ford Transit ligeramente usada. Había financiado el coche gracias a un primo lejano que aspiraba a ser vendedor del mes en Sierra Auto Yard, en Folsom. A pesar del portón levadizo del coche, que más de una vez la golpeaba en la barbilla, aquella Ford hacía que Ynez se sintiera como una taxista de Londres en uno de aquellos taxis negros iconográficos, con mucho espacio para las piernas y el conocimiento que tenía de su ciudad.

Originariamente, se instó a los conductores y pasajeros de los coches PONY a que se reconocieran entre ellos «disparándose» con los dedos, en la que fue la peor estrategia de relaciones públicas imaginable. El mundo, y Estados Unidos, tenía demasiados tiroteos reales, así que la idea fue sabiamente abandonada. Ahora, un pequeño dispositivo LCD en el lado del parabrisas del acompañante mostraba el nombre del cliente, que agitaba su teléfono y saludaba simbólicamente al conductor, que hacía lo mismo. No se dispararon balas imaginarias. Ynez estaba de servicio en su Transit la mañana de la llegada de Al para aquella primera visita a Lone Butte y sus alrededores. Lucy Graces, una de sus amigas de sus días de limpiadora, desgraciadamente había sufrido un pinchazo, y ella la había llevado gratis al trabajo en el Garden Suites. Estaba cogiendo un café del Puesto de la mañana del vestíbulo, que estaba siendo abastecido por Armando Strong, un antiguo novio que habría estado encantado de volver a serlo, cuando le llegó a la PDA un PONYTEXT de una tal Al Mac-Teer. Solicitaba que la recogieran en el aeropuerto y la llevaran a una pequeña ciudad al norte de la interestatal, y que permanecieran el día con ella. Ynez respondió al instante: «En camino. Llegada dentro de 8 minutos», junto con su emoji de identificación PONY y la ubicación GPS de su coche. Añadió un amable «¿Le apetece un café?», ya que el curso de formación en línea para todos los conductores PONY advertía de la necesidad de «¡Pensar con amabilidad y ser serviciales!». Al cabo de veinte segundos, Al respondió «expreso doble con nata caliente, si es posible». De hecho, la nata caliente era posible así que, armada con su propio café, que había rellenado, y con el pedido de Al (ambos en tazas de ¡BEBIDA CALIENTE! para llevar del Garden Suites), Ynez se puso en camino a su primer cliente de pago del día. Paró en la acera de llegadas menos de ocho minutos después.

ϒ

A.MAC-T era el mensaje parpadeante de la pantalla LCD del salpicadero de la Ford. Una mujer saludó. Ynez se esperaba un hombre. Ynez estaba preparada para ser servicial y bajarse a abrirle la puerta a la señora, pero no hizo falta. Esta, que no llevaba más equipaje que una gran bandolera de cuero verde oscuro colgada al hombro (¿eran agujas de punto lo que sobresalía por arriba?), abrió por sí misma la puerta corredera.

—Hola —dijo Al Mac-Teer, que vio las ventajas de la imitación nacional de Ynez de un taxi londinense—. Espacio para las piernas. —Ynez había quitado el asiento central de la Transit, lo que reducía el número de pasajeros posibles de cinco a tres, pero el espacio para las piernas era muy apreciado.

—Buenos días. No ha dicho nada de edulcorante, pero tengo un poco si lo necesita.

Ynez le entregó el expreso a la señorita Mac-Teer, que tuvo que inclinarse hacia delante desde su asiento para alcanzarlo.

—Así está bien de dulce, gracias. —Al volvió a reclinarse hacia atrás, se abrochó el cinturón de seguridad con una sola mano y se percató de la procedencia de su café matutino—. Parece que has visitado el Puesto de la mañana. ¿Cómo estás —comprobó en el móvil el nombre de la conductora de PONY—, Ynez?

—Muy bien, gracias. —Ynez se alejó de la acera.

—¿Conoces el sitio adonde tengo que ir? Es un lugar llamado Lone Butte.

Ynez no se había mirado mucho la ubicación que la señorita Mac-Teer había introducido en la RUTA PONY de su GPS (que la empresa insistía en renombrar como «Gran Servicio PONY». Buf), pero sabía exactamente dónde y cómo llegar.

—La antigua fábrica de bombillas. Puedo llevarla allí por la ruta más rápida o tardar unos minutos más e ir por una ruta con mejores vistas. ¿Alguna preferencia?

Al comprobó su teléfono. No había necesidad de moverse enseguida. Johnny el Español y otros trajeados de la Comisión Cinematográfica de California quizá tuvieran que esperar sentados un rato, pobrecitos.

—Tú decides —dijo Al.

—Iré por la antigua 99. «Por el corazón del Valle Norte», que es como llaman a la antigua autopista. Antes de la interestatal, era la ruta principal hasta Oregón y pasaba casi por todas las ciudades, las que importaban. El estado tenía la esperanza de convertirla en la versión californiana de la Ruta 66.

—¿Me cautivarán las vistas y los paisajes? —El café que le había traído Ynez estaba empezando a enfriarse. Aun así, era una taza de un estimulante adictivo y era gratis.

—Algo así. Si prefiere camiones ruidosos, voy por la interestatal.

Durante el primer kilómetro, el corazón del Valle Norte no era particularmente espectacular; la colección habitual de parques comerciales y talleres de reparación de radiadores que había más allá de los suburbios parecía llevar en activo dos semanas o veinticinco años; era imposible de saber. En los arcenes de la carretera de dos carriles brotaban árboles del caucho y negocios más antiguos que parecían artísticos, aunque estuvieran cerrados. Largos caminos de entrada conducían a casas con porches y de vez en cuando se veía algún granero. Un viejo puesto de zarzaparrilla parecía seguir en funcionamiento. La antigua 99 sí que tenía cierto encanto.

Ynez tenía una política con sus pasajeros: no hablaba con ellos hasta que ellos no hablaran con ella. No iba a ser una de esas personas que parloteaban lo que les pasaba por la cabeza y no respetaban el tiempo o la atención de la otra persona. Aquella pasajera, Al Mac-Teer, parecía bastante agradable pero sin tonterías. Ynez le respondió también sin tonterías. La señora de atrás miraba el móvil, rebuscaba en su bolso un bolígrafo para escribir en su cuaderno, escribía notas; estaba atareada, ocupada.

—¿Sabe algo de la fábrica a la que vamos? —preguntó Al Mac-Teer con aire retórico, soplando el tiempo.

—En ella fabricaron bombillas durante un millón de años —respondió Ynez—. Daba trabajo a muchísima gente. Westinghouse la cerró cuando abrió una fábrica más grande después de que se conectaran todas las interestatales. Los costes del transporte se redujeron demasiado como para resistirse al traslado. Algunas personas trabajaron allí durante generaciones.

—Parece como si tú fueras una de ellas.

Ynez se rio.

—¡Todo eso ocurrió antes de que yo naciera!

—Pero ¿es de dominio público?

—Lo estudiábamos en el colegio.

Al miró a la chófer. A juzgar por su apariencia, supuso que no hacía mucho que Ynez había terminado el instituto.

—¿En qué clase se habla de fábricas de bombillas? ¿Era en el instituto?

—En el colegio universitario IBR. Tuve la suerte de tener una gran profesora, la señorita Woo. Enseñaba Gobierno y Economía Cívica. Cada clase era una conversación sobre los lugares que veíamos todos los días. Nos enseñó la historia de nuestra ciudad.

—¿Estás en un itinerario empresarial? ¿O del Gobierno?

—No. Simplemente tenía un hueco y necesitaba hacer una clase. Podría haberme apuntado a Introducción a la Higiene Bucodental o a Rugby Femenino.

Al dejó la conversación ahí. Había que tener cuidado cuando se trataba de hablar con los conductores sobre sus problemáticas vidas. Cambió de tema.

—Entonces, ¿estás disponible para quedarte conmigo todo el día, Ynez?

—Claro.

Desde aquel primer viaje a Lone Butte hasta la inauguración de la Oficina de Producción de *Knightshade: El torno de Firefall,* Ynez era la mujer del Departamento de Transporte de Al. El espacio para las piernas y el café de bienvenida eran beneficios adicionales, pero Al viajaba en el coche PONY de Ynez porque la conductora no causaba problemas al tiempo que solucionaba algunos (nata caliente). Conducía con cuidado, no tomaba las curvas con brusquedad ni superaba el límite de velocidad indicado, ni era charlatana. No miraba el móvil demasiado. Y siempre estaba ahí, a punto. Al nunca tenía que buscar aquella Ford Transit y a su conductora.

Resultó que la fábrica de bombillas era un buen escenario para croma: había una sala grande de techos altos y los metros cuadrados de un campo de béisbol. Las viejas oficinas de las imponentes instalaciones eran como madrigueras de conejos, demasiadas y sin ventanas, pero bueno. El aparcamiento era enorme, a nivel y con grava, así que habría espacio para todos los remolques del Campamento base durante las semanas de rodaje de los VFX de la película.* Johnny Madrid demostró su valía y parecía haber domado a los malhumorados funcionarios estatales más allá de los de la Comisión Cinematográfica, ya que disponía de información fiable sobre el Programa de Incentivos de California, una posible rebaja de impuestos, prácticamente garantizando grandes ahorros de presupuesto.

—Siempre que se pongan los puntos sobre las íes —dijo John, tratando, sin éxito, de sonar en la onda.

Su primer vistazo a la ciudad de Lone Butte fue desde el asiento trasero de la Transit de Ynez. Aunque la aproximación a la ciudad era una mezcla de casas baratas y negocios sin franquicia, como un nuevo Dollar General, una cabaña Quonset oxidada con letras que se desvanecían en las ventanas en las que se leía CERÁMICA, el cruce principal de la Old Lone Butte en Main Street y Webster Road era una maravilla de cualquier ciudad estadounidense, una cápsula del tiempo dentro de una bola de nieve sin nieve. Los escaparates estaban casi vacíos, apenas ocupados, y parecían no haber cambiado en las últimas tres décadas. No había ni una sola cafetería o restaurante en funcionamiento en el centro de la ciudad, pero sí una base de clientes lo bastante grande en un salón de tatuajes y en un fumadero. Lo que había sido un Western Auto ahora albergaba una tienda de chatarra, pero con un vistazo Al podía ver el fantasma de Lone Butte tal como la ciudad había sido en su momento, sacada de uno de los estados de Bonnie y Clyde: el viejo banco con pilares en la entrada, el cine Estatal, que no estaba abierto pero parecía que seguía siendo un cine, el *drugstore* Clark's que se anunciaba con un letrero de neón, un edificio de aspecto institucional con ASOCIACIÓN DE PRODUCTORES DE ALMENDRAS tallado en la piedra de la

* Efectos visuales, también conocidos como CGI: imágenes generadas por ordenador. Y los SPFX, los efectos especiales como explosiones, carreras superrápidas y peleas de kung-fu en las que los contrincantes levitan, ninguno de los cuales puede ocurrir en el mundo real, solo en el mundo del cine.

cornisa, y una amplia calle principal, tan libre de tráfico como un solar de antaño en Gower Gulch. Rodar en Lone Butte sería pan comido.

—Había un plan para renovar a lo grande el patrimonio histórico —explicó Ynez a Al mientras conducía despacio—. La esperanza era atraer a turistas, desarrolladores tecnológicos y artistas para que vivieran en el centro. Con bares de cerveza artesanal y cosas por el estilo. Por un lado, era un buen momento; hicieron algo de trabajo antes de la crisis de 2008. Pero ¿y después? Aquí está al cabo de más de doce años y el daño causado por la crisis de las *subprime* lo arruinó todo. Fue duro.

—Duro —coincidió Al. ¿Ynez sabía de la crisis de las *subprime*? ¿Por la profesora Woo?

—Permítame enseñarle el Distrito de Casas Históricas —dijo Ynez, y giró a la izquierda una vez, luego otra, y luego otra más, mientras la Ford avanzaba por calles con nombre de presidentes y árboles. Algunas de las casas podían llamarse históricas por su aspecto victoriano. Había muchos porches amplios y miradores en los segundos pisos. Unos árboles altos de tronco grueso que parecían centenarios daban sombra y refrescaban la fachada de las casas y el césped. La mayoría de las casas tenían ocupantes, o al menos propietarios, que mantenían los jardines en buen estado y las casas pintadas y arregladas. De todas las propiedades que había en los kilómetros cuadrados que ocupaba el Distrito de Casas Históricas, solo tres destacaban por ser comunes; el resto eran joyas bien cuidadas, con uno o dos rubíes en bruto.

De vuelta hacia el sur por la antigua 99, Al tenía mucho apetito: no había comido nada desde la barrita energética que había tomado en el avión procedente de Bob Hope.*

—Tengo hambre.

—¿Le apetece una hamburguesa con queso? —preguntó Ynez.

—Me permito una hamburguesa con queso al año y ya me la he comido.

—No como estas. Conozco a los dueños del puesto de zar-

* En su día, el aeropuerto de Burbank se llamaba aeropuerto Bob Hope. Le habían cambiado el nombre pero la mayoría de la gente lo seguía llamando Bob Hope.

zaparrilla que hemos pasado al subir. No se creerá lo que hacen con una hamburguesa con queso.

—Se toman en serio lo de sus hamburguesas con queso, ¿eh?

—Señorita Mac-Teer —dijo Ynez desde el asiento delantero y la miró por el retrovisor—, no puedo explicarlo, pero se lo prometo.

Al se tomó un momento para reflexionar y ceder. ¿De veras estaba salivando solo de pensarlo? ¿Una hamburguesa con queso pavloviana?

—De acuerdo —se rindió—. Pasaré de la zarzaparrilla para ser una buena chica y me compraré una hamburguesa con queso.

Ynez conocía a los dueños, los Alejandro, de una de las campañas de registro de votantes en las que habían trabajado para las primeras elecciones de Obama. Ella y Al se sentaron fuera, bajo un porche, en una mesa de pícnic de listones de pino rojo.

Si Al hubiera llevado un trofeo con MEJOR HAMBURGUESA CON QUESO DEL MUNDO grabado en oro, se lo habría entregado a Ricardo y Julia Alejandro en aquel preciso momento y lugar. No pidieron patatas fritas, no querían reventar, y Julia les llevó jarras altas y escarchadas de zarzaparrilla dulce fría, cortesía de la casa. Mientras manipulaban las hamburguesas con queso, cebollas a la parrilla y todo lo demás y se las llevaban de los cestitos a la boca, surgió una charla educada entre Al e Ynez en la que se desveló la vida de la conductora de PONY, su trabajo y su familia; puesto que vivía en casa no tenía ningún espacio que llamar propio, ni ninguna intimidad, en ningún momento. El trabajo y el colegio eran su único alivio, el único tiempo que tenía para sí misma.

—¿Qué tiene de especial Lone Butte para usted? —preguntó Ynez.

Cuando Al le contó la verdad, que iba en el coche de Ynez para posiblemente hacer una película, lo único que dijo Ynez fue:

—Qué guay.

Al estaba preparada para la reacción habitual del ciudadano de a pie ante la noticia de que estaba en lo que Fellini había bautizado como el Carnaval de Cartón —«¿Está haciendo una PELÍCULA?, ¿quién sale?, ¿cómo se titula?, ¿de qué va?, ¿puedo participar en ella?»—. Así pues, se sorprendió cuando Ynez, después de todo una ciudadana de a pie, no tuvo ninguna de las reacciones que explotaban cuando se lanzaba la bomba H'wood. Al pensó que era Ynez la «guay».

—Cuando vuelva, serás mi chófer, ¿de acuerdo? —le preguntó Al mientras salía del coche en Metro para coger su vuelo de regreso a Bob Hope.

—Claro. ¡Hasta la próxima, pues!

Dicho esto, Ynez se marchó del aeropuerto en su Ford Transit con todo el espacio para las piernas. Al se dirigió al detector de metales y a la inspección de calzado de seguridad para vuelos nacionales. En el vuelo de una hora a Burbank sacó sus agujas y se puso a tejer un gorro.

Ynez Gonzalez-Cruz

Al estaba de vuelta en Sacramento para una reunión importante y reveladora con la Comisión Cinematográfica y Johnny Madrid, un *photocall* con el gobernador (si la reunión se decantaba a favor de Al) y una entrevista con un reportero del *Sacramento Bee* (de nuevo, en función del resultado de la reunión). Ynez la había recogido con PONY en el aeropuerto, le había llevado un expreso doble con crema caliente y se había comprometido a llevarla en coche arriba y abajo todo el día. El reportero del *Bee* iba a tener que hacer la entrevista ante unos sándwiches en un legendario mercado *delicatessen* que había en una de las calles del centro con nombre de letra del abecedario.

—¡Ynez! —exclamó mientras se abrochaba el cinturón—. ¿Cómo es que estoy tan feliz de volver a verte? —El buen humor de Al no duró mucho.

La reunión con la Comisión Cinematográfica de California empeoró muy rápidamente. Al necesitaba localizar a Johnny Madrid para saber hasta qué punto el estado de California respaldaba *Knightshade: El torno de Firefall.* ¿Era el presupuesto demasiado alto para optar a la devolución? ¿Era demasiado bajo para que el incentivo se notara? ¿Había un sorteo para la devolución o era por orden de llegada? ¿Habían perdido su puesto en la cola en favor de alguna otra película? Y, de ser así, ¿cómo coño había ocurrido? Johnny trató de explicar los supuestos problemas técnicos de la aplicación de Hawkeye y, sí, otras producciones habían ido a la comisión solicitando la misma devolución. Al preguntó cuáles eran esas producciones y si estaban en fase de preproducción seria como *K: ETDF* estaba a punto de entrar. Johnny dijo que no tenía libertad para divulgar determinada información. ¿Por qué tuvo Al la sensación de que se estaban burlando de ella? Se lo preguntó en voz alta, junto con si el señor Madrid había olvidado por casualidad su historia en el mundo del espectáculo en lo referente a tratar con Al Mac-Teer. ¿Se estaba convirtiendo en un gallina de mandíbulas débiles ante sus propios ojos?

—¡John-Boy! —le gritó Al lo bastante fuerte como para que lo oyeran por los pasillos del poder, tal vez hasta en el despacho del gobernador, donde había un fotógrafo esperando—. ¡Estás muy cerca de pensar que puedes joderme!

Mientras tanto, en su PONY, Ynez lidiaba con otra crisis familiar, una muy alejada de las comisiones cinematográficas, las devoluciones de impuestos y las duras preproducciones. Su sobrino, el pequeño Francisco, estaba en casa de su hermana, y esta tenía que irse a trabajar a La fábrica de las tartas de queso; no había nadie más para cuidar del niño, así que, ¿podía ir ella? Ynez se había comprometido a llevar a Al Mac-Teer al Shumate's Market & Deli para la entrevista y luego de vuelta al aeropuerto para coger su vuelo. De ninguna manera podía Francisco Perez ir con Ynez, no mientras ella trabajaba. ¿Qué? ¿Iba a ir de polizón en su sillita, compartiendo la parte de atrás de su Transit con una cliente? No podía ser. ¿Podía dejar a Francisco con mamá en casa? No. Mamá estaba en el médico por su tiroides.

Aquel problema no tenía solución: la idea de que su hermana no pudiera ir a trabajar, del pequeño Francisco, el hombrecito más adorable del mundo, sin nadie que lo cuidara. Aquello era... insoportable. Así que Ynez iba a tener que hacer lo impensable, lo que los gerentes de PONY veían con malos ojos, lo que iba en contra de su buena relación con la señorita Mac-Teer. Iba a tener que retirarse.

Ynez escribió un PONYTEXT, que sonó en el teléfono de Al justo cuando contemplaba la posibilidad de tirar su taza de café a la mandíbula débil de Johnny Madrid.

PONYTEXT de: YNEZ: Srta. M-T. Emergencia. Le organizaré otro PONY. Lo siento mucho.

—Deme un segundo —le dijo Al al todavía no golpeado Johnny Madrid. Le devolvió el mensaje.

A.MacT: ¿¿¿¿Estás bien????

A pesar de la petición de Al, el señor Madrid continuaba hablando. Al debía entender que él tenía las manos atadas, ¿sabes?, y que, tal como funcionaban las cosas, no era él quien firmaba los productos caros, ¿sabes? Él no era más que un humilde comisionado estatal de cine.

—Le he pedido un segundo, señor. —Al calló a Johnny con eso y una mirada aterradora.

PONYTEXT de: YNEZ: Sí. Mi hermana necesita ayuda.

A.MacT: ¿Está bien?

PONYTEXT de: YNEZ: No hay niñera. Lo siento. Organizaré nuevo conductor.

A.MacT: ¿Vas a hacer de canguro?

PONYTEXT de: YNEZ: Sí. El nuevo conductor será Julio. Aquí están sus datos.

A.MacT: ¿Cuántos años tiene? El crío.

PONYTEXT de: YNEZ: 16 meses. El PONY de Julio es un Honda azul.

A.MacT: ¿Cómo se llama?

PONYTEXT de: YNEZ: Julio. Honda azul.

A.MacT: No. El crío.

PONYTEXT de: YNEZ: Francisco. Julio estará aquí en 14 minutos.

A.MacT: ¿Es mono, Francisco?

PONYTEXT de: YNEZ: Dios, sí.

A.MacT: ¿Va en sillita para coche?

PONYTEXT de: YNEZ: Sí.

A.MacT: Ve a buscarlo y tráetelo.

PONYTEXT de: YNEZ: No está permitido.

A.MacT: Yo digo que sí.

PONYTEXT de: YNEZ: Problema gordo. No lo puedo llevar delante conmigo. Estaría detrás con usted.

A.MacT: Mejor que conduciendo.

PONYTEXT de: YNEZ: Ja, ja. Cancelando a Julio. Puede que se arrepienta.

Gracias a la comprensión de Al Mac-Teer, Ynez pudo sacar adelante la mañana sin perder sueldo. Llegó a casa de su hermana al cabo de veinte minutos, ató a Francisco en su sillita, que ancló al asiento trasero de la Ford Transit, y se dirigió al centro comercial Capitol a esperar a que la señorita Mac-Teer saliera de sus reuniones. Francisco durmió; el trayecto fue perfecto para su siesta de mediodía. Aparcada a la sombra de uno de los miles de enormes árboles del centro de la ciudad, Ynez abrió la puerta lateral del coche para que entrara el aire y se sentó en la parte de atrás con su sobrino. Se tomó un momento para llamar al Shumate's Market para asegurarse de que tenían una mesa reservada para la entrevista de la señorita Mac-Teer. Marco, quien contestó al teléfono, hablaba español e Ynez pudo explicarle el porqué y el cuándo de lo que le pedía. Al solo tendría que anunciarse a Marco y ya se ocuparían de ella. Cuando Marco preguntó si Ynez estaba «comprometida», ella se rio a carcajadas y pensó que cuando volviera al centro de la ciudad y esperara un cliente de PONY, iría a comprar la comida a Shumate's.

Francisco se despertó. Quería levantarse de la silla, así que Ynez lo desató y lo dejó libre.

A.MacT: Conseguido. Ya voy.

Cuando Al lo vio por primera vez, Francisco estaba tumbado sobre una manta encima de la hierba a unos metros de donde estaba aparcada Ynez.

—¡Qué monada! ¡Y qué sonrisa! —Se agachó y clavó la mirada en los dos soles marrones de Francisco—. ¡Ay! ¡Qué ojos! ¡Moteados de oro! ¡Francisco! ¡Crece deprisa y cásate conmigo!

¡Al estaba francamente entusiasmada! ¡Hay algo en los bebés monos y sonrientes que hace que los adultos lo digan todo con signos de exclamación!

—¡Vamos a ponernos en marcha! ¡Tengo que hablar con los redactores del periódico!

Shumate's Market & Deli estaba en el centro, no muy lejos del edificio del Capitolio, por lo que el aparcamiento en la calle estaba limitado. Ynez dejó que Al bajara, le dijo que preguntara por Marco y que le dijera si era guapo.

—¿Has llamado antes? —Al estaba impresionada—. ¡Me has hecho la vida un poco más fácil!

Ynez encontró un sitio en la manzana de enfrente, un parquecito con columpios para niños pequeños y caballitos de metal que se balanceaban sobre unos muelles enormes que estaban clavados en el suelo. Mientras Al discutía con un periodista de empresa del gran periódico local sobre bocadillos *delicatessen* gruesos como una acera (la especialidad de Shumate's), pepinillos enteros y botellines del zumo de manzana más delicioso del mundo, a Francisco Perez lo empujaban en un columpio, lo sostenían en un caballito que se balanceaba y cogía hojas de sicomoro caídas con su tía Ynez; ¿podía ser más feliz un niño? Ynez se lo estaba pasando tan bien que sintió un poco de pena cuando le sonó un mensaje de texto y tuvo que regresar para recoger a Al.

—¡Ese periodista estaba más despistado que un pepinillo! —le dijo Al a Francisco—. ¡Va a escribir un artículo muy tonto!*

A Ynez le anunció que Marco debía de tener dieciséis años y que no le crecía el bigote. Se abrocharon todos los cinturones y se dirigieron a Metro, Francisco agitando un aro de juguete con llaves grandes de plástico: una roja, una amarilla y una verde.

—Señorita Mac-Teer —dijo Ynez, mirando por el retrovisor, y vio a Al acariciando los rizos del pequeño Francisco—. ¿Puedo darle las gracias por su comprensión? No todo el mundo llevaría a un niño en el coche.

Al estaba maravillada con el pelo de Francisco y hacía que algunos rizos de color negro azabache sobresalieran tiesos por encima de su cabeza morena.

—¡Es que hay demasiada gente que no conoce a Francisco como yo! ¡Y ya es hora de que me llames Al! ¡Vamos a ver a qué hora es mi vuelo! ¡Ostras! ¡Tengo más de una hora antes de volar! ¡Vamos a tomar un café antes de irme! ¿Dónde podemos conseguir un buen café para adultos? ¿La tía Ynez sabe de algún sitio? ¿Dejaré de hablar así alguna vez?

De hecho, Ynez conocía un sitio con buen café, gratis y muy cerca del aeropuerto. Al estaba tan ocupada arrullando a Francisco y revolviéndole el pelo que no se dio cuenta de que Ynez se acercaba a la entrada del Garden Suites Inn.

* «Los servicios de *streaming* aprovechan la devolución de impuestos y ahorran millones». *Sacramento Bee*.

Al se rio cuando entraron.

—Todos los Garden Suites huelen igual —dijo. Los uniformes ya no eran verde oscuro sino grises y de una espantosa moda unisex. Los gráficos y los letreros habían cambiado de fuente. Había un Puesto de tarde con sus tentempiés y bebidas y, vaya, unas máquinas que hacían un café condenadamente bueno. Con una ¡BEBIDA CALIENTE! cada una, se sentaron en unas sillas bajas y cómodas en lo que parecía el vestíbulo del hotel. Francisco estaba apoyado en la mesa de café de imitación de caoba cuando el personal del hotel empezó a acercarse a saludar a Ynez y a confirmar una pregunta que se había extendido por el hotel en cuanto habían entrado por la puerta.

—¡Ynez! ¿Has tenido un bebé?

La recepcionista, la encargada del vestíbulo, un aparcacoches y dos limpiadoras vietnamitas se pasaron por allí, todos haciendo la misma pregunta, deleitándose con lo guapo que era el pequeñín, saludando a Ynez como a un miembro más de la familia.

Después del café, de camino al aeropuerto, Al preguntó a Ynez de qué iba todo aquello.

—¿Cómo es que eres una figura tan querida en el Garden Suites, que todo el mundo sabe cómo te llamas?

—¿Qué? —Ynez iba por el carril de salidas para dejarla.

—Has sido la princesa coronada del Garden Suites Inn. Los empleados acudían en manada a ti.

—Antes trabajaba allí —dijo Ynez—. Era limpiadora.

Al sacudía el llavero de juguete de Francisco delante de su cara.

—Yo también trabajé un tiempo en el Garden Suites.

—¿En serio? —Había un SUV grande que iba demasiado despacio justo delante de Ynez—. ¿En limpieza?

—No. Yo estaba en recepción.

—Si hubiera podido estar en recepción, seguiría allí. Pero una vez que entras de limpiadora… —Ynez pasó junto a unos coches que estaban esperando y se detuvo en la acera de salidas—. Ya estamos aquí. Gracias por viajar con PONY.

—Hasta la próxima. ¡Y hasta la próxima también tú! —dijo Al tomando las mejillas regordetas de Francisco entre sus manos y haciéndole chasquear los labios con el dedo—. ¡Crece rápido! ¡Me estoy reservando para ti!

Mientras Ynez y su sobrino se alejaban, Al se dirigió al control de seguridad, imaginando una tarjeta en su cabeza, tenía el número 1 y había un nombre en ella: Ynez.

Los equipos de Producción de Hawkeye/Dynamo Nation/Optional Enterprises empezaron a recorrer Lone Butte. Visitando lugares, fotografiando la ciudad, planeando posibles ubicaciones a cada paso que daban. Yogi, que ahora era el primer ayudante de Dirección de Bill y un genio con un calendario de rodaje y un equipo, fue con su entonces novia Athena a grabar vídeos con el iPad de ángulos concretos y movimientos de cámara; Athena hacía de KNIGHTSHADE, él, de FIREFALL. Tras ver sus grabaciones, Bill Johnson hizo un viaje por carretera en su Dodge Charger, con el dictáfono en el asiento del acompañante, desde Nuevo México hasta Las Vegas (Nevada) y Reno, y luego bajó por las Sierras hasta las entradas orientales de la parte alta del Valle Norte. Se reunió con SAM, la directora de Arte Yoko Honda* y Yogi justo en el centro de Lone Butte, donde los tres caminaron por las calles alrededor de la vía principal y recorrieron el Distrito de Casas Históricas.

—Este lugar es nuestro tres sesenta —dijo SAM—. Aquí hay tomas en cualquier dirección.

Con un programa de ordenador, SAM sabría la posición y el ángulo del sol en cualquier momento. Tomas de la hora dorada, cuando el sol se pone y la luz se convierte en efímeros hilos dorados, estarían perfectamente preparadas.

—Seremos los dueños de Lonely Butte —dijo Yogi—. Cortar el tráfico será pan comido.

—Esta ciudad tiene buenos huesos —dijo Yoko—. El aspecto de abandonado y vacío nos saldrá gratis. Y ahí tienes tu decorado de cafetería. —Señalaba hacia un escaparate con el cartel antiguo de lo que había sido un lugar llamado Clark's

* Yoko Honda y Bill habían trabajado juntos desde la primera película de la trilogía *Edén*.

Drugs—. Tiene un mostrador y reservados. Vístelo con estanterías de *drugstore*.

Había solares escondidos detrás de edificios vacíos que podían servir como Campamento base. Por la interestatal había moteles y hoteles de carretera para alojar al equipo. Había Airbnbs por todas partes. En el Distrito de Casas Históricas había casas enteras disponibles para alquilar. Un viejo edificio restaurado de la Asociación de Productores de Almendras tenía habitaciones, oficinas, un comedor y un vestíbulo, como si el edificio estuviera gritando ¡usadme!

—Oye, pongamos la Oficina de Producción aquí en vez de fuera, en el escenario del croma —dijo Bill, refiriéndose a la antigua sede del club de productores de almendras—. Si podemos coger algunas de estas viejas casas para los jefes de departamento, podremos ir al trabajo a pie.

—¿Por qué no vivir en el plató? —preguntó Yogi—. Podemos traer unos cuantos catres para la Swing Gang.

Así que. Fue Lone Butte. Bang. Pum.

Bill terminó el guion en su Sterling y luego lo entregó a Optional Enterprises para que lo convirtieran al *software* de guiones «Borrador final». La preproducción dura comenzó cuando Dynamo empezó a extender cheques, se inició el flujo de efectivo y todo el mundo se convirtió en empleado de la entidad llamada Producciones el Torno.

Al Mac-Teer empezó a volar a Sacramento a menudo, e Ynez era su chófer cada vez.

—Echo de menos a Francisco —decía Al cuando entraba en el amplio espacio para las piernas de la Ford de Ynez—. No se está viendo con nadie, ¿verdad?

Ynez compartía las fotos de su iPhone con Al: fotos de Francisco y de otros miembros de su familia. En los muchos viajes de ida y vuelta a Lone Butte, ambas hablaban, cotilleaban, reían y se detenían para beber zarzaparrilla y partirse hamburguesas con queso ganadoras de premios. Con la apertura de la Oficina de Producción a pocas semanas, y el día primaveral tan encantador, ambas mujeres estaban bebiendo a sorbos de tazas heladas cuando Ynez se adentró en un terreno aún inexplorado.

—¿Puedo hacerte una pregunta?

Vale, se dijo Al. Ya viene: lo de Hollywood. Impresionada por el tiempo que había pasado hasta que Ynez inevitablemente abordara el tema de «¿Cómo puedo entrar en el cine? Es decir, si tú puedes hacerlo, tiene que haber una forma de que yo entre en Hollywood, ¿verdad?». Al estaba preparada para responder. Ve por Fountain.

—¿Qué pasa con esas agujas de tejer? —Ynez las había visto sobresalir de la bolsa de Al—. Nunca te he visto usarlas.

Al a punto estuvo de reírse a carcajadas. ¡Esta Ynez no tenía malicia! Cierto, Al no había hecho punto en el coche mientras había estado a cargo de Ynez. Siempre estaba al teléfono, con el iPad, leyendo páginas de una carpeta gruesa o tomando notas en un cuaderno. O hablando con su agradable e interesante chófer. Cuando Al tejía era cuando estaba sola: en los vuelos de ida y vuelta a Bob Hope, en su habitación del Garden Suites (por supuesto) durante las breves estancias que pasaba en la ciudad, después de un cóctel y con el televisor en los canales de noticias por cable con el volumen bajo. Aún no se había puesto a tejer estando con Ynez. La pregunta le llevó a contar la larga historia de cómo aprendió a tejer hacía años, de la guía, el impacto y el cuidado cariñoso de una mujer llamada Dace, y de cómo tejer le proporcionaba una tranquila sensación de calma que alteraba el tiempo en un trabajo que a menudo era un pánico frenético e incesante durante meses seguidos. Al fue tejiendo su hilo verbal hasta que Ynez la dejó en el aeropuerto. Al salir de la Transit, dijo:

—Tejer y estar cuerda van de la mano.

Entonces. Ynez aún no había preguntado por las películas: cómo se hacían, cómo había llegado Al a trabajar en el Carnaval del Cartón, cómo, tal vez, una persona como ella podía entrar en el cine, ni nunca había dicho la otra cosa que la gente de a pie le recitaba a Al Mac-Teer cuando se enteraban de que era de Hollywood: «¡Deberías hacer una película sobre mí!».

Sin embargo, la familia Gonzalez-Cruz no era tan callada y poco curiosa. Eran un clan. En función de cuándo aparecieras por una de sus casas —a comer, a pasar el rato, a tomar un café, en fin, a cualquier hora del día—, habría hasta diecisiete miembros de la familia presentes, todos con vidas complicadas, con muchos trabajos, de cualquier tipo, y/o yendo a la escuela, cocinando para la gente o limpiando para la gente. En la lista estaban la madre, Margarita, y el padre, Gus, cuatro hijas (Ynez había compartido habitación con sus hermanas toda su vida), tres hermanos (que compartían habitación), dos cuñados, una cuñada, una novia o novio o dos, niños pequeños de edades comprendidas entre los dieciséis meses de Francisco hasta los nueve años de la pequeña Esperanza. A Carmen ya no se la podía llamar niña: acababa de celebrar su fiesta de los quince años. Había primos y amigos de toda la ciudad, de fuera de la ciudad, de fuera del país, todos con la esperanza de encontrar algún tipo de trabajo, algún modo de ganarse la vida —algún tipo de vida en Estados Unidos—, después de que Gus los pusiera a trabajar temporalmente en su negocio de jardinería y paisajismo, pero solo a tantos como cabían en su camión en un día cualquiera. Dormían en sofás, en colchonetas en la habitación de atrás, comían en la mesa de la cocina, todos con la esperanza de emular al señor y la señora Gonzalez-Cruz consiguiendo sus papeles, criando hijos nacidos como estadounidenses y cumpliendo las leyes de Estados Unidos. Habían huido de la pobreza, la violencia y las penurias cargados de desesperación, así que dormir en colchonetas durante unos meses no era nada. Estar en Estados Unidos lo era todo. Algunos de los hombres que pasaban por allí miraban a las hijas de los Gonzalez-Cruz con lujuria. Cuando fue lo bastante mayor, Ynez salía de casa con cualquier pretexto y se mantenía alejada todo el tiempo que podía.

Cuando le preguntaron por su trabajo, en español con acento mexicano, nicaragüense y salvadoreño, Ynez esperó a que el enjambre de enérgicas conversaciones de sobremesa se calmara para informar de que estaba llevando a una señora ocupada que llevaba agujas de tejer e hilo pero que nunca tejía.

—Es una mujer impresionante —dijo Ynez de su clienta semipermanente—. Es tranquila y divertida, y está enamorada de este pequeñín... —Se inclinó para darle a Francisco un beso en la cabeza—. Así que le pregunté qué pasaba con las agujas. Teje cuando no la veo.

—*¿Qué tiene de especial una mujer que teje?*

—Mamá, ¿tú antes no tejías?

—Ojalá pudiera aprender a tejer.

—¿Quién dice que no puedes?

—Hay un lugar en Howe donde pone CLASES DE PUNTO. *Ve allí.*

—¿Cuánto cuesta aprender a hacer punto?

—¿En dinero o en tiempo?

—Mamá. Enséñame a tejer. Haré regalos de Navidad.

—Tengo demasiado trabajo.

—Tiene nombre de hombre: Al —interrumpió Ynez—. Tiene un trabajo duro y dice que le ayuda a mantener la calma.

—Yo me calmo durmiendo la siesta.

—Yo me calmo porque me importa todo una mierda.

—Así no se habla en la mesa.

—Eso, gilipollas.

—Me gustaría tejer cosas pero parece complicado.

—¿De qué trabaja?

—¿Dónde la llevas?

—A Lone Butte.

—¿Dónde queda eso?

—En dirección norte, hacia Chico, por la antigua 99.

—Ah, sí. Lone Butte. La capital de hacer punto de Estados Unidos.

—Tiene reuniones en aquella vieja fábrica de bombillas.

—¿Están contratando?

—¿Cuánto pagan por hacer bombillas?

—Ese lugar cerró hace años. Ahora las bombillas se hacen como en Vietnam.

—Y en Chihuahua.

—¿Va a abrir la fábrica para hacer bombillas de nuevo?

—Se reúne con una comisión del estado —dijo Ynez—. Y la llevo al edificio del Capitolio, en el centro, a hacer más reuniones. Se reunió con el gobernador.

—Al gobernador le encantaría reabrir esa fábrica de bombillas. O hacer que fabricara coches eléctricos o baterías.

—Hilos. Una gran fábrica de hilos.

—La llevé a comer al Shumate's Market.

—¡Yo trabajé allí! ¿Sigue siendo el dueño el señor Perenchio?

—No tengo ni idea.

—Era simpático. Pero luego entré en el Marie Callender's.

—¿Qué Marie Callender's?

—El de la calle J.

—¿Por qué no la llevaste al Marie Callender's? Donnie Garcez es el subdirector de allí ahora.

—No está en el de la calle J. Está en el de Arden Fair.

—Tenía una cita en Shumate's. Fue el día que cuidé de Francisco. ¡Este hombrecito! —Ynez le volvió a besar la adorable cabecita.

—¿Del gobernador a ese lugar?

—Allí la entrevistó el *Bee*. Salió en el periódico.

—¿Para qué?

—Quiere hacer una película. Por eso vamos a Lone Butte.

Ese último trozo de diálogo dio el pie. Tras la más breve de las pausas, un instante de silencio mientras los comensales procesaban la palabra que acababa de salir de la boca de Ynez: «película». Después llegó la explosión verbal de la cena teatro de la familia Gonzalez-Cruz.

—¡¿Qué?!

—¿Una película?

—¿Una película? ¿Una película de verdad?

—¿Qué película?

—¿Cómo se llama la película?

—¿Quién sale en ella?

—¿De qué va?

—¿Cómo se llama?

—¿Cómo se llama esa señora?

—Se hace llamar Al. Yo la llamo así. Al.

—¿Por qué tiene nombre de hombre?

—Ahora Ynez lleva a lesbianas.

—Lesbianas. LGTBIQ. Mientras paguen…

—Y den propina.

—Y pongan cinco estrellas.

El hermano menor de Ynez, Jose, sacó el móvil y preguntó el nombre de la lesbiana.

—No creo que sea lesbiana.

—¿Por qué? ¿Porque no te ha tirado los tejos?

—Hemos hablado de novios.

—*¿Le has hablado de Andre y de cómo te puso los cuernos?*

—De hecho, sí, se lo conté. Se ofreció a romperle las piernas.

—*Espero que no lo dijera en broma.*

—*¿Cómo se escribe su nombre?*

Jose la buscó en IMDb.

—¡Dios mío! —gritó—. ¡Es productora! ¡Hace películas con Bill Johnson!

—*¿Quién?*

—*¿Películas de lesbianas?*

—*¿Bill Johnson también es una mujer?*

Jose sabía de películas. Estaba en el instituto y vivía pegado al móvil.

—¡Hizo *Un sótano lleno de sonido*!

Ynez no sabía eso. Había ido a ver *Un sótano lleno de sonido* con su hermana Anita, pero aquella noche estaba tan cansada que se echó una larga cabezada durante buena parte de la película. Ynez se dormía a menudo en el cine, con la cabeza echada hacia atrás, la boca abierta y la mandíbula floja. Se quedaba frita porque trabajaba en todos aquellos empleos. Así que se había dormido durante la última película de Al Mac-Teer y no tenía ni idea de qué trataba.

—¡Fue candidata a un Óscar!*

Jose no se lo podía creer. Ynez tampoco.

—¡Y mira! —Jose mostraba a la mesa la foto de IMDb de Al Mac-Teer—. ¡Es de color!

—¡Pero mira a su jefe! —Jose sacó la foto de IMDb de Bill Johnson: era todo lo blanco que un hombre podía ser—. Hizo aquellas películas de *Edén*.

—*¡Esas estaban bien!*

—¡Ynez! Estás llevando en coche a una jugadora importante, ¿lo sabías?

Ynez no sabía nada de eso.

—*Haz que me dé trabajo en esa película. Soy guapa y de color.*

* Cierto. Si *USLDS* hubiera ganado el premio a la mejor película, Al, en tanto que productora acreditada, se habría llevado a casa una estatuilla.

—Si es una rica productora de cine, ¿por qué está en el coche de Ynez?

—Debería ir en una limusina, como un Hummer con jacuzzi.

—Las lesbianas son tacañas.

—Guarda algo de cena para papá. Llegará pronto.

Jose entró en la página web del *Sacramento Bee* y buscó el artículo resultante de la reunión de Al Mac-Teer en Shumate's Market. Lo leyó en voz alta hasta que se volvió aburrido: lo de la Comisión Cinematográfica de California, la devolución de impuestos y un nuevo proyecto de ley de un representante de Lompoc. Fue entonces cuando Anita, la hermana de Ynez, que había estudiado piano desde los seis años, se levantó de la mesa para iniciar la noche de canto de la familia. En el piano del salón, puso en su iPad la partitura de «Este sitio es todo nuestro», la canción nominada al Óscar de *Un sótano lleno de sonido* y sacó el tempo y la melodía.

Se han ido todos,
no queda nadie,
estamos tú y yo solos,
los únicos en la ciudad... Este sitio es todo nuestro.*

La música se apoderó del salón y fue atrayendo a la familia uno a uno mientras lavaban los platos, dejaban aparte uno con comida tapado para Gus y otras canciones salían de los dedos de Anita sobre las ochenta y ocho teclas. El alboroto por el contacto de Ynez con el glamuroso mundo del cine se desvaneció, sustituido por las baladas mexicanas favoritas y las canciones solicitadas. Cuando Gus llegó a casa, se duchó y Marie le sirvió su única botella de Pacífico en el vaso frío que guardaba en el congelador para él y le sirvió su plato de cena caliente. Mientras él comía, Carmen Gonzalez-Cruz cantaba «The Heart Wants What It Wants», una canción tan hermosa como la propia Selena Gomez. El hombre cansado, hambriento y trabajador daba sorbos a su cerveza helada entre bocado y bocado. En su día, su familia había sido muy

* Permiso para utilizar la letra concedido por Ex Luna Vox Publishing Co.

pobre. Ahora eran muy ricos. Escuchaba cómo su familia llenaba su vida de música; tantas voces entonadas como para hacer volar el techo de su pequeña casa. ¿Quién iba a querer marcharse de aquel hogar?

Bill Johnson estiró sus largas piernas y sus botas no demasiado elegantes quedaron muy lejos del asiento de la chófer.

Ynez conducía el coche de salida del aeropuerto, con destino a la antigua 99, en dirección a Lone Butte. Al y su jefe habían volado juntos desde Bob Hope. Llevaban bolsas de viaje de cuero llenas de carpetas, iPads, cuadernos y agujas de tejer o un temporizador de cocina. Johnson también llevaba consigo un viejo maletín cuadrado con heridas de guerra y el asa sujeta con alambre. Lo había puesto en el suelo y lo había deslizado bajo su asiento.

Después de todo, se había decidido instalar la Oficina de Producción en el edificio de la Asociación de Productores de Almendras. En la parte de atrás había una zona de aparcamiento lo bastante grande para los remolques, lo que facilitaba el acceso al Campamento base. Las posibles localizaciones para la casa de Eve Knight estaban todas a poca distancia, y Bill había revisado su guion para que hubiera más escenas en el centro de Lone Butte y aprovechar al máximo el pintoresco lugar. La cafetería/restaurante, la vieja iglesia, los cruces, las localizaciones de las AFUERAS DE LA CIUDAD, incluso la BATALLA NOCTURNA sería allí mismo. El servicio de catering podría servir comidas en el comedor donde antaño los agricultores de almendras celebraban banquetes y bailes. Cuando el rodaje de exteriores hubiera acabado, la Unidad trasladaría el Campamento base a la antigua fábrica de bombillas y el enorme edificio se transformaría en un escenario envuelto en un croma lo bastante grande como para envolver el muro de Berlín. Utilizarían la fachada exterior para la primera batalla campal entre Knightshade y Firefall.

De camino a Lone Butte, Al y Bill Johnson hablaron de negocios todo el trayecto, así que Ynez se limitó a conducir la Ford. Cuando pasaron por el puesto de zarzaparrilla, fue Bill quien preguntó si el lugar estaba en funcionamiento.

—Ynez conoce a los dueños —dijo Al.

—¿Quién es Ynez? —preguntó Bill.

—Nuestra chófer, tonto —respondió Al—. Te la he presentado.

—Perdona, Ynez —dijo Bill desde el asiento de atrás—. Llevo muchos años siendo un tonto. Ahora tu nombre está grabado para siempre en mi cerebro.

Ynez se limitó a saludarle con la mano y siguió conduciendo.

—Me gusta la zarzaparrilla si es de barril —dijo Bill.

Otros miembros de la compañía de cine se habían presentado en Lone Butte y se alojaban en el King's Way Motor Lodge de la interestatal o en el BestAmerica Motel, conduciendo sus propios coches, examinando los lugares de la ciudad en aquellos días de preproducción dura. Todo lo que gastaran les sería reembolsado. Estaba previsto que el mobiliario de oficina llegara aquel día. En menos de una semana, *Knightshade: El torno de Firefall* empezaría la cuenta atrás para el inicio del rodaje en grandes calendarios de pared colocados en los distintos despachos del edificio de la Asociación de Productores de Almendras: cincuenta y seis días..., cuarenta y dos días..., treinta y un días...

Como de costumbre, Al había reservado a Ynez para un día que podía ser tan largo que no había motivo para retenerla. Ella y su jefe se alojarían en el King's Way durante al menos tres noches y luego Ynez los llevaría de nuevo al aeropuerto para volar a Bob Hope.

Ynez dejó a sus clientes en el desolado centro de Lone Butte y se dirigió hacia el sur por la antigua 99. No había pasado del lugar de la cerámica abandonada cuando vio que el camión de reparto de Standard Rental Furnishings, la empresa de alquiler de muebles, avanzaba lentamente en dirección contraria, hacia la ciudad. El conductor estaba mirando el GPS, preguntándose si podía ser que estuviera en el lugar adecuado. Ynez reconoció al conductor: Cazz Elbarr. Ella había asistido a dos clases con Cazz Elbarr en el colegio universitario, a saber, Salud I y Experiencia de Lectura Universitaria: Joan Didion. Ambos llegaron a conocerse y Cazz resultó ser muy divertido, quizá porque fumaba mucha hierba y entonces no paraba de hablar. Ynez no sabía que Cazz hiciera entregas para Standard Furniture pero no la sorprendió. Todo el mundo tenía que trabajar, incluido el tipo que estaba durmiendo en el asiento del copiloto del camión y que llevaba el mismo polo con el logotipo de la empresa.

Ynez tocó el claxon de su Ford PONY e hizo luces. Cazz levantó la vista, la reconoció y se detuvo. Ynez se acercó un poco y ambos bajaron las ventanillas del lado del conductor.

—¿Qué coño haces aquí, Eenie?

—Trabajando, Cazzual. ¿Por casualidad no llevarás una entrega para la compañía de cine?

—Si está en el 1607 de Main Street, Lone Butte…

—Sígueme. —Ynez giró en redondo y Cazz la siguió en su camión.

La única persona que había en aquel momento en el edificio de la Asociación de Productores de Almendras era una joven llamada Hallie Beck, que tenía algo que ver con el Departamento de Arte. Al, Bill Johnson y todos los demás habían ido a pie a echar un vistazo a posibles localizaciones tan cercanas que no hacía falta que los llevaran en coche.

Ynez se presentó a sí misma y a Cazz a Hallie y luego le preguntó dónde debía ir todo el contenido barato del camión de Cazz: mesas, escritorios, sillas, sofás, lámparas, estanterías, separadores de cables y regletas. Hallie supuso que los muebles debían de repartirse entre las distintas oficinas vacías, aunque la mayor parte de las piezas grandes irían en la oficina principal.

—Ya os las apañaréis —dijo Hallie mirándolos a los dos. Estaba muy abajo en la cadena trófica y no tenía ni conocimientos ni autoridad para dar órdenes.

Cazz se quedó perplejo.

—Se suponía que tenían que venir dos chicos conmigo, pero uno no se ha presentado, así que solo somos Casey júnior y yo. —Casey Jr. era el tipo que seguía durmiendo en el camión, quizás estuviera en coma, o al menos muy resacoso—. Voy a tardar un millón de años.

—Yo te ayudo. —Ynez pensó: «¿Por qué no?». Cazz la haría reír mientras trabajaban, aunque no fuera colocado, no en el trabajo y por la mañana.

La sala principal tenía espacio para seis escritorios, las estanterías correspondientes y las largas mesas plegables con incómodas sillas de plástico plegables. Cazz había llevado el camión hasta la entrada de Main Street. No había tráfico, así que entró por la puerta principal haciendo marcha atrás. Ynez le ayudó a descargar el camión, colocar los muebles en la plataforma elevadora y meterlos en el edificio de la Asociación de Productores de Almendras. Dispuso los escritorios con espacio de sobra entre ellos, haciendo que la sala principal pareciera el cuartel general de un congresista que buscara la reelección. El laberinto de pasillos y oficinas del edificio de la Asociación de Productores de Almendras estaba hacia la parte trasera. Mientras Cazz llevaba el camión al aparcamiento trasero y daba marcha atrás para colocarse ante la plataforma elevadora, Casey Jr. se despertó. ¡Así que no estaba en coma!

—¿Ya hemos llegado? —preguntó.

Con un cuerpo más e Ynez marcando cuántas oficinas necesitaban cuánto del material alquilado, el mobiliario empezó a salir del camión un poco más rápido; al cabo de tres horas casi habían terminado. Fue entonces cuando un joven agobiado, un ayudante de Producción* llamado Cody Lakeland, entró apresuradamente en el edificio de los Productores de Almendras, echó un vistazo a Ynez y ladró:

—Necesito que me ayudes con una cosa.

Ynez iba vestida con ropa normal; a diferencia de Cazz y Casey Jr., no llevaba el polo de la empresa de alquiler de muebles. Lakeland supuso que Ynez tenía algún cargo en la Oficina de Producción y que, en consecuencia, se le podía decir lo que tenía que hacer.

—Ve a por estos cafés —le dijo Cody a Ynez, entregándole una lista garabateada de los cafés con leche, capuchinos, de goteo, expresos, chais y descafeinados deseados—. Cuando vuelvas, tendré los pedidos de la comida. *¡Ipso facto!*

Ynez no sabía qué significaba *ipso facto* y lo preguntó.

* Ayudante de Producción. No son miembros del Sindicato de Directores de Estados Unidos, aunque todos esperan serlo, a menos que quieran ser productores, directores de Fotografía, guionistas o, después de trabajar jornadas de veinte horas en una película, dedicarse a otro campo.

—¡Ya, por favor! ¡Enseguida!

En Lone Butte propiamente dicho no había ninguna cafetería chic pero en la interestatal había un autoservicio de Pirate Coffee. Ynez llamó por teléfono y les encargó catorce bebidas calientes especiales mientras ella conducía los veintisiete kilómetros. Con su tarjeta de débito personal pagó por la mezcla de elixires, servidos en vasos de papel reciclado de tibias y calaveras y con fajas y tapas compostables, y pidió factura. Al cabo de veintinueve minutos los tenía colocados en una mesa que ella misma había desplegado en la sala principal del edificio de la Asociación de Productores de Almendras. Cazz había terminado su trabajo y se había ido, llevándose a Casey Jr. con él. Cody Lakeland cogió su expreso triple de Pirate Coffee y le añadió dos sobres de azúcar tras entregar a Ynez una lista de deseos para un almuerzo de bufé para llevar. Ensaladas. Bocadillos. *Wraps*. Burritos. Dos pizzas: una doble con queso y otra con pepperoni y aceitunas en rodajas. También bebidas. Y todo hacía falta *ipso facto*.

Estaba saliendo por la puerta principal para conducir los veintisiete kilómetros una vez más hacia los omnipresentes establecimientos de comida rápida de la interestatal justo cuando Al, Bill Johnson y la otra gente de Producción entraban por la parte trasera del edificio de los Productores de Almendras. Los dos cineastas no vieron a su conductora PONY.

Las opciones de almuerzo disponibles eran *wraps* de Wrap 'Em Up, unas verduras decentes de la barra de ensaladas del McDonald's y sándwiches envasados individualmente del FastGas SnackShack. También compró latas de refrescos y agua con burbujas de sabores. Había hecho el pedido de pizzas a Big Stork, una franquicia que estaba intentando introducir un autoservicio de porciones, aunque también aceptaban pedidos de pizzas enteras. Tenían burritos tanto en el Loco Taco como en el Taco Mas, al otro lado de la interestatal, así que dividió los pedidos de comida mexicana justo por la mitad. Una hora y media más tarde, Ynez tenía organizada una comida bufé en la misma mesa de la oficina principal donde había dejado los cafés.

Cody cogió un burrito de la caja de Taco Mas y le dijo a Ynez:

—Toma. —Le estaba entregando otra lista más, esta impresa a láser en tres folios en lugar de garabateada a bolígrafo y arrancada de un cuaderno de espiral—. Si es posible, compra todo lo que puedas en la zona, para que parezca que nos importa.

Era una lista larga. Bolígrafos al por mayor. Blocs de notas al por mayor. Pizarras de corcho y chinchetas al por mayor. Un pedido de papel de impresora/fotocopiadora al por mayor. Clips y grapadoras. Tazas. Lápices. Sacapuntas eléctricos. Pizarras blancas con bolígrafos de colores. Hornos microondas y hervidores de agua. El número de la cuenta de Amazon para Producciones el Torno estaba en el papel, así que Ynez supuso que debía entrar en Internet y hacer el pedido. Pero, en la zona, el Uni-Mart que había entre Bidwell y Chico estaba cerca, más cerca de Lone Butte que el Uni-Mart de Sacramento, su antiguo empleador a media jornada.

—¿Necesitas todo esto hoy?

—¡Dah! —exclamó el chico-niño. Ynez se lo tomó como un *ipso facto*. Cogió un trozo de pizza de pepperoni y aceitunas de Big Stork, una botella de agua de una caja abierta (¿quién lo había organizado, si no ella?) y volvió a su Transit. Acababa de marcharse del edificio de los Productores de Almendras cuando el equipo de Producción entró para comer. De nuevo, Al no vio a Ynez, solo la comida que había preparado.

La corporación Uni-Mart estaba empeñada en darle una paliza a Amazon* y había desarrollado un sistema de pedidos al por mayor que, junto con lo familiarizada que estaba Ynez con U-Mart, le facilitó tremendamente el trabajo. No tuvo más que entregar las páginas que llevaba impresas en Servicio de Pedidos y, tachán, lo entregarían todo en el 1607 de Main Street, Lone Butte, al día siguiente a las ocho de la mañana.

Cuando Ynez regresó a la floreciente Oficina de Producciones el Torno, nadie se había ocupado de la basura y las sobras esparcidas, así que lo hizo ella. Pero escaseaban las bolsas de basura, las servilletas y demás, así que, tras una limpieza rápida e incompleta, volvió a coger el coche para ir corriendo a Dollar General a comprar productos de limpieza. Guardó el

* Buena suerte con eso.

tique. De vuelta en Lone Butte, acabó su propia Operación Limpieza a Fondo y limpió las mesas de la sala principal, metió en bolsas toda la basura y las sacó a un contenedor oxidado que había en el aparcamiento trasero y que hacía tiempo que no se utilizaba. Tenía que ir al baño y vio que necesitaría papel higiénico, desinfectante de manos y toallas de papel: lo había comprado todo en Dollar. Abasteció primero el baño de hombres y luego hizo lo propio con el de mujeres.

Cuando volvió al pasillo, Bill Johnson estaba a punto de entrar en el de caballeros.

—Hola —le dijo el director—. ¿Cómo te llamas?

—Ynez.

—Eso es. Ynez. ¿Qué tal? —Bill entró a hacer sus cosas, sin esperar respuesta.

Resultó que Cody Lakeland vio y oyó la conversación entre la recadera y el director de la película.

—No. No, no, no, no, no —le dijo a Ynez—. No hables con el director. ¿Entendido? No molestes al director.

—Me ha peguntado cómo me llamaba.

—Estaba siendo educado. No eres un primer. No eres la jefa de la unidad de Producción. No eres productora. Tú no llamas la atención del director. ¿Entendido?

Ynez no tenía ni idea de lo que era un primer ni una jefa de unidad de Producción.*

—De acuerdo.

—Pon papel higiénico en estos baños. Asegúrate de que hay rollos extra. Y jabón y toallas de papel.

Ynez ya había hecho esas tareas. Iba a explicárselo a Lakeland cuando Bill Johnson salió del baño. El jefe-niño desvió inmediatamente la mirada y se miró los zapatos para evitar la atención del director.

—¡Ynez! —gritó Bill—. ¡Ya se me ha quedado! —El hombre desapareció por el pasillo habiendo ignorado a Cody Lakeland, cuyo nombre pensaba que era Chester.

El teléfono de Ynez sonó con un PONYTEXT.

—Silencia esa cosa —dijo Lakeland, exasperado—. En la

* Primer ayudante de Dirección: Yogi Kakanis. Jefe de la unidad de Producción: Aaron Blau.

Oficina de Producción todos los móviles han de estar en modo vibración. Venga, va.

A.MacT: POR FAVOR, ¡¡¡dime que tienes la máquina de escribir de mi jefe en tu coche!!!

PONYTEXT de: YNEZ: ¡Lo compruebo *IPSO FACTO*!

Salió corriendo al coche, que tenía aparcado en Main Street. Ynez era experta en encontrar objetos que sus clientes se habían dejado en el coche. Los teléfonos eran un misterio constante que resolver, ya que oía sus timbres en una gran variedad de tonos. También habían dejado abandonados regalos envueltos, bolsas, bolígrafos caros, maletas, ordenadores portátiles, tazas de viaje, un anillo de compromiso en su caja de Tiffany, pasaportes y, en una ocasión, un gato en un transportín de avión. Un tipo que no se preocupaba mucho por el gato de su novia. ¿Una máquina de escribir? Eso era nuevo. Ynez no recordaba si había visto alguna vez una máquina de escribir, salvo en las películas antiguas.

Abrió el portón trasero con cuidado para evitar otro golpe en la barbilla, comprobó el maletero y no encontró nada. Después buscó en los asientos de los pasajeros, pero nada. Para asegurarse del todo, miró bajo el asiento trasero y vio una caja cuadrada negra y destartalada con un alambre en el asa y supuso que en su interior debía de haber una máquina de escribir. Pesaba. Los dos cierres que había junto al asa se atascaron un poco cuando intentó deslizarlos para abrirlos, pero entonces oyó los dos clics y levantó la tapa. Sí. Había encontrado la máquina de escribir. La máquina era vieja, negra, y ponía STERLING en el carro.

PONYTEXT de: YNEZ: La tengo.

A.MacT: !!!!!! ¡Guárdala hasta mañana! ¡Muak!

PONYTEXT de: YNEZ: Puedo llevártela ahora.

A.MacT: ¡No hace falta!

Setenta y dos segundos después, Ynez entró en el espacio que Al se había agenciado en el edificio de los Productores de Almendras, la oficina que ocuparía mientras durase Producciones el Torno. Aquel mismo día, la conductora de PONY había montado el escritorio de alquiler sin saber que al final del día Al Mac-Teer estaría sentada detrás de él. Ynez llevaba la máquina de escribir en el maletín.

—¡Cierra la puerta principal! —Al no podía creer que Ynez estuviera en su despacho—. ¿Conduces a la velocidad de la luz?

—Es esto, ¿verdad? —Ynez dejó la caja sobre el escritorio de Al.

—Explícame esto —dijo Al.

—Tu jefe se dejó esto en el coche... Y querías que te lo trajera...

—Mañana. ¿Cómo es que has llegado tan pronto? Tengo curiosidad.

Justo entonces el chaval Lakeland apareció en la puerta del despacho. Había oído la voz de Al Mac-Teer, a la que había que atender, la Gran Jefa de Optional Enterprises, y pensó que podría ayudar en algo.

—No. No, no, no, no, no. Lo siento, señorita Mac-Teer.

—¿Qué es lo que siente? —En aquel momento Al sentía curiosidad por muchas cosas.

—Esto no debería estar pasando. —Cody miró a Ynez con lo que quería que fuera una mirada de reproche, pero le salió como si fuera actor de *Boeing, Boeing* en una producción de teatro comunitario—. ¿Tengo que explicarte todas las reglas?

—Cody —dijo Al con su voz habitual de resolver problemas sin patear culos—. ¿Qué normas hay que explicar?

—El protocolo de la Oficina de Producción. Esta chica... —dio un golpe de cabeza en dirección a Ynez— no conoce el trabajo. Colocación de muebles. Cafés. Recadera. Eso lo ha hecho bien, pero ha de saber con quién no debe hablar.

—¿Sabes que esta mujer tiene un nombre? ¿Sabes cuál es?

—Ynez —le dijo Ynez en ese momento—. Soy Ynez.

—No comprobé los nombres de los contratados locales —explicó Lakeland—. Culpa mía. La dejaremos en paz y solucionaremos la confusión. Lo siento, señorita Mac-Teer. No volverá a ocurrir. ¿Verdad, II-ness?

—Espera. No lo entiendo —dijo Al—. Ynez, ¿has estado aquí todo el día haciendo recados para el señor Lakeland?

Cody Lakeland tragó saliva mientras un repentino e intenso miedo le nublaba la cabeza y un incómodo cosquilleo recorría sus extremidades. Al Mac-Teer acababa de referirse a él como «señor Lakeland». Eso. No. Auguraba. Nada. Bueno.

Ynez explicó cómo había sido su día: se había ido de la ciudad en coche, había visto a un amigo suyo que iba a entregar los muebles de alquiler que ahora estaban colocados por todo el edificio. Su amigo iba corto de personal, lo que era un problema, así que ella lo había ayudado a trasladar las cosas. Cuando iba a marcharse, «aquí el señor Lakeland» —Cody abrió unos ojos como platos al oírlo— la mandó a por los cafés, luego a por los almuerzos, luego a por los suministros de oficina..., y ella lo hizo todo. No había salido de Lone Butte más que para ir al Uni-Mart de Chico y al Dollar General, motivo por el que había aparecido tan rápido con la máquina de escribir de Bill Johnson.

—¿He hecho algo mal? —Ynez no sabía si lo había hecho, y si lo había hecho, no sabía por qué.

Al Mac-Teer se echó a reír. Lo bastante alto como para que su risa resonara por los pasillos, las escaleras y las oficinas del edificio de los Productores de Almendras. Su risa divertida rebotaba por toda la nueva Oficina de Producción en ondas de sonido invisibles y decrecientes.

—Cody —dijo Al, volviéndose hacia el petrificado joven ayudante de Producción; petrificado en el sentido físico, como si se hubiera convertido en piedra, inamovible—. Me gustaría que salieras y fueras a buscar cafés para Il-ness y para mí. Tomaré un expreso doble con nata caliente. ¿Ynez?

—Uno de goteo. Con leche y dos de azúcar, por favor.

Cody sacó un bolígrafo y una libreta para anotarlo, no porque pudiera olvidar una orden tan sencilla, sino para parecer el profesional que tan desesperadamente esperaba llegar a ser.

—Y Cody... —añadió Al—. Ve a la Oficina de Producción y toma el pedido a cualquiera que quiera un empujoncito para la tarde. Pide factura y que te reembolsen con efectivo para gastos menores.

—Claro —graznó Cody—. Eh... Il-ness... ¿Dónde has ido a por el café esta mañana?

—Al Pirate Coffee. Coge Webster hacia el oeste, justo a este lado de la interestatal. —Le envió a Cody la ubicación GPS—. Puedes hacer el pedido en línea y marcar la hora de recogida. Yo lo he hecho así.

—Recibido. —Cody se marchó. Terminó apuntando veintidós pedidos de café, servido en vasos reciclables de tibias y calaveras y con fajas y tapas de compostaje rápido.

Al observó a su chófer de PONY, la joven a la que conocía desde hacía meses. Cuando Cody regresó con los cafés, tarea que al chaval le llevó una hora y cuarenta minutos, Al le explicó el sistema Mac-Teer del protocolo de la Oficina de Producción. Hasta entonces, tuvo una charla en privado, a puerta cerrada, con Ynez. Al necesitaba que trabajara para ella, que resolviera problemas, que la ayudara a hacer la película. Ynez tendría que dejar el trabajo en PONY y estar de guardia las veinticuatro horas del día todos los días de la semana durante el tiempo que Al considerara necesario. Ynez era, en palabras de Al, una pepita de oro extraída del Iron Bend River, y Al no estaba dispuesta a dejarla escapar.

—Así que vas a entrar en nómina —le dijo Al a la joven.

Aunque su sueldo semanal sería el más básico para el Carnaval de Cartón, continuaba siendo más dinero del que Ynez ganaba con dos o incluso con tres trabajos.

De hecho, era más dinero del que Ynez había soñado.

5

El casting

Eve Knight tiene Ultrapoderes y un pasado muy complicado. Escondida en la oscuridad con su anciano abuelo, evitando todo contacto con los agentes del cambio, se ve siempre desafiada por lo que siente y por los actos que debe llevar a cabo para salvar vidas. Sin embargo, en su vida no hay alegría, solo miedo. Es incapaz de dormir debido a las visiones que tiene de una misteriosa presencia conocida como Firefall...

Sinopsis de *Knightshade: El torno de Firefall*

Wren Lane

Nadie sabía dónde vivía, aparte de las pocas personas que disfrutaban de su amistad, que se habían ganado su confianza y que aceptaban el peso de tener que mantener en secreto su paradero. Micheline Ong, su representante, era una de ellas.

No es que Wren Lane fuera una ermitaña chiflada que amaba a sus gatos o a sus loros más que a los seres humanos. Para nada. El lugar donde vivía la señora era una información muy bien guardada a causa de los acosadores. Y de los fans demasiado agresivos (en su mayoría hombres) que insistían en que ellos y ella eran almas gemelas destinadas a estar juntas. Y los *paparazzi* que buscaban fotos de la vida real de la señora, que la seguían como agentes del FBI en una vigilancia, más bien como intentos de secuestradores. Si también se tenía en cuenta a los comerciantes que querían su autógrafo en pósteres, fotos, recuerdos

—para venderlos con fines lucrativos—, se llegaba a la conclusión de que Wren Lane era como un Jean Valjean en femenino a quien estaba acosando una brigada de Javerts imbéciles.

¿Importaría si la vida amorosa de Wren no fuera el caos de cotilleos que es? Es guapa. Hace películas. Es la zona. Cuando rompió con Whit Sullivan, que no se planteaba la relación a largo plazo, hubo rumores de que se había trasladado a Escocia. Cuando se divorció de Cory Chase, que tenía problemas de ira, se dijo que se había quedado con la casa del lago en Austin. Cuando rompió su compromiso con Vladimir Smythe (por segunda vez), un periódico local de Salina, Kansas, informó de que había comprado una granja ecológica para vivir detrás de su terraplén excavado. No era cierto. En la actualidad comparte un lugar aislado no muy lejos de Los Ángeles con un tipo apuesto llamado Wally, su hermano gemelo. Se reparten los gastos del antiguo huerto de cítricos. Cerca hay un pequeño aeródromo donde tiene su avión, un Cirrus 150. Se sacó la licencia de piloto en Austin durante sus problemas como señora de Cory Chase, para alejarse del mal humor de su marido. Descubrió que pilotar un avión la mantenía con los pies en el suelo, ocupada y desafiada, que el cielo le proporcionaba lo que ningún hombre le había dado nunca (seguridad y confianza).

—Antes de que salga con otro cabeza hueca —le dijo a Wally— recuérdame, por favor, mis errores del pasado. —Vivía con su hermano, al menos de momento, porque eran cósmicamente cercanos y Wally era muy inteligente en los negocios. No solo hacía que su hermana continuara siendo rica (y más rica), sino que también la mantenía a salvo.

Viviendo en la propiedad, en una casa de invitados, estaba el equipo de Tom Windermere, un policía de Los Ángeles retirado (su otro hombre de confianza, y cuerdo), y su esposa, Laurel, una excelente cocinera. Cuando estaba por Los Ángeles, Wren se quedaba en el pequeño apartamento de la suegra que había en la parte trasera de casa de los Windermere en Eagle Rock. El detective Windermere era una presencia constante en la vida de Wren y se aseguraba de que nunca la descubrieran, la molestaran ni la amenazaran.*

* En los embriagadores primeros años de celebridad, dos depredadores diferen-

Sin embargo, Tom no pudo repeler a todos sus agresores. En una convención de la OTAN/ShoWest en Las Vegas, Wren estaba recibiendo el premio a la protagonista femenina del año cuando un productor le hizo proposiciones como un idiota desde el escenario repitiéndole lo que le había dicho a Wren momentos antes, en el ascensor, de camino de la suite de espera al salón de exposiciones. Había mencionado dos razones por las que no se arrepentiría de ducharse con él, una de ellas para ahorrar agua.

—Oh, vamos. ¿Qué hay de malo en una bromita? —dijo el tipo en ambas ocasiones.

Tantas bromitas…

Wendy Lank, de Pierpont, Illinois, del instituto East Valley, clase de 2002, se pasaba el día oyéndolas. La llamaban Wendy la Menea, Wendy la Azotes, La Zorra Lank, ya se hacen una idea. Era «la Chica» del East Valley. Se fue de allí antes de que su clase se graduara: abandonó la toga y el birrete por algunos trabajos como modelo en Chicago. Wally se unió a ella el verano de la graduación, ya que Pierpont era una ciudad llena de gilipollas. Él era lo bastante guapo como para hacer de modelo también, pero no soportaba que le hicieran fotos, así que fue a la Escuela de Dirección Kellogg, en Northwestern. Wendy se trasladó a Nueva York, tuvo algún otro trabajo como modelo, luchó contra otro montón de gilipollas y consiguió un papel de cachonda de oficina en una escena de una comedia de situación ambientada en el ayuntamiento de una ciudad pequeña. Empezó a trabajar con un agente y estuvo tan cerca de conseguir el papel de mejor amiga en *Small Fryes* en Showtime que decidió probar en Los Ángeles. Wally la instaló con dos chicas que había conocido en Northwestern que alquilaban una casa en la ladera de la colina, en Woodrow Wilson, y necesitaban una compañera de piso. Las tres mujeres habían trabajado como modelos/actrices y habían hecho clases de improvisación; lo que antes eran las chicas que competían por un lugar en el Negocio del Espectáculo.

Wendy Lank estudiaba, hacía ejercicio, salía con hombres que se cuidaban la piel mejor que ella, se vestía de camarera y

tes entraron en su propiedad, uno incluso en la casa.

acudía, sin demasiada suerte, a todas las llamadas que su agente podía organizar. Tuvo una segunda audición para *El horizonte del Edén,* de Bill Johnson, pero de su lectura no salió nada. Para un anuncio nacional de Buick, montaba delante en una carretera sinuosa serpenteante cerca del lago Arrowhead, miraba a sus adorables hijos, que iban en el asiento trasero, y acariciaba sugerentemente el cuello de su falso marido. Aquel tipo era gay. Atractivo y gay, el único hombre del rodaje que no estaba encima de ella a todas horas, tanto por actitud como por miradas.

Se cambió el nombre profesional a Wren Lane* y consiguió un rápido fichaje como cadáver en *La víctima n.º 69*. Estaba muerta y azulada pero tuvo mucho tiempo de pantalla, incluso llegó a abrir los ojos en una secuencia fantástica y a decir esta frase a Danielle Moore, que interpretaba a la detective embarazada y agobiada del caso de asesinato: «¿La chica que acaban de traer? Ella también». *La víctima n.º 69* era una película muy buena que funcionó bien. ¡Y aquel momento con el cadáver! La gente de Casting se fijó en la chica muerta azul, Wren Lane.

En su casa de incógnito, a las 23:57, Wren estaba en la cama con la tele puesta, a punto de ver una película de Bette Davis en Turner Classics, cuando se encontró con ella misma haciendo de HELEN** en *El hombre de la organización*. Recordaba haber leído el papel, y detestarlo, ¿cuándo había sido? En 2008. No le apetecía el papel de mejor amiga, hermana solícita, cachonda de oficina o cadáver. Iba a interpretar a Helen. Después de tantas audiciones perdidas, había ganado. Sí, era quince años más joven que el protagonista, Porter Hovis. Al parecer las estrellas de cine mayores parecían interpretar siempre personajes cuyas esposas eran quince años más jóvenes que ellos. Allí, en la cama, Wren se vio en la película, diciendo:

* Wendy Lank podría haberse convertido en Wren Lake, pero Wally sugirió Lane, ya que simplemente sustituía la letra e por la letra k en el apellido.

** Los nombres de los personajes en los guiones de cine siempre se escriben con mayúscula. Parecía apropiado hacer lo mismo en estas páginas.

HELEN
¿No ves cuánto te necesitan?
Tus hijos te echan de menos. Yo te echo de menos.

Una gilipollez de frase en una escena de mierda en una cocina de mentira demasiado bonita, con brillo de labios, pantalones de yoga ajustados y un top elástico, suplicando a su marido que entendiera que trabajar tantas horas, tan duro, tanto, era perjudicial para el bienestar de la familia.

El esposo/héroe típico, echando la cabeza hacia atrás con gran frustración, dijo:

—¿Qué quieres que haga? ¿Que me vaya sin más?

HELEN
Quiero que... estés aquí... por nosotros.

El director-guionista utilizó la toma 7 de la actuación, en la que le sugirió que hiciera las pausas. Le... había dicho... cómo interpretar el guion.

Pasados los años, ahora la película llenaba el tiempo en un canal de cable básico a medianoche. Aun así, aquello le escocía. Detestaba la experiencia de haberla rodado y un poco a sí misma por haber aceptado el trabajo. Y sin embargo se estaba obligando a ver la escena de la cocina con ropa de yoga sexi y brillo de labios (que habían sido las páginas de la audición y la prueba) para recordárselo a sí misma: nunca más. Nunca más. Nunca. Nunca más la esposa (Quiero que... estés aquí... por nosotros). Mejor amiga (Escúchame, ¡puedes hacerlo!). Hermana (¿Dijo eso? ¿En la primera cita?) o cachonda (¡Si no tuvieras la cabeza tan metida en el culo del señor Valentine, te habrías dado cuenta!). Nunca más papeles como aquellos. Nunca más papeles... como aquellos.

Antes de que se estrenara *El hombre de la organización*, con unos números muy modestos, consiguió dos películas genéricas: la comedia romántica *Ibas a llamarme* y la película de acción *Justiciable*. Ninguna de las dos hizo nada por ella. Rechazó a la psiquiatra sexi en *Díscola* porque, tuvo que señalarlo, era demasiado joven; nadie se creería que era una psiquiatra criminal, ¿y qué psiquiatra criminal no sabría que el hombre de la piscina era géminis? No tenía ninguna lógica. Su agente de aquella época la llamó para gritarle: «¿Lógica? ¡Wren! ¡Dinero! ¡Una película! ¿Lógica? ¿A quién le importa una mierda?». Ella siguió en sus trece y supo que aquella llamada significaba que iba a despedir a su agente en cuanto se presentara la ocasión, que resultó ser cuando conoció a Micheline Ong, recién salida de Richard Fleisch y que empezaba a trabajar por su cuenta como agente en el Pacific Artists Group.

Con Micheline luchando por ella, Wren consiguió dos papeles consecutivos: el plagio de *Luz de gas* titulado *Falsas apariencias* y la fascinante *Vincapervinca,* dos personajes que no podían ser más diferentes, pero cuyas interpretaciones le garantizaron que su nombre estuviera en la lista A. La nominaron dos veces al Globo de Oro en el mismo año. Las perdió ambas, contra Sylvia Upton (comedia) y Ginny Pope-Eisler (drama). Los Premios del Sindicato de Actores la ignoraron, al igual que los Óscars. Aun así, fue una buena racha se mire por donde se mire. Y vio un futuro a su alcance. Casi.

Se decía que su desventaja era la versatilidad. ¿Era ella la hermosa mujer que se vengaba en *Falsas apariencias* o era la chica adorable de la casa de al lado de *Vincapervinca*? Los papeles que le llegaron después no le hicieron emocionar: cada personaje era una versión de lo que había hecho antes. *Fortuna y furia,* de Sadie Foster, y *McDowell* fueron bien porque en ambas aparecía Wren Lane. Luego llegó *La sargento Dura,* su papel principal y su nuevo estatus como hermosa, sexi, provocativa, bombón que podía llevar el peso de un exitazo enorme. La gente se refería a la película, y a Wren, como *La sargento Empalmada.** Había empezado su nueva era.

Cuando se declaró la pandemia en marzo de 2020, el negocio del espectáculo cerró indefinidamente, deteniendo las conversaciones que estaba teniendo con un par de productores que la veían como una Lucrecia Borgia contemporánea. Menos mal, ya que otra serie sobre los Borgia se les adelantó y rodó en Hungría hasta que fue clausurada cuando el covid-19 arrasó Budapest. En su Fortaleza de la Soledad durante el confinamiento, Wren duplicó su programa de entrenamiento, nadaba una hora al día en

* Wren luchó por que cambiaran el título pero no le hicieron caso. A partir de ahí, dejó de responder a cualquier pregunta sobre el papel o la película.

la piscina de chorro de agua que había hecho instalar a su hermano, volaba en su Cirrus para acumular horas de pilotaje y para exponerse a las nubes y al horizonte. Se dio un hartón de ver películas antiguas protagonizadas por mujeres legendarias del cine: las mujeres poderosas, tremendas, que merecían el primer plano en sus películas porque sus papeles eran los principales: Vivien Leigh, Katharine Hepburn, Joan Crawford, Ingrid Bergman, Sophia Loren, Bette Davis. La Garbo. Ava Gardner. Rita Hayworth. Greer Garson. Veronica Lake. Vio tantas películas antiguas que su hermano Wally le suplicó que buscara algo en Technicolor, para que él pudiera verlo también. Ella le dio a Marilyn Monroe con Jane Russell en *Los caballeros las prefieren rubias*.

—Estas señoras dirigían su propio espectáculo —dijo Wren a Micheline Ong, a su hermano, a los Windermeres y a su piloto/instructora Heather Cooper mientras sobrevolaban la costa, el desierto y el valle—. Decían a los hombres qué era qué cuando eran los hombres quienes controlaban qué era qué. Como Willa Sax hace ahora.

—Willa Sax es Cassandra Rampart —le había dicho Micheline durante una larga llamada por Zoom—. Esa es su franquicia independientemente de lo que haga después, para siempre.

—Willa Sex. Ella y yo estamos encerradas en esos corsés ajustados, con nuestro escote guiando el camino. Bette Davis era Bette Davis. De las dos, yo quiero ser Bette Davis.

Micheline entendió lo que quería decir su clienta. A Wren le faltaba poco para cumplir veintinueve años y estaba cansada de ser la sargento Empalmada. Según su propio reloj, tenía hasta los treinta y tres años para convertirse en la versión de Bette Davis de Wren Lane. Iba a plantarle cara a Ginny Pope-Eisler por los mejores papeles.

En una caminata por los senderos públicos, vestidos para el ejercicio e irreconocibles, Wren y Tom estaban recorriendo ocho kilómetros cuando Micheline llamó por FaceTime. La agente estaba en su coche, atrapada en el tráfico de la 101.

Wren contestó.

—Hola, Meesh.

—¿Lista para esto? —preguntó Meesh Ong.

—¿Qué?

—Los planetas se están alineando.

—Te has dejado caer por allí.

—Los planetas se están alineando para ti.

—Te has congelado. ¿Tú me ves?

—¿Puedes dejar de caminar donde tengas señal?

—¿Aquí está bien?

—No te muevas.

—¿Te gustaría vivir la vida Ultra?

—Espera, que viene gente. Voy a ponerme la mascarilla.

Wren llevaba la mascarilla alrededor del cuello. Se tapó nariz y boca justo cuando pasaba una pareja que llevaba un perro. Ellos también se pusieron las mascarillas.

—Hola. Bonito perro.

—Gracias —dijeron los caminantes.

Wren volvió a FaceTime.

—¿Qué decías?

—En Hawkeye ha pasado lo inevitable —continuó Micheline—. Van a hacer una película de Dynamo con un gran papel femenino como protagonista. Esa mujer deberías ser tú.

—¿Quién dirige?

—Bill Johnson. Guion y dirección.

—Bill Johnson. Oh…

En el coche de Micheline sonó un timbre y la mujer cogió otro móvil para leer un mensaje.

—Bill Johnson no es fan mío —le recordó Wren.

—Bill Johnson hará lo que le digan —replicó Micheline mientras leía el otro móvil. Escribió una respuesta rápida y sin importancia y soltó el aparato—. Hawkeye irá directo a *streaming* con una película Ultra. Un gran negocio. El personaje será tuyo durante años.

—¿Qué personaje es?

—Knightshade.

—¿Cuándo se hará? ¿Será en Rumanía durante ocho meses?

—Primero deja que te consiga el trabajo y después ya estableceremos los términos. ¿Puedo?

Wren pensó un momento.

—Sí. Ve a por ellos.

—Guau. —Micheline rio a carcajadas de la felicidad—. ¡Hola, Tom!

—Hola, Mooch —gritó Tom desde fuera de la pantalla.

—Si hay cómics, ¿puedes enviármelos? —le pidió Wren.

—Te enviaré el enlace. Y la frase-gancho.

—¿Qué?

—Puedes leerlos en el enlace. Y la frase-gancho.

—Te has caído.

—¡Te enviaré el enlace!

—No te oigo.

—¡Te enviaré el enlace!

—Te has vuelto a congelar. Tom dice que me los puede conseguir. Los cómics.

—¡Te enviaré la frase-gancho de la película!

—Te quiero, Moochie.

La imagen de Wren se congeló. Durante aquella conversación, Micheline había avanzado menos de diez metros en la 101, entre Coldwater y Woodman.

Gracias a Bill Johnson, Dynamo tenía, por fin, una pista para Knightshade en su nación de películas. En ese momento en posproducción estaba *Agentes del cambio 5: Orígenes*, aún a meses de su estreno. A las órdenes de los altos mandos, el equipo final de guionistas de la película escribió las escenas que debían añadirse, con el nombre en clave de «La muerte de los guerreros». EVE KNIGHT sería presentada como Ultra en la versión final de *ADC5* con diez días de rodaje de unas cuantas escenas enigmáticas en Atlanta, todo lo cual era alto secreto. Y no poco esfuerzo. El reparto de *Los agentes del cambio* tuvo que reunirse en lugares lejanos, incluidas localizaciones de otras películas que estaban rodando, confinamientos y un retiro de silencio en el norte del estado de Míchigan, donde uno de los actores había hecho voto de no hablar en treinta semanas. Aquellos Ultras iban a meterse a presión en sus trajes y a cobrar cientos de miles de dólares por dos semanas de trabajo en los estudios Dynamo de Georgia bajo los protocolos del covid-19.

Bill Johnson hizo de su casting de Eve Knight un factor no negociable. La historia y el personaje eran suyos, así que sería él quien eligiese a la actriz que había de interpretarla, o no habría

Bill Johnson en la ecuación. El Instigador impulsó su petición; Dynamo y Hawkeye se rindieron con una solicitud de que se les «consultara» en el casting.

Cuando Al Mac-Teer oyó la palabra «consultar», no pudo evitar escupir su batido matutino. ¿Consultar? ¿Con su jefe? Bill Johnson consultaría con los poderes fácticos hasta que se quedaran sin palabras, y luego lanzaría a Eve Knight como le pareciera.

Al ver en el identificador de llamadas Pacific Artists Group, Al supo que era una de estas dos personas: o bien Micheline Ong, o bien el presidente de la agencia, Phillip Bork. Micheline llamaría para que Wren Lane fuera Eve Knight; Phil llamaría para quejarse de que la industria no supiera qué iba a hacer a continuación y para saber si ella tenía nuevas teorías o cotilleos. Tenía la esperanza de que fuera Phil Bork, ya que a menudo su cinismo era hilarantemente cruel.

—Un momento para Micheline Ong, por favor —dijo la nueva ayudante. El modo en que toda aquella gente estaba haciendo su trabajo, llamando desde sus casas, ya que el confinamiento mantenía las grandes oficinas cerradas, era una maravilla. Por otra parte, Al estaba en el patio trasero de su casa, perfumado con aquellas secuoyas, atendiendo llamadas.

—Tenemos que hablar, Al —dijo Micheline «King K» Ong—. Es la hora.

Al no perdió tiempo.

—Está en la lista. —Traducción: Se está pensando en Wren Lane para el papel de Eve Knight.

—¿En la lista? Ay, ¡qué bien! Me haces un favor al dejarme informar a mi única cliente que importa en este mundo de que está en una lista. Bueno, no solo una lista, sino la lista. Me preguntará quién más está en esa lista..., ¿y qué coño le digo entonces? ¿Big Mac?

—Jolín, Micheline. Me has pillado. Tú ganas. Me rindo ante tu destreza despiadada. Le entregaré el papel a Wendy Lank ahora mismo. ¿Cuánto quieres que le paguemos? Y envíame su paquete de beneficios adicionales. ¡Uy! Error. Yo no tomo esas decisiones y no es así como funciona esto, y lo sabes, así que ya puedes decirle a tu clienta mimada lo que te venga en gana.

Micheline soltó una carcajada. Al también.

—Sabes que no hay nadie más adecuado para Knightshade, Al. O sea, venga ya…

—Me encanta la idea de Wren, de verdad. Mi jefe no está en contra de ella, pero Hawkeye firma los cheques y Dynamo tiene voto en esto, ¿sabes?

—Tu jefe es quien toma la decisión. Hawkeye y Dynamo tiemblan de miedo ante él.

—Como debe ser.

—Y si hubiera consenso entre todos ellos, ya habrían elegido a otra actriz. Creo que BJ debe reunirse con Wren lo antes posible para que vea la conveniencia de darle el papel.

Al dejó pasar un instante en silencio sobre la señal del móvil…

—¿Qué tal si le hago saber a mi jefe que le acabas de llamar mamón y ya puedes empezar a comerte con patatas lo que quede de tu carrera? —dijo Al.

—¡PERDÓN! —¿Cómo es que Micheline no recordaba que jamás de los jamases se podía referir a Bill Johnson como «BJ»?* ¡Qué error de novata!—. ¡Voy a lavarme la boca con desinfectante de manos!

Para Al, la situación era esta: Jessica Kander-Pike había rechazado el dinero y el papel en la primera oferta, el dinero en la segunda y el dinero en la tercera. Su no significaba ¡NO! Al admiraba eso. Entonces Bill quería a P'aulnita Jaxx, pero ella se inclinaba por dirigirse a sí misma en su propia película semiautobiográfica de Oprah Winfrey. Dynamo sugería a Jo Annhalter, pero ella coqueteaba con la idea de alejarse del mundo de la interpretación para dedicarse a alabar a nuestro Señor Jesucristo y tener muchos más hijos; por supuesto, puede que no tuviera ganas de volver al gimnasio y torturarse para tener la forma de Knightshade, no con un recién nacido y, todo se ha de decir, una oferta para otra película que se rodaría en Los Ángeles.** Hawkeye telegrafió (de verdad) diciendo que aprobarían a cualquier mujer que alimentara las

* En inglés, BJ hace referencia a *blow job*, «mamada». *(N. de la T.)*.

** *Temporada de torbellinos.* Arrasó. Jo Annhalter no podía hacerlo mal. Wren la odiaba. También la admiraba.

fantasías de inocentes preadolescentes y hombres asquerosos de todas las edades, categoría en la que Al sabía que Wren, la sargento Empalmada, arrasaba.

—Que me llame —fue el hueso que Al ofreció a Micheline. Al había conocido a Wren en un desayuno de mujeres de Hollywood, antes del covid-19. Se habían sentado en la misma mesa. Al conocía a Wren de vista, pero cuando se presentó, pilló a Wren desprevenida. Tenía la impresión de que una mujer como Al Mac-Teer, que infundía miedo a los ojos de la mayoría de la gente de la ciudad, que era un modelo para la mayoría de las mujeres en el Roosevelt aquella mañana, sería mucho más gruñona. Sin embargo, Al era agradable. Y divertida. Mordaz pero no cínica.

—Hecho —dijo Micheline—. ¿Zoom o FaceTime?

—Solo audio. No quiero tener que arreglarme.

Al cabo de ocho minutos, al iPhone de Al entró una llamada con la identidad bloqueada.

—¿Sí? —contestó Al.

—¿Al Mac-Teer? Wren Lane.

—Ei.

—¿Quieres saber por qué soy la respuesta a todos tus problemas?

—Claro.

—Por la belladona —empezó Wren—. Eve Knightshade es una mujer bella que se enfrenta a un problema de sueño y la belladona, Bella Donna, es una planta o serie de plantas tóxicas cargadas de alcaloides, escopolamina e hiosciamina que puede matarte con delirios y alucinaciones pero que también te puede ayudar a dormir, o eso dice Google. Ahí está la relación. Pero mira, dejando el nombre aparte. No hay mujer ahí fuera que no necesite lo que ella ansía: dormir bien por la noche. Claro que, cuando llegue el momento adecuado, quiere hacer la cama con un tío decente, ¡pero nunca es el momento adecuado! Ni tampoco el tío. Algo con lo que estoy muy familiarizada.

Ambas se rieron.

—Todas las mujeres del mundo están cansadas —continuó Wren—. Quítale a Eve sus capacidades y ya tienes a cualquier mujer del mundo. Necesita una siesta mucho más de lo que necesita a un hombre. Sé que Bill Johnson es quien elige en estos momentos. Me pregunto por qué nunca ha llamado a Micheline para preguntarle si estaba disponible. Entiendo que en la época de *El horizonte del Edén* yo todavía no tenía jugo. Podría haber interpretado a Maureen en *Un sótano lleno de sonido*, y si él hubiera mostrado algún interés por mí, lo habría hecho por la escala más el diez.* Vi *Misiles de bolsillo* dos veces. Voté por *Un sótano lleno de sonido* aunque nunca me llamaron, así que todo está perdonado. Creo que ese hombre hace grandes películas y yo quiero hacer grandes películas. Haré un cambio radical. Si acabo a las once y veintinueve de la noche, estaré en la silla a la mañana siguiente a las seis menos cuarto, y contenta de hacerlo. He aprendido el valor de ser poco demandante y no me importa qué lado de la cara me enfoquen. Supongo que le repetirás a Bill cada palabra que acabo de decir, textualmente.

—Le transmitiré lo esencial. —Al había puesto el altavoz del móvil.

—¿Se reunirá conmigo?

Como le había gustado lo que había oído, Al dijo:

—Puedo pedírselo.

—¿Lo harás?

—No está en la ciudad.

—Iré a verle.

—Vive en Nuevo México.

—Volaré a Santa Fe. Tengo un avión.

—¿Tienes un avión? —Al sabía que Wren y los de su clase estaban forrados de dinero del cine, pero tener su propio *jet* era otro nivel.

—Tengo licencia de piloto. Puedo estar en Santa Fe dentro de siete horas.

—No vive en Santa Fe, pero ese no es el tema. No le gustan las reuniones hasta que esté de acuerdo con sus opciones.

—Al, nadie va a ser una mejor dosis de alcaloides inductores del delirio que la mujer con la que estás hablando por teléfono ahora mismo. —Wren dejó que ese trozo de diálogo ensayado se asentase. Después hizo una pregunta sincera—. ¿Por qué quiere hacer Knightshade, de todos modos? Es un capítulo

* La tarifa del salario a escala del Sindicato de Actores más el diez por ciento para Micheline Ong. Un chollo para gente como Wren Lane.

de una franquicia para una corporación. Podría hacer lo que quisiera. ¿Por qué esto?

Al dejó la pregunta en suspenso durante un rato; oír aquello era nuevo en aquel tipo de llamada. «¿Por qué no me habla?», «¿Por qué no mira mi cinta?», «¿Qué tengo que hacer para que me vea en el papel?». Esas eran las preguntas que hacían los actores a todas horas. Nadie había preguntado nunca por qué su jefe quería hacer una película.

—Ese hombre es un misterio para mí, Wren. Le daré un empujoncito para que se reúna contigo.

—Gracias.

—Envíame un mensaje con tu número.

—Ahora mismo.

—Hasta luego, pues. —Al pulsó FIN en su teléfono.

Wren hizo lo mismo en su casa. Wally estaba sentado en el sofá y había escuchado toda la conversación.

—Buen bateo —dijo a su hermana gemela.

—¿Me he pasado?

—Pronto lo sabrás, ¿no?

Desde el patio de su casa, Al llamó a su jefe en Socorro, esperando que cogiera el teléfono independientemente de lo que estuviera haciendo. Tenía que trasladar una película del interior de su cabeza al exterior de su persona. Dynamo estaba construyendo decorados nuevos para *ADC5* que estarían listos en cuanto quien fuera que interpretara a KNIGHTSHADE se metiera en el traje. El juego estaba en marcha. El reloj corría.

—Sí. Estaba jugando al golf.

Al oía el viento por teléfono.

—Wren Lane.

—Puede.

—Reúnete con ella.

—No.

—Creo que deberías. Tiene algo. Puede estar ahí de aquí a siete horas.

—De aquí a siete horas estaré cenando.

—Mañana, entonces.

—¿Por qué?

—Porque ella me ha preguntado lo mismo. ¿Por qué vas a hacer esta película? No por qué no me das el papel.

—Espera un momento. —Bill hizo algo con su móvil y entonces Al oyó sonar la bolsa de palos de golf, ese ruido tan característico. Después oyó un gruñido y el golpe de la cara del palo al encontrarse con una bola—. Ah, cáspita. Topazo... Dices que debería conocer a Wren Lane porque pregunta por qué.

—Sí, eso digo —confirmó Al—. Dice que nunca llegará tarde al plató.

—Miente.

—Confirmado por SAM. —Stanley Arthur Ming había trabajado con Wren en las regrabaciones de *La sargento Dura* y le había mandado un mensaje a Al; la chica no era ningún problema si todo el mundo hacía bien su trabajo.

—Vale. Mañana a mediodía. Llegará tarde.

—Pilota su propio avión. Estate en el aeropuerto listo para decirle por qué quieres hacer la película.

—Uy, me ocuparé de ello. Envíale el guion. —Bill Johnson apretó FIN e hizo oscilar su *pitching wedge* en dirección a una pequeña bola blanca con hoyuelos que no estaba ni de lejos tan cerca del *green* como él quería. Luego recogió sus bártulos y regresó a casa a trabajar.

A 140 mph, llevar el Cirrus a la reunión con Bill Johnson sería un vuelo largo y pesado. Heather Cooper tenía acceso a muchos aviones, así que consiguió un bimotor Beechcraft King Air C90B para ese día. Ida y vuelta a Socorro tardarían la mitad de tiempo que en el monopropulsor de Wren y le daría unas horas de práctica en el que tal vez fuera su próximo avión. Despegaron antes del amanecer y se dirigieron al este hacia el sol naciente (que es precioso, pero te da un dolor de cabeza de cojones pasados los primeros seis minutos); salieron temprano debido al cambio horario en Nuevo México. Wren pilotó parte del camino para notar la sensación de los dos motores del King Air, luego devolvió el avión a Heather y se puso a leer el guion de Bill Johnson por tercera vez. No se había vestido ni con el glamur de una sesión de fotos ni con la sencillez de la vecina de al lado: sus mejores Levi's *vintage*, es decir, los pantalones que le hacían un culo perfecto, botas de montaña, cinturón ancho de cuero marrón chocolate, una hebilla con un rayo turquesa, una camisa blanca de cuello Tom Ford con un pañuelo palestino verde oscuro, un Rolex de hombre de acero inoxidable de época en una muñeca, una pulsera de cuero con la palabra *SERENIDAD* en la otra y unas gafas de aviador clásicas de Randolph Engineering. Heather Cooper también lucía unas Randolph, pero llevaba puesto su uniforme de piloto: pantalones y chaqueta azul marino, corbata negra, camisa blanca con charreteras y las tres rayas que marcaban su trayectoria profesional.

Aterrizaron en Socorro exactamente a la hora prevista. Al rodear el aeródromo a las 11:50 de la mañana, hora local, Wren vio el Dodge Charger rojo de Bill Johnson aparcado cerca del operador de base fija. Wren aterrizó el avión, lo hizo rodar hasta la Oficina Comercial y apagó los motores dos minutos antes del mediodía.

—Señor Johnson —dijo ella, acercándose a su coche. Él estaba apoyado en el capó, con los brazos cruzados y con unas Ray-Ban puestas.

—Señorita Lane —respondió, abriendo la puerta del acompañante—. Vuela con estilo.

La condujo por el centro de Socorro a mediodía y fue señalando los llamados puntos de referencia.

—Ahí, el Walmart.

Se detuvo en El Sombrero de Frank y Lupe a recoger el almuerzo.

—Tiene un gran desafío ya desde el primer momento —dijo Bill mientras conducía hasta la casa del Jayco en el camino de entrada—. ¿Rojo o verde?

—Verde —contestó Wren. Sabía a qué se refería. Los chiles: rojos o verdes o, para algunos neomexicanos a los que les gustaban ambos, Navidad. Se lo había dicho Wally, que lo había aprendido todo de una novia cuyos padres jubilados vivían en Truth or Consequences. Los chiles verdes eran la elección de los entendidos.

La doctora Johnson estaba dando clase, así que estaban solos en la cocina. Bill había emplatado dos raciones de huevos rancheros y servido té helado.

—Bueno —dijo Wren—. Usted primero.

—¿Sin charla? —Bill se la quedó mirando. Wren Lane era una mujer hermosa, sí, pero hacía tiempo que había aprendido que mujeres hermosas las había a patadas y que pagaban un precio por serlo. Ser bellas colocaba a las mujeres en una casta elevada, adoradas sin importar el entorno, pero envidiadas porque su belleza les facilitaba la vida. Bill había aprendido a escuchar cuando ellas hablaban; a no decirle nunca chorradas a una mujer hermosa. Se echó hacia atrás y habló en voz baja:

—Hago películas porque ningún otro trabajo satisface mi búsqueda de capturar una verdad no dicha, tan pura y desconocida que el público se dará un manotazo en lo alto de la cabeza por no haberla visto hace mucho. Esta colección de películas, sobre Knightshade y Firefall, trata de hombres y mujeres atrapados en este purgatorio que llamamos «hoy». Nunca habrá igualdad entre hombres y mujeres: quizás algún día el mismo sueldo por el mismo trabajo, pero incluso eso es todavía un camino sin asfaltar. ¿Acaso nos atrevemos a esperar que se acepten las diferencias entre niños y niñas? ¿Podemos limitarnos a respetar la frágil humanidad de los demás? ¿Cuándo demonios pasaría, podría pasar, eso? ¿Eh?

—Bastante sencillo —dijo Wren, encogiendo sus hombros perfectos.

—Por eso quiero hacer esta película. Puedo usar la jerga del género de los superhéroes de acción. John Ford tenía wésterns. John Frankenheimer tenía policías en coches. Scorsese tenía Little Italy. Spielberg tenía familia. Yo tengo a Eve Knightshade. Y usted quiere ser ella…

Wren se preocupó. ¿Estaba aquel tipo entrando en el reino del gilipollismo, el de los puntos suspensivos al final de cualquier pregunta? ¿Se traducía esa elipsis como «¿Qué estás dispuesta a hacer por el papel…?». Hacía mucho tiempo, en Nueva York, un productor de una película de bajo presupuesto que se iba a rodar en Bulgaria le había dicho: «¿Quieres el papel?… Una paja rápida y es tuyo…». Para salir de allí, Wendy Lank fingió derramar accidentalmente su café sobre el escritorio del cretino y apresurarse a retirarse entre disculpas. De haber ocurrido hoy, Wren Lane le habría tirado el café al pecho, habría llamado al ayudante y habría gritado: ¡REPITE LO QUE ACABAS DE DECIRME Y BÚSCATE UN ABOGADO!

—¿Por qué? —preguntó Bill con franqueza—. No puede ser solo para oír los lamentos de sus enemigos.

—Porque... —Wren sabía utilizar las elipsis como la mejor—. No puede dormir.

Bill masticó un bocado y luego habló con la boca todavía llena de los huevos de Lupe. Al le había contado lo del sueño.

—Entonces, ¿es por los superpoderes? Eso es solo un regalo para la vista, los fuegos artificiales para entretener al público. Si hacemos esto bien, Eve Knight tiene nuestra atención y nuestra empatía kilométrica. Querer verla, finalmente, durmiendo un poco será la columna vertebral de la película. La picazón que necesita ser rascada. El MacGuffin.* ¿Que lo consiga en brazos de un hombre tan fervoroso como Firefall? La sorpresa, ¿eh? —Bill masticó un poco más y cogió su té helado—. Dios, espero que no la caguemos.

Wren estaba sentada completamente quieta. Tenía el tenedor en la mano. En su plato, una yema de huevo del color del oro se mezclaba con chile verde.

—Escucha —dijo, en voz baja, soltando los cubiertos y buscando las palabras que quería decir, palabras de finalidad, sólidas, de comprensión—. No quiero sonar como un guionista de segunda pero ¿acaba de decir lo que creo que ha dicho?

—¿Qué cree que acabo de decir?

—Nosotros. Espera que no la caguemos. Nosotros. Usted y yo. Usted como director y yo como Eve.

—Sí. —Bill se llevó un tenedor de comida a la boca—. ¿Por qué no?

Wren exhaló profunda y audiblemente, en una ráfaga de aliento que habría propagado el coronavirus si hubiera estado infectada con él. (No lo estaba). Oyó un susurro en el oído, solo audible para ella, las palabras «De acuerdo, entonces».

—De acuerdo, entonces —repitió para Bill, que estaba sentado al otro lado de la mesa. Wren levantó su té helado—. Qué rápido.

—Señorita Lane, he visto todo lo que ha hecho desde *Falsas apariencias*. Es usted una artista con mucho talento. Algo subestimada e infrautilizada.

Oír eso hizo que Wren se sintiera de puta madre.

—Me pregunto una cosa. —Bill alargó la mano hacia la mu-

* La definición de Hitchcock del elemento clave de una película.

ñeca derecha de Wren, la de la pulsera de cuero con la palabra SERENIDAD grabada en ella—. ¿Cuándo ha sentido esto?

Serenidad. Wren había elegido el accesorio para complementar su *look*, para equilibrar el Rolex que colgaba suelto en su muñeca izquierda, no para darle una conexión subliminal con superheroínas como Wonder Woman u Osa Mayor, que llevaban pulseras sexis. Había comprado la correa por capricho, en una tiendecita regentada por artistas locales que vendían sus mercancías. Podría haber elegido AMOR, ESPERANZA, PAZ o RENDICIÓN, pero todos le parecieron corrientes, como regalos genéricos para San Valentín. Eligió SERENIDAD porque no estaba dispuesta a rendirse ante nadie. La serenidad había sido, y siempre era, su esquiva esperanza desde que era Wendy Lank «la Chica».

—No hagas eso que otros podrían intentar —dijo Bill—. No te quedes despierta todo el rodaje para estar realmente agotada y sin poder dormir como Eve. Sus poderes hacen que no necesite dormir, aunque sepa que la falta de sueño le está matando el espíritu.

—Nunca ha reposado —dijo Wren—. Nunca ha tenido la mente tranquila ni el cuerpo quieto. Nunca ha sentido la alegría mortal y simple de quedarse dormida y entrar en el reino de los espíritus donde el tiempo no tiene medida y los sueños la llevan lejos. —«Como yo», pensó Wren.

Bill escuchó impasible y luego dijo:

—Sí.

Kenny Sheprock conducía por La Brea cuando en su teléfono sonó el tono de llamada especial que guardaba para Wren Lane: «Bette Davis Eyes», con la voz áspera de Kim Carnes. A la señora le encantaba escuchar esa canción todas las mañanas en la silla de maquillaje de la película de la Sargento, y eso cargaba el remolque de energía. La energía de Wren. La época musical de Kenny era la de The Carpenters, pero un maquillador inteligente dejaba que el artista sintonizara con la música.

Solo había trabajado dos días en *Vincapervinca,* de eso ya hacía unos años, pero había sido donde y cuando había conocido a la señora Lane. Desde entonces, Kenny había disminuido su ritmo de trabajo: menos convocatorias temprano por la mañana con jornadas de dieciséis horas y al cabo de diez vuelta a empezar. El trabajo, más de cuarenta años, lo había marcado con dureza a lo largo de tres matrimonios difíciles, tres hijos ya mayores, un paro cardíaco leve y muchos muchos traslados por Los Ángeles: la suya había sido una vida normal de maquillador.

Tina de la Vigne había sido la maquilladora de Wren Lane. Ella y Kenny habían pasado años codo con codo en muchos remolques de Maquillaje y Peluquería. Necesitaba una semana libre para una cirugía personal en medio del rodaje de *Vincapervinca,* una operación que no podía esperar y le preguntó a Wren si estaría cómoda con Kenny, el hombre que había hecho un montón de películas a lo largo de años y que se había ocupado nada menos que de Beatrice Kennedy en la mayoría de sus películas. Beatrice era una belleza de pelo negro, y aunque Wren era más rubia que morena, la decisión de que Kenny Sheprock la atendiera durante una semana fue un acierto, sobre todo después de que se presentara con una tetera y sándwiches de dedo.

Tina volvió para acabar la película, pero tenía problemas de salud y una semana después de acabar llamó a Wren y le dijo que se iba a quedar en casa con su familia. Entonces Kenny se convirtió en el maquillador de Wren, como estaba estipulado en su contrato, y trabajaba solo para ella, con ella, en sus películas.

—¡Kenny! —cantó Wren por el manos libres—. ¡Ya vuelve a ser la hora!

—Me encanta oír eso —dijo Kenny—. ¿Adónde vamos, chica?

A Wren la chiflaba que aquel hombre, aquella influencia tranquilizadora, aquel artista, artesano y, bueno, santo, la llamara chica. San Sheprock, lo llamaba.

—Primero, Atlanta. Pronto, pero no por mucho tiempo.

—De acuerdo. Atlanta. —Kenny había trabajado en Atlanta con Beatrice Kennedy en dos de sus películas. Atlanta estaba bien.

—¿Has oído hablar de Lone Butte?

Kenny conocía la ciudad. Había trabajado como supervisor de maquillaje en *Salida*[*] por Redding en 1994.

* «Una mierda», según Sheprock.

—Sí. ¿Qué película es?

—Una en la que pateo culos y voy sexi.

—¿Otra vez? —Eso la hizo reír; ¡ay, la risa de aquella chica!—. ¿Cuándo?

—En cuanto se resuelva mi contrato. Ya hay una película hecha y quieren meterme en algunas escenas nuevas. Luego el mismo papel de aquí a unos meses. Tenemos que ponernos manos a la obra.

—¿Quién dirige?

—Bill Johnson.

—Conozco a Bill. —Kenny había hecho algo de *El límite del Edén* y había ayudado a montar *Tierra estéril,* pero se había ido para servir a Beatrice Kennedy.

—¿Y bien? ¿Te apuntas?

—Me apunto si tú te apuntas.

—Kenny Sheprock, me haces una mujer feliz.

—Eso me hace un hombre feliz.

«Qué jaleo», pensó Kenny. Estaba en La Brea subiendo hacia Fountain. Cincuenta años antes, medio siglo atrás, andaba escaso de recursos y no tenía más contactos que cierto número de teléfono en su delgada cartera. Había dormido en su coche detrás del negocio de jardinería de Mickey Hargitay, justo... allí.* El semáforo estaba en verde, así que pasó por delante, como siempre lanzándole un beso para conmemorar un lugar de su historia personal: Kenny Sheprock durmió aquí.

En 1973 había conducido a Los Ángeles desde Bates City, Misuri, con su kit de maquillaje y sus cajas de suministros en el maletero de su viejo Impala, gracias a los dos nombres que llevaba en su cartera. Uno era el de un primo lejano que vivía en Long Beach; el otro era el de Fred Palladini, el maquillador que, años antes, había respondido a un golpe en la puerta del remolque de Maquillaje y Peluquería cuando estaba rodando *La banda de los Barrow* en Independence, Misuri. Eran las ocho de la tarde, estaban en un rodaje nocturno, y Fred no podía creer que tuviera que ir a la puerta en lugar de quien fuera que quisiera

* Mickey era de la realeza de Hollywood de mediados de siglo, por haberse casado con Jayne Mansfield y ser el padre de Mariska Hargitay. Había sido un culturista y paisajista de primera.

entrar. Allí, sin atreverse siquiera a quedarse de pie en los escalones de los remolques, había un niño que sostenía una carpeta.

—¿Sí? —preguntó Fred.

—Sí, querría hablar con la persona encargada de maquillaje…

—¿Qué puedo hacer por usted?

—He hecho maquillaje y marionetas desde pequeño y me gustaría dedicarme a ello profesionalmente.

—¿Eso son algunos de tus trabajos? —preguntó Fred señalando la carpeta que llevaba el chaval en la mano.

—Sí, señor.

—Bueno, ahora estoy algo ocupado. Tendré tiempo en el descanso para comer, sobre la una de la mañana. Vuelve entonces y enséñamelo.

—Lo haré, señor.

—¿Cómo te llamas?

—Kenneth Sheprock.

—Pues hasta luego, Kenny. —Fred cerró la puerta al chico y continuó maquillando al actor que interpretaba a Buck Barrow.

Fred Palladini había empezado a trabajar en Hollywood como maquillador suplente, poniendo barbas postizas a los extras en aquellas antiguas epopeyas bíblicas y películas del Oeste de serie B en blanco y negro en Technicolor Vista Vison. Había hecho *Lassie* al llegar la televisión y durante las últimas tres décadas no había parado de trabajar. En los años sesenta se había metido en largometrajes, lo sabía todo, trabajaba en todas partes, maquillaba a todo el mundo. Le pidió a Ivy, de Peluquería, que le cogiera un par de bocadillos y Coca-Colas y lo llevara todo a la caravana antes de la pausa para comer. A la 1:05 volvieron a llamar a la puerta y allí estaba el joven Kenneth.

—Pasa —le dijo Fred al chico—. ¿Quieres comer? Toma un bocadillo. ¿Cómo te llamabas?

Kenny no respondió de inmediato. Tenía los sentidos sobrecargados, ya que aquella era su primera visita a la sala de maquillaje de una gran película. Las luces alrededor de los espejos, las cabezas de peluca, las sillas altas, y las esponjas y las paletas y los pinceles y las herramientas. El olor a cola de maquillaje y a maquillaje compacto era el mismo que el del camerino de las obras de su instituto.

—Kenneth Sheprock. —De nuevo, el chico pronunció su apellido exageradamente.

—Tome asiento, señor Shiprock. —Se refería a una de las sillas de maquillaje—. Fred Palladini. Voy a comer mientras hacemos esto. Sírvete, si quieres.

Kenny Sheprock estaba hablando con Fred Palladini. El Fred Palladini que había creado el maquillaje para *El pueblo de la niebla*. En los créditos de docenas de películas decía MAQUILLAJE... FRED PALLADINI, películas como *Margo, Los nueve McCulloughs, El zorro del viento*. ¡Fred Palladini! ¡Sentado en su silla de maquillaje! Kenny no podía creérselo.

Fred dio un mordisco a su sándwich de ensalada de huevo y señaló con la cabeza hacia la carpeta de Kenny.

—A ver tu *book*.

Para cuando Fred hubo echado un vistazo a las fotos de los trabajos de maquillaje de Kenny en el instituto, el teatro local y el Children's Marionette Theater, el veterano se había hecho idea del talento en bruto del joven. Le enseñó un truco con pegamento y polvo para sujetar los bordes de las narices postizas y a cortar las esponjas para que la aplicación fuera bien precisa en los bordes. Le enseñó el color que mezclaba en su paleta y las diferentes sangres de película que usaba en función de la herida, que la sangre de pulmón tenía que ser más oscura que la de la herida de un hombro. Le dijo a Ken Shiprock que perseverara y que si alguna vez estaba en la Costa lo llamara. Un maquillador había hecho lo mismo por él justo después de la guerra. Fred le enseñaría el taller que tenía en el garaje y le daría unos cuantos consejos más. A las dos de la mañana, los actores empezaron a entrar en la caravana de maquillaje, todos ellos con tazas de café en la mano, así que Kenny tuvo que marcharse. No había tocado su sándwich pero sí que se fue con la Coca-Cola y el número de teléfono de Fred Palladini. Eso fue en 1971.

Dos años después, Kenny estaba en Los Ángeles y le quedaban solo dieciocho dólares. El medio primo de Long Beach ya no estaba en Long Beach, ya no estaba en ninguna parte. Había marcado cuatro veces el número que le había dado Fred Palladini, pero no había habido respuesta. Así que Kenny Sheprock, de Bates City, Misuri, no tenía ni a nadie con quien hablar ni un lugar donde ir en Hollywood. Había orinado en los arbustos de detrás del negocio de jardinería de Mickey Hargitay. Sus tres comidas diarias eran plátanos y mantequilla de cacahuete directamente del tarro. Seguiría probando el número de Palladini hasta que, bueno, pasara algo, como que le dijeran que se había equivocado de número o que Mickey Hargitay llamara a la policía.

El sábado por la mañana, tras una noche de sueño inquieto pese a la amplitud del asiento trasero de su Chevy Impala (su padre lo había comprado de segunda mano en 1966), girándose y dando vueltas cada vez que oía una sirena, el tráfico o las voces de la chusma que poblaba las calles de aquella parte de Hollywood en 1973, Kenny cerró el coche, se dirigió a la cabina telefónica de una gasolinera de Melrose, sacó una de las dos monedas de diez centavos que llevaba en el bolsillo y volvió a llamar a Fred Palladini.

—¿Sí? —¡Era Fred Palladini! ¡Había contestado al teléfono!

—¿Señor Palladini?

—¿Sí?

—Soy Kenny Sheprock. Le conocí en Misuri cuando estaba rodando *La banda de los Barrow*.

—El chico del *book* de maquillaje.

—¿Se acuerda de mí?

—Claro. ¿Estás en la ciudad?

—Sí, y le he llamado al número que me dio.

—Me alegro de que lo hayas hecho. Así que estás en la ciudad, ¿eh?

Kenny estaba en la ciudad. No mencionó sus apuros económicos, su dieta o la involuntaria hospitalidad de Mickey Hargitay. Fred había estado filmando en Coronado durante la semana, por eso no había podido contestar al teléfono.

—¿Sabes qué, chaval? Puedo reunirme contigo aquí en el taller esta tarde. ¿Estás libre?

Por supuesto que lo estaba y encontró el lugar en lo que llamaban el Valle. Se había comprado una guía Thomas Brothers, el libro de mapas cuadriculados que vendían en todas partes y que necesitaba cualquiera que fuera nuevo en la ciudad.

El taller de Fred Palladini parecía más una fábrica que un cuchitril donde trastear con la magia del cine. Había prensas y moldes, cabezas de yeso antiguas, contenedores de tamaño industrial llenos de productos químicos y equipamiento. Si no eras maquillador o no querías serlo, el sitio tenía el encanto de un almacén de suministros de piscina. Para Kenny Sheprock era una utopía. Fred le estuvo mostrando sus bienes, los antiguos y los que estaban en proceso, durante un par de horas, lo acompañó hasta un sitio de burritos para comer algo y luego se tomó un café con él en su mesa de trabajo hasta casi las cinco de la tarde.

—¿Sabes qué? —dijo Fred mientras cerraba—. Voy a llamar a un amigo que ayuda a dirigir la Academia de Cine de Hollywood. No paran de hacer películas de estudiantes y necesitan maquilladores porque no lo enseñan. No ganarás dinero pero podrás trabajar y conocer gente. La mayor parte del negocio del cine se hace conociendo gente. —En el Impala de Kenny, Fred no pudo evitar darse cuenta de las condiciones en que vivía el chico—. Yo empecé en el 47. Tuve que dormir en el Plymouth de antes de la guerra de mi padre. Pero todo se acabó solucionando. Te irá bien, siempre que tengas suerte y llegues a la hora.

Fred Palladini le cambió la vida. Resultó que unos chicos necesitaban un maquillador para una película de estudiantes que se rodaba al día siguiente en Bronson Cave. La película iba a necesitar sangre. Kenny aparcó su coche en Mulholland, por encima del Hollywood Bowl, y se quedó dormido con una vista de las luces de la ciudad que se extendían hasta el horizonte y más allá. Aquel domingo por la mañana, se acabó los plátanos, cagó en los arbustos, se lavó los dientes con agua de una vieja cantimplora de Boy Scout y llegó a la hora para la producción en Bronson Cave, el lugar del que el Batmóvil de televisión salía rugiendo de la Batcueva. En aquellas cuevas se habían rodado un millón de cosas, justo bajo el cartel de Hollywood, que en 1973 estaba tan abandonado y deteriorado que se leía más como **H u l l j W a b D**.

Hace cincuenta y tantos años, eso era lo que hacía falta para empezar. Kenny Sheprock había conocido gente. Había tenido suerte y nunca llegaba tarde.

Para cuando Kenny llegó a su casa de las colinas, ya le habían enviado una copia del guion de Bill Johnson por correo electrónico a su bandeja de entrada, con K. SHEPROCK impreso en gris claro en cada página. También había una carta de presentación de Al Mac-Teer y Optional Enterprises.

Kenny:

Ya sabes cómo va esto. Estamos deseando trabajar contigo otra vez. Hazme saber qué necesitas y cualquier pregunta que tengas.

AM-T

Gail, su novia, estaba mostrando algunas propiedades, así que con ella fuera de casa,* hizo un poco de té y se leyó entera *Knightshade: El torno de Firefall*. Para Kenny, el guion no era el de una franquicia exitosa al uso, sino el de una historia más inteligente con menos exposición, menos básica. Eve Knight era un papel extraordinario para la señora Lane —Wren lo daría todo en el papel— y la película sería una producción magnífica, con un maquillaje inteligente, con todas las cicatrices de batalla de las escenas de lucha. Con Kenny en maquillaje y, como siempre, las dos señoras conocidas como las Buenas Cocineras en peluquería, Wren tendría el aspecto de la belleza multimillonaria que era. El gran trabajo serían las prótesis del personaje de Firefall, eso sería entretenido, pero Kenny se limitaría a mirar, puede que a ayudar, dependiendo de quién estuviera al cargo del maquillaje en la película.

Kenny imprimió una copia del guion y empezó a marcar las páginas para la continuidad y la línea temporal. Estaba trabajando en otra película.

Wren nunca abría la portada de cuero con tres anillas, la que lleva repujado L.W. en la esquina inferior derecha, sin tener dos bolígrafos preparados, uno rojo y otro azul. El rojo era para las anotaciones referentes a su subtexto, lo que Eve Knightshade quería decir realmente con lo que decía.

EVE KNIGHT

Estoy aquí, abuelo...

significaba «¡Estoy harta de cuidar de este viejo enfermo!», al

* El marido de Gail, Carl Banks, era un maquillador que había trabajado con Kenny a menudo. Había muerto de un aneurisma cerebral cuatro años antes. Kenny se había divorciado y Gail siempre había sido una gran chica.

menos en aquella lectura. En la siguiente pasada, escribió en rojo «¡Nunca dejaré de estar aquí!». Wren llenaba los márgenes con tantas variantes de subtexto que sus guiones tenían el aspecto de trabajos universitarios que necesitaban una revisión a conciencia. El bolígrafo azul era para cualquier otra anotación que se le ocurriera, como «¿bebidas medicinales para el abuelo que ella bebe a sorbos?, ¿cicatrices en los nudillos?» y «sacude la cabeza: ¡oye cosas!».

A pesar de que Micheline Ong continuaba negociando con el Departamento de Asuntos Comerciales de Dynamo/Hawkeye («¡Wren Lane no os está haciendo un favor siendo Knightshade! ¡Sabéis que sois los cabrones con más suerte del *streaming* por tenerla!»), Wally Lank y los Windermere empezaron a buscarle una casa en el norte del estado. Wren necesitaría intimidad, seguridad y espacio. Hacía falta un recinto, uno con valla, verjas, barreras pasivas como árboles y paisaje duro, así como instalar luces y cámaras de seguridad si era necesario. Un lugar con gimnasio sería ideal, por supuesto, ya que Knightshade tenía el cuerpo de una superheroína, así que Wren necesitaba acceso a una sala de entrenamiento, un preparador y un nutricionista, todo incluido en su paquete de beneficios adicionales, aunque nunca los usara, ya que Laurel Windermere era quien lo cocinaba todo. Wren había sido una de las primeras devotas del Dray-Cotter 40x6 PhysioSystem, la serie de entrenamientos de seis días a la semana que duraba exactamente cuarenta minutos por sesión. Los resultados eran olímpicos. Las primeras tres semanas, la rutina había sido una tortura, pero ahora Wren hacía el Dray-Cotter con la misma facilidad con la que leía en su iPad los artículos de Graydon Carter para el *Air Mail*.

El siguiente Rubicón que había que pasar, para todos los implicados, era quién iba a interpretar a Firefall. ¿Iba a ser una estrella de la misma talla que Wren Lane, como Rory Thorpe, Bruno Johns o Jason Hemingway? Wren habría sonreído si hubieran contratado a Rory Thorpe, que estaba soltero y, según Willa Sax, era un tipo con la cabeza bien puesta sobre los hombros. Resultó que Thorpe había firmado para hacer una versión cinematográfica de *Granjero último modelo*. Los otros actores no estaban disponibles, ocupados con sus propias franquicias.

Por contrato, Wren aprobaba todas las elecciones de reparto, un párrafo que hizo que Bill Johnson asintiera sabiamente, pensando: «Sí, señor». Nadie le decía a quién elegir o no. Como el guion tenía muy pocas escenas en las que intervinieran los papeles principales a la vez, Firefall podría haber sido interpretado por cualquiera de vestuario. Pero Hawkeye quería una EdlH,* igual que Dynamo, y el plan era convertir a ambos superhéroes en personajes de largo recorrido con sus propios títulos y apariciones en las películas de la Dynamo Nation; las escenas de Knightshade en *ADC5* se estaban generando en aquellos momentos. Wren interpretaría a Eve Knightshade hasta que envejeciera, al igual que quien acabara siendo Firefall.

Como suele ocurrir, el casting de Firefall se hizo en un abrir y cerrar de ojos. Micheline Ong, Al Mac-Teer, Bill Johnson y los peces gordos de Hawkeye y Dynamo hicieron todos la misma pregunta: «¿Qué tal O. K. Bailey como Firefall?». El actor acababa de terminar de rodar una versión modernizada de la antigua *Pimpinela Escarlata*, ambientada en un París de antaño estilizado, pero con una banda sonora de hip hop/rock, diseño de producción *steampunk* y unas escenas de lucha con esgrima/kung-fu/mezcla de artes marciales salvajemente coreografiadas. La película, audazmente titulada *Estoque*, era muy esperada, y OKB, como le llamaba su agente, era un tipo guapísimo. Hawkeye lo quería a toda costa, Dynamo aún más. Micheline se aseguró de que su clienta fuera la primera en aparecer en los créditos antes del título y Al Mac-Teer se limitó a decir: «Eh, tíos, ¡eso lo decide mi jefe!». Bill Johnson sopesó sus opciones.

Firefall era sobre todo una presencia en la película. El personaje tenía poco texto pero habitaba un espacio como manifestación física de una idea, no muy diferente del primer monstruo de Frankenstein. A principios de los años treinta, la idea de resucitar a los muertos hacía desmayar a algunos espectadores y a otros les indignaba. Antes de que el monstruo caminara incluso, antes de que Karloff se levantara y empezara a dar zapatazos en lo que ahora es un tropo familiar, solo la visión de su mano temblorosa, anteriormente sin vida, hacía que las mujeres chillaran, que los hombres gritaran «No» y que las fuerzas de la religión y la política condenaran la soberbia de que se creara vida contra la

* Estrella de la Hostia.

voluntad de Dios en una película con fines lucrativos. Cuando Karloff empezaba la parte de los zapatos pesados y los brazos estirados había personas que huían de los cines aterrorizadas. No había manera de que el Firefall de Bill Johnson fuera a vaciar los cines: la película no se iba a proyectar en ningún cine. Pero Firefall primero tenía que repeler al público sobremanera, horrorizar aunque solo fuera por una milésima de segundo y luego demostrar ser del mismo tejido imperfecto y humanitario que el monstruo de Frankenstein; él no era un zombi viviente, un alienígena, un legionario del Hades o un acechador de sueños imposible de matar como los que ahora habitan una película nueva cada semana. Firefall no era un monstruo, sino el Soldado Desconocido, la víctima cuyo rostro y nombre solo conoce Dios, una víctima de la guerra que busca consuelo, paz y descanso eterno.

Hawkeye estaba desesperada por conseguir a OKB en el papel y así lo dijo; había en proceso un acuerdo global exclusivo para el actor. En una reunión de buena cara en las oficinas de Dynamo en Culver City, Bill escuchó mientras los chicos de los estudios hacían su baile de consulta. OKB iba a ser una gran estrella después de que *Estoque* pisara la calle, y querían retenerlo. ¿Y quién iba a ser mejor en el papel, realmente?

Bill había visto el trabajo de OKB. El actor tenía un aspecto feroz en *Manos de piedra* y se hacía con la película. En *Estoque* los mejores momentos funcionaban cuando no había diálogos, factor a favor de verle como Firefall, que tenía muy poco texto. Si alguna pega tenía Bill contra la elección, tenía que ver con los ojos de OKB. Eran oscuros. Había un momento en el guion, en la cabeza de Bill, en que se veían los ojos de Firefall por primera vez y tenían que parecer vulnerables. Firefall tenía que ser vulnerable. ¿Podían ser vulnerables unos ojos oscuros?

Así pues, Bill reflexionó sobre la posibilidad de que OKB fuera Firefall, vio gran parte del razonamiento para elegirlo y sugirió tener una charla con el actor.

OKB había despedido hacía poco a su agente y después lo había cazado una de las dos superagencias que quedaban. Vivía en París. Querría leer el guion. Después, sus superagentes estaban seguros, le encantaría hablar con Bill Johnson.

Al Mac-Teer envió por correo electrónico una copia ultrasegura de *Knightshade: El torno de Firefall* al actor. Tres días después (¿tres días? ¿Con la diferencia horaria?) un correo electrónico apareció en la bandeja de entrada de Al: «Me meto. OKB». A Bill le gustó que la respuesta del actor fuera tan escueta, que tuviera el mismo espíritu críptico que el personaje.

A ninguno de los dos hombres le gustaban los Zooms ni los Skypes («No tienen ningún misterio», decía OKB), así que se organizó media hora de servicio móvil internacional. O. K. Bailey bebía vino tinto en un paseo del Trocadero y su famosa vista de la Torre Eiffel mientras hablaba de la superioridad de París frente a Los Ángeles o Nueva York. Bill mencionó a muchos estadounidenses famosos que habían vivido como expatriados en la Ciudad de la Luz. OKB fue el primero en mencionar a Firefall.

—Me vas a pillar en el tercer acto, ¿sabes? —dijo el actor.

—¿Qué significa eso? —Bill pensó que hablaba del tercer acto de la película.

Pero OKB hablaba de su carrera.

—El primer acto fue *Manos de piedra,* donde hacía de asesino, tío. Me involucré mucho. Segundo acto, *Estoque,* que nadie pensó que llegaría a nada, pero ¿has visto la reacción en Internet a nuestro *teaser*?

Bill la había visto. OKB, su habilidad con la espada y sus ojos oscuros llevaban unos cuantos días siendo la sensación en la red.

—Soy un tipo con clase, un *bon vivant,* y mato a todos los malos con estilo; la gente se va a reír de lo fácil que lo hago. En *Torno,* soy como… estoico. Incomprendido. Implacable. Por mucho que lo intente Wren Lane, no me pararán. Tenemos algo ahí, ¿verdad?

—Sí —contestó Bill. Habló del modo Frankenstein, del personaje de pocas palabras y de la vulnerabilidad de Firefall, su fábrica de humanidad—. Es un personaje totalmente nuevo para el estudio, un Ultra que no habíamos visto nunca. Sin poderes ni personalidad prescritos que tengamos que trasladar de una película anterior. Así que empezamos de cero.

—Me gusta empezar de cero. El amigo Firefall seré yo —confirmó OKB—. BJ, OKB es tu hombre.

Bill Johnson estremeció un nanomúsculo de indignación ante el apodo, pero lo descartó por venir de un tipo que se refería a sí mismo en tercera persona, con tres letras.

Hawkeye estaba encantada. Dynamo puso una tonelada de dinero en el contrato. Wren Lane se inclinó ante la experiencia de su director. OKB era atractivo, no tan alto como uno podría pensar y, al optar por vivir en Francia, tal vez un tipo bohemio. En realidad, nada de eso importaba porque Knightshade y Firefall estaban juntos en menos de un tercio de la película; eso sí, en escenas largas cargadas de coreografías de lucha y efectos especiales. Trabajarían a menudo en días separados. Bill Johnson la llamó —se le había confiado el número de móvil supersecreto— para hacer oficial el casting y tantearla sobre otras cosas.

—OKB me parece bien —dijo Wren—. Aunque le dieras el papel a un imitador de Elvis seguiríamos teniendo una gran película.

—Estupendo. Por lo demás, ¿qué tal? —preguntó Bill—. ¿Necesitas algo? ¿Te preocupa algo? ¿Quieres que hagamos algo?

—Bill —le dijo Wren—. No soy una de esas actrices a las que tienes que ir controlando para ver si mi estado de ánimo es estable o si tengo problemas con mi novio o si estoy de mal humor por el guion. Si se da el caso, ya tendrás noticias mías.

Serenidad. Ahí estaba. Bill Johnson no volvió a molestar a Wren con una llamada de control.

Sin embargo, Al sí que lo hizo unos días más tarde porque algunos ejecutivos inferiores de Hawkeye estaban cuestionando el uso de la palabra «torno» en el título de la película. No creían que el público supiera lo que era un torno, ya que la mayoría de ellos tampoco tenían ni idea. ¿Por qué no usar «leyenda» como en el original de Kool Katz Komix? ¿Qué pensará Wren?, se preguntaba Al.

—Llamad a la película *Knightshade y la puta chupapollas.* —Wren no era propensa a decir tantas palabrotas pero acababa de terminar su entrenamiento y había escuchado un poco a Biggie Smalls.

Al Mac-Teer dijo que sugeriría el cambio de título a las autoridades.

Durante seis días de rodaje en Atlanta, Wren irrumpió en *Agentes del cambio 5: Orígenes*, como ahora muestra la historia del cine. El mundo vio la muerte de sus padres, los Knight; las maquinaciones del equipo liderado por la AGENTE LONDON; el desacuerdo de los otros Ultras sobre si Knightshade era o no de confianza; y sobre lo tremenda que estaba Wren Lane en el papel de Eve. Realmente los planetas se habían alineado con ella en el papel. La única escena entre ella y Osa Mayor provocó un frenesí en Internet. Que se hubiera comprimido tanto en tan pocas escenas, filmado en supersecreto y luego mezclado en la copia final de *ADC5* mostraba lo que Dynamo podía hacer con una franquicia multimillonaria.

Bill Johnson aconsejó a los guionistas de *Orígenes* en algunos puntos, pero por lo demás se contentó con dejar que Dynamo hiciera su trabajo. Hawkeye observó con placer diabólico, je, je, je, cómo el personaje que ahora poseían hacía mejorar la Dynamo Nation. La plataforma de *streaming* publicó anuncios que aseguraban que pronto se volvería a ver a Knightshade, pero solo en Hawkeye. En veinticuatro horas se habían vendido 2,6 millones de nuevas suscripciones. Y la tendencia continuó.*

Las últimas semanas antes de rodar su propia película en Lone Butte, encontrar casa para Wren era una prioridad. Tom Windermere trabajó con Alojamiento, vio una media docena de posibilidades, las rechazó todas por no ser lo bastante privadas, estar demasiado expuestas, ser accesibles a cualquiera y no ser seguras. Tom nunca decía los verdaderos motivos por los que aquellos lugares no eran adecuados, se guardaba para sí la lista de acosadores conocidos a los que vigilaba, los depredadores que sabía que eran amenazas para Wren. Wally también participó en la búsqueda y al final dio con un recinto adecuado para su hermana: una enorme extensión de terreno con, oigan esto, una pista de aterrizaje privada para su Cirrus 150.** Ella y su equipo se mudaron un mes antes de los ensayos, enamorados del lugar. Wren tenía sus ejercicios, sus alas, noches tranquilas para estudiar escenas y su rutina de entrenamiento para escenas peligrosas, todo en el mismo sitio, en su Xanadu/Shangri-la/Sloppy

* Con 2,6 millones de abonados a 15 dólares al mes durante un año: 468 millones de dólares.

** Propiedad de un unicornio de Silicon Valley que se lo había comprado a un productor de almendras viudo. El nuevo propietario tenía una flota de aviones —un Honda Jet, un Cessna Caravan, un ultraligero y un hidroavión Beaver—, así que construyó la pista.

Joe's alquilado. En ocasiones se escabullía en secreto a Sacramento para comer buena comida mexicana; se lo organizaba una agradable señora llamada Ynez que trabajaba para Al Mac-Teer. La empleada local lo conocía todo y a todo el mundo.

Para acumular horas de vuelo, Wren y Heather volaban a menudo por el norte de California y se dirigían al norte hacia el monte Shasta, el enorme volcán inactivo que se alzaba sobre el extremo superior del valle y que antaño había estado cubierto de nieve todo el año. El cambio climático lo había convertido en una gran montaña marrón en forma de M. El monte Lassen, al noreste, también era un volcán, así como parte de un parque nacional. Los viajes a Los Ángeles eran pan comido, para reuniones y citas con el dentista. Debido a las exigencias del seguro, a Wren no le estaba legalmente permitido pilotar su propio avión. No le importaba. Heather Cooper le decía a quien quisiera escucharla: «Yo soy su seguro».

Una noche despejada, justo después de la puesta del sol, las dos pilotos salieron hacia el oeste, en dirección a San Francisco, formando un ocho en el cielo mientras caía la noche y las luces de las ciudades de la bahía competían con las estrellas del cielo añil. Bajo ellas corrían ríos de luces blancas y rojas, los coches de las autopistas interestatales, guiándolas hacia y desde La Baghdad junto a la bahía. Segura a los mandos, Wren sintió que el avión se separaba de ella, como si volara por su cuenta, no en una máquina, sino por su propio poder, como una superheroína. Una Ultra. Una agente del cambio.

OKB

Las dos estrellas se conocieron en el despacho de Al Mac-Teer en el edificio de Capitol Records. Wren había volado a Hollywood desde el recinto de Lone Butte. O. K. Bailey acababa de llegar de París. Les dejaron a solas con café y aperitivos saludables durante una hora para que charlaran y se conocieran. Él le habló sobre rodar en París, vivir en París, le preguntó cuántas veces había estado en París y le dijo que, de hecho, se iba a volver a París hasta que su contrato estipulara que se tenía que presentar en Lone Butt-plug,* broma que no cuajó y que disimuló diciendo: «¡*Merde*, mi lenguaje!». Comparando notas sobre el guion, OKB le dijo que quería trabajar la línea «¡Aquí tienes la respuesta! ¿Cuál era la pregunta?» en tantas escenas como pudiera, ya que, como había dicho BJ, estaban «empezando de cero» y OKB tenía un montón de ideas. Wren dirigió su parte de la conversación hacia los defectos de sus personajes, que fueran tan taciturnos y estuvieran tan predestinados a encontrarse.

—Eso también me gusta —dijo él—. Parecemos Romeo y Julieta superhéroes.

«Tonterías», se dijo Wren. Los amantes de Shakespeare eran jovencitos que estaban enamorados de la idea de estar enamorados. Se miraban una vez y, pam, tenías la clásica historia de almas gemelas desventuradas. Firefall y Knightshade no tenían nada de jovencitos, en absoluto, pero Wren lo dijo con delicadeza.

—Pero nosotros no somos jóvenes amantes, ¿verdad? Primero somos adversarios, cada uno con su historia. Te percibo sin verte nunca, siento el conflicto que se avecina y me interpongo en tu camino. Intentas apartarme, pero no puedes. Intentamos

* *Butt-plug*, tapón anal. *(N. de la T.)*.

destruirnos varias veces y acabamos en tablas antes de darnos cuenta de que el otro es un ser dañado y torturado. No son exactamente los Capuleto y los Montesco. ¿Tal vez Petruchio y Kate?

—¿Quiénes? —preguntó OKB.

La charla que siguió fue sobre el calendario de rodaje y sobre el tiempo que se pasaban cada día en la silla de maquillaje, ella para conseguir su buen aspecto nada glamuroso y sus cicatrices. Compararon anotaciones sobre posible vestuario. Ella no tendría que llevar una capa tonta; OKB no quería parecer estúpido con un casco militar.

—Tú y yo podemos soñar más a lo grande de lo que hay en el guion, ¿no?

Al cabo de una semana, Wren recibió un FedEx de París entregado por mensajero. Dentro había una caja de cerillas y una nota que había sido grabada a fuego en un trocito de madera contrachapada. «¿Voy a encenderte, Eve? ¡Aquí tienes la respuesta! xx OKB», era el mensaje marcado en la tablilla, un mensaje gracioso, apropiado. Wren respondió del mismo modo con un viejo encendedor Zippo que encontró en Internet con el sello del ancla y el globo terráqueo del Cuerpo de Marines de Estados Unidos, un guiño a los orígenes del personaje de él. Se lo envió a través de su agencia con una nota escrita a mano: «Gracias por tu servicio, EK (WL)».

Una semana después, desde París llegó una nota manuscrita: «Gracias por el Zippo. Mejor no *****r hasta que hayamos acabado. OKB».

—¿Asterisco asterisco asterisco asterisco asterisco r? ¡Asterisco asterisco asterisco asterisco asterisco r! ¿Qué demonios significa asterisco asterisco asterisco asterisco asterisco r? —le preguntó Wren a Wally.

—Bueno, empieza por f acaba por r.

En el guion había una línea que decía Firefall a Knightshade durante una escena de lucha coreografiada. (Una larga, los ensayos fueron agotadores. Wren necesitaba cada noche fisioterapia y envolturas minerales para recuperarse). Una línea que no tenía ningún asterisco en ella.

Los guerreros hacen una pausa
en la batalla para respirar…

KNIGHTSHADE
Esto no acabará bien para ti.
FIREFALL
Mejor no hablar hasta que hayamos acabado.
KNIGHTSHADE
Habremos terminado cuando te hayas ido.

¡Mejor no hablar hasta que hayamos acabado! Si la inserción de cinco asteriscos de OKB significaba la palabra con f, Wren no dejaría que volaran. Hizo una foto de la nota y se la envió por mensaje a Al Mac-Teer, que quedó horrorizada.

Un jueves en Lone Butte, trece días antes del comienzo del rodaje, Wren y OKB fueron llamados a la enorme sala de volumen que había en la fábrica de bombillas Westinghouse, que sería el escenario con croma donde se rodarían las escenas de lucha con ballet aéreo. El lugar ya estaba equipado con cables, poleas y mosquetones de los que colgarían los actores en determinadas escenas, y sus dobles durante horas. Por el bien de todos los departamentos pertinentes, una prueba de estos aparejos de lucha iba a mostrar cuánto tiempo llevaría el montaje, qué área cubriría, cómo iban a ser sacudidos los actores por el equipo de cableado mientras representaban escenas de emociones encontradas, nociones románticas y puñetazos. Todo esto con la esperanza de evitar cagadas que podían consumir un costoso día de rodaje.

Durante toda la semana, la Orden de rodaje Número 1 (Wren) y la Número 2 (OKB) habían sido desafiadas, entrenadas e instruidas por separado. Si Wren estaba en los aparejos bajo la supervisión de «Doc» Elliss, el coordinador de dobles de acción (con quien había trabajado en la época de la sargento Empalmada), OKB estaba en el dojo entrenándose con el entusiasta equipo de Doc. Luego los cambiaban. Wren se tomaba su formación como un aspirante al Cirque du Soleil, disfrutando de las exigencias de su vuelo con arnés y del ballet a través de movimientos de kung-fu. OKB estaba aburrido y casi que odiaba al equipo de Doc porque pensaba que los chicos que lo habían entrenado para *Estoque* estaban más en sintonía con sus ritmos. Wren se quedaba después de sus sesiones ajustando las correas de su arnés y añadiendo volteretas en el aire. OKB hacía todo lo posible para terminar a la hora de comer.

Cuando Wren y OKB estuvieron atados y asegurados a sus equipos de constricción, trabajaron juntos, al mismo tiempo, por primera vez. Yogi y sus ayudantes cuidaban de las dos estrellas para obtener estimaciones de cuánto tiempo de preaviso se necesitaría el Día. Ynez había preparado café, tentempiés, barritas saludables y fruta, y luego se quedó por allí por si tenía que ir a buscar algo más. Buena cosa, ya que OKB pidió un batido nada más entrar: con piña, apio, proteína de clara de huevo y kale. Ynez se lo preparó, no se sabe cómo, y luego se quedó a ver lo que a ella le pareció un número de trapecio. Bill Johnson estaba atado con correas de seguridad a una plataforma elevadora para estar a la misma altura que sus actores y grababa un vídeo con su iPhone para valorar posibles ángulos de cámara. El equipo de paquete de prensa electrónico captó más imágenes de las que llegaría a necesitar. Dos ejecutivos, uno de Hawkeye y otro de Dynamo, habían volado desde Los Ángeles para hacer notar su presencia. Después mantuvieron una reunión de dos horas con Al y Bill en la que hubo quince minutos de contenido. Volaron de vuelta en el avión corporativo de Dynamo, y las horas, el combustible y las tasas de aterrizaje se facturaron a Producción como gastos generales.

A Wren y OKB los colgaron, balancearon, bambolearon, pusieron boca abajo, hicieron ascender como águilas y descender como alunizando. No había duda de que las dos estrellas pasarían mucho tiempo colgadas una vez que la compañía se trasladara al escenario del croma para las dos semanas de rodaje, después de que toda la fotografía de exteriores y decorados estuviera en el bote/en los discos duros. Cuando ambos se elevaron seis metros por encima de la colchoneta de seguridad y se abrazaron para practicar su trabajo de cerca, OKB sugirió que cenaran juntos, los dos solos.

—No sé si estoy libre —dijo Wren—. Tengo entrenamiento.

Desde aquel mensaje de *****r, Wren había decidido que nunca estaría a solas con su coprotagonista, nunca en una habitación solos los dos sin que la puerta estuviera abierta de par en par. Cuando le contó a Al su reticencia al encuentro a solas con OKB, la señorita Mac-Teer estuvo de acuerdo en que ni de puta coña, y se encargó de que no se programaran reuniones de ese tipo.

—Tenemos que comer —dijo OKB desde su arnés—. En la película tenemos una relación. Trabajemos en ella antes de que vengan los demás actores.

Esos otros actores, que interpretaban al VIEJO CLARK, los cuatro INVESTIGADORES, el ABUELO en silla de ruedas de Eve, etc., todavía no estaban en Lone Butte para ahorrar dinero de producción en alojamiento y gastos diarios. Durante los primeros días de rodaje, los únicos miembros del reparto que figuraban en la Orden de rodaje eran Knightshade, Firefall y los actores de reparto.

—Déjame comprobar mi horario —murmuró Wren.

—Hazlo —murmuró también OKB, imitándola. Luego gritó—: ¡Este arnés me hace daño en la bolsa! ¿Podemos ensayar ya el beso?

Nadie contestó hasta que Bill gritó desde la plataforma elevadora:

—No.

Amparados por las normas del Sindicato de Actores, los actores podían estar atados con arneses solo por tiempo limitado, de modo que bajaron a la pareja y los desataron.

—Que los actores vayamos a comer algo solos es buena cosa —dijo OKB al bajar—. Solos tú, yo y nuestros monólogos interiores. Podemos hacer que sea una celebración del día que empezamos. Un acto formal. Venga, Wrennie.

—Deberíamos hacer algo como de comienzo —dijo Wren, que no «Wrennie», eso jamás, mientras salía de su arnés con la ayuda de Doc—. Estaba pensando en montar una cena con todo el mundo. Nos vemos ahí.

—¿Con todo el mundo? —preguntó OKB como un niño enfadado—. Qué bien. Con todo el mundo.

La cena se organizó para el martes por la noche. Por motivos de seguridad, se celebró en el recinto de Wren.* Los invita-

* Tom Windermere insistió en que así fuera. Si la cena se hubiera celebrado, por ejemplo, en la sala privada de un restaurante, el personal lo habría publicado en redes sociales: «¡Eh! ¡Vienen estrellas de cine a mi restaurante! ¡Me voy a hacer un selfi!». ¿Quién podría culparles?

dos eran el equipo de Wren: Kenny Sheprock, Ronnie Goode y Goldie Cooke, alias las Buenas Cocineras, que habían supervisado el pelo y las pelucas de Wren desde *Vincapervinca;* su hermano Wally, con Tom Windermere merodeando por si hacía falta algo; y Laurel cocinando con la ayuda de Ynez, una vez establecido el menú para un festín mexicano. En la cocina de su madre, Ynez preparó platos que nunca podrían provenir de alguien llamado Windermere. Al, Yogi, Aaron Blau, Bill Johnson, SAM y OKB sumaban un total de trece con espacio todavía para un par más.

Tom recibió sus coches en la puerta de seguridad del recinto; les había enviado la ubicación a los móviles. Había menos de medio kilómetro por un camino de gravilla flanqueado por pinos de Monterrey trasplantados hasta la casa, una joya arquitectónica de poca altura construida con acero de aspecto oxidado, enormes ventanas hechas de paneles triples de cristal de gas infundido, y materiales de construcción que eran a la vez paneles solares. A pesar de todo aquel follón y de haber costado cerca de noventa millones de dólares, la casa parecía más bien modesta, con la pista de aterrizaje, los graneros, los establos, el campo de béisbol y las pistas de *pickleball* todo fuera de la vista, así como el lago artificial que estaba repleto de lubinas. Wren tenía las puertas del patio abiertas y unas luces especiales que parecían antorchas de fuego aunque no eran más que unas imitaciones increíbles que no hacían humo, no suponían peligro de incendio y no daban calor.

Wren preparaba los margaritas. Si alguien quería un cóctel, tenía acceso ilimitado al bar. Kenny llevó tres botellas de un vino excelente. Bill llevó un paquete de seis cervezas Hamm's Special. SAM preparaba dirty martinis justo como le gustaban. Aaron tenía un ginger ale light. La noche empezó muy bien, pese a (o debido a) que OKB llegó tarde.

—Creo que ahora sí que es él —dijo Yogi, arrancando una carcajada del grupo después de una hora y media de aperitivos de taquitos y cuatro tipos diferentes de salsas y patatas fritas. Todos se rieron porque el rugido del nuevo Audi de OKB resonó en el suave aire de la noche. OKB recorrió el menos de medio kilómetro del camino de entrada a una velocidad que era todo fanfarronería y estupidez e hizo un derrape en círculo delante de la casa acelerando el motor alemán como si fuera un coche de carreras. Las ruedas escupían grava, que golpeaba los coches de los demás como granizo horizontal y dejaba marca en la pintura de los coches alquilados por la empresa.

La Transit de Ynez recibió de lleno el impacto de los perdigones.

Una mujer acompañaba a OKB. Era el único invitado que traía un acompañante no anunciado.

—¡Nicolette, todo el mundo! —voceó OKB a modo de presentación. Nicolette parecía una agotada chica parisina de diecisiete años, a juzgar por su atuendo a la moda de París y raro para Lone Butte, por su cuerpo de una delgadez enfermiza (fumaba, y mucho), y por el hecho de que había aterrizado en un avión de Air France en San Francisco aquella misma noche, tras un vuelo de doce horas desde el aeropuerto Charles de Gaulle de París; OKB la había recogido y llevado a la fiesta. A partir de ese momento, la noche dio un giro fascinante.

Todo el mundo tenía hambre y estaba encantado con la calidad y autenticidad de la cocina: aquello no era una comida a base de burritos y salsa roja. Había guacamole al estilo molcajete, taquitos de cangrejo, cerdo cocinado a fuego lento, enchiladas, mariscos, un mahimahi de crema fresca y algo llamado sopa de viuda. Bill estaba encantado con que hubiera chiles verdes (Wren los había pedido expresamente), y todo el mundo había tomado la cantidad justa del tipo de alcohol que había elegido. Y, por decirlo sin rodeos, la cena se hizo aún más memorable por la transición de OKB a auténtico HDP.

¿Había tomado cocaína? De ser así, no había compartido ni un poquito con Nicolette; aquella pobre chica tenía sueño y aún la cansaba más el esfuerzo de tener que conversar en inglés. OKB hablaba en voz alta, como si quisiera recordar a todos su presencia, como si hubiera alguien, en algún lugar, escuchando por un manos libres. Se reía sin motivo después de decir cosas que no eran graciosas. Se apoderó de la conversación de la mesa golpeando un vaso con su cuchillo e insistiendo:

—¡Una conversación! ¡Una conversación! ¡Tengo una pregunta que me gustaría hacerle a BJ! ¡BJ! Explícale a la mesa qué coño pasó en *Albatros.* —Entonces lanzó una risotada como Frank Gorshin haciendo de Riddler en 1966.

Bill Johnson no tuvo que responder a la pregunta porque OKB no le dio tiempo para hablar. La única conversación de la mesa iba a salir de la mente y la boca de OKB.

He aquí una muestra textual de la oratoria de OKB aquella noche:

—Chicos, tenéis que admitir que todo el proyecto fue una cagada, incluso tú, ¿verdad, BJ? Llamaste a la película *Albatros,* por el amor de Dios. ¿Qué pasa, que *Tormenta de mierda* ya estaba pillado? … Cuando conseguí *Manos de piedra* todo el mundo quería interpretar a uno de los dos luchadores ganadores, pero yo sabía que MacGraw era el papel que no podían cortar. Sin MacGraw no había conductor del autobús … Nunca uso el automático, ¡no en un coche como el Audi! ¡Cambia con los pedales, tío! … Si este año solo lees un libro, lee ese que va de una gaviota, ese de los años, ¿qué?, ¿setenta? Te llevará media hora y te cambiará la vida … En *Estoque* estuve encerrado en un plano conjunto de una pelea que duró tres días. Tres putos días, tío. ¿Vas a hacerme eso, BJ? ¿Vas a tardar tres malditos días en filmar algo por encima del hombro? Les dije que ajustaran la lente y dejaran que mi doble hiciera el último montaje … BJ, tienes que pensar en un papel para Nicolette, ¿no crees? … En *Estoque* descubrí el secreto del afeitado. Nunca lo hagas con cuchilla y espuma; consigue tres tipos diferentes de máquinas de afeitar eléctricas y pásatelas por la barba cada tres o cuatro horas. ¿Me equivoco, Kenny Shipshape? ¿No es esa la forma perfecta de mantener una mejilla sin rastrojos y de piel suave? Yo llevo una Norelco en el coche … BJ, ¿te cambias los zapatos a la hora de comer? He oído que eso es lo que hace Scorsese: cambiarse los zapatos a la hora de comer … Nicolette es como una mujer salvaje en París: hace de modelo para *Le Globe,* ha salido en la serie de televisión más popular de toda Francia, en plan deja lo que estés haciendo las noches que salía ella, está en todas partes … Mi casa es un basurero comparada con esta… ¿Pilotas tu propio avión? ¿De verdad? Estuve a punto de tomar clases de vuelo de un tipo de Kenia…

El hombre habló y habló y habló hasta que de repente él y

Nicolette se marcharon, de nuevo arrojando gravilla sobre todos los coches aparcados y la fachada de la casa alquilada de 90 millones de dólares de Wren.*

Al y Bill se quedaron en casa de Wren después de que los demás se marcharan, mientras Ynez ayudaba a Laurel Windermere a limpiar la cocina. Wally les echó una mano. Ya era tarde, pero Al preparó y mezcló otra jarra de margaritas y se aseguró de que hubiera suficiente para los que quedaban. Cuando Ynez se marchó con su Transit llena de bandejas ahora vacías que había traído de su casa, Laurel les dio las buenas noches a todos y Tom se fundió en la oscuridad para recorrer el perímetro del recinto. Wally estaba lo bastante cansado como para irse a la cama, pero no estaba dispuesto a hacerlo. ¡De ninguna manera! Había estado callado toda la noche, después de algunas charlas amables con la gente del cine de su hermana, pero entonces habían llegado OKB y Nicotine de Normandía. Había que hacer balance de la función que había sido la cena y Wally quería formar parte de él. Joder, incluso haría de maestro de ceremonias.

—Todo lo que sé del cine es lo que he presenciado acompañando a mi hermana —dijo, sentado en el gran sofá hecho a medida de la sala principal, en la que había el cuadro de Shepard Fairey que se deslizaba hacia arriba y dejaba a la vista el enorme televisor LCD—. Pero ese OKB va a ser la pesadilla de alguien.

—Ya lo hemos visto antes, ¿eh, jefe? —dijo Al, llevándose a los labios su copa de delicia del sur de la frontera. Por un instante le pareció ver a Dace, la querida Dace, sentada al otro lado del enorme sofá, bebiendo su margarita con una sonrisa perpleja, tejiendo un par de mitones.

—Bueno —dijo Bill. Dudaba si profundizar en lo que había sucedido en el transcurso de la velada. Wren, su actriz principal, estaba en la sala, había organizado la cena, había permanecido sentada durante el espectáculo de terror que había monta-

* AVISO LEGAL: Nicolette no es su nombre. La mujer en cuestión tenía, de hecho, veinte años pero parecía mucho más joven. Su notoriedad no se debe a las afirmaciones hechas aquí, pero es europea y una celebridad. Podemos confirmar, sin embargo, que estaba completamente agotada debido a medio día de vuelo y al consecuente *jet lag*.

do el tipo que iba a ser su coprotagonista. Dios, iban a empezar al cabo de una semana, y si Bill no medía cuidadosamente lo que pasaba por su cabeza, las muchas preocupaciones que había llegado a tener sobre OKB, su falta de discreción, podía asustar a Wren y hacer que le entraran ataques de miedo antes de rodar. Pero la observó, vio que volvía a llevar la muñequera de cuero de SERENIDAD, sopesando lo que había visto de ella desde aquel almuerzo con chile verde en Socorro. Wren era una gran trabajadora que se quejaba poco y tenía una tonelada de ideas para su Eve —«no digo que rodemos esto, pero me lo guardaré en el bolsillo»—, y a Bill le gustaba eso.

—Vamos a hacer un cono del silencio, ¿de acuerdo?

—¿Qué es un «cono de silencio»? —preguntó Wren.

—Wren, lo que estamos a punto de compartir va a convertirte en coconspiradora —dijo Al, secretamente aliviada. Que Wren se enterara de ciertos temas le haría la vida más fácil; tendría a alguien con quien desahogarse, alguien que no fuera Ynez.

—De verdad. —Wren no lo preguntaba sino que confirmaba la afirmación—. Si esto va a ir sobre OKB, tengo ideas sobre qué hacer con el cadáver. Es decir, si vamos a matarlo y desaparece misteriosamente, ¿no hay que reclamar al seguro?

Al soltó una risotada. Luego miró a Bill con una rápida inclinación de cabeza hacia Wren.

—Parece uno de ellos pero piensa como nosotros.

Bill estuvo de acuerdo. Normalmente era mejor dejar a los miembros del reparto en la inopia en lo concerniente al funcionamiento de Producción, las decisiones que se tomaban, las cosas que se decían. Pero Wren Lane merecía algo mejor.

—Sí. Hemos tratado con gente peor que O.K. Bailey.

—Peor no —dijo Al—. Pero igual de malo sí. NOMBRE EN NEGRITA NÚMERO UNO resultó que se chutaba microdosis de heroína en su caravana, pero conseguimos que acabara NOMBRE DE LA PELÍCULA. NOMBRE EN NEGRITA NÚMERO DOS estaba divorciándose, tirándose a la iluminadora y tirándome los tejos a mí, pero se presentaba a trabajar a su hora en NOMBRE DE AQUELLA OTRA PELÍCULA.

—Nos adaptamos a los golpes —dijo Bill—. Los llevamos al set, les ponemos el traje, les hacemos decir las palabras en el orden correcto y nadie se entera. Todo pasa detrás del telón. El espectáculo continúa. En UNA DE LAS PELÍCULAS BUENAS DE BILL, tuvimos a NOMBRE EN NEGRITA NÚMERO TRES, que por las mañanas estaba bien pero después de comer ya no podías contar con él: después de una hora y media en el remolque con su asistente personal, Johnny Walker etiqueta negra. Se pasaba la tarde discutiendo, tropezando, arrastrando las palabras.

—Le metía mano a la gente. A veces vomitaba. Un actor de primera con cara de mierda —dijo Al, sabedora de que la cantidad de tequila que había echado en la batidora de vaso la ponía en camino de tener cara de mierda ella también.

¡Wren estaba atónita!

—¿NOMBRE EN NEGRITA NÚMERO TRES es un Boozilla?

—Lamento revelar esos pies de barro tan particulares —dijo Bill—. Algunos de ellos están muy perjudicados, ¿sabes? Nuestro arte y ciencia está demasiado lleno de futuros desintoxicados a menos que, antes, sellen las puertas de la cocina con toallas mojadas y metan la cabeza en el horno. O si se corre la voz y nadie quiere contratarlos.

Eso provocó una pregunta de Wally.

—Entonces, sabes de primera mano que NOMBRES EN NEGRITA NÚMERO UNO, DOS Y TRES tienen problemas de comportamiento porque has hecho películas con ellos. Pero luego, en la grabación, dices cosas maravillosas de ellos, de su pasión ardiente y de su ética de trabajo sin concesiones. De cómo habitan el papel cuando las cámaras están rodando.

—Dios mío, Wally —dijo Bill—. Me has citado textualmente.

—¿Qué pasa cuando otro director te llama y te pregunta cómo es trabajar con CARA DE MIERDA NÚMERO TRES? —preguntó Wally—. ¿El código ético del Sindicato de Directores no te exige que digas la verdad, toda la verdad? ¿No tienes que advertirles de que huyan tan rápido como puedan?

—Sí que dices la verdad —dijo Bill—. Que sí, que es un espanto trabajar con NOMBRES EN NEGRITA pero que vale la pena el esfuerzo. Dadas todas las molestias, ¿volverías a trabajar con ellos? Sí.

—No puedo imaginar que no haya alguien tan bueno como FUOKB —dijo Wally—. ¿Quién quiere trabajar tan duro solo para hacer una película?

—Wally —Bill se rio—, no te ganas la vida con esto. —Bill dejó que las palabras quedaran en el aire, una parte afirmación y dos partes acusación.

—¿Jefe? —dijo Al—. ¿Lo hacemos? —preguntó con las cejas levantadas y ladeando la cabeza hacia Wren.

Wren notó los ojos de Bill Johnson sobre ella, igual que todos aquellos meses en Socorro, Nuevo México.

—Sí —dijo Bill—. Creo que estamos bien.

—De acuerdo. —Al movió su cuerpo en el sofá para mirar directamente a Wren Lane—. Chica, tienes que decidir ahora mismo si te unes al grupo de expertos o nos invitas a marcharnos inmediatamente. Estoy hablando de un pacto de sangre. Tendrás que guardar secretos.

Wren se rio a carcajadas.

—No es cosa de risa. Se esperará de ti que mientas para protegernos a todos. Te convertirás en una mentirosa. Tendrás que disimular. ¿Estás dentro o fuera?

—¿Hay un apretón de manos secreto?

—No hay apretones de manos. Solo secretos. —Bill se había ido bebiendo la segunda lata de Hamm's Special, pero ya se la había acabado.

—¡Manos a la obra! —dijo Wren.

Wally intervino.

—¿Yo también voy a ser un mentiroso ahora?

Al miró al guapísimo hermano gemelo.

—Wallace. Tú no cuentas. No te ofendas.

—No me ofendo. De todos modos, miento todos los días —dijo—. Por cierto, ¿quiénes sois? ¿Qué hacéis en esta casa? ¿Ha tenido lugar esta conversación? No.

Bill se levantó de su módulo del modular para coger una tercera lata de Hamm's, hablando mientras lo hacía.

—¿Es OKB el verdadero Firefall? No… ¿Alguien lo es? No… Firefall no existe, aún no habita un lugar en el continuo espacio-tiempo. Todavía tiene que ser llevado al cine. Firefall son palabras sobre papel y pantallas de iPad. Es una representación de vestuario y un esbozo de personaje. No ha sido captado por una cámara.

—El viernes —dijo Al—. Las pruebas de cámara son el viernes.

Wren lo sabía. Ella y Le'Della Rawaye llevaban ya semanas charlando apasionadamente sobre vestuario, pruebas, reajustes y —¿tenía que decirlo?— más reajustes para asegurarse de que los seis cambios de vestuario de Eve Knightshade fueran ultraperfectos. El viernes, posaría con catorce *looks* diferentes cuya perfección sería obvia y evidente.

Bill continuó:

—OKB tiene problemas de mediana edad. Se siente incómodo con las prótesis que necesita Firefall. No quiere trabajar con los de atrezo para aprender a usar el lanzallamas porque todo va a ser falsa CGI. Doc Ellis dice que le duele entrenar a OKB en las escenas de riesgo porque no puede perder la sonrisa falsa por temor a que refleje sus frustraciones y que OKB se sienta herido en sus sentimientos. El protagonista de la película no debe tener nunca los sentimientos heridos. Le'Della dice que durante las pruebas de vestuario hace pucheros como un bebé con el pañal mojado. ¿Qué me estoy perdiendo, Al?

—Habla de sus dos películas, sus únicas dos películas, como si fueran revolucionarias. Como si *Manos de piedra* estuviera ya en la aplicación Criterion y *Desboque* fuera a ser tan grande como todas las de 007 juntas.

—*Estoque* —la corrigió Bill.

—¿Qué he dicho?

—*Desboque*.

—No anda muy lejos.

Bill dio un sorbo pequeño a la Hamm's, no por el alcohol sino por la explosión fría, helada en su paladar.

—Cabe la posibilidad de que OKB se convierta en una de las mayores estrellas de cine del firmamento, todo gracias a Firefall. Si es así, sus travesuras, como las de esta noche, serán consideradas rasgos de genialidad. El público proyectará sobre él todas sus suposiciones masculinas, todas sus nociones románticas, todos sus ideales heroicos porque sabe luchar con la espada como un maestro y luego salvarte a ti, Wren Lane, de la vida de agotamiento solitario de Knightshade. Su Pimpinela Escarlata y Firefall pueden ser para él lo que Stanley Kowalski y Terry Malloy fueron para Brando.

—O puede que sea otro de tantos como hay a patadas —dijo Bill—. Más guapo que el demonio pero con necesidad de que lo adiestren como a un cachorro. He tratado con peores ejemplos del Talento.

—¿El Talento? —intervino Wren—. ¿Es así como nos llamáis? ¿Los actores somos el Talento? ¿Como los residuos nucleares? ¿El ganado? ¿El patógeno?

—Has tenido tu oportunidad de irte, bonita —dijo Al—. En el santuario hablamos así.

—Señorita Lane —dijo Bill, sonando como Clark Kent en *Daily Planet* hablando con Lois—. Serenidad. —Señaló su pulsera de cuero—. Esa es una cualidad poco habitual en Fountain Avenue. Pero tú la tienes. Te hemos visto lanzar tu alma y tu nervio a Eve Knightshade sin provocar más que una ondulación en las aguas de la producción. Desde que nos conocimos hace once semanas, he visto en ti una artista de fuerza intuitiva y curiosidad indomable que busca una visión, una presencia, una manifestación del único personaje de esta película del que penden todos nuestros destinos. Ahora sé, todos lo sabemos, lo afortunados que somos. Wren Lane es Eve Knightshade. Sin ti, ¿para qué estamos haciendo esto? Has resuelto el más existencial de nuestros problemas: por qué estamos todos aquí. Eres el milagro que no nos atrevíamos a esperar.

Wendy Lank se sonrojó y notó que se le empañaban los ojos. ¿Quién le había hablado así, haciéndola sentir tan realizada, tan naturalmente digna, aparte de Wally? ¿Y Tom Windermere? ¿Y Kenny Sheprock? Se encontró con Al Mac-Teer mirándola con ojos llenos de seguridad, asintiendo, de acuerdo con su jefe.

Bill continuó:

—OKB es el problema que esperamos, como tantos de su calaña: la nueva gran estrella, el último trozo de fruta prohibida con una confianza nacida de la fanfarronería. Solo podemos suponer que es manejable, que se le puede manipular, halagar, engatusar, atender, hacerle de canguro, prepararlo para la cámara y llevarlo al plató a tiempo. En las conversaciones que he tenido con ese chico, veo señales de alarma —dijo Bill—. Quiere probar un dialecto campesino. No le entusiasma su aspecto con el casco. Quiere que Firefall diga: «Aquí tienes la respuesta» por alguna razón nada inteligente. Estoy seguro de que conseguiré disuadirle de esas opciones. No tiene demasiadas buenas ideas, pero ha ofrecido una flexibilidad en la que voy a confiar. Así que, Wren, vamos a hacer un trato...

La sala esperó. Wally ladeó la cabeza. Wren dejó de respirar un momento. Al no dijo nada, a la espera de lo que su jefe fuera a decir.

—No digo que tengas que respetar a ese hombre —dijo Bill Johnson—. Pero sí tienes que respetar el proceso. Serás una profesional. No dejarás que OKB estropee tu trabajo o bloquee tu camino creativo. Deja que nosotros —señaló con la cabeza a Al— nos ocupemos de él. Deja que tu coprotagonista sea tan intrascendente para tus tareas emotivas como los contables de Hawkeye. Y por tus servicios en la realización de otra obra maestra del cine... —Bill se llevó dos dedos a los labios e hizo un sonido de escupitajo, tfui, tfui, tfui; Al hizo lo propio, para quitar la maldición de cualquier pretensión de grandeza—* te convertirás en mi socia creativa.

Al levantó las cejas. Socia, ¿eh? Bill había utilizado ese término tan solo con otros dos actores que ella conociera: Maria Cross, por supuesto, hacía siglos, y el difunto Paul Kite, que interpretaba al Narrador en *Tierra estéril,* cuyo papel se amplió durante el rodaje y en incontables sesiones de grabación durante la posproducción. Bill había invitado a Paul a la sala de montaje para ayudarle a sentir el ritmo y la intensidad de la película y a escribir la prosa que la guiaba. Había veces que Bill estaba satisfecho con el trabajo que habían hecho y tenía la sensación de que habían terminado, pero después de volver a proyectar la película, Paul Kite le preguntaba: «¿Por qué crees que hemos terminado? Podemos hacerlo mejor, ¿no?». ¿Y ahora? ¿Aquella noche? Wren Lane estaba a punto de respirar aquel mismo aire enrarecido.

Bill continuó:

—Tú y yo discutiremos cualquier cambio, cualquier página nueva, para todos los personajes, no solo para Eve. Podrás ver los montajes de la semana conmigo, Hector y Marilyn (respectivamente, el Masca y Bizcochito, que cortaron *La mecanógra-*

* Habían aprendido a hacer eso de Yogi, que es griego y dado a las supersticiones sobre esas cosas. Escupir tres veces reprendía al diablo, quitándole la carga a las profecías de grandeza.

fa sin cobrar en un camión mientras editaban como ayudantes de los ayudantes de montaje en el viejo programa de televisión *Richie Horowitz: Mind Bender*; hace mucho, pero Hector y Marilyn cortaban la película como si fuera mantequilla). Abriré las bobinas para ti hasta que cerremos la película. Puedes decirme lo que quieras, cualquier opinión que tengas, igual que esa mujer —dijo señalando a Al—. No puedo hacer una película titulada *Knightshade contra Cabeza de chorlito* sin Knightshade como socia. ¿Trato hecho?

Wren no había dejado de mirar a Bill. De hecho, no se había movido mientras él hablaba. Ni siquiera había soltado su copa y no era consciente de lo fría que tenía la mano por el helado elixir que contenía. Estaba del todo inmóvil y, sin embargo, tenía el corazón acelerado; oía la sangre palpitándole en los oídos. Wren sabía que su vida acababa de cambiar.

—Trato hecho.

—Bien —dijo Bill, complacido—. Ahora podemos hablar de lo que tiene que pasar.

No hubo lectura previa completa del guion de la película debido a que los protocolos covid desaprobaban las reuniones de muchas personas. Y reunir a todo el reparto para un día era prohibitivo. Bill se reuniría y ensayaría con el Talento en privado cuando faltara poco para rodar las escenas, como había estado haciendo con Wren y OKB. OKB había abandonado la idea del dialecto sureño y ahora le había dado por hablar como un gánster de Brooklyn, un poco zipizopaz. Entonces llegaron las pruebas de cámara del viernes.

A Wren la llevó al set Tom en coche y llegó a las 6:36 de la mañana para tomar asiento en Obras.* A OKB se le dio una hora de recogida más tarde, las ocho en punto. Tardarían horas en colocarle las prótesis, con tanta cicatriz y piel quemada, así que el plan era tenerlo listo a la una del mediodía, lanzarlo a cámara junto a Wren mientras a ella le acababan el último *look*, y allí estarían, por primera vez, Knightshade y Firefall.

* Obras: maquillaje y peluquería. El ayudante de Dirección del Campamento base anota la hora para el informe de producción.

Planeado así, el trabajo del día terminaría alrededor de la una y media del mediodía. Llamarían para comer, plegarían y ya habrían terminado por ese día.

Alan «Ace» Acevido, un contratado local, estaba aparcado frente a los alojamientos de los actores en Franzel Meadows a las 7:45 de la mañana, al volante del Range Rover estipulado. Para ser una recogida matutina, las 7:45 era levantarse tarde, y también lo era para Ace, que se había retirado de conducir en películas el año anterior. Él y su esposa tenían una finca preciosa de ocho acres al noroeste de Yuba City, donde ella criaba caballos enanos y Ace se dedicaba a tejer: tejía sus propios tejidos. De hecho, se había construido su propio telar y se había aficionado como Gandhi a su rueca. Pero cuando eres camionero, lo eres para toda la vida, así que cuando la producción llamó buscando a un empleado local, Ace aceptó el trabajo, por supuesto, porque pagaban muy bien. Una semana antes, cuando había conocido a OKB para la aprobación, Firefall le había dicho a Ace que bajo ningún concepto había de llamar al timbre de la puerta cuando fuera a recogerle. Jamás.

—OKB saldrá cuando OKB esté listo.

—Usted es el capitán de mi barco —dijo Ace. Pero allí estaba, un viernes por la mañana, a las 8, luego las 8:15, luego las 8:25, y ni rastro del actor. Ace envió un mensaje a uno de los ayudantes de Dirección de Yogi. **ACE: ESPERANDO**. A las 8:45, envió **ACE: NI RASTRO DE OKB**. Entonces informaron a Yogi enseguida, así que informó a Al, que llevaba en el remolque de Producción desde las seis de la mañana y que entonces llamó al actor al iPhone que le había proporcionado Producción y le dejó un mensaje: «Hola, señor B., me preguntaba si hay algo que podamos hacer por usted esta mañana. Hoy es un gran día, por así decirlo. ¡Te necesitamos en el Campamento base! Llámame».

Nada. A las 9:17, sonó la alerta de mensajes de Al. **PIEDRAESTOQUE: !#@^%^%**&!** Al se permitió suponer que el mensaje en mayúsculas significaba que OKB estaba de camino y que Ace estaba yendo a mil. Sin embargo, no llegó al Campamento base hasta las 10:04. Ace le llevaba una bolsa de lona grande atiborrada de cosas que había sido, a juzgar por el logotipo de *Manos de piedra* que llevaba en el lateral, el regalo del equipo para aquella película.

Antes, a las 8:08, Ynez había puesto un batido recién hecho en la encimera de la cocina de la caravana de OKB, hecho con piña, apio, proteína de clara de huevo y kale. Al oír a Al decirle a Yogi que el Número 2 de la Orden de rodaje no solo llegaba tarde, sino tarde tarde, se pasó por catering y preparó otro especial OKB, sustituyendo el batido de hacía horas por uno nuevo. Pero incluso ese saludable batido había madurado para cuando el actor se presentó a trabajar. OKB no lo tocó. Hizo llamar a Ynez para que fuera a verle, cosa que ella hizo en cuanto le dijeron que Firefall quería verla a ella y solo a ella. OKB quería saber si le podía conseguir tortitas de plátano y le dijo que no pondría el culo en la silla hasta que no se hubiera zampado el desayuno. Por suerte y por la sofisticación de los del servicio de catering, calentaron una plancha, batieron una mezcla de tortitas que solo necesitaba añadirle agua y pusieron encima de la pila rodajas de plátano formando una cara sonriente.

—He pedido tortitas de plátano —dijo OKB cuando Ynez llevó el plato cubierto y una botella de sirope—. No tortitas con plátano.

Eran las 11:02 de la mañana. Delante de la cámara, Wren ya había hecho pruebas para diez de sus trajes, pero OKB aún no había entrado en Obras.

Todo el día fue así. No. Peor.

A OKB no le gustaba que le pusieran pegamento en la cara como si fuera alquitrán en un pincel: odiaba la sensación de pringue fría en el cuello. El pegamento era necesario para aguantar las prótesis de látex, el maquillaje que lo convertiría en Firefall. La calva que se convertiría en su cuero cabelludo escaldado le parecía demasiado apretada, por lo que se la tuvieron que quitar y volver a aplicar; pero continuaba pareciéndole demasiado apretada, así que se la quitaron de nuevo y se la volvieron a aplicar.* El tiempo que estuvo en Obras se lo pasó

* La prueba de cámara del viernes no era la primera vez que OKB pasaba por la transición a Firefall. Había habido tres sesiones previas para ensayar el complicado proceso. OKB había llegado pronto a la primera pero el equipo no estaba preparado, así que se fue y regresó al cabo de una hora. A las dos sesiones siguientes llegó con horas de retraso. Ya se había negado a hacer otro MOLDE EN VIVO de su cabeza, con el sucio y sofocante cubo de sustancia espesa y pegajosa cubriéndole los hombros y encajonándole la cabeza mientras respiraba a través de pajitas metidas por la

inclinado sobre su móvil en todo momento, enviando mensajes y correos electrónicos, leyendo Facebook y publicaciones en redes sociales mientras el equipo de tres personas maniobraba a su alrededor para colocarle las delicadas aplicaciones en el cuello, los hombros, la mandíbula y parte superior de la cabeza. Tenían que pedirle a OKB que levantara la barbilla, que mirara hacia arriba, que no se inclinara «ni un segundo» mientras le aplicaban el pegamento y afinaban las juntas de las prótesis especialmente hechas para él. Y eso hizo, aunque a regañadientes.

Casi exactamente a mediodía, Wren llevaba puesta su última opción de vestuario. Kenny y las Buenas Cocineras le habían arreglado sus diversos *looks*, ahora ya todos grabados. Bill la había guiado por los movimientos para que se pudieran examinar todos los ángulos: ir hasta una marca, mostrar perfiles izquierdo y derecho, media vuelta, volver. Mientras tanto, todo el mundo estaba hablando, comentando y bromeando, ya que aquellas pruebas servían solo para ver cómo eran las cosas en cuanto a vestuario. Se ajustaron las lentes y la iluminación y Wren hizo los mismos movimientos de nuevo. Otro cambio de lente más, se añadieron movimientos en la plataforma rodante que permitieron algo de su coreografía de lucha, luego se trasladaron fuera para una segunda cámara con luz natural.

Según el programa original, en aquel momento OKB debería haber estado vestido, maquillado y listo para la cámara, pero no era el caso, como Yogi informó a quienes estaban en el rodaje. Su segundo ayudante había ido a la caravana de Maquillaje y Peluquería para que le dieran una estimación de cuándo estaría listo OKB. Sin levantar la vista de su teléfono, que reproducía vídeos de TikTok con el altavoz, OKB dijo:

—¡Estaré listo dentro de ocho minutos! —Debía de ser una broma. El jefe del equipo de protésicos señaló las aplicaciones aún sin colorear pegadas a la cabeza de OKB y dijo que les quedaba al menos una hora y media.

---

nariz. Había hecho un molde así para *Estoque* e insistía en que se lo enviaran desde París. Odiaba su peluca de pelo quemado y si iba a tener que llevar un casco militar, ¿qué sentido tenía llevar un gorro y una peluca?

—Así que este es el panorama —dijo Yogi a Bill, Al, SAM y al equipo. Conseguir que Wren y OKB estuvieran ante la cámara juntos significaría una larga espera y ¿para qué? Tendría que bastar con una mezcla digital de ambos personajes.

—Da una pausa al equipo para comer —dijo Al—. OKB se queda en Obras. Él solo tiene un *look*, así que acabaremos sobre las cuatro.

—Entonces, ¿puedo irme? —preguntó Wren. Tenía un entrenamiento programado, llevaba despierta desde las 5:30 de la mañana y al día siguiente quería levantarse a la misma hora para volar un poco en su Cirrus 150. Wren necesitaba tiempo en el aire y el fin de semana sería su última oportunidad.

—Adiós —le dijo Bill.

Cuando OKB se enteró de que el equipo se iba a comer, se levantó de un brinco de la silla.

—¡Disfrutemos todos de una hora de comida!

Cuando iba hacia su remolque, con el maquillaje lejos de estar acabado, el auxiliar de Dirección le dijo que se tenía que quedar en Obras para estar listo cuando el equipo estuviera de vuelta.

—Un hombre tiene que comer. Tráeme a la encantadora Ynez.

Resultó que Ynez estaba con Al y Yogi en la tienda del catering; un equipo mínimo estaba improvisando un almuerzo para las veintidós personas que trabajaban aquel día. El auricular de Yogi graznó pidiendo que fuera Ynez, así que el hombre la envió a ver a OKB.

—Se ha ido de Obras. Para comer —le dijo a Al.

—Pues claro que lo ha hecho —dijo Al.

OKB estaba en su remolque, pasando canales de la televisión por satélite en busca de deportes en directo o porno nuevo cuando Ynez llamó a la puerta.

—Hola, Consuelo —le dijo a Ynez Gonzalez-Cruz—. ¿Hay algún sitio donde hagan bocadillos de *pulled-pork* buenísimos en este Lonely Butte?

—Puedo conseguirte un bocadillo del catering —contestó Ynez.

—¿De *pulled-pork*? ¿Una buena barbacoa?

—No lo creo, pero…

—Me apetece barbacoa. Cerdo jugoso empapado en salsa fuerte y picante. Tiene que haber un sitio, ¿eh?

—A ver si puedo encontrar uno.

—Hazlo. También judías y ensalada de col. —Justo entonces la pantalla del televisor se llenó con una película para adultos en algún canal para adultos—. ¡Uh, mira qué tetas tiene mamá!

Como diseñadora de vestuario, Le'Della Rawaye había tratado con actores sobre todo desnudos, literalmente. Había vestido a seres humanos que se odiaban y que tenían problemas físicos graves (incluso aunque fueran ejemplos impresionantes de belleza y salud), a profesionales dictatoriales que sabían cómo lucían mejor (aunque a menudo se equivocaran), a estrellas que tenían media docena de aduladores con la cabeza tan metida en el culo de sus jefes que las pruebas de vestuario se convertían en concursos de tráfico de influencias que duraban horas, estrellas que querían seguir probándose más y más cosas, y a estrellas que querían acabar con todo en diez minutos. Estrellas que parecían borregos y que querían vestirse como corderos. Estrellas que querían quedarse con la ropa. OKB era una combinación de todos esos niños problemáticos y Le'Della no lo soportaba.

En las pocas semanas de preproducción que habían tenido, OKB había dejado esperando a Le'Della horas porque, decía, solo había un traje, ¿no? Cancelaba las pruebas, insistía en que fuera ella quien se desplazara a su casa de Franzel Meadows, después se olvidaba de haberlo hecho, y al final se limitaba a sentarse, hablar de «las mejores cosas que había aprendido sobre ser actor de películas, como que no hay nada mejor que escuchar al instinto». No comentaba nada sobre las representaciones en las que había trabajado Le'Della en los últimos cinco meses y no paraba de hablar de las «alternativas imaginativas» al traje de Firefall que traqueteaban dentro de su cabeza; de empezar desde cero. En el guion, Firefall llevaba el uniforme lleno de cicatrices de batalla de un marine de la Segunda Guerra Mundial, uno que continuaba luchando su guerra fantasma en el Pacífico, pero OKB, bueno, «como que odiaba esa idea», sobre todo el casco.

—No es más que un militar muerto —no paraba de decir—. Entiendo que es donde empezó BJ, pero ¿con qué me deja eso para actuar? ¡Vamos a inventarnos algún misterio!

Aquel viernes por la tarde, para su prueba de cámara, OKB como Firefall no se presentó delante del objetivo hasta las 15:56. Sí, iba caracterizado de marine, con quemaduras falsas y aplicaciones de cicatrices. Llevaba un lanzallamas de atrezo sobre el hombro. Llevaba el casco muy inclinado hacia atrás para tener un aspecto desenfadado. No paraba de moverse, se contoneaba mucho y todo el rato bailaba un falso claqué. Solo en un momento dado hizo lo que le pedía Bill Johnson, el director, guionista y jefe de toda la empresa. OKB se bajó el borde del casco hasta justo encima de los ojos y se quedó quieto. Miró a izquierda, a derecha, directamente a cámara y luego volvió a echarse el casco hacia atrás, empezó a caminar adelante y atrás con ritmo desgarbado, guasón, gritando: «¡Media vuelta, ar…, media vuelta, ar!». No quería salir a la luz natural, ya que la luz era la luz y ¿qué sentido tenía?

Cuando hubo acabado, hizo una petición. Tenía algunas ideas propias. Había hecho algunas compras en sus viajes a Los Ángeles y el Área de la Bahía y Nicolette había ayudado. Quería probar algunas de las cosas que había elegido, ese día, con Le'Della habiendo visto solo unas pocas piezas. Lo único que necesitaría de ella serían algunos pañuelos. Se pasó las dos horas siguientes yendo y viniendo a su caravana, rebuscando en el gran bolso marinero que le habían regalado, probándose varios pantalones, jerséis, sudaderas con capucha, pantalones cortos, botas, chanclas y, sí, pañuelos; una serie de *looks* que le parecían rudos, varoniles, misteriosos y únicos; opciones buenas e instintivas para su Firefall, más allá de aquel soldado muerto. Ni una sola vez se puso un sombrero. En algunas variantes parecía un policía, un leñador, un autoestopista, un soldador, un astronauta y un surfista musculoso* que, con solo unas pocas revisiones imaginativas del guion de BJ, podría haberse encontrado aquella cosa del lanzallamas por un giro cósmico del destino.

—¡Como el rey Arturo y su espada, ¿sabes?!

* «Como los putos Village People», dijo Al.

¿Por qué llevar solo aquella mochila torpona con la manguera?, se preguntaba OKB. ¿Qué tal una especie de varita de fuego o algo tipo muñequera, puño, guante especialmente diseñado? ¿Y si ni siquiera necesitara un dispositivo, sino que pudiera conjurar las llamas? OKB había esbozado algunas posibilidades, o había sido Nicolette, ya que él no sabía dibujar muy bien; él era un hombre de ideas y ¿no estaban empezando desde cero?

Con paciencia, como un maestro zen, Bill dejó que el actor se probara toda la ropa y filmó cada iteración de Firefall como lo imaginaba OKB. Cuando se le acabó la bolsa de lona llena de opciones de vestuario, Bill le dijo a su actor que no estaba de acuerdo con ninguna de las opciones, pero que miraría el material de prueba que había grabado con una mente abierta, y que ya hablarían.

—Gracias, BJ —dijo OKB mientras salía de su remolque, a punto de subirse al asiento trasero de su Range Rover con Ace al volante—. No puedo evitar pensar que el *look* de militar se ha explotado hasta la muerte.

Bill Johnson, Al y los jefes de departamento vieron la grabación aquella noche en el edificio de la Asociación de Productores de Almendras, en el espacio que habían convertido en una sala de proyección digital. Ynez preparó un bufé de comida china del Golden Harvest de Chico que sabía mejor de lo que debería saber la comida china de Chico. Con las cervezas/vinos/martinis del viernes por la noche, la charla sobre los muchos *looks* de Wren fue tan positiva, con tantas opciones estupendas y variadas, que Bill brindó por Kenny y las Buenas Cocineras y se dio por satisfecho si Le'Della hacía las elecciones de vestuario finales.

—A Wren le queda todo bien —dijo Le'Della, y todo el mundo estuvo de acuerdo.

Entonces Bill pasó las imágenes de prueba de OKB. Congeló su imagen como el espectro clásico, golpeado y quemado de un lanzallamas del Cuerpo de Marines de Estados Unidos de 1944, para que todo el mundo pudiera verla —el casco bajo sobre los ojos, el cuerpo inmóvil de Firefall dominando la pantalla, una criatura formidable, una imagen imborrable—, en parte John Wayne, en parte Lee Marvin, en parte Charlton

Heston.* En aquel fotograma congelado, O. K. Bailey se había transformado de simple mortal a icono del cine.

—¡Ahí! —gritó Bill—. ¡Dios! ¡Ese es Firefall y es por eso por lo que OKB tiene el trabajo! —Pasó el resto del metraje a velocidad 3XFF, las opciones tontas propuestas por OKB, y dijo mientras abría otra lata de Hamm's—: Adivinad qué vestuario apruebo.

Al día siguiente, sábado, a media mañana, Bill llamó al iPhone que la productora le había proporcionado a OKB, quien descolgó y puso el altavoz mientras conducía por algún sitio aquel Audi suyo tan molón.

—Dime, BJ —dijo el actor—. Si se corta, vuelve a llamar. Estoy llevando a Nicky al Golden Gate. *Le Pont d'Or.*

—Las imágenes de prueba se veían bien —dijo Bill Johnson. Hizo como que no había oído lo de BJ.

—Dime más.

—Estás hipnotizante.

—¿Con qué traje? —OKB quería saber.

—Con el primero. El primer cambio. Ese es Firefall.

Hubo un momento de silencio. De no haber sido por el sonido de OKB cambiando de marcha en su Audi, Bill podría haber dado por sentado que se había cortado.

—¿Quieres decir el de soldado?

—Quiero decir el de Firefall —dijo Bill en el registro alto necesario para llamadas a un conductor con manos libres—. Llenas la pantalla como solo tú puedes hacerlo. Una mirada y el público estará asustado, fascinado y preguntándose... «¿Quién? ¿Quién es este tipo?».

—De verdad. —Susurró algo en francés que Bill no pudo descifrar—. Ya te digo yo quién es —dijo OKB—. Es..., ay, ¿cómo se llamaba? Ah, sí, un militar.

—Un marine. Él es el motivo de la película y es brutal.

—¿Y los otros cambios? ¿Los otros trajes? También son brutales. Ya sé que no son cosas de Le'Della, pero bueno.

—Son poco claros. No es un soldador. Ni un surfista. Las chanclas te estorbarían en las peleas.

* Wayne, Marvin y Heston eran estrellas de cine icónicas antes de la llegada del *streaming*.

—Olvida las chanclas, ¿vale? Te estaba dando opciones. ¿Qué me dices del primer traje que llevé, el de los vaqueros andrajosos y la camiseta de cuello de pico, y sí, el importantísimo lanzallamas? —El que Bill pensaba que le hacía parecer una versión Abercrombie & Fitch de un mecánico de garaje con un soplador de hojas—. ¿Te crees que sabes de dónde salió ese tipo? Tengo los brazos cincelados, tío. Entreno. Estoy en forma. ¿Y quieres esconderlos debajo de ropa verde militar de Gomer Pyle?

—Quiero que los ojos de OKB lo cuenten todo —dijo Bill, dispuesto a amontonar los cumplidos para mantener contento a su actor—. Proyectarás la sombra de un monstruo pero cuando nos acerquemos y veamos tus ojos… Tienes unos ojos que llevan peso, que han visto demasiado. Cuando llevas el casco bajado y la cara medio tapada, aislada entre esas cicatrices y la línea dura del acero, tus ojos son tan profundos como una noche sin luna. Eres Marte, el dios de la guerra. Condenado a vagar hasta que no haya más guerra que luchar.

El teléfono se quedó en silencio un buen rato pero el motor del Audi no cesaba.

—¿Se ha cortado? —preguntó Bill—. ¿Estás ahí? ¿Me has oído? ¿Te he perdido? ¿Estás ahí?

—Sí —llegó la voz de OKB por el altavoz—. Marte, ¿eh? Eso no lo he leído en el guion.

—El dios de la guerra. Te enviaré una captura de pantalla de lo que nos ha hecho acalorarnos. Ya lo verás. Eres una visión.

—Vale, BJ. Tacha los otros. Mándame lo que sea.

—Conduce con cuidado. Disfruta de San Francisco. Nos vemos el lunes.

—Que sí, que sí.

El iPhone de OKB se quedó en silencio. Bill miró a Al, que había estado allí escuchando la conversación. Estaban sentados en el patio trasero de la casa que Al había requisado como alojamiento en Lone Butte, en el Distrito de Casas Históricas del centro de la ciudad, donde crecían unos ciruelos maduros en una hilera ordenada, a juego con los del patio de al lado, como si en su día hubieran formado parte del mismo huerto. Entre aquellos frutales de la parte trasera y los enormes sicomoros que se extendían en la parte delantera de la casa, Al casi podía imaginarse de nuevo bajo sus benditas y tranquilizadoras secuoyas costeras de Santa Mónica. Incluso la calle se llamaba Elm.* Árboles por todas partes.

Bill sacó una captura de pantalla de la prueba de cámara de OKB como Firefall, marine de Estados Unidos, y la envió al teléfono del actor.

—No he notado entusiasmo en esa llamada, jefe.

—Ha abandonado las chanclas con bastante facilidad. —Bill sabía que, de nuevo, Al tenía razón, como siempre. Entonces sonó el teléfono de Bill.

PIEDRAESTOQUE: Bonito casco.

—Jefe, o ha estado de acuerdo o te ha mandado a la mierda —le dijo Al, que se inclinaba por lo segundo.

Igual que Bill, que empezó a sopesar ambas alternativas. Habían pasado por tantísimas cosas en todas las películas que habían hecho juntos: años de tratar con llorones, gilipollas, naufragios psicológicos, alcohólicos sobrios, adictos que recaían, miembros del equipo en proceso de divorcio, casos de custodia de los hijos, quiebras, y más de un par de pleitos entre el Talento…, demasiados juicios a lo largo de los años como para no reconocer el problema potencial de OKB. Cualquier actor que esté descontento con opciones artísticas que se le hayan impuesto causará problemas en el rodaje: retrasos; pérdida de entusiasmo y, por tanto, de ímpetu. A juzgar por su comportamiento justo del día anterior, en las pruebas de cámara, OKB tenía potencial para ser otro NOMBRE EN NEGRITA NÚMERO 4, que hizo la vida imposible a todo el mundo en NOMBRE DE LA PELÍCULA DE ÉXITO AQUÍ, y fue recompensado con una nominación a los Óscar y una serie de contratos multimillonarios. O sería lo otro: un actor al que tendría que recortar en la sala de montaje.

En la historia de la filmografía de Bill Johnson, había despedido exactamente a un miembro del Talento. Ocurrió en un abrir y cerrar de ojos enfadados, estuvo cargado de veneno y amenazas de venganza y provocó una interrupción de la producción que duró tres días inmorales. Hubo demandas. Y ocurrió en *Tormenta de mierda*, también conocida como *Albatros*.

* En inglés, «olmo». *(N. de la T.)*.

Aquello no podía volver a suceder. Así que, hacía mucho tiempo, en Optional Enterprises habían ideado un plan de contingencia por si volvía a darse el caso...

—¿Llamo a Yogi? —preguntó Al.

—Sí —respondió Bill Johnson—. Y a Aaron y SAM también.

Fue entonces cuando la Orden de rodaje cambió para los tres primeros días de rodaje. Era sábado y solo quedaban tres días de preproducción.

Bill siempre empezaba sus películas en miércoles para que el equipo tuviera una semana corta, entrara en calor, llevara a cabo el rodaje de metraje más básico con escenas que nunca eran demasiado complicadas de montar ni demasiado pesadas emocionalmente para los actores. El comentario ingenioso, la versión simplificada de CliffsNotes de los 53 días de rodaje, requería planos exteriores largos y amplios de Eve caminando por el centro abandonado, acercándose al *drugstore* Clark's, entrando en el local pero sin ver el interior. Pasaba por delante de la iglesia y del cine Estatal. Allí habría gente del pueblo.

El día 2 de los 53 iba a ser más de lo mismo pero con ángulos bajos de olas de calor elevándose desde el pavimento, el termómetro digital del letrero del banco, los reflejos en las ventanas y en los espejos de los coches y la llegada de los investigadores en un SUV negro mate y una furgoneta/unidad a juego plagada de antenas y equipos. Por lo general, Bill habría dejado algunas de esas tomas para la segunda Unidad, pero, por tratarse de la primera semana de rodaje, tomaría un exceso de imágenes, algunas de las cuales podría utilizar más adelante para cortar en la sala de montaje. Una gran toma programada para el segundo día iba a ser Knightshade bebiendo agua de la fuente de fuera del Palacio de Justicia: se iba a utilizar una CableCam para hacer un zoom y varias lentes de largo alcance para plano detalle, siempre complicadas para el foquista, sobre todo la primera semana. Stanley Arthur Ming quería la luz suave de la hora dorada, cuando el sol está bajo en el oeste, a última hora de la tarde. El día 3, tarde, el viernes, iba a estar dividido: se convocaría al equipo a mediodía para rodar la mitad del día con luz de tarde, y luego un gran montaje para una de las pocas tomas nocturnas: la escena 7, «Eve oye problemas y CORRE». Wren haría algunas carreras, unas cuantas miradas importantes de miedo, pánico y preocupación (para las que Bill quería tomarse tiempo de sobra) y luego su doble de acción haría algunas cosas físicas más duras. La semana terminaría a medianoche y todo el mundo se sentiría confiado y seguro. OKB tendría tres días libres.

Para la medianoche del viernes, aquellos de la producción que resultaran ser ineptos en su trabajo, que causaran más problemas de los que resolvieran, que nunca deberían haber sido contratados, cantarían como una almeja. Esas personas, esos problemas, serían despedidos el viernes por la noche al acabar, sustituidos durante el fin de semana y olvidados a la hora del almuerzo del lunes. Por eso el primer día de rodaje era siempre un miércoles.

Pero... se revisó y cambió la Orden de rodaje del día 1 de los 53 días de rodaje para concentrar la carga de trabajo de OKB al inicio. Debía presentarse en la fábrica a las 5:15 de la mañana, estar en el set a las 9:30 para la escena 4: «¿Quién es ese? ¡Firefall!» y tomas de OKB con su traje buscando por la ciudad. El día 2 sería la escena 93: «Fuera de la vorágine: ¡Firefall!». El día 3 (¡viernes!) sería la escena 93XX, «Elementos de lucha n.º 2». Así pues, miércoles, jueves y viernes, OKB los trabajaría enteros, con el traje completo y efectos especiales, con escenas complicadas con cámaras adicionales para la cobertura. Wren estaría en algunas de las tomas.

Con un poco de suerte, el viernes OKB se mostraría parte del equipo, en la película, infundido del espíritu del personaje. Estaría comprometido, calmado y entregado como Firefall. Con mala suerte, se mostraría de un modo muy diferente.

El jaleo

Durante todas aquellas semanas de preproducción, de llevar de pastoreo a todas aquellas ovejas creativas, el despacho de Bill Johnson en la Oficina de Producción parecía como si nunca hubiera sido asignado a nadie de la película. La habitación estaba impecable. Espartana. Había el escritorio y la silla de rigor. Un teléfono. Dos sillas más para las visitas. Un sofá y una mesa de centro. Una mesita baja con ruedas, destinada a una máquina de escribir, estaba arrinconada. En el conglomerado de las paredes había solo la lista de extensiones del intercomunicador y una página de números de teléfono de emergencia. No tenía papeles sobre el escritorio. Había un bolígrafo en un cajón, junto con una pila de folletos, las tarjetas rectangulares y largas con las palabras Knightshade: El torno de Firefall en la parte superior y Bill Johnson en la inferior. Otra pila de folletos diferentes tenía su nombre en la parte inferior y Optional Enterprises en la parte superior. Mantenía su espacio tan árido, dijo, porque en preproducción se le llenaba tanto la cabeza que necesitaba un espacio vacío o de lo contrario se volvería loco. Para la mayoría de las reuniones iba al despacho de Al.

Llevaba consigo, siempre a mano, una copia de su guion encuadernada en cuero, con las páginas manoseadas y arrugadas por las lecturas incesantes y aleatorias. No había notas en los márgenes, ni tachones a lápiz o bolígrafo, ya que cualquier nueva idea o imagen que surgía del estudio de aquellas páginas se forjaba en su cráneo. Si no podía recordar las notas, no valía la pena conservarlas. Las manchas de café eran las únicas que había en su guion. La oficina de Bill Johnson en el edificio de la Asociación de Productores de Almendras era un lugar para leer, reflexionar, charlar y hacer llamadas telefónicas.

Al final de uno de los días de preproducción, se sentó en su fortaleza de solitud a la vez temiendo y deseando apresurar la implacable marea que se avecinaba. El rodaje. El comienzo de su trabajo pesado, como si todo el trabajo que había hecho hasta entonces hubiera sido ligero. ¡Ja!

Estaba esperando el yogur helado de vainilla con virutas de arcoíris. Tenía la puerta abierta cuando apareció Ynez con bolsas de YouGo FroYo.

—Me ha dicho Al que le trajera esto —explicó Ynez.

—¿Por qué no, Y-not? —dijo Bill—. Pasa.

Al apareció un instante después.

—Qué rápido.

—Ya me conocen —dijo Ynez mientras sacaba los envases de la bolsa—. Ni siquiera salgo del coche. Me lo sacan corriendo.

—Vas a tomar un poco de esto —dijo Bill, refiriéndose a Ynez.

—Oh, estoy bien así, gracias.

—No te he preguntado cómo estás. Te lo ordeno. No menos de una cucharada.

Ynez miró a Al en busca de alguna orientación: no quería hacer nada inapropiado.

—Toma —dijo Al, ofreciéndole otra cuchara y su propia taza desechable de postre de frambuesa sin azúcar—. Esto es una tradición que tenemos. Hacemos una pausa para comer yogur y recuperar el aliento antes de entrar en el jaleo.

Al colocó su taza entre ella e Ynez, a la misma distancia de una que de la otra.

—¿Qué es el jaleo?

—Muy pronto lo sabrás —dijo Bill—. En cuanto empecemos a rodar y comiencen nuestras labores hercúleas.

—Qué emoción —confesó Ynez—. Ahora solo tenemos que hacer la película.

Al y su jefe, Bill, rieron a carcajadas. Rieron y rieron, cogiendo bocanadas de aire.

—¡Ay, Ynez!... Ahora... solo tenemos... que hacer... la película.

Ynez hizo una mueca, como haría una criatura en la cena de Pascua tras repetir un chiste que no sabía que iba de sexo.

—El jaleo es donde todos vivimos durante tres meses,

Y-Not —dijo Bill—. No recordarás lo que rodamos el día anterior. Aparte de la Llamada de equipo, el tiempo carecerá de sentido. La crisis más difícil que resolvamos en el plató será una de tantas en cuanto movamos la cámara. Cada vez que terminemos una tarea, tendremos otras cien millones con las que lidiar, y en cada una de ellas puede que hayamos sembrado las semillas de nuestra propia destrucción y que no haya ni una puñetera cosa que podamos hacer para cambiar nuestro destino. —Bill se desternilló de risa como un loco que oyera voces.

—La estás asustando —dijo Al—. Háblale de los accidentes, jefe. Las cosas buenas que pasan.

—Todavía no —contestó el director—. Señorita Gonzalez-Cruz, tenemos un calendario de rodaje de cincuenta y tres días. Si llegamos al almuerzo del día veintiséis, estaremos en lo alto de la curva, el punto álgido de nuestra energía cinética. A medio camino. De aquí a entonces estaremos viviendo dentro de un torbellino que solo se produce en la guerra, el amor y los partidos de fútbol en días lluviosos. Lo que debería ocurrir no sucede y lo que ocurre tiene poco sentido. Estaremos agotados, a punto del colapso y con las neuronas sobreestimuladas. Pero estaremos a medio camino, ¿verdad? Pensarás: «Ah, ahora podemos relajarnos. A partir de aquí todo es cuesta abajo». Pues no, no lo es. Nada de lo que hayamos hecho hasta ese punto importará un bledo. Aún están por venir días de amargo compromiso, de una maldita cosa detrás de otra durante las cuales puede que estemos forjando el eslabón más débil de la cadena, el que se romperá y enviará la película al estatus de la risa o, peor aún, a una aceptación blanda y anodina, digna nada más que de palmadas lacias. —Bill juntó las manos en un aplauso lento y apenas audible—. «Oye, un amigo mío vio tu película. Dijo que era graciosa». —Se zampó un montón de FroYo—. «*Ehtamoh addraejando un hampo…*». —Tragó saliva—. Estamos atravesando… un campo de minas. Un paso en falso y boom.

Ynez le había escuchado sin mover siquiera la cuchara. La expresión de la cara era la misma que cuando una vez la paró la policía de tráfico por exceso de velocidad y el policía le habló de todas las vidas que estaba poniendo en peligro.

—¿O? —gritó Al—. ¡Dile el «o»!

—O… —Bill dejó que la palabra flotara en el aire de su

impecable oficina—. Rodamos la película y captamos la magia. Somos Zapruder en el montículo de hierba de Dealey Plaza. Tenemos una toma tan impresionante que en el siguiente montaje nos pavonearemos como gallos de pelea. Ejemplo: la papelera de *Tierra estéril.** Hacer una película es andar dando tumbos por el laboratorio e inventar la goma vulcanizada o los Post-its por accidente. Pillar a los tanques nazis cuando se quedan sin combustible sintético. Hacer un pase en largo desde nuestra línea de veintidós yardas y marcar seis puntos. Invitar a la reina del baile de graduación a comer frankfurts con chili y que ella diga: «¡Por fin! Estaba esperando que me lo pidieras porque tenía ganas de poner las manos sobre tu…».

—Creo que lo ha entendido, capitán. —Al le dio una palmada en el brazo a Ynez—. En el jaleo lo genial y lo horrible suceden uno al lado del otro.

—Rodaremos escenas que nos llevarán dos días y medio y que sin embargo ocuparán cuarenta y ocho fotogramas en la película, como mucho. Haremos tomas que no son más que ideas de última hora y que acabarán teniéndose en cuenta. Háblale a la señorita Gonzo-Crucero del Continuo emocional distorsionado.

—¿El qué? —Ynez sopesaba todo lo que oía, tratando de imaginar solo cinco tarjetas de notas DALA aunque perdía la cuenta.

Al se lo explicó:

—En la Unidad parecemos una gran familia, todos en la misma película, todos trabajando cada día. Nunca dejamos de hacernos favores. Nos vemos unos a otros en nuestros mejores y peores momentos. Nos reímos y mantenemos un aire profesional: nos respetamos, bla, bla, bla. Pero empezamos a rodar y vivimos con poco tiempo, mucho esfuerzo y nos vamos desgastando, nos convertimos en arena. No nos atrevemos a involucrarnos en la vida privada de nadie porque lo único que importa es terminar la película. Los actores pasan el rato juntos y se convierten en amigos y en amantes, exa-

* El famoso momento de la película, en el aparcamiento de Sears, en el que la papelera explotó y aterrizó perfectamente sobre el capó del Ferrari en la primera y única toma.

mantes y rivales. Durante tres meses estamos todos juntos en esto: trabajando duro, trabajando mucho, trabajando para que todos podamos trabajar de nuevo. Uno pensaría que la larga prueba de no ser despedidos nos uniría, nos fundiría en un solo ser, ¿verdad?

Bueno, pensó Ynez, hasta el momento lo que Al estaba diciendo había sido exactamente la experiencia de Ynez. Se sentía muy unida a todos los miembros del equipo y del reparto que había tenido el placer de conocer. Sabía el nombre de todo el mundo y era capaz de interpretar su lenguaje corporal. Incluso Cody, el asistente personal de la Oficina de Producción que había sido tan gilipollas en su momento, había aprendido la lección y se había convertido en un compañero de trabajo agradable, aunque nervioso, siempre que él y Ynez estaban en la misma tarea.

—Somos todos uno, ¿verdad?

—Sí —dijo Al—. Hasta que terminemos la película somos pioneros en la misma caravana de carretas con destino a la tierra prometida. Pero en cuanto puedas decir: «¡Eh, tengo otro trabajo!», todo esto —Al hizo el gesto de abarcar la oficina con los brazos, refiriéndose a toda la experiencia cinematográfica— no será más que un jaleo. Coge el ritmo y la presión a que has estado sometida, Ynez, desde que te tenté con el tráfico de Fountain Avenue y triplícalo. Luego cuadriplícalo. Luego súmale tener la regla cuando estamos filmando de noche y no poder estar en el *baby shower* de tu mejor amiga y que ella no entienda por qué no puedes salir.

—Al —dijo Bill—, háblale de NOMBRE DEL ACTOR AQUÍ.

Ynez se sobresaltó ante la mención de una celebridad tan importante. Todavía no había tenido el valor de preguntar por algunos de los famosos con los que había trabajado Al: cómo eran y si eran tan especiales en persona como en las películas.

—Ah. —Al sacudió la cabeza—. Me asignaron para cuidar a NOMBRE DEL ACTOR AQUÍ en AQUELLA PELÍCULA QUE HICIMOS. Mi mentora, Dace, me enseñó cómo ir acercándome a él, en el transcurso de un día de trabajo, cómo charlar con él y averiguar si estaba molesto por algo, si necesitaba algo, para ver su temperatura emocional.

—Llevaba el peso de la película sobre sus hombros —explicó Bill—. Tenía que estar ahí en cada escena, tanto si quería como si no. Si estaba feliz, tenía que ser un desastre emocional para el papel. Si odiaba su vida y a todo el mundo de la película, tenía que ser gracioso y encantador. Era como si las páginas del día estuvieran escritas específicamente para pedirle lo contrario a su estado mental. Necesitábamos que apareciera en el rodaje y diera la talla.

—Así que me encargaron que fuera su susurrador de actores —dijo Al—. Le llevaba los pretzels de chocolate que sabía que le gustaban. Pasaba el guion con él. Le ponía su silla junto a la calefacción cuando hacía un frío glacial en el rodaje. Habíamos hablado de los viejos dibujos animados del Pato Donald y me aseguraba de que a la mañana siguiente en la tele de su caravana se viera algo de Disney Classics. Escuchaba su charla del mal humor y aceptaba sus lamentos. Me reía de su conversación ingeniosa cuando estaba de buen humor, por mucho que durara. Informaba a este tipo —dijo señalando a Bill— y a Dace del estado mental en que me parecía que se encontraba NOMBRE DEL ACTOR AQUÍ cada hora para prevenirles de qué esperar cuando llegara al plató. Hacía eso todos los días, fines de semana incluidos. Era agotador. Como ser la canguro de un crío malhumorado veinticuatro horas al día siete días a la semana. Hablando de eso, ¿por qué mantienes a Francisco alejado de mis brazos?

—Lo traeré cuando pueda.

—Hazlo, por favor. Necesito adorar a ese niño durante una hora o así.

—No pierdas el hilo, Al —dijo Bill—. NOMBRE DEL ACTOR AQUÍ.

—En una jornada de doce horas, pasé once de ellas cuidando de NOMBRE DEL ACTOR AQUÍ. Si rodábamos mucho rato, digamos quince o dieciséis horas diarias, pasaba cada minuto extra con él como ayudante de campo. Una vez le hice la manicura para que no se marchara de su silla del rodaje. Fui como una hermana pequeña que le adoró durante un rodaje de sesenta y seis días. Después, AQUELLA PELÍCULA QUE HICIMOS se acaba y la Unidad se separa, cada uno por su lado. Un mes después, cuando por casualidad me cuelo en una cena de bistec y martinis con Dace en el Golden Bull, en el bar está ni más ni menos que NOMBRE DEL ACTOR AQUÍ. Me acerco a él y le digo: «¡Mira quién está aquí! ¡Ehhh!». Y él me mira como si fuera un Hare Krishna pidiendo dinero en el aeropuerto de Los Ángeles. Ni un parpadeo de reconocimiento. No estamos en el set, ¿sabes? No estoy velando por su comodidad, así que no estoy en el elemento común del trabajo. Ni siquiera soy una vaga sombra del jaleo, pero de hecho me alegro de haberme encontrado con alguien con quien hace poco he pasado un montón de tiempo, ya que juntos hicimos otra obra maestra del cine. Le saludo por el nombre y le doy un abrazo. Se queda con los brazos rígidos. Me dice: «Yo no doy abrazos. Y este es mi tiempo privado, así que no me pidas un selfi». Le digo: «NOMBRE DEL ACTOR AQUÍ, ¿no te acuerdas de mí?». No me recuerda. «Ayúdame. ¿De qué te conozco?». Eso es lo que hacen los actores. No recuerdan nada más que cómo se veían en el cartel de la película. Nosotros, los de Producción, nos acordamos de todo el mundo y los seguimos reconociendo el resto de nuestras vidas.

—Y eso es el jaleo —dijo Bill, levantándose y metiéndose el guion encuadernado en cuero bajo el brazo—. Surca el río como una hoja. —Se quedó de pie quieto un momento mirando a Ynez—. Si le sirve de algo, señorita Ynez Gonzalez-Cruz, solo he conocido a tres personas en tu posición que parecían haber nacido para este juego. Tú eres una de ellas. Me alegro de que salgas en la foto.

Al e Ynez se quedaron solas.

—Surcar el río como una hoja. Menuda chorrada —resopló Al.

—¿Quiénes eran los otros dos? —preguntó Ynez—. ¿Los nacidos para este juego?

—Yo, creo. Y Dace, a quien no conociste. Pero tiene razón, Ynez. Has resuelto todos los problemas que te puede plantear una película. Has aprobado la preproducción sin problemas. Ya eres titular. —Al se puso de pie—. Hablaba en serio sobre Francisco. Tráelo pronto. Echo de menos el olor de ese hombrecito.

El grupo de expertos reorganizó el programa y avisó a los departamentos. El domingo, con tres días de antelación, Bill pasó la mañana repasando el *storyboard* y la previsualización de las secuencias de Firefall. Luego él y SAM hicieron un reconocimiento de las nuevas posiciones para las tomas mientras Al avisaba a los representantes del reparto que interpretaban a los investigadores de que debían presentarse el lunes en Lone Butte para las pruebas y ensayos. El equipo de Alojamiento tenía algo de lío entre manos, pero encontraron vacantes y reservaron habitaciones en los hoteles en la interestatal. A dos días de empezar, Bill pasó la mañana trabajando, en primer lugar, con el Departamento de Arte y Escenografía, ya que la escena 93XX requería una calle principal en ruinas, dañada por el fuego; en segundo lugar, con el equipo de Efectos Especiales porque hacía falta fuego de efectos especiales; en tercer lugar, con Aaron para las normas de seguridad requeridas por todos los sindicatos, los gremios y la OSHA; y por último con el equipo de Maquillaje y Peluquería para afinar el aspecto de Firefall. Bill quería acentuar las divisiones horizontales entre las heridas del cuello de OKB y los ojos oscuros debajo del casco, lo que significaba que le iban a tener que poner más pegamento en el torso, la cabeza y el cuello. La Swing Gang iba a estar en alerta máxima, así que Al prometió una entrega de pizzas cada día a las 2 de la mañana. Ynez organizaría y supervisaría la llegada y el servicio de las pizzas. Se había hecho amiga de la gente de Big Stork y sabía que después de medianoche los empleados eran un equipo de adolescentes. El martes, un día antes del inicio del rodaje, Bill deambulaba por los pasillos de la Oficina de Producción del edificio de la Asociación de Productores de Almendras, poniéndose a disposición de cualquiera que tuviera preguntas, asomando la cabeza por los despachos, leyendo su guion una y otra vez, y sentado con Al a la mesa de ella, dándole vueltas a ideas y posibilidades para más adelante en el rodaje.

Sobre las seis de la tarde, Bill estaba sentado con Al y llamó a OKB desde el fijo de su despacho.

—¿Qué tal, bateador?

Al lo miró y movió los labios diciendo:

—¿Bateador?

—Todo bien —dijo el actor—. ¿Cómo estás, capitán?

Bill se rio.

—Listo para rodar. ¿Te molan las escenas? Es un comienzo rápido, lo sé, pero yo digo que nos lancemos.

—Sí. Vamos. A. Lanzarnos.

—Tengo que pedirte, sobre todo porque es el primer día, que vigiles con el tiempo. Empezar tarde el primer día es un fastidio para todos, ¿vale?

—Sí.

—No es que el primer día vaya nunca según lo previsto. Todos estamos nerviosos y tensos. Pero tenemos esto muy bien organizado. Y las escenas tres y cuatro serán una secuencia genial. Estoy deseándolo.

—Yo también, BJ, señor.

—Muy bien —dijo Bill, evitando volver a utilizar «bateador»—. Tráete a Nicolette. Antes de la primera toma hacemos un ritual con una bandera y la claqueta, y ella debería estar.

—Nicolette se ha ido.

A Bill se le aceleró el pulso ante esta noticia, lo notaba en la carótida. Le corrió por dentro un miedo, como una lagartija asustada por unos pasos en un camino desierto.

—Ah, ¿sí?

Al notó que su jefe subía el tono. Sonó como si hubiera dicho: «Ah, ¿¿¿SÍ???».

—Sí. Cogió un PONY a San Francisco y se volvió a París. O al infierno. Donde sea que sea su casa.

Bill miró a Al con unos ojos como platos, como queriendo decir «¡ay, no!», luego cogió un folleto de la pila que había en la mesa y un rotulador permanente rojo de la taza de café de la Comisión Cinematográfica de California y garabateó una nota para enseñársela.

Ha roto con Nic. Se ha ido.

Al cogió el folleto y el rotulador y escribió:

Ha roto con Nic. Se ha ido.
¡¡¡MIERDA!!!

Se les acababa de complicar su vida de cineastas. En una producción, cualquier corazón recién roto se convertía en un culebrón demasiado a flor de piel para todos los implicados, un tema sobre el que se hablaba demasiado en cada departamento, en cada caravana, en cada descanso para comer. Que le ocurriera a uno de los protagonistas el último día de la preproducción era... un desastre. La ruptura de OKB con su amante francesa podría convertirse en una distracción tan grande y costosa como la que había hundido todas las producciones de *Cleopatra* jamás montadas.

—Lo siento mucho, bateador. —¿Otra vez con lo de bateador?

—No lo sientas. —OKB suspiró pesadamente—. En cuestión de mujeres, lo mejor es que empiece de cero.

—Asuntos del corazón... —Bill tenía la esperanza de que le viniera a la cabeza algún otro pensamiento, pero no fue así.

—Voy a ir a correr para despejarme —dijo OKB—. Luego al sobre.

—Nos vemos por la mañana. —¡Ah! ¡A Bill le vino una cita a la cabeza!—: Esto también pasará.

—Recibido —le espetó OKB—. Cabo Fire-follador, cambio y corto.

En cuanto se acabó la llamada, Al cogió su teléfono para enviar un mensaje a Ynez: **ayuda cuanto antes**.

Ynez apareció en la puerta.

—¿Sí?

—¿Puedes averiguar los detalles de un PONY que tomó Nicolette desde casa de OKB a San Francisco anoche? —le preguntó Al.

Ynez necesitó una milésima de segundo para procesar la petición. ¿Nicolette? ¿OKB? Dejó que se Asentara, Luego...

—Apuesto a que sí. —Cuando salió del despacho ya iba teléfono en mano y empezaba a escribir un mensaje.

—Hasta ahora ha estado follando, supongo que con regularidad —dijo Al—, y aun así ha sido un gilipollas de categoría.

—Pasará por un estado de ira.

—Contra todas las mujeres —predijo Al. Lo sabía.

—Estará frustrado. Y de mal humor. Y preocupado.

—Nada que ver con como hasta ahora.

Ynez volvió a entrar en la habitación.

—Un amigo mío recibió una solicitud PONY de una casa en Franzel Meadows para ir al aeropuerto de San Francisco a las 3:37 de la madrugada.

—¿Eso es una locura de tarde o increíblemente temprano? —preguntó Bill.

—A esas horas de la madrugada hay muchas reservas, en su mayoría de fiesteros que no pueden conducir —explicó Ynez—. Bueno…, salió una mujer muy delgada con una enorme maleta de ruedas. En la puerta había un tipo de pie gritándole, en calzoncillos.

—¿Bóxers o *slips*?

—Estaban discutiendo. En francés. Mi amigo habla la versión que enseñan en el instituto. Decían muchas palabrotas. A los conductores de PONY se les enseña a no involucrarse en ese tipo de escenas a menos que haya amenaza de violencia. Solo había gritos. La mujer estaba a punto de entrar en el coche. Estaba gritando. Tuvo fuerza suficiente como para meter la maleta en el asiento trasero, luego sacó un ladrillo del camino de entrada y se lo lanzó al tipo de los bóxers o *slips*, le dio a una ventana y la rompió. El tío grita más. La chica se mete en el coche y dice: «*Allon zee!*». Próxima parada, San Francisco. Air France. Dos horas de viaje. Y ningún cliente para el viaje de vuelta a Sacramento.

—Gracias, Y-not. —Por algún motivo, Bill llevaba mucho tiempo llamándola Y-not. A Ynez no le importaba. Bill miró a las dos mujeres y suspiró en voz baja—: Se nos acaba de complicar la vida.

6

El rodaje

El Campamento base

Los camioneros son los primeros en aparecer, muy muy temprano. En la penumbra de la oscuridad.

Los camioneros viven en un túnel del tiempo que no se rige por cosas como el amanecer oficial o el turno de noche. No solo conducen y aparcan los camiones de forma segura y fiable, sino que transportan la película y después la organizan toda espacialmente, al estilo Tetris, en superficies de metros cuadrados en las que no parecen caber tantos remolques. Y, sin embargo, allí caben todos; un campamento base dispuesto con precisión geométrica, una estética lógica y una jerarquía, estructurado en la oscuridad como por asaltantes de medianoche. Los camioneros son ingenieros por eje que habitan un plano que forma parte, pese a estar separado, del resto del equipo de la película. El Campamento base no existiría sin los camioneros. Con ellos, el espectáculo puede continuar.*

De acuerdo con las matrículas, el kilometraje de la cabeza tractora y el desgaste de los remolques, esos camiones, que contienen el equipo, la parafernalia y material de la historia del cine, han viajado por todo Estados Unidos pero son de Hollywood; si no de la ciudad propiamente dicha, sí de la idea. Monument Valley de la Nación Navajo; las orillas del estrecho de

* Nadie se queja de que a los camioneros se les dé de comer antes que a los demás, ni se les reprende por dormir en sus cabinas mientras los demás trabajan: ellos llevan horas trabajando.

Puget; las calles de Chicago; los estudios de Wilmington, Carolina del Norte; Atlanta y Savannah, Georgia; Nueva Orleans y Baton Rouge, Luisiana; y los barrios de Las Vegas —Nevada y Nuevo México— han visto camiones de Campamentos base aparcados uno al lado del otro o en fila, abiertos toda la noche, trabajando toda la semana, desparramando el equipo y las herramientas necesarios para hacer películas, programas de televisión o largometrajes.

Cuando están en ruta, los camiones no parecen llevar ninguna carga especial; no son sino más tráileres grandes en la autopista que transportan… ¿qué? ¿Colchones? ¿Alcachofas? ¿Toallitas de papel? No. Dentro de esos camiones están las herramientas y troqueles de la magia y la fantasía: los equipos de iluminación, las cámaras, los espejos de cuerpo entero, los espacios de montaje, secadoras y las estanterías para el vestuario. El camión de atrezo lleva tal variedad de cosas que podrías entrar en él y pedir una máquina de tapar botellas para hacerte tu propia gaseosa, pistolas de duelo de época, un anticuado teletipo de bolsa y cigarrillos orgánicos relativamente inofensivos para los pulmones. Si el guion lo requiere, lo encontrarás en el camión de atrezo. También hay un gran cajón de pilas, de cualquier tamaño que necesites.

Hay camiones para todos los departamentos de la película: Carpinteros, Efectos Especiales, Jardinería,* Arte, Grip y Eléctricos.** El equipo de esos departamentos conoce cada gancho y cada amarre, cada cajón y cada armario construido en esos grandes remolques, así como lo que guardan en su interior, ya que ellos lo han puesto todo allí, cada cosa guardada en su sitio. A un miembro del equipo se le asigna un puesto igual que al vigía de un barco o a un intendente del ejército, con una oreja en el canal de radio para estar preparado para la llamada y la otra puesta en la rampa de acceso para oír si sube alguien. Se necesita una plancha de contrachapado para una pista de baile, cajas de manzanas de varios grosores, más banderas y redes, la funda adecuada para la pistola de goma de un falso policía, un

* El departamento que coloca árboles, arbustos y plantas.

** Los grip mueven «cosas». Los electricistas mueven las luces y los cables, cualquier cosa que esté electrificada.

café expreso recién hecho para el director de Fotografía suizo: que sean cuatro cafés expresos, para darle un chute de cafeína al maquinista de la plataforma rodante, al operador y al foquista. ¿Me recibes? ¡Te recibo!

El equipo se arremolina en los camiones durante días de doce, catorce, dieciocho horas, manejando las puertas levadizas y gritando advertencias a quienes pasen por allí para evitar que alguien se haga daño. Hay... que evitar... que la gente... se haga daño. Si el médico del equipo tiene que llamar a emergencias médicas, puede que el día de rodaje tenga que interrumpirse mientras haya una ambulancia en el Campamento base. Una interrupción del rodaje es un desastre. Un pecado nefasto.

Los lugareños, los civiles, podrían pensar que ha llegado a la ciudad un circo ambulante. Y tendrían razón, ya que «los cómicos han venido aquí, señor».* Schlegelmilches y Star Waggons son marcas registradas de los alojamientos, algunos apartamentos con un dormitorio, cama de calidad, una amplia ducha y un gran televisor por satélite, pensados para que los protagonistas que encabezan la Orden de rodaje cada día estén cómodos. Los dobles son dos estudios en un mismo chasis, con las mismas comodidades pero no tan de primera calidad. Los triples son para los actores que se conocen más por el número que por su nombre profesional: Número 29, policía; Número 32, señora con perro. Tienen menos días de trabajo en el calendario y no tienen ni la reputación ni el peso para disponer de su propia caravana: no tienen ducha, sino un catre en el que tumbarse. Los vagones de miel son habitaciones pequeñas alineadas como los establos de los caballos, y unos días pueden ser acogedoras y otros como cárceles.

El remolque de Maquillaje y Peluquería es un salón de belleza móvil, con olor a pelo secándose y a cola de maquillaje, pelucas, geles y espráis para el pelo, kits de tonos de brillos de labios y bronceados instantáneos. La música suena por debajo de la charla y por encima de los cotilleos que cabe esperar cuando hay media docena de actores en el rodaje. El tráiler de Maquillaje y Peluquería tiene impresoras fotográficas, etiquetadoras, una cafetera de expresos y hervidores para té que es-

* *Hamlet*, acto 2, escena II.

tán en marcha todo el día. Las sillas de maquillaje están frente a espejos rodeados de bombillas, de modo que cada grieta, imperfección y arruga de un rostro serán hábilmente disimuladas por los artistas de Maquillaje y Peluquería. Unos trozos de látex con forma serán cicatrices, costras y narices rotas una vez que los coloquen y coloreen los técnicos de realce visual, que han estado en sus puestos mucho antes de que cualquier miembro del reparto haya subido al remolque, todavía soñolientos y a menudo muy malhumorados. En el tráiler de Maquillaje y Peluquería se realza la belleza, se crean personajes y se calman las mentes.

¿Qué pasa con esas casas rodantes y autobuses tan caros y hechos a medida? ¿Quién va en ellos? Solo estrellas de cine famosas y directores de cine consagrados: nombres propios que los civiles reconocerían si los vieran. Quienquiera que tenga ese brillante Airstream de tres ejes sin duda lo cuida bien o tiene un camionero que lo hace. De hecho, siempre es esto último.*

Las películas se hacen en todas partes. Hay estudios —como los de Culver City, Burbank, Universal City— que operan en todo el mundo: Roma, Belfast, Potsdam, Ciudad de México y Edmonton. Budapest tiene sets de estudios que compiten por las producciones. En Vietnam se han establecido campamentos base para producciones cinematográficas.

Estar en escenarios reales convierte el rodaje en una aventura. El Campamento base de cualquier lugar es un sitio de posibilidades, tanto da que esté instalado en un aparcamiento de Austin, en un casino abandonado de Camel Rock, junto a la Serpentine en el Hyde Park de Londres, o a poca distancia a pie del Ponte Vecchio de Florencia, al otro lado del Arno.

A medida que se acerca el inicio del rodaje, el Campamento base se llena de vehículos menores, todos conducidos por ca-

* Hay un actor que hizo una película en el Reino Unido. Su camerino era un tráiler nuevo con quinta rueda y un sistema de sonido y TV de última generación. Cinco largos años más tarde, estaba trabajando en Helsinki y le dieron exactamente la misma caravana. Media década más tarde, la electrónica ya no estaba al día y aquello tenía el aspecto y olía como si dentro hubieran vivido ocupas. La habían llevado desde Inglaterra hasta Helsinki por una carretera en mal estado sin perderse ni un bache y aquello ya era un vertedero sobre ruedas. Pero el actor echó un vistazo a «su» caravana y rompió a llorar. ¡Estaba en casa!

mioneros. Furgonetas de reparto, Sprinters y coches alquilados trasladan a la gente desde las casas alquiladas y los hoteles del equipo hasta la localización. Motocarros eléctricos, camiones de caja abierta y camiones de caja integrada llevan el equipo al set de rodaje y después lo devuelven; el set puede estar a ocho kilómetros de distancia o a la vuelta de la esquina. A los vips los transportan en SUV con ventanillas tintadas. El camión de tacos del servicio de catering está cerca del plató y es un punto de reunión para tomar más café, avena instantánea, ramen, batidos y, por la tarde y por la noche, calderos de sopas y chili, porciones de quesadillas o sándwiches de mantequilla de cacahuete y mermelada. Catering mantiene al equipo alimentado con almidones y proteínas, llevan bandejas de comida hasta la plataforma móvil de la cámara como simpáticos camareros en un cóctel de bienvenida. La oferta son tanto tentempiés saludables y sustanciosos como cosas que te parecen malísimas para el cuerpo pero que son muy muy bien recibidas.

El equipo come en el Campamento base dos veces al día con comidas servidas en un ambiente festivo, en una carpa, en una sala vacía o en remolques que se expanden cuatro veces a lo ancho y que tienen puertas neumáticas de apertura automática, sistemas de calefacción, ventilación y aire acondicionado y asientos para cien personas.

El bufé de la mañana está repleto de alimentos reconfortantes ricos en calorías: ollas con gachas de avena, gofres hechos a la plancha, sándwiches imitación McMuffin envueltos individualmente, tortillas hechas bajo demanda, galletas y salsa gravy mantenida caliente mediante latas de combustible Sterno, bandejas de tortitas, huevos revueltos, beicon, salchichas, surtidos de fruta. La norma es: «Coge todo lo que quieras, pero cómete todo lo que cojas». Para los que tienen necesidades nutricionales más sanas, se puede preparar cualquier cosa para desayunar. Pide un bol de arándanos y kéfir de leche de cabra y lo tendrás disponible al día siguiente.

El desayuno se sirve antes de la Hora de llamada de esa mañana. Para algunos, esto permite facilitar la entrada en el día con miniconferencias de planificación, contemplando en silencio la tercera taza de café y contando anécdotas divertidas sobre las payasadas de la noche anterior en el karaoke. Al tictac del reloj, todo el mundo se levanta y se va a trabajar, bajo presión, llueva, haga sol, con pánico o tranquila certeza.

Seis horas más tarde, a mitad del día, hay media hora para comer desde la última persona de la cola. Hay opciones en abundancia, con bufés temáticos para el día de la fusión tailandesa, el día mexicano-cubano, el día de la pasta-risotto, el día de San Patricio de carne curada y col. El chef corta las carnes gruesas al momento, bajo demanda, en un bloque de carnicero. El pescado te lo desespinan mientras esperas. Pollos a cuartos, costillas grandes como las que se pediría Pedro Picapiedra, hamburguesas y salchichas alemanas que asan en barbacoas abiertas; las especias se las coge cada cual. La barra de ensaladas parece medir medio kilómetro y nunca se queda sin verduras o aderezos. Si alguien cumple años, se soplan las velas, se le canta la canción y se le prepara una tarta con su nombre en glaseado. El helado viene en cubetas y te lo sirven a paladas. Hay raciones cuadradas de brownies y cuencos con pastel de frutas que se pueden coger directamente, como los triángulos de sandía. Hay tazas de expreso apiladas junto a neveras portátiles llenas de hielo y grandes dispensadores de cristal de agua fría, té helado y limonada. Los Arnold Palmer te los mezclas tú mismo.

Cualquiera puede optar por no tomar la gran comida y apañárselas con un sándwich de lo que quiera o una macedonia y luego echarse una siesta en algún sitio. En el Campamento base, el almuerzo es lo que tú hagas de él. La comida y los productos son frescos, comprados en las tiendas y proveedores de la ciudad. De nuevo, cómete todo lo que cojas. Y recicla.

La empresa de catering viene de fuera de la ciudad pero necesita personal adicional de la zona. Una empresa cinematográfica contrata a empleados locales para resolver problemas y abrirse camino por el territorio. Y, al vivir allí, no cuestan dinero en términos de alojamiento ni reciben un céntimo como complemento para gastos diarios.

¡Pero ya no son civiles! En tanto que profesionales remunerados, el Campamento base ahora es «su» Campamento base. Los largos días de rodaje y las semanas de esfuerzo que dediquen a la película los comentarán el resto de sus vidas. Les preguntarán: «¿Dónde rodasteis aquella escena en la interestatal? ¿Hicieron daño a alguien aquellos aviones cuando lanzaron las bombas?». Respuestas: «En un gran escenario», y «no eran ni aviones de verdad ni bombas de verdad».

Sus nombres pasarán volando al final de la película, por los siglos de los siglos, lo cual les dará un crédito profesional que merecen y que se han ganado. Contribuyeron a hacer la película.

Día 1 (de 53 días de rodaje)

Ynez decidió dormir en su Transit, allí mismo, en el Campamento base, la mar de cómoda con un futón, una buena almohada y un edredón agradable. Quería estar en la Oficina de Producción a las 4:30 de la madrugada para asegurarse de que los del catering tuvieran listo el desayuno. Y estaba demasiado emocionada para conducir hasta Sacramento, obligarse a meterse en la cama, junto a la de su hermana, solo para pasarse la noche dando vueltas, expectante y preocupada, levantarse, conducir hasta Lone Butte y, tal vez, llegar tarde el primer día de rodaje. Ynez sentía una emoción como cuando su hermana mayor había tenido el primer nieto Gonzalez-Cruz y la familia había venido de todas partes para ayudar y asistir al parto. Ahora prefería estar en el trabajo, centrada y ocupada en la película de Lone Butte, a las constantes disputas y obligaciones de la casa, su familia y las idas y venidas. Se sentía especial haciendo una película. ¡Le había ido a buscar comida a OKB! ¡Había estado en casa de Wren Lane! Wren Lane le había enviado una nota a su madre dándole las gracias por «la cena increíblemente deliciosa», escrita en grueso papel de carta azul turquesa con las iniciales WL grabadas en relieve en rojo. Esa nota estaba ahora enmarcada, encima del piano del salón de los Gonzalez-Cruz.

A las 4:20 de la madrugada, Ynez se dio una ducha rápida en la sala de estar para mujeres del edificio de los Productores de Almendras (habían contratado fontaneros para asegurarse de que el agua caliente funcionara como antaño) y se secó con una toalla que se había traído de casa.

Al Mac-Teer se levantó a las 5:15. Se preparó el café en su propia cafetera de expresos Di Orso Negro, tres monodosis de color púrpura; nunca se preocupaba del nombre del tueste, solo del color de las cápsulas. Espumó la crema de leche mientras su osa negra italiana iba goteando y después se tomó los primeros sorbos de pie ante el fregadero de la cocina de su casa de alquiler en el distrito histórico mientras miraba los ciruelos del fondo. Por un instante mínimo, el anhelo de estar en casa con sus secuoyas le hizo preguntarse por qué trabajaba tanto durante tanto tiempo de un modo tan loco, pero luego desterró ese pensamiento de su cuerpo y de su cerebro: ¡tenía que hacer una película! Miró corriendo unos cuantos correos electrónicos, comprobó los gremios rápidamente, vio que no había mensajes urgentes de Yogi ni de nadie más. Su aplicación DALA solo mostraba tres tarjetas:

1. Una bandera: que significaba asegurarse de que el Departamento de Arte hubiera entregado la bandera especial para la ceremonia y la foto con la claqueta antes de que rodara la primera toma.
2. Un reloj: que marcaba las 9 en punto de la mañana, que sería la hora de la primera toma de la película, aunque solo fuera la cámara B captando imágenes del banco.
3. Un soldado con un signo de interrogación: que significaba ¿aparecerá OKB a la hora y vestido como había escrito Bill Johnson?

Al arrastró el dedo por su móvil hasta otra aplicación, una de broma, una versión digital de la antigua Magic 8 Ball.

—¿Vamos a alegrarnos el día? —preguntó a la aplicación. Agitó el iPhone y la pantalla se fundió en un azul líquido y aparecieran unas letras blancas que le decían su suerte: SOLO EL TIEMPO LO DIRÁ. Hizo una captura de pantalla y se la envió a Bill Johnson. La vería cuando se despertara.

A las seis de la mañana, Bill Johnson seguía en la cama. Estaba dormido y continuó así hasta las 7:31. Cuando le sonó la alarma del iPhone con el «Java con Leche Cha-Cha» de Sal Diego, miró los mensajes inmediatamente en busca de alguna emergencia. Lo único que vio fue el «Solo el tiempo lo dirá» de Al. Entonces le hizo un FaceTime a Pat en Socorro; la pilló en la mesa de la cocina con un café.

—¿Todavía con la cabeza en la almohada? —observó ella.

—En esta cama solitaria y medio vacía.

—Buena suerte hoy, Johnson. —Su tradición era no estar juntos durante las últimas semanas de preproducción ni el día 1. La carga de trabajo era demasiado grande, la atención de Bill estaba demasiado dividida, y Pat tenía demasiadas responsabilidades que no podía atender estando en los exteriores, como dar una clase sobre regolito gasificado. El fin de semana volaría para pasar el domingo con su hombre y estar en el set el lunes.

Tras ducharse y ponerse el que había sido y siempre sería su uniforme de cineasta —vaqueros viejos y holgados, botas camperas de cuero desgastado con cinturón a juego, camiseta de cuello panadero y una camisa de cuadros de franela con botones a presión de perla falsa—, Bill Johnson se fue al volante de su Dodge rojo hasta el Campamento base, entregó las llaves al camionero que lo iba a aparcar, entró en el salón de baile, cogió una tostada francesa, un huevo duro y un bol de macedonia y se sentó a desayunar. ¿Le preocupaba algo en el mundo al hombre? No que nadie pudiera ver. Por dentro, tenía las tripas tan retorcidas como las jarcias de un barco.

Wren Lane se despertó cinco minutos antes de que su teléfono sonara con un suave sonido de grillos. La noche anterior había tomado una gominola con bajo contenido en THC para calmar el cerebro. Aquel era su primer día como Eve Knightshade, como aquella de la que ahora pendían tantas cosas, y sin aquel medicamento legal nunca se habría dormido. (¡Igual que le pasaba a Eve!).

El primer día no tenía texto pero la llamarían para que diera vida a la mujer, sin importar las distracciones del equipo, las instrucciones del director o las travesuras de OKB. Ahora la película era suya. Suya. Tenía tantas ideas, emociones y sensaciones conectoras en su atestada cabeza… Llegaría a tiempo y conocería cada momento del texto (que había memorizado mediante relecturas constantes de su guion). Una vez que ese primer momento suyo fuera capturado por el objetivo, podría dar rienda suelta a la furia creativa que llevaba dentro y que había sido calmada, y continuaría siéndolo, por su exterior profesional y tranquilo; por su serenidad.

Estiró. Hizo sus veinte ejercicios Dray-Cotter. Caminó por los senderos del recinto a la luz creciente de la mañana con un zumo verde en una mano y un bollo de canela en la otra. A las

5:15 estaba esperando en el coche a que Tom Windermere la llevara a Lone Butte.

—Venga —le dijo mientras él se abrochaba el cinturón—. Llévame al trabajo.

A las 5:42 estaba sentada en Obras con las Buenas Cocineras y Kenny Sheprock listos para ella, con sus herramientas, horquillas, colas y ungüentos, brillos de labios y demás maquillajes de calidad de estrella de cine dispuestos con precisión.

—Primer día, señora —le dijo Kenny—. Vamos a dejarlos impresionados. Y gracias por esto. —Les había llevado a Kenny y a las Cocineras regalos envueltos: dentro había una navaja de plata grabada con el texto EVE K. TE SIENTE. XX WL.

A Wren le habían prometido su propio remolque de Maquillaje y Peluquería, una guarida privada donde ella y solo ella se prepararía para el día. Pero Wren prefería el follón de la unidad de todas las manos: la charla y la comunidad del salón de belleza. Quería participar en los cotilleos, en la energía, en las risas y en las crisis ocasionales que entraban en la caravana con cada miembro del reparto y cada artista de Maquillaje y Peluquería. Un recuerdo de oro fue la historia de una actriz que vivía un amor no correspondido con el protagonista masculino de una película, pero que nunca pudo cerrar el trato de forma romántica (sexual). Por Dios, la chica lo había intentado todo. Según relató en Obras en su último día de trabajo en la película, al principio la actriz se mostró hosca, luego enfadada y, finalmente, rompió a llorar mientras Kenny Sheprock y el equipo intentaban prepararla para la cámara. Cuando la apretaban, una y otra vez, una y otra vez, preguntándole qué era tan terrible y si se podía hacer algo para tranquilizarla, ella gritaba: «¡¡¡Solo quiero follármelo!!! ¡¿Tan terrible es?!». En un remolque para ella sola, ¡Wren se habría perdido eso!

Yogi, sus ayudantes de Dirección y los ayudantes de Producción se reunían a las 6. Se les permitía un desayuno rápido en el salón de baile, donde Yogi dio su discurso «Al tajo», una tradición especial.

—El rodaje es nuestro centro de operaciones. Nuestro. De los ayudantes de Dirección, de los ayudantes de Producción. Resolvemos los problemas antes de que nadie se entere siquiera de que hay uno. La gente que no tiene uno de estos —dijo alzando su *walkie-talkie*, que tenía auricular y micrófono de pinza—

sintonizado en el canal uno, el de Producción, ¡desearán tenerlo! Dentro de unos años, los que aún estén en la cama afirmarán haber estado aquí en el rodaje de esta película. Se... os... quiere.

El equipo estaba convocado a las 7. El almuerzo sería a las 13. La toma final del primer día de rodaje acabaría a las 19. Por supuesto, «solo el tiempo lo dirá».

Al se unió a Bill junto con Yogi, Stanley Arthur Ming, Aaron y la supervisora de guiones, «la Formidable» Frances DiBiassi, que hacía su complicado trabajo con un viejo cronómetro mecánico y un iPad Pro con lápiz óptico, no con la carpeta de tres anillas gruesa como un jamón al horno, la regla y los bolígrafos multicolores de antaño. Hablaron de qué tomas esperaban conseguir para el almuerzo: empezar con la mitad de las páginas de apertura de Eve, ya que el sol era perfecto, un poco en el aparejo de suspensión pero mayoritariamente de pie. Conseguir que la entrada de Firefall fuera satisfactoria, y luego retroceder hacia Eve con la luz de la tarde. Trasladarse a varias tomas fáciles a las que se pudiera ir a pie y luego terminar frente al Palacio de Justicia. Sin diálogo, múltiples cámaras, unidad de Efectos Especiales, cinco escenas, dos páginas y media, y llámalo «Un primer día condenadamente bueno».

Ace Acevido no tenía motivos para enviar un mensaje de alerta al set cuando OKB salió de su alojamiento en Franzel Meadows a las 7:45 de la mañana —clavadas, como un auténtico profesional—, pasándose por la cara una afeitadora eléctrica Braun mientras se subía al asiento del acompañante del Range Rover. Ace se preguntaba qué le había pasado a la ventana delantera de la casa: una lona azul cubría lo que era un rectángulo roto.

OKB apagó el zumbido de la Braun y la guardó en su macuto de cuero rojo oscuro de *Estoque*. Luego sacó una afeitadora eléctrica Norelco de triple cabezal y continuó afeitándose.

El Campamento base estaba en el gran solar de detrás de la Oficina de Producción, con el remolque de OKB a pocos pasos de Maquillaje y Peluquería. Ynez le había dejado en él los regalos de primer día de rodaje. Sus agentes le enviaban una cesta de flores. Hawkeye le enviaba una figura antigua de acción de un soldado, todavía en su embalaje. Dynamo Nation le enviaba unos prismáticos antiguos con el sello del ancla y el globo del Cuerpo de Marines. Optional Enterprises —Al y Bill— le regalaban un par de caros guantes de conducir de cuero para aquel Audi suyo. Wren Lane le regalaba unas gafas de aviador fabricadas por Randolph Engineering. «¡Sin duda vas a volar!», había escrito en su papel de carta personalizado con WL en relieve en la parte superior. Ynez había colocado aquellos regalos tan considerados sobre la mesa del comedor de su caravana y había metido su batido en la nevera con un Post-it pegado en el que había dibujado una cara sonriente. El camionero responsable tenía el televisor LCD de 72 pulgadas sintonizado en Fox News. En la nevera había agua, refrescos, zumos y bebidas proteínicas sin lácteos, además de botellas de leche de avena, leche de almendras, leche y crema de soja. Sobre la encimera de la cocina destacaba un bol de fruta. Una cesta de barritas de frutos secos florecía como una suculenta marrón y naranja y había lista una cafetera HaKiDo con monodosis de nueve tuestes diferentes para elegir.

OKB subió los escalones de la caravana dejando la puerta abierta y se cambió rápidamente para ponerse unos pantalones de chándal, unas botas Ugg y una camisa de botones de franela para el rato de maquillaje; luego cogió el batido, bajó los escalones y se dirigió directamente al remolque de Maquillaje y Peluquería, a la silla, a Obras. ¡Eh! Tres minutos antes de la hora.

El equipo de Wren ya había terminado con ella, así que OKB era el único actor en los espejos.

El primer día de rodaje empezó como la mayoría de las películas, con la sensación de que estaba a punto de suceder un acontecimiento. Solo faltaba la algarabía de bocinas y tambores. Un espectáculo estaba a punto de salir a la calle. La teoría y la planificación daban paso a la acción y el rodaje.

El personal de la Oficina de Producción estaba aliviado de ponerse, por fin, en marcha. Todo el equipo estaba emocionado por el inicio del rodaje. Parte del coro ejecutivo había volado para el comienzo de «su» película y nadie estaba más entusiasmado, o aterrorizado.

También eran nuevos en Lone Butte aquel primer día los actores que constituían los investigadores, el equipo que acosaba a Firefall por todo el mundo y que pronto se liaría a puñetazos con Knightshade.* A todos los habían medido a distancia, por Zoom, y ahora estaban en el set para todo el tiempo que se les necesitara. Al se aseguró de que Wren tuviera la oportunidad de saludarlos a todos ellos como bienvenida en una mañana tan feliz, contenta de que todos estuvieran en aquella foto histórica. A las 8:50 toda la Unidad estaba reunida en medio de Main Street: el personal de la Oficina de Producción, todo el mundo de todos los camiones, despachos y tiendas de campaña. A OKB lo sacaron de Obras con un aspecto a la vez cómico y horripilante, con las prótesis y los colores de la carne quemada aún no aplicados contrastando con sus pantalones de chándal y sus Uggs. El Departamento de Arte había hecho una bandera que representaba a la película, un estandarte naranja y rojo con símbolos de EK, un lanzallamas y LONE BUTTE en grandes mayúsculas. La claqueta de la cámara A estaba hecha especialmente con el logo de la película, con el nombre de Bill en ella, así como el de SAM. En marcador borrable estaba escrito: ROLLO: 1 ESCENA: 1 TOMA: 1. El fotógrafo de la Unidad estaba en una escalera y todo el mundo se agolpaba a su alrededor. Los camioneros dejaron sus camiones y furgonetas; la Swing Gang se había quedado para la primera toma de su película. En total, el objetivo apuntaba hacia noventa y ocho sonrisas. Wren estaba lista para la foto y llevaba una bata para ocultar el traje. Para muchos miembros del equipo era la primera vez que la veían y muchos corazones masculinos se aceleraron.

Ynez se colocó en un extremo de la multitud, a la izquierda del encuadre, y sonrió a cámara. ¿Cómo había ocurrido? ¿Qué magia la había llevado hasta allí? Tuvo que enjugarse una lágrima.

Cuando la foto estuvo hecha, a Bill le dieron unas tijeras.

* Retomando su papel de LONDRES, la afamada Cassandra Del-Hora, que conoció a Wren en Atlanta durante los rodajes de Dynamo. Nick Czabo era nuevo como GLASGOW. Clovalda Guerrero como MADRID, una favorita de Bill Johnson desde hacía tiempo. Y como LIMA, en su segunda aparición en una película de Bill Johnson, estaba Ike Clipper (ROY EL BARMAN en *Un sótano lleno de sonido*).

Como un niño en su propia fiesta de cumpleaños, cortó la bandera como un pastel, pero solo un cuadradito.

—Como es costumbre al comienzo de estas aventuras que compartimos todos —anunció—, coged un corte de esta bandera y guardadlo en algún sitio especial. Cuando el Carnaval de Cartón nos haya envuelto a todos, cuando hayamos terminado nuestras vidas de lucha artística y trabajo físico y estemos arriba, en el cielo del cine, coseremos los trozos de nuevo y recordaremos todo lo que pasamos en los próximos días.

Uno a uno, todos los miembros del equipo se acercaron a cortar un trozo de la bandera, incluso los investigadores, que se sentían avergonzados y nuevos. Wren cortó un trozo de la E de EK. Sin embargo, OKB no se molestó en seguir el ritual y se fue a su remolque a usar el baño. El único regalo de primer día que se molestó en abrir fueron las gafas de sol de Wren. Se las puso y se miró al espejo antes de volver a Obras para completar su caracterización.

El combo es una carpa fácil de montar con monitores de televisión que muestran la imagen de cada una de las cámaras, identificadas con trocitos de cinta blanca con las letras A, B, C, etc., escritas a mano en rotulador permanente negro y en unas mayúsculas decididas. Hay un surtido de sillas en línea para los espectadores. En este lugar aireado, abierto por los laterales y a la sombra se sentaban el coro ejecutivo y otros visitantes, junto con Wren, Al, Frances y en ocasiones Yogi, aunque él estaba en constante movimiento, entrando y saliendo cada pocos segundos. Ynez, a quien no se le había encomendado tarea alguna y no estaba segura de dónde debía estar, se encontró allí, a pocos metros de la cámara.

La tienda del técnico de imagen digital no es un lugar acogedor, sino un cuadrado del todo oscurecido que en una cárcel estatal de Luisiana sería el agujero donde se castiga a los reclusos. Las solapas de la tienda del técnico de imagen digital cerraban con velcro para que no entrara la luz. Una unidad portátil de aire acondicionado hacía que el ambiente de dentro fuera apto para los mismos monitores de vídeo con cámara y las cuatro personas que ocupaban regularmente la tienda: Bill Johnson, Stanley Arthur Ming, Yogi (yendo y viniendo) y el técnico, un tipo llamado Sepp que pasaba tanto tiempo a oscuras que no tenía tono de piel del que se pudiera hablar. Entrar y salir de la oscuridad a la luz del sol le había causado estragos en los ojos, por lo que no se movía del sitio la mayor parte del día. Entre toma y toma abría una tapa para mirar afuera pero se quedaba dentro como un cachorro al que estuvieran entrenando para estar en su transportín.

La primera toma de *Knightshade: El torno de Firefall* era de una sombra, una larga sombra de sol matutino del letrero giratorio del banco de la ciudad, proyectada sobre la acera de Main Street. Ni el banco ni su letrero giratorio eran auténticos, sino creaciones del escenógrafo, el equipo de construcción y la Swing Gang. El cartel señal iba a figurar en una escena de batalla más adelante en la película. A las 9:22 de la mañana en el informe de producción, la cámara A* rodó, con un ligero empuje en una vía corta** y una subida lenta en la cabeza de la plataforma rodante*** durante dos tomas. Bill estaba satisfecho. SAM dijo que había conseguido lo que estaba planeado, y se trasladó la cámara a la siguiente serie de tomas, las primeras de Wren como Eve.

1 EXT. IRON BLUFF-MAIN STREET-DÍA

EVE KNIGHT-ALIAS KNIGHTSHADE.

La conocemos de la anterior historia de Los agentes del cambio.

FLOTA en medio de la calle. No hay coches. No hay vecinos. Calor abrasador.

Sus ojos parpadean como si estuviera en fase REM del sueño profundo, así que lo sabemos: la mujer está notando-sintiendo algo.

* La cámara principal para la toma central. Las cámaras B, C, y D, etc., son para otros ángulos.

** Unos metros de vía como de tren que permite empujar la cámara o tirar de ella, añadiendo un movimiento dinámico a la toma.

*** La cámara se asienta sobre la cabeza de la plataforma rodante, que tiene controles para subir o bajar la cámara durante la toma.

Otras estrellas de cine habrían estado escoltadas por un grupo de ayudantes, asistentes y traficantes de influencias. Wren prefería su propia compañía y, a distancia, a Tom Windermere velando por su seguridad. En medio de la calle, tuvo unas palabras con Bill junto a la cámara, luego se quitó la bata y se la entregó a su vestuarista.* Se puso en su marca, una T de cinta roja en el centro del paso de peatones, lista para su primera toma. Kenny y las Buenas Cocineras se acercaron para darle los últimos retoques.

Ynez no sabía dónde posar los ojos. ¿Debería echar un vistazo a los monitores del combo y mirar lo que llamaban el *video tap* para ver la primera toma de Wren? ¿Le permitirían acercarse más a la cámara? ¿Debería quedar relegada a la distancia junto a los nuevos miembros del reparto, que observaban tímidamente el plano en el que no participaban antes de que los llevaran a sus reuniones, pruebas de vestuario y habitaciones de hotel? ¿Debería buscar un lugar en la acera donde reunirse con otros miembros del equipo? Algunos de ellos tenían iPads que mostraban el *video tap,* ya que toda la tecnología estaba conectada por wifi. Ynez estaba tan poco versada en cómo se hacía una película que no sabía dónde meterse.

Al se dio cuenta de ello.

—Eh, Ynez. Ven aquí —le dijo, levantándose de delante de los monitores de vídeo—. Coge mi silla. —Ynez no podía creerse el ofrecimiento y estaba confusa, preocupada por si había hecho algo mal—. Venga. Siéntate aquí —dijo Al con firmeza—. Es un momento importante.

Le colocó a Ynez unos auriculares muy caros conectados a una radio. A través de ellos oía a Wren, gracias al gran micrófono que había en el extremo del palo extensor, sostenido por la microfonista fuera de cámara. Ynez oía las voces del equipo de Cámara, de Yogi y de los ayudantes de Dirección. Oyó a Wren preguntar cómo de amplia era la toma y si tenía un rango de movimiento que no supusiera problema para el enfoque.

* Una mujer llamada Billie, que había sido vestuarista de Wren desde *Vincapervinca.* Tal vez Billie sea el ser humano más tranquilo a este lado de las monjas que hacen voto de silencio.

Ynez oía el viento, los latidos de su propio corazón.

—Estamos rodando —dijo Yogi. Al menos una docena de personas gritaron: «¡RODANDO!».

Sonido.

Graba.

La voz tranquila de Bill Johnson dijo «Acción» en la carpa del técnico de imagen digital.

Yogi pulsó su micrófono. Todo el que estaba en el canal 1 oyó al primer ayudante de Dirección, «Accción».

Una voz en susurros que Ynez no consiguió reconocer —una voz que no provenía ni de la tienda ni de los auriculares— le dijo a Ynez que observara y no olvidara jamás.

En el monitor, Wren ya no estaba presente. Había desaparecido. Eve Knightshade había ocupado su lugar en cuerpo y alma, tras sus ojos parpadeantes…

> como si estuviera en fase REM del sueño profundo, así que lo sabemos: la mujer está notando-sintiendo algo.

Corten.

¡CORTEN!

Los ojos de Ynez parpadearon y se agitaron. ¿Qué acababa de suceder? ¿La primera toma de Wren había durado solo diecisiete segundos? ¿O habían pasado diecisiete minutos? Ya estaba hecho. La película acababa de empezar.

Justo en el centro de Main Street se habían colocado veintiún metros de vía en dirección norte, para lo que iba a ser la revelación de Firefall con un objetivo de largo alcance. La cámara B iba a entrar en un escaparate para conseguir un ángulo de Firefall cruzando el encuadre, algo con un enfoque suave en silueta en primer plano.

OKB había terminado en Obras y tenía su *look* acabado. Su vestuario había sido diseñado para él por un auxiliar llamado Mario, que había trabajado con Le'Della en el vestuario de sus tres últimas producciones. OKB había aprobado a Mario a pesar de preferir una ayudante de Vestuario femenina. Mario, que prefería el pronombre «elle», estaba preparado para ayudar a

OKB con cualquier parte del uniforme de marine desgarrado y chamuscado, pero el actor le aseguró que podía atarse sus propias botas de soldado, gracias.

—Dale quince al Duque —dijo Yogi mientras ponía su radio en el canal 1. El Duque era el nombre en clave por radio de OKB como Firefall. Los jóvenes miembros del equipo de ayudantes de Dirección no tenían ni idea de que el Duque era una referencia a John Wayne en *Arenas sangrientas*. La ayudante de Dirección del Campamento base, una mujer llamada Nina que llevaba dieciocho meses en el equipo de Yogi, comprendió que ahora debía llamar suavemente a la puerta de la caravana de OKB, esperar un momento y abrirla una rendija para avisar al Número 2 de la Orden de rodaje de que el plató estaría listo para él al cabo de quince minutos.

—¿Señor Bailey? —dijo, mirando por la rendija y viendo que el actor estaba descansando en el sofá, mirando el móvil, todavía en pantalones de chándal y Uggs. El maquillaje le daba un aspecto realmente aterrador—. Este es su aviso de quince minutos.

—Ah, ¿sí? —dijo OKB sin levantar la vista del teléfono—. ¿Mi aviso? Como si dijeras: «Más vale que tengas cuidado, quedas avisado…».

—Solo quería hacerle saber que en breve estarán listos —objetó Nina—. ¿Quiere que le traiga algo?

OKB apagó el teléfono, se levantó y se puso en la puerta de su remolque, con su media cara «quemada» abrumadora a la luz del día.

—Ven aquí un momento, Tina.

—Nina. —Ella subió los tres escalones, dejando la puerta abierta de par en par, según las instrucciones.

—Quítate la radio de la oreja —le ordenó OKB, cosa que Nina hizo—. Ahora voy a atreverme a decirte cómo hacer tu trabajo.

—Claro —dijo Nina—. ¿Qué puedo hacer por usted?

—Puedes echar un vistazo a tu alrededor y darte cuenta de que no tienes que ser uno de esos títeres de Producción que hacen lo que les digan como robots. Mira mi vestuario ahí. —El traje de Firefall estaba tendido sobre la cama de matrimonio de parte del dormitorio de la caravana, justo después de la ducha y de la puerta corredera de cristal del armario—. Me puedo poner esa cosa como en un minuto y medio, incluso con las botas de combate. No necesito un aviso de quince minutos. Así pues, ¿qué me dices si no me lo das? No importa lo que te digan por esa radio que llevas en la oreja, quiero que esperes hasta que estén realmente, verdaderamente, en fila y listos para rodar en el plató. Llama entonces a mi puerta. Yo mismo la abriré. Me dirás que están listos. Entonces cerraré la puerta, iré a mear, me pondré mi ropa militar, prepararé una bebida para llevar y saldré dentro de tres minutos. Entonces podrás decir a los de arriba que estoy de camino. Me parece todo bastante sencillo. ¿A ti te parece sencillo?

—Claro —contestó Nina—. No hay problema.

—Estupendo. Y deja de preguntarme si puedes hacer algo por mí. Si necesito... Si necesito algo ya te lo pediré. Estoy tratando de decírtelo con amabilidad, pero cuesta con todo este plástico y pintura pegados a la piel, y sé que van a estar ahí todo el día, todos los días, durante los próximos tres meses. Cuando volvamos a hablar, será cuando estén todos listos para mí. Pero no digas: «Están listos para ti» como si ya llegara tarde y fuera culpa mía. Invéntate una palabra clave que signifique lo mismo.

—Entendido. —Nina bajó los escalones del remolque—. ¿Qué tal «levar anclas»?

—Funcionará —le dijo OKB mientras alcanzaba el pestillo de la puerta para cerrarla.

Nina se volvió a colocar el auricular y se alejó del remolque lo bastante como para informar a Yogi de que «el duque se está cociendo». Lo que Yogi quería oír era que OKB estaba a la espera. «Cociendo», en idioma de ayudante de Dirección significaba: «Puede que esté listo pero está demasiado malhumorado para decirlo con seguridad. Haré todo lo que pueda».

—Tráele dentro de quince —le dijo Yogi a Nina.

—Recibido —tecleó Nina como respuesta.

Doce minutos después, Nina llamó a la puerta. OKB la abrió. A punto estuvo de decir que en el plató estaban listos pero se contuvo.

—¿Levamos anclas? —preguntó.

OKB puso los ojos en blanco y cerró la puerta. Quince minutos después salió vestido de Firefall, con una gran taza de acero con café HaKiDo con leche de avena.

—Putas anclas levadas —murmuró, y se puso las gafas de sol de Wren.

Mario, que llevaba tres cuartos de hora esperando en la puerta de la caravana del actor, se dio cuenta de que OKB no llevaba el casco de Firefall, así que volvió a entrar en la caravana a buscarlo.

—En camino —dijo Nina por su micrófono mientras se dirigían al plató con el fin de que Yogi supiera que OKB estaba a punto de llegar.

—No quiero oír eso, ¿vale? —dijo OKB—. No informes sobre mí como si fuera un convicto en el patio de ejercicios.

Cuando OKB llegó al plató, Bill Johnson gritó:

—¡Mirad!

Hubo algunos aplausos, numerosos cumplidos sobre el maquillaje y el vestuario de OKB, muchas miradas del equipo para echar un vistazo al otro jugador principal, y un ¡chócala! de Wren, que se había quedado en el plató para apoyarle en su primera toma de la película. OKB llevaba las gafas de sol de aviador que ella le había regalado.

—Bueno —le dijo la chica—. ¡Estás tremendo!

—Presente —repuso OKB.

Bill se acercó con todo lo que podía ofrecer como director.

—Tu primera toma es extraordinaria, ¿vale? ¿Ves allá abajo? —Señalaba al norte, al otro extremo de la calle principal, donde había un ayudante de Dirección de pie junto a un cono de tráfico—. CGI te tendrá envuelto en un torbellino de llamas, como te enseñé en la previsualización. Cuando estés en acción, camina hacia delante. Sé Firefall.

—¿Qué estoy mirando? —preguntó OKB.

—Hacia un objetivo demasiado grande para que lo veamos, la verdad.

—Eso no es lo que he preguntado —dijo el actor—. ¿Qué estoy buscando?

—Esta toma no es parte de la narrativa, sino un destello de malicia dentro de la cabeza de Eve. Aquí lo que importa es tu aspecto espeluznante.

—Pero aparezco en esta ciudad pequeña y calurosa, ¿no? —OKB miraba hacia el punto donde estaba el cono de tráfico—. Debo de estar aquí por algo. ¿Cuál es la razón?

Bill se tomó un momento, pensando: «Vale, necesita algo con lo que trabajar, una motivación». Hay actores que llegan al set sabiendo el porqué y el qué de su lugar en la escena, en el texto. Y se saben el guion. Otros actores no hacen nada de eso; necesitan que el director les guíe. Resulta que OKB era de estos últimos.

—Estás aquí para asustar a Knightshade —le indicó Bill.

—Ah —dijo OKB, asintiendo—. Elvis ha entrado en el edificio.

—Eso mismo. —Bill asintió también, devolviéndole el gesto.

Momentos antes de rodar su primera escena en la película de Bill Johnson, OKB giró la cabeza por encima del hombro para decir:

—Es gay, ¿sabes? Firefall es marica.

Bill oyó lo que había dicho. Eso no habría sido problema si el papel hubiera sido escrito como un marine gay en el armario durante la Segunda Guerra Mundial, pero en el guion no había nada que justificara tal interpretación. De hecho, había todo lo contrario. Si en los meses anteriores a aquel primer día de rodaje OKB hubiera mencionado que Firefall era gay, Bill habría dicho que no era esa su intención pero que era un buen dilema de carácter que debían «guardarse en el bolsillo». La TSNR* entre los protagonistas era la columna vertebral de la estructura relacional de la película. Después de todo, estaba el beso. Entre la tonelada de otros momentos, de otras pulsiones emocionales, Bill y Número 2 no habían discutido ni una sola vez que Firefall tuviera algún conflicto sexual. Por ahora, Bill solo quería rodar la primera toma de OKB.

Un carrito de golf recogió a OKB y a Mario, que llevaba el casco de Firefall, para acercarles hasta el cono que había a unos cientos de metros calle abajo. El equipo de Atrezo estaba allí con el lanzallamas M2-2 para ayudar a colocárselo.

Rodando.

Sonido.

Graba.

* Tensión sexual no resuelta. Tan recurso argumental como el MacGuffin de Hitchcock.

Acción. ¡ACCIÓN! ¡ACCIÓN-ACCIÓN!

En la cámara A, la pequeña figura de Firefall empezó a caminar. Segundos más tarde, en la cámara C, una vista lateral le captó de cuerpo entero pasando por el encuadre al otro lado de una ventana, en el exterior, bajo el cálido sol de la mañana de verano. Cámara C, la masa borrosa se convirtió en las botas de combate quemadas y desgastadas de Firefall, enormes en el encuadre, caminando por la acera paso a paso.

¡Corten! ¡CORTEN! ¡CORTEN-CORTEN!

Allí estaba. El Firefall completamente retratado. Estaba hecho.

—¿Eso eran unas gafas de sol? —Era Al quien preguntaba. Estaba mirando el monitor de la cámara A mientras la plataforma rodante recuperaba la posición. Frances estaba consultando sus notas. El coro ejecutivo se había alejado para felicitarse unos a otros. Ynez fue la otra única persona del combo que vio que, en efecto, Firefall llevaba puestas unas gafas muy modernas, a la última. Ah, un momento. Wren también las había visto.

—Se las regalé yo —dijo—. Son de aviador. Un regalo de inicio.

—En posición* —transmitió Yogi, y media docena de voces lo repitieron sin motivo. La Unidad empezó a reagruparse para repetir aquella primera toma.

—Hombre, jefe —dijo Al. Bill estaba con el técnico de imagen digital pero la oía—. OKB llevaba puestas las gafas de sol.

—¿En serio? —Bill había estado estudiando los movimientos de cámara y el encuadre. SAM había mirado las sombras y el ángulo de la luz del sol. Quería hacer un ajuste en la cámara B—. Rebobina, Cubby.

Cubby era el tipo de las repeticiones, el que grababa cada toma de cada cámara y llevaba un registro de todo. Tenía un puesto propio, su propia carpa plegable, desde donde escuchaba los micrófonos abiertos tanto del combo como del técnico de imagen digital. Un altavoz le permitía responder directamente o, para ahorrar tiempo, acusar recibo de la petición con un meep-meep.

* Hay que regresar a la marca de inicio de la secuencia.

—Reproduciendo —anunció Cubby. Primero la cámara A corrió desde el clac de la claqueta. Desde tan lejos no había rastro de ningunas gafas en OKB/Firefall, hasta que la plataforma móvil entró en acción. Los cristales oscuros se veían por debajo del borde del casco calado.

—Sí —dijo Bill—. Ve a la B, por favor. —En un instante, la cámara B apareció en el monitor con la toma que SAM estaba ahora reajustando en primer plano. Cuando OKB aparecía a la derecha del encuadre, si buscabas las gafas oscuras, allí estaban—. Sí.

Bill las vio. Como director, a Bill no le gustaba ir por ahí con un *walkie*: dio órdenes a Yogi, que luego transmitió lo que había que hacer/cambiar/arreglar/alterar a quien tuviera que saberlo. Para hablar con un actor que está en una marca distante hacía falta una radio, y había una en el carro del monitor.

—Yogi, consigue una radio para OKB.

—Vamos a conseguir una radio para el Talento, por favor —dijo Yogi por el canal 1. En el otro extremo de Main Street, un ayudante de Dirección llevaba una de repuesto solo para ese cometido. Enfocado por la cámara A, OKB cogió la radio que le ofrecían.

—Whisky Tango Foxtrot —dijo el actor.

—OKB —respondió Bill—, llevabas puestas las gafas de sol.

—Afirmativo, BJ.

—Vamos a quitárnoslas y a repetir.

—Bueno… —La radio se quedó en silencio mientras OKB apretaba el micrófono—. Empezamos de cero con una mala decisión, señor.

—Nah. Tenemos que perderlas de vista y repetir.

—¿Perderlas de vista? —Ahora OKB estaba haciendo una pregunta—. A mí me parecen bastante bien.

Dado que la conversación se daba en el canal 1, todo el mundo del plató que tuviera una radio podía oír lo que se decía. Los canales 2, 3, 4, etc., eran para que otros departamentos hablaran libremente entre ellos, pero el canal 1 era el de Producción, el de plató, el de «vamos a trabajar todos en la misma tarea».

—Voy hacia ti —dijo Bill, y se dirigió hacia el final de la calle, donde estaban su actor, dos miembros del equipo de Atrezo, un ayudante de Dirección y Mario, donde había estado el cono de tráfico naranja. La distancia era lo bastante grande como para justificar el uso de un carrito de golf, pero Bill optó por recorrerla a pie.

—La contraseña es cara de mierda —dijo OKB por el canal 1 y luego entregó la radio de nuevo al ayudante de Dirección—. Quitadme esto de encima —dijo al chico y a la chica de atrezo, que le desataron la mochila del M2-2. También se quitó el casco militar y se lo entregó a Mario, que ya tenía la mano estirada para cogerlo, por si acaso; su trabajo era encargarse del mantenimiento del vestuario y, si era posible, hacer que el actor estuviera cómodo. Si Mario fallaba en alguno de estos cometidos, se pasaría el resto de la película en el camión de los trajes, lavando la ropa en sus enormes lavadoras/secadoras.

La caminata de Bill desde la cámara hasta la primera marca le dio tiempo para reflexionar tanto sobre la realidad del momento —un actor con una nueva idea para su personaje el día de rodaje— como sobre qué lenguaje utilizar para conseguir la toma. Firefall no era un marine gay y no podía llevar gafas de sol…

En un juego de poder muy trillado en el set, OKB no fue al encuentro de Bill para hablar. No, el suplicante de Producción tuvo que ir hasta la realeza del rodaje. El ayudante de Dirección y Mario se apartaron hacia la sombra de los edificios de la acera este. OKB se quedó de pie, sin casco, en medio de Main Street, con los ojos tapados por las gafas de aviador Randolph Engineering, en las que se reflejaba Bill Johnson acercándose.

—Alto —ordenó OKB—. ¿Cuál es la contraseña?

—No veo lo de las gafas de sol, OK. —Bill fue directo al grano.

—Estoy improvisando, BJ.

—No son de época.

—La autenticidad es de cobardes.

—Te tapan los ojos.

—El casco me tapa los ojos. Las gafas me dan misterio.

—Habrá reflejos que CGI tendrá que eliminar en cada plano.

—Esta película es a lo grande, ¿no? Os lo podéis permitir.

—Pero yo estoy pensando en la Gran Revelación. Cuando Eve te golpee el casco y veamos tu cabeza llena de cicatrices y tus ojos, esas ventanas al alma de Firefall.

OKB no se lo compró.

—Con las gafas, la revelación será superpotente, tío. Primero desaparece el casco militar, ya era hora, ¿no? Y luego, las gafas de sol. Mira esto... —OKB levantó la mano y, l e n t a m e n t e, se quitó las gafas de aviador, mostrando sus ojos oscuros formidablemente entornados—. Bang. Bola de fuego XL-5 está aquí.

—Es que ese es el problema. Solo consigo tus ojos en ese momento. Todo el resto de la imagen tengo a un tío con gafas oscuras.

—Exacto —dijo OKB a su director.

—Ya hemos hablado de esto —respondió Bill—. Cuando vengo aquí —Bill levantó las manos, enmarcando la cara de OKB en lo que el actor llamaba un PPGDCOKB—,* necesito ver esas cosas brillantes con las que naciste, tus dos faros. Los ojos nos dicen que lo estás viendo todo.

—Sí, pero eso es una afirmación —objetó OKB—. ¿Qué tiene de malo hacer una pregunta? ¿Quién es ese tipo? ¿Es ciego? ¿Lo siente todo? ¿Es gay? ¿Es hetero? ¿Está enfadado? ¿Está enamorado? ¿Qué tecla queremos tocar aquí?

—Tengo que decírtelo, OK: no lo veo. —Bill dejó la frase suspendida en el aire—. Las gafas de sol nunca han sido parte del personaje.

—En tu guion no, pero aquí arriba lo han sido siempre. —OKB se estaba señalando la sien—. ¿Por qué no intentarlo?

—Nunca hemos hablado de una elección tan específica.

—Lo sé. Culpa mía, BJ.

—Así que... vamos a probar sin las gafas.

OKB bajó la mirada hacia sus botas de combate frunciendo los labios.

—Te voy a decir cuál es mi proceso aquí. —Bill Johnson estaba deseando oír cuál era el «proceso» de OKB—. Inclinaciones instintivas aparte, yo veo las gafas oscuras, fuego y sombra, ¿vale? Pero aparquemos eso por ahora. ¿Lógicamente? ¿Dónde está la lógica de esta toma? ¿Veo algo particular?

* «Primer plano grande de cojones O. K. Bailey». Otros nombres habituales: Hacedor de estrellas, Exitazo, Los ojitos de mamá, un Lee van Cleef, Filmar las galletitas.

¿Estoy aquí en Bone Scoot por alguna razón aparte de ser un fantasma inquietante? Según BJ, el jefe, no. No soy más que una visión en sueños dentro del coco de Wren. Una cosa imaginada. Una fantasía. Joder, tío, que los tortolitos aún no se han conocido. Eve Milkshake no tiene ni idea de qué aspecto tengo. Que ella sepa, yo podría llevar sombrero de paja y zapatillas de lona P.F. Flyers.

—Pero es que Eve ve lo que nosotros vemos. Para nosotros, Firefall se define en esta toma. Y las gafas de sol no tienen ningún sentido lógico.

—¡Tienen todo el sentido del mundo, si elegimos que así sea!

—No…, no lo tienen.

Al lo estaba viendo todo desde la distancia y lo entendía por el lenguaje corporal. Una toma, ni siquiera dos, y allí estaba, el duelo de voluntades. Un actor que no quería dar al director lo que se le pedía. El director que no permitía el texto, el ritmo, la escena. La película entera podía descarrilar. Rara vez sucedía eso en una película de Bill Johnson, a excepción de aquel caso de *Albatros* (que, de hecho, fueron tres casos en uno). Una escena de *Un sótano lleno de sonido* estuvo a punto de estallar después de que la actriz, Kikki Stalhardt, hubiera estado «reflexionando» sobre su «latido interno» (había autoeditado su propia biblia del personaje y había imprimido copias que entregó a los Departamentos de Maquillaje y Peluquería, a Le'Della de Vestuario, a sus coprotagonistas, a Bill, a Al y al Departamento de Atrezo) y corrigiera su diálogo del día. Entre tomas en el Club —antes de su propio PPGDCKS—, se acercó a Bill, que estaba sentado con Al, y le preguntó si le parecía bien que modificara parte de sus diálogos para que casara más con su modo de hablar. Bill leyó su versión escrita a boli.

—Quiero que esta escena aparezca en la película —dijo Bill a la actriz y le devolvió su nueva versión del diálogo—. Tú también, ¿verdad?

Lo que Kikki Stalhardt entendió de aquel aparte fue que si decía su texto la escena se cortaría, el ritmo se cortaría. Su parte se cortaría.

—Volveré al original —rectificó—. Tal vez podamos trabajar algo de mi subtexto más adelante…

—Nunca se sabe* —dijo Bill.

En Lone Butte, Al vio que Bill recorría la larga manzana de vuelta a la cámara, al combo y a la tienda de imagen digital, y le indicaba con la mirada que se había llegado a algún tipo de acuerdo en lo relativo a las gafas oscuras de Firefall.

Las claquetas de las tres cámaras hicieron clac y se ordenó acción para la toma 2. En el otro extremo de Main Street, OKB estaba de pie, inmóvil. No llevaba puestas las gafas de sol. No se movió en siete segundos según el cronómetro de Frances. Después el actor metió la mano en un bolsillo del uniforme, sacó las gafas oscuras y se las puso ceremoniosamente. Luego empezó a avanzar por la calle.

Bill gritó «Corten» desde la tienda de imagen digital y la palabra se fue repitiendo en las radios de la empresa y la gritaron a pleno pulmón muchos ayudantes de Dirección.

—Vamos a repetir —dijo el director, dirigiéndose de nuevo hacia el actor, a pie, mientras el «En posición» iba resonando, resonando, resonando...

OKB le estaba esperando.

—Te he dado lo que querías, ¿verdad? Nada de gafas.

—Te las has vuelto a poner, OK.

—Sí, pero tienes como una tonelada de metraje sin ellas.

—Te las has vuelto a poner.

—Si no me quieres con las gafas, no lo uses.

—Tengo que usarlo. Es la entrada de Firefall. Entra caminando por la calle, lo vemos por primera vez, de pies a cabeza. Me voy acercando para verle. Las gafas no van a funcionar.

—Pero has imprimido las dos tomas, ¿no?

—Estamos rodando en digital. No imprimimos las tomas; tenemos todas las tomas. No se trata de lo que imprimamos, sino de lo que rodemos. Las gafas no funcionan.

—Pero a mí me ayudan. Déjame empezar con ellas; cuando coja velocidad, ya sabes, cuando tenga la sensación de que estoy ahí, te daré unas cuantas tomas sin ellas.

Bill Johnson ya iba retrasado en la agenda que se había ima-

* Bill le dejó decir su parte en una escena posterior que tenía lugar entre las chicas en el baño de señoras. Le dio dos tomas y utilizó uno de los fragmentos de su frase en la película final.

ginado. El primer día de rodaje se le estaba escapando, como había temido, porque OKB estaba «empezando de cero».

¿Qué se podía hacer?

Al sabía exactamente lo que iba a hacer su jefe. Iba a quemar tomas.

La toma 3 fue filmada con OKB con sus gafas de sol de principio a fin. En la toma 4 perdió las gafas y no se las puso. Eso era lo que Bill Johnson quería de aquel primer montaje, lo que había imaginado, lo que había escrito, lo que necesitaba para poder continuar. Pero antes de que se anunciara «¡Continuamos!» en todos los canales, OKB pidió una toma más, por favor, para trabajar en una idea que creía que era una opción viable. Así que… «En posición».

Al y Bill compartieron otra mirada más. Ella: «¿Por qué te tomas el tiempo de hacer otra toma aquí, jefe?». Él: «Le estoy dando la cuerda para que se ahorque él mismo, tal vez». Ella: «¿No vas a usar la voz grave y la mirada gélida?». Él: «Voy a probar el modo tranquilo y paciente. Ya tengo lo que necesito». Al se señaló la muñeca, como si llevara reloj, que no era el caso porque su iPhone le decía la hora. Bill, asintió: «Lo sé, lo sé…».

Para la toma 5: OKB zigzagueó de un lado a otro de la calle sembrando el caos entre los tiradores de enfoque, que no habían sido advertidos, no habían ensayado.

Toma 6: El zigzag después de que los tiradores hicieran las marcas de enfoque.

Toma 7: OKB no volvió a ponerse las gafas de sol pero, como Firefall, hizo un bailecito por la calle, un movimiento de saltar, saltar a la pata coja y arrastrar los pies, como si el fantasmagórico marine lanzallamas fuera ahora un niño de ocho años sin una sola preocupación en el mundo…

Toma 8: OKB venía corriendo por la calle como si estuviera atacando Lone Butte a toda carga.

Toma 9: OKB se negó a ponerse el casco del ejército, lo dejó en las manos indefensas de Mario mientras caminaba por Main Street hasta el ¡CORTEN!

Bill cogió un carrito de golf para ir a hablar con OKB sobre el tema. No llegó a bajarse de él.

—Eso no funciona —le dijo al actor—. Tienes que llevar el casco.

—Solo te estaba mostrando lo que podría ser. No lo imprimas si no te gusta.

—No es eso. Es que no llevas las quemaduras en la cabeza y en el cuero cabelludo, las prótesis de maquillaje.

—Pero las podríais añadir. Con CGI. En posproducción —dijo OKB—. Las podéis añadir en posproducción, ¿verdad?

—Sí, pero no. Es un problema de presupuesto. Necesitamos el casco ahora. Te maquillaremos para la revelación cuando la rodemos, pero de momento no podemos ver la cabeza de OKB sin las cicatrices de Firefall.

—Una toma más. Solo una, entonces estaré satisfecho. Una toma más para OKB.

—Vale. —Bill dio media vuelta en el carrito de golf y regresó zumbando a la tienda de imagen digital. Otra licencia más para tener contento a su actor y movería las cámaras. Se habían gastado tres horas de luz de la mañana, el primer día de rodaje, el tiempo del equipo y gran parte de los recursos de Bill Johnson.

Rodando.

Sonido.

Graba.

Acción. ¡ACCIÓN! ¡ACCIÓN-ACCIÓN!

Con el casco en la cabeza, OKB empezó a avanzar como un robot por Main Street, caminando como un miembro de las SA nazi, hasta que en la tienda de imagen digital se gritó «¡Corten!».

—¡Continuamos! —anunció Yogi por radio.

«Ocho tomas quemadas», se dijo Al.

Así transcurrió el resto del día 1 de los 53 días de rodaje. Cada montaje de Firefall se convirtió en versiones sin sentido de lo que debería haber sido, de lo que estaba escrito. Un día de doce horas produjo un gran metraje de Eve pero solo unos pocos segundos de Firefall. Bill Johnson no estaba consiguiendo lo que quería, lo que necesitaba.

—Vamos a dejarlo —dijo Bill a las 18:51. Si los anuncios de radio se emiten en volumen bien alto durante el día de rodaje, ninguno alcanza el del «¡Hemos acabado!».

Yogi añadió por el canal 1:

—Y gracias a todos por un primer día de rodaje épico. Se os quiere.

ϒ

OKB entró en Maquillaje y Peluquería sin una preocupación en el mundo: sonriente y feliz consigo mismo por cómo había conducido el día por sus instintos, sus discrepancias, su talismán creativo. Firefall iba camino de convertirse en un icono cinematográfico fascinante, inigualable, como solo OKB podía expresar. Se sentó en la silla de Obras para que le quitaran todas las prótesis y le acondicionaran la piel en un proceso que duraría una hora. Con los ojos cerrados y el equipo de tres personas trabajando para quitarle toda aquella pringue pegajosa, oyó que alguien entraba en el remolque y después la voz de Al Mac-Teer.

—Primer día, acabado —dijo Al—. Bravo a todos.

Los demás del remolque dijeron: «Gracias...», «Buen día...», «Pinta genial», etc.

—OKB, ¿qué te parece quedar mañana en tu remolque para charlar un momento con el jefe? —preguntó Al.

—Claro —dijo el actor—. Charlemos.

—Nos vemos, pues.

—Roger Wilco, recibido.

Para OKB, la reunión en su caravana fue una explicación de seis minutos de su proceso de trabajo a los colaboradores de su nueva película.

—Esto es lo que hago, tíos —dijo a Al y a Bill, a quien ahora llamaba Bo Jo—. Este es mi proceso. ¿Todas esas horas que hemos hablado tú y yo? Yo escucho de verdad, tío. Lo entendí. Lo archivé todo en mis músculos y en mi masa cerebral. Ahora fluye. Improvisando. Estilo libre desde cero. Te doy todo lo que tengo, cualquier cosa que tenga, y ahí está la verdad. Cualquier cosa que hago me encanta y la apruebo. ¿Y tú? Bueno, ya soy mayorcito: usa lo que ves como lo necesites. Aquí no tengo ego. Yo proporciono las materias primas; tú restas las pepitas y las gemas.

—Todo eso está muy bien —dijo Bo Jo a su actor—. Y veo por dónde vas, pero hay algunas cosas que están tan equivocadas que no quiero esposarte a perder el tiempo.

—¿Qué significa eso? —OKB estaba leyendo los ingredientes del cartón de uno de los productos lácteos sustitutivos de la leche que tenía en la nevera de su remolque.

—No quiero meterte prisas con tantas opciones. Al final hemos de continuar.

—¿Qué significa eso? —repitió OKB.

—Sería útil si, digamos, en las primeras tomas, nos acercáramos a Firefall con el proverbio «Menos es más» como objetivo.

—En algunas películas he descubierto que menos es menos. Es decir, no suficiente.

En la cabeza de Al resonó un silencioso resoplido de burla ante eso: «¡El chaval ha hecho dos películas! ¡Dos!».

—Podríamos hacer menos tomas opcionales y ahorrar ese tiempo —propuso Bill.

—Pero tener suficiente lleva tiempo. Yo no puedo hacer mi trabajo con prisas, chicos —dijo OKB.

—No quiero meterte prisa en tu proceso —explicó Bill con calma—. Pero tampoco quiero hacerte perder el tiempo. Ni tus esfuerzos. Vamos a clavarlo y después podemos reajustarlo y jugar un poco.

—Necesito estar suelto, ¿vale? —dijo el actor—. Para dejar que el personaje fluya fuera de mí, sin filtros, sin un montón de reglas impuestas sobre mí, como hemos hecho hoy.

—Ya llevamos medio día de retraso —dijo Al.

—Estás hablando del calendario, cariño. —OKB acababa de llamar a Al Mac-Teer «cariño»—. Eso no es asunto mío. Mi trabajo es caminar, hablar, pavonearme y asustar como soldado Firefighter* cada momento que me enfocan. Eso es lo que OKB hace por vosotros. El horario es para los secuaces de Producción que van con radios pegadas a la oreja.

—Bueno, vamos a hacer una cosa —ofreció Bill—. Mañana, tú y yo hablamos un poco antes, para estar de acuerdo, para que a los dos nos parezca bien lo que consigamos.

—¿Quieres decir que venga aquí antes de entrar a la cámara de tortura? —Se refería a Obras.

—Cuando estés cómodo y listo para entrar. Pongamos, nos vemos en el set quince minutos, hacemos unas tomas y después podemos jugar un poco.

—Creo que será mejor que hagamos solo media docena de tomas, veamos qué hay y luego hablemos un poco.

* Bombero. *(N. de la T.).*

—Ah. —Eso fue cuanto dijo Bill, solo ese «ah».

—Es como mejor trabajo. La verdad es independiente del tiempo. Y no hay nada malo en ahondar e ir lejos para captar la verdad, *n'est ce pas*? Y tengo que confesarte que me siento muy bien sobre dónde terminamos con Firefly* al final del día.

—Me alegro —dijo Bill levantándose y dirigiéndose hacia la puerta de la caravana—. Seguimos adelante.

Afuera, Ace tenía el Range Rover cerca, listo para llevar a OKB de vuelta a su alojamiento, donde un carpintero había tapiado la ventana rota. Al día siguiente el Departamento de Arte instalaría un cristal nuevo. Una unidad de cine podía resolver cualquier problema.

Los actores principales —el equipo de Maquillaje y Peluquería, Yogi y Aaron, el Departamento de Sonido y los operadores de cámara de SAM, así como el coro ejecutivo— se reunieron en la Asociación de Productores de Almendras para ver el material del día. Ynez había dispuesto unas cuantas bandejas de sándwiches. La verdad es que con lo buenos que son los monitores digitales en estos tiempos modernos ya no era necesario ver copiones juntos: en el análisis *a posteriori* no había que examinar el metraje sin editar, ya que todo el día se iba viendo en tiempo real. Pero aquel era el primer día de rodaje y OKB había dado mucho trabajo, así que la sala de proyección *ad hoc* estaba llena de espectadores comprometidos.

Salvo por la brillante Wren, el metraje era desastroso. Incluso el coro ejecutivo estaba preocupado, a juzgar por su repentina falta de chocar los cinco entre ellos. Con crudités y medios sándwiches vieron a OKB brincando, bailando, haciendo gamberradas, comportándose histriónicamente ángulo tras ángulo, toma tras toma, todo una pérdida de tiempo y de dinero del presupuesto.

Cuando terminó el espectáculo de terror, Bill se quedó para acabarse un plato de ensalada de pollo cuando en la sala de prensa ya solo quedaban Al, Aaron y Yogi.

—¿Y bien? —dijo, mordisqueando un pepinillo en vinagre con eneldo—. ¿Qué hacemos para salvar nuestra película?

* Luciérnaga. *(N. de la T.)*.

Día 2 (de 53 días de rodaje)

El trabajo del jueves fue igual que el del día anterior, salvo porque aquella mañana OKB llegó una hora y cuarenta y siete minutos tarde al Campamento base. Quería cambios en los ingredientes de su batido, así que Ynez hizo tres viajes a Catering antes de que él se fuera a Obras con parsimonia, donde se quedó dormido en la silla y no tocó la bebida. Cabeceaba hacia delante y el equipo tenía que ir despertándole para poder acabar el trabajo: aplicar el maquillaje, texturizar, colorear y resaltar sin que se vieran las costuras.

Yogi había emitido una nueva Orden de rodaje a las 21 —se dijo a todos los departamentos que la fueran a buscar esa misma noche— para empezar con las escenas 4A (partes), en las que Firefall estaba en diferentes partes del centro de la ciudad escapando de un furioso ciclón de efectos visuales de aire hirviendo y humo. Parte del humo sería real, suministrado por el equipo de Efectos Especiales del plató. Todo lo demás serían efectos visuales hechos en posproducción. El trabajo de la tarde tendría a Wren en el plató para la escena 5, que debería haberse rodado el día 1. OKB no llegó al set para hablar con Bo Jo sobre la toma previa a su primera toma hasta las 10:51. Para conseguir algo de metraje, Bill hizo que SAM rodara INSERTOS, CAMBIOS DE PLANO y PLANOS DE ESTABLECIMIENTO que no estaban en el guion pero que serían útiles a la hora de editar, en posproducción.

Finalmente, OKB llegó a la cámara. Bill habló con él antes de su primera toma del día 2 y el actor solo dijo: «Sí, sí. Vale, vale, entendido», antes de ponerse en su marca. En el primer trozo estaba en el guion que Firefall diera unos pasos, se detuviera con expresión malévola, se decidiera por un camino y después se alejara como un soldado ideal.

Rodando. ¡Rodando! ¡Estamos rodando! ¡Cámaras rodando!

Sonido.

Marcadores.

Graba.

Acción. ¡Acción! Firefall se lanzó al encuadre, se quitó el casco, se rascó la cabeza, luego saltó fuera de cámara como si fuera un niño jugando. Bill gritó: «Corten» y lo mismo hicieron todos los ayudantes de Dirección. La escena continuó desviándose por tangentes similares y extrañas durante otras diecisiete tomas. Diecisiete veces, Bill habló con OKB antes de rodar. Diecisiete veces, el actor dijo algo parecido a «Ya veo... Ajá... Es una idea... A ver si se me ocurre algo... Sí, sí. Vale, vale, entendido» y después hizo lo que le dio la maldita gana.

Al no estaba en el plató. Estaba en su despacho de la Oficina de Producción. La mitad del coro ejecutivo estaba con ella. (La otra mitad había regresado a su cuartel general en Los Ángeles). Tras su puerta cerrada, con Ynez fuera para que nadie entrara, estaba coreografiando una intrincada danza de la necesidad.

—El actor al que contratamos llegó dos horas tarde el segundo día de rodaje —explicó al minicoro, un chico de Dynamo y una mujer de Hawkeye, ambos vicepresidentes de sus órdenes sagradas—. No tiene ni idea de en qué película está. No tiene ninguna idea para su personaje, aparte de que Firefall es gay y de que las gafas de sol le quedan fantásticas pero el casco fatal. Tenemos unos cuatro segundos de metraje utilizable de nuestro primer día de rodaje.

—¿Firefall es gay? No lo había visto —dijo la mujer de Hawkeye—. Aunque podríamos usarlo.

—Haría irrelevante el guion que todos decidimos que era el de una película viable —explicó Al.

—Dynamo ya tiene un superhéroe gay con Sky Angel —dijo el ejecutivo de Dynamo con monotonía—. No necesitamos otro. ¿Funcionaría si fuera trans?

Al hizo caso omiso.

—Si tenemos que reprogramar, significará alterar el guion: revisiones y cortes.

—Yo tengo ideas para cortes —dijo el señor Dynamo.

—El equipo creativo de Hawkeye ha discutido sobre revisiones.

—No a ambas cosas —dijo Al—. Antes de que le pidamos a mi jefe que revise su guion, te diré que se está dejando la piel con nuestro Número 2 para manipularlo y conseguir que haga una actuación que tenga algún sentido. Podemos reajustarlo y hacer que Firefall e Eve se junten lo antes posible. Tendremos que ir al croma antes de lo que nos gustaría, pero así son las cosas. Entonces rodaremos a OKB lo más rápido que podamos.

Eh, Ynez… —dijo Al en dirección a la puerta. Ynez se apareció por una rendija de inmediato.

—¿En qué puedo ayudarte? —preguntó.

—Una ronda de cafecitos estimulantes para todos. ¿Cómo tomáis el café, chicos? —preguntó Al a los ejecutivos.

—Yo ya lo sé —dijo Ynez, y se fue.

Al se volvió hacia los ejecutivos.

—Si sigue llegando tan tarde, podríamos amenazar a su agente con que OKB tendrá que correr con los gastos de todo el tiempo perdido por su tardanza.

—Me gusta —dijo Hawkeye—. Eso le dará una lección.

—Uy, seguro que sí —dijo Al, que sabía perfectamente que OKB era imposible de enseñar.

De vuelta en el set de rodaje, OKB estaba entusiasmado con una idea que tenía, una que había brotado dentro de él de improviso. Pidió a Atrezo un paquete de chicles Juicy Fruit y se metió la mitad en la boca. Ahora Firefall era un cazador de chicles al acecho, con la mandíbula trabajando horas extras mientras se paseaba por las escenas.

—¡Bravo, Johnny! —gritó a Bill Johnson—. ¡Es esto! ¡Este es el personaje!

—No estoy tan seguro. —De hecho, Bill estaba muy seguro, pero de lo contrario—. Vamos a hacer unas cuantas sin el chicle.

—¡No, tío! —dijo OKB mascando con la boca abierta—. Seamos atrevidos y hagámoslo. ¡Es un contrapunto! He tenido que saltar, moverme y retorcerme para encontrarme a mí mismo como Gomer Pyle, pero con esto… —Intentó hacer un globo, cosa que no se puede hacer con los Juicy Fruit—. Mira, tío. Puedo estarme todo lo quieto que quieras, pero ahora me siento como siempre me había querido sentir.

Y de hecho se quedó quieto, con su casco, sin gafas de sol, con el aspecto todo lo malévolo que puede tener un actor que masca un montón de chicle, como Mister Ed con la boca llena de mantequilla de cacahuete.*

* *Mister Ed* es una serie de televisión muy antigua sobre un caballo que habla. A Ed le ponían mantequilla de cacahuete en la boca. Mientras la chupaba parecía que hablaba. Se ha dicho que Ed era un caballo feliz al que le gustaba la mantequilla de cacahuete.

—¡Rodemos de nuevo lo que hicimos ayer! —OKB estaba muy animado con la idea.

—Quizá más adelante en el calendario —dijo Bill.

—¡Hagámoslo hoy! ¡Ya estamos aquí! ¡Nos instalamos en Main Street y grabamos mi introducción! ¡En dos tomas lo tendríamos! —Con el chicle en la boca, OKB escupía a cada signo de exclamación.

—Hay demasiado equipo que mover.

—¿Dos manzanas?

—Son vías, una grúa y tres cámaras —explicó Bill.

—Pues al final del día. Eh, Sammy —dijo OKB llamando a Stanley Arthur Ming por un nombre que el hombre odiaba.

—¿Sí? —preguntó SAM.

—¿Quieres unas tomas brutales de la hora dorada para lo de ayer?

—¿No vamos a grabar hora dorada aquí hoy? —SAM miraba a Bill.

—Ayer no tenía esto —dijo OKB señalándose la boca y el chicle del interior—. ¡Ahora estoy liberado!

—Vamos a acabar lo de aquí —dijo Bill mientras se sacaba del bolsillo lo que parecía ser una lista de tomas y fingía estudiarla—. Un par de espacios más antes del almuerzo y después le echaremos un vistazo al calendario.

—¡Entendido! —OKB volvió a su marca—. ¡Voy a necesitar más chicles! —gritó el actor mirando al equipo de Atrezo.

Bill mantuvo la mirada fija en una tarjetita que en realidad era de jugar al Jotto, cosa que hacía a veces mientras esperaba a que acabaran de montar equipos.

—¿SAM?

—¿Sí?

—¿Y Yogi? —Bill llamó a su primer ayudante de Dirección y dijo a los dos hombres que después de comer quería las cámaras en los tejados de los edificios de alrededor de la plaza y el Palacio de Justicia. Objetivos largos para captar el encuadre amplio con un Firefall pequeño en la toma. Luego se moverían a la grúa y al brazo jib, pondrían las cámaras B y C en las torres, esperarían a la luz de la tarde y grabarían a Firefall desde atrás.

Había que informar a Wren de que aquella tarde no trabajaría.

ϒ

Wren no quería la tarde libre. Quería trabajar, por mucho que la segunda mejor cosa que un actor pueda oír en una película, después de «Están dispuestos a cogerte», sea «Hoy no te necesitaremos». Así que hizo un entrenamiento Dray-Cotter completo, su larga y lenta rutina de estiramientos, releyó su guion bolígrafos en mano, cenó ligero con los Windermere y con Wally, y estaba a punto de dedicar la noche a ver una película antigua. La tremenda Bette Davis interpretaba a Kate y a Patricia Bosworth en *Una vida robada* en 1946, y Wren quería ver cómo la leyenda de Fountain Avenue sacaba adelante dos papeles en la misma película.

Estaba sentada en el sillón más cómodo que el dinero de un gigante de la tecnología podía comprar, en la sala audiovisual, viendo cómo la enorme pantalla LCD se iluminaba en distintos tonos de gris para la película en blanco y negro cuando le sonó el iPhone con la canción de Al Green «Let's Stay Together». Ese era el tono de llamada que Wren tenía asignado a Al Mac-Teer.

—Pausa —dijo a la sala audiovisual, y se congeló el viejo escudo de la Warner Bros. en la pantalla tan ancha como la sala—. ¿Sí? —dijo por teléfono.

—¿Cómo está tu serenidad en una noche como esta? —Bill Johnson, el único ser humano con más influencia en la película que Al, la llamaba con el teléfono de esta.

—«De fábula», como dicen en los viejos anuarios del instituto. —Estaba citando una frase de *Un sótano lleno de sonido*—. ¿Qué es eso de llamar desde el número de Al?

—¡Estoy aquí! —gritó Al, puesto que el altavoz del teléfono estaba conectado. Llamaban desde su despacho de la Oficina de Producción.

—¿Qué ocurre?

Habló Bill.

—Nada que tenga que ver contigo más que porque tiene que ver con todo...

—Suena a mal agüero —dijo Wren, y agregó—: Luces encendidas: a medias. —Se lo decía a la sala audiovisual, las luces de la cual bajaron a media intensidad.

—Perdónale, mujer —dijo Al—. Hemos de hablar, los tres.

—¿Ahora?

—Sí —respondió Bill.

La escabechina del viernes noche

Cuando OKB llegó al Campamento base, lo hizo con más de una hora de retraso, pero no le pidieron que fuera al remolque de Maquillaje y Peluquería hasta que hubiera desayunado. Cuando Ace detuvo el Range Rover, Yogi fue a recibirle y le explicó que había un posible cambio en la lista de rodaje de la mañana, así que no había prisa por entrar en Obras.

—Tenemos al menos una hora antes de que las cámaras se coloquen para tomas que no te necesitan, así que póngase cómodo, señor.

—¿Dónde está Ynez? —fue como OKB acogió la noticia.

—Puedo llamarla por la radio —dijo Yogi.

—Hoy no puedo soportar otro batido caliente. Necesito unos huevos rancheros sin cilantro y con un beicon tan crujiente que esté hecho con un lanzallamas M2-2.

—Puedo hacerlo, señor.

—Ojalá alguien me hubiera dicho que iba a haber este retraso —dijo OKB mientras cerraba la puerta de su Star Waggon—. Podría haberme quedado en la cama en lugar de darme prisa sin razón. —Así habló el hombre que llegaba más de una hora tarde a la convocatoria de mediodía.

Cuando apareció Ynez con el plato de su desayuno hecho expresamente para él cubierto de papel de aluminio, OKB abrió la puerta, le cogió la comida de la mano y le dijo:

—Muchas gracias, Sugar Bits. Y fíjate que he dicho «bits», con B.

El himno oficial de la Marina de Estados Unidos es «Anchors Aweigh» (Levando anclas), no «away» (lejos), cosa que no importaba cuando Al apareció por fin junto a la cámara silbando la conocida melodía. Bill se volvió a mirarla con una sonrisa triste de labios apretados. Ella puso los ojos en blanco como comentario sobre los combates de gladiadores que había tenido toda la mañana, pero allí estaba: pulgares arriba.

Bill abandonó el plató para dar un corto paseo hasta el edificio de la Asociación de Productores de Almendras, donde habían montado la sala de espera del croma. Para que el reparto esperara a que se rodaran sus escenas, se había habilitado una sala con sofás, sillas, un gran televisor, su propia cafetera exprés Caffè di Multiplo y muchos enchufes para cargadores. Era allí donde Ike Clipper esperaba su primera toma de la película, preparado como el señor Lima, con su uniforme/traje. Ynez le dijo que Bill Johnson iba a ir a hablar un momento con él.

—Chachi —dijo el actor.

—¿Quiere que le traiga algo? —se ofreció Ynez.

—Nada de nada. Acabo de echar una cabezadita. Tengo café gratis. Dentro de un par de horas comeré gratis. Ynez, estoy bien.

Al cabo de dos minutos, Bill Johnson entró en la sala de croma. Durante doce minutos los dos hombres estuvieron a puerta cerrada. Cuando se abrió la puerta, Bill salió y fue directamente al Campamento base, al remolque de OKB.

Al estaba allí al lado, con el teléfono en la mano, observando a su jefe. Al cabo de sesenta segundos iba a hacer la llamada que solo Bill, Wren y los ejecutivos de Dynamo y Hawkeye sabían que tenía que hacer.

Bill llamó tres veces a la puerta de aluminio, luego la abrió y gritó:

—Soy Bill. ¿Puedo pasar a hablar un momento?

—Más te vale —dijo OKB desde dentro.

Al dio a LLAMAR en su iPhone.

OKB estaba tumbado en el sofá de la caravana con *Judge Judy* puesto en la tele en silencio mientras miraba TikTok en su iPhone.

—¿Cuál es la situación, Blow Jack? ¿Por qué no estoy rodando?

—De eso he venido a hablar. —Bill no se sentó, sino que se apoyó en la encimera de la cocina—. No estamos rodando porque me equivoqué y he de admitirlo. Tenía la oportunidad, la responsabilidad, de decidir en qué dirección iba a ir la película, cómo quería ver a Firefall, cómo tenía que cobrar vida el personaje.

Fue justo entonces cuando OKB dejó su TikTok.

—Sí…

—Mientras tú seguías tus instintos, mientras yo te dejaba seguirlos, me iba desviando de mi visión. El papel estaba cambiando, el personaje se dirigía hacia las montañas creativas y la película se estaba modificando. Lo que debería haber hecho, desde el principio, así que esto es culpa mía, es proporcionarte una mano más sabia y segura.

La jueza Judy estaba diciendo algo en el enorme televisor: asentía en lo que podría haber sido un acuerdo silencioso.

—Una mano más segura —repitió OKB—. Vale.

—El resultado final, que, de nuevo, es todo culpa mía, no está funcionando. Esto no tiene nada que ver con, eh…, contigo o con, eh…, con tu proceso o con ninguna de tus… opciones.

—Estoy de acuerdo.

—Así que vamos a hacer un cambio. Y esto es mi decisión. Solo mía. Debería haberlo dejado claro hace tiempo.

—¡Bien! —OKB se sentó en el sofá. *Judge Judy* había dado paso a un anuncio sobre un bufete de abogados especializado en lesiones—. Yo digo que lo primero que hagamos sea revisar el tema del casco. Tendría que haberlo peleado más. Culpa mía. Eso solo nos pondrá en el buen camino y a mí me hará ser el coleguita Firefall al cien por cien. Te ayudaré trabajando algunos sábados para compensar lo que haya que volver a grabar. Puede que el equipo se queje, pero, por mí, adelante.

—No —dijo Bill—. No rodaremos los sábados.

—Si consigo el maquillaje para las cicatrices de la cabeza, ahora que por fin hemos dejado el casco, podemos hacer como si hoy fuera nuestro día 1, ¿vale? ¡Empezamos de cero desde ya!

—No —volvió a decir Bill—. Hoy no vamos a rodar más.

—¡Bien! Mi equipo de maquillaje necesitará algo de tiempo extra para mi coco sin casco. ¡Quedaré genial, Baker John-John! A veces las escenas nocturnas se vuelven mágicas, ¿verdad?

—Lo siento —dijo Bill con una pausa larga larga—. El cambio que vamos a hacer es dejarte marchar.

—¿He acabado por hoy? Llevo horas aquí sentado ¿y no me vas a usar hoy? Joder, tío.

—Te vamos a dejar marchar de la película.

OKB no tenía la menor idea de lo que significaban aquellas palabras. Bill continuó:

—No está funcionando y vamos a hacer un cambio.

OKB pensó que había oído algo mal, pero entonces se le iluminó en la cabeza un *Wordle* de nueve letras: DESPEDIDO.

—¿Te crees que puedes despedirme?

—Es culpa mía, ¿vale? Y es mi decisión. Lo siento por la parte que me toca. Te repito que debería haber hecho las cosas de otro modo desde la primera vez que hablamos.

OKB estaba sentado en el sofá, muy quieto. Tenía la mirada fija en el puto gilipollas que había irrumpido en su caravana como si fuera un pez gordo: el director, Bill *Mamada* Johnson.

—Estoy comprometido. Las cámaras me han filmado.

—Sé lo duro que debe de ser para ti oír esto. Eres un actor tremendo…

—Soy la estrella de esta película ¿y crees que sobrevivirás sin mí? No puedes comerte tres días de rodaje, Johnson. Esta no es una de esas películas tuyas de *Edén* que ya tienen su público de chavalitas adolescentes y chicos tristones. Me necesitas. No puedes permitirte no tenerme.

—No está funcionando.

—¡Dynamo me ha contratado para tres películas más, tío! ¿Con quién te crees que estás hablando? ¡Pues con toda la puta franquicia! Si me despides será un suicidio. ¿Quieres volver a cagarla con una *Albatros 2*?

Justo entonces, cuando la jueza Judy volvía a entrar en su sala, el iPhone de OKB vibró y zumbó. La pantalla se iluminó con el logo de la agencia que le representaba, lo que significaba que Al había llevado a cabo la parte final de la secuencia de despido con su precisión habitual. OKB estaba a punto de oír el caos en lugar de TikTok.

—Debe de ser tu agente —dijo Bill, y salió por la puerta de aluminio que había abierto antes—. Él te lo explicará mejor que yo. Lo siento, ¿vale?

La charla con Ike Clipper duró doce minutos; la del despido de OKB, menos de tres.

—¿Qué me dirías de Ike Clipper? —había preguntado Bill a Wren justo la noche anterior.

—¿Que qué le diría a quién? —No le sonaba el nombre.

—Ike Clipper —explicó Al—. Ya le conociste.
—¿Lo conocí?
—Sí —le aseguró Al.
—¿Cuándo?
—Ayer. Para la primera toma.
—¿Nuestro primer día de rodaje?
—Está en el reparto —dijo Bill—. Es uno de los investigadores.
—¡Ah! ¿El que hace de Lima? —Entonces Wren entendió—. ¡El camarero de *Un sótano lleno de sonido*!
—Sí —dijo Bill—. Ike Clipper.
—Ike. Clipper —repitió Wren—. Vaya…
—¿Eso es que dudas? —preguntó Bill.
—No —dijo Wren—. Es un comentario sobre el riesgo que estás corriendo, jefe.
Al miró a Bill con los ojos muy abiertos. Wren tenía razón. Wren lo sabía.
—Me estoy imaginando a ese camarero, Ike, con uniforme de marine —añadió Wren—. Tiene un buen par de hombros. Es lo bastante alto. Yo le veo un punto enigmático. Ojos bonitos… —Hubo una pausa al teléfono—. ¿Por qué no le diste el papel desde el principio?

Afuera, Al esperaba a que su jefe saliera de la caja metálica que albergaba al otrora Firefall. Se puso al paso de Bill mientras se dirigían a la Oficina de Producción. No intercambiaron palabras, ni falta que hizo. El César había muerto: tenían una república que salvar.

A Ace le habían dicho que esperara con el Range Rover aparcado pero en marcha. Habían anunciado la hora del almuerzo. Con el equipo comiendo en el gran salón de baile de la Asociación de Productores de Almendras, el Campamento base se podía mantener vacío de miembros del equipo para salvarle la cara a OKB, para que nadie le viera abandonar su remolque, la Unidad, la producción, para que nadie fuera testigo de su paseo de la vergüenza.

Al pidió a Ynez que acercara su coche PONY a la entrada del aparcamiento y se sentara en la parte de atrás, oculta tras los cristales tintados de la Ford, para vigilar mientras OKB se alejaba. No llevaba mucho tiempo allí cuando apareció el coche, con Ace al volante y OKB en el asiento de copiloto gritando por teléfono, y luego se alejó hacia el oeste de la ciudad en dirección a Franzel Meadows. Aparte de Ace, Ynez fue el último miembro del equipo que vio a OKB en Lone Butte. Hubo vecinos que después vieron un Audi plateado de dos asientos salir de la ciudad por Old Webster Road en dirección a la interestatal, por lo menos a ciento veinte en una zona restringida a setenta kilómetros por hora, pero no sabían quién iba al volante.

Ynez pulsó el botón de la radio, que estaba en el canal 4, para avisar a Al.

—Hola, hola —dijo.

—¿Sí? —Al estaba esperando la transmisión.

—Ancla levada para siempre. —Había dado la señal, según las instrucciones. A OKB ya se le podía decir APA.*

—Recibido. Ven al plató cuanto antes —dijo Al.

Ynez saltó al asiento del conductor, giró a la derecha, avanzó tres manzanas y giró de nuevo a la derecha hasta el plató, donde aparcó detrás del camión de tacos cuando el equipo regresaba de almorzar/cenar. Ella no había comido con el equipo (nunca podía tomarse el tiempo de sentarse a comer), así que se preparó una tostada rápida con manteca de cacahuete y mermelada. Había vuelto a poner su radio en el canal 1 cuando Yogi emitió un anuncio para que todos lo oyeran.

—A todo el equipo, a todos los miembros de la Unidad, por favor, reuníos delante de la cámara para un breve anuncio. Todos. Todos los camioneros, el personal de la Oficina de Producción, todas las manos, venid al set para una reunión. Se os quiere.

La concentración duró unos quince minutos. A algunos camioneros los despertaron de la siesta. A los del catering no se les pidió que estuvieran presentes, pero muchos se presentaron igualmente. El grupo de gente no difería mucho del de la reunión que se había convocado dos mañanas antes, el miércoles, para la foto de equipo, el corte de la bandera y la primera toma de la película.

* Adiós, pequeño, adiós.

Bill Johnson estaba de pie sobre una plataforma que Yogi había hecho montar al jefe de Grip con cuatro cajas de manzanas y una plancha cuadrada de madera contrachapada. Subido allí, todos veían al guionista y director de la película y también le oían, de modo que no tenía que utilizar un dramático megáfono ni recurrir a la voz *en off* de un ayudante de Producción.

—Hola a todos. Será solo un momento —anunció—. Hacemos una pausa en la producción para realizar un cambio en el reparto. En el papel de Firefall…

Alguien entre la multitud emitió lo que podría haberse denominado un grito rebelde de alivio.

—El papel de Firefall lo interpretará un nuevo actor. Le hemos dado un adiós profesional, cortés y respetuoso al talentoso señor Bailey, quien, estoy seguro, continuará cosechando éxitos, con nuestros mejores deseos de que así sea. Mientras tanto, esto es todo por hoy. Vamos a terminar nuestros primeros tres días de rodaje…

—¿Rodaje? ¿Hemos estado rodando? —gritó alguien. Muchos rieron.

—… y a disfrutar de un merecido fin de semana de descanso. Estoy en deuda con vosotros e impresionado por vuestro trabajo y dedicación. Nos vemos el lunes.

Se levantó una ovación, una fuerte ovación con aplausos, silbidos y de nuevo aquel grito rebelde. A todo el mundo le gusta acabar pronto el viernes. Yogi pulsó el micrófono de su radio para decir al equipo que como mucho a medianoche se les enviaría por correo electrónico una nueva Orden de rodaje para el lunes.

Algunos miembros del equipo estaban ansiosos, preocupados ante la posibilidad de que no sobrevivieran a la masacre del viernes noche. Tal vez despidieran al equipo de Maquillaje y Peluquería de Firefall, ya que todo el trabajo que habían hecho había sido despedido con OKB. Ace Acevido se preguntaba si conduciría la furgoneta Sprinter del Campamento base, o un carrito de golf, o si simplemente le dirían que se fuera a casa con sus telares y sus caballitos enanos ahora que el miembro principal del reparto al que había estado llevando arriba y abajo había dejado de serlo. Incluso Ynez vio la posibilidad de que Al se le acercara y le diera un *bye bye* profesional, cortés y respetuoso, e Ynez se marcharía y regresaría a su coche PONY y a sus tareas de niñera. Al fin y al cabo, había estado a entera disposición del ya desaparecido OKB. Pero, aparte de la pérdida del Número 2 en la Orden de rodaje, la única persona de la Unidad que se fue para siempre fue una de las contables de Producción, que se enteró de que su madre había recibido muy malas noticias médicas y se veía en la necesidad de cuidar de su extensa familia. Se contrataría a un sustituto de la zona durante el fin de semana.

Cuando todo el mundo se hubo ido a casa, el equipo hubo quedado almacenado y los camiones cerrados y asegurados, la Unidad empezó un fin de semana extra, uno más largo de lo habitual. La gente se fue a Sacramento ys a San Francisco, a acampar en la montaña, a hacer una excursión en kayak por el río Big Iron Bend, y hubo un grupo de jugadores que se fue en coche a los casinos a orillas del lago Tahoe, en Nevada.

El fin de semana

El sábado y el domingo fueron días de trabajo para las piezas principales de la película, una labor incesante de proporciones hercúleas, épicas. La momentánea sensación de alivio que acompañó a la decapitación de OKB el Terrible dio paso, en un nanosegundo, a la asimilación de que había que sacar del caos al estado-nación en que se había convertido *Knightshade: El torno de Firefall.* Los jefes de departamento iban apenas veinticuatro horas por delante de su personal: ninguno de ellos iría a hacer kayak ni a jugar a los dados.

AL MAC-TEER acorraló a todos los jefes de departamento para calibrar su capacidad y hacer los cambios que hicieran falta para contrarrestar el tremendo traspié que suponía la alteración del reparto, pero ni uno solo flaqueó. Habló con los de Casting sobre un sustituto para el papel de señor Lima. Se había hablado de suprimir el papel por completo y repartir los asuntos y diálogos sobrantes entre los tres investigadores restantes, pero Al lo vetó diciendo que buscar otro actor para el papel les daba la oportunidad de añadir diversidad a la producción. Tenía un enlace web de todos los actores que se habían presentado a las audiciones, así que empezó a buscar caras para el siguiente señor Lima e hizo su propia selección antes de valorarlos con Casting. A las 10 de la mañana del sábado, Al estaba haciendo un Zoom con Polly Kates, de Miller Thompson & Kates, para hacer una alineación de posibles candidatos. A las 13:45 Al estaba en su despacho de la Oficina de Producción apagando los fuegos que llegaban a su mesa, entre ellos una larga llamada telefónica llena de pánico e improperios por parte de un ejecutivo de Dynamo que se lo estaba replanteando todo.

STANLEY ARTHUR MING examinó el material filmado para determinar qué se le podía ofrecer a Bill Johnson, en caso de que hubiera algo, y para tener la oportunidad de hacer cambios. Si SAM tenía que volver a grabar todo lo que había en los discos duros, pondría las cámaras en otras dos posiciones diferentes y jugaría con los reflejos.

A LE'DELLA RAWAYE no la asustó el cambio en el reparto. Por las medidas que había tomado de Ike Clipper, encajaría perfectamente. Conocía a Ike de *Un sótano lleno de sonido* y le parecía poco demandante y dispuesto a «someterse a la experiencia» de la diseñadora de vestuario, ya que admitía no tener sentido de la moda. El único problema que le planteaba a Le'Della era que se avergonzaba de sus pies. Tenía los pies pequeños, había dicho. Agradecería que le pusieran unas botas de combate que no le hicieran los pies tan pequeños. El dolor de cabeza que pronto se le presentaría a Le'Della sería quién iba a ser el nuevo Lima, ya que necesitaría pruebas de vestuario lo antes posible.

AARON BLAU y YOGI estaban enfrascados reprogramando los días 4 a 14. Parte del trabajo de Wren podía moverse, pero solo parte. Otros miembros del reparto, los de las escenas en el *drugstore* Clark's, no estaban todavía en Lone Butte. Decidieron que se trabajaría por turnos los días 10 a 14, desde mediodía hasta medianoche, a una semana vista.

YNEZ GONZALEZ-CRUZ condujo desde Lone Butte hasta su casa. Salió unos minutos antes de medianoche para poder despertarse y desayunar con su familia por primera vez en semanas. Tuvo al pequeño Francisco en el regazo mientras comía, se hizo una foto con él y se la envió a Al con el texto: **¿Posible nuevo Lima?**

AMacT: ¡¡¡corazón corazón corazón corazón corazón!!!

Y luego, segundos más tarde:

AMacT: La semana que viene será de locos. No podrás ir a casa. Hazte la maleta y quédate en una habitación libre en mi casa.

La DOCTORA PAT JOHNSON ya había estado suficiente tiempo sin Bill. En lugar de volar para estar con él, había enganchado su Jayco el miércoles por la mañana, el primer día de rodaje, para pasar tres días conduciendo y acampando y estar en Lone Butte para cuando su hombre se despertara el primer sábado de rodaje. Paraba en *campings* que había reservado en un sitio llamado Care-a-Van, el último de los cuales era un complejo dirigido por budistas; aunque no los vio, algún que otro gong sí que oyó. No tuvo wifi hasta el viernes por la mañana, cuando Bill le comunicó la triste pero necesaria noticia de echar a OKB. Estaría en Lone Butte a mediodía del sábado, prometió ella.

BILL JOHNSON empezó el fin de semana temprano, con una gran dosis de cafeína mientras releía su guion una vez más. Ahora con Ike como su Firefall, dejó que aquel texto tan conocido resbalara sobre él como una lluvia de limpieza fisiológica. Luego dio un paseo por las calles aún dormidas del Distrito de Casas Históricas de Lone Butte, llevando consigo su hierro nueve de mercadillo como un bastón. Hizo algunos *swings* sobre las hojas de las aceras y los trocitos de árbol caídos en la hierba mientras dejaba resonar en su cabeza cualquier pensamiento que le viniera a la mente. Hubo un auténtico aluvión.

Su mañana iba a ser una reunión tras otra y luego un reconocimiento de los exteriores que iban a tener que utilizarse mucho antes de lo previsto. Lo más importante iba a ser el tiempo que pasara con Ike. El director necesitaba una reunión prolongada de las mentes con su nuevo protagonista porque que Dios le ayudara si Firefall continuaba yendo tan irritantemente mal como hasta el momento. Bill lo había apostado todo por Ike Clipper. Si se perdía un solo día más de rodaje por idioteces, habría que pagar un dineral; se habría cometido un error tremendo, uno que al Instigador le costaría mucho de limpiar. En Fountain Avenue, está mal visto joder algo que está seguro.

Aquel viernes fatídico, minutos antes del despido de OKB, Bill se había encontrado con Ike en el croma. Estaba haciendo ejercicios de abdominales cuando el director cerró la puerta tras él.

—Ike —le dijo el director—. Me preguntaba si podrías ayudarme con un problema.

—¿Qué puedo hacer por ti? —preguntó Ike jadeando mientras se secaba el sudor con una sudadera.

—Ocupa el puesto de Firefall por mí.

Ike no tenía ni idea de qué significaban aquellas palabras.

—¿Quieres decir que Lima se convierta en el operador de lanzallamas? —Ike se estaba imaginando a su personaje pasando por una transformación tipo Hombre Lobo debido a alguna maldición o embrollo cósmico que hacía que su personaje del Departamento de Defensa/CIA/investigador se convirtiera en el Marine Fantasma.

—No, tenemos a otro para Lima.

—¿Alguien que no soy yo? —Ike notó un nudo en la garganta.

—Necesito ayuda, Ike. Necesito que seas Firefall. Voy a pedirle a OKB que, eh, que se haga a un lado. Si estás preparado, y no me cabe la menor duda de que lo estás, te pido que asumas el papel.

—De Firefall.

—Sip.

—Yo.

—Sip.

—Como Firefall.

Bill asintió.

—No estoy seguro de qué está pasando.

—El favor que te estoy pidiendo es que seas Firefall. Métete en el personaje. He repasado una lista de posibles artistas, de actores que podrían hacer de Firefall tal como yo lo veo, como lo escribí, como es en la película. Ninguno es más apto que tú.

De nuevo, Ike no entendía qué significaba ninguna de aquellas palabras. No en aquel momento.

Bill continuó:

—Eres un actor instintivo. Comprendes. Escuchas. Reaccionas. No pides un resumen del procedimiento. Aportas tus propias motivaciones y te comportas como lo haría el personaje en la situación, en el momento. No robas el centro de atención, sino que lo creas. En *Sótano* te pedí que te inventaras algo en una escena, algo que no había escrito o en lo que no había tenido tiempo de pensar, y te pusiste a limpiar el espejo de detrás de la barra. Fuiste a Atrezo, pediste una botella de limpiacristales por tu cuenta y utilizaste un periódico para limpiar el espejo; entonces un artículo del periódico te llamó la atención y te pusiste a leerlo mientras limpiabas el espejo con él.* Me diste cuatro tiempos cuando te había pedido uno. Te pedí una idea y acabé sentado viendo lo que se te había ocurrido. Resuelves tus problemas. Y los míos.

—Vale…

—Das en el clavo y dices la verdad, incluso como Roy el Camarero. Mi error fue no darme cuenta de eso hace tres meses e ir al estudio y decir: «Tengo a vuestro Firefall: es Ike Clipper y lo quiero a él y solo a él». Siento no haberlo hecho entonces, pero vengo ahora. En el último minuto. Muerte súbita. ¿Has leído el guion?

—Sí. Por supuesto.

—¿La mayoría de tus diálogos? ¿Las escenas de Lima?

—Por supuesto, sí.

—Léelo ahora para Firefall. Léelo cien veces, cada vez que puedas. Encuentra la verdad para mí.

—¿Que le quite el papel a OKB? No quiero robarle el trabajo a nadie.

—No lo harás. Independientemente de lo que digas, lo vamos a sustituir. Está fuera. Esto pasa en las películas. Buddy Ebsen era alérgico al maquillaje del Hombre de Hojalata, así que Jack Haley se unió a Toto y los demás. ¿Sabes de béisbol? ¿Lou Gehrig?

* Uno de los mejores cortes de la película, hacia el minuto 47.

—¿Buddy Ebsen no pudo golpear la bola curva y Gary Cooper se quedó con el papel?

—Wally Pipp no pudo jugar un día. Gehrig entró en primera base y se quedó allí más de dos mil partidos.

—Dos mil ciento treinta. Lo oí en un *Final Jeopardy!* ¿OKB es Wally Pipp y yo soy el orgullo de los Yankees?

—Si te llevas el partido.

—Lo intentaré.

—No lo intentes. Simplemente sé. El mayor reto para ti vendrá dentro de un año, cuando se estrene la película y tu vida se vea alterada. La atención será candente y cáustica. O tal vez tan divertida que te volverás loco. La celebridad no es un estado humano natural. No hay entrenamiento para ella. Estarás bien si lo planeas un poco. Puede que te hagas rico, si vigilas con el dinero.

Dentro de la cabeza de Ike: ¡Foom!

—Habrá algunas idas y venidas con tus representantes y asuntos de negocios —continuó Bill—. Hawkeye y Dynamo te tendrán para más películas, lo cual no es mala cosa. Mantén la cabeza recta y los zapatos atados. Hemos de hacer algunos cambios de calendario, así que no te puedo decir cuándo será tu primer día, pero en algún momento de la semana que viene Firefall y tú os convertiréis en uno.

Ike guardó silencio, pero luego dijo:

—Espera. —Bill no tuvo más remedio que hacerlo—. ¿Y Wren? ¿Sabe ella algo de esto?

—No te lo pediría sin su total aprobación.

—¿En serio?

—Palabra.

Por un momento Ike sintió que su cuerpo se estiraba, como si se le alargara la cabeza hasta el techo del edificio de la Asociación de Productores de Almendras. Empezó a oírlo todo como un rumor submarino, como si escuchara con una concha, y era incapaz de distinguir las palabras de Bill Johnson:

—Quédate aquí un momento, que voy a hablar con OKB. Cuando lo haya hecho, empezarás. —Bill fue hacia la puerta—. Tranquilo, Ike. Sé Firefall.

IKE CLIPPER tenía la sensación que uno tiene cuando hace paracaidismo: la euforia del vuelo es una cosa, la realidad de la caída a una velocidad terminal es otra. Estaba a la vez entusiasmado y aterrorizado, seguro de su valía y seguro de ser un fraude. La única certeza de su vida era que su último plan quinquenal se había ido al garete. Las únicas tres palabras que le vinieron a la cabeza y que llegaron a sus labios fueron: «Mira por dónde».

Ike llamó por FaceTime a su esposa desde el edificio de la Asociación de Productores de Almendras. Thea Cloepfer estaba ocupada con el bebé, cómo no. Cuando Ike le contó lo que había pasado, Thea tuvo que oír el orden de los acontecimientos tres veces antes de ser capaz de procesar lo que significaba. Entonces se echó a reír. Levantó el teléfono para que Ike viera a su hija, Ruby Cloepfer, de diez meses, pataleando sobre una manta en el suelo.

—Espera a que le cuente lo de su papi —dijo Thea—. Puede que eructe y haga una caquita. Cariño, ¿cómo vas a reaccionar una vez que esto se asiente? ¿Cómo estás?

—¿Que cómo estoy? —repitió Ike—. No sé si me han dado un beso o un puñetazo.

Años atrás, Ike estaba con Thea en la cola de un casting para una película de alto secreto llamada PROYECTO DE LOS AÑOS 70 SIN TÍTULO. Ella escribió su nombre en una lista, así que Ike también lo hizo. Les hicieron a ambos una entrevista de noventa segundos con una voz *en off*. A Bill le gustó su aspecto y el tipo había dicho algo gracioso a la voz incorpórea del director de Casting: «Vaya oficina que tienes aquí. ¿Dónde está la tienda de regalos?».

Ike había sido una presencia buena, aunque menor, en *Un sótano lleno de sonido,* una parte del conjunto que llegaba a la hora, se sabía el guion y tenía motivaciones sutiles que representaba por su cuenta. Era callado, escuchaba sin hacer comentarios, nunca se iba del plató sin avisar a un ayudante de Dirección e interpretaba bien con los demás, incluso con la ya mencionada Kikki Stalhardt. En las semanas de rodaje de *Sótano,* el actor había estado preparado, como un fino junco azotado por el viento. En el montaje final, Bill acabó añadiendo cortes de risas o comentarios de Roy el Camarero porque Ike siempre estaba presente. Por eso, Ike fue el primer actor elegido del reparto de *Knigtshade: El torno de Firefall,* porque, tal como estaba escrito, Lima era poco más que un papel de bulto, un figurante, un pulsador de botones en teclados. Y Ike Clipper, Bill lo sabía, convertiría a un don nadie en alguien.

Ike tuvo un sábado bien repleto. Primero le hicieron un examen médico para el seguro, luego le llevaron con el equipo de Especialistas, después a Vestuario, luego a Maquillaje y Peluquería, luego con el equipo de Efectos Especiales en la fábrica de bombillas, después a Atrezo y finalmente de vuelta a Vestuario. Kenny Sheprock le preguntó si podía dedicarle tiempo y molestias para hacer un molde de yeso de secado rápido de su cabeza, así que volvió a Maquillaje y Peluquería, que para aquel proceso tan engorroso se había instalado en una habitación vacía del sótano del edificio de la Asociación de Productores de Almendras que tenía un fregadero y no estaba enmoquetada. Habían llenado un gran cubo de agua para mezclar el material de modelaje. Cuando aquello estuvo pegajoso, Ike cerró los ojos y le vertieron el barro frío y gris sobre la cabeza. Después lo fueron colocando en su sitio a mano mientras él respiraba a través de dos pajitas, una para cada orificio nasal. También le taparon las orejas y de repente el mundo le sonó muy muy lejano, casi como cuando se colocaba, pero sin visiones alucinantes. En aquel estado de privación sensorial, al principio el tiempo pareció detenerse; luego se desvaneció en el pasado.

La vida de Ike

Como toda la humanidad, fue el resultado de muchas bifurcaciones cósmicas en el camino. Su concepción se produjo en una hermosa noche de embriaguez en la que su madre quería quedarse embarazada y su padre tenía la intención de hacer que así fuera. Larry Schmiddt y Addie Cloepfer no estaban casados ni eran heterosexuales, solo buenos amigos con una profunda conexión de años. Unos cuantos chupitos de tequila y los medios hicieron posible la biología tras una sola sesión de relaciones sexuales.

—¡Somos como las moscas de la fruta! —gritó Larry cuando Addie llegó a su casa agitando el kit de la farmacia con la delgada línea roja.

Nueve meses después, un 11 de septiembre, antes de que esa fecha quedara marcada por el terror y la crisis, Irving Cloepfer vino al mundo rodeado por un grupo de gais, lesbianas, heterosexuales de las familias Schmiddt y Cloepfer, mucho bombo y platillo, y todo el equipo para criar a un bebé requerido por la experiencia y la ley. Larry vivía cerca. Addie había planeado el duro trabajo de ser madre soltera. A Irving le pusieron el nombre en honor a su abuelo, cuyo cuerpo nunca se encontró después de que saltara de un avión sobre Normandía la noche antes del Día D, en la Segunda Guerra Mundial. Al niño lo llamaban Irv, Irvy, pequeño Ving, muchos nombres diferentes, y a él le iban todos bien.

Era hijo único pero no se crio solo. Tenía primos, compañeros de juego y un desfile de las mejores niñeras y cuidadoras que jamás hayan leído un libro sobre la crianza de niños. Dos parejas de abuelos (uno de ellos abuelastro; la Yaya y el Yayo y la Abu y Boxo eran un cuarteto de abuelos encantados). Tenía, para siempre y todos los días, dos papás, Larry y Greg y, tras unas cuantas parejas que no cuajaron, dos mamás, Addie y Claire, que le leían libros, jugaban a la pelota con él y pintaban cuentos con él más horas de las que pasaba sentado delante de la tele. A veces parecía que los adultos de la vida de Irving estaban empeñados en entretenerlo, en ocuparse de él, en dedicarle tiempo. No fue hasta llegar a la escuela primaria cuando empezó a quedarse a dormir en otras casas, cuando descubrió que no todo el mundo vivía en el mismo torbellino de identidades, ideas, acciones y unidades parentales que él. A menudo se aburría pero no era aburrido, a diferencia de muchos de sus amigos, que se volvían aburridos en cuanto tenían una Xbox, una PlayStation y un móvil. En el colegio, durante las pesadas clases obligatorias, se dedicaba a estudiar los agujeros de las baldosas acústicas del techo y dejaba volar la imaginación. Las asignaturas interesantes le atraían tanto que no necesitaba tomar apuntes para bordarlas. Las matemáticas eran una causa perdida para él, al igual que la química, pero ¿y qué? Sus notas eran casi siempre iguales: sobresaliente. Sobresaliente. Sobresaliente. Aprobado. Aprobado. Aprobado. Hasta la secundaria, cuando un aprobado pasó a ser motivo de celebración.

Se fumó su primer porro esperando un autobús y se pasó los años siguientes riendo, fundiéndose la vida entre risitas, holgazanería, campanas y días en los que ni siquiera iba al campus. Le pidieron que abandonara el instituto y así lo hizo, riéndose. Addie estaba furiosa, con el colegio y con el colgado en que se estaba convirtiendo su hijo, pero como ella había hecho cosas parecidas cuando estaba en el instituto, lo único que podía hacer era buscarle otro colegio y decirle: «Espero que esto te funcione». Larry y Greg estaban en contra de todas las drogas: Irving era bienvenido en cualquier momento pero no podía drogarse en su casa.

Acabó en la Academia Banning, una escuela secundaria progresista con ánimo de lucro, en un parque industrial y con un horario tan compactado que a mediodía ya estaba libre. Podía fumarse un porro nada más despertarse, irse a clase bajo la influencia de la droga y tener las tardes libres como un marinero de permiso en tierra. Iba al cine, grababa vídeos, paseaba por la ciudad... Después empezó a hacer los trabajos que se daban a los adolescentes: vender helados y desempaquetar libros en los almacenes de las librerías. Un amigo de Addie que tenía un restaurante le consiguió un trabajo de ayudante de camarero y luego de camarero, donde le llamaban Camarero Irv.

Por aquel entonces andaba con un grupo de idiotas, unos amigos que no eran nada interesantes salvo cuando todos ellos iban fumados. Eso le llevó a tener un encontronazo con unos policías estatales y a pasar una noche en la trena, unas horas que a Irving y compañía les parecieron divertidísimas hasta que se les pasó el efecto del THC. Estar ahí detenido empezó a no tener ninguna gracia. Cuando Addie fue a recoger a su Jovencito Mosqueado, casi un día entero después de poder sacarlo, le dijo que no le gustaba su círculo de amigos. Él murmuró: «Uy, qué puta lástima». Ella le dio un bofetón en el acto, con una mano en el volante, y le dejó una roncha roja en la cara.

—«Qué lástima», te lo acepto —dijo su madre—. «Qué puta lástima», no.

Aquel cachete maternal fue una bifurcación en el camino de Irving, uno de aquellos momentos en los que giró hacia aquí en vez de hacia allá, uno que anotó en un cuaderno. Había estado en camino de ser uno de esos tipos demasiado modernos para las circunstancias: un gracioso, un sabihondo, un listillo, el tipo que se burlaba de cualquiera con autoridad, que se reía de cualquier cosa en las redes sociales, que decía: «Mira esto» y enseñaba vídeos en su móvil aunque nadie quisiera verlos. Para cuando se le hubo ido la rojez del moflete y volvió a tenerlo de su color blanquecino habitual, había dejado la marihuana y se había agotado su gusto por las drogas. Empezó a dar paseos largos y decididos escuchando música nueva, aunque los discos tenían cuarenta años, y a leer libros que había visto en clase pero que no había cogido nunca. Rehízo su plan quinquenal: eliminó la entrada en la que ponía «¡Jamaica!». Decidió hablar menos y escuchar más, quitarse el buscador web del móvil, mudarse a su propio espacio, desarrollar algo de decoro, algo de garbo, quizás incluso algo de estilo.

Cuando su padre y Greg se trasladaron a Florida y su madre se matriculó en el Moore Community College para recibir clases de asistente legal, Irv, que tenía diecinueve años, era totalmente independiente y libre de hacer algo tan glamuroso como mudarse a París para dibujar a carboncillo y escribir cuentos en una vieja máquina de escribir para el *International Herald-Tribune*. Su madre se ofreció a pagarle el billete de ida.

En lugar de eso, Irving Cloepfer aceptó más turnos en el restaurante, se lio con las chicas y mujeres mayores que dejaban su número en los cheques, pensó seriamente en alistarse en la Guardia Costera, se hizo barista en el Café de Tête, dimitió, cogió un bloc de notas y un bolígrafo y escribió un nuevo plan quinquenal.*

Puso la fecha en la parte superior de la página, desde aquel año hasta cinco años después. Luego escribió *CERTEZAS:*

Trabajador de restaurante/camarero
Tiempo para mí. ¿Demasiado?

* A un profesor de la Academia Banning le encantaban los planes quinquenales. Tal vez lo único que aprendió Irving de su época de aturdimiento escolar fue a mantener los planes quinquenales.

Después, *POSIBILIDADES*:

> Llevar un restaurante: sueldo, no propinas
> Encontrar una Vida, no una ocupación
> ¿Universidad? ¿Estudios de taquigrafía/mecánica/aerografía/malabares/hostelería?

Seguidamente, *ESPERANZAS*:

> Comprometerme a acabar los estudios/la materia
> Dejar de ser el Camarero Irv.

Por último, Irving redactó su declaración de objetivos.

La primera línea decía: «Primer año: confieso que estoy en la rampa de salida para la Tierra Prometida o para el Más Allá». Continuó escribiendo otras veintidós páginas de tamaño de taquigrafía y acabó con «Quinto año: mira esto».

El Moore Community College era lo bastante grande como para mantener su atención todo el día, y el restaurante Pie Pan, sus noches. En el MCC, Irving se apuntó a Botánica 101, Introducción a Tolstói, Salud y Bienestar 1A, Rugby, Iluminación de Escenarios/Exposiciones e Historia de Estados Unidos I. En el segundo semestre estudió Biología Humana, Lectura Universitaria, Relaciones Públicas, Salud y Bienestar 1B, Bádminton, Iluminación Avanzada de Escenarios/Exposiciones e Historia de Estados Unidos II. Aquel verano solicitó trabajo en el nuevo restaurante temático que iban a abrir en el centro comercial Kirkwood en un vano intento de volver a atraer público a él.

El Emporio del Gore del Doctor Pústula iba a ser una experiencia teatral de cenas para toda la familia y/o para eventos empresariales obligatorios para crear vínculo fuera del espacio de trabajo. Una especie de cena teatro con un menú completo de platos y postres de nombres espeluznantes: Ghoulash macabro, Pasta alla buitresca, Fantasma de la ensalada César, Pudin de sangre. Un maestro de ceremonias/anfitrión, el Doctor Pústula (con la cabeza cubierta de vendas ensangrentadas), guiaba a los clientes por juegos, concursos y rompecabezas, y luego presentaba actuaciones musicales en un espectáculo que duraba una hora, lo que permitía dos sesiones por noche. Todas las actuaciones eran de famosos disfrazados de monstruos, fantasmas y banshees. Sus canciones y arengas habían sido escritas por talentos medios de la empresa con la esperanza de franquiciar el Emporio del Gore en todo el país y el mundo. La música estaba pregrabada: Evil* Presley, Aorta Franklin, Hernia Discal, Blank Sin-a-lot-tra,** Gray Slick...*** Estos y otros personajes de marca registrada cantaban unas parodias espantosas de canciones de dominio público o alteradas lo justo para evitar el pago de derechos de autor.

Una versión atrevida de *La hora del gore* levantaba las despedidas de soltero/a. Los lunes por la noche reservaban todo el local empresas, clubes, reuniones familiares y, con un espectáculo muy especial, suavizado en el guion y en la letra de las canciones, por algunos grupos eclesiásticos.

A Irving lo contrataron para colgar las luces y dirigir los espectáculos nocturnos. El personal del servicio de comidas sabía preparar el menú como un reloj, sirviendo los postres justo antes de que empezara el espectáculo, y las mesas se recogían y se volvían a montar en media hora después de acabada la actuación. Lo que hacía el trabajo tan especial para Irving era la diversión de interactuar con los intérpretes. En el reparto había algunos treintañeros que se consideraban profesionales. El Doctor Pústula era también la voz de los supermercados Food Prince y hacía anuncios de radio. Aorta Franklin salía en un anuncio de Supreme Burger interpretando a una mujer que miraba con asombro cómo un nuevo sándwich gigante de costilla a la barbacoa con queso tierno se cernía sobre la ciudad, actuación por la que le habían pagado lo suficiente como para comprarse un Kia nuevo. ¡Y esa señora sabía cantar!

Al igual que Gray Slick, alias de Thea Hill, que cantaba dos números y formaba parte del final coral del espectáculo. Irv y

* Malvado Presley. *(N. de la T.).*

** Algo así como Virgen El Gran Pecador. *(N. de la T.).*

*** Pringue Gris. *(N. de la T.).*

ella empezaron un coqueteo que él estaba seguro de que acabaría en emparejamiento una vez que él lo dejara con algunas camareras y Thea hubiera dejado a su novio, que tenía un trabajo aburrido haciendo cosas aburridas y que estaba siempre esperando a que Thea se quitara su maquillaje de Gray Slick. Thea no soportaba cómo conducía pero no le importaba su Mercedes biplaza.

Manejar la mesa de luces era sencillo, repetitivo y estaba controlado por ordenador; cualquiera podía hacerlo. Cada noche, Irving se sentaba en la cabina de iluminación y se reía con las improvisaciones que los actores colaban en el guion: chistes internos y pullas subversivas a los supervisores de la empresa. El público nunca se enteraba, el equipo se reía entre bastidores, los actores que estaban en escena soltaban carcajadas a menudo, pero todo el mundo dejaba de hacerlo cuando aparecía alguien de la empresa.

Un sábado, a mediodía, el actor que interpretaba al Doctor Pústula hizo un movimiento muy *amateur*. El tipo llamó al Emporio para soltar una sarta de improperios y decir que no pensaba volver a entretener «a la prole de los republicanos borrachos que no hacían más que criar». Renunció en el acto, con el día más movido de la semana cerniéndose sobre el personal. Tenía que haber un Doctor Pústula para las dos sesiones de fiestas de cumpleaños y los dos espectáculos nocturnos. Blank Sin-a-lot-tra era un suplente informal para todos los papeles masculinos, pero el pobre actor seguía con una infección de oído, así que no estaba en condiciones de asumir las funciones de anfitrión del Doctor Pústula. ¿Adivinan quién podía? Puesto que había asistido a todas las representaciones desde la apertura del local y no solo se sabía de memoria el papel del Doctor Pústula sino que era capaz de recitar todas las líneas de guion y todos los versos de canción de todos los momentos del espectáculo, aquella misma noche Irving Cloepfer se convirtió en actor.

Le enseñó a una de las camareras llamadas Meghan —había dos Meghans— a manejar las luces. Los pantalones del Doctor Pústula le iban tan cortos que parecían piratas, y la chaqueta le iba estrecha de hombros y puños, pero eso solo hacía al personaje más macabramente cómico. El reparto le ayudó a maquillarse de blanco y con las cicatrices: Gray Slick/ Thea Hill le pintó unas líneas alrededor de la boca imitando a puntos cosidos para crear un *look* Día de Muertos. Irving salió como maestro de ceremonias, algo cohibido por la prole de los que no hacían más que criar, pero para el espectáculo final para los republicanos borrachos el Doctor Pústula se apuntaba grandes carcajadas. Más que nunca antes. El restaurante temático tenía un nuevo miembro en el reparto. Irving Cloepfer había llegado a una bifurcación en el camino y la había tomado.

Poco después ocurrió lo inevitable: Thea dejó a su novio del Mercedes justo cuando se acababa el ligue de Irving con Meghan (entre lágrimas). El Doctor Pústula y Gray Slick empezaron su idilio. En su primera noche juntos se liaron, hicieron tortillas, hicieron el amor y ella pasó la noche en casa de él. Al instante, el plan quinquenal más reciente de Irving siguió el camino de un periódico para reciclar.

—Creo que deberías cambiarte el nombre. —Thea estaba desnuda a su lado en la cama.

—¿Tienes algún problema con Irving? —le preguntó él. El dormitorio estaba a oscuras. Eran casi las cuatro de la madrugada y aquella era la pausa entre la primera y la segunda sesión de *amour*. A Thea le gustaba darle y él era joven.

—Eso creen mis representantes —dijo Thea. Una señora que decía ser la agente de Thea había visto el espectáculo y después se había presentado a Irving, aunque ¿era realmente agente? ¿Había realmente agentes en la ciudad? Su empresa organizaba sesiones fotográficas, campañas de relaciones públicas, producía anuncios de pequeño mercado para radio y televisión, y cuando llegaba una convención a la ciudad y hacían falta representantes, la señora también los contrataba. ¿La convertía eso en agente? Un fin de semana, Thea había ganado cincuenta dólares modelando unas cuantas pelucas en una reunión informal sobre cuidados para el cabello, así que quizá sí. Y después hubo aquel anuncio de bailes tradicionales de una medicación para la diabetes que pagaba.

—Me ofendes —dijo un orgulloso Irving Cloepfer.

A Thea le gustaba aquel hombre, veía en él un reflejo de sí misma, de lo que quería ser en una vida tan poco estándar.

—Si sales —explicó—, tu nombre estará en una lista: ¿Clopefer? ¿Irving Clopefer? ¿Klepfer? ¿Cleo-pa-fer? Nadie sabrá pronunciarlo.

—Me lo dicen mucho, la verdad. Tienes suerte. Thea Hill. Simple, pero ¿es un nombre o un lugar? Voy a subir... la Thea Hill.*

—En la cinta que les envíes dirás «Irving Cloepfer» y la gente del casting se preguntará cómo se escribe.

—Según tu consejo, tendré que ser Dick Jones. Stan Pock. Jim Town. Nombres sencillos y fáciles que suenan como disparos.

—Cualquier cosa que no sea Irving Klopp-feer, y ahora quiero que me beses.

—Estoy subiendo... la Thea Hill...

Casablanca

WREN LANE llamó a su nuevo coprotagonista para dejarle claro lo mucho que se alegraba del cambio que se había hecho en su favor. Su identificador de llamadas era el TELÉFONO DE EMPRESA y Ike respondió sin saber quién era.

—¿Sí?

—Soy yo —dijo ella—. Wren.

—Ah, hola. —Ike se quedó sin cosas que decir hasta que se le ocurrió—: ¿Qué hay de nuevo?

Wren se rio.

—Solo quiero decirte que estoy encantada de trabajar contigo. —Le propuso que fuera a cenar a su casa el domingo por la noche, junto con Al y, si era posible, Bill, para que pudieran encarar el lunes con cierta familiaridad entre ellos—. Quitémonos de encima lo de ir conociéndonos.

—Sí, vale. Será un placer ir conociéndote. —¿Realmente había dicho eso? Qué imbécil.

Puesto que la residencia de Wren Lane se mantenía en secreto, fue Ynez quien llevó a Ike a la cena del domingo. Ike no

* En inglés, *hill* significa «montaña». *(N. de la T.)*.

se sentó en el asiento de atrás como un cliente de PONY, sino que salió del motel y subió al asiento del acompañante, junto a Ynez, y los dos fueron cotorreando mientras ella conducía. No hablaron de la película, ni del horario, ni del repentino cambio de destino que había tenido él, sino de niños. Ike compartió fotos y vídeos de su hija por el iPhone. Ynez le enseñó fotos de los bebés de su familia: a Francisco le estaban saliendo los dientes y todos los bebés tenían más pelo que la niña de Ike. Ynez le enseñó la aplicación de móvil llamada DALA. Ike iba a necesitar organización en su nueva vida.

Cuando llegaron a la verja, Ynez pulsó un botón y dijo: «¡Levando anclas!» a un altavoz y después se abrió una barrera de hierro falsamente oxidado. Cuatrocientos metros después, se detuvo ante una casa que parecía la guarida de un villano de James Bond, completada con un esbirro que estaba de pie junto a la escotilla de hierro falsamente oxidado que era la puerta principal.

—Tom Windermere —dijo el esbirro.

—Clipper. Ike Clipper —repuso Ike. Se abstuvo de añadir: «Mezclado, no agitado».

El trabajo de Ynez estaba hecho.

—Al te llevará de regreso después de la cena —le dijo—. ¡Nos vemos!

Mientras ella se marchaba, Ike siguió a Tom adentro.

—Bonito lugar —dijo mientras contemplaba la vasta extensión de decoración tecnológica—. ¿Dónde está la tienda de regalos?

—Wren saldrá enseguida. —Aún era hora de que Tom esbozara una sonrisa—. ¿Algo de beber?

—¿Qué toma la señora?

—Té, sin duda.

—Pues un té sin duda también para mí. —Ninguna sonrisa de Tom Windermere todavía.

Entonces se oyó la voz de Wren.

—Aquí está el hombre del año.

Ike tuvo que mirar a su alrededor para encontrar de dónde procedía la voz, la sala era enorme y no se veía ningún pasillo o salida que condujera a otra parte de la casa. Ah, allí estaba, pasando junto a una columna de secuoya. Llevaba un jersey negro de pico Tom Ford, de hombre, unos pantalones rectos verde oscuro hasta media pantorrilla y sandalias rojo oscuro. Lucía un caro reloj de hombre de acero inoxidable en una muñeca y una pulsera ancha en la otra. No usaba anillos. El pelo lo llevaba recogido en lo que Thea le había dicho que era un moño francés, el peinado que una mujer usaba para enviar la señal de que «esto son solo negocios, pero mírame».

—¿Quieres que nos sentemos fuera?

—Si te sabes el camino…

Ike la siguió fuera de la gran sala, por un pasillo curvo hasta una abertura en la casa que parecía no tener puerta, solo una amplia ausencia de paredes, como un garaje. Había unos complicados muebles de madera bajo el cielo abierto carmesí, que no tardaría en desvanecerse hacia azul y añil por el oeste.

—Soy Laurel —dijo una señora que servía té y aperitivos.

—Hola, Laurie. Yo soy Ike.

—Laurel. He oído hablar mucho de ti últimamente.

Wren se sentó.

—Desde el jueves que no se habla de otra cosa que no seas tú. Es de salvia, ¿va bien? —Se refería al té.

—Me va bien la salvia.

Laurel le preguntó si quería beber algo más, pero Ike declinó la oferta.

—¿Eres vegetariano?

—No, no. —Ike miró a Wren y pensó que tal vez debía explicarse—. Como mucha verdura: acelgas, col china, maíz… en mazorca o en crema, col rizada.

—¿Rábanos? —preguntó Wren—. ¿Comes rábanos?

—Nunca rechazo unos rábanos.

—¿Los ñames?

Pausa. Pausa.

—No me gustan los ñames —confesó Ike. Se preguntó si Wren Lane era vegetariana, o vegana, o alguna combinación de ambas. De ser así, ¿qué pensaría de sus prácticas dietéticas? ¿La habría decepcionado de repente? Nuevo tema del que hablar: «¡Mi coprotagonista come carne!». ¿La cena iba a ser todo natural, cultivado en el jardín, crudo?—. Y tampoco me gustan los boniatos, lo siento.

—¿Algún tipo de calabaza? ¿O los calabacines?

—Si es calabacín cortado finito y bien frito, me apunto.

—Bueno, esta noche va de hazte tu propia hamburguesa. Laurel puede hacerte una empanadilla de remolacha si no quieres carne. O pavo, como ha pedido Al.

—No acabo de ver que la remolacha sustituya a la ternera.

—¡No lo hace! —exclamó Wren con vehemencia.

Fue entonces, justo entonces, cuando Ike Clipper sintió que su lugar en la superficie del planeta se solidificaba, que se aliviaba la rotación del eje de la Tierra. Desde el viernes le habían disparado con un cañón de atención y actividad, le necesitaban en otro lugar en cuanto había terminado en la sala donde estaba. Un ejecutivo de Hawkeye y otro de Dynamo Nation se habían puesto en contacto con él a través de su iPhone de producción y ambos habían dicho que estaban «encantados y confiados» de tenerle como Firefall: Ike no recordaba sus nombres pero ya tenía sus números de teléfono. Aquella mañana, Bill Johnson y Ike se habían pasado tres horas hablando acerca de que el *lacrosse* era el primer deporte verdaderamente norteamericano porque las tribus de la Primera Nación jugaban violentos partidos que duraban días, mucho antes de que los blancos llegaran a Plymouth Rock; acerca de que Jacques Cousteau había sido clave para la invención del equipo autónomo de respiración submarina; acerca de que Stanley Arthur Ming iba a utilizar un objetivo dióptrico para un montón de tomas; acerca de algunos de los fabulosos accidentes que habían ocurrido durante el rodaje de *Un sótano lleno de sonido*; y habían caído en muchos más temas que el de la película que tenían entre manos o el guion que estaban a punto de rodar.

—Firefall —había dicho Bill, tocando por fin el tema del trabajo— es estoico. Es un marine que hace honor a su juramento de no dejar nunca a un hermano en el campo de batalla. Tú puedes hacer eso, ¿verdad que sí?

Ike se comprometió a hacerlo. Desde el viernes, cuando se había enterado de que ya no era Lima sino que le habían ascendido en la Orden de rodaje, Ike había sido un empleado nervioso, aunque obediente, un subordinado ansioso, una vaca en una granja que olía a matadero. ¿Firefall? Vale. ¿Te van bien las botas de combate? Sí. ¿Que le tiraran pringue por la cabeza hasta que se endureciera? Bien. ¿Te hace daño este arnés corporal y te sientes bien suspendido en alto de esa manera? Estoy bien. Aquí —le dijeron— queremos que saltes al mar embravecido y te agarres a este torpedo hasta que se quede sin energía y se hunda o hasta que impacte contra un barco y explote. Bien, dijo Ike, conteniendo ya la respiración.

El miércoles le habían presentado a la estrella de la película siendo él el humilde Lima. Ahora, como Firefall, coincidía con Wren Lane en que el té de salvia estaba bien y en que le gustaban los rábanos. Su nuevo mundo surrealista ahora incluía hablar de hamburguesas con queso con una estrella de cine que odiaba la remolacha tanto como él. Por fin el mundo de Ike Clipper bajaba de unas revoluciones que superaban la línea roja a un ronroneo indicador de que todos los sistemas estaban bien. Porque Wren Lane le había hecho reír.

Los dos actores estuvieron hablando un rato a solas, sobre temas dispersos.

Ella: Me pasé el instituto evitando a los gilipollas, luego me fui.

Él: Me pasé el instituto riéndome por medio de una sustancia controlada y me pidieron que me fuera.

Ella: ¿El ser humano más de fiar? Mi hermano, Wally. Ya lo conocerás.

Él: Thea, mi novia. Ya la conocerás.

Ella: Turner Classic Movies. Bette Davis.

Él: *Jeopardy!* Lo grabo.

Ella: Música. Emmylou Harris. Lucinda Williams. Margo Price.

Él: Esperanza Spalding.

Ella: ¿Quién?

Él: Ni idea, pero quería sonar molón.* En mis años de aturdimiento, «Dust in the Wind» fue un tratado profundo sobre el desplazamiento, sobre el tema del hastío.

Ella: ¿Hastío? ¿Me estás sacando «el hastío»?

Él: Lista de cosas que hacer antes de morir, geografía. Vietnam.

* Esperanza Spalding es cantante de jazz y es buenísima.

Ella: Phuket. Islandia.

Él: Hago *burpees*.

Ella: El Dray-Cotter es como magia.

Él: ¿Vas a un gimnasio?

Ella: Hay uno aquí en casa.

Él: ¿En casa? ¿La casa? Querrás decir en el recinto. En la finca.

Ella: A veces me despierto a las tres de la mañana, me miro en el espejo y pienso: «¿Quién es esta cara que me mira? ¿Por qué está aquí?».

Él: ¿Quieres cuadruplicar esa sensación? Ten una esposa y un bebé y vete unos meses a fingir que eres un lanzallamas. ¿Por qué estoy aquí?

Ella: ¡Para salvarnos!

Él: Lo haré lo mejor que pueda. Sin presión.

Ella: ¿El mejor 007?

Él: Roger Moore. No se despeinaba ni a tiros.

Ella: Idris Elba.

Él: Ese no es James Bond.

Ella: Debería serlo.

Al llegó y al cabo de nada aparecieron los Johnson en un Dodge Charger rojo. Wally Lank vino caminando desde la casa de huéspedes que había en la propiedad y llegó el momento de las hamburguesas. En tanto que miembro más nuevo de aquel club, Ike se defendió. Durante buena parte de la noche, la conversación de la cena parecía una especie de código indescifrable: apodos, referencias a Fountain Avenue, historias sobre compañeros de trabajo que Ike no conocía. Si en la cena hubieran estado solo Al y Wren, habrían arrastrado al personaje de OKB sobre las ascuas candentes del infierno, pero como la compañía era mixta, todo cuanto se dijo sobre el actor despedido fue que «ojalá le fuera mejor en el futuro», deseo expreso de Bill Johnson.

Ike se preguntaba en qué momento el director, la productora o la protagonista sacarían el tema de qué iba a pasar en la película, el trabajo que se iba a retomar a partir de la mañana siguiente, pero no lo hicieron. Lo único que se habló de cine fue sobre una historia que contó Bill Johnson sobre Humphrey Bogart y el rodaje de *Casablanca*.

Bill Johnson: La película era para la Warner y como todas ellas tenía un calendario de solo unas pocas semanas: las producían en serie, en cadena. El director era Michael Curtiz, que era húngaro, por lo que tenía acento. En el rodaje hacía calor: las luces de la época eran arcos de carbono, para rodar hacía falta claridad y todo el mundo iba vestido de gala para apostar, beber y escapar de los nazis de Rick's. Está basada en una obra de teatro: *Todo el mundo viene a Rick's*. Cuatro guionistas, dos Epsteins y Howard Koch entre ellos. Las páginas nuevas vuelan, las tiran, prueban diálogos. Los actores contratados quieren destacar en sus escenas. Ingrid Bergman seduce a todo el mundo solo con estar allí. Claude Raines está por encima de todo, perfecto. Y Bogart en lo más alto de su carrera: se han acabado los papeles de matón, de secundario o mediocres. Es la estrella más grande que haya habido nunca en el Carnaval de Cartón. Fuma sin parar y necesita una copa mientras Curtiz le halaga con su labia húngara. Un día, hacia la mitad del rodaje, Bogart lleva puesta la chaqueta blanca del esmoquin pero nadie sabe qué rodar. Aún no tienen las páginas, ha sido un día largo y el tipo que interpreta a Rick quiere irse a casa, tomar unos whiskies soda e irse a cenar a Ciro's o a Slapsie Maxie's. Curtiz tiene que rodar algo o Jack Warner le pateará su culo europeo. El plató está iluminado para que sea de día. «¡Ezto ez lo que vamoz a hazerrr! Bogie, entraz hazta tu marrrka, ¿sí? Azientez a la izkierrrda de kuadrrro. Una inklinazión zerrria, como si le dijeraz "Va-le" a Sam o a kien quieraz». «¿Quieres que salga?», pregunta Humphrey Bogart. «¿Porrr qué no?», contesta Curtiz. Timbre. Rodando. Sonido. Acción. Rick entra, se detiene, más serio que un ataque al corazón, asiente... ¿a qué? ¿A un gato que pasa? Sale de cuadro por la izquierda. ¡Corten! Es buena. «Ezto lo usarrré en algún zitio de ezta pelíkula. Bogie ha akabado porrr hoy». Sale la película y ¿a quién asiente Bogie con la cabeza? A la banda. Les está dando el visto bueno para que toquen «La Marsellesa», con Viktor Lazlo al frente, cabreando a los nazis, ahogando su imitación de «Horst Wessel», haciendo que el local entero se ponga en pie y cante a pleno pulmón por Francia, provocando entre el público un escalofrío que se produce una vez cada diez años. Ingrid tiene los ojos llenos de amor, brillantes. Los chucruts cierran Rick's, Claude recoge sus ganancias, sorprendido, sorprendido de descubrir que se está apostando. Toda la película gira en torno a ese gesto de cabeza de Bogie, una toma grabada sin otro motivo que matar el tiempo, que rodar una película.

Al a Wren (susurrado): Siempre cuenta esa historia.

Wren a Al (susurrado): Es la segunda vez que la oigo.

Pat a la mesa: Te encanta esa historia.

Bill a la mesa: Es cómo se hace una película en pocas palabras.

Ike a la mesa: Me hiciste hacer eso mismo en *Sótano*. De pie detrás de la barra, mirar a la izquierda, encogerme de hombros en plan «no sé» y resulta que estoy dejando entrar a los niños de los carnets falsos y hace mucha gracia. Yo me encogí de hombros a Stanley Arthur Ming.

Bill Johnson: Sí. Tenía que rodar algo y allí estabas tú. Mañana por la mañana también tengo que rodar, así que, Wren, gracias por una gran hamburguesa. Mañana trabajamos. Ike, sé puntual o te muelo a palos.

Ike: Que te den, Bribón Joputa.

Pat: Bien dicho, chaval. No dejes que te intimide.

Al: Pero antes, un brindis. Por nuestra supervivencia, por nuestra película. Por todos los que esquivan los baches de Fountain Avenue.

Ike: ¿Dónde está Fountain Avenue?

—Me alegro mucho —decía Thea— de que Wren Lane y tú hayáis pasado una gran noche en el cuartel general de Wren Lane con Wren Lane. —Su cara llenaba el iPhone de Ike. Él estaba en su habitación de motel, ella en casa de su madre, en la cama, tras haber aceptado el FaceTime de su marido pese a estar consciente solo a medias tras unas pocas horas de sueño—. La estrella de cine más guapa del mundo te ha hecho una hamburguesa con queso y te ha reído las bromas mientras a mí se me ensanchaban los muslos gordos y el bebé eructaba sobre mis pantalones de chándal.

—No recuerdo que se riera de nada de lo que he dicho.

—¿Cuánto tiempo has estado a solas con ella?

—Nada. Había un esbirro, la cocinera y su hermano. Y Al y Bill. Y Pat Johnson.

—Pero ¿cuando tomabais el té? Solo tú y Wren Lane.

—Sí. Estábamos en un patio, a la luz de la luna, y en el aire flotaba el aroma a jazmines. Una orquesta tocaba música suave en la playa y pasó una estrella fugaz por el cielo. Pedimos deseos: ella renegociar el contrato de su próxima película, yo tener a mis chicas aquí en Lone Butte.

—¿Qué tocaba la orquesta?

—«Tequila», de los Champs.

—¿Cuántos chupitos te tomaste?

—Ninguno. Ella se bebió catorce y después eructó sobre sus pantalones de chándal. Su hermano le sujetó el pelo.

—No quería que se le estropeara el moño francés. Dirige su propia empresa. Pilota su propio avión.

—No lo sabía.

—Está divorciada. Nunca ha estado mucho tiempo con un hombre.

—Le gusta Idris Elba.

—A mí también me gusta Idris Elba.

—Mi reacción a eso es esta falsa cara de «cargando» —dijo Ike aguantándole la mirada tanto como pudo sin pestañear.

—¿Te he perdido? ¿Te he perdido? Cargando. Cargando... ¿Cómo has vuelto al hotel? —La cara de «cargando» se había quedado fija.

Después de otros cuatro segundos de mirada congelada, Ike dijo:

—Al.

—¿Se acuerdan de mí de *Sótano*?

—Han dicho: «Dale recuerdos a la Chica número 2 del baño».

Durante los siguientes tres minutos hablaron de logística —de cómo y cuándo llegarían a Lone Butte para quedarse mientras durara el rodaje—, del bebé, de su madre, de la necesidad de ella de caminar más y de que él paseaba mucho por la habitación tratando de calmar su acelerado corazón porque era incapaz de imaginar cómo iba a interpretar un papel tan importante como Firefall. Thea confesó que estaba agotada; le dijo a su marido que lo quería y añadió:

—Lo sacarás adelante, Irving. —Fue lo mejor que se le ocurrió a aquellas horas. Luego cortó la conexión, dejó el teléfono en la mesilla de noche y cerró los ojos, pero se quedó despierta mucho rato pensando en Wren Lane tomando el té con su marido.

En el motel de Lone Butte, Ike dejó el teléfono en la mesilla de noche y cogió el guion que había sobre la cama. Lo leyó del tirón, esta vez sin detenerse en las líneas de Lima, sino en las poquísimas de Firefall. Leyó todos los cambios de escena: «Los ojos de Firefall, su centro de atención enfadado y agudos como un láser». Ike pasó una hora leyendo, de vez en cuando paseando por la habitación guion en mano. Llegó a las páginas de las grandes escenas de acción, las peleas mano a mano: Knightshade contra Firefall, con su coreografía de artes marciales, cables de trapecio y arneses. El último combate culminaba en el Beso, un gran beso cinematográfico, un beso tan cargado de significado, pasión y contacto físico que ambos actores pasarían por una sesión obligatoria con el coordinador de Intimidad, exigida por el Departamento de Recursos Humanos de Dynamo Nation y por el Sindicato de Actores. Ike se preguntaba cómo iba a conseguir aquel beso con Wren. En la cama y bajo las sábanas, se durmió después de pasar un buen rato oyendo el ruido de los tráileres que circulaban por la interestatal transportando mercancías hacia el norte y hacia el sur.

Wren Lane tenía pavor a las escenas de besos. No le gustaba la realidad de la higiene, la emoción forzada/falsa, repetir tomas y que Kenny tuviera que limpiarle constantemente la cara de tanto restregar labios. Besar en las películas era un proceso mecánico. Pero saldría adelante. Cuando llegara el día y las cámaras estuvieran rodando, Eve besaría a Firefall y pasarían a la siguiente toma.

Peor eran las escenas de sexo apasionado, donde un hombre y una mujer se rasgaban la ropa mutuamente para poder entrar al tema lo antes posible. Los guionistas no paraban de escribir escenas de esas. Los directores pensaban que parecían apasionadas. No tenía sentido. A menos que los amantes estuvieran ebrios, nadie se arrancaba la ropa y se lanzaba de cabeza a por un beso hambriento, no sin agrietarse un diente en el trámite, para luego tener que vestirse con harapos.

Cuando todo el mundo se hubo marchado de la casa aquel domingo por la noche, Wren comparó impresiones sobre Ike Clipper con Wally. A Wally le parecía un tipo cuerdo, y lo que para algunos era falta de seriedad para otros era ingenio; a Wally le parecía que Ike era esto último. Podía ser que la película sí que se acabara salvando con el cambio en el reparto, como si hubieran desinvitado a un cuñado inestable y borracho a la reunión familiar.

Al irse a la cama, Wren solo tenía sentimientos positivos hacia Ike, su personalidad, su presencia, su falta de dependencia. Cuando tuvieran que trabajar juntos, Wren estaba segura de que harían buena pareja frente a la cámara. El único matiz de duda que le despertaba era este: ¿por qué tenía que estar casado?

Día 4 (de 53 días de rodaje)

La primera toma de la semana se rodó a las 8:57 de la mañana.

16 EXT. IRON BLUFF-MISMAS CALLES

Eve Knight es la única persona que va por la calle.

Pasa junto a unos ancianos que están en su porche. Se saludan.

Un adolescente corta el césped. Se saludan.

Unos niños pequeños que están en una piscina sobre el césped juegan a Marco Polo.

EVE KNIGHT
¡Polo! ¡Polo!

ESQUINA DE MAIN STREET

La reconocemos del principio...

Eve pasa por delante de tiendas y comercios cerrados.

El letrero del banco dice: «TIEMPO PROVISIONAL GUARDAR CONSERVAR».

Cruza en rojo (sin tráfico) para entrar...

DRUGSTORE CLARK'S

Wren Lane estaba espléndida simplemente paseando por la calle.

A las 7:45 de aquella mañana, Ace Acevido dejó a Ike Clipper en el Campamento base y después metieron al protagonista en el remolque más grande que jamás había visto fuera de un salón náutico y de autocaravanas, cerca del camión de los baños; la semana anterior, uno de sus estrechos compartimentos había sido su vestuario. Ahora disponía de un vehículo de vestuario más grande que su primer apartamento, con toda la comida y bebida imaginables, un televisor de pantalla panorámica sintonizada en las noticias de la Fox, que apagó, y sobre la mesa de la cocina con varios globos atados había una cesta de ñames, calabacines y rábanos con una nota escrita a mano que decía: «¡LUCHA CONTRA EL HASTÍO! XX WL».

Ike se comió un tazón de cereales con nueces y se bebió un zumo de vegetales V8. Cuando Nina llamó a su puerta y la abrió, le dijo que ya podía ir a Obras. Ike cruzó el Campamento base, llamó a la puerta del remolque de Maquillaje y Peluquería y subió los escalones no sin antes avisar de que: «¡Entro!» para que los artistas se prepararan para una sacudida del suelo y dejaran un instante el lápiz de ojos.

Ike se encontró con tres versiones diferentes de sí mismo. Una estaba en el banco de espejos de la pared: su reflejo. Las otras dos eran moldes de yeso de su cabeza: con la cara demacrada, los ojos cerrados y la boca bien apretada de la sesión de pringue del sábado. Una de las cabezas cortadas tenía aplicadas las cicatrices de Firefall sin casco, el otro Firefall tenía puesto el casco del Departamento de Vestuario.

—Siéntate, chico —dijo Ken Sheprock—. Vamos a arreglarte bien.*

Ike cerró los ojos y dejó que el equipo de Maquillaje lo recubriera de pegamento y juntara las piezas de látex que convirtieron sus hombros, su cuello, sus antebrazos y su cuero cabelludo en los de un tipo recosido y escalofriante. Con un par de pausas para levantarse y estirar las piernas, aquella primera caracterización para cámara de su personaje llevó casi cinco horas. Hasta la una del mediodía, la hora de comer.

La primera toma después del pollo a la barbacoa y las ensaladas (al día siguiente era el día del Poke Bowl) fueron las pruebas de cámara de Firefall. Cuando iba de camino al plató, maquillado y disfrazado, Ike fue recibido con aplausos. El mezclador de sonido hizo sonar por megafonía «From the halls of Montezuma» interpretada por la Banda de los Marines de Estados Unidos, cosa que a algunos miembros del equipo, antiguos marines, les pareció, bien conmovedor, bien inapropiado.

Bill Johnson hizo que Ike caminara, girara, paseara, cruzara, mientras la cámara se acercaba y se alejaba en la plataforma móvil… con el casco puesto. Luego, todo otra vez pero sin casco. La cámara se le acercó para un primer plano y Bill le dijo a su actor que hiciera cualquier cosa menos sonreír, lo que por supuesto hizo que Ike se partiera de risa. La prueba duró veinte minutos. Wren llegó al set de rodaje justo cuando Ike estaba terminando. Ella, como todos los que tuvieron la oportunidad de pasar revista al nuevo Firefall, reconocía las diferencias de comportamiento y dignidad respecto del anterior miembro del reparto. Este Firefall tenía peso, presencia, aguantaba su lugar en la película con la misma seguridad con que sostenía el lanzallamas M2-2. Wren le dijo:

* Allí también estaba el equipo de Maquillaje de Sean (Connery), de Jason (de los Argonautas) y de Brittany (que en inglés es una parte de Francia). Ike necesitaba los identificadores entre paréntesis para recordar sus nombres. Kenny tuvo que marcharse para atender a Wren en el plató.

—Joder, Ike. ¡No puedo dejar de mirarte!

Ike no pudo evitar un cosquilleo al oír esas palabras de Wren Lane. Las cicatrices de mentira ocultaron su rubor.

Después de los escaneos digitales, tardaron casi una hora en quitarle el maquillaje, en un proceso que sorprendió a Ike. Él pensaba que podría arrancarse las piezas de goma de la cara. De haberlo hecho, también se habrían desprendido unas cuantas capas de piel y le habrían mandado al hospital con cicatrices para toda la vida.

A las tres de la tarde, la Unidad estaba rodando en Main Street: Eve Knightshade con varios cambios de vestuario y de maquillaje. Ike se pasó a echar un vistazo desde el combo el tiempo suficiente como para que Ynez le trajera una Coca-Cola Light.

—¿Qué tipo de hielo quieres? —le preguntó.

—Triturado —dijo Ike, ¡pero en broma! Pues bien, triturado se lo llevó, en un vaso de plástico rojo de usar y tirar.

A las 15:50, y habiendo acabado el trabajo del día, Ike se sentía como otro parásito más que solo estaba allí para comerse con los ojos a Wren Lane, así que le preguntó a Ace a qué distancia estaba su motel. Pensó en hacer ejercicio y adquirir un poco de experiencia imitando una marcha forzada al estilo militar bajo el calor del valle. Calcularon la distancia y el tiempo necesario y les pareció que Ace podía dejar al actor a unos ocho kilómetros del motel, para que pudiera caminar una hora por Webster Road/CA 122. Ace insistió en acercarse al motel para asegurarse de que el actor llegaba sano y salvo, por si tardaba demasiado. Así, si el cansancio y el calor molestaban demasiado a Ike, su camionero estaría a un mensaje de texto de distancia. Ike necesitó setenta y seis minutos para completar la marcha, disfrutando de las franjas alternas de sombra que proyectaban los árboles del caucho a lo largo del arcén de la carretera de dos carriles. Caminaba en línea recta, a un ritmo natural, con una cadencia suave, imaginándose como un veterano de demasiadas guerras exhausto, atormentado e inquieto. Había programado un temporizador en su iPhone y cada diez minutos se detenía a hacer una serie de seis *burpees* allí mismo, en el arcén de Webster Road. El largo paseo bajo el calor de la tarde fue una meditación, un tiempo a solas con sus pensamientos, reflexionando sobre el trabajo que tenía por delante, sobre su metamorfosis de Irving a Ike, de Lima a Firefall.

Al cruzar el aparcamiento del hotel/pensión, y saludar a Ace con la mano en plan «Lo conseguí», Ike sabía que volvería a hacer aquella caminata muchas más veces. Pediría al Departamento de Atrezo una mochila de la época de la Segunda Guerra Mundial y a Vestuario un par de botas de combate, talismanes gemelos en su búsqueda de su imagen de Firefall. Se calzaría las botas lentamente y cargaría la mochila con botellas de agua, su copia del guion y unas cuantas piedras grandes para que la carga física igualara a la de su espíritu.

El día 4 acabó a las 18:58 con todos los miembros del rodaje agotados por el calor.

Día 5 (de 53 días de rodaje)

Las Señoras del porche, las Número 11 y 12 de la Orden de rodaje, solo tenían un cometido en la película: estar sentadas en dos sillas plegables baratas, iguales, y saludar a Eve Knight cuando pasara por delante de su porche. Sus nombres eran Shelley Margold (Señora del porche 1) y Marie Vellis (Señora del porche 2). No se conocían de antes pero ambas habían pensado que sería divertido ver el casting para una «producción local de Hollywood» que tendría lugar en el edificio de la Asociación de Productores de Almendras de Lone Butte. Shelley fue en coche desde Chico y Marie llegó desde Maxwell y se pasaron la mañana siguiendo los letreros de CASTING, haciendo cola, haciéndose fotos y luego sentadas en una gran sala con aperitivos y agua embotellada gratis hasta que las llamaron por el nombre. Cada una de ellas había pasado unos minutos con una joven muy educada llamada Ynez, que charló sobre el calor que hacía y lo cerca que vivían de Lone Butte. Seguidamente se les dieron las gracias a ambas y regresaron a Chico y a Maxwell respectivamente. Al cabo de una semana se les notificó que habían sido seleccionadas como miembros del reparto y se les informó de cuándo debían presentarse para las pruebas de vestuario, donde se vieron por primera vez.

Y ahora allí estaban, sentadas en un porche, rodeadas de luces, cámara y «¡Acción!». Y allí estaba Wren Lane caminando, guapa y en forma. La estrella de cine saludó con la mano a las Señoras del porche. Shelley y Marie le devolvieron el saludo. Les dijeron que no dijeran nada, que simplemente saludaran con la mano. Entonces, el hombre que era el director de la película, el señor Johnson, se acercó al porche mientras por algún motivo movían la cámara y se presentó. Le acompañaba una mujer llamada Al. Al les preguntó si alguna de las dos sabía tejer. Ambas sabían.

—¡Genial! —exclamó Al. Llamó a Ynez y le pidió que fuera a plató. Cuando esta llegó, Al le dijo—: Pide a Atrezo lana y agujas para nuestras Señoras del porche.

Entonces el señor Johnson dijo a las señoras que no se limitaran a saludar con la mano a Wren Lane, sino que dijeran: «Buenos días, Eve», frase de Shelley, y «¡Hola, tú!», frase de Marie. El señor Johnson les hizo practicarlo un par de veces. Lo hicieron «genial», les dijo.

La joven Ynez volvió con un utilero que entregó a cada una de las actrices su propia bolsa de lana y agujas de tejer con unos centímetros de bufanda ya empezada. Shelley tenía lana azul; Marie, blanca. La mujer, Al, les dijo que «no pararan de tejer» en toda la toma, incluso mientras decían «Buenos días, Eve» y «¡Hola, tú!». Y eso hicieron.

Hubo más luces, cámara, y el señor Johnson dijo: «¡Acción!». Shelley y Marie tejían. Wren Lane pasó, saludó y dijo:

—¡Hola!

—Buenos días, Eve —dijo Shelley.

—¡Hola, tú! —gritó Marie.

El señor Johnson dijo: «Corten».

Algunos miembros del equipo comentaron algo alrededor del señor Johnson. Evidentemente, nadie en el Departamento de Sonido estaba preparado para las líneas de «Buenos días, Eve» y «¡Hola, tú!».

—¡En posición!

Una señora llamada Betsy que llevaba un palo largo con un cabezal mullido en el extremo,* auriculares y hablaba con al-

* Betsy «Boom» Luntz era una de los dos operadores del equipo de sonido,

guien a quien solo ella podía oír pidió a las Señoras del porche que dijeran sus líneas de nuevo al mismo «nivel» que lo acababan de hacer.

—¡Buenos días, Eve!

—¡Hola, tú!

Entonces alguien gritó:

—¡Vale!

—¡Estamos rodando! ¡Sonido! Acción.

Wren Lane pasó por allí de nuevo y saludó con la mano.

—¡Buenos días, Eve!

—¡Hola, tú!

Corten.

El señor Johnson dijo:

—¿Qué tiene de malo?

Shelley y Marie fueron informadas de que tenían que quedarse, ya que se había añadido una escena de Eve volviendo a casa después de desayunar y las Señoras del porche tenían que aparecer de nuevo. Las escoltaron a la zona de espera del edificio de la Asociación de Productores de Almendras para que pudieran relajarse hasta que se las volviera a necesitar con la luz de la tarde. Ynez les pidió que hicieran un favor a la película y pasaran el tiempo hasta la siguiente toma tejiendo para que la cámara viera el progreso que habían hecho. Un joven extremadamente educado, incluso demasiado, llamado Cody se acercó a Shelley y Marie con papeleo para firmar sobre su «bulto», en sus palabras. Como el director les había dado diálogo, ya no eran artistas de fondos en la película, sino Actores de Día. Por hablar, ¡les pagaban más!

—¿Son miembros del Sindicato? —quiso saber Cody.

—¿Qué sindicato? —preguntó Shelley.

—No —respondió Marie.

—¿Puedo traerles algo? —ofreció Cody, como se le había ordenado que hiciera con cualquiera que estuviera en la zona de espera, sin importar la molestia.

formada por el legendario mezclador Marvin Pritch, el boom número 2 Kent «Bulldog» Arragones y Jillian Patterson en cable. Era una antigua bailarina que había conocido a Marvin en un vídeo musical y estuvo casada con él el tiempo justo y necesario para que su unión acabara como buenos amigos. Marvin mantenía a su exmujer en su equipo por el seguro médico.

Bastante después de la buena comida proporcionada a todo el equipo, Shelley y Marie volvieron al porche con más de once centímetros nuevos de bufanda. Estaban listas para rodar el regreso de la señorita Lane, pero como el equipo estaba rodando en Main Street aquella tarde no trabajaron. Las invitaron a volver a rodar al día siguiente y el Departamento de Atrezo se quedó con su labor.

Se fueron en coche cada una a su casa en Chico y en Maxwell, respectivamente. Ambas cobrarían por otro día de trabajo.

El día 5 terminó a las 18:56 cuando Yogi anunció que quería a todo el mundo de la Unidad.

Día 6 (de 53 días de trabajo)

Ace Acevido estaba en el aparcamiento del hotel a las 4:30 de la madrugada con dos tazas grandes de café de filtro Pirate cubiertas con tapas: una para él y otra para Ike. Ace siempre había tomado su café con crema no láctea. El café matutino de Ike siempre había sido café exprés, agua caliente y cualquier leche que tuviera a mano, casi a partes iguales, aunque para meterse en su papel de Firefall ahora empezaba la mañana con un cafelito al estilo marine. El café solo le parecía horrible, pero se aferró a la experiencia; el cafelito del soldado estimulaba su sistema como el queroseno en un carburador. A las 4:44 de la madrugada, rumbo a Obras y a su primera toma de la película, Ike apenas había dormido en toda la noche. Se había levantado a vomitar a las dos de la mañana. Nervios. Ya llevaba hechos 250 *burpees*.

Con el primer roce de la cola de maquillaje en su cuello, aquella primera aplicación de pringue fría y pegajosa, Ike se estremeció. La sensación era repugnante.

Sean (Connery) le preguntó:

—¿Estás bien?

—Sí —respondió Ike—. Es eso, tío. Esa primera mano de pegamento… en los pliegues del cuello. Tengo que hacer las paces con esa sensación tan asquerosa.

—Sí —dijo Jason (de los Argonautas)—. Más te vale porque va a ser todos los días.

—Tú puedes, Ike —aseguró Brittany (una parte de Francia)—. A menos que seas un flojo.

Ike se rio. Le gustaba aquel trío.

Le untaron de cola todo el cuello, la cara, los hombros, los brazos, el pecho y el cuero cabelludo, como si fuera sirope de maíz frío. Luego vinieron tantas capas más de cola como diferentes accesorios de látex hubo que fijar, presionados sobre su epidermis ahora gomosa. Después hubo que pintar cada prótesis, crear las cicatrices y quemaduras y pintarlas. A medida que pasaran los días de rodaje, el proceso se haría unos minutos más rápido, pero todos y cada uno de los días que Ike trabajó como Firefall se pasó en Obras más de cuatro horas. Para escapar de algún modo de la incomodidad, Ike probó una aplicación de meditación en su iPhone. Se quedaba dormido, pero si el equipo lo necesitaba erguido, Brittany le aguantaba la cabeza con las manos, con sus delicadas yemas de los dedos, sin despertarle. Esto ocurría absolutamente todos los días.*

El equipo se estaba preparando, una vez más, para la onírica aparición de Firefall con la larga plataforma rodante en el centro de Main Street, la cámara dentro de la tienda de antigüedades y un objetivo largo en la acera para conseguir el plano de la bota. SAM añadió una cuarta cámara en una plataforma elevada justo detrás del letrero giratorio del banco que iría revelando a Firefall con cada giro.

A las 6:50, Bill Johnson se reunió con Al en la Oficina de Producción para tratar el tema de la elección del sustituto para el personaje de Lima. Un cómico de monólogos que se hacía llamar Hang To tenía una gran cara y había manejado el texto sin sentido de la escena de prueba con un estilo como ningún otro candidato, así que ya estaba. Ahora los investigadores serían una colección de la diversidad estadounidense: actores negros, hispanos, vietnamitas, y Nic Czabo, que es tan caucásico como Jerry Mathersen en el papel del Castor.

* IKE CLIPPER: «Llegué a temer a aquella primera capa de cola de la mañana, de cada mañana. Pensar en el primer vuelco de cola de maquillaje, en su tacto y su olor, me ponía los pelos de punta. Una vez pasada la primera esponja, me lo tomaba como un hombre. ¡Yo no era ningún flojo!».

—Traed a Hang To lo antes posible —dijo Al a la gente de Casting, Asuntos Comerciales, Viajes y Alojamiento.

Como Wren estaba en un Pendiente de aviso, Ike estaba solo en Obras. A las 9:02 llegó al plató de Main Street como Firefall de pies a cabeza. Catering estaba sirviendo churros en bandejas, así que nadie se percató de su presencia.

—Vale, Eye Clipper —le dijo Bill—. ¿Ves aquel cono de tráfico que hay allí? —Señaló la señal de salida del otro extremo de la calle—. Cuando estemos en acción, esperas un momento y luego caminas hacia nosotros.

—Hmmm —murmuró Ike—. Acción. Momento. Caminar.

—Sip —dijo el director.

—Mira esto. —Ike empezó a caminar por Main. Su actitud confiada era fachada, pantomima. En su cabeza solo había terror ante el momento en que dijeran «Acción», tropezara con las botas de combate y se cayera de barbilla. El equipo de Atrezo le ayudó a colgarse el lanzallamas M2-2 y se retiraron fuera del plano, dejando a Ike solo en medio del mundo entero.

«¡Acción!».

Ike no tropezó. No se cayó de barbilla.

Después de tres tomas, avanzaron, capaces de completar la lista de tomas del primer día de Firefall.

Llamaron a Wren a Obras después del almuerzo. Entró en el remolque de Maquillaje y Peluquería mientras retocaban a Ike para las tomas de la tarde. Le puso la mano en el hombro, lo miró por el espejo y le dijo:

—Ike —no mirándole a él directamente, sino a los ojos al espejo—, duermo mejor porque estás aquí…

Ike se quedó embobado mientras salía sin tropezar de Obras y regresaba al plató para rodar más Firefall. El tacto de Wren Lane, su mirada y su fragancia eran… conmovedores.

Mientras ultimaban a Wren, la Unidad preparó a dos niños pequeños en una piscina de superficie que llevaba toda la mañana llenándose de agua. Llamaron a Barry Shaw, el chico del cortacésped, para que jugara a Marco Polo y chapoteara con los vecinitos. Volvieron a instalar a Shelley y a Marie en el porche.

Cuando la luz fue la adecuada, Wren pasó por delante del

porche y volvió a saludar con la mano. Después de tres tomas, Yogi anunció:

—¡Película acabada para nuestras fabulosas Señoras del porche! ¡Hagámosles saber que se las quiere! —Lo cual provocó una ronda de aplausos. Wren, el director y Al les desearon lo mejor y les dejaron quedarse con la labor de punto. Eso a Atrezo no le gustó.

En la casa que tenía la piscina en el patio, Barry Shaw, una niña pequeña y un niño más pequeño estaban en el agua. Barry tenía los ojos cerrados y gritaba:

—¡Marco!

—¡Polo! —gritaban en respuesta los niños mientras esquivaban sus manos, que intentaban pillarlos.

Wren pasó por allí y gritó también:

—¡Polo!

Siete tomas y unas cuantas vueltas de objetivo después, la escena estaba hecha.

—¿Al? —llamó Bill—. ¿Yogi? —La Unidad principal se dirigía a la casa Knight para un primer plano exterior—. Que la unidad de Efectos Visuales haga que Knightshade pase salpicando por esta piscinita, yendo al primer rescate y volviendo de él.

—Te refieres a la escena 9XX. —Yogi tenía un cerebro que no solo sabía las páginas del guion, sino los números de escena. Siendo el primer ayudante de Dirección, tenía que hacerlo.

—Sí. Mantenlo como *Hot set.** —Bill pasó a hablar con Al—. Oye, vamos a ir más rápido gracias a Eye Clipper. Que los actores del Clark's vayan calentando, enseguida.

—Recibido.

El día 6 terminó a las 19:02, durante los doce minutos del período de «gracia» (sin prórrogas) del final del día. La última toma fue de Wren y Ike teniendo un cara a cara en un momento de fantasía que solo veía Eve Knightshade en su cabeza, y era extremadamente importante.

* *Hot set*: escenario que todavía está en uso, en el que se rodará más tarde. No se puede tocar, alterar ni cambiar en modo alguno. Incluso el agua debe permanecer en la piscina.

Día 7 (de 53 días de rodaje)

Los investigadores estaban en Lone Butte, en espera, listos para aparecer ante la cámara en cualquier momento, siempre y cuando el trabajo no fueran las escenas 13 y 14. Nick Czabo (Glasgow) había venido en coche desde su casa de piedra en Topanga Canyon, donde él y su marido se habían aislado durante la guerra del covid-19. Clovalda «Lala» Guerrero (Madrid) fue trasladada en avión desde Albuquerque, donde dejó a su familia arreglándoselas sin ella mientras hacía otra película de Bill Johnson, esta vez una que a los niños les gustaría. Como dictaba su historia con Dynamo, Cassandra Del-Hora (Londres) fue trasladada desde su casa de Nyack y se alojó en una casa disponible en Franzel Meadows.

Solo setenta y dos horas después de que le avisaran, Hang To aterrizó en el aeropuerto Metropolitano de Sacramento y encontró su coche PONY en la acera, con «To» parpadeando en el salpicadero. No había desayunado y se estaba muriendo de hambre, así que la conductora, Ynez no sé qué, lo llevó por la antigua 99 a un puesto de comida donde tomó una hamburguesa con queso enorme y una jarra de anticuada zarzaparrilla. La compañía no le esperaba hasta las tres de la tarde. Ynez le llevaría directamente al plató, justo delante del juzgado de Lone Butte.

—Todo el mundo está deseando que llegue usted —le dijo Ynez.

—Ah, ¿sí? —Hang tuvo que subir la voz, ya que el asiento de atrás del coche PONY estaba muy apartado—. Ayer estuve escribiendo chistes con mis compañeros de fuera del trabajo y hoy voy a conocer a Wren Lane para participar en una película de *Los agentes del cambio*. ¿Puedo gritarle una pregunta, señora?

—Ynez. Claro.

—¿Cómo coño me ha pasado esto?

Hang To solo tenía veinte años. Antes del covid-19 era uno de los tipos más divertidos de la noche de micro abierto y actuaba por cincuenta dólares en los canales de YouTube *Laugh Land* y *Brew Ha-Ha*, no usando su nombre de pila, Henry, sino el vietnamita, más singular. Ahora, «Hang» To estaba en una película y todos sus amigos le preguntaban: «¿Cómo coño te ha pasado esto?».

A las tres de la tarde, Hang estaba en la tienda del combo de delante del juzgado, hablando con Al Mac-Teer, quien le presentó a Bill Johnson. Hacía un calor de mil demonios.

—Me alegro de tenerte aquí —dijo el director—. ¿Ves a ese marine de allí? —Hang vio al personaje de Firefall sentado en una silla a la sombra con un ventilador soplando sobre él porque el tipo llevaba una tonelada de vestuario y maquillaje—. Él era tú pero ahora tú eres quien era él. Las cosas acaban cuadrando, ¿no te parece?

Entonces Al acompañó a Hang a la Oficina de Producción, donde un flujo constante de personas fue a hacerle preguntas y a decirle lo que tenía que hacer. Horas más tarde estaba sentado solo en una habitación de hotel junto a la autopista.

Hang sacó su móvil personal del bolsillo, abrió la aplicación BiO en su página My Saga y pulsó el botón AHORA.* La cámara delantera empezó a grabar.

—Hola, resistentes de Facebook. Soy Hang To otra vez. Esto es lo que está pasando ahora. Me he comprado este plato buenísimo de auténtica Chal-u-pita del sur de la frontera en un lugar de comida rápida que está cerca de la autovía —enseñó a los espectadores una vista de la mezcla de comida de inspiración mexicana— y estoy disfrutando lo que puedo de ella en este entorno realista justo al lado de la interestatal, cerca de un pueblo llamado Lone Butte. ¿Habéis oído hablar de él? Yo tampoco hasta hace unos días… ¿Recordáis que os dije que al bueno de Hang le iba a pasar algo? No me atrevía a soltar los detalles por si gafaba lo que ahora es el mejor momento de mi vida, solo superado por esta Chal-u-pita… —Le dio un mordisco—. Qué buena. Me gusta cómo sabe… Bueno, por esto estoy aquí, tíos: ¡estoy en una peli! ¡Sí, señor! Voy a salir en la peli de *Los agentes del cambio*. ¡Voy a mezclarme con los Ultras! Voy a codearme con Wren Lane. ¿Con quién? ¿Con ella? ¿Me tomas el pelo, Hang To? ¡No! ¡Oh, sí! ¡Está pasando, amigos! Eso es lo que está pasando… ¡ahora!

* A Hang también le habían asignado un iPhone de producción. Tenía que llevar siempre ambos.

Hang no se molestó en revisar lo que había grabado. Pulsó el botón PUBLICAR y el vídeo se envió a cualquiera de la aplicación BiO que eligiera verlo. Las consecuencias de este acto serían terribles, sencillamente terribles.

La compañía acabó a las siete de la tarde en punto.

Día 8 (de 53 días de rodaje)

Si el jueves no fue un buen día para Tom Windermere y Wally Lank, encargados como estaban de la custodia y el tranquilo bienestar de Wren Lane, para Hang To fue un día horrible.

Hang no estaba acostumbrado a ser megapopular en BiO. Su máximo siempre había sido unos pocos miles de respuestas ¡SÍ! a sus publicaciones AHORA, pero su última bomba diciendo que trabajaba con Wren Lane en una película en Lone Butte hizo aumentar mucho el volumen de sus redes sociales. Su AHORA tenía 374 565 ¡SÍ! y la noticia de la película, de su ubicación y del paradero de Wren Lane se extendió a velocidad Warp 9, más rápido que la Osa Mayor a través del cosmos. La información fue agregada en todas las páginas web del mundo del espectáculo, de fans y de noticias en línea que había en el mundo del éter. Hang To había dado una primicia a Internet.

Wren no estaba al tanto de nada de lo que ocurría en las redes sociales y se concentraba en su trabajo, intentando estar tan callada y preocupada como la propia Eve. Hang estaba encantado, ya que tanta atención era la moneda de cambio en su mundo de monologuista humorístico. Tom Windermere quería encontrarle y darle un puñetazo.

Wally Lank quería hablar con el graciosillo. Había visto, en tiempo real, cómo crecía exponencialmente el conocimiento de una información que él se había esforzado por mantener en el más absoluto secreto. Aquella mañana, su alerta de Wren Lane parpadeaba en rojo, el código de color que se empleaba para el volumen muy pesado de las menciones en línea a su hermana famosa. Empezaron a llegar publicaciones, comentarios y amenazas a la seguridad de su gemela.

¿Que WL está dónde? ¿EN LONE BUTTE? ¡Voy!... ¡Voy a darle a Wren Lane en todo el medio!... ¡Esa PUTA arruinará

a los ADC! Osa Mayor para siempre... ¿¿¿Cuándo me contestará W. Lane???... ¡Muere, perra! ¡Muere, perra! ¡Muere, perra!... Sé mi Baby Mama, Wren...

Mientras Tom llevaba a Wren al Campamento base para que empezara su día, Wally repasó los comentarios y mensajes. Usó un *software* de seguridad que automáticamente tomaba capturas de pantalla de cada amenaza en línea. Una base de datos los cruzaba con mensajes de otras ocasiones, creando un rastro digital de cada posible depredador amenazador. Mantener un registro así era el procedimiento operativo estándar desde la detención de aquel intruso y dada la necesidad de crear casos legales contra cualquier otro en el futuro. Lo que se salía de lo normal era la información que Tom recogió de otras fuentes.

El jueves por la mañana, a las 6:44, Wally Lank envió un mensaje de texto a Al Mac-Teer.

WLank@SkyPark: ¿Tienes tiempo?

AMacT: Llámame.

WLank@SkyPark: En privado, en persona.

AMacT: 114 Elm. Café.

El hermano de Wren era tranquilo, con clase, seguro de sí mismo, pero una reunión cara a cara a las siete de la mañana el octavo día de rodaje tenía a Al armándose de valor para un problema que podía costar de resolver. ¿Por qué estaba descontento Wally y, en consecuencia, Wren? Esperaba que no fuera por Ike Clipper. Si Ike era motivo de preocupación, su jefe y ella estaban jodidos.

—Bonito lugar —dijo Wally tras entrar por la puerta principal desde el porche de cemento—. Esos árboles deben de ser tan viejos como América.

—Una ventaja del trabajo es que tengo prioridad a la hora de elegir las mejores viviendas —dijo Al—. Vivo sobre todo en la cocina. Por aquí.

La vieja mesa auxiliar tenía a juego sillas de cuero sintético con un diseño de mármol falso. La cafetera de Al era grande como una máquina de coser industrial. Se hizo un expreso, añadió su crema de leche caliente y fue al grano—. ¿Cuál es la primicia?

—¿Qué política tiene la empresa sobre las redes sociales? —Wally parecía interesado.

—No se permite ninguna.

Nadie que trabaje en la película puede publicar nada sobre la película, de ninguna manera. Nada de redes sociales de ningún tipo. Cada Orden de rodaje tiene estas palabras en un pequeño recuadro en la parte superior izquierda: NO PUBLIQUE EN NINGUNA RED SOCIAL NADA RELATIVO AL TRABAJO QUE HACEMOS AQUÍ. Dynamo Nation y Hawkeye son unos fanáticos de controlar todas las noticias y mensajes que salen de Lone Butte. Ningún miembro del reparto o del equipo tiene permiso para subir un selfi a la red por motivos legales, promocionales, de seguros y de seguridad.

—Uno de los miembros de vuestro reparto ha publicado que está aquí y que trabaja con mi socia. Es decir, con mi hermana.

—¿Quién? —Al cogió el móvil para buscar el nombre de Wren Lane y en el tiempo que tarda un cuark en atravesar una viga de acero, allí estaba la señorita Lane, por toda la puñetera Internet. Al se movió por la pantalla del teléfono con el pulgar y aterrizó en BiO, en el vídeo AHORA de Hang To—. Esto no es bueno —dijo—. Tómate ese café mientras me pongo con esto.

—¿Tienes cacao?

Como el guion decía que Eve Knight tomaba el café con cacao, Wren había empezado a hacer lo mismo. Al principio Wally había palidecido ante aquella costumbre, pero ahora nunca tomaba su café sin cacao.

—No, lo siento. —Entonces Al dijo—: Ey, Ynez.

—¿Sí? —Se oyó decir a Ynez desde un dormitorio del piso de arriba.

—¿Puedes ir al hotel y traer aquí a Hang To?

—¿Cómo de rápido?

—Inmediatamente.

—¿Quieres que te traiga desayuno o algo así?

—No. Con Hang To es suficiente.

—¡Recibido!

Ynez entró en la cocina con una taza de café ya en la mano.

—¡Ah! Buenos días, señor Lank.

Salió por el porche trasero dando un portazo con su puerta mosquitera.

—¿Con Hang To es suficiente? —dijo Wally—. Suena a condena por asesinato.*

—Puede que lo sea. Esto es una cagada monumental. ¿Cómo se lo ha tomado Wren?

—No lo sabe, y si sabemos manejar el tema, se mantendrá serena.

Al continuaba enviando mensajes.

AMacT: Sr. To, ¿está despierto?

TO2TO: Sí pero no.

AMacT: Me gustaría invitarle a una charla mientras tomamos un café, enseguida.

TO2TO: ? & ?

AMacT: En mi casa. Ynez le recogerá en cuanto esté listo.

TO2TO: !

Ynez dejó a Hang en el porche trasero del 114 de Elm Street con presteza y un portazo.

Al lo saludó con un:

—Aquí está nuestro Lima. —Después lo sentó en su cocina con un café, le presentó a Wally Lank y le preguntó—: Todavía no has visto una Orden de rodaje, ¿verdad?

—¿Debería haber visto una Orden de rodaje? —bostezó Hang. El único motivo por el que estaba levantado tan temprano era que Cassandra Del-Hora había ordenado que los investigadores se reunieran en su casa para empezar a memorizar los diálogos de las nueve páginas de las escenas 13 y 14.

—Te he imprimido una —dijo Al, y le puso la Orden de rodaje delante del café—. Aquí está la de hoy. Vamos a repasarla juntos, ¿vale?

—Vale —dijo Hang dando un sorbo al café más fuerte que había probado en su vida.

—Empezando por el final... —Al dio la vuelta a los papeles: tres páginas grapadas, impresas por ambas caras, seis en total—. Estas dos páginas son un texto estándar de advertencias de seguridad sobre nuestros efectos especiales de fuego. Cosas del seguro... En estas páginas están los nombres de todo

* En inglés, *hang* significa «colgar». En este contexto, podría leerse como «Me basta con que lo cuelguen», de ahí el comentario de Wally. *(N. de la T.).*

el equipo y de los jefes de departamento, de todo el mundo que trabaja en la Unidad. Aquí hay un montón de información que nadie lee nunca... Bien, esta primera página tiene, en la parte inferior, un avance del programa de mañana: todo el trabajo para el que debemos estar preparados... Subiendo por la página vemos el número de comidas que necesitamos, las Horas de llamada, y aquí... El reparto y cuándo tienen que estar en plató. ¡Mira, aquí estás tú! El Número 9 de la Orden de rodaje, oficialmente EN ESPERA. Tienes el día libre.

—Ojalá. Estoy ensayando con Cassandra, Nick y Lala —dijo Hang mientras se ponía tanto azúcar en el café que Wally se preguntó si el chaval era exadicto a la heroína.

—Estas son las escenas que vamos a rodar hoy... Aquí está la fecha... Día 8 de 53... La hora a la que amanece y se pone el sol. Es bastante claro, ¿no?

—Señora Mac-Teer —dijo Hang, dejando su café—. Sé lo que es una Orden de rodaje. Conseguí mi tarjeta del Sindicato de Actores como soldado del Vietcong en esa miniserie sobre 1968.*

—¿Participaste en ella? —Wally Lank veía sobre todo programas de no ficción—. Estaba bien hecha.

—Así que —prosiguió Al— estás familiarizado con lo que pone en este recuadrito que hay en la esquina superior izquierda de nuestra Orden de rodaje. —Y señaló:

NO PUBLICAR
EN NINGUNA RED SOCIAL
NADA RELACIONADO
CON EL TRABAJO QUE HACEMOS AQUÍ.

—¿Lo ves? —le preguntó Al a Hang.

—Lo veo. —Hang sabía leer. Era cierto que aún no había visto una Orden de rodaje de *K:ETDF*, ya que no empezaba a trabajar hasta... ¡MIERDA, TÍO!—. ¡He subido un AHORA a mi página BiO!

Hang había alardeado por el enorme tráfico que había gene-

* *1968*, emitida en EnterWorks. No te molestes en buscar a Hang To. No se le ve la cara. Gritaba obscenidades desde unos árboles.

rado su publicación. Todos sus amigos le estaban felicitando y su mánager estaba seguro de que su nueva presencia en Internet le conseguiría actuaciones.

—Sí, lo has hecho —dijo Wally—. Quítalo, por favor.

—Ahora mismo —añadió Al—. Inmediatamente.

Hang buscó a tientas su móvil personal para hacerlo.

—¿Estoy despedido por no saber que no debía publicar en BiO?

—Creo que tus mánagers —le explicó Al— debían de saberlo pero yo no lo confirmé. Culpa mía. Luego les leeré la cartilla.

Hang movía los pulgares para borrar el AHORA.

—¿Tiene que ver con algo legal?

Al miró a Wally para que se lo explicara.

—Hay que entender una cosa —dijo Wally en un tono tranquilo, amistoso y relajado—. No queremos que en Lone Butte aparezcan fans que finjan ser solo fans. Una cosa es hacer fotos a los camiones, a las señales de los límites urbanos y puede que dejarse caer por el hotel e intentar hacerse un selfi con el tipo que interpreta a Lima pero, sinceramente, cuanta menos gente esté al tanto de nuestros secretos, mejor. ¿Estamos?

—Ahora sí —dijo Hang. Aquel tal Wally Lank, una de dos: o era más falso que el demonio o más hábil que un asesino—. Por cierto, ¿quién eres? ¿Y por qué estás hablando conmigo?

—Soy socio de Wren Lane desde que la concibieron.

Dado que llevaba una base de datos de evaluación de amenazas —en aquellos momentos había doce—, Tom Windermere movilizó a un equipo de expolicías que tenían segundas carreras en el sector de la seguridad. Trabajó con Al para establecer un perímetro alrededor de las localizaciones de Lone Butte y se aseguró de que las tarjetas de identificación del equipo y las tarjetas del salpicadero de Transportes estuvieran registradas y actualizadas. Cambiaría el coche que utilizara Wren cada dos días para que nadie supiera en qué vehículo viajaba. Habría un guardia de paisano en el Campamento base y en el plató, un expolicía que vigilaría las idas y venidas a distancia suficiente para no ser una distracción. Hizo que Laurel fuera a la perrera y eligiera dos perros en adopción y consiguió un adiestrador para asegurarse de que los animales se comportaran bien pero ladraran a los extraños. La realidad era que los simples ladridos de los perros ahuyentaban a la mayoría de los depredadores.

Todo aquello aumentó los costes de seguridad de Dynamo en cerca de un millón de dólares en el transcurso del rodaje. Cuando Meghan Bachmann-Seritas, la máster en Empresariales del Departamento de Asuntos Comerciales de Dynamo, se quejó a Al de que todos aquellos costes ya formaban parte del presupuesto firmado, Al le informó de lo contrario y, bueno, tenía las tetas duras, tenía las tetas bien puestas, como decían los hombres sobre detalles como aquellos.

Día 9 (de 53 días de rodaje)

El viernes fue el día de trabajo más tranquilo que la Unidad podía pedir. Wren y Ike rodaron EXT. DÍA* en el centro de Lone Butte/Iron Bluff, debajo de la Unidad principal de Bill, luego tuvieron tomas aisladas con la segunda Unidad y los de Efectos Especiales. Llamaron a los investigadores para que se acercaran a Clark's.

Con solo unos ligeros cambios en la cámara, los investigadores salieron corriendo de nuevo, se amontonaron en el todoterreno y se fueron con estruendo para el final de la escena 78.

El viernes también vio aparecer a Clancy O'Finley como EL VIEJO CLARK. Algunos miembros del equipo, al ver su nombre en la Orden de rodaje, se esperaban un irlandés pelirrojo. Clancy no era así. Bill lo recordaba de su papel como sargento Adams de la comisaría de *Contra el crimen*, una serie de polis buenos de hacía décadas. Cuando su nombre apareció como propuesta para el viejo Clark, Bill se sorprendió de que Clancy todavía viviera.

—Necesito que Clark tenga una cara a la altura de su pasado —dijo Bill cuando le dio el trabajo—. Necesito que el público se pregunte: «¿Qué está haciendo ese hombre en Iron Bluff?».

—¿Hay una respuesta concreta a esa pregunta? —preguntó Clancy.

* TOMA EXTERIOR. «De día» en jerga de guion.

—La que tú proporciones —contestó Bill. Clancy decidió entonces que Bill Johnson le caía extraordinariamente bien.

El viernes, el primer día de Clancy en la película, requirió dos frases.

1A ESCAPARATE DEL *DRUGSTORE* Y CAFETERÍA CLARK'S.

EL VIEJO CLARK...

Mirando desde el escaparate de su *drugstore*. Ya ha visto sucederle esto antes a esa hermosa joven.

EL VIEJO CLARK
(en un susurro)
¿Qué te pasa, chica?... ¿Qué problema te acecha?

Y:

3 EL TORBELLINO

Crece en tamaño, velocidad y color...

Ya no es un embudo de suciedad, sino de... humo.

EL VIEJO CLARK
(viéndolo)
Pero... ¿qué... coño?

Tres escenarios en treinta y tres minutos.

La semana acabó a las 18:58.

—Gracias a todos por cinco días dinámicos —transmitió Yogi por la radio—. Disfrutad del fin de semana y recordad que se os quiere.

Los actores

Cassandra Del-Hora ha interpretado a la señorita LONDON en cada entrega de los Ultra/*Los agentes del cambio*. Los fans esperan su aparición tanto en las películas como en la Comic-Con. Cuando más tiempo compartió pantalla con los Ultras fue en *ADC2: Renacimiento*. Desde aquel episodio, ha trabajado apenas semanas como la teniente coronel London, del Cuerpo de Marines de Estados Unidos (ahora retirada). Para *K:ETDF* volvieron a llamar a la señorita London.

Había mantenido conversaciones con Bill Johnson, esperando que él estuviera bajo la presión constante de Dynamo para entregar lo que ellos querían de acuerdo con su plan maestro y no joder su franquicia multimillonaria. Sin embargo, Bill Johnson era una apacible excursión de pesca con el abuelo junto a un arroyo tranquilo.

—¿Qué te parece? —le había preguntado Bill por Zoom. Cassandra estaba en su casita del Hudson. Él estaba en algún lugar de Texas o Arizona en un campo de golf.

—Señor Johnson —dijo ella—. Nadie en la historia de estas películas me ha dicho otra cosa que no sea que me coloque en mi marca y hable más rápido.

—Me doy cuenta. —Bill había visto todas las películas de ADC/Ultra—. Y llámame Bill.

Cassandra continuó.

—Has escrito una London más interesante de lo que lo ha sido nunca. ¿Por qué ya no está en los Marines? ¿Por qué todo ese escenario de ahora es civil?

—He visto demasiado lo del uniforme militar —explicó Bill— y convencí a Dynamo de que un cambio entre películas abriría posibilidades creativas para historias posteriores. ¿No te gusta?

—Al contrario —dijo Cassandra—. Me pongo algo que no sea azul y de camuflaje. ¿Puedo hacerte una pregunta sincera?

—Solo si eres capaz de asumir una respuesta sincera.

—¿Hubo alguna conversación sobre modificar mi edad y cambiarme por una actriz más joven?

—Un subordinado del estudio dijo algo acerca de que London tenía los días contados como MILF. Pero el coro ejecutivo te ve a ti, señorita Del-Hora, como la encarnación de la continuidad Ultra. No se puede decir lo mismo del tipo que interpreta a León Marino. Tú sabes qué hacer en nuestra película. Me apartaré de tu camino siempre y cuando llegues a tu hora, te sepas el texto y patees algún culo cuando estamos grabando. Te pediré que no te enfades por estar en la carpa* en pleno verano.

Cassandra era la Número 3 de la Orden de rodaje: el número más alto de su historia. London era un factor muy importante en *K:ETDF*. Sí que iba a patear algún culo.

CASSANDRA DEL-HORA (agente London):

—¿Qué hago los fines de semana? ¿Cuando estoy trabajando? Dormir hasta tarde. Dar un paseo. Recuperarme de la semana, igual que tú. Pero este fin de semana no. ¿Has visto las escenas trece y catorce? Nueve páginas de diálogo. Y todos esos datos informáticos en las pantallas. Nick, Lala y Hank, o sea, Hang, van a venir a mi casa, y nos vamos a aprender esa escena.

»La gente me pregunta: "¿Cómo te acuerdas de todas esas líneas?". Pues aprendiéndomelas. Nos pasamos horas y horas ayudándonos unos a otros, repitiendo las escenas una y otra vez si son largas, y nueve páginas es larga. Si el día de rodaje nos presentáramos en el set sin sabernos los diálogos a la perfección, sería un desastre. Una irresponsabilidad. Una escena de un día duraría dos, una escena de dos días se vería recortada, y se correría la voz: "esos actores no se aprenden el texto". Por supuesto, cuando finalmente rodáramos, mezclaríamos los tiempos para encajar el diálogo en la escena. Ese trabajo es encontrar la verdad. Pero ¿has visto la trece y la catorce? Como me dijo una vez una gran dama del teatro: "No hay sustituto para estar familiarizado con el texto, así que apréndete tus puñeteras líneas".

»El rodaje en Atlanta, aquellas escenas con el resto de ADC, fueron reuniones para todos los que éramos de las otras películas. Funciona de la siguiente manera: Bill y el estudio discuten las necesidades de esta película y Dynamo protege el arco general de la serie Ultra. Wren llegó nueva, una novata en clase, para los *flashbacks* entre nosotros, los veteranos. Resistió, le quedaba bien el traje y reclamó su sitio. Ella y yo éramos los únicos

* La carpa es el interior que se tiene preparado en caso de que la lluvia haga imposible rodar en exteriores.

miembros del reparto que se leían todo el guion; los demás solo tenían su parte. Dynamo mantiene las páginas muy en secreto.

»He sido actriz profesional toda mi vida adulta, sí. Teatro. Hice de actriz invitada en *Contra el crimen* con Clancy O'Finley cuando yo era una cría y él una leyenda; dudo que él lo recuerde. Aquella fue una gran oportunidad para mí, ya que acababa de salir de una temporada en Broadway en *La rueda y el viento*. Me había mudado a Los Ángeles. California no me atraía. Me llamaron para una película de superhéroes, ¡y lo siguiente que sé es que voy con uniforme de la Marina corriendo por el desierto de Marruecos! Disparé aquella ametralladora. La mayor London se convierte en la teniente coronel London, uno de los agentes del cambio mortales. Y aquí está ahora, haciendo cosas, pateando culos. Me encanta London. ¿Lone Butte? Hace calor. Es seco.

CLANCY O'FINLEY (el viejo Clark):
—Lo confieso. No recordaba a Cassandra. Tampoco es que recuerde mucho de *Contra el crimen*. Es por la cocaína, ¿sabes? Dios te da algo dulce en la vida y el diablo te hace adicto a ella. Todas las historias de drogadictos son iguales, en algún momento. Hay un punto de bajón. Luego vienen los Doce Pasos, si tienes suerte.

»¿Qué me salvó? ¿En una sola palabra? El golf. No os riáis. Jugué dieciocho hoyos de golf cada día durante ciento dos días, seguidos, en un cuarteto con un extraficante de heroína, un alcohólico de veinticuatro años que se había tomado la primera copa a los nueve y un bombero que esnifaba tanto que sus fosas nasales parecían de plastilina. Yo era el único actor del grupo. Cómo seguí trabajando es un misterio de Dios.

»¿Cassandra ha dicho que yo era una leyenda? Debe de ser por lo de Hamlet, en Filadelfia, en el UPL.* Fue una producción tremenda: sesenta personas en el escenario en un momento dado, más que en el público al principio. Luego se corrió la voz sobre el Hamlet negro. ¿Un Hamlet negro? Chorradas. Yo interpretaba a Hamlet. Y punto. Hice una temporada en Broadway. Hice un

* Urban Performance Loft. Ahora desaparecido, pero una fuerza importante en aquella época.

montón de festivales de Shakespeare. ¿Otelo? Malvolio. El rey Enrique. Me cansé de no poseer nunca más de lo que cabía en mi coche. Probé suerte en Los Ángeles. Interpreté a chulos y a traficantes de drogas. Nunca un Hamlet. Entonces llegó *Contra el crimen*. Y después mis problemas. Estuve sobrio las dos últimas temporadas. Pasé tres años en la UCI como Dr. Theo. Gané mucho dinero. Conocí a mi esposa. Tuve dos hijos. Seguí consiguiendo ahora un papel, ahora otro. Hice películas en Rumanía que en Estados Unidos no vio nadie; puede que en vídeo, cuando había videoclubs. En esta estamos en el año 2525 y trabajo con Bill Johnson y Cassandra de nuevo. ¿Eh? ¿Qué? ¿Yo? ¿En serio?

»¿Una cosa que me gustaría cambiar si pudiera? El nombre de mi personaje. El viejo Clark. Me gustaría que fuera el atractivo Clark.

»¿Qué hago los fines de semana? ¡Atención!

CLOVALDA (Lala) GUERRERO (agente Madrid):
—Vivo en Albuquerque. Antes trabajaba en el sistema escolar. Era administradora pero ahora soy intérprete. Hago anuncios y estoy en una valla publicitaria para una empresa de *jacuzzis*. Estoy aquí como la señorita Madrid porque hice una película llamada *Albatros* para la que Bill me dio un papel como contratada local. Hacía de despachadora de la policía. Yo estaba allí la noche en que casi hubo una pelea a puñetazos. Fue una pelea a puñetazos. La película me pareció genial. Por supuesto, yo aparecía en ella. Bill me tuvo una semana en *Un sótano lleno de sonido*; era la profesora de autoescuela que suspende al bajista. No sé por qué Bill sigue dándome estos trabajos. Ni siquiera tengo que hacer una audición.

»Madrid está en todas las escenas de los investigadores. Cassandra es muy contundente y Hang es divertido. Nick tiene esa cara que parece estar hecha para escuchar, ¿te has fijado? Y dice sus frases como si se le acabaran de ocurrir. Bill quiere que yo suene como una despachadora de la policía que ahora enseña educación vial. Es muy gracioso.

»¿Nerviosa? ¿Por salir en una película? No, la verdad es que no. Bill me dice siempre que lo interprete con sinceridad y nada puede salir mal. No usará nada que no funcione, así que no debería preocuparme por lo que hago. Creo que nunca he tenido un mal día en un rodaje, siempre y cuando no haya peleas a puñetazos.

»Los fines de semana los paso hablando con la familia por Skype. Y ensayando. Cassandra es una mujer salvaje en las escenas trece y catorce.

NICK CZABO (agente Glasgow):

—Glasgow es el primer trabajo que he tenido desde que el covid nos confinó. Iba a aparecer en una miniserie para WinCast, pero la pospusieron seis meses y luego la cancelaron del todo. Pasé el año en la casa que comparto con mi marido en Topanga. Es una casa hecha de losas y rocas que algún loco construyó en la década de 1960; está en lo alto del cañón y es perfecta para nosotros. Es todo menos a prueba de incendios. A prueba de inundaciones, no tanto.

»Empecé a actuar en la universidad, pero me desvié cuando aprendí a tragar fuego mientras patinaba sobre ruedas. Me fui a Las Vegas y trabajé como entreacto en los grandes espectáculos de producción. Gané dinero del Sindicato Estadounidense de Artistas de Variedades. Fui a Nueva York a estudiar en la Civic Playhouse y salí en un anuncio de aspirinas Bayer. Creo que Bill me dio a Glasgow porque todavía acarreo mi peso del confinamiento, mientras que todos los demás de la película son esbeltos y están en forma.

HANG TO (agente Lima):

—¿Debería siquiera estar hablando contigo? No quiero que me vuelvan a gritar. No necesito que Wally Yank me mire con esos ojos suyos de degollador de cuellos y me sermonee con su tono de «no te va a doler». Si tienes preguntas para mí, acláralas primero con Al Mac-Teer y preséntamelas por escrito.

»De todos modos, no tengo tiempo para ti. Cassandra nos ha pedido que vayamos a su casa para aprendernos más páginas de guion. ¿Has visto las escenas trece y catorce? Ese diálogo es tan fácil de aprender como memorizar los ingredientes de una lata de refresco Mountain Dew light.

ELLIOT GUARNERE (Amos «Papi» Knight):
—Hijo, llevo más tiempo siendo actor que tú comiendo alimentos sólidos. Si me pusieras a contar historias, me alargaría tanto que se te caerían las orejas. Si no parpadeas me verás en *La guerra de las galaxias*.

»Oh, me faltan palabras para describir a la señorita Lane. Me invitó a su remolque a tomar el té y a charlar y luego no quería irme. Hablamos como si lleváramos años siendo amigos. He visto sus películas, sí. Su interpretación en *Vincapervinca* me recordó a... Ay, ¿quién era? ¿Cómo se llamaba...? En aquella película... Vaya por Dios. Me vendrá a la cabeza dentro de un minuto o dos.

»La señorita Lane me preguntó por Papi, quién es y qué ha visto en la vida. Tenía muchas preguntas. No habló de su personaje, sino del mío. ¿Quién hace eso?

»Esta es mi película número cuarenta y siete. Por supuesto incluyo aquellas en las que tuve pocas líneas y trabajé uno o dos días. No he tenido un papel tan importante como Papi desde... ¡Meryl Streep! ¡En *La decisión de Sophie*!

AEA KAKAR (enfermera Sue):
—El señor Johnson me eligió por Zoom. Me había visto en *M*A*S*H*Ghanistan,* donde interpretaba a la Mujer que No Decía lo que Había Pasado. Dijo que mi cara hacía más preguntas que cualquier discurso o diálogo. He interpretado a muchas enfermeras. Debo de dar el tipo. He venido en el mismo avión que Elliot Guarnere desde Los Ángeles y nos hemos sentado juntos. No nos conocíamos, pero al descubrir que ambos estábamos trabajando en esta película... nos hemos puesto a hablar sin parar. Le ayudé a llegar al baño y la azafata dio por sentado que yo era su enfermera de viaje. Sí, doy el tipo.

Días 10 a 14 (de 53 días de rodaje)

La unidad de Efectos Visuales trabajó por todo Lone Butte, empezando por el puente Old Trestle con la cámara del dron para las tomas aéreas y en picado que incluirían una Eve Knightshade CGI corriendo, balanceándose y saltando a su supervelocidad. La cámara C estaba grabando insertos y espacios independientes de la Unidad principal, pero lo bastante cerca como para llegar en carrito de golf y que Bill pudiera dar su visto bueno a la composición, incluida Eve chapoteando al pasar por aquel *Hot set* de la piscina del juego de Marco Polo. Barry Shaw estaba en la Orden de rodaje, junto con Clancy O'Finley y mucha GENTE DE LA CIUDAD para recibir las bases de la segunda semana de rodaje.

La división por turnos tenía a la Unidad principal trabajando medio día con luz —había dos tomas suntuosas a la hora dorada—, con lo cual SAM trabajaba frenéticamente en aquel estrecho margen de tiempo. Tras la pausa para comer, la acera y los edificios de piedra de Lone Butte se enfriaron de la exposición directa al sol del día; las tardes se atemperaban y se podía ir en camiseta fresca y pantalones cortos holgados, más fresco y agradable. Wren llevaba chanclas entre toma y toma. Luego llegó el trabajo de noche, las escenas 93 y 93XX, los elementos de la Pelea número 2 entre Eve/Firefall, la batalla en el centro de Iron Bluff con napalm de efectos especiales y llamas de efectos visuales. Los pequeños incendios prácticos los controlaban los camiones de bomberos de Chico. Hicieron falta algunos aparejos aéreos, trabajo que tuvo a Wren y Ike colgados como marionetas, riendo como niños.

Para las últimas tres horas de trabajo de la noche del viernes, Catering reservó un camión de helados. Ynez se encargó de que el equipo que no podía alejarse de sus obligaciones recibiera tarrinas y cucuruchos de vainilla, chocolate o remolino. Si se le preguntara al equipo cuál fue el acontecimiento más importante de los días 10 a 14, dirían que la química entre Wren Lane y Ike Clipper, sobre todo en la 93A, el momento en que Firefall estaba con la cabeza descubierta. Eve le dio una patada en ella que le hizo volar el casco y allí se quedó él, herido y vulnerable. Ya no era un monstruo, sino un chico asustado.

La Unidad terminó a las 12:46 del mediodía del sábado. Unas horas más tarde, Ace llevó a Ike al aeropuerto Metropolitano para coger el primero de muchos vuelos a casa; para pasar un corto fin de semana y recoger a Thea y a la pequeña Ruby y llevarlas por fin a Lone Butte. Y es que Thea Cloepfer no iba a criar a su hijita ella sola ni en broma. Ni hablar. No mientras Ike se estaba convirtiendo en una estrella de cine trabajando codo con codo con la sargento Empalmada...

Días 15 a 19 (de 53 días de rodaje)

El trabajo del lunes, los Caballeros en el porche de delante, fue simple y llanamente un sueño. SAM protegió el set con redes y una seda cobertora para difuminar. Elliot y Aea, juntos, eran como una pareja del mundo del espectáculo con décadas de experiencia en clubes nocturnos bajo sus cinturones y un rápido afecto mutuo. Papi y la enfermera Sue formaban una pareja tan fluida que Eve se sintió como un guante izquierdo de repuesto durante los dos primeros montajes. Hasta que Elliot la felicitó, Wren no se relajó.

—Usted exprime sus líneas, señorita Lane. Como Debra Winger. —Debra Winger en la pantalla de cine había dejado a Elliot Guarnere hecho un puro caos. Que la comparara con Debra Winger (la Bette Davis de su época) hizo que Wren se derritiera de gratitud. Aquella mañana las Buenas Cocineras y Kenny habían puesto cuidado y preocupación extra para el trabajo de primeros planos. El día de rodaje fue tan tranquilo como un mar sin viento. Bill pudo grabar más de lo previsto, todo un lujo.

El martes solo tocaban Papi y la enfermera Sue en el patio trasero, así que Wren rodó con la segunda Unidad por la mañana y luego se presentó en el croma de la fábrica de bombillas Westinghouse para las primeras nociones básicas de lucha en los aparejos. Wren sintió desilusión al ver en la Orden de rodaje que trabajaría sin Ike.

A las 13:44 de esa tarde, Ace tenía una furgoneta Sprinter en el aeropuerto Metropolitano esperando al equipo Cloepfer. Ike, Thea y la pequeña Ruby bajaron del avión nerviosos, agotados y sin ganas de aventura. Llevaban tantas bolsas y equipamiento de bebé que el primer intento de meterlo todo en la Sprinter fue abortado y repensado. La sillita de coche de Ruby costaba de abrochar correctamente. Lo mismo había pasado en el avión.

Y Ruby no estaba contenta tras haber pasado en aquella sillita tiempo más que suficiente. La niña luchó, lloró y gritó durante la mayor parte del camino al hotel. Ace mantuvo una sonrisa en la cara durante todo el trayecto, más que feliz de que sus hijos tuvieran más de treinta años. Thea tenía la sensación de que la cabeza estaba a punto de explotarle. Ike no paraba de agitar un juego de llaves de juguete delante de la niña, que se quejaba, presintiendo las dificultades que se le avecinaban como padre de familia y actor. Estaba deseando que le convocaran temprano, pasarse todo el día en el set o caminar por Webster Road con descansos para hacer unos *burpees*.

Había reservado habitaciones contiguas en el hotel, una de ellas con una puerta que conectaba dos habitaciones estándar, cada una de ellas con dos camas *queen-size*. Thea echó un vistazo a la sala de estar y sacudió la cabeza.

—No hay cocina —comentó.

—Hay cafetería, y una piscina —señaló Ike. Sí, la había. Detrás del edificio principal del hotel, a solo unos cientos de metros de los camiones que pasaban por la interestatal metiendo ruido en dirección norte y sur. Junto a ella también había un parque infantil: un columpio de madera astillada y un tobogán de plástico blanqueado y descolorido por el sol dentro del cual se podían cocer galletas por convección.

Thea no estaba contenta con la realidad del alojamiento familiar. Ike lo sabía porque su mujer se había quedado callada. Cuando le pitó el móvil con un mensaje de Yogi: «Te pongo en "Pendiente de aviso" para el resto de la semana para efectos visuales en el croma. Consulta la Orden de rodaje. Y bienvenido. STQ»,* Thea recibió la noticia con los ojos entornados.

—Pues avísame a mí también, ¿quieres? —Luego hizo otra pregunta—: ¿Me puedes recordar cuánto va a durar este rodaje?

Al día siguiente, Wren, Elliot y Aea estaban trabajando en la casa Knight. Clancy O'Finley tenía que rehacer sus escaneos digitales y luego reunirse con Doc Ellis para ver con qué acrobacias se sentía cómodo y encontrar un doble que se le pareciera.

* Se te quiere.

—¿El viejo Clark hace acrobacias? —preguntó Clancy. Durante una de las muchas relecturas de su propio guion, Bill Johnson empezó a hacer una lista de los planos que quería para el encuentro lleno de acción entre Eve y Firefall en Main Street por la noche. El viejo Clark apagaría algunas llamas que amenazaban su tienda y se caería mientras lo hacía. Eso si Clancy era capaz de hacer la acrobacia sin hacerse daño.

—No, no puedo —dijo el actor. Ese día su doble de acción sufrió una caída y se dislocó el hombro, lesión que se habría llevado Clancy.

Ike se presentó en la fábrica de bombillas Westinghouse después de que le maquillaran en el Campamento base, a una Hora de llamada gloriosa: las 6 de la mañana. Más tarde, para sacarlas de sus habitaciones contiguas en el hotel, Ace llevó a Thea y a Ruby a comer al Campamento base del edificio de la Asociación de Productores de Almendras. El servicial Cody acompañó a las recién llegadas. Las mujeres Hill almorzaron en un comedor casi vacío porque la Unidad principal todavía no había parado a comer y la casa Knight estaba a ocho minutos a pie. Ynez, que tomaba una macedonia, reconoció a Thea y a Ruby de las fotos de Ike.

—¿Es esa la pequeña Ruby? —empezó a conversar con las Hill. Thea no parecía muy contenta, ya que pensaba que Irving se reuniría con ellas pero ni siquiera estaba en el edificio.

PONYTEXT de: YNEZ: Familia vip en Oficina de Producción.
AMacT: ?
PONYTEXT de: YNEZ: Familia de Ike.
AMacT: ! ¡Tráelas al plató!
PONYTEXT de: YNEZ: ¿Con el bebé?
AMacT: Voy para allá.

Un camionero llevó a Al, que fue sola en la enorme furgoneta, para que pudiera saludar a la señora Firefall lo antes posible.

—Aquí está la Chica del baño —gritó—. ¡Hola, Thea!

Recuerden: Thea había salido en *Un sótano lleno de sonido*.

Al se sentó con las vips y empezó a picotear una imitación de ensalada Cobb. En el Campamento base, Nina le dijo a Wren que la esposa y la hijita de Ike estaban en el catering, y nada pudo evitar que la Número 1 de la Orden de rodaje fuera a conocer a la señora Número 2 en persona. Cuando el equipo llegó para comer, todos se sorprendieron al ver que nada menos que Eve Knight se hubiera unido a ellos. Wren siempre se retiraba a su caravana a la hora de comer, para poder meditar y luego prepararse un batido de proteínas.

—Hola, Thea —dijo la estrella de cine—. Soy Wren. Es maravilloso tenerte en la ciudad.

—Wren, por fin nos conocemos —dijo Thea. Wren era guapa pero para nada tan esbelta o escultural como la pintaban—. Has sido tremendamente buena con mi marido. O eso dice él.

—Ike me ha dicho que tú también eres actriz.

—Era actriz antes de que Ike fuera actor —le informó Thea—. Así que sí.

Al intervino con la intención de reafirmar el estatus de Thea en el rodaje.

—Era la Chica del baño en *Sótano*.

—Ah —observó Wren. Se sentó con ellas. Mientras la charla y el rumor de la comida llenaban el comedor, iban hablando y pinchando sus ensaladas. Ynez localizó unos Cheerios secos que la criatura se pudiera llevar a la boca, de uno en uno.

—¿Dónde estáis viviendo? —preguntó Wren. Al también quería saberlo, suponiendo que Ike habría ido a Alojamiento por su cuenta para buscar un lugar lo bastante grande para su prole.

—En el hotel —dijo Thea.

—¡¿Qué?! —Se oyó a Al por encima del barullo del equipo comiendo. Algunos miraron hacia ella.

—Tenemos habitaciones contiguas. Un restaurante y aperitivos en el vestíbulo. Comida mexicana, pizza y cosas así al otro lado del aparcamiento. Y piscina. La he visto.

—¿En el hotel? —Wren levantó una ceja perfectamente formada—. No podéis vivir en un hotel.

—No te llevaré la contraria.

—Hablaré de ello con Alojamiento.

—No queremos causar problemas a nadie —dijo Thea, feliz de estar causando un problema. El hotel no era un cuchitril, pero ella quería un lugar con ventanas que pudiera abrir.

—No es ningún problema —dijo Al, levantándose de la mesa—. Pero ¿tan gallina es Ike como para no pedir a Producción que os busque un alojamiento mejor?

—«Gallina» no es la palabra que yo usaría —dijo Thea.

Al vio tarjetas de listas en su cabeza.

Una: La cara de Ike Clipper y un enorme signo de interrogación. ¿Por qué no había pedido ayuda a Producción para que le ayudaran a cuidar de su familia?

Dos: Un coche de alquiler con una sillita de bebé fijada al asiento de atrás, que la producción cubriría. No más camionetas para la pequeña Ruby.

Tres: Una casa. Mejor alojamiento para la familia Firefall.

Cuatro: Una despensa llena de comida. Ynez haría una compra de provisiones cuando les encontraran un lugar.

Cinco: Una Orden de rodaje con Thea Hill en el papel de COMO REPARTO para que la mujer tuviera un papel en la película, algo que esperar más allá de que su marido regresara a casa después de pasar el día con Wren Lane.

Ynez también vio una tarjeta en su cabeza: una imagen de su prima Lupe con la pequeña Ruby en brazos. Thea iba a necesitar una canguro.

Wren tenía una imagen flotando en su cabeza: de las casas de invitados vacías del recinto de su casa, en concreto de la grande que había junto al estanque.

De vuelta al trabajo en la casa Knight, Wren encontró a Al sentada en el combo, hablando por el iPhone con Alojamiento.

—Tiene que haber algún garito disponible en la ciudad —decía Al. La casa adosada de Franzel Meadows, antes casa de OKB, era donde se alojaba ahora Cassandra Del-Hora. Lástima, ya que aquel lugar habría sido un gran salto para los Clipper—. Tenemos la tecnología y la mano de obra para hacer que un lugar esté a prueba de bebés. Vale, de acuerdo. Pero esto es lo primero de la lista, ¿vale? Vamos a arreglarlo, enseguida. Llámame.

—Oye, Al —dijo Wren—. Tengo una idea.

—Me encantan las ideas.

—Sobre la situación en que vive Ike. Necesita un lugar, ¿verdad?

—¿Él? No. Su mujer y su hija, sí. Ike sería feliz en una tienda de campaña sobrante de la guerra, plantada junto al río.

—Bueno, yo tengo una casa de invitados extra.

—Lo sé.

—Tom y Laurel están en la más acogedora, Wally en la yurta. La que queda libre tiene tres dormitorios y bañera de hidromasaje.

—¿Y es una casa de invitados?

—Ya. Es una vergüenza.

—No creo que sea buena idea que vivan, básicamente, contigo. Una proximidad tan íntima podría acarrear... incomodidad.

—Estaba pensando que vivieras tú en ella.

—¿Yo?

—Sí. Tú y yo nos pasamos el día trabajando, todos los días. No nos veríamos a menos que quisiéramos. Irías y vendrías y tendrías tu propia cocina. Deja que Ike y, ya sabes, su gran esposa y su adorable pequeña se queden en tu casa. Tú te quedas conmigo y la producción se ahorra unos dólares, ¿no?

—Es usted tan amable como inteligente, señora —dijo Al—. Pero entre semana tengo a Ynez durmiendo aquí para que no tenga que conducir cada noche hasta Sacto; o dormir en el coche, cosa que ha hecho varias veces.

—Podría usar uno de los dormitorios.

—¿Dejarías que lo hiciera?

—¿Por qué no? Todas trabajamos duro y ninguna de nosotras fuma.

—Déjame pensarlo —dijo Al. Su casa de 114 Elm Street estaba a poca distancia de la Oficina de Producción, era bastante agradable y estaba equipada con todo lo que un productor de cine necesitaba estando rodando en exteriores. Al prácticamente vivía en la cocina. Puesto que ambos alojamientos ya estaban en el presupuesto, se ahorraría el coste adicional de una casa Clipper—. Desde aquí puedo ir andando al set de rodaje; eso me gusta.

—Tom me lleva al Campamento base en veinte minutos.

—Eso es un trayecto de medio pódcast. Me podría ir bien como distracción. Pero prométeme que siempre que no quieras mi compañía, me lo dirás.

—Ni siquiera veré tu coche. La casa de invitados está al otro lado del estanque.

—Déjame pensarlo bien —dijo Al—. Ahora vete y actúa.

Esa noche, Al llamó a Tom Windermere al recinto para asegurarse de que el equipo de Lane estaba de acuerdo con aquel movimiento, después le dio el sí a Wren. La joven se alegró de tener a alguien que no fuera de su pandilla viviendo dentro de la berma, a un paseo de distancia. Tras su buena acción, la actriz se llevó su guion y su iPad a las pistas de *pickleball* para prepararse para el rodaje del viernes de la escena 34. Esta no se parecía a ninguna otra de la película, clave para la conexión sincera de Eve hacia su Papi, una conversación franca que comparten después de que ella salga de sus visiones de terror. Utilizó la aplicación ACT-1, que leía robóticamente sus líneas y pies, y después, cuando ya tenía las líneas aprendidas, solo los pies.

SAM tenía la casa Knight cubierta de lona negra. El lugar parecía estar controlado por una empresa de plaguicidas gótica que erradicara termitas; así podría rodar de día las escenas nocturnas interiores. Una unidad enorme de climatización bombeaba aire frío a través de unos tubos amarillos gigantescos, con tanta eficacia que el equipo de rodaje tenía que ponerse la capucha. Elliot y Aea llevaban unas batas gruesas de algodón en los descansos. El técnico de imagen digital, Sepp, tenía un calefactor en su tiendecita negra, una tienda dentro de otra tienda.

En la tienda negra había grietas que causaban problemas de iluminación a SAM. La lista de tomas de Bill creció exponencialmente al bloquear la escena: tres movimientos de la plataforma rodante y cobertura. Si la casa Knight hubiera sido un plató en un estudio de sonido, las paredes habrían sido desmontables y se habría podido instalar una grúa de cámara, cosa que era imposible en una casa de verdad.

Y a Elliot le costaba recordar sus líneas, una vergüenza para un gran profesional como él.

—Podemos escribirte el diálogo en tarjetas —ofreció Bill—. Brando y tú podríais tener eso en común.

—Yo no soy Brando —susurró Elliot—. Se me notará que estoy leyendo.

Para ayudar al veterano a guardar las apariencias y a sacar lo mejor de sí mismo, Bill rodó con calma, despacio. Si Elliot necesitaba una frase, Frances se la decía en voz baja y luego él la repetía con su propia cadencia. Wren demostró elegancia y paciencia durante la cobertura, fuera de cámara, sentada justo al lado del objetivo para las tomas simples y los primeros planos de Elliot. Al acabar la semana, el hombre estaba agotado, una fatiga que atribuyó a la calidad del trabajo que Bill estaba sacando de él y a «Estar a tu altura, querida Wren».

Ahora la película iba con retraso. La escena 67-INT. NOCHE-DORMITORIO DE AMOS se aplazó al lunes. Para garantizar la rapidez y la comodidad, se colocarían tres pantallas de teleprompter a la altura de la vista de Elliot para que leyera su diálogo, una escena de dos páginas que era entera de Amos. En la 67 no se podía ir con prisas ni abandonar. La 67 explicaba toda la película.

El viernes, Ynez trasladó a Al del 114 de Elm a la casa del estanque en la finca de Wren. Instaló a su jefa en el dormitorio grande y ella se quedó uno más pequeño que tenía dos camas individuales. Llenó la despensa con lo que sabía que su jefa necesitaba para vivir y luego hizo otro tanto en la cocina de los Cloepfer; las muchas necesidades de una familia de dos y un bebé. Al hizo que Transportes les consiguiera a los Cloepfer un todoterreno de alquiler y lo aparcaran en el camino de grava de atrás, junto a los ciruelos. Entonces Ace e Ynez trasladaron a Thea y a Ruby. Se habían acabado los ruidos de la interestatal, los desayunos en el vestíbulo, las camas de dos metros cuadrados. Todo eso mientras Ike estaba en la fábrica de bombillas Westinghouse rodando elementos básicos de lucha, pero sin Wren.

La semana terminó a las 22:17, con un coste de producción de mucho tiempo de hora dorada. Ynez organizó una entrega de dos docenas de pizzas de Big Stork y Catering dispuso neveras llenas de refrescos y aguas de sabores. En el patio trasero de la casa Knight se celebró una fiesta del barrio improvisada en la que no faltó buen vino en el remolque de Maquillaje y Peluquería y cervezas frías en la mayoría de los camiones. Wren y Elliot se sentaron, cada uno con un trozo de pizza, para celebrar una semana estupenda.

—Querida niña, eres una gran artista y una profesional como la copa de un pino —dijo Elliot en voz baja a Wren—. Eres un regalo para toda la gente de la película.

—Elliot —dijo Wren, algo emocionada—. Gracias.

—Míralos a todos. —Elliot agitó su porción de pizza con queso en dirección a la Unidad reunida—. He trabajado con estrellas que provocan que el equipo salga corriendo del set de rodaje en cuanto se dice «Corten».

Wren miró a la pandilla mientras comían, bebían y reían.

—Gracias a nuestra encantadora protagonista, se quedan y se divierten…

Yogi dio las gracias al equipo por otra excelente semana de rodaje y dijo a todo el mundo que los quería muchísimo.

Un fin de semana

El 114 de Elm Street era el 114 de la avenida Edén comparado con aquel hotel. Allí había árboles frutales, ciruelos cuyos frutos podían recogerse a mano y comerse cuando maduraban al sol del verano. La casa tenía aire acondicionado centralizado, pero Thea prefería el aire que entraba por las mosquiteras, por las puertas y ventanas abiertas, refrescado por la sombra de los árboles de delante, y que atravesaba la casa y salía por el porche trasero. La casa era antigua pero no daba miedo en absoluto; los crujidos de la tarima bajo los pasos de la familia eran como migas de galleta que indicaban que había alguien despierto, yendo o viniendo. Lo único que desmerecía la antigua casa era la puerta mosquitera del porche trasero, que tenía tendencia a cerrarse de golpe.

El domingo por la mañana, muy temprano, Ynez regresó a su ciudad natal para recoger a su prima Lupe y a su sobrino Francisco y regresó a Lone Butte. Compró una piscina para niños hinchable con forma de una gran tortuga, que Ike tardó un rato en inflar a pulmón mientras Thea y Lupe charlaban tomando café. Más tarde, una de las contables de Producción que tenía un hijo de quince meses, Karina Druzemann, la contratada local, se pasó por allí para que los bebés jugaran juntos. Con apenas un par de centímetros de agua, los tres pequeños estaban entusiasmados, armando jaleo y chapoteando en la piscina segura y poco profunda. Les encantaba que les echaran un chorrito de agua por la cabeza con una jarra de plástico y los tres se reían sin poder parar, cosa que provocaba que los adultos hicieran lo mismo.

Con las mujeres y los niños alrededor, Thea tuvo la sensación de que su estancia en Lone Butte prometía ser agradable. Con cuatro mujeres adultas allí como socorristas, Ike se puso sus botas de combate.

—¿Vas a alguna parte? —preguntó Thea.

—Voy a caminar por Lone Butte.

—¿Por qué?

—No me necesitas aquí.

—Eso no responde a mi pregunta —le espetó Thea—, ¿verdad que no?

No, no lo hacía.

—Quiero decir que tienes ayuda con los niños. He pensado en ir a meditar sobre el trabajo que tengo por delante. Y a hacer ejercicio.

Thea ladeó la cabeza.

—¿En lugar de pasar una tarde con tu familia? ¿En vez de ver a tu hija jugar con sus amigos?

—No tardaré mucho.

—No —dijo Thea, alejándose—. Pero te irás.

El pueblo estaba prácticamente abandonado, así que, como su personaje, Ike caminaba por en medio de las calles, haciendo una pausa para echarse al suelo y hacer *burpees* cada cuatrocientos metros. Cruzó el viejo puente de caballetes hasta la otra orilla del río Iron Bend para explorar el antiguo parque de Little Iron Bend, rodeó las señales que marcaban los límites de la ciudad y no regresó al 114 de Elm Street hasta pasadas las tres de la tarde. ¿Pasó todo ese tiempo meditando sobre el trabajo de la semana que se avecinaba? Por supuesto.

—¿Cuatro horas? —le preguntó Thea cuando regresó. Para entonces ya se habían ido todos y Ruby dormía la siesta.

—La escena es bestial. Voy a por el viejo y de hecho es el final de toda la película. Quiero estar preparado.

Thea había leído el guion. Conocía el trabajo para el que su marido se estaba preparando: las escenas 96, 97 y 98. Tenía once palabras de diálogo. Por supuesto, también estaría de pie todo el día, de pie junto a Wren Lane. Para tres escenas. Para once palabras de diálogo. Agotador.

—La prima de Ynez va a trabajar para nosotros —Thea informó a su marido.

—¿Haciendo qué?

—Ayudando con la niña. De ocho a cuatro. Y algunos fines de semana. Cuatrocientos a la semana.

¿Qué podía decir Ike a todo aquello?

—De acuerdo.

Días 20 y 21 (de 53 días de rodaje)

Convocaron a Ike en Obras muy temprano porque tenía que pasarse el día en los cables de la fábrica de bombillas Westinghouse. Estaba en Maquillaje y Peluquería cuando llegó Wren.

—Puede que hayas salvado mi matrimonio —le dijo Ike—. Salir de aquel hotel ha sido tremendo.

—Me alegro muchísimo —dijo Wren de su terapia por alojamiento—. ¡Elliot!

Su Papi acababa de subir a la caravana.

—Mi guisantito —dijo él a modo de saludo—. Y tú eres el temible Ike. Soy Elliot. —Al parecer, los dos hombres no se conocían—. Entiendo que en alguna parte debajo de todo ese horripilante trabajo corporal hay un buen tipo.

—Encantado de conocerte —dijo Ike.

—Encantado de trabajar contigo —corrigió Elliot al joven—. Si se puede llamar trabajo a lo que hacemos.

Ike continuó convirtiéndose en Firefall mientras a Wren y al señor Guarnere los maquillaban y les invitaban a ir al plató. La casa Knight todavía estaba entoldada, refrigerada, llena de aparejos y preparada para que Elliot, Wren y Aea rodaran la escena 67. En la habitación de Amos había cuatro pantallas de teleprompter con el operador colocado detrás de la tienda de imagen digital de Sepp.

—¡No las necesitaré! —alardeó Elliot señalando los teleprompters.

Llevaba repitiendo la escena desde mediados del sábado y ahora ya tenía las palabras metidas en la sesera. Wren y él habían pasado una hermosa tarde de domingo en su casa pasando el guion y hablando sobre la época de Elliot en el teatro regional, antes de que se estableciera en Los Ángeles y empezara su otra carrera como actor. «El negocio del cine», lo llamó.

No cotilleó sobre las amantes que había conocido hasta que Wren le sonsacó un nombre que la hizo gritar:

—¡Acabáramos!

—No fue una conquista muy difícil —confesó Elliot. La mujer, UNA ACTRIZ MUY FAMOSA, era—: una compañía fácil para cualquiera.

Sobre los teleprompters, Bill dijo:

—No hay nada de malo en tenerlos para más seguridad.

El director sabía que el día iba a ser largo, con coberturas y ángulos, repeticiones e insertos que se comerían los recursos de Elliot Guarnere. El hombre tenía una tonelada de diálogo en la 67, ya que en ella Papi comparte al fin con su nieta la historia secreta de su pasado: su paso por la guerra, sus viejas fotos, su relación con Firefall…

En el tercer montaje, Elliot ya utilizaba los teleprompters como guías, sorprendido de poder hacerlo. Al se sintió aliviada de que hubiera empezado a utilizarlos, de que sus ojos se posaran en las pantallas sin esfuerzo para leer la letra extragrande.

—Pensé que sería como una muleta —dijo Elliot a su jefe, a sus coprotagonistas y al operador del teleprompter—. ¡Pero me va de lujo! —El viejo se rio y balanceó las piernas para bajar de la cama, envolverse en una bata que le protegiera del aire acondicionado y calentarse con una taza de té.

Conforme fue avanzando el día, su energía se fue desvaneciendo. Ynez se ofreció a llevarle el almuerzo al plató para que pudiera comer sin pasar calor. Elliot se quedó en la cama y apenas tocó un tazón de sopa. Se recostó para echar una siesta y culpó a los almohadones de haberle provocado tortícolis y dolor de cabeza. La buena noticia para el veterano actor era que no tendría que rodar más el resto del día. Podría leer sus líneas del guion como un dictado, lo cual daría a Bill y a Wren tiempo de sobra para pelearse con la parte de la escena concerniente a Eve.

Hay quienes dicen que el trabajo que Wren hizo simplemente escuchando a su Papi mientras él describe aquellas fotos es lo mejor que ha hecho en toda su carrera.

El martes fue otro día en el dormitorio de Amos Knight. Ike tenía que volver a la fábrica de bombillas Westinghouse y pasar allí la tarde. Como investigación para Firefall, había pasado la noche en una tienda de lona en el patio trasero del 114 de Elm Street, como harían los marines en vivac.

—Creía que Firefall no dormía nunca —dijo Thea—. Pero veo que tú sí. ¿En una tienda de campaña?

—Antes de desaparecer, Falls era un marine como cualquier otro. —Dormir en una tienda de campaña para meterse en el personaje le parecía algo que otros actores harían para prepararse—. Pasar la noche en una tienda de campaña es una especie de preparación.

«Y una forma de dejarme a mí con la cría», se dijo Thea.

Lo primero que hizo Thea por la mañana fue meter a Ruby por la puerta de la tienda de campaña de Ike con un biberón, toallitas para limpiarle el culete sucio y un pañal de recambio. Ike apenas estaba despierto.

—¿Puedes traerme un café? —le pidió a su mujer, que ya estaba entrando por el porche de la casa.

—Los marines se hacían el suyo —le espetó ella, dejando que la puerta se cerrara de golpe tras de sí.

Ike le dio el biberón a Ruby e intentó sentarse en la tienda con su hija en el regazo. Le dolía la espalda de dormir sobre el suelo duro.

En el plató de la casa Knight, justo antes de la comida, con el trabajo de la escena 98 programado para después de la pausa para el almuerzo, Elliot le confesó a Yogi que tenía «el peor dolor de cabeza que se pueda tener».

Esas fueron sus últimas palabras.

La pausa

Había música: un compás suave, estilo Enya, que resonaba como las olas en el mar, induciendo una gratificante sensación de calma…

Había un montaje fotográfico.

Fotografías de toda una vida, más de setenta años…

ELLIOT GUARNERE de bebé, en brazos de su madre en lo que debía de ser el día de su bautizo…

Luego de pequeño, de pie ante una mesa de café con cuatro adultos, todos ellos fumando o bebiendo, todos sonrientes, mientras Elliot mira al objetivo de la cámara con una mirada tan confusa que podría confundirse con una sonrisa…

A los cinco años empuja una carretilla de juguete en un patio trasero…

En la foto de su clase de tercero de primaria aparece de pie sobre una tarima con sus compañeros. Sonríe como un lince…

Estaba en el equipo de atletismo del instituto, como corredor de salida en la carrera de relevos de la milla, pasando el testigo. Así que era atleta…

… y actor, por supuesto. Sobre el escenario, lleva un maquillaje de ojos demasiado pesado y hace un gesto con las manos demasiado amplio en *Un espíritu burlón*, de Noël Coward. Cualquiera que viera alguna de las dos representaciones (los viernes o los sábados de 1964) le diría que la mejor actuación que se hacía encima de aquel escenario era la de Elliot Guarnere…

En el montaje no hay fotos de los años universitarios de Elliot porque no pudo permitirse el lujo de ir a la universidad…

Pero ahí está, en alguna producción de bolsillo de *Como gustéis*. Su maquillaje de ojos ya no es pesado, sus gestos ahora son sutiles.

En su boda *hippie* hubo tantas flores y guitarras que la foto parece una puesta en escena. Su novia va vestida como la Madre Naturaleza y brilla tanto como ella…

Van pasando los papeles que interpretó a lo largo de su carrera, uno tras otro…

Las fotos de su carrera escénica fueron tomadas desde las butacas. No parecen de la vida real, sino que son momentos de actuación captados, vistos desde la distancia…

Su trabajo ante la cámara, su vida de carrete, se muestra con una nitidez cristalina…

¡Miren! ¡Apareció en un anuncio de McDonald's!

¡Y en la cantina de *La guerra de las galaxias*!

¡Estuvo en un episodio de *M*A*S*H*!

Luego tuvo escenas en un montón de series de televisión…

Y de películas…

Y volvió al escenario. Una gira por Estados Unidos de una adaptación de... ¿Eso es *Sweeney Todd*?

Mid-Town Follies, de la NBC, durante seis años, como el agente Vance.

Su casa en el Valle... Su traslado a Palos Verdes... Sus hijos... Su segunda esposa...

Ah, ahora aparece canoso, como el vecino en aquella serie de humor que duró tantos años, *Wanna Bet?* En la mayoría de los episodios solo aparecía en una escena, pero aquellas temporadas sumaron.

Su tercera esposa fue el amor de su vida: era doce años más joven que él y tenía sus propios hijos, pero el amor es el amor, ¿eh?

¡Miren! Viajaron por todo el mundo: la torre del Big Ben, las pirámides de Tenochtitlan, en uno de los siete mares, en Masada, en el puerto de Sídney...

Por último, Elliot tal y como lo conocimos. En el plató como Amos Knight, entre tomas, con una taza de té y una sonrisa para el fotógrafo de la Unidad...

Todo el mundo estaba hecho polvo.

Los miembros más veteranos del equipo, los que estaban a punto de cumplir su sexta y séptima década, se vieron sacudidos por la sensación de su propia mortalidad. Las Buenas Cocineras y Kenny Sheprock se habían reunido con unas cuantas botellas de vino para hacer una larga lista de todos aquellos que habían estado en sus remolques y sillas, gente que ya no «trabajaba», como ellos decían. Los tres expertos veteranos pensaron que esta película tal vez fuera, pudiera ser, debiera ser, su último viaje por Fountain.

Ike y Thea todavía no habían experimentado la muerte repentina y natural de un amigo o colega como Elliot. Aquel martes por la noche hablaron largo y tendido. Hicieron el amor.

Wren lloró en momentos de dolor desatado. Había llegado a ver a Elliot como su verdadero abuelo, un vínculo que se produce cuando los artistas trabajan muy estrechamente, muy íntimamente, en escenas de diálogo muy crípticas pero cargadas como las de Eve y Amos Knight. Ella y Wally bebieron y hablaron de sus padres, desaparecidos hacía mucho y tan volátiles en la muerte como lo habían sido en casa, y se preguntaron qué habrían encontrado en la vida ellos de no haber tenido su vínculo molecular como gemelos. Wren deseó volver a tener un amante, un hombre que la acompañara en su triste dolor por la pérdida de Elliot, el de los ojos amables. Pensó en llamar a Ike para hablar: todos formaban parte del reparto, ¿no? Pero no cogió el teléfono. En lugar de eso, ella y Heather salieron a volar en el Cirrus para escapar de la tristeza de Lone Butte.

Después del funeral del jueves —la Unidad al completo había llenado el salón de baile del edificio de los Productores de Almendras—,* Ynez se fue a casa con su familia tantos días como le fue posible. Su padre había sufrido una caída en una de las obras en las que trabajaba y se había dislocado el hombro, aunque no dejaba que el dolor le hiciera quejarse. Una vez más, Ynez durmió en la cama de su infancia y ayudó a su madre en las tareas del cuidado del resto de la familia: con cada gran comida, cada vez que hacía falta cuidar a los niños, con cada primo y cada emigrante de paso. Se preguntaba si la película podría continuar después de algo tan terriblemente triste. Echaría tanto tantísimo de menos estar en la Unidad de la película…

Al Mac-Teer anduvo sin parar por el recinto que ahora compartía con Wren Lane y compañía. Sí, llevaba el iPhone a mano, ya que el rodaje de la película debía continuar. La conmoción y el caos de aquel martes, cuando el pobre Elliot se había sentado en su cama del plató y había fallecido en silencio, con todas las maniobras y protocolos de urgencia de los técnicos de emergencias médicas y las instrucciones para la compañía, hasta el momento en que, finalmente, la conversación tuvo que pasar de «¡Es espantoso!» a «¿Qué hacemos ahora?», tuvo a Al caminando a solas con sus pensamientos y meditando sobre el sentido de la vida, el duelo por un hombre querido y dulce. Al recorría el recinto una y otra vez: la pista de aterrizaje, el campo de pelota, el estanque artificial, los prados segados, la valla pe-

* Asistieron algunos miembros de la familia Guarnere, algunos de los cuales no habían hablado entre ellos desde hacía años.

rimetral, la berma, las canchas de *pickleball*. Durante un día, lo hizo en silencio. Después empezó a hacer las llamadas que debe hacer el productor de una película.

El sábado Al habló con Wally en la cocina tipo *cucina* de la casa principal para responder a la gran pregunta de cómo sería la semana siguiente y cómo se acabaría la película y, en fin, qué vendría después.

La doctora Pat había volado para el funeral y agarraba la mano de su hombre, su cineasta, sabiendo perfectamente que Bill estaba afectado por la impactante pérdida, por la muerte de un actor a quien había contratado para el que sería su último papel de todos. Bill no era un hombre joven, por supuesto, así que era imposible que no pensara «ese podría haber sido yo». Mientras Pat preparaba el desayuno y ponía la mesa con flores, Bill salió de la casa con su viejo hierro nueve, dio la vuelta a la larga manzana y empezó a dar vueltas al vecindario una y otra vez, reflexionando no solo sobre su propia mortalidad, sino también sobre cómo mantener su película en marcha.

Al y él hablaron durante su séptima vuelta a la acera.

—Hola... —Wren había visto el identificador de llamadas. Había tenido unas cuantas conversaciones por teléfono desde que había llegado a casa. Ejecutivos de Hawkeye y de Dynamo le habían hecho llamadas que ella dejó ir al buzón de voz. Micheline Ong se había pasado una hora con ella, tranquilizándola y escuchándola, y Kenny había llamado desde Lone Butte para «ver cómo está mi chica». Benditos fueran. Ahora era Al.

—Ay, Wren —suspiró Al—. Estoy tan triste... ¿Tú cómo estás?

—Estoy, eso es todo. ¿Me llamas para decidir cuándo nos ponemos en marcha de nuevo?

—Cuando estés lista.

Wren sintió que se le volvían a llenar los ojos de lágrimas.

—¿Cómo se supone que vamos a seguir rodando sin Elliot? ¿Vamos a volver al plató, a mirar la cama en la que murió y fingir que está allí?

—No —contestó Al—. No vamos a hacer eso. Dejaremos esa casa, construiremos una réplica en la fábrica de bombillas Westinghouse y nos guardaremos esa escena para rodarla el último día. Nadie va a volver a esa localización si no es para acabar.

—Gracias a Dios. ¿Qué vamos a hacer en lo referente a...? —Wren tuvo que volver a detenerse.

—¿A reemplazar a un hombre irreemplazable? —preguntó Al—. ¿Para una escena que envía a su personaje al cielo, para el final de toda la maldita película?

—Sí...

—Ya lo solucionaremos. —Al soltó un suspiro, como hace uno cuando tiene que ponerse manos a la obra—. Cuando te sientas cómoda regresando.

—¿Depende de mí? ¿No de Ike, Bill, de los de Dynamo o de los de Hawkeye? ¿Me van a demandar por estar demasiado triste como para volver lo antes posible y actuar como si Elliot no hubiera muerto?

—No. Dime cuándo quieres volver y será entonces cuando vuelvas.

Wren soltó un suspiro, como hace uno cuando establece términos inalterables.

—La semana que viene.

—Hasta entonces.

Días 22 a 26 (de 53 días de rodaje/pasados 3 días de pausa)

La doctora Pat Johnson se negó en redondo a ser la guardabosques del parque nacional rubia natural a pesar de que Bill se lo pidiera sinceramente. Solo tendría que trabajar un lunes.

—Hay alguna actriz rubia natural que necesita trabajo. Yo no —dijo estando en la cama de su alojamiento en Lone Butte, después del funeral de Elliot—. Una profesional con talento dará al diálogo que has escrito mucho más sentido del que yo podré darle nunca.

—La guardabosques explica geología, doctora —protestó Bill—. Tú eres geóloga. El diálogo te iría al pelo.

—Tu diálogo es un galimatías de estudiante de primer curso. Lo siento, vaquero.

—Mierda. —Bill se rindió—. Quería verte con ese uniforme de guardabosques…*

Desde la tragedia, Hang To había mantenido amarrado y callado su yo interior cómico, ya que nadie es más cínicamente gracioso que un comediante profesional. Su herencia vietnamita le hizo vestirse con ropa poco colorida y encender incienso para el oficio celebrado en memoria del señor Guarnere. La risa está prohibida en los funerales vietnamitas. Incluso los bebés lloran como si conocieran el peso de la pena. Para el martes ya estaba deseando volver a ser gracioso, así que convirtió ese deseo en unas repeticiones muy extrañas de sus líneas de las escenas 72, 76 y 78. Su entrega al decir: «¡Funciona! ¡Eh! ¡Mi termorregistrador funciona! Si lo hubieras tenido en Cleveland, jovencita…», con la improvisación del «jovencita», era tan boba que hasta Cassandra se reía.

Clancy, en el papel del viejo Clark, manejó el rodaje como si de verdad fuera el dueño del *drugstore* Clark's. Se pasó la mañana hablando cuando le tocaba, ensayando las conversaciones en Obras, y presentó a todo el mundo en el rodaje al chico que interpretaba a Carl Mills, un actor de trece años con síndrome de Down, como «la estrella de nuestro espectáculo».

El anciano lavaplatos/ayudante de camarero fue interpretado por Bill Johnson, quien, como actor, aparece en los créditos como Lucky Johnson.

El viernes, con Wren y Ike todavía ausentes en la Orden de rodaje, Bill hizo que las unidades trabajaran por el centro de Lone Butte. Cuando la luz lo permitió —tenía que estar lo bastante oscuro—, llamaron a los investigadores para la escena 98, la EXT

* La guardabosques fue interpretada por Riva Osgoode-Bent, una actriz de teatro comunitario de Sacramento que un mes antes había enviado al servicio de casting local su audición autograbada para cualquier papel disponible en el reparto local. La noche anterior recibió un mensaje de texto notificándole que había sido seleccionada. A las 5:45 de la mañana siguiente ya tenía memorizado el diálogo, se había metido en el traje de guardabosques y había entrado en Maquillaje y Peluquería. Después se presentó en el plató de AGUJEROS DE LAVA, construido junto al acantilado del parque Iron Bend River. El GRUPO DE TURISTAS eran extras. No había actor que representara al NIÑO, tan solo una línea gritada desde fuera de cámara. Así que, durante todo aquel lunes, Riva Osgoode-Bent fue la estrella de la película. A la señora Osgoode-Bent nunca se la confundiría con la doctora Pat Johnson, ya que la mujer mide menos de metro sesenta y es corpulenta.

de la casa Knight donde, utilizando micrófonos láser de alta tecnología, escucharon lo que sería el cara a cara de Firefall con Amos e Eve, cuyo INT había pasado a los últimos días del rodaje en un nuevo plató de la fábrica de bombillas Westinghouse.

El sábado, los Cloepfer estaban inquietos. Ike había tenido la semana libre y, sin trabajo, estar en Lone Butte no tenía sentido, al menos para Thea. Salieron del 114 de Elm Street para ir de compras a Chico a por cosas para el bebé, ya que Ruby estaba creciendo, y siguieron conduciendo hacia el norte por la antigua 99 hasta el pueblo de Shasta, en la montaña que lleva el mismo nombre. Comieron en el Shasta Inn y luego regresaron hacia el sur. Ruby durmió todo el trayecto de vuelta, al igual que Thea, que iba con la cabeza apoyada en su sudadera y el asiento del copiloto reclinado hacia atrás todo lo posible.

De vuelta en Lone Butte, Ike anunció que iba a hacer una excursión de Firefall con sus botas de combate y su mochila.

Thea se preguntó si recogería la tienda de campaña y se la llevaría para hacer vivac e investigar río abajo, y desaparecer hasta el lunes. Los intentos de su marido de habitar a Robert Sin-inicial-intermedia Falls se habían vuelto fastidiosos.

Ike llevaba doce minutos fuera de la casa cuando, en su segunda ronda de *burpees*, pensó en su coprotagonista en la película y se preguntó cómo le estaría yendo a Wren con todo aquello. No quería que estuviera triste…

Le envió un mensaje.

Iklip: ¿Estás bien?

Un nanosegundo después, su teléfono sonó con un número no identificado.

—¿Cómo estás?

—Ay, Ike… —A Wren se le apagaba la voz—. ¿Cómo vamos a hacerlo…?

Ike redujo su ritmo de Firefall. Naturalmente, había girado por Webster Road, en dirección oeste, y caminaba por el arcén del antiguo camino bajo todos aquello árboles del caucho.

—De algún modo.

Una frase bien simple y, sin embargo, era lo que Wren necesitaba oír.

—Era un hombre tan maravilloso… —Ahora Wren sollozaba—. Y yo sigo llorando… y he hablado con todo el mundo sobre él… menos contigo. Ya sé que era mayor. Ya sé que le había llegado la hora. Lo sé. Pero de algún modo…

—De algún modo. Juntos. —Esta vez dos frases, más por inexperiencia que por empatía. Una mujer de duelo era terreno nuevo para él. Cuando la mujer era Wren Lane, él estaba entre la maleza, sin saber qué decir, cómo decirlo, cuándo decir algo. Pero quería ser de ayuda para Wren.

—Ayúdame, Ike —susurró ella—. Ayúdame a superar esto…

—Lo haré. —Ike había oído aquella frase en una serie de televisión una vez.

—Tú y yo… —Wren casi suplicaba—. Nosotros… vamos a tener que entrar en Obras y maquillarnos y ponernos nuestros estúpidos trajes y decir nuestras líneas como si Elliot todavía estuviera aquí. ¡Era mi Papi, Ike! No puedo decir mis frases al espacio que ocupaba él, sin más…

—Ya. —Ike decía todo lo que le venía a la cabeza—. Yo también. —¿Yo también?

Tras un largo silencio:

—¿Tú cómo lo llevas? —Wren quería saberlo de veras.

Ike no estaba «llevando» nada. Había perdido pie y se sentía sin propósito y tonto. Estaba esperando a que le dijeran qué hacer y mientras tanto tenía poco que hacer aparte de ocupar espacio en el 114 de Elm Street y cuidar de la niña, sabiendo que a Thea cada vez la fascinaba menos su estatus de «tío de la peli». Al Mac-Teer había dicho algo sobre meterla en la película, dándole un papel igual al de Chica del baño, cosa que Thea agradecía pero que ya había dejado de esperar. Desde el funeral, Ike siempre se preguntaba por Wren y qué podía hacer por ella.

—¿Qué haces para sobrellevarlo? —preguntó Wren con necesidad.

Lo único que se le ocurría a Ike que había hecho para sobrellevarlo había pasado unas noches antes cuando, al levantarse para cambiar a Ruby y mecerla en brazos por la cocina del 114 de Elm, había cogido lápiz y papel.

—He repensado mi plan quinquenal…

—¿Tu plan quinquenal? —La voz de Wren se volvió un tanto esperanzada. Esperanza que le había ofrecido Ike, cosa que hizo que a él se le acelerara el corazón.

—Vivir la vida es como estar en un barco en el mar. Hay que corregir el rumbo constantemente.

—Como volar, a menudo —dijo Wren.

—Debes de saberlo, sí. Empiezo anotando todas las Certezas, lo obvio.

—Como estar obligado por contrato a terminar esta película —dijo Wren.

—Sí —confirmó Ike—. Por muy tristes que sean las cosas.

—Vaya, eso ciertamente es una certeza. Esto es útil, Ike. Espera, que cojo lápiz y papel. —Tomó un montón de notas de la conversación.*

Los dos actores hablaron rápido y por encima del otro durante el siguiente kilómetro y medio de la caminata de Ike. De Posibilidades, tanto grandes como desastrosas. La película podía terminarse en la fecha prevista. Ella podía lesionarse en alguna de las escenas de lucha con acrobacia. La película podía salir genial. La película podía quedar horrible. Podía pasar cualquier cosa, y pasaría.

—Podrían surgir nuevas amistades del trabajo, o algún idiota podría volver a romperte el corazón. —Ike trató de soltar esto con cierta despreocupación, pero Wren anotó: «¿Enamorarme?».

Seguidamente, Ike explicó las Esperanzas, que estaban tanto dentro como fuera del control de uno mismo. Los dos coprotagonistas hablaron mucho de sus esperanzas.

Por último, y más extenso, llegó la Declaración de Objetivos.

—El sermón que te das a ti misma —explicó Ike—. Tu credo de «por qué estoy aquí», tu voto, tu insignia de batalla de «quién se atreve a ganar». He escrito un millón de páginas de declaraciones de objetivos.

Wren quería saber cuál era la declaración de objetivos actual de Ike.

—¿Estás de broma? —preguntó él—. Llegar a tiempo,

* Y todavía las conserva.

saberme todo el texto y tener alguna idea que mostrar a Bill. En los dos primeros toco bola, pero eso de la idea es más peliagudo.

Wren estaba incrédula.

—¿Me tomas el pelo? ¡Ike! ¡Pero si tú estás maravilloso solo con ponerte de pie en tu marca!

Ike se detuvo en seco en Webster Road. Se quedó inmóvil, en silencio, sin aliento.

Entonces Wren expuso su propia declaración de objetivos: «Estar presente, ser sincera y dejar de lado cualquier expectativa». Esto venía de una conversación que había tenido con Elliot en el plató entre montajes, en el porche EXT. «Corazón mío —le había dicho—. Haz como los grandes: preséntate y di la verdad sin preocuparte…». En su libreta, Wren escribió: «Sé como Ike».

Los dos artistas siguieron conversando hasta que Ike hubo recorrido más de la mitad del camino hasta la interestatal; llevaba tanto rato hablando con Wren que el tiempo y la distancia

habían pasado en el susurro (la confusión) de la conversación fácil. Dio media vuelta y se dirigió de nuevo a Lone Butte, al 114 de Elm Street.

Wren no estaba ansiosa por colgar el teléfono. Tampoco Ike, no hasta que el cine Estatal estuvo a la vista y los dos actores terminaron el intercambio profesional, la relación personal.

—Qué suerte que hayas llamado, Ike —dijo Wren—. Necesito… Necesitaba que pusieras orden en mi cabeza.

—Encantado —dijo Ike, mientras pensaba para sí mismo: «¡Mierda! He estado fuera demasiado tiempo. ¿Qué le voy a decir a Thea?».

—Dale recuerdos a Thea y a esa suave mantita de amor que es Ruby.

—De tu parte.

—Oye, ¿sabes qué sería divertido algún fin de semana? Una excursión en mi avioneta. —Wren tenía la voz bastante más animada.

—¿En tu avión?

—No, Ike. En mi Pontiac del 62.

—Estaría bien. Sería la segunda vez que Ruby subiría a un avión.

Wren no había pensado en la hija de Ike para el paseo. Ni tampoco en su esposa.

—Te dejaré coger el timón.

—Nunca he pilotado un avión.

—Yo tampoco lo había hecho hasta que lo hice y el cielo se convirtió en todo un mundo ideal.

Ambos se pusieron a cantar la canción de Disney del mismo nombre. Ambos rieron. Ambos se sintieron relajados y desahogados por primera vez en una semana.

—Nos vemos en el set —dijo Wren.

—Claro que sí.

—Gracias de nuevo.

—No hay de qué.

—Cuenta con ello.

—Eso espero.

—Yo también. —Wren pulsó FIN en su teléfono. «¿Yo también?». ¿De verdad había dicho eso?

Cuando Ike llegó a casa, no dijo nada de la llamada de Wren.

El domingo, Bill estaba en el segundo hoyo de un campo de golf en Chico; Clancy y él habían hecho una escapada para participar en una ronda. El segundo es un zigzag a la izquierda, un par 5 que pedía su madera uno Big Bertha. Le sonó el teléfono. Le llamaba Al.

—Sí —contestó.

—Tenemos que hablar, ahora —dijo Al. Tras la tragedia, acabar la película en cincuenta y tres días ya no era una posibilidad, y eso teniendo en cuenta que nunca había estado garantizado que la terminaran según el calendario previsto.

—Ya lo sé. Estamos julietteados.* ¿Alguna solución?

—Reunirnos con Aaron y Yogi cuando este regrese de la iglesia.

Yogi, para rendir homenaje a Elliot, había conducido hasta Redding, a la iglesia ortodoxa de allí, para reflexionar de nuevo

* Últimamente, Bill utilizaba palabras del argot militar en lugar de improperios. «Joder» era *Juliette*. «Gilipollas» era *Hotel Golf Papa*. ¿«Soplapollas»? *Sierra Oscar Papa Lima Alfa Papa*.

sobre por qué a la gente buena le pasan cosas malas, como haría cualquier buen chico griego.

—Espera un momento... —dijo Bill. Durante la pausa, se oyó el sonido de algo que cortaba el aire y después un cloc.

De fondo se oyó a Clancy gritando:

—¡Baja al hoyo, Alice!

—Dios mío. —Bill parecía abatido—. Clancy acaba de lanzar la bola recta como Bud Abbott a kilómetros y kilómetros de distancia. Estaré en la Oficina de Producción en seis hoyos...

Al había llamado desde un banco junto al estanque, en el recinto, donde estaba sola salvo por la seguridad extra que Tom había dispuesto, unos chicos que vivían en un remolque Airstream cerca de la verja de entrada detrás de la berma. Los perros que ahora vivían en la propiedad no eran perros guardianes entrenados, solo un par de chuchos grandes a los que se permitía ladrar a extraños, cosa que Al ya no era. Tenía una lata de pelotas de tenis y un lanzador para cuando los perros se acercaban a olfatearla, pero de momento aquella mañana no lo habían hecho.

Al envió un mensaje de texto.

AlMacT: ¿Y?

Al cabo de un momento, Ynez estaba al teléfono desde Sacramento.

—¿En qué puedo ayudarte, jefa?

—¿Quieres aprender algo sobre el negocio?

—Sip.

—Vamos a reunirnos para resolver problemas. Únete a nosotros.

—¿Hoy? —preguntó ella.

—En la Oficina de Producción, enseguida. Piensa en lo que se puede cortar, pasar a otras unidades o comprimir en menos días.

—¿Quieres que yo haga eso?

—¿Por qué no tú, también?

Ynez sintió un brillo interior, el tipo de calidez que se siente cuando te transmiten confianza. Había creído que la película se suspendería indefinidamente debido a la pérdida del señor Guarnere. Pero no. Continuaba formando parte del esfuerzo, encargándose de ayudar a la producción. Pero su padre no era capaz de ir más allá que de la cama a su butaca del salón. Su madre tenía una mirada mal disimulada de miedo y preocupación. Uno de sus primos, Antonio, había sido detenido por conducir ebrio. Con los horarios de trabajo de fin de semana que tenía la familia, aquel domingo Ynez y su hermana tenían que cuidar de tres de las niñas, y de Francisco, por supuesto. ¿Qué podía hacer?

Imaginó las tarjetas del sistema DALA y vio la solución obvia: cinco niños pequeños en una piscina infantil bajo los ciruelos. Que fueran cuatro, todas niñas.

—¿Podrías soportar que trajera a Francisco? —le preguntó a Al.

—¿A mi amante? ¿A mi ángel? —Al sonrió por primera vez aquella semana al pensar en el pequeño Francisco, en sus ojos marrones, en su mata de pelo negro, en su olor a bolsa de magdalenas—. ¡Si no lo traes, me destrozas!

A las 14:10, Ynez estaba en el patio trasero del 114 de Elm Street presentando a su hermana y sobrinas a Thea y a la pequeña Ruby. La piscina para niños acumulaba cinco centímetros de agua de la manguera de jardín y había juguetes, toallas y mantas tirados junto con migas de snacks, tetrabricks de zumos y cómodas sillas plegables para los mayores. Ike no estaba. En palabras de Thea, había salido a dar otro paseíto de «me largo, que soy actor y me preparo caminando».

—Suele volver a casa antes de que anochezca —dijo, dando un sorbo a una lata de cerveza Hamm's Special Light—. Pero nunca se sabe.

Ruby daba palmas y se reía en compañía de las otras niñas, apenas algo mayores que ella, y el plan era que la fiesta de la piscina durara un par de horas. Ynez puso a Francisco en su cochecito y lo empujó por las sombreadas aceras de Lone Butte hasta el edificio de la Asociación de Productores de Almendras.

Se reunieron a puerta cerrada en el espartano despacho de Bill.

Primero fue Al quien se sentó a Francisco en el regazo y durante un buen rato no tuvo ojos para nadie más. Yogi lo cogió un ratito, al igual que Bill, que recordaba haber hecho lo mismo con algunos de sus exhijastros. Al insistió en que Aaron Blau también cogiera a Francisco, cosa que él hizo, tratando al niño que tenía sentado encima como a una criatura de los bosques, un castor o una marta. Es curioso, pues, que fuera allí donde Francisco se durmió.

Había muchos problemas que necesitaban solución en aquella reunión del domingo. Primer…

Punto: La pérdida de un actor clave.

Bill Johnson: «Amos Knight aparecerá en las escenas noventa y siete y noventa y ocho. Encontramos a alguien que se tumbe en la cama con las marcas CGI en la cara para que podamos convertirlo digitalmente en Elliot a partir de los escaneos que teníamos. Si necesitamos dos días para la escena, los cogeremos. Firefall, Eve, la enfermera Sue y Amos están todos juntos y, diablos, eso es la película».

Punto: Los recursos emocionales de la Número 1 de la Orden de rodaje. De todos los de la Orden de rodaje, por supuesto, pero vaya…, de Wren.

Al Mac-Teer: «¿Pedirle a Wren que actúe ante un tipo con puntos en la cara? ¿Que se despida de su Papi así? ¿Por qué no poner en la cama un pie de micro con una pelota de tenis para que la mire? Eso es de mercenarios. Pero si empujamos las escenas noventa y siete y noventa ocho y las rodamos al final de todo, el último día, acabaremos la película allí mismo. Apuesto a que Wren utilizará todo ese peso emocional y lo aplastará».

Punto: Las apreturas en lo que quedaba de calendario.

Yogi: «Todavía tenemos a Eve en el *drugstore* Clark's, a Eve rescatando el perro, a Eve rescatando a la familia secuestrada, a Eve encontrándose con FF en la serrería. Las tres grandes peleas entre ellos. Las escenas de cada investigador excepto la escena con Clancy. Las escenas once a catorce son trece páginas. Rodajes de sábado, parece».

Ynez: «Aaron, ¿quieres que coja a Francisco yo? Te está llenando de babas la camisa».

Aaron: «Qué va. No le despertemos…».

Yogi: «Está Knightshade y los investigadores cuando les vuelca el coche, y cuando la lían en la interestatal, además del rescate del secuestro de las escenas ocho y nueve».

Al Mac-Teer: «Los exteriores de Baton Rouge y Cleveland. Los interiores de Baton Rouge y Cleveland. Y, además, todavía falta, he de decirlo, y es un berenjenal…».

Bill Johnson: «Oh, ya vale».

Al Mac-Teer: «La hora dorada en el campo. Ciento uno y ciento dos. La localización está a una hora de camino y la escena es de un día entero».

Aaron: «Y Ike y Wren, los dos, tienen que llegar hasta allí. Emocionalmente».

Bill Johnson: «Necesitamos una mirada nueva para este berenjenal».

La pequeña oficina se quedó en silencio.

Bill Johnson: «¿Tú qué dices, Y-not?».

Ynez: «¿Yo?».

Bill Johnson: «Dinos lo que piensas sinceramente. Una solución para este berenjenal».

Ynez: «¿En serio?».

Bill Johnson: «¿Por qué no tú, Y-not?».

Al había hecho que Ynez leyera el guion al contratarla por primera vez. Desde entonces lo había leído muchas veces por el placer de ver la película en su cabeza, una nueva visión de cada escena con cada lectura. Teniendo en cuenta los momentos creativos que había presenciado, en los Copiones o en el iPad de Al, la película real parecía mejor que la de su imaginación.

Bill Johnson: «Tenemos que omitir escenas. ¿Cuáles crees tú?».

Ynez: «Ninguna».

Todas las cejas de la sala, excepto las de Francisco, se levantaron.

Ynez: «Os vi rodar varias escenas a la vez, en Main Street, con una cámara aquí y otra allá».

Bill Johnson: «Eran tomas de la misma escena. Cobertura. Montajes añadidos».

Ynez: «Pero eran bastante complicadas. Ya sé que los interiores de Baton Rouge y Cleveland iban a ser prácticos. ¿Es esa la palabra correcta? ¿Prácticos?».

Aaron: «En las casas de localización, sí. En los sets que construimos en la fábrica de bombillas Westinghouse, no».

Ynez: «Claro. Habitaciones reales en casas reales. ¿Podrían vestirse algunas habitaciones de aquí arriba, de la Asociación de Productores? ¿Se dice así? Vestirlas como dormitorio y asilo. ¿Podríamos rodar esas escenas al mismo tiempo que la de Eve en el *drugstore* Clark's? Podríais cruzar la calle hasta el edificio de la Asociación de Productores de Almendras y conseguir el metraje».

Todos en la sala, excepto Francisco, que estaba durmiendo, se quedaron mirando a Ynez como si acabara de retroceder en el tiempo y matar a Hitler.

Días 27 a 31 (de 53 días + o – X de rodaje)

Tras más negociaciones sobre el presupuesto, el calendario y las necesidades de producción, Bill dio el pistoletazo para rodar el Rescate en la Interestatal en la fábrica de bombillas Westinghouse, en los metros cuadrados de un campo de fútbol y la altura suficiente para un circo. Wren y Ike habían estado en el lugar para las nociones básicas de sus escenas de lucha, pero solo para tomas individuales, un trabajo fragmentado en comparación con lo que les depararía la semana.

Rodaron en secuencia para minimizar la confusión y permitir a los equipos de Efectos Visuales ordenar su trabajo de posproducción. Durante la noche, los camioneros trasladaron el Campamento base al aparcamiento de grava de la antigua fábrica de bombillas. La Swing Gang, Iluminación y Construcción de Sets se pasaron dieciocho horas trabajando.

El lunes por la mañana, temprano, la Unidad se reunió en medio de la vasta extensión del croma. El equipo de dobles de escenas peligrosas de Doc Ellis estaba listo para ponerse manos a la obra. Wren se alegró de rodar una escena muy física, enfadada, sin diálogo y con gente nueva. Se llamó de un día para otro al reparto de las escenas 7XX a 9, que estaban preparados desde hacía semanas. Los TIPOS MALOS eran dos de los dobles. La MADRE SOLTERA era una actriz de San Francisco que utilizó su lunes libre en una producción de *El jardín de los cerezos*, de Antón Chéjov, en el American Conservatory Theater para ganar más dinero en dos días de una película que en veintiocho representaciones como Varya. Los niños eran unos hermanos que habían sido contratados en Los Ángeles.

Todo el mundo pasó un día estupendo y hubo risas a raudales, así como aplausos cuando el secuestrador punk se estrelló contra el parabrisas del coche robado.

ϒ

Al se pasó por el 114 de Elm Street, no para hablar con Ike, sino con Thea. La señora Cloepfer estaba en el porche delantero sentada en una silla de pícnic que había llevado allí para disfrutar de un rato a solas.

—Ike está haciendo *burpees* en el patio de atrás —explicó a Al, suponiendo que lo necesitaba—. O practicando su ejercicio de formación cerrada en la trinchera que ha cavado con su Ka-Bar. Sea lo que sea un Ka-Bar.

«¡Ay, no!». Al notó por el lenguaje corporal de la mujer, y por su tono de voz, que no era una esposa feliz, sino una esposa sin nada que hacer, en un lugar aburrido, con su pareja trabajando muchas horas en una puta gran película con doña *Vincapervinca*. Thea tenía una criatura de la que cuidar todo el día y solo a Lupe para hablar; eso era todo en cuanto a distracciones. Al se conocía el guion: una vez que el alboroto de conseguir empezar la película se convertía en la rutina de hacer la película, la pareja estable principal del productor/jefe de departamento/ (y más generalmente) miembro del reparto descubría que el tiempo en el rodaje pasa como una larga y lenta caminata por una carretera pedregosa y aburrida. Lo que ocurría con demasiada frecuencia era que el actor regresaba a casa cada noche con una pareja aburrida y/o cabreada. Entonces, en el refugio del trabajo, florecía una historia de amor, un «showmance» entre dos tortolitos que se hacían ojitos y que echaba por tierra la otra relación. Descarrilaban muchas vidas, y la producción. Al mandó una oración hacia arriba: «No dejes que Ike le haga ojitos a Wren (aunque qué hombre no se los haría)».

Al se dio cuenta de que Thea Hill Cloepfer ya estaba hasta la coronilla de la Mike India Echo Romeo Delta Alpha aquella de que su marido fuera actor de cine.

—Venía a hablar contigo —anunció Al, justo a tiempo.

—¿Quieres un café? —preguntó Thea—. ¿Una taza de cafelito del Cuerpo de Marines?

—Ya llevo suficiente cafeína dentro, gracias. He venido con el sombrero de productora puesto.

—Ah, ¿sí?

—¿Actuarías en una escena esta semana?

—¿Haciendo qué?

—El papel principal de REPARTIDORA DE PONY. Se rueda mañana y te necesitamos.

—¿En una escena con Ike?

—No.

—¿Con la fabulosa Wren Lane?

—No. Con Cassandra y Lala.

Thea escupió dos palabras:

—Me apunto.

El trabajo del miércoles se hizo en un plató práctico en la antigua Oficina de Dirección de lo que había sido la fábrica de bombillas Westinghouse. La escena era la presentación en la película de LONDON, en su despacho cutre, convocada por MADRID.

Mientras Bill rodaba la escena como si fuera una serie policíaca de 1966, Thea había ido a Vestuario, después a Obras y luego le habían asignado la enorme caravana de Ike para esperar allí a que la llamaran a plató. Sola en la casa rodante, vestida con el uniforme de una repartidora de PONY, revisó todos los cajones y armarios. En una pila de páginas de guion y órdenes de rodaje antiguas encontró una nota escrita a mano por una mujer en papel azul con el monograma *WL* en rojo.

¡LUCHA CONTRA EL HASTÍO! XX WL

Thea leyó la nota en voz alta.

—Exclamación, lucha contra el hastío, exclamación. Beso, beso. Uve doble ele.

En el cajón también había un rotulador permanente negro. Lo destapó y escribió: «¡Qué tierno!» debajo de las *XX*. Volvió a meter la nota en el cajón y la tapó con las órdenes de rodaje antiguas. En ese preciso instante, Nina, la ayudante de Dirección del Campamento base, llamó a la puerta de la caravana y la abrió al cabo de un momento.

—¿Señora Hill? —la llamó Nina.

—¿Sí?

—Nos gustaría invitarla al plató.

—Acepto la invitación.

Las escenas 12 y 12A se habían rodado con rapidez; London y Madrid pasaban por unas puertas de seguridad y entraban en un ascensor.

Condujeron a Thea hasta la cámara instalada en un pasillo, al lado de un par de puertas de ascensor.

—Hola, tú —dijo Bill a modo de saludo—. ¿Lista para tu primer plano?

—Me sé el diálogo, así que, sí.

—Al mirarte, se me ocurre una pregunta.

—Dispara.

—Se te ve un poco demasiado, eh..., centrada. O, demasiado entera, quizás.

—A mí me han dado el traje y yo me lo he puesto.

—No me refiero al traje. Hablo de tu aspecto. Lo que digo es que eres una mujer agotada que trata de llegar a fin de mes con este trabajo de repartidora. Tienes un niño enfermo en casa. Tu marido bebe demasiado y le han despedido. Estás endeudada con todas tus tarjetas de crédito y el de reparto de pizzas es uno de los tres trabajos que tienes. También limpias casas y sirves mesas los fines de semana.

Thea pensó un momento.

—Mi madre me dijo que no me casara con él y que no tuviera hijos. Pagamos demasiado de alquiler pero no podemos poner fin al contrato. Tengo que hacer seis entregas más y luego llegar a casa para atender al bebé porque mi marido probablemente saldrá con los idiotas de sus amigos. Estoy agotada, amargada y apenas sobrevivo día a día. ¿Qué tal si toco todo eso?

—Mientras no te pases de tiempo, perfecto. —Bill se alejó, contento de volver a tener a aquella señora en una de sus películas.

Thea hizo de aquella última mirada suya una mirada furiosa hacia Madrid mientras contaba la propina en efectivo, pensando que era escasa, mísera. Cuando las puertas del ascensor se cerraron ante ella, Thea sacudió la cabeza y murmuró un improperio.

Bill se rio a carcajadas y Yogi pidió un aplauso, porque Thea Hill estaba metida en *Knigtshade: El torno de Firefall* y se la quería mucho.

LA ESCENA 13

La escena estaba programada para dos días de rodaje. La preparación realizada por el reparto, todos aquellos ensayos forzosos, hicieron posible que la escena se completara en trece horas y media. Se pagaron horas extras al equipo pero se quitó un día del programa.

Cassandra, Lala, Nick y Hang habían llegado a la hora, se sabían el texto y tenían ideas. Eran buenos profesionales. Y héroes.

UY

En la casa del 114 de Elm Street, a las 5:32 de la madrugada, el bebé había estado lloriqueando y Ike se encontraba en la ducha. Así que, de nuevo, Thea estaba despierta en la cama. El iPhone de trabajo de Ike estaba cargando en la mesilla de noche del dormitorio y vibró con un mensaje de texto.

TELÉFONO DE EMPRESA: FF, he oído que hoy estarás colgando de los cables mientras yo salvo a un chucho. TVEO.

TVEO: Te veo en Obras. Leer el mensaje era sencillo, como lo era también ir subiendo por la cadena de mensajes; una cadena muy larga que se remontaba a más de una semana, incluso antes.

Thea fue a las últimas llamadas realizadas/recibidas. Había algunas a y desde **THEA**.

Había muchas, muchísimas, desde **TELÉFONO DE EMPRESA**.

Thea comprobó el buzón de voz. Ni un solo mensaje de **TELÉFONO DE EMPRESA**, solo todos aquellos RECIENTES…

Desplazó las FOTOS por la pantalla con facilidad. Una tras otra:

Ike y Wren en Maquillaje y Peluquería tomando café con leche.

Ike y Wren haciendo el payaso en el Campamento base.

Ike y Wren haciéndose selfis como Eve y Firefall. ¡Cómo sonreían!

Ike y Wren.

Ike y Wren.

Ike y Wren.

Con Ike todavía en la ducha, su esposa se inclinó, cogió el cargador del iPhone y lo enchufó de nuevo.

Luego lo tiró al suelo entre la cama y la mesilla de noche. Comprobó que la pantalla no se había roto, recogió el teléfono por el cable y volvió a tirarlo al suelo entre la cama y la mesilla de noche. Tuvo que repetir la acción tres veces más antes de que la pantalla se agrietara lo bastante como para que el teléfono quedara inservible.

—Uy —dijo antes de volver a arrebujarse entre las mantas para dormir un poco más.

El hombre de la verja

El Departamento de Arte, el equipo de Construcción y la Swing Gang habían convertido salas del edificio de la Asociación de Productores de Almendras en platós de trabajo. El reparto de día se había incorporado durante el fin de semana. Stanley Arthur Ming tenía la cámara B preparando aquellas escenas mientras sus cámaras A y C estaban en el *drugstore* Clark's para las escenas cruciales para la historia del principio de la película. Se empezó a trabajar en la Asociación de Productores: escenas en un pasillo y en la habitación del hospicio con Ike y Cassandra haciendo las apariciones que marcaba el guion. El plan era rodar el pasillo, luego volver a Clark's y después regresar al set del dormitorio en la Asociación de Productores. Eso significaba que el tráiler de Maquillaje y Peluquería estaría ocupado todo el día, y que Wren y Ike coincidirían en el Campamento base.

TELÉFONO DE EMPRESA: ¿Hoy trabajamos los dos? ¿Café?

TELÉFONO DE EMPRESA: A las 9. Yo lo preparo…

TELÉFONO DE EMPRESA: Debes de estar en la silla mientras te encolan. Te encontraré…

TELÉFONO DE EMPRESA: Si acabas antes de la comida, me paso con un helado.

TELÉFONO DE EMPRESA: ¡Eh, FF! ¿¿¿Me estás ignorando???

Ike no vio los mensajes porque su teléfono se había caído de la mesilla de noche. Se lo había dado a Ynez, que iba a hacer que le cambiaran la pantalla, o todo el teléfono si era necesario. Cuando Wren se presentó en Obras, Ike le explicó el porqué de su silencio.

Como ya habían pasado el ecuador del calendario de rodaje, ahora todo era cuesta abajo, lo cual había provocado un cambio radical en la Unidad. Había un ambiente de optimismo. Como Kenny Sheprock le dijo a Wren: «Ya hemos pasado lo más difícil de la película».

Bill estaba estresado, sin duda, yendo y viniendo entre los dos sets, aunque el paseo fuera corto. Así fue durante la semana, trabajo duro para Bill, pero hecho con una presteza que mantuvo la película dentro de fecha.

El jueves por la noche, con una llamada a última hora de la mañana, Wren invitó a las ocupas de su casa de invitados, Al e Ynez, a unirse a ella para una cena ligera. Al hizo margaritas, Ynez siguió tratando de exponer las opciones de comida y Wren continuó ordenándole que se sentara. Laurel y Tom Windermere se unieron al grupo, pero Wally no, ya que estaba en Los Ángeles.* Wren había pensado en invitar también a Ike y Thea pero no los avisó. Hizo una imitación de Ike haciendo sus series de *burpees* entre chupito y chupito, gruñendo igual que Ike llevando la cuenta: Unoh... Doh... Treh... Uatroh... Incoh... Todos rieron.

Tom recibió en la radio que siempre llevaba encima una llamada de Craig, uno de los expolicías contratados para mayor seguridad, y se excusó. Cogió el coche para bajar el camino de cuatrocientos metros hasta la puerta principal, donde se había detenido un viejo Honda. Craig estaba de pie junto a la ventanilla del conductor abierta. Tom salió por la entrada peatonal lateral para no abrir la verja principal para coches, fue junto a Craig y le preguntó si había algo en lo que pudiera ayudar.

Al volante del Honda había un tipo calvo.

Tom supo de inmediato quién era aquel hombre, ya que le había asignado el nombre en clave de Cuchillo.

* El hombre dirigía tres empresas diferentes: la suya propia, los aspectos financieros de la corporación de su hermana y las inversiones de los dos hijos Lank. Wally usaba a menudo el avión de Wren y a su piloto, Heather (él no tenía licencia), para volar a LA por negocios y por aventuras románticas.

Cuchillo era una de las doce evaluaciones de amenazas de la base de datos de Tom.

Cuchillo había estado en Atlanta justo después de que Wren rodara sus primeras escenas como Eve Knight. Había hecho la visita guiada por los estudios de Dynamo y había saltado dentro de las instalaciones en busca de Wren, hasta que Seguridad lo había encontrado, le había tomado los datos y lo había escoltado fuera de la propiedad.

Cuchillo llevaba intentando ponerse en contacto con Wren desde la época de la sargento Empalmada.

Tom consiguió, mediante un *software* de seguridad y unos procedimientos que no está dispuesto a revelar, un archivo de evaluación de amenaza de Cuchillo, así como otras once evaluaciones de amenazas de otras tantas personas, que se actualizaba constantemente.

Animado por la información que ahora corría por Internet, Cuchillo se había dirigido a Lone Butte, para hablar con Wren Lane.

Una cámara de seguridad le grabó.

—Este tipo de aquí —dijo Cuchillo señalando a Craig— se cree que soy idiota.

—Estoy seguro de que no es así, ¿verdad? —dijo Tom cortésmente mirando a Craig.

El miembro de Seguridad habló con tan poca pasión que su voz parecía generada por una inteligencia artificial.

—He informado al caballero de que aquí no hay nadie que coincida con la descripción que me ha dado.

—Chicos —dijo Cuchillo—. Todo el mundo sabe que Wren vive aquí. El tipo de la tienda, la señora de la gasolinera, el del puesto de tacos. Le dicen a todo el mundo que vive aquí. Mirad… —Cuchillo levantó su móvil—. Este lugar sale en Google Earth, ¿verdad? Wren está viviendo en la casa grande, justo aquí. —Señaló una captura de pantalla de todo el recinto, la gran casa principal.

—Bueno, señor —dijo Tom—. Estamos aquí para decirle que aquí no hay nadie que se haga llamar así. Por lo tanto, le pedimos que dé la vuelta ahí delante y siga su camino. ¿Quiere hacerlo, por favor, señor?

—Madre mía. No lo pilláis, joder —murmuró Cuchillo

mientras cogía del asiento del copiloto una gruesa carpeta de papeles que luego agitó—. Wren necesita hablar conmigo. Ahora mismo. De lo contrario le va a caer una buena mierda encima.

—De nuevo, señor —dijo Tom, sin alzar la voz en absoluto—, le pedimos que utilice el cambio de sentido y siga su camino.

—Mira… —Cuchillo estaba exasperado con tanto rodeo—. Soy pariente suyo, ¿de acuerdo? El apellido de soltera de mi madre es Lane, ¿vale? He enviado a Wren cartas y documentos detallando mi parentesco con ella. Soy el coguionista de dos de sus futuras películas. Si no presta atención a todo el trabajo que he hecho va a tener un mundo de problemas legales que le costarán dinero y renombre en su vida y profesión, ¿de acuerdo? Tiene que hablar conmigo, cuanto antes mejor. Por su propio bien, tíos.

—De nuevo, señor —otra vez sin alzar la voz—, le pedimos que utilice el cambio de sentido y siga su camino.

—Será mejor que le des esto y le digas que lo lea por encima. —Cuchillo acercó la carpeta a la ventanilla.

—Señor, no tenemos motivo alguno para aceptar una entrega como esta. Le pedimos que utilice el cambio de sentido y siga su camino. No hay razón para pasar a mayores.

Cuchillo empezó a disparar dagas a Craig y a Tom.

—Muy bien, imbéciles. La estáis cagando de lo lindo. —Cuchillo dio marcha atrás con el Civic, maniobró y se marchó.

Tom regresó a su coche, arrancó y salió de la propiedad para seguir al viejo Honda de Cuchillo.

Wren y la pandilla estaban sentados en el patio de delante, terminando sus bebidas y haciendo promesas sobre celebrar un torneo de *pickleball* por todo el recinto el fin de semana. Ynez tenía que aprenderse las reglas del *pickleball*. El espíritu de la Unidad se había extendido por la casa, como en las últimas semanas del curso escolar: solo quedaban unos cuantos exámenes duros, la vuelta a casa de los Knight para la escena con Amos y Firefall, y luego el final de todo el Carnaval de Cartón.

—La mayor parte de la película ya ha pasado, chica PONY —le dijo Al a Ynez. Ambas estaban disfrutando de sus margaritas—. Has conseguido llegar hasta aquí en medio del jaleo. Y eso que en su momento parecía todo interminable.

—Vosotros podéis sentiros así —dijo Wren—. Yo no tengo ese privilegio.

Wren quería decir que sus deberes emocionales continuaban estando en juego. Ella todavía tenía que lograrlo cada día.

—Claro —dijo Al—. No hablaba como artista. Estoy hablando como encargada de envíos.

—Estoy un poco triste. —Ynez se confesaba—. Por todas las quejas de que las películas son una locura. Después de que empezamos a rodar… dondequiera que se posaban mis ojos, cada palabra que oía, me enseñaba algo que no sabía. Es un trabajo duro pero también es divertido.

—Eso es hacer películas —dijo Al, sonriente.

Laurel tenía una pregunta.

—¿Quién trabaja más, según tú?

—¡Ella! —Ynez señaló a Wren—. ¡Nadie sabe cómo lo haces!

Wren puso cara de «¡Ay, gracias!» y levantó la muñeca derecha, su pulsera de cuero de SERENIDAD.

—Bill Johnson debe de explotar en algún momento —dijo Laurel.

Al tomó la palabra.

—Lo hizo en su día. Pero a estas alturas ya ha visto todo lo que puede suceder en una película y aun así la saca adelante.

—Todos trabajan al máximo —dijo Ynez—. ¿Tiene sentido? En algún momento, y no se sabe cuándo llega ese momento, alguien es responsable de toda la película, justo en ese momento. Podría ser que Atrezo no tuviera cacao en polvo, que el generador se estropeara, que el mosquetón de un arnés de seguridad no enganchara bien y Wren se cayera. Todo el mundo que participa en la película tiene que hacer bien su trabajo o se convierten en un problema. Han de trabajar duro. Y también cumplir su palabra. Todo el mundo tiene el trabajo más importante de la película. Ay, digo tonterías…

Al sonrió para sus adentros: Ynez lo había captado.

Fue entonces cuando oyeron gritar a un hombre.

El grito venía de lejos, de modo que las palabras eran confusas e incomprensibles, aparte de «¡Wren!», que se oía una y otra vez en la oscuridad, junto con otras cosas indescifrables. El tono de los gritos era enfadado, daba miedo.

Wren se quedó lívida. Había oído aquel tipo de gritos antes, de multitudes que trataban de verla, de fans agresivos que estaban al otro lado de las barreras, desde el exterior de su casa a las dos de la madrugada; de los *paparazzi* que intentaban provocarla. De repente, el hecho de oír aquel tipo de gritos allí, en Lone Butte, le deprimió el espíritu. No se sentía segura. Tampoco Al e Ynez.

Las imágenes de las cámaras de seguridad de visión nocturna, instaladas en el perímetro a cargo de Dynamo, muestran que Cuchillo se había detenido en la curva más cercana a la casa principal y había salido del Honda. Se le puede ver gritando, y luego lanzando un paquete grande por encima de la valla, dentro de la propiedad. Entonces Tom Windermere detiene su coche, con las luces de emergencia parpadeando y los faros iluminando la escena con una dura luz gris. Tom sale de su coche y se acerca a Cuchillo, que obviamente dirige su ira contra él. Cuchillo grita, gesticula, señala. Tom no hace ningún movimiento. Cuchillo regresa a su coche, cierra la puerta y se adentra en la noche a toda velocidad. Tom regresa a su coche y le sigue hasta la interestatal.

Por la mañana, el rodaje continuó con un ligero reajuste del programa. Convocaron a los investigadores en la fábrica de bombillas Westinghouse para rodar interiores de coches. A Wren le dieron el día libre. Al llamó a Thea y le contó lo que había pasado en casa de Wren. También la advirtió de que no se sorprendieran si la encontraban afectada. Thea se asustó.

Aunque la aparición del hombre en la verja se mantuvo en secreto, cuando Yogi dio por finalizado el rodaje de la semana, su «Se os quiere» iba dirigido a Wren.

El hombre del bastón

El primer cheque de Dynamo pilló a Robby Andersen totalmente por sorpresa, pero allí estaba, esperándole en la vieja cafetera que tenían clavada en un árbol y que hacía las veces de buzón. Había llamado a la casa La Cafetera al comprar aquella propiedad destartalada en Martha's Vineyard porque había encontrado el electrodoméstico enorme y oxidado en el granero. Ahora en el remite de sus cartas ponía La Cafetera, Chilmark, MV, MA. Los carteros ya conocían la casa de los Andersen-Maddio.

Dynamo pagó, primero, la opción de compra de la obra conocida como *La leyenda de Firefall*, publicada por Kool Katz Komix, creada por TREV-VORR/Robert Andersen, y luego volvió a pagar cuando la película conocida como *Knigtshade: El torno de Firefall* entró en producción. Los dos cheques juntos sumaban mucho dinero. Robby se alegró de tener mucho dinero de nuevo. No es que lo estuviera pasando mal.

Su trabajo aún vendía y era celebrado en muchos lugares: los «Paisajes fluviales» de TREV-VORR habían causado sensación en la escena artística go-go de la década de 1990. Había comprado La Cafetera por la famosa suave luz del sol de Martha's Vineyard. Vivía en el granero y continuaba pintando, alejándose de sus «Paisajes fluviales». En aquella época pintaba lo que se le pasaba por la cabeza.

A Firefall no lo había tenido presente desde 1989, desde que el tío Bobby había muerto.

Entre 1977 y 1978 diseñó los decorados para una compañía de Shakespeare de verano a las afueras de San Luis Obispo y pasó el invierno en Los Ángeles, donde la escena artística era vibrante y Ofelia le hacía compañía. Cuando ella rompió con él, de forma amistosa pero firme, él se echó a la carretera, hacia el este, e iba pintando. Aún conservaba gran parte de su material del Iron Bend, todos aquellos estudios del río de su ciudad natal, y los convirtió en «Paisajes fluviales». Su camioneta Ford con su caravana todavía más usada (con el propano que no funcionaba, así que no había cocina, y una nevera que necesitaba hielo) eran su casa y su estudio. Se instalaba en un lugar, sacaba una gran mesa plegable que le quedaba a la altura del pecho y extendía sus materiales y herramientas: papel, lienzos, pinturas, pinceles, lápices y un sacapuntas de manivela montado en el portón trasero de la Ford.

Para cuando llegó a Nuevo México, cerca de Albuquerque, ya tenía un buen porfolio. Cuando entró en el restaurante Gold Dragon, justo en la antigua Ruta 66, en Central Avenue, se presentó a Angel Falls diciendo: «Si te llamas Angel, soy tu sobrino». El tío Bob estaba en la cocina. Hubo un momento de confusión, pero entonces el tío Bob vio al niño en el hombre que estaba de pie ante él por primera vez en treinta años. Angel se rio a carcajadas.

Robby se quedó una semana, ayudando en la cocina, yendo a la iglesia los domingos, enseñando a sus tíos las obras de arte que había creado. En un lugar bajo los álamos del río Grande, Robby dibujó más estudios y Bob le dejó montar en su moto, una grande y cara, por los caminos de tierra. Los dos hombres se sentaron junto al fuego a hablar bajo el amplio cielo y se explicaron cosas de su pasado, sí, pero sobre todo las lecciones que habían aprendido; todo a lo que habían renunciado, lo que conservaban y llevaban consigo. Robby descubrió la sencillez absoluta del tío Bob. Bob Falls descubrió la faceta errante de su sobrino.

Tras dejarles algunas de sus obras menos acabadas, así como una pieza terminada del viejo puente de caballete del Iron Bend con las pequeñas figuras saltando al río, Robby continuó hacia el este. En 1982 aterrizó en Manhattan. Su obra empezó a ser apreciada en 1987. En lugar de cartas, enviaba a Angel y Bob postales pintadas a mano con acuarela que a veces llegaban en grupo, en días seguidos. Hoy en día, aquellas postales tienen valor. Angel se las dio a uno de sus sobrinos.

Siete años más tarde, cuando Bob cayó enfermo, muy rápido, con un cáncer en fase 4 que nunca le habían revisado, Robby voló a Albuquerque y llegó justo a tiempo de ver a su tío cuando este todavía tenía la capacidad de hablar. En el funeral hubo una mezcla de dolientes, el lado Lum de la familia, gente del lugar, moteros, exmarines. Robby fue el único Andersen presente, ya que había sido el único que había estado en contacto con su tío.

El pastor de la familia repitió un estribillo sencillo junto a la tumba, después de su oratoria y la selección evangélica.

Todo irá bien.

Todo irá bien.
Todo irá bien.
Espera a mañana.
Todo irá bien.
Robby Andersen lloró sin vergüenza.

La Cafetera se amplió en 2002, cuando Stella Andersen Maddio compró el terreno de al lado, taló árboles suficientes y construyó su casa de acuerdo de divorcio. Mantuvo su apellido de casada por los niños y empezó a utilizar La Cafetera como dirección postal. El camino de grava que venía de la carretera ahora rodeaba el granero/estudio de Robby y la moderna casa de dos plantas de ella. De sus cuatro hijos, Gregory y Keli habían vuelto a Vineyard para trabajar en verano cuando los cheques de Dynamo aterrizaron como petardos encendidos.

Robby tenía dolor en la cadera, así que caminaba con un bastón, y se dejaba caer para la mayoría de las comidas. Stella, catorce años menor que su hermano y un potrillo comparado con el percherón que era él, había dominado la olla Instant Pot y el jardín orgánico y estaba lista para cualquier número de comensales.

—¿Esto lo escribiste tú? —preguntó Keli, que había sacado en su móvil unas imágenes de los cincuenta años de Kool Katz Komix.

—Lo escribí y lo dibujé. —Robby echó judías negras de la Instant Pot sobre el arroz integral de la arrocera—. Voy a cobrar el cheque.

Gregory se estaba comiendo un polo mirando por encima del hombro de su hermana.

—*La leyenda de Firefall*. Puedo oler la hierba sobre el navegador web. ¿Qué demonios promovió esta obra de genio?

—Me acordé de un tío nuestro que había estado en la guerra y puse negro sobre blanco una historia sobre él en una especie de homenaje de ensueño.

—¿Tuviste un tío en Vietnam?

—En Vietnam no —dijo Stella, que ya había comido—. El hermano de nuestra madre estuvo en los Marines en la Segunda Guerra Mundial. Yo no lo conocí.

Salió de la cocina y subió al piso de arriba, a un trastero donde guardaba los álbumes de fotos viejísimos de la familia, herencia de su madre, y transportados desde Lone Butte hacía muchos años.

—Era operador de lanzallamas, que yo recuerde —dijo Robby.

—¿Lo mataron? —preguntó Keli, que casi había acabado el cómic.

—No. Una vez llegó a la ciudad en una moto enorme y luego desapareció. Entonces recibí una carta suya de la nada, una carta muy bonita que me hizo crear esto. —Robby señaló el teléfono de Keli—. Lo localicé años más tarde. Me quedé con él y con su mujer una semana. Mantuve el contacto. Fui a su funeral.

—De acuerdo —dijo Keli tras haber acabado de leer. Luego se puso a indagar más en Internet—. Tu tío es el personaje de una película de Wren Lane.

—¡Qué va! —Gregory estaba sacando otro polo de limón del congelador—. ¡Estás hablando de la futura señora de Gregory Maddio!

Keli le mostró el resultado de una búsqueda básica en Google de «firefall película dynamo»: Wren Lane. Dynamo Nation. *Knigtshade: El torno de Firefall*. Bill Johnson.

Stella entró en la cocina con un álbum de fotos agrietado y descolorido abierto por la mitad. Había unas cuantas cartas pequeñas y antiguas marcadas como Correo de la Victoria sueltas en el interior con una fotito que aguantaba en su sitio, todavía pegada.

—Es este —dijo Stella, dejando la carpeta sobre la mesa de la cocina.

En una pequeña instantánea en blanco y negro de 1942, Robert A. Falls, del Cuerpo de Marines de Estados Unidos, vestía su uniforme de gala.

—Me pusieron el nombre por él —dijo Robby.

—¿En Lone Butte? —preguntó Keli en un tono más alto.

—Sí —respondió Robby, inclinándose sobre el álbum de fotos, buscando a su tío Bob en la diminuta foto de un chaval en posición de firmes vestido con gorra de plato blanca, casaca negra y botones brillantes.

—Vaya —dijo Keli en un tono inexpresivo.

—¿Qué?

—Ahí es donde están rodando la película. En Lone Butte —explicó—. Según Internet.

Robby miró a su sobrina y luego a su hermana.

—Si en Internet dice Lone Butte, debe de ser verdad.

Si bien el viaje desde San Francisco había sido divertido para los niños, para Robby Andersen y su hermana Stella había sido casi distópico. Recordaban el norte de California menos urbanizado. Y el coche de alquiler era una mierda, pero era todo lo que estaba disponible.

El trecho de California desde la ciudad, Oakland, hasta Lone Butte era geográficamente el mismo que décadas antes pero apenas reconocible ahora. Solo el trayecto por la antigua 99 les dio cierta sensación de familiaridad, de punto de referencia para conectar a Robby y Stella con el paisaje de su juventud. Para bajar del coche un rato y descansar de ir doblados allí dentro, habían tomado zarzaparrilla fría en un puesto al norte de Sacramento y luego habían continuado hasta el mismo Lone Butte que, al entrar desde el sur, parecía estar tan igual que resultaba espeluznante. Se veía CERÁMICA. Main Street. El cine Estatal. San Felipe Neri. El *drugstore* Clark's. Los camiones y remolques que había cerca del edificio de la Asociación de Productores de Almendras eran las únicas señales visibles del siglo XXI. Stella comentó que los árboles incluso parecían del mismo tamaño.

Robby podría haber conducido por la ciudad con los ojos cerrados. Podría haber parado delante de la casa guiándose solo por el instinto. Habían pasado tantos años y lo único verdaderamente diferente para Robby era que necesitaba el bastón para salir del coche.

De pie en la acera, frente al 114 de Elm Street, Robby vio a un tipo apuesto de veintitantos años, el teniente de la película, que empezaba a sudar en el porche haciendo series de *squat thrusts*.

Ike terminó su cuarta serie de *burpees* y vio al tipo de pie en la acera de delante, apoyado en un bastón, mirando la casa con claro interés. Lo más probable era que fuera un fan que se asomaba para acercarse a una estrella de cine.

—Buenos días —dijo Ike tan alto como le permitió su respiración haciendo *burpees*.

—Igualmente —saludó el hombre del bastón.

—¿Puedo ayudarle en algo? —Si el tipo mencionaba el nombre de Wren, Ike llamaría a Wally inmediatamente. Tom estaría en un santiamén.

—No, en nada. Solo miraba mi casa.

—¿Esta es tu casa?

—Ya no. Pero crecí en ella. Ciruelos en la parte de atrás, cuatro en línea cuando era pequeño. Si el porche trasero todavía tiene mosquitera, quizás haya un sacapuntas de mano atornillado a algo menos de un metro de altura junto a la puerta de la cocina.

Ike parpadeó. De hecho sí que había un trozo de quincalla oxidada a un metro del suelo del porche trasero que podría haber sido un sacapuntas.

—Parece que sí que vivió aquí.

—¿Es su casa ahora? —preguntó Robby.

—No. Solo de alquiler. —Ike echó un vistazo al coche y vio a una conductora y a dos chavales en la parte trasera—. ¿Ellos también vivieron aquí?

—Mi hermana, sí. Keli y Greg, los niños, no. Es su primera visita a Lone Butte. No están impresionados. Rob Andersen.

—Ike Clipper.

—¿Ike Clipper? —La voz de Rob subió una octava. ¿En serio? Interpretas a Firefall en la película.

Al oír la referencia a la película, Ike se puso en guardia. ¿Por qué no había dicho que era Irving Cloepfer? Que supiera que había un sacapuntas junto a la puerta trasera no significaba que aquel vejestorio fuera algo más que un entrometido que quería rozar a una celebridad, incluso una tan reciente como Ike. En esos primeros días de rodaje, Wren, Bill, Al e incluso Ken Sheprock le habían dicho a Ike que se preparara para los encontronazos con aquel tipo de tipejos.

—¿A qué película se refiere?

—La que está en Internet. He leído tu nombre como Firefall.

—¿Y me puede repetir cómo se llama usted? —Ike estaba a punto de bajar del porche y adoptar una postura defensiva.

—Rob Andersen. Robby. Pero puede que me conozcas mejor como TREV-VORR.

Ike se detuvo.

—¿TREV-VORR?

Dentro de la casa, en su portátil y en la carpeta de tres anillas que contenía su copia del guion, había escaneos digitales de dos cómics antiguos. Las páginas de los cómics estaban pegadas en las paredes de los Departamentos de Vestuario y Arte. Uno era de la Segunda Guerra Mundial. El otro era de hacía cincuenta años y estaba escrito por un artista llamado TREV-VORR.

—¿Usted es TREV-VORR?

Robby miraba hacia el tejado de la casa de su infancia.

—Sí.

Regreso al hogar

Al tenía un mensaje de Ike en su nuevo teléfono de empresa, una consulta extraña para un domingo por la mañana.

Iklip: ¿Cómo se llama el artista que dibujó ese viejo cómic *hippie* que Bill usó como FF?

AMacT: Tío... Que es domingo...

Abrió el portátil y buscó entre sus datos hasta encontrar la correspondencia de Dynamo Nation sobre derechos de autor y pagos de derechos de autor, cosas que no había abierto desde preproducción.

AMacT: Trev-vorr. Kool Katz Komix. $$ pagado.

Iklip: Eso ya. ¿Cuál es el verdadero nombre de Trev-vorr?

AMacT: ¡¡¡Tío!!! ¡¡¡Que es domingo!!!

Tras leer en diagonal los documentos, escribió: **Robert Andersen. Pero ¿qué coño pasa?**

Iklip: Trev-vorr está sentado en mi cocina ahora mismo...

AMacT: ¿¿¿Cómo???

Al llegó al 114 de Elm menos de media hora después. El clan Andersen-Maddio había recorrido la casa y Stella y Robby contaban una historia tras otra, una anécdota tras otra, de la vida entre aquellas viejas paredes. Thea y Stella compararon opiniones sobre las rarezas de la casa. Hicieron café. Encontraron algo de lubricante 3 en 1 y se lo pusieron al sacapuntas del porche trasero, y la cosa más o menos funcionó. Robby siempre llevaba encima un pequeño cuaderno de dibujo y un lápiz, que empujó e hizo punta. Se puso a dibujar un Firefall para Ike Clipper: un Firefall para Firefall.

—¡Es un placer conocerle! —dijo Al cuando se unió a ellos en la mesa de la cocina—. ¿Nació en esta casa?

—No —contestó Robby, arrancando la página de su boceto para dársela a Ike—. Nos mudamos aquí cuando mi padre volvió de la guerra. Viví aquí hasta que fui a la escuela de arte en Oakland.

—Yo sí —dijo Stella—. Y crecí aquí hasta que nos mudamos a las casas nuevas de Franzel Meadows. Es curioso cómo una mesa de cocina siempre queda bien aquí.

—Era un artista nato —dijo Ike, sirviendo más café y sosteniendo el boceto de Firefall—. Este es su tío.

—Sí. —Rob Andersen estaba dibujando a Thea, que entró y se sentó—. Cuando yo era niño, un día se presentó el tío Bob.

—Antes de que yo naciera —explicó Stella.

—Le visité en Albuquerque.

—Yo no lo vi nunca —dijo Stella—. Mamá y él se escribían. ¿De verdad era tan buen cocinero?

—Sí. Su mujer y él tenían un restaurante chino en la Ruta 66. Había aprendido todas las recetas secretas. Me quedé con ellos una semana. Su mujer, Angel, me hizo lavar los platos en el restaurante para ganarme la comida, en realidad como una broma. Eso hizo que tío Bob y yo pasáramos tiempo juntos en la cocina. Me contó algunas historias bastante locas de cuando era niño, de cuando era marine, de cuando era motero. Se había vuelto un poco religioso. Decía que le guiaba una santísima trinidad: su mujer, su Harley y su Poder Superior.

—Escucha esto —dijo Ike—. El hombre no tenía ni idea de que era Firefall.

—¿No? —preguntó Al.

—Olvidé que había dibujado ese cómic. —Keli entró en la cocina. Ruby pasó de ella al regazo de Stella. Robby empezó un boceto de la niña—. Había hecho un millón más y después había pasado a mis «Paisajes fluviales».

—Pintar ríos —explicó Stella—. ¿Queréis saber cómo

gastaros los ahorros de vuestra vida y vivir al día? Pintad «Paisajes fluviales».*

—¿Todavía montaba en motos? —Ike pensó que eso era muy guay.

—La primera vez que me subí a una fue cuando me llevó al *drugstore* Clark's.

—¿El *drugstore* Clark's? —preguntó Al—. ¿El de Main Street?

—Sí. Me compró Coca-Colas y cómics.

—¿Nos enseñarías el lugar? —preguntó Al.

—¿Podemos entrar en el *drugstore* Clark's?

—¡Sí!

Al tenía el set abierto para ir a hacer un reconocimiento de exteriores en domingo e Ynez apareció con bandejas de comida rápida mexicana. Le dijo a Bill que llevara su culo de pelota de golf al set para conocer al creador de su película y le envió un mensaje a Wren: **¡Quizá quieras conocer a un supervip en Clark's!**

TELÉFONO DE LA EMPRESA: ?

AMacT: Al sobrino de Firefall.

Aunque oficialmente no era un *Hot set*, Clark's continuaba preparado por si había que rodar más. Los únicos coches que había en Main Street aquella mañana eran el de Ike y familia, la caja de mierda de alquiler de los Andersen, el Ford PONY de Ynez, el Mustang de Al y el Charger rojo de Bill.

—Caray —dijo Stella—. Buena reproducción del lugar. Como mínimo de la parte de la cafetería.

Robby estuvo de acuerdo.

—El mostrador del grifo y los reservados están tal como estaban. Es de locos que no los hayan cambiado nunca. Ahí —dijo haciendo un gesto— estaba la sección de cinco y diez centavos. Allí detrás estaba la farmacia. Esto era el quiosco. —Se refería al rincón que había justo al lado de la entrada principal, donde estaban ahora.

* La gente del mundo del arte paga ahora seis cifras por algunos de los «Paisajes fluviales» de Robby, debido sin duda al lanzamiento de la película y a su introducción de Firefall.

Tom Windermere llegó en el último coche de Transportes. Wren iba de copiloto y bajó del vehículo llevando en la mano una cajita atada con una cinta rosa. Cuando entró en Clark's, a Gregory Maddio se le secó la garganta: Wren Lane estaba en la habitación. Wren Lane se estaba presentando. Wren Lane le estaba estrechando la mano. Wren Lane.

La comida y las bebidas estaban dispuestas sobre el mostrador. Wren fue directamente a Thea y le entregó la caja de la cinta.

—Para la cumpleañera —dijo. Dentro había un *cupcake* y una vela, con una nota en papel de carta azul para Ruby que decía: «¡Ten siempre la edad que tienes! XX WL».

Ruby cumplía un año esa misma semana. Hacía tiempo, Ike había mencionado el cumpleaños y Wren se había propuesto recordarlo.

—Gracias —dijo Thea.

Le agradeció el gesto y a continuación expresó sus esperanzas de que Wren estuviera bien después de lo que había pasado con el hombre de la verja. Wren abrazó a Thea y le susurró:

—Gracias.

Thea no estaba segura de que Wren lo dijera sinceramente, pero añadió:

—Estaba tan... asustada...

Thea le dio un respiro a la mujer. ¿Quién no habría estado asustado? Thea habría estado aterrorizada.

—Yo estaba sentado justo aquí —dijo Robby, cogiendo el mismo taburete para el que en su día era demasiado pequeño—. Tío Bob, aquí. Estábamos leyendo cómics. Él fumaba un poco. Su moto estaba justo donde está aparcado el coche de Ynez. Se aburría y tuvo que ir a hacer un recado. No volvió nunca.

—¿Te fuiste a casa andando? —Era la primera vez que Stella oía aquello.

—Me llevó el chico del quiosco. —Robby tuvo un momento extracorporal, sentado en el mostrador exactamente en el mismo lugar que entonces.

—Para mis escenas en Clark's me senté donde estás tú —dijo Wren—. En ese mismo taburete.

Por su propio sentido del propósito, Bill pidió a todo el mundo si se podían amontonar en el reservado donde había rodado a los investigadores la primera vez que se sentaban en la búsqueda de Firefall. Lo hicieron: Ike, Thea con Ruby, Wren junto a Robby, Stella en la esquina. Keli y Gregory se apretujaron por en medio.

Ynez era tremendamente consciente de lo afortunado de la historia que estaba teniendo lugar. Le había dicho a Al:

—Apuesto a que esto no ocurre muy a menudo en una película.

Al se limitó a mirarla con los ojos muy abiertos, asombrados, que significaba: «No, así es».

—Tenemos a la Knightshade y al Firefall del cine y al Firefall de verdad —anunció Ynez—. Ojalá tuviéramos a la Eve de verdad.

—La tenemos —dijo Wren. Alargó la mano por encima de la mesa y le agarró el pie a Ruby—. ¡Aquí está nuestra agente del cambio!

Todo el mundo se rio, incluida Thea, que se volvió aún más flexible con ella.

Como ocurre con las cafeterías y los simulacros de un decorado de cine, Clark's ofreció al grupo quedarse un rato. Los termos que mantenían el café caliente eran una ventaja. Las mujeres se quedaron en el reservado y conversaron. Bill y Ike se sentaron con Robby a escuchar historias sobre su infancia en Lone Butte.

—Cuénteme cosas de su tío —le pidió Bill a Robby—. ¿Por qué le hizo Firefall?

—Cuando tío Bob era un chaval, le hicieron operador de lanzallamas. Fue a la guerra e hizo cosas horribles. Volvió a casa y desapareció —dijo Robby—. Y un día se presentó aquí. Como un espectro, como un fantasma. —Durante la hora siguiente, en el mostrador, Bill y Ike escucharon todo lo que había que saber sobre Bob Falls—. Aquel hombre era un dios para mí —dijo su sobrino de más de ochenta años.

El domingo se llenó con visitas a los escenarios de la fábrica de bombillas Westinghouse, un paseo por donde en su día había estado la imprenta de la familia, que hacía poco se había convertido en el emplazamiento de un supermercado Dollar General, un vistazo al desaparecido instituto Union High, un paseo en coche por el viejo puente de caballetes y de vuelta al 114 de Elm

Street. Tomaron una foto de todos juntos en el patio trasero, con los ciruelos detrás de ellos, con el móvil de Bill en disparador automático. Ynez imprimió una copia del guion con una identificación para TREV-VORR, que todos firmaron con un lápiz. Arrancaron el viejo sacapuntas de la puerta para que Robby Andersen pudiera llevárselo.

Cuando llegó la hora de que los supervips se marcharan para volver a Oakland, todos se abrazaron unos a otros. Keli se ofreció a llevarse a Ruby una semana. A Gregory se le paró el corazón cuando Wren lo abrazó... y le dijo que podría ser actor si lo intentaba. Robby Andersen saludó desde el asiento del copiloto mientras el coche se alejaba del 114 de Elm Street, una despedida que duraría para siempre.

El recordatorio

Nina (ayudante de Dirección del Campamento base): Gestionar el Campamento base es independiente del progreso en el plató. El tiempo se detiene allí aunque yo no lo haga. Existe una regla no escrita para el ayudante de Dirección del Campamento base y es que nunca te sientas si no es en el remolque de Producción, así que me paso el día de pie con una oreja en la radio. Así me hago una idea de si las cosas van bien o si hay tensión que podría extenderse hacia mi zona. Tengo gente a la que dar instrucciones, informar, mover, vigilar y mantener contenta. Predigo, hago advertencias, hago que los actores vayan a Obras, al set, vuelvan de comer. Pido al Talento que me digan si van a dormir la siesta para llamar a la puerta con cuidado cuando voy a buscarlos. Hay palabras clave y números para las situaciones. «Levar anclas» significa que todo va bien. Lo peor es «Halcón 109», que significa «puto desastre».

Ynez: Hice que el Campamento base fuera todo lo bonito que me fue posible, pero la fábrica de bombillas Westinghouse era solo un gran aparcamiento de grava. No hay sombra como en el edificio de la Asociación de Productores de Almendras. Tenía una mesa de pícnic y sillas de camping colocadas en la puerta del remolque de Ike, que estaba justo al lado del de Wren. El Departamento de Arte nos dio un poco de césped artificial acolchado y, bueno, cosas de bebé como un parque, otra piscina para niños que los camioneros hincharon con aire comprimido. Thea, Ruby y mi prima Lupe solían venir a media mañana, así que hice que Vestuario de set trajera sombrillas para más entrada la tarde, cuando el toldo del remolque ya no tapara el sol.

Yogi: La gran realidad de las últimas semanas de rodaje de una película es que cada día hay más trabajo ya hecho. No tienes que planificar, reunirte y programar un millón de tomas que están por venir. Cada día tachas una tarea de la lista de pendientes y una vez que la escena está filmada, filmada queda. No puedes relajarte con lo que queda, por supuesto, nunca hay ni un día de rodar cuesta abajo, pero la carga de trabajo disminuye.

Al: Mudarnos a la fábrica de bombillas Westinghouse fue un trueque; estás dentro, con aire acondicionado, y puedes rodar independientemente del clima o la hora del día. Pero se pierde empuje y espíritu. Los problemas técnicos hacen que todo lleve más tiempo así que… ¿Cuál es la palabra que utiliza Wren sobre lo aburrido que pueden llegar a ser algunos días en escena? Hastío. Eso es. Se asienta el hastío.

Wren: El trabajo escénico son tomas: esa mirada, ese movimiento, un empujón o una subida de grúa. Pero todavía tengo que llegar ahí. No sé decirte cómo. No te lo diré. El proceso es un secreto. Al menos el mío lo es.

Ike: Tuvimos tres escenas de pelea. El Día de la Serrería. La Noche en Main Street. Y en Casa de los Knight. Todas con cables. Fue mucho tiempo colgado.

Wren: Pelea uno, quiero detener a Firefall. Pelea dos, quiero matarlo. Pelea tres, le grito al destino, sola y rota. Cada una es diferente.

Ike: Es raro, pero cada pelea tenía un ritmo y una confrontación emocional diferentes. Eran otro rollo. La actuación y la interpretación de cada pelea necesitaban un factor nuevo que, eh, me cogió por sorpresa. ¿Trabajar en contacto estrecho con Wren? No pude evitar, eh, dejarme arrastrar por el momento. Ella te hace eso, ¿sabes? Incluso con los arneses, los cables, los efectos visuales y los equipos de acrobacias por todas partes. Wren, bueno, no solo te mira, te registra. Sí, tener allí a mi familia, la mayoría de los días era, eh, bueno. Me mantuvo con los pies en el suelo, ¿sabes?

Aaron Blau: La segunda Unidad iba por todo Lone Butte cuando la primera estaba en el croma. Esas últimas semanas se trata de conseguir las tomas. Bill tiene una lista de dos brazos de largo de todo lo que quiere, de los ritmos que necesita la película. No teníamos un momento que perder y cada vez que rodábamos en la segunda Unidad teníamos que conseguir lo que quería Bill el guionista y el director Johnson.

Cassandra: Las escenas de los investigadores las rodábamos los sábados. Los dedicábamos solo a nuestras páginas.

Hang To: ¿Quién quiere trabajar los sábados? Yo no, y el equipo tampoco. Hicimos los interiores de coches y aquella puta escena en la interestatal. No estábamos en la interestatal, sino en un trozo de calzada que habían puesto en aquel gran escenario oscuro. Wren se puso muy tensa. Pensé que me odiaba, a mí en concreto. ¿Te ha dicho algo?

Nick Czabo: Ike vino a vernos aquel sábado. El tío había hecho todo el camino desde Lone Butte a la fábrica de bombillas Westinghouse y después regresó también a pie. Fue divertido ver cómo Eve y London se gruñían.

Hector el Masca y Marilyn Bizcochito (editores de cine): Habíamos estado editando cada día y sabíamos, ya desde la primera escena con Eve y Falls, que algo se estaba gestando entre ellos... Sus personajes, sí... En el metraje estaban que echaban humo. Individualmente, Eve es singular y Firefall era críptico, los dos tan solitarios... Llevaban la soledad en la mirada... Cuando por fin están juntos, es un amor a primera vista... Después del odio a primera vista. Creo que Eve ha estado esperando a un Firefall toda su vida, pero a él lo coge por sorpresa... Hay una toma de Ike en la pelea del aserradero donde se le ve en plan «¡Ay, no! ¡Problemas!», pero no porque Eve le esté pateando el culo, sino porque le ha dejado sin aliento... Hicimos un montaje de tres minutos de sus mejores momentos juntos, solo para mostrar a los demás el rayo que veíamos en la sala de montaje, y lo pusimos en la sala de proyección de la Oficina de Producción una noche después de acabar.

Ynez: Había llevado FroYo, pero cuando se empezaron a ver las imágenes nadie levantó una cuchara. Las vimos cuatro veces seguidas.

Al: No voy a restarle mérito a mi jefe, a SAM, a Yogi o a toda la Unidad. Pero: ¡Wren y Ike! Esos dos eran como amantes en un Audi biplaza.

Dra. Pat Johnson: Bill puso una música que acompañaba las emociones de la pantalla. Decía que era un truco fácil, pero madre mía si funcionó. He visto hacer películas y hace años que sé que el proceso puede ser muy temporal. Bill me dice que el único motivo por el que tiene una carrera es por la suerte tonta. Pero en aquellas escenas no había nada que fuera producto de la buena fortuna. Wren y Ike estaban, perdón por el juego de palabras, a fuego vivo.

Al: Si tu mundo se expande yendo al cine, si eres de los que necesitamos las películas para ampliar y completar nuestra vida, una gran película tiene el mismo poder transformador que escuchar una música que llene el alma o dejarte hechizar, por ejemplo, por una gran oratoria como un sermón. Los tres minutos de aquel montaje te hacían sentir contento de estar vivo y muy afortunado de trabajar en Fountain Avenue. Gracias a Wren y Ike. A Ike y Wren.

Yogi: Pelea, algunos diálogos, primeros planos... Nada nos preparó para la mirada de sus ojos. Para la revelación de Ike. Para la reacción de Wren.

Le'Della Rawaye: Pelea número 2, en el centro con las llamas. Y la primera mirada que tuvimos de Ike cuando Wren le hizo caer el casco... Nos sumergimos profundamente en los ojos de ese hombre. Y al revés, en los de Wren. Al ver su cara por primera vez, mirándolo a los ojos, como si quisiera llorar. Ella tenía algo, iba a alguna parte. Grité: «¡Sí!».

SAM: Los teníamos en silueta, desde arriba, en plano detalle y en el ángulo largo de la Pogo-Cam. Funcionaban bien.

Ynez: Y eso fue antes de rodar la pelea final, después de que Amos Knight haya fallecido e Eve esté sola por el resto de los tiempos.

Al: Todavía teníamos que rodar El beso. Si Wren y Ike resultaban tan fascinantes y conectados mientras se enfrentaban a puñetazo limpio, sin ningún BESO, ¿qué pasaría cuando llegara el momento? Lo descubrimos al día siguiente. Bufff, tío. Bufff, tío... Bufff... Guau.

Thea Hill: Me quedé en casa mientras Ike rodaba la Pelea número 3. Ya había tenido suficiente Campamento base.

Ynez: Allí, en medio de aquel espacio enorme, con todo el equipo montado y ocupándose de los aparejos, bien podrían haber estado solos. El guion lo llamaba «Un beso para la eternidad». Entre tomas, Ike y Wren hablaban en voz baja. No susurrando, sino en tono bajo e íntimo. Con las cabezas juntas. Se sonreían mucho.

Hector el Masca y Marilyn Bizcochito: Aquellos Brutos fueron extraordinarios. Puede que Ike y Wren no se quitaran los ojos de encima ni una sola vez... Incluso cuando estaban sobre las pizarras, estaban allí... A menudo las escenas de besos son superficiales... O demasiado descaradas. Los besos son exagerados y los actores parecen estar fingiendo... Pero Knightshade en el momento antes de besar a Firefall... ¿Y la reacción de él? Bill y Al entraron en la sala de edición y pasaron las imágenes una y otra vez... ¿Qué fue lo que dijo Al?

Al: Me gustaría besar a un hombre así.

Barry Shaw

El día 49 (de 53 días de rodaje) se convocó una reunión en el despacho casi vacío de Bill Johnson. La puerta estaba cerrada.

Lunes por la mañana. 7:06. Según la Orden de rodaje, el trabajo del día sería de retales sueltos: efectos visuales, insertos, más de los investigadores en el todoterreno y la berlina, y una toma de la unidad de Escenas Peligrosas de Eve volcando la berlina del investigador tras arrancar la puerta del todoterreno y tirarla como si de un periódico se tratara; un día para cortar leña y acarrear agua. A Ike lo sacaron de Obras en cuanto Wren llegó al Campamento base. Aea Kakar llevaba tanto tiempo en espera que se había ido a su casa, a Los Ángeles, pero ya había regresado y se había presentado en el croma de la fábrica de bombillas Westinghouse. Ynez había preparado los pedidos habituales para el desayuno y todo el mundo tenía el café que había elegido. Wren tomó un vaso de un líquido probiótico verde. Al estaba allí. Bill estaba serio.

—¿Cómo acabamos la película, chicos? —preguntó.

Todos sabían de qué hablaba.

La escena 97. El gran final. El fin de la búsqueda de Firefall. La muerte de Papi. La conclusión de la historia. La enfermera

Sue. Eve. Firefall. Y Amos Knight. ¿Cómo se rueda una escena con un actor que se ha muerto? ¿Cómo se puede filmar una escena sin que el hombre esté allí?

—Si no tenemos la noventa y siete no tenemos película. Lo mejor que se me ocurre son dos opciones —dijo el director—: Tenemos que decidir.

—¿Depende de nosotros? —Wren preguntó.

Bill habló fríamente.

—Somos almas gemelas. Hemos pasado por tanto juntos que ninguno de nosotros puede imponer los términos. Técnicamente, es un golpe ligero. Unos cuantos montajes con Frances leyendo el diálogo de Amos y vosotros tres mirando una cama vacía. Con todo el audio que tenemos de Elliot en el disco duro, en posproducción podemos hacer ingeniería inversa de gran parte de su diálogo con un sonido similar. Efectos Visuales puede animar cualquier acción que necesitemos de un Amos Knight generado por ordenador. Físicamente, técnicamente, podemos conseguir las tomas que necesitamos.

Se había construido una réplica exacta del dormitorio de Amos en un espacio anexo de la fábrica de bombillas Westinghouse: un decorado tan auténtico que Wren aún no lo había visitado, ya que el recuerdo del querido, dulce y mágico Elliot Guarnere estaba todavía demasiado tierno en su corazón.

—No dudo de que todos haréis un esfuerzo extra —continuó Bill—. Pero no puedo evitar preguntarme si este desafío no tiene algo de místico. Al y yo llevamos semanas hablando en secreto y esta reunión es el resultado.

Ike escuchaba. Aea estaba asombrada del entendimiento que tenía Bill en un momento como aquel, ante una pesadilla de producción. Wren se sentía igual que en Socorro, hacía mucho tiempo, cuando Bill Johnson la había llamado para *Serenidad*.

—Esto es lo que he pensado…

Después de escucharle, el voto fue unánime.

Los investigadores acabaron todos sus diálogos en la película el día 50 (de 53 días de rodaje). Rodaron exteriores en Lone Butte y terminaron la jornada de catorce horas en el interior de la fábrica de bombillas Westinghouse. Hang To siguió haciendo bromas con sus líneas. En el asiento de atrás de la berlina, Nick Czabo y Lala resolvieron con gracia algunos cambios de plano que había que hacer. Cassandra se supo perfectamente su papel y tuvo una actitud magnífica, sabiendo que aquel capítulo de ADC refinaría y redefiniría el curso del Universo Ultra. En Dynamo, informó Al, estaban sorprendidos por la fuerza de la química en pantalla de la investigadora. Había mantenido varias conversaciones con el Coro ejecutivo y le habían expresado lo contentos que estaban, así que transmitió el mensaje a los demás.

—No lo estropeemos el último día —advirtió Cassandra. Les quedaba una escena, la última página del guion, sin diálogo pero una tonelada de presión—. Puede que nos mantengan juntos en la próxima película.

—¿*Agentes del cambio 6: La venganza de Lima*? —preguntó Hang—. Yo saldré caro, que lo bueno se paga.

Estaban en espera para el día 51. Según la Orden de rodaje: escena 97.

Bill ordenó una jornada de diez horas para mantener la concentración y el ímpetu en el rodaje: sin pausa para comer. SAM y él habían explicado en detalle todos los movimientos de cámara y partes de cobertura, que no serían cortes pequeños e interrumpidos, sino la escena completa de principio a fin en cada toma, en cada ángulo. Las conversaciones con Efectos Visuales los habían puesto a todos de acuerdo.

Convocaron a Ike a Obras a las 5 de la mañana para aquella primera capa de pringue fría y pegajosa en los pliegues del cuello. Kenny Sheprock había sugerido que el pegamento agarraría mejor en la piel si se afeitaba bien a ras, con tres tipos diferentes de afeitadoras eléctricas. Eso parecía funcionar.* Ike estaría listo para la cámara a las 9. Wren y Aea se unieron a él en el remolque de Maquillaje y Peluquería a las 7:30. Todo el mundo trabajaba en silencio, pero para romper la tensión forzada del ambiente, la presión del trabajo que les esperaba a todos, Wren les preguntó si podían pasar el guion susurrando, en un tono lo

* Lo del pegamento diario era la única parte de la película que Ike estaba deseando que terminara. Y eso que había sido genial ver cada puñetera mañana a Sean, Jason y Brittany. Aun así, ya no más. ¡Ya no más!

más llano posible, sin actuar. La enfermera Sue se pasaba la escena casi en silencio, así que Aea dijo líneas de Amos.

En otra habitación de la fábrica de bombillas Westinghouse estaba Barry Shaw, el chico del rodaje que había cortado la hierba y jugado a Marco Polo en una piscina infantil mientras Eve iba a desayunar a Clark's.

Barry había cumplido años durante la producción, el 10 de julio. Tenía dieciocho pero parecía demasiado joven para votar. Vivía a las afueras de Redding, en la casa en la que había crecido. Se había graduado en el instituto en junio, pero no tenía planes de universidad más allá de asistir a la Shasta Community y trabajar a media jornada como conductor de FedEx/Amazon. Tenía la esperanza de convertirse en técnico en emergencias sanitarias e ir a la Academia de Patrullas de Carreteras de California. Había oído que se rodaba una película en Lone Butte, había participado en la producción de *Rent* en su instituto y se sabía todas las letras de rap de *Hamilton*, cosa que demostró en su breve reunión con la gente de casting local. El chaval les encantó.

Después de su escena de Marco Polo, le habían llamado muchas noches para hacer de un vecino más en Main Street cuando Firefall y Knightshade estaban luchando y casi quemando Iron Bluff. En los Copiones tenía un porte especial, una cualidad física natural, como si no estuviera actuando para la cámara, sino que ese fuera su modo de comportarse. Había un primer plano en concreto, delante de San Felipe Neri, también conocida como Nuestra Señora de los Dolores, cuando miraba fuera de cámara hacia unas llamas imaginarias, que tocó directamente el corazón de Bill Johnson. Aquella noche Bill añadió una toma del casco de Firefall, arrancado durante la Pelea número 2, rodando hasta la alcantarilla y siendo recogido por el chaval de Marco Polo. Había algo en Barry que provocaba alegría. Hector y Marilyn marcaron la grabación en cuanto la vieron.

Hacía unos días, a Barry le había sonado el teléfono mientras lavaba la Ford F-150 de su padre, que sería suya cuando empezara las clases en el Shasta Community Centre.

—Señor Shaw, soy Al Mac-Teer, de la producción. ¿Qué tal está? —dijo una voz oficial.

Barry había conocido a la señorita Mac-Teer durante los rodajes nocturnos.

—Bien, ¿y usted?

—¿Tiene un minuto para hablar con el jefe?

—¿Ahora? —Barry no tenía ni idea de quién podía ser «el jefe»—. Sí.

La voz de Bill Johnson le llegó a través del móvil.

—¡Barry! ¿Cómo estás, muchacho?

—Bien, creo.

—¿Nos echas de menos? —Los rodajes nocturnos habían sido hacía tiempo. La última mañana del rodaje, el primer ayudante de Dirección había reunido a todos los VECINOS delante del *drugstore* Clark's, les había dado las gracias por su actitud positiva y su ética de trabajo, les había dicho que se les quería y valoraba y se había despedido de ellos agotado dándoles instrucciones de que devolvieran todo el atrezo y los trajes en la zona de espera. Para Barry, hacer la película había sido todo lo divertido que se suponía que debía ser, a pesar de haber trabajado toda la noche.

—Sí, algo así.

—Ah, «algo así», ¿eh? Me pregunto si considerarías volver a unirte a nosotros para filmar un poco más…

Barry estaba un poco desconcertado. En un principio iba a trabajar un día con unos niños en una piscina, luego le habían puesto a presenciar una secuencia enorme y finalmente le habían dado una parte larga con un casco rodante. Y había estado junto a Wren Lane en el catering unas cuantas veces. ¿Quién no querría volver a hacerlo?

—Claro. Sí —contestó—. Me gustaría.

—Estupendo —dijo Bill Johnson—. Vente hoy para que podamos charlar tú y yo. Pero, una cosa: ¿puedes mantener todo esto en secreto?

—Sí —respondió Barry—. Claro. —No preguntó por qué.

—Me fío de ti. Al te dirá cuándo tienes que estar en la Oficina de Producción.

La señorita Mac-Teer volvió al teléfono.

—¿Barry?

—¿Sí?

—Vente para aquí ahora mismo.

Barry le pasó la manguera a la Ford F-150 y salió corriendo en ella hacia Lone Butte, con la camioneta todavía goteando.

El motivo por el que aquella mañana a las 7:47, en la fábrica de bombillas Westinghouse, Barry estaba en una sala aparte, secreta, con el equipo de Efectos Visuales a su alrededor, era su juventud.

Bill se lo había explicado a sus almas gemelas dos días antes:

—Los marines que lucharon en la guerra eran en su mayoría chavales recién salidos del instituto. Si tenías veinticuatro años, te llamaban Papá o Viejo. Ni universidad, ni carrera todavía. No cuando había estallado una guerra mundial mientras tú aún copiabas en los exámenes de álgebra y latín del instituto. Ike, Robert Sin-inicial-del-medio Falls era un niño. Wren, ¿qué edad crees que tenía Amos Knight cuando luchó en la guerra?

Hacía tiempo que Wren había pensado en esta parte de su trasfondo. Había hablado de la historia de Amos con Elliot los primeros días de rodaje.

—Papi tenía diecinueve años cuando el ataque a Pearl Harbor. Se alistó al día siguiente. Iba a alistarse en la Marina, pero un compañero que hacía cola lo convenció de alistarse en Infantería.

—Vale —dijo Bill—. Knight y Falls, dos niños enviados al infierno. Solo regresó un niño a casa. Entonces... ¿Y si, para la noventa y siete, en lugar de imaginar que quien está en esa cama es tu abuelo de edad de abuelo... —Bill hizo una pausa, Ike, Wren y Aea se inclinaron hacia él, Ynez contuvo la respiración— todos veis a Amos tal y como «era» el día que conoció a Robert Falls? —La sala se quedó en silencio—. Antes de que les enviaran al infierno.

Wren levantó la vista al cielo para imaginar la escena. Ike inclinó la cabeza, imaginando el momento. Aea asintió. Al esperó la respuesta. Bill y ella habían pasado horas hablando de aquel giro, preguntándose si los actores verían la misma posibilidad que ellos.

Como se dijo más arriba, el voto fue unánime. Tres a favor. Cuatro. El voto de Ynez también contó.

Las Buenas Cocineras le cortaron el pelo a Barry como a

un marine. El equipo de Efectos Visuales e IGC le marcó la cara con puntos guía, para que en posproducción los escaneos digitales de la cara de Elliot Guarnere sustituyeran a la suya. Le habían dado pistas de audio de las escenas acabadas de Amos, para que pudiera acercarse al tono y a la cadencia de la actuación de Elliot.*

El día de rodaje, se metió en la cama del decorado de la habitación de Papi media hora antes de que Wren, Ike y Aea fueran invitados a entrar.

Yogi: La escena estaba tranquila y en silencio. Nadie hablaba, salvo el equipo para dar instrucciones. Todo el mundo llevaba *walkies* con auriculares para que la voz quedara amortiguada. Barry no se levantó de la cama en ningún momento. Simplemente cerraba los ojos entre tomas y montajes. El Talento no lo vio entrar ni salir. Yo suelo mirar el monitor para hacer los ajustes necesarios, para evaluar cuándo surge un problema que puedo ayudar a solucionar. Pero en la 97, bufff, no hubo un momento en el que no estuviéramos presenciando algo grandioso. No podía apartar los ojos del monitor.

SAM: Bill y yo pensamos que lo mejor era que fuera sencillo; cada montaje era estático; cada medida estaba quieta. Habíamos estado rodando con una cámara dinámica, subjetiva, con planos diseñados en secuencias, moviéndonos en todo momento, abriéndonos paso a empujones. Pero para la 97 bloqueamos el objetivo, de verdad. Usamos una cabeza remota para que el operador y el foquista no estuvieran en el plató, sino fuera de la vista. En el dormitorio solo estaban Wren, Ike, Aea y el chaval. Así es. Barry.

Frances: Sus ojos. Escuchaban con los ojos. Aea tenía que decir dos palabras: «¿Sí, Amos?», pero las dijo con mucho amor. Wren pidió hacer su cobertura la última. Por lo tanto, Aea fue la primera y dejó el listón muy alto.

Yogi: Empezamos con los primeros planos íntimos después de un ensayo superficial, solo el bloqueo y las marcas. Aea tenía

* Cada noche, durante horas y horas, salía a conducir por Redding en su F-150 escuchando aquellas pistas de audio y pasando el diálogo de la 97.

un par de tomas, dos medidas. Ike fue el siguiente, y en las primeras tomas el tipo estaba destrozado.

Frances: Bill quería que hiciera toda la escena como Firefall. Estoico, ¿verdad? Y todo «Misión», en palabras de Bill. Ike perdió el control un par de veces, pero Bill no dejó de grabar. Dejó que Ike rodara hacia donde lo llevara la escena. Hubo momentos en los que pensé que se le había olvidado una línea, pero lo que pasaba era que Ike no podía hablar. Formaba las palabras, pero era incapaz de sacarlas.

SAM: Wren fue hacia otra parte. Me había acostumbrado a su especificidad, al grado de detalle que ponía en las elecciones que hacía en la película. Pero en la 97 avanzó por algún otro plano. Habló directamente desde la cara, sin adornos, sin asentir a una emoción. Sin «actuar». No tenía mucho diálogo pero hablaba con deseo, con voluntad. Pocos actores son capaces de hacer eso, aunque todos lo intentan.

Frances: Fue entonces cuando vi que Ike tenía el mismo color de ojos que Barry Shaw. No azules como el azul, sino una combinación de azul y gris. Me sorprendió la coincidencia. Barry no dijo el diálogo, lo pensó en voz alta. Se le ocurrió repetir la línea del filete y los huevos. Había leído ese detalle de los desayunos de filete y huevos de antes de la invasión. Le preguntó a Bill si podía añadirlo una segunda vez. ¡Qué chaval tan valiente! Bill le dijo que adelante y que si no funcionaba ya lo cortaría. Ese momento es impagable, joder.

SAM: Barry sería reemplazado en posproducción, sí. Pero se había estudiado la voz de Elliot y vaya si sonaba como Elliot. Era Amos Knight. La primera vez que Wren le oyó la voz ahogó un grito.

Marvin Pritch (mezclador de sonido): Tengo mi pequeño monitor para ver lo que está en cámara. Si hubiera estado ciego, lo que oí fue suficiente para saber que la 97 era la cúspide de la película.

Donnie Marcus (técnico de iluminación): Preiluminamos el plató el día anterior y nos pasamos la mañana haciendo modificaciones antes de que llegaran los actores. No estar en la casa permitía que no hubiera paredes, así que SAM tenía toda la libertad que necesitaba. Pero lo que sucedió fue gracias a los actores. He estado en platós serios en días serios en los que la tensión se podía cortar con un cuchillo y todos los miembros del equipo caminaban de puntillas para no agitar las aguas. Aquel plató estaba en calma cuando no debería haberlo estado.

Ted Truman (foquista): Lo único que recuerdo es pánico por si me ponía a llorar.

Yogi: No necesitamos las diez horas. Después de la cobertura de Barry, Bill tenía un máster grande, como un cuadro, y un ángulo final desde fuera, a través de la ventana. Solo Wren y Ike, mirando hacia la cama. Barry estaba quieto en la cama pero solo se le veían las manos.

Hector y Marilyn: ¿Aquella miradita entre Eve y Firefall? Eso vino después de un corte. No formaba parte de la escena... Wren y Ike se encontraron, sin más. Se habían convertido en Eve y Bob Falls... Allí había amor.

Se os quiere

El día 52 (de 53 días de rodaje) fue rápido: Eve en la ducha. Eve en el cobertizo cogiendo clavos. Eve en la interestatal (croma), lanzando clavos. Insertos de efectos visuales.

Entonces llegó la última Orden de rodaje. El día 53 (de 53 días de rodaje).

Fue un alivio para el equipo salir de la fábrica de bombillas Westinghouse en un día magnífico de finales de verano para concluir el rodaje principal con la última escena de la película. ¿Qué probabilidades hay de que pase eso? Primera toma, primera escena; última toma, última escena. La localización era el campo de una granja al noreste de Lone Butte, con el Campamento base fijado en el río. El remolque de Maquillaje y Peluquería bullía de alegría, ya que Wren, Ike y todos los investigadores estaban en Obras al mismo tiempo; por primera vez en la misma escena. Sonaba música y todo el mundo formaba parte de una única conversación, que avanzaba como el agua sobre las piedras.

Ken Sheprock explicó que, el último día de una película que había rodado en Argentina, un rayo alcanzó el generador y provocó una explosión. El director dio por acabada la película y en cuestión de horas todos los estadounidenses estaban en un avión de vuelta a casa. Las Buenas Cocineras hablaron de un último día de rodaje que duró veintisiete horas en una tienda de campaña en Marruecos, que el viento estuvo a punto de llevarse. Wren dijo que la única toma final de una película que recordaba era la de *Vincapervinca,* cuando tuvo que caerse en un charco de barro, se le metió un poco en el ojo y eso le causó una infección. Esa historia provocó una cadena de historias de «por poco muero». Hang explicó que en 1968 le había picado una araña. En una ocasión, Cassandra no pudo llegar a la posición de la cámara porque el equipo necesario para la toma bloqueaba el paso y la hizo tropezar. Ike pidió a todo el mundo que, por favor, se callara porque estaba intentando dormir mientras le ponían las cicatrices. Wren subió el volumen de la música y todos cantaron «Get the Party Started», de Pink, a pleno pulmón.

Nina invitó a Ike y Wren al plató y así comenzó el último día de rodaje. Thea llevó a Ruby a jugar en la hierba y a comer. La carpa del catering tenía los laterales levantados para disfrutar del aire fresco, lo que imprimía a la pausa para la comida la sensación de una boda al aire libre.

El ritmo era tranquilo. La lista de tomas era de elegantes movimientos de cámara y revelaciones compuestas. Las imágenes finales de Firefall y el escuadrón desapareciendo entre los árboles iba a esperar a la hora dorada.

99 EL AMANECER.

100 CAMPO EXT. DE HIERBA ALTA-FUERA DE IRON BLUFF.

KNIGHTSHADE Y FIREFALL están acurrucados.

Ambos están DORMIDOS.

Nunca hemos visto a dos seres dormir tan relajadamente.

Eve se despierta primero, con mirada soñolienta. Intenta encontrarse a sí misma, su lugar.

Está aturdida por las secuelas de dormir.

Recuerda que ha perdido a su abuelo.

Tira del brazo de Robert Sin-inicial-del-medio Falls para que la rodee. Más fuerte.
Él se despierta. También está alterado por la experiencia de dormir.

Se sienta, igual que ella. Se miran mutuamente.

EVE KNIGHT
¿Estarás allá con él?

FIREFALL
Sí.

Ella se pone de pie.

Por encima de la hierba alta ve Iron Bluff. Algo de humo, sí.

Pero parece que eso fue hace años.

Medita sobre el horizonte y sobre todo lo que ha sucedido...

Vemos su rostro: experiencia, sabiduría, aceptación. La vemos en paz...

Nota una brisa, un viento polvoriento...

Se vuelve hacia Robert Falls. Su rostro quemado, su cabeza llena de cicatrices, sin casco.

Sus ojos.

Robert se pone en pie. Levanta su lanzallamas M2-2.

A su alrededor se forma un torbellino.

El polvo se convierte en humo que se arremolina más rápido y lo oculta...

Da vueltas cada vez más rápido mientras Eve solo puede mirarlo.

Y entonces desaparece.

Eve se queda de pie en el campo.

Está sola..., completamente sola.

Oye a alguien... La voz de un joven... «¡Eve!»...

Mira hacia la línea de árboles del otro extremo del campo.

101 LÍNEA DE ÁRBOLES

Un escuadrón de MARINES camina lentamente hacia una batalla, liderado por un joven sargento Amos Knight.*

En la retaguardia, el soldado de cola Charlie, sin casco de combate, es el operador de lanzallamas.

El sargento hace una señal con la mano. El escuadrón cambia de dirección y desaparece entre los árboles.

El operador de lanzallamas mira solo un instante hacia atrás, hacia donde ha estado. Saluda con la mano.

Eve le devuelve el saludo.

102 EXT. CARRETERA

London ha estado observando... a través de sus gafas de vigilancia... Su equipo de investigadores lo ha estado grabando todo con cámaras, radares, instrumentos...

London mueve las gafas hacia...

* Interpretado por Barry Shaw.

Punto de vista.

Eve Knight.
Que se vuelve... y mira a London directamente a los ojos.

CORTE A:

NEGRO

Y este...

«Eve Knight aparecerá en *Los agentes del cambio 6*: sobre aviso».

CRÉDITOS

7

La posproducción

Conversación con la doctora Johnson

—Estuve allí el último día de rodaje y en la fiesta de clausura en el edificio de la Asociación de Productores de Almendras. Tengo debilidad por la música mariachi y aquella banda, unos amigos de Ynez, estuvo magnífica. A Bill el final del rodaje le marca tanto que nunca se queda mucho rato en sus propias fiestas, pero le hice sentarse y le dije que se planteara la noche como una cita conmigo, no como una obligación profesional. Siempre aparecen las esposas de los miembros del equipo, vestidas de punta en blanco. Wren estaba amable. Ike parecía algo aturdido por el hecho de que la película hubiera terminado. Thea estaba encantada. Oí que muchos de los lugareños estaban allí y se quedaron de fiesta toda la noche. La pequeña Lone Butte nunca volverá a ser la misma.*

»En posproducción es cuando recupero a mi hombre. Después de la fiebre del rodaje, si puedo combinármelo en el trabajo, nos vamos dos semanas por ahí. Hemos estado en Portugal, en Grecia y una vez en la Antártida, aunque esto último fue también por un trabajo que estaba haciendo yo. Después de esta película, Bill se fue a Vietnam solo. Fue en bicicleta de Hanói a Hue, con un guía. Se lo tomó con calma, dijo. Yo tenía que dar clases.

* Se colocó en el vestíbulo una gran foto de Elliot Guarnere, en su memoria. La gente ponía flores junto a ella. Al final de la noche, algún fiestero borracho había pegado con cinta adhesiva la fotocopia de una foto de OKB con DEP escrito en rotulador permanente.

»Necesita un tiempo de descompresión, de no pensar en la película para nada. De dejar vagar la mente y el cuerpo. En lo único que insisto yo es en que no haya campos de golf. Eso puede hacerlo solo con cruzar la calle.

»Cuando regresa, Bill vuelve a hacer la película de nuevo. La preproducción es la diplomacia. El rodaje es la guerra. La posproducción es la ocupación. Me lo explicó hace mucho tiempo, cuando yo tenía curiosidad por saber cómo se hacían las películas, cosa que ya no me pasa. He visto el proceso y no puedo decir que me enamore. Nunca he querido estar dentro de la burbuja de glamur del mundo del espectáculo. Pero Bill me ha demostrado que el trabajo tiene nobleza; que, como mi amor por la ciencia y la enseñanza, la curiosidad te alimenta y la pasión te lleva consigo. Si pierdes una de esas dos, estás acabado. En el momento en que reaccionas por inercia o te conformas con lo «suficientemente bueno» es cuando estás fuera de esa línea de trabajo. Creo que Bill es muy bueno admitiendo lo que no sabe, confiando en que la película le dirá lo que hay que hacer y en que, con suerte, se saldrá con la suya. Es un ladrón, y entre ladrones hay honor.

»¿Qué clase de ladrón? Un timador. Un estafador. Un feriante. Él llama al proceso de hacer películas el Carnaval de Cartón. En el momento en que un cliente compra una entrada, él le proporciona la distracción de la vida que anhela a cambio de unos cuantos dólares.

»¿Que si me gustan sus películas? ¿Qué se supone que he de responder a eso? Algunas no acaban de cuajar, pero él ya lo sabe. Si Bill fuera el tipo de hombre que necesita que le adore, que le quiera y le dé cera por sus películas, no sería hombre para mí. Pero él nunca está seguro de su producto final y eso me parece admirable. No sabe si funciona o no; se lo dicen otras personas.

»La primera vez que hace la película es cuando escribe el guion. Ahí su imaginación se manifiesta por medio de esa vieja máquina de escribir suya: ese primer borrador manchado lleno de garabatos a lápiz y Post-its. Bill dice que esa es la película que quiere hacer. Durante la preproducción lo tengo cerca, pero en cuanto empieza a hacer la película por segunda vez lo pierdo. El rodaje siempre es un infierno. No hay límite para la cantidad de trabajo que requiere. Un millón de hormigas pasean por encima de su creación. Algunos de sus grandes sueños han de ser desechados, otros hay que separarlos del cuerpo para que se puedan salvar, otros hay que almacenarlos para que envejezcan y se conviertan en vino o en vinagre. Es poco lo que Bill puede controlar. Ni el clima, ni la mente de sus contratados, aparte del Equipo Johnson, ni los protocolos covid.* La única decisión que es solo suya es si salir de la cama o no. El rodaje es la más dura, larga y cruel de las tareas. El rodaje es la película que se ve obligado a hacer, y el resultado son mil millones de cristales rotos que se han de ensamblar uno a uno hasta formar un espejo.

»Eso ocurre en posproducción, la tercera vez que se hace la película. La película que Bill hace.

»Empieza encadenando todo lo que tiene en la lata, todas las tomas de todos los días. Cada escena tiene un principio, un medio y un final. Para *Albatros* tenía un montaje de más de cinco horas. *Knightshade* duraba la mitad, pero aún así era demasiado larga.

»No, no miro los cortes. Espero hasta que necesita una mirada fresca. Cuando lleva unos meses en posproducción, me muestra un corte a mí, a una repartidora de FedEx, a algunos estudiantes universitarios, al aparcacoches del edificio de Capitol Records, a cualquiera que firme un acuerdo de confidencialidad. Tal vez a uno de los miembros del reparto que sepa cómo funciona todo, sin advertencias, como Clancy O'Finley y su esposa. Esos dos saben de qué no han de preocuparse. Yo le digo si me aburro.

»Bill podría tener una sala de edición en Socorro, pero eso significaría que todo el equipo tendría que vivir aquí, y la ciudad no es para todo el mundo. Tiene una habitación en Optio-

* Una nota sobre el covid-19. No me he molestado en detallar las pruebas que nos teníamos que hacer dos veces por semana el reparto y el equipo, la división por grupos de trabajo, la instalación de separadores de plexiglás y la necesidad de distanciamiento social, ya que eso ocuparía muchas páginas y se leería como bla, bla, bla. En cualquier caso, los protocolos se convirtieron en una rutina. Pero, incluso en algunos casos positivos y en los aislamientos relacionados, las interrupciones del trabajo fueron mínimas. He omitido la realidad de las protecciones y de la separación necesarias en el remolque de Maquillaje y Peluquería para que pareciera que todos trabajaban unos al lado de otros, sin obstáculos. De hecho, las máscaras, el plexiglás y el escalonamiento de los tiempos de llamada eran necesarios por razones de seguro y de requisitos del gremio. El covid añadió 2,6 millones de dólares al presupuesto. Y un miembro infectado del equipo sufrió un episodio severo del virus, fue hospitalizado y no terminó la película.

nal Enterprises y le gusta desplazarse a Hollywood desde su piso de soltero de Wilshire. Hace todas las mezclas y doblajes en el Valle. Dime la diferencia entre mezclar y doblar: nunca he necesitado saberlo. Bill me dice que, independientemente de en qué forma esté su película, todos y cada uno de los días de posproducción la mejoran.

»Voy y vengo. Para mí es mejor volar en fin de semana. Los sábados por la mañana él ve el rollo del trabajo de la semana y justo después nos vamos de excursión o me siento a leer mientras él le da a un cubo de pelotas de golf en un campo de prácticas de Studio City. El domingo me prepara el desayuno y pasamos el día sin hacer nada o, bueno, ya sabes. Después vuelo de regreso a Albuquerque en un vuelo no cancelado.

»Desde el punto de vista de una no combatiente, los meses de posproducción son aburridos. El progreso es tan gradual que te preguntas si realmente terminan de hacer algo. La cantidad de tiempo que dedican a discutir decisiones arcanas como si el nivel de ecualización de una línea de bucle coincide con el tono de la habitación, o por qué no mantener unos cuantos fotogramas más de esa mirada de la enfermera Sue enfadada con Amos... Esas discusiones no acaban nunca. Es una locura. Y dura meses, de verdad. Los actores tienen que volver a grabar parte de su trabajo, un proceso llamado sustitución automatizada de diálogo. Ven algunas de las escenas pero no toda la película. Algunas sesiones se alargan y se vuelven incómodas, pero no con este reparto, al menos eso es lo que me dijo Bill.

»Finalmente, una noche, se hace la proyección «solo para los mejores amigos». Es la segunda vez que veo su película y la película es siempre muy diferente de aquel primer corte. Puede que seamos unas quince personas, amigos de sus otras películas; Al, por supuesto; el Instigador; Ynez estuvo allí en esta última, ya que se había mudado a Los Ángeles. Todavía no hay miembros del reparto, porque tienen una proyección para ellos solos. Y tampoco nadie ni de Dynamo ni de Hawkeye. Solo la docena y pico de los nuestros. Algunos de los efectos especiales están ya en la película pero la mayoría son solo lo que se llama compuestos, aunque tenemos la esencia.

»Cuando se vuelven a encender las luces de la sala, Bill pregunta: "Bueno, ¿qué os ha parecido?". Y escucha cada palabra, cada opinión, pensamiento, sugerencia, idea, con preguntas de seguimiento, para tener claro qué significa cada opinión.

»¿Utiliza todas las notas? No. Pero dice que esas proyecciones ponen a prueba la película. Si hay una escena sobre la que todo el mundo coincide en que es confusa o que no está bien, va a por ella.

»Edita más, mezcla más, mete los efectos en la película y luego se la enseña a los diversos Coros ejecutivos. Se la pasó a Wren en una sala de proyección para ella sola. Todo muy supersecreto. Nadie lo sabía excepto ellos dos y Al. Entonces ella y Bill hablaron, hablaron y hablaron. Unos días después, Bill cerró la película. Eso, me han dicho, es una gran cosa. Tras cerrar la película, se pule y abrillanta todo.

»Bill intenta hacer una fiesta de las proyecciones para el reparto. En Los Ángeles para Wren y Wally, otra vez para Clancy, para Hang, Nick y sus acompañantes. Aea llevó a su gran familia. Bill, Al e Ynez volaron a Nueva York para mostrársela a Ike y Thea, a Cassandra y a algunos medios de la prensa. Ynez no había estado nunca en Nueva York y quería mudarse allí.

»No hay proyecciones de investigación. Dynamo tiene una política de no soltar nada de información sobre ninguna de sus películas de superhéroes. Internet se vuelve loca con ellas y creo que una de las primeras películas sufrió los efectos colaterales por uno de los trajes de Osa Leona. La seguridad es hermética. En cualquier caso, Bill odia las proyecciones contratadas. Dejó de hacerlas cuando volvió a rodar éxitos. Se pregunta al público: ¿Qué te ha gustado? ¿Qué no funciona en tu opinión? ¿Qué escena te ha gustado más? ¿Qué personaje te ha gustado/no te ha gustado? En tu opinión, ¿hay que verla/está bastante bien/se deja ver/se puede pasar de verla? ¿Cuánta gente se ha ido a media película? Bill dice que las proyecciones contratadas son para la gente de Marketing. Tiene una cláusula en su contrato, la de Corte final,* así que ignora esos resultados.

* Muy poco frecuente, incluso para algunos directores de primer orden que se salen del presupuesto. Corte final es el derecho contractual por el que todos los directores luchan. Los estudios utilizan la falta de Corte final de un director como un garrote. Los directores que lo tienen mandan a la mierda a los ejecutivos. Nadie puede meterse con la película cuando Bill decide que está acabada.

»Entonces llegó Dynamo con un montón de sugerencias, páginas y páginas. Al se pasó horas al teléfono escuchando todo lo que Dynamo quería hacer con el corte de Bill. Bill leyó cada nota y Al le dijo todo lo que el estudio quería. Podría haber aceptado una o dos de sus notas, pero solo en caso de estar de acuerdo en que mejoraban en algo la película. Ese es uno de los motivos por los que es el hombre para mí.

Poco después de una proyección de equipo, Kenny Sheprock envió mensajes de texto a Wren, pero la señora estaba ocupada volando, con sus opciones profesionales y con el hecho de ser tan especial. Respondió con emoticonos de besos y de guiños, con un reloj y con un signo de interrogación. Él quería tener una charla rápida con ella, pero no había prisa. Cuando Wren tuvo tiempo, lo llamó al móvil y lo pilló en el coche, en un atasco en la 405.

—¡Kenny! —chilló como una adolescente enamorada de un ídolo del pop—. ¡Te echo tanto de menos! ¿Cómo estás?

—Jovencita —dijo él, sin moverse, detrás del camión de un paisajista que iba hacia el sur por el Sepulveda Pass—. Nunca he estado mejor y quería decirte por qué.

—¡Cuéntamelo todo!

—He terminado, cariño. Y cuando digo terminado, quiero decir terminado.

—Te... —Wren quería asegurarse—. ¿Te vas a jubilar?

—Me voy del plató. Para siempre. Se me ha acabado estar convocado a las cinco y media de la madrugada. Llevo un año más o menos pensando en cuál era el mejor modo de hacerlo. Cuando me invitaste a hacer *Knightshade* contigo, pensé: «Ya está. Saldré con Wren en esta película y se acabó. No podría estar más feliz».

—Ay, Kenny —murmuró Wren por el teléfono—. Mi Shep-Rock. Tendré que seguir sin ti, pero ¿cómo?

—Querida, lo vas a hacer fenomenal.

A Wren le encantaba que usara palabras como «fenomenal». Y que la llamara «querida». Después de aquella noticia, iba a tener que encontrar a algún otro genio del maquillaje si iba a hacer *La canción de Jane* en Sudáfrica, y *Los agentes del cambio: La próxima película de los agentes del cambio sobre los agentes del cambio.*

—Kenny —dijo por teléfono—. Quiero que tengas toda la felicidad que te mereces porque te quiero y siempre te querré.

—Lo mismo digo, mi niña.

Wren había llevado a Wally en avión a Cupertino para unas reuniones de capital de emprendedor en Silicon Valley y ahora estaba de vuelta. Iba en coche del aeródromo a su casa secreta al norte de Los Ángeles, sabiendo que para ella había empezado una nueva era. *La canción de Jane* le había llegado sin ni siquiera un empujón de Micheline Ong: querían a Wren, como primera y única opción, y no se molestarían en hacer la película a menos que la protagonizara ella (sí, vale). Se permitió un mínimo regodeo porque sabía que muchas actrices se habían posicionado para hacer la película y habían perdido. Je, je. Wren se sentía como Bette Davis en *Eva al desnudo* o *Jezabel*. ¿Quién más podría haber interpretado esos papeles? Nadie. Aprendería a montar a caballo, viviría en Sudáfrica cuatro meses, puede que cinco, y estaría en el extranjero cuando saliera *Knightshade: El torno de Firefall* y se viera en *streaming* en todo el mundo en el Hawkeye. Estar trabajando en ese momento sería bueno.

Que el *teaser* de la película, mostrado por primera vez en la Comic-Con, hubiera incendiado Internet era presagio de buenas noticias. ¿Las había todavía mejores? El número de nuevos abonados de Hawkeye que habían empezado a pagar 7,77 dólares al mes instantes después de que se estrenara el *teaser*: casi dos millones de personas. Echen cuentas: 2 millones por 7,77 dólares por 12 meses es igual a un beneficio caído del cielo de 186 400 000 dólares al año en las arcas de Hawkeye. Con ese aluvión, en Dynamo todos se consideraban genios por haber hecho que Eve Knightshade se uniera a los agentes del cambio.* Wren sabía ahora dos cosas muy importantes: que la película era muy buena, diferente a las películas Ultra, iba por libre, era más rápida (duración: 107 minutos), pero repleta de todo lo que

* En la actualidad, Hawkeye cuenta con más de 114 millones de abonados en todo el mundo. A 7,77 dólares cada uno, da un total de 885 780 000 dólares al año. No es mala cifra.

la franquicia requería; y que, a partir de entonces, ella misma escribiría su precio durante los siguientes cinco años, a tiempo para tener sus propias opciones cuando Dynamo dijera que era demasiado mayor para ser Eve. En algún lugar había una chica en la obra de teatro de su instituto que iba a ser la siguiente Knightshade, la siguiente Wendy Lank.

Cuando llegó a casa, a su rancho de acceso laberíntico, envió un mensaje de texto a Ike en Atlanta con su nueva identidad wifi.

E.Picapiedra: ¡Ken Sheprock se jubila!

Ike estaba entre tomas y respondió al instante con su nueva e-persona.

BURPEEMAN: Fountain Avenue nunca será lo mismo. ¿Estás bien?

E.Picapiedra: Sí. ¿Y Thea?

BURPEEMAN: Mejor. Menos vómitos matutinos.

E.Picapiedra: Da besos. ¿Estás en Atlanta?

BURPEEMAN: No, en Lone Butte. Aquí tienes una foto, mantenla en secreto o Dynamo me demandará.

La pantalla de Wren se llenó con una imagen de Ike como, de nuevo, Firefall. Le habían metido en la siguiente producción de Ultra, *León Marino: El mundo silencioso,* que se mezclaría con el nuevo episodio de ADC que tal vez volviera a reunirles a Wren y a él o tal vez no. Ike esperaba que así fuera. Alguien estaba trabajando en un guion en el que se asumiría otro riesgo multimillonario.

Thea estaba embarazada. Era una sorpresa, aunque no biológicamente, eso sí, ya que el acto era el acto. Pero ni Ike ni Thea habían planeado aumentar la familia. Acababan de poner dinero en un piso en Hoboken, una vivienda nueva en un complejo con gimnasio, guardería y fácil acceso a la ciudad (Thea estaba haciendo audiciones y tomando clases de improvisación), cuando la asaltó aquella sensación familiar de «dentro de mí está pasando algo». Entonces las líneas de color de un test de embarazo casero lo confirmaron: «La sopa está servida». Ahora serían cuatro Cloepfers, y aquel piso de Hoboken se les iba a quedar pequeño.

Y si Irving/Ike conseguía el papel de *Foxx para la acusación* no quedaría irreconocible bajo cuatro horas de prótesis, como le había pasado en F'fall. Se le vería como él mismo y podría hacerse famoso tal cual. Irving Cloepfer podía vivir en una torre de apartamentos en Hoboken, pero ¿podría Ike Clipper? Estaban considerando trasladarse a algún lugar del norte del estado.

Thea estaba en el hotel de Buckhead, sin encontrarse nada bien, con Ruby correteando por todas partes y una joven niñera llamada Cassidy cuidándola. Estaba esperando que el servicio de habitaciones le subiera un sándwich de queso a la plancha. La televisión estaba en un canal por cable. A las cuatro de la tarde estaban dando *La sargento Dura*, de Wren Lane. Wren estaba guapísima. Thea estaba engordando. Esta era su vida: un bebé en camino, una niña que correteaba a sus pies, en Buckhead, mientras Ike trabajaba un montón de horas para un director que no era Bill Johnson, mientras la sargento Empalmada resolvía un crimen sentada al ordenador en bragas y sujetador.

Thea había tenido suerte. La habían contratado para una semana de trabajo en *El Sr. y la Sra. Downtown*, rodada en Manhattan para KosMos. Aunque fuera poco probable, tenía la esperanza de que el papel fuera recurrente. Pero ¿era eso posible ahora que iba a ser madre de dos hijos? Si Ike se convertía en *Foxx*, otro de sus malditos papeles F, se pasaría meses rodando en Baton Rouge, Pittsburgh o Budapest, dependiendo de las devoluciones de impuestos. ¿Qué implicaría eso para los cuatro Cloepfer? ¿Se las arreglarían? ¿Les facilitaría la vida el dinero? ¿Sería una molestia en sus vidas el estatus de celebridad? ¿Sobrevivirían? Una parte muy muy secreta de Thea pensaba que ojalá no estuviera embarazada, ojalá trabajara como habitual en *El Sr. y la Sra. Downtown* y se estuviera enamorando de su compañero de escena o del foquista de la cámara A; ella y Ike seguirían siendo amigos, padres cariñosos, viviendo cada uno en su casa, con vidas separadas. Los adultos llegaban a acuerdos así, ¿no?

Cuando Thea le confió esos pensamientos a su madre, la mujer asintió con la cabeza, comprensiva; ella misma había tenido una vida complicada.

—Thea, ahora estás en la mierda. No te resistas. Haz crecer a ese bebé dentro de ti. Mantén a Ruby tan libre de preocupaciones como puedas. Dale a esto cinco años, solo cinco años. Entonces sabrás cómo son las cosas y harás lo que tengas que hacer.

Un plan quinquenal, era lo que Thea necesitaba. En un nanosegundo tuvo los siguientes diez años de su vida planeados, una estrategia singular que no dependía ni pizca de la suerte de Ike.

Ike tenía su propio plan. Dynamo era su dueño para tres películas Ultra.* Su nueva agencia, TRUK, le hizo colaborar con otros dos guionistas y directores para proyectos en ciernes. ¿Se cansaría de aquel ritmo acelerado ahora que tenía veintiocho años? Su yo público se estaba moldeando como un nombre destacado. Iba a ser padre, otra vez. El plato combinado de los Clipper estaba hasta los topes. Su plan quinquenal, en su forma más pura, en su esencia, era recrear la experiencia, el propósito y la maravilla que había sentido en Lone Butte como Firefall. ¿Era posible? ¿Podría manifestar la misma sensación de destino que había sentido cada uno de aquellos cincuenta y tres días en Lone Butte? ¿Volvería a besar a Wren Lane? ¿Entraría en un hastío automedicado, rodeado de los indicadores del éxito y de la edad mientras, sin embargo, todo le pareciera un esfuerzo, una mera sucesión de cosas? ¿Se le estaba cayendo el pelo?

Su primer plan de batalla sería pedir que Ynez Gonzalez-Cruz trabajara como su asistente, un puesto que ahora estaba presupuestado en su contrato de muestra como parte de su paquete de beneficios adicionales negociado con TRUK. Con Ynez a su lado, la siguiente película podría ser tan especial como lo había sido *K:ETDF*. Thea podría relajarse un poco con Ynez cuidando de todos ellos.

Ynez rechazó la oferta sin pensárselo dos veces.

Había sido la última del equipo de la película en irse de Lone Butte, en dirección sur por la antigua 99 con su Ford Transit cargada con restos del rodaje. Ya llevaba tres viajes desde la ciudad, yendo y viniendo de servicio hasta Sacramento para dejar los envíos y a los empleados en el aeropuerto Metropoli-

* En efecto, consiguió *Foxx para la acusación*, que se convirtió en una franquicia.

tano. En su cuarta y última salida, solo iba ella con sus recuerdos del tiempo que había sido testigo y trabajadora de una Unidad cinematográfica. Aparte de una proyección especial de la película solo para residentes en el cine Estatal (cenó con Karina Druzemann), no regresaría nunca a Lone Butte en calidad de nada que no fuera retornada, exalumna o tal vez veterana: otra Robby Andersen/TREV-VORR. Haría una ruta por la ciudad: la fábrica de bombillas Westinghouse, el *drugstore* Clark's de Main Street, el edificio de la Asociación de Productores de Almendras, el Palacio de Justicia y el 114 de Elm Street. Lone Butte sería un vacío fantasmal de todo lo que una vez había sido el Campamento base, las localizaciones y la Oficina de Producción, meras sombras de lo que había sido un carnaval hecho de cartón.

Después de que su familia la despidiera con una cena tan ruidosa como todas las cenas familiares, cargó su PONY en su casa con lo poco que necesitaría en Los Ángeles. Tenía un trabajo en Hollywood…

«Que utilizarás para conseguirme un trabajo a mí también, ¿verdad?».

«Dices que este trabajo te tendrá haciendo "de todo". ¿Qué es "de todo"?».

«Si voy al colegio allí el año que viene, ¿podré vivir contigo?».

«¿Estás haciendo otra película?».

«¿Cómo de cerca estás de Disneylandia, tía?».

Ella no estaba en posición de contratar a nadie.

Su trabajo era hacer más fácil el trabajo de Al Mac-Teer, resolver problemas.

Para una semana en el sofá, sí, pero no tendría un apartamento lo bastante grande.

Optional Enterprises estaba desarrollando varios posibles proyectos que convertir en películas.

¡Vivía lo bastante cerca de Disneylandia como para llevar a sus sobrinas y a Francisco cuando quisieran!

Al había hecho que Alojamiento le consiguiera un apartamento en un complejo de diez años de antigüedad en Valley Village, uno que colgaba sobre un viaducto de hormigón llamado LA River: un estudio con un loft que era perfecto porque era la casa de Ynez, la primera suya. Transportes le consiguió un Mini Cooper rojo con puertas traseras de granero en lugar de portón. Con el GPS del iPhone de empresa (mensaje: **Y-NOT?**) se desplazaba entre Capitol Records, los escenarios de mezclas del distrito artístico de NoHo, el piso de Bill Johnson en Wilshire, el porche techado y las secuoyas de Al junto al océano y, de vez en cuando, por Fountain Avenue.

Su sueldo era absurdamente elevado. Cada semana enviaba dinero a sus padres a través de Venmo.

Tenía su propio despacho en el edificio de Capitol, el mismo que en su día había sido de Al. La señora Mac-Teer estaba en la sala de al lado con el escritorio curvo a juego con el arco de la arquitectura del edificio. Ynez siempre tenía el plan de ir a Sacramento a visitar a su familia, a cantar canciones alrededor del piano después de cenar, pero su nuevo trabajo estaba tan repleto de obligaciones que aún no había hecho el viaje. Se las arregló para pasar un larguísimo domingo en Disneyland acompañada por los niños.

La señorita Gonzalez-Cruz nunca dejaba de sonreír, siempre llegaba a su hora si no es que ya estaba en el sitio, devolvía de buen humor las llamadas superficiales o difíciles y tenía un modo de dar las malas noticias que dejaban al receptor agradecido. Cuando Ynez hacía llamadas de «eso no va a pasar», por ejemplo a un escritor que presentaba una idea que sin duda no llegaría a nada en Optional Enterprises, decía las noticias decepcionantes en unos términos tan elegantes que al final le agradecían la llamada. Ynez se hizo amiga de todo el mundo en Fountain Avenue. Cuando Al le entregó la pila de folletos promocionales con OPTIONAL ENTERPRISES impreso en la parte superior e YNEZ GONZALEZ-CRUZ en la inferior, las dos mujeres soltaron gritos de alegría.

Al Mac-Teer tenía un largo historial de hacer cosas inteligentes, una envidiada lista de movimientos correctos, sabias decisiones e instintos sólidos. Hacer que Ynez se incorporara a la realización de películas era la más reciente. La vida y el trabajo de Al se hicieron más suaves, menos frenéticos, porque Ynez aprendió los trucos de la industria del espectáculo muy rápido, sin inmutarse ante ningún contratiempo. Al había visto cómo Bill ponía a punto *Knightshade: El torno de Firefall* para que fuera una bestia de película, primero con sus llaves inglesas y sierras, después con sus herramientas de relojero y sus limas. El IGC de las escenas de acción, las gobernadas por Dynamo, eran de última generación. Utilizar al joven Barry Shaw como el viejo Amos Knight fue simplemente increíble. Milagroso. Nadie se enteraría jamás del cambio, aparte de todos los que trabajaban en el lado IGC de la industria, ya que todos hablaban.* Dynamo había estado permitiendo proyecciones para personas que marcan tendencia para los cínicos más acérrimos del mundo del espectáculo que por lo general involucraban a Al en bolas rápidas verbales y peleas a puñetazos. Ahora llamaban para preguntar cómo podía ser que una película de un cómic les hiciera llorar.

¿Qué le daba a la película tanta seriedad? ¿Bill Johnson? Sí. ¿La disminución del cerco del covid-19? Sí. ¿Los dos personajes heridos y crípticos de Eve y Firefall? Absojuliettemente.

Pero Al sabía que la fuerza de la película se debía a Wren y Ike. Sin duda. El esperado encuentro sexual de los personajes, de la mujer y el hombre mismos, es palpable en la pantalla. Sus peleas son como sexo caliente. El primer diálogo entre ellos lo dice todo, cuando Eve nota la presencia de Firefall en el aserradero abandonado, en las miradas entre ellos, en sus ojos, en sus posturas, en la tensión sexual que hay cuando ella dice: «Esto no acabará bien… para ti» y Firefall responde: «No hablemos hasta que hayamos acabado». Las mujeres iban a desmayarse y los hombres iban a utilizar esa línea para «cerrar el trato». Después de aquello, como habría dicho Dace, es todo un francés en una habitación de hotel en la Costa Azul.

Ahora Al tenía tiempo para tomarse un café bajo sus árboles ancestrales en la niebla baja matinal de Santa Mónica, para ver el océano desde el carril bici/peatonal de la ciudad. Tenía tiempo para caminar cada mañana hasta el muelle y

* Barry Shaw es ahora uno de los protagonistas de *The Hazelnuts* en BangTV! También es técnico de emergencias médicas licenciado del condado de Shasta.

volver. Hacía las llamadas matutinas, se las tenía con los Coros ejecutivos de Dynamo y Hawkeye, mantenía a Bill Johnson libre de preocupaciones. Hablaba con Ynez sobre la vida y la ironía en Optional Enterprises.

Así que… *Knightshade: El torno de Firefall* estaba acabada y a la espera de su lanzamiento. Se hablaba de que Dynamo reservaría cines en las principales ciudades para exhibir la película en media docena de grandes pantallas, en cines con imagen y sonido de última generación. La estrategia sería ofrecer un reclamo para la fecha de lanzamiento fijada en Hawkeye, pero la película tenía ese potencial, tanto se hablaba de ella. El coste de exhibirla en cines no haría más que alimentar el *vox populi* de las redes sociales. Pero en realidad lo que impulsaba la idea era el calor volcánico que había entre Wren y Ike. O entre Knightshade y Firefall. No, entre Wren y Ike.

Dynamo encargó una nueva novela gráfica/cómic basada en la película. Que el erotismo de los cómics de fans no coincidía con la química en pantalla de Wren Lane y Ike Clipper era una prueba del poder de las películas. Al habló sobre ello en un simposio que tuvo tiempo de impartir (por fin, gracias a la eficacia de Ynez) en el Mount Chisholm College of Arts, cerca de Bozeman, Montana. Solo se le permitió mostrar el *teaser* de la película para Internet, que los alumnos pidieron que les pusiera seis veces seguidas, y la portada del cómic. Todo lo demás era alto secreto, cosas de acuerdo de confidencialidad. Al se pasó casi cuatro horas contando anécdotas del tiempo que llevaba en el mundo del espectáculo y narró una proyección de *Un sótano lleno de sonido*. En la ronda de preguntas y respuestas del final, le hicieron la pregunta inevitable y obvia: «¿Qué consejo puedes darnos para triunfar en Hollywood?».

Yo esperaba que dijera: «Ve por Fountain». En cambio, habló de la gran diferencia que hay entre resolver problemas y causarlos, y de la importancia de ser puntual.

El Grand Cinema Center

En tanto que amplia sala de cine con 1114 butacas, el Grand Cinema Center de Times Square a duras penas había sobrevivido a los meses de inactividad provocados por la pandemia de covid y las amenazas de sus variantes. Anunciado a bombo y platillo en los días en que la exhibición cinematográfica era todavía una industria que generaba 11 000 millones de dólares anuales, el Grand empezó a renquear cuando las mascarillas, las vacunas y el miedo al virus asesino acabaron con que cualquier persona sensata fuera a ver una película rodeada de miles de extraños. Finalmente, tras todos los vaivenes que implicaba reemprender la vida, regresaron las películas a los cines, al Grand Cinema Center, aunque solo durante diecisiete días antes de aparecer en *streaming*.

Dynamo no tenía planes originales de exhibir su propiedad de Wren Lane, pero optó por hacerlo cuando *Knightshade: El torno de Firefall* resultó ser innegablemente extraordinaria. En las grandes pantallas de todo el mundo, la «obra maestra de la cultura del ¡No Conmigo!»* de Bill Johnson vendía entradas antes de que los suscriptores de Hawkeye pudieran ver la película en sus salones, cuevas y estudios. El público que esperaba que se facilitara el *streaming* de *K:ETDF* se perdió la fuerza y el volumen de Eve, Bob Falls, la agente London y compañía en la gran pantalla.

Robby Andersen se negó a ver la película en La Cafetera. Stella se había abonado a Hawkeye cuando los chicos le enseñaron cómo empezar a utilizarlo, pero ella también lo postergó hasta que el clan Andersen-Maddio pudo llegar a Manhattan e ir al Grand Cinema Center. Esto resultó ser una tarea formidable, ya que Robby se había caído y se había roto la cadera.

—Soy un viejo con los huesos rotos —dijo en el PONY que le llevaba del aeropuerto de LaGuardia al Times Square Garden Suites Global Hotel. En Martha's Vineyard había utilizado un andador para desplazarse, así que había tenido independencia ambulatoria. Pero para todo el trajín que suponía viajar a la ciudad y al cine, Stella había alquilado una silla de ruedas para su hermano—. Ahora necesito que los niños me empujen la silla y me acerquen las cosas que no puedo alcanzar. Me siento como el viejo Potter.

* M. Dowd, *New York Times*. «Esta Eva al desnudo».

—¿El padre de Harry Potter? —preguntó Gregory.
—No —respondió el tío Rob—. No importa.*

Se abrían paso entre la horda de visitantes que regresaban a la intersección de la Séptima Avenida y Broadway, en Nueva York, el cruce de caminos de Estados Unidos, Father Duffy Square y las luces blancas de los teatros. Keli tenía en su teléfono las cuatro entradas adquiridas en la aplicación del Grand CC, Gregory empujaba la silla de ruedas del cascarrabias de su tío, y Stella contaba el número de personajes disfrazados que competían por fotografiarse con los turistas a cambio de dinero. Sobre ellos había una valla publicitaria iluminada, enorme en el cielo, con nada menos que una decidida Eve Knightshade en un cara a cara con un Firefall con casco y mirada sombría. Sus cabezas eran del tamaño de globos aerostáticos.

—¡Mirad! Un dúo de dioses —dijo Robby desde su silla rodante—. Atenea contra Marte.

—¡Wren, cariño mío! —gritó Gregory.

—¡Cuidado! —Stella advirtió a un sucedáneo de Luigi de *Donkey Kong* que a punto estuvo de tropezar con la silla de Robby—. ¡Llevamos una silla de ruedas!

Más al norte, junto a la megatienda de M&M's, estaba el Grand Cinema Center, con su marquesina de dos pisos ocupada por otra representación de Wren y Ike, de cintura para arriba, espalda contra espalda, tan serios como el bien contra el mal, la luz contra la oscuridad, Pete contra Gladys. El vestíbulo tenía una falsa opulencia, con una alfombra rojo burdel y más ribetes dorados que un hotel marroquí. Las escaleras mecánicas conducían a los clientes a las butacas del entresuelo, pero Keli había reservado asientos para minusválidos bajo el palco, donde había espacio para la silla de ruedas de Robby.

* «El viejo Potter» era una referencia al gruñón que iba en silla de ruedas interpretado por Lionel Barrymore en *¡Qué bello es vivir!*, de Frank Capra, estrenada en 1949, y desde entonces se ha convertido en un clásico de la televisión navideña. Aunque parezca mentira, cuando Robby Andersen tenía siete años, su madre y su padre lo llevaron a ver la película en el cine Estatal de Lone Butte y, si bien no entendió bien toda la trama, quedó cautivado por la película y enamorado de Donna Reed. El cine Estatal continuaba siendo la idea de Robby de un cine de verdad.

Si el telón escarlata prostíbulo, del tamaño de una pared, era indicativo de algo, la pantalla era realmente gigantesca. En el centro del escenario, un tipo vestido de esmoquin tocaba con gran entusiasmo en un órgano del tamaño de un circo un popurrí de temas de películas. Robby recordó que, allá por los años 50, en el cine Estatal de Lone Butte, una señora tocaba también un órgano pequeño, no en medio del escenario sino a un lado, y apagaba la luz del teclado cuando empezaba el espectáculo. Con un final de un acompañamiento de *New York, New York* («*If I can... make it here I'll make it... anywhere*»), el calíope del Grand empezó a descender y desaparecer en el foso entre aplausos y silbidos que dijeron adiós al Sr. Música.

Cuando se levantó el telón, empezaron veinte minutos de anuncios durante los cuales Gregory fue a por las palomitas y refrescos de rigor. Volvió a tiempo de ver los tráileres de otras películas, las próximas atracciones, cada una de ellas con el mismo tipo de explosiones, choques, monstruos y héroes. Hubo un avance de una película única, un musical de época sobre el barco Andrea Doria, que había sido torpedeado antes de la Primera Guerra Mundial. El público aplaudió los breves fragmentos de pasajeros condenados cantando y bailando, uno de los cuales estaba interpretado por Jessica Kander-Pike, la misma que había rechazado el papel de Eve Knight.

Finalmente, las luces del Grand Cinema Center se fundieron a negro y se abrió el telón para revelar una pantalla que se extendía de lado a lado. El estruendo grave de un bajo sísmico sacudió las cajas torácicas y las joyas del público cuando el muro mágico estalló con la imagen de un ave de presa de alas negras cayendo en picado desde un cielo brillante, acercándose y amenazando hasta que todo cuanto se veía era el ojo oscuro y desalmado del ave.

Así se anunciaba que aquella película venía de sus amigos de Hawkeye.

La siguiente imagen fue la silueta de una central eléctrica que emitía vapor y rayos hacia el cielo, mientras la electricidad formaba bajo las nubes unas letras que rezaban DYNAMO.

Después, un cuadrado de luz blanca parpadeaba con imágenes y garabatos que saltaban, como un proyector de cine mal cargado, mientras las palabras de las OPTIONAL ENTERPRISES saltaban y se difuminaban en la pantalla.

Nueve notas musicales de una partitura orquestal sonaron en lo que más tarde resultaría ser la composición del «Tema de Eve»: BA, du-dii-DA, ba-dit-dudly-daa. Luego dejó de sonar música y se empezó a oír un viento seco y suave. Todo el público del Grand, familia Andersen-Maddio incluida, tuvieron la sensación de estar al aire libre, bajo el cielo despejado de día de verano abrasado mientras un viento seco soplaba a sus espaldas. En la pantalla, el reloj digital de un banco giraba en lo alto de un edificio de aspecto anodino en la esquina de la calle principal de una pequeña ciudad...

HORA 13:02... TEMP. 38,9°... HORA 13:02... TEMP. 38,9°...

Robby ya no estaba en una silla de ruedas en un cine de Midtown Manhattan.

Estaba en Lone Butte.

Tenía cinco años.

Allí estaba Eve/Wren... en apuros... El *drugstore* Clark's... El viejo Clark... «¿Qué hay, chica?»... Wren/Eve se giraba... Algo intempestivo se estaba formando en Main Street...

Una columna de humo, de fuego... Una figura... Un lanzallamas... salía caminando del portal del infierno...

Robby Andersen empezó a llorar sin vergüenza. No pudo parar en un buen rato.

Tío Bob...

Ningún animal ha recibido daño alguno
durante la realización de esta película.

Un agradecimiento especial
a la gente
y al pueblo de
Lone Butte, California.